国家社会科学基金资助项目
西北大学学术著作出版基金资助项目

当代陕西长篇小说史论

周燕芬 等 著

中国社会科学出版社

图书在版编目（CIP）数据

当代陕西长篇小说史论 / 周燕芬等著. -- 北京：中国社会科学出版社，2024.9. -- ISBN 978-7-5227-3758-4

Ⅰ. I207.425

中国国家版本馆 CIP 数据核字第 20246KN550 号

出 版 人	赵剑英
责任编辑	郭晓鸿
特约编辑	杜若佳
责任校对	师敏革
责任印制	戴 宽

出　　版	中国社会科学出版社
社　　址	北京鼓楼西大街甲 158 号
邮　　编	100720
网　　址	http://www.csspw.cn
发 行 部	010-84083685
门 市 部	010-84029450
经　　销	新华书店及其他书店
印　　刷	北京明恒达印务有限公司
装　　订	廊坊市广阳区广增装订厂
版　　次	2024 年 9 月第 1 版
印　　次	2024 年 9 月第 1 次印刷
开　　本	710×1000　1/16
印　　张	29.75
插　　页	2
字　　数	445 千字
定　　价	159.00 元

凡购买中国社会科学出版社图书，如有质量问题请与本社营销中心联系调换
电话：010-84083683
版权所有　侵权必究

目 录

导论 中国当代文学格局中的陕西文学 …………………………（1）
    一　渊源和群体规模的形成 …………………………………（1）
    二　当代陕西文学的代际演变 ………………………………（4）
    三　陕西文学的主流性地位与艺术贡献 ……………………（7）
    四　关于陕西作家及其长篇小说的研究 …………………（23）

第一章　杜鹏程：《保卫延安》与当代战争小说 ………………（28）
    第一节　战争体验与革命型作家 …………………………（28）
    第二节　《保卫延安》与"史诗性"追求 …………………（36）
    第三节　当代革命战争小说及其艺术局限 ………………（47）

第二章　柳青：《创业史》与"十七年"合作化叙事 …………（52）
    第一节　从生活到创作："60年一个单元" ………………（52）
    第二节　《创业史》与"十七年"合作化叙事 ……………（63）
    第三节　文脉传承与时代标本 ……………………………（79）

第三章　王汶石：在革命修辞与小说美学之间 ………………（88）
    第一节　新生活的歌者 ……………………………………（88）
    第二节　短篇小说的行家里手 ……………………………（93）
    第三节　《黑凤》与王汶石长篇小说创作诸问题 ………（101）

· 1 ·

第四章　路遥:越界的人生与《平凡的世界》……………………(120)
　　第一节　"八十年代"的路遥及其创作历程……………………(120)
　　第二节　从《人生》到《平凡的世界》……………………………(132)
　　第三节　现实主义的坚守与突围……………………………(141)
　　第四节　"路遥现象":阅读与批评的再考察……………………(154)

第五章　贾平凹:探寻虚实相间的"中国叙事"……………………(168)
　　第一节　"我是农民"与文学"商州"………………………………(168)
　　第二节　古典美学的现代探寻……………………………………(175)
　　第三节　乡土书写与女性群像……………………………………(182)
　　第四节　民间寓言与历史想象……………………………………(192)
　　第五节　贾平凹与40年当代文学的构成关系……………………(202)

第六章　陈忠实:从生命体验到经典追求……………………(210)
　　第一节　影响的焦虑与艺术准备……………………………(210)
　　第二节　《白鹿原》现实主义美学品格及其超越…………………(224)
　　第三节　文学经典及其"未完成性"………………………………(241)
　　第四节　"新时期"陕西文学的三足鼎立及其比较………………(250)

第七章　高建群:浪漫主义诗人的骑士悲歌……………………(258)
　　第一节　西部生活与诗意人生……………………………………(258)
　　第二节　《最后一个匈奴》:高原红色史诗………………………(269)
　　第三节　"东征"以后:创作的延续、发展与转向………………(280)

第八章　叶广芩:两处故乡　家国归根……………………………(289)
　　第一节　文化底蕴与艺术积累……………………………………(289)
　　第二节　家族系列小说的营构……………………………………(295)
　　第三节　秦岭生态写作与长篇小说《青木川》…………………(303)

第九章　杨争光:现代精神与人性烛照 (321)
　第一节　本土作家与现代精神 (321)
　第二节　杨争光中篇小说的美学意义 (328)
　第三节　长篇小说创作与《少年张冲六章》 (340)

第十章　红柯:穿越时空的精神彼岸 (351)
　第一节　新疆十年与双重生命体验 (351)
　第二节　从英雄史"诗"到人的"史"诗 (358)
　第三节　打开内生命的宇宙 (366)

第十一章　冯积岐:历史反思、人性探索与"现代现实主义" (380)
　第一节　苦难人生酿就文学志业 (380)
　第二节　历史记忆、创伤书写与人性探索 (386)
　第三节　《村子》的乡村书写与"现代现实主义" (396)

第十二章　方英文:文人化写作的轻与重 (405)
　第一节　文学原乡与个性的养成 (405)
　第二节　后现代视野中的《落红》与《后花园》 (411)
　第三节　诗性、个人与文人化历史书写 (419)

第十三章　陈彦:民族化路径上书写"中国故事" (433)
　第一节　戏剧舞台上走出的小说家 (433)
　第二节　陈彦小说的说书体叙事策略 (439)
　第三节　坚守之途与突围之困 (449)

参考文献 (460)

后　记 (470)

导论　中国当代文学格局中的陕西文学

一　渊源和群体规模的形成

中国幅员辽阔的国土和多民族共存的状态自然形成了丰富复杂的多元区域文化，各种不同质态的区域文化又造就了各自不同的文学群落及其文学审美形态。但是，各种区域文化在中华民族大文化中的构成性影响并不是平分秋色的，因此，多样化的地域性文学成就以及与中国整体文学的构成和影响关系也并不能等量齐观。客观而论，陕西文学在"五四"以来的20世纪二三十年代的建树从数量和质量两方面看，在全国都不占重要地位。虽然五四新文化运动也曾在陕西引起过反应，也出现了一些进步刊物，一些陕西作家也参加了全国性的重要文学社团，如创造社的郑伯奇、王独清，学衡派的吴宓，左联的冯润璋等，他们的文学创作也都是有特色、有影响的，应该属于现代文学中的重要构成[①]，但是，与京津、江浙、川皖、两湖等地区相比，陕西文学的落后却是明显的。京津处于政治文化的中心，自不必说，沿海江浙地区得海外风气之先，经济文化较为发达，特别体现在教育的先进和完备，一批文人志士或留洋海外，或投身于时代变革的洪流之中，比如，五四新文化运动的主将鲁迅、茅盾等都是江浙人士。进一步考察，笔者发现，以"五四"新文学的倡导者胡适、陈独秀为代

[①] 参见任广田《陕西地区现代文学发展概述》，《西北大学学报》（哲学社会科学版）1997年第4期。

表，皖籍作家在现代文学30年间的每一历史时期都有卓越表现①。四川、湖南等地区虽然也不是新文化运动的中心地带，却有郭沫若、李劼人、巴金、沈从文等文学大家，对中国现代文学作出了重大贡献。

陕西现代文学落后的原因是复杂的、多方面的。大致说来，处于内陆的陕西偏远闭塞，旧学渐失光彩，又少受新学风气的吹拂，思想观念板结守旧是包括文学在内的文化变革来得相对迟缓的一个重要因素。中国20世纪初兵连祸结，灾荒不断，西北区域一直是重灾区，除了史书的记载，作家柳青和陈忠实也分别在不同的时代，在他们的小说《创业史》和《白鹿原》中提到了发生在关中的"民国十八年年馑"，这场饥荒对陕西造成了毁灭性的破坏，导致经济文化诸方面远远落后于其他地区。所以，物质经济的落后所造成的文化教育乃至思想观念上的滞后，也使得陕西在现代文学的起步阶段难以与其他地区比肩。

但是，陕西文学在现代起步时的落后并不意味着陕西缺乏久远厚重的文学传统。恰恰相反，"三秦文学"的源头，可以追溯到秦汉时期，伟大的司马迁和他的《史记》，以宏阔、深厚的文学精神铸就秦汉风采，同时也标志着古典叙事文学的高起点。而唐代作为古典诗歌的全盛时期，是以三秦诗人为主体构成的。"秦中自古帝王州"，三秦古都长期以来是中国经济文化的中心，其文学成就具有全国性意义，陕西文学的渊源可谓博大精深。

一方面，或许是传统的负荷过于沉重，在面对新浪潮的冲击时难以迅速展开腾飞的翅膀，在20世纪初期和80年代中国文学现代化转型的两个阶段，陕西文学都没有太出色的表现；但另一方面，却在传统与现代意识的反复磨合之中蕴蓄着更为巨大的能量。事实证明，陕西文学的每一次崛起，都是以一种融合传统与现代精神的博大气度引起世人瞩目的。

近现代的沉寂之后，伴随着中国现代文学的时代转折，在20世纪

---

① 参见谢昭新《皖籍作家对中国现代文学的贡献》，《安徽师范大学学报》（人文社会科学版）1998年第2期。

40年代的陕北革命圣地，迎来了陕西文学全新的发端。战争时期，民族精神的高扬，恰好吻合了深沉壮阔的三秦艺术个性，在民族解放战争的历史舞台上，陕北文艺奏响了时代新的主旋律。

当代陕西文学的直接源头是延安解放区文艺。从某种意义上说，中华人民共和国成立以后的当代中国文学就发端于解放区文艺，是解放区文艺的直接和全面延续。确切地说，那是一种互为滋养、水乳交融的关系。作为当代文学前身的解放区文艺既在汉唐气象、古都傲气的氛围中振奋了民族自强自立的内在精神，又现实而具体地吸取了陕北民间艺术的精华，营构出新中国文艺面貌的雏形。诗歌方面，经典红歌《东方红》由陕北民歌加工而成，李季的《王贵与李香香》运用信天游的形式取得了巨大成功。中华人民共和国成立后新诗的民族化方向固然有诸多失误，但它无疑是这一诗歌创作取向的自然延续。小说方面，与赵树理创作的民族化、大众化追求相一致，杜鹏程、柳青等作家开始了自觉实践毛泽东《在延安文艺座谈会上的讲话》（简称《讲话》）方向的文学活动。柳青前期的小说《种谷记》《铜墙铁壁》就是新的文艺思想指导下的新收获，中华人民共和国成立后，他的创作从文学观念到审美风格都与前期一脉相承，是这一基础上的提高和深化。正因为陕西文学根植于解放区文艺运动的深厚土壤，与解放区文艺融为一体，所以，陕西文学得天独厚，承接延安文艺传统，顺应文学主流，起点高、成长快，取得了骄人的成就，成为当代文学的重镇。这一切，都带有历史的必然性和合理性。

陕西的文学传统源远流长。陕西文学和中国当代文学有着直接的生发关系，由此开端，陕西以群体的创作规模构成当代文学的库容，推动当代文学的进程；同时，陕西作家所创作的优秀文学作品，在当代文学不同的阶段，都相当程度地代表着时代文学的一流水平，如《保卫延安》《创业史》《平凡的世界》《废都》《白鹿原》《秦腔》《主角》等，在当代文学格局中占有重要的地位，产生了广泛的影响，赢得读者和评论界长久的关注，充分证明了陕西文学的实力和后劲，也为人们研究中国当代文学的历史、探讨文学创作的当下状态和未来发展，提供了丰富的创作现象和有力的案例文本。

二　当代陕西文学的代际演变

陕西具有当代文学重镇的地位和影响，与各类文体中小说创作的出色表现和持续走高有很大关系。以小说创作为主来看陕西作家的代际演变，柳青、杜鹏程、王汶石代表的是第一代作家群体，他们分别以时代性的厚重卓越之作，居于中国当代文学史的显著位置，也持续影响了陕西的后辈作家。属于这一作家群体的女作家贺抒玉、问彬，在短篇小说创作领域也有出色的表现，分别代表着中华人民共和国成立后和新时期初期陕西女作家的创作成就。峭石、蒋金彦两位出生于20世纪30年代的小说家，也以长篇小说《丑镇》《最后那个父亲》和丰富的短篇创作，得到文坛和读者的肯定。

新时期崛起于文坛的，是阵容庞大的第二代陕西作家群体。除了领军人物路遥、贾平凹和陈忠实，还有赵熙、京夫、邹志安、峭石、文兰、徐剑铭、晓雷、王蓬、莫伸、李康美、高建群、程海、杨争光、冯积岐、吴克敬、方英文、海波、王海、黄建国、马玉琛、张浩文、孙见喜等，女作家李天芳、叶广芩、杨小敏、冷梦、张虹等，他们曾经造成声势浩大的"陕军东征"现象，以井喷状速度和异军突起的面貌达成陕西文学的一个高峰时期，震动了中国文坛，强力推进了新时期文学的健康发展。

陕西当代作家从第一代到第二代，既有文学精神和创作方法上的传承关系，同时又在突破与超越中呈现出鲜明的"断代"特征。两代各自有优秀的作家作为领军人物，分别形成颇为严整的群体阵势，取得了卓越的文学成就，他们所创作的优秀文学作品，在中国当代文学的不同阶段，都相当程度地代表着时代文学的最高水平。并且，已成共识的两代代际划分，为笔者整体描述陕西当代文学创作概况及其特点提供了方便的切入角度，也使研究者们能够将具体的作家作品研究放置于不同的参照系中，得以形成历史的纵深观照。

相比而言，新时期以来的陕西文学发展走向是不大容易准确划代际的，一直活跃在文坛上的作家叶广芩、杨争光、方英文、马玉琛等，从年龄和创作资历以及创作观念和方法上，应该是属于第二代的，但他们显然已经淡化了第二代作家与柳青、杜鹏程们的那种深刻的艺术生命联系，他们的生存方式和写作姿态显然大不同于前辈作家，他们在写作精神上更靠近第三代。可以称为第三代代表人物的红柯、陈彦、李春平、爱琴海、寇挥、秦巴子、鹤坪、安黎、高鸿、刘晓刚、林喜乐等作家，他们在"无名"化和个人化的创作路途中走得更远，他们以"反传统"的和更具旺盛生命力的写作，引起全国文坛的关注，他们进行的是更具当代性的写作，构成陕西文学的亮丽景观和新鲜活力。

21世纪以来的文学评论界，有不少人拿作家的出生年代来做文章，如"60年代生作家""70年代以后作家"和"80后"写作群体。这种以年龄大小来划分文学代际的做法，自有其合理的成分，但也多少有些想当然和简单化。由于文学代际的形成，除了"年代""年龄"这些自然因素外，还有更多的外在文学生态环境和内在文学本体变化等复杂原因，最关键的是，代与代之间是否存在"断代"的缝隙？文学发展是否真正出现了新的"质变点"？这恐怕也是讨论作家代际变化的意义所在。

从文学的代际传承和演变进程来看，"70后"以群体规模跃上文坛，出色地显示了他们的创作实力，应该是一种文学生态的正常呈现，证明了一代人有一代人之文学的自然法则。"70后"正彰显着这一代的文学个性，以越来越丰富和有质量的创作成绩，赢得属于他们的文学时代。他们决然不同于前辈的新鲜笔墨，带来文学发展中新的动向，并对当代文学这一集体活动产生了不可忽视的影响。若较为宽泛地梳理生于"70年代"前后的陕西小说作家群，引人注目的有弋舟、周瑄璞、杜文娟、王晓云、吴文莉、辛娟、唐卡、侯波、范怀智、丁小村、王妹英、吴梦川、黄朴、宁可、萧迹、贝西西、郭彤彤等，正以不俗的文学表现构成着陕西第四代文学方阵。他们敏锐地感受和捕捉着新的时代情绪，进行着生动而有力的文学传达，在阅读界不断造成大的"响动"，刷新着陕西这个文学大省的小说艺术成绩。

陕西较早的"80后"代表性作家李傻傻是在西北大学读书时蜚声文坛的，其后陆续有杨则纬、丁小龙、秦客、周子湘、陈璐、王小天、魏田田、张炜炜、史鹏钊以及"90后"的范墩子、郭智鹏、王闷闷、孙阳等文学新人应运而生，他们更具个人化的成长体验和反抗常规小说的大胆探索，带着更鲜明的"新人类"写作的精神品质和艺术标识，有些也带着网络写作的文体特征，给传统和厚重的陕西文坛带来更前卫和更新鲜时尚的文学气息。

在全国范围内相比，陕西的"70后"和"80后"写作虽然已经出现了个体性的不俗表现，但整体来看还是显得力量微薄，与陕西的前几代作家相比，他们的写作还是比较私人和零碎的，还不能跳出私人性而呈显宏大的精神气象，也还不能以美学的力度而自足。精神境界的不够高远和美学"新质"含量不足，固然是"新人类"创作普遍存在的问题，但就陕西文学来讲，传统负荷的隐性存在和拓新的力量不足，使他们还不能真正撑起属于自己的一片文学天空。

回想一下，当年路遥、贾平凹、邹志安等崛起于文坛之时，也不过三十岁左右，而陈忠实、叶广芩的文学成就则令人有后发制人、大器晚成的慨叹。一个作家可能在他成长以后的任何年龄段写出无愧于自己、无愧于时代的优秀作品。文学的问题不是作家的年龄，也不是作家群的代际传递，陕西文学所面临的困惑是，缺少文学发展新的生长点。这一方面表现在新一代写作群体力量薄弱，优胜者寥寥；另一方面也即关键问题是，文学对外部世界和人的内心世界的沉浮变化感应迟钝。"80后"或者"90后"只是一些短期的权宜性命名，作为一种文学群落还远不成熟，曾有的所谓"美女（男）作家""身体写作""低龄写作军团"等商业化包装下的写作，反映了当代文坛"欲望化""粗鄙化""肤浅化"等消费主义弊端。但总体来看，毕竟给当代文学提供了一些前所未有的写作经验，虽然不无问题、尽显杂乱，但却是文学演进中的"潮流性"问题和"症候性"杂乱，万万不可小视"时尚""潮流"对文学的激活作用。理想的文学应该是面对这个瞬息万变、杂乱无章的新世界，并且越过它，而后登上人类精神的新高地。陕西文学向来以执守现实主义传统见长，20世纪80年代中期新潮文学鼓荡文坛时，陕西作家坚守传统写作立场，采取了全局保守、局部吸纳的发展策略，事实证明他们因此取得了很大的成功。但执守传统的同时，有意无意带来对创新意识的遏制，对文学全方位发展的制约，也是不容否认的。或许陕西文坛持续沉寂和难以超越前代的现状，正是当年排斥先锋意识带来的潜在负面效应。有一句话说得好，"时尚，永远是文学的双刃剑"，在传统与现代、历史与当下的互动中调整艺术表现的维度，越来越成为文学走出困境、走向突破的有效思路。

三 陕西文学的主流性地位与艺术贡献

"主流文学"是一种客观存在的文学现象，它指占据某一历史时期显要位置的文学景观，它或者能够代表这一时期文学的主要成就、所达到的高度，或者也涵盖了不可避免的时代局限。"主流"是由文学内部因素和外部因素合力而形成，也就是说，来自文学自然规律与人为规范两方面的作用；主流的进步、停滞抑或倒退，甚至于或隐或显，或断或连，都说明它处于不断迁延变化的运动过程中。

就中国当代文学整体而观，1985年之前的文学创作基本上沿着现实主义的方向演变而来。1949年以来的"十七年"形成现实主义大一统局面，主流的存在及其垄断性地位显而易见；"文革"中现实主义精神失落，取而代之的是沦为政治运动"奴婢"的伪现实主义文学；新时期以来，以对"十七年"现实主义文学的全面恢复为开端，逐渐走向深入，并表现出开放性特征，现实主义再次雄踞主流地位，规定和制约着时代文学的总体走向。1985年前后，文学新潮迭起，形成当代文学史上空前繁盛和复杂的创新态势。在文学新潮的挑战中，现实主义固然仍立于不败之地，但大一统地位显然开始动摇，一时间，在色彩斑斓的文学园地中，很难找到一种主色调，特别是进入90年代以来，私人化写作兴盛，越来越多的作家刻意使自己的创作卓立于时代和公众之外，与主流文学相疏离，更加导致了文学的多元机制和多种可能性。就如陈思和先生所言：由"重大而统一的时代主题深刻地涵盖了一个时代的精神走向的""共名"文化状态，转向"价值多元、共生共存"的"无名"文化状态。① 当人们为文学终于突破了单一封闭

---

① 陈思和：《〈中国当代文学史教程〉前言》，《当代作家评论》2006年第5期。

而迎来多元开放的良性发展阶段而欢欣鼓舞时，又有人不无忧虑地指出了潜藏在浮华表象之下的危机，即时代主流的弱化而形成了文学创作无序发展的状态。至 20 世纪 90 年代中期，现实主义文学以全新的面目再次引起文坛和读者的关注，但大一统的文学共名时代一去不复返。从 20 世纪末到 21 世纪以来的多元文学景象，确乎是以主流与支流并存、公众化与个人化同在的复合样态，宣示着文学新时代的到来。

以周秦汉唐博大精深的历史文化为源头，以发生在陕西境内的延安文艺为母体，陕秦文化滋养下的当代陕西文学创作，既表现出独具一格的地域性文化和审美特征，同时在中国当代文学迁延变化的几个历史时期，都带着更为典型的民族国家文学的总体思想气质和艺术特征。换句话说，中国当代文学之脉，始终强烈地跳动在陕西文学创作当中。作为一方地域的陕西文学创作，以其极具实力的创作群体，取得卓然于世的文学成绩，此种特殊地位和影响的得来，除了深厚的历史文化渊源，更关键的是陕西文学在自觉不自觉中参与、融会或者构成着当代文学的主流，以其自身的规模态势和艺术品格构成主流文学中强有力的一脉。无论是考察当代现实主义文学的发展历程及美学高度，还是展望当今文学创作的发展前景，陕西文学创作都极具代表性。

1. 当代"十七年"与陕西地域文学

"十七年"现实主义美学成就主要体现在长篇小说领域，从长篇小说创作的发展线索中，可以看出"十七年"主流文学的演进状况。如果以 1956 年为界，将"十七年"小说创作分为前后两个阶段的话，可以发现，杜鹏程的《保卫延安》和柳青的《创业史》恰恰是这两个阶段最有代表性的作品，它们分别反映了最具时代特征的题材内容，即再现革命战争岁月及和平时期的建设生活，并通篇洋溢着高昂的时代精神。

以新中国初期一系列小说创作作为准备和铺垫，于 1954 年问世的长篇小说《保卫延安》，是当代文学起步途中的界碑性作品。《保卫延安》中对于时代精神的张扬，对于英雄形象的塑造，对于史诗构架的初步探索以及由此而显现的崇高风格，在当代文学史上具有重大的开拓意义。它迎合了时代对于文学的必然性要求，确立了当代现实主义小说的基本范式，虽然仅仅是起步，但这一起步无疑是高起点的，并且是全方位的，它达到了时代所能允许范围内的最高水平，使得《保卫延安》成为代表初期社会主义新文学辉煌成就的作品。以此为基础，20世纪50年代末60年代初，迎来当代小说的第一次繁盛，一批长篇小说中出现了较为成熟的性格结构，柳青的《创业史》是代表作。英雄性格是民族性格、时代性格的集中代表，以英雄人物为中心来结构作品，必然会带动巨大的历史事件同时运行，使长篇小说呈现出多维立体的艺术效果。除英雄典型梁生宝外，《创业史》还出色地刻画了真实性、典型性程度更高的老一代农民形象梁三老汉，大大加强了当代小说现实主义的美学力度，其形象具有深远的认识价值和美学价值。

《创业史》同样以博大的精神境界取胜，属于"十七年"长篇小说中震撼了一代人的经典作品之一。今天，人们若要了解"十七年"文学的大概状况，《保卫延安》和《创业史》应该是首选篇目或必读作品。新时期以来，权威性的当代文学作品选本中①，"十七年"长篇小说占的份额再小，也少不了柳青的《创业史》，这至少可以说明《创业史》在当代文学史上的显赫地位。

当代文学产生的特殊历史背景及受当时政治文化形态的制约性影响，使现实主义文学的主流性地位与生俱来，单一与封闭的文化环境加强了主流文学的唯一性和排他性，当几乎所有的文学创作都迎合现实主义主流，或强或弱、或多或少地压抑和削弱了个性特征、个人风格，表现出对时代精神和时代风格的认同与靠拢时，那些站在主流前沿或能够代表主流文学的作品会被认为是共同性减损了独特性、时代风格取代了个人风格的结果，因为这些作品毕竟强化着主流文学的共同特征。

事实上，情况并不似人们想象的那样简单。迄今为止，虽然不是

---

① 如王晓明主编的《二十世纪中国文学史论》，附录"二十世纪中国文学重要作品系年"中，"十七年"间大陆的文学作品只入选三部，就有柳青的《创业史》。

全部，但大部分能够代表"十七年"文学整体水平的，依然是那些占据文学主流位置的现实主义力作，如"三红一创、保林青山"① 这样的长篇小说。这些作品之所以今天还在读者和研究者的视野当中，至少证明它们经受住了时间的考验，有其存在的历史价值。毫无疑问，这一代作家的主体意识与国家主流政治意识是非常一致的，但表现在文学创作中，毕竟又不是简单的等同关系。艺术创作，特别是好的和比较好的创作，一定是程度不同地融合了作家个体的生命意识与个性特征，才使作品鲜活而有生命力。"十七年"的文化背景下要达到这一点自然异常艰难，但可以肯定的是，优秀的作家总是最大限度地融主观与客观为一体，在主客观的碰撞之中孕育并最终产生成功的文学作品。在追求主客观融合的创作过程中，杜鹏程与柳青应该可以算作当代作家中的代表人物。他们对政治与艺术的关系处理，并不是将二者绝对对立起来，他们主观上试图艺术地处理文学中的政治意识并为之不懈努力。在优秀的作家和作品那里，政治"倾向本是作家的整个人生体验的有机部分，它并未从作家灵魂中分离了出来，抽象为简单的口号或教义，相反，它是与作家对宇宙、生命、世界的深挚感悟融为一体的，所以，当作品成为作家灵魂的肖像时，人们固然可从肖像中看出政治神情，却无力辨析到底哪条皱纹、哪缕肌理是图解政治的，哪些却不是。真正浑然一体的艺术品是不允许作机械的政治穿凿的，这就使含有政治性的艺术品，同那些政治化的艺术赝品划了一道界线"。② 对"十七年"部分较为优秀的文学作品亦可作如是观，在这个文学艺术逐渐被政治意识所侵蚀最终被取代的过程中，人们虽然很难在艺术化的政治与政治化的艺术之间划一条明确的界线，但相对的优劣却能程度不等地分别开来。

当然，杜鹏程的《保卫延安》和柳青的《创业史》终究难以逃脱"十七年"的历史局限，如果说20世纪50年代初期由于政治环境相对开明，作家拥有更多的发挥自由创造力的条件和可能，使得《保卫延

---

① 概指"十七年"长篇小说《红旗谱》《红日》《红岩》《创业史》《保卫延安》《林海雪原》《青春之歌》《山乡巨变》。

② 夏中义：《文学：作家的生存方式》，《社会科学》1993年第2期。

导论　中国当代文学格局中的陕西文学

安》在稚拙之中取胜于那份纯真的热情与质朴的情态；而《创业史》中，作家柳青将自己对中国农村社会主义革命的思考注入创作过程，作品呈现出激情与理性的复合色彩。《创业史》在内容的深厚凝重及对社会生活的艺术把握、艺术再现诸方面，显然超过了《保卫延安》，走向当代现实主义的成熟状态，但由于当时左倾的社会政治，人文环境的紧张，造成作者认识的偏差以及认识与艺术的游离也显而易见。作家柳青由于时常处于主客观矛盾、割裂的状态，给《创业史》留下了难以弥补的缺憾，这种矛盾状态投射到作品中，也使人们得以从一种复杂的文学文本出发去研究认识"十七年"作家的生活与写作方式，这也算是一笔宝贵的文学财富，在此方面，柳青和他的《创业史》都是具有典型意义的。

　　杜鹏程与柳青这两位陕西作家对当代现实主义文学的建设和发展做出了卓越贡献，他们是在"十七年"间富于个性、富于主体激情与创造性的作家，他们竭力将主体的需要与时代民族的共同需要完美地结合在一起，在主客体的融合中最大限度地发挥了个体的艺术创造性。他们的文学成就得益于个体与时代的合拍，而他们的艺术局限也是历史的、时代的局限使然，不能太多地苛求于作家本人。艺术创造到了杜鹏程与柳青这样的高度，已经不再是作家个人的行为或者陕西区域性的收获，这在更大程度上应该属于一个国家、一个时代的文学成就，其局限和经验教训也当属一个国家和一个时代，自然也属于当代现实主义主流文学。

　　一般而言，主流文学形态是以共同的文化传统背景为支撑并发展而来。在当代，它曾表现为文学的社会政治性价值功能和文学的现实主义操作范式，由此形成几乎绝对化的写作传统。杜鹏程和柳青这样的作家能够在紧贴时代脉搏的同时，坚持发出个人的声音，这种艺术家的独立精神愈加难能可贵。新时期文学开始之初，现实主义传统的恢复和深化主要表现为文学真实性与理性批判精神的回归及加强，而在作家主体方面，则是在继续坚守共同文化传统的同时，尽力张扬主体的独立精神，初步显示出作家个人化的写作姿态，所以新时期文学虽然在现实主义大潮之下，但比之"十七年"，已弃绝了僵化和单一，创作主体生机勃发，个性风格亦多姿多彩。

从现代长篇小说艺术发展的角度看，一方面，20世纪50年代末到60年代初，长篇小说呈现出情节结构与性格结构并存且二者相互结合、逐步转化的发展态势，情节线和性格发展线二者经纬交织，复线式、立体式史诗结构俨然出现。严格地讲，《保卫延安》的侧重点仍旧是革命战争史，这是由英雄性格的不成熟造成的。《创业史》则以英雄人物为中心来结构作品，并带动巨大的历史事件同时运行，从而把广阔的社会生活引入作品，形成庞大而深厚的艺术画面。柳青以立体网状结构突出作品的艺术整体性，营造宏伟的史诗巨著，显然代表了当代长篇小说的一次长足进步。另一方面，在新的小说观念和小说艺术范式的形成中，当代文学中普遍存在的问题和弊端，诸如小说对社会政治化主题的刻板演绎，"两军对垒"的模式化结构布局和类型化的性格塑造，都对小说真实性和人物生动性带来巨大损伤。这种以单一的意识形态视角观照社会生活所造成的一个时代文学的固有局限，在《保卫延安》和《创业史》中都表现得非常突出和典型，而且正因为这两部小说分别被当作当代文学的开端之作和成熟时期的范式之作，才更强烈和深刻地影响了当时和后来的文学风气，从而构成性地决定了当代小说的整体审美品格。甚至于，时至今日当代小说所面对的艺术限制，也常常能从共和国文学的发生时期，即那个时代所谓的"共同文体"或"既定常规"中找寻到一些因缘余绪。除了这些作品本身的文学史意义和经典性讨论，文学基因的传承和突变及其之间的复杂关系，或许是回返文学历史现场更为深远的意义所在。

2. 新时期文学与"文学陕军"现象

从20世纪40年代解放区文艺的实验性开拓，到1949年后中国当代文学体系的全新建立，置身于解放区地缘文化环境之中的陕西文学，顺应文学的时代主流，凸显文学的时代风格，在20世纪五六十年代的中国文学格局中居于重要地位。陕秦历史文化的深厚渊源、陕西文学与中国当代文学之间的生发和构成关系，持续影响和推动着陕西文学的发展，在"文革"结束后中国改革开放的新时期，属于一方地域的陕西文学尤其是长篇小说创作，继续彰显着强有力的艺术创造精神，

导论　中国当代文学格局中的陕西文学

以更具规模的群体性文学行动和卓然于世的创作成就，赢得读者和评论界长久的关注，甚至带来全社会的轰动，不断证明着陕西作为当代文学重镇的艺术创造实力。

20世纪80年代中期现代主义文学的出现，可视作对主流文学的第一次挑战。社会变动、观念变动引发文学创作上勇敢挑战成规，走向全面深刻的艺术革新。现代主义对当代文学最大的变革意义是打破当代文学单一和趋于僵化的思维模式，在观念与艺术手法上对整体文学的全方位渗透。新旧碰撞的结果是，现代主义不仅反拨传统，同时也与传统互补共存，多元化文学景观由此生成；而现实主义由于兼收并蓄、大胆改革，实现了审美意识的自我更新，进入一种前所未有的良性运转之中。主流文学在此种兼容互补之中走向开阔、深厚，因而更具强大的艺术生命力。

每个时期有每个时期的文学主流，大一统与绝对化往往使主流的存在显得形单影只，难以在八面来风、兼收并蓄中得到长足发展。在1985年开始出现的多元文学格局中，持开放姿态的现实主义文学应该还处于文学的主流位置，起决定性作用的因素显然是：中国深厚的传统文化、仍处于转型时期的社会现实状况以及长期以来形成的接受者的审美习惯。

从路遥、贾平凹、陈忠实为代表的小说家的艺术创作中，笔者明显地感受到他们与陕西前辈作家那种割舍不断的生命联系，那种自觉自愿的艺术膜拜，这表现为文学观念、审美理想、人格品质、创作题材、创作方法、艺术风格等诸方面的承续关系。柳青曾将文学创作比作"愚人的事业"，以"六十年为一个单元"，付诸自己生命的全部。新时期的陕西作家们依然怀抱"神圣的"文学理想和信念，辛勤耕耘，收获颇丰。20世纪80年代，路遥和贾平凹的创作自觉迎合文学的现实主义潮流，他们立足自己的生活根据地，又紧扣时代精神的脉搏，一步一个脚印，逐渐构建出宏大的又极富个性特色的文学殿堂，从而成为新时期文坛上颇负盛名的实力派作家。路遥的《惊心动魄的一幕》《在困难的日子里》《人生》都堪称伤痕反思文学中有分量的作品，特别是中篇小说《人生》，因深刻多义的主题内涵，复杂而又鲜

· 13 ·

活的人物形象在千千万万读者当中引起轰动,而三卷本《平凡的世界》,则是路遥用自己的血肉和生命构筑的宏大艺术工程,也标志着路遥创作的巅峰。贾平凹从早期的"山地牧歌"式小说开始,自觉营造着属于自己的艺术世界,而当颇具规模的"商州系列小说"出现时,贾平凹则跨越了创作的初级阶段,进入深厚广阔的艺术层面,长篇小说《浮躁》的问世,可视作"商州系列小说"思想艺术特色的集大成者,也是此类小说的最高成就和总结。贾平凹以自己的艺术个性切入了寻根文学浪潮,虽然他的系列中短篇小说在单色调的陕西文坛中显得别具一格,《浮躁》相对传统的现实主义小说也有大异其趣之处,但总体上还没有超逸于新时期主流文学。以文学史的眼光回溯80年代的中国文坛,陕西作家路遥和贾平凹的小说创作应该是现实主义恢复、深化和开放过程中颇具实力和有相当代表性的,特别是针对长篇小说《平凡的世界》和《浮躁》而言。在西方现代派文艺思潮席卷文坛,文学发生急剧变革的背景下,像路遥和贾平凹这样的作家表现得非常冷静和清醒,面对深厚的传统文化积淀和新潮的强烈冲击,面对自身的创作状况,他们选择了各自不同的融合传统之路,在自我适应的抉择中谋求新的突破。事实证明,路遥的《平凡的世界》是一部能够代表80年代现实主义文学水平的优秀作品,而贾平凹的《浮躁》则成为作家创作转折路上的界碑性作品。从《平凡的世界》到《浮躁》,除由于作者文学观念、审美方式及个性气质的差异而造成作品的风格、韵味不同外,从中也可以看到新时期现实主义小说在演进过程中的某些艺术变化,这些变化,起码在80年代是有代表性的,而且也是有进步意义的。

《平凡的世界》问世于1986年,《浮躁》于1987年出版。从两位作家个人来说,这是他们在前期中短篇小说创作已经取得巨大成功的时候,第一次以长篇小说的艺术形式获得文坛和读者的广泛认可,其艺术反响持续至今。从陕西地域文学来说,"陕西作家群终于有了新时期以来的第一批长篇小说,而且一开始就达到一个比较高的艺术品位"。[①] 陕

[①] 陈忠实:《关于陕西长篇小说创作的回顾与展望》,《小说评论》1995年第4期。

导论 中国当代文学格局中的陕西文学

西由此迈开了长篇小说创作热情而坚实的步伐，到90年代，确切地说是到1993年，"陕西先后有京夫高建群鄙人（陈忠实——作者注）贾平凹程海五位作家的五部长篇小说在北京五家出版社出版，形成了这个群体创作大释放状态"。① 这就是被评论界称为"陕军东征"的文学现象。陕西以集团军的阵势，推出陈忠实的《白鹿原》、贾平凹的《废都》、高建群的《最后一个匈奴》等长篇厚重之作，形成长篇小说的又一轮创作热潮。在文学史的视野中反观当时的中国文坛，陕西长篇小说的兴盛也反映了新时期中国文学演变到90年代的整体突进。变革时代的文学，大约会以十年为一周期迎来长篇小说收获的季节，从五四之于30年代的长篇热，中华人民共和国成立之于20世纪50年代末60年代初的长篇热，以及80年代起始的新时期文学之于90年代初的长篇热，大致可以看出其一定的发展规律。

陕西作家以沉稳的心态穿过喧嚣的80年代，在私人化的写作环境中似乎无所建树。或许因为地域性封闭落后而造成思想上的因循守旧，他们总是难以割舍传统的文化精神，难以承受被抽取了思想抽取了价值的文学之"轻"和文人生命之"轻"。80年代新潮迭起之时陕西作家就曾经徘徊踌躇，思索不止而终有所获，以此为经验，陕西文学应该在艰难缓慢的步履之中蕴含着创作上又一次全新的跃动。而实际的情形是，陕西文学以"陕军东征"为标志迎来了自己的又一个黄金时代。据统计，90年代以来，陕西作家群体每年都有十部以上的长篇小说出版，这种井喷状创作态势迅速掀起陕西文学的又一个高峰，使之成为新时期文学长足发展中的一股雄厚力量。

这种颇为壮观的长篇小说创作景象，不仅展示出更为丰富深厚的历史与现实人生内容，而且在写法上不拘一格，异彩纷呈。不言而喻，陕西作家的这批长篇力作依然多出自现实主义大旗之下，但有一个普遍的趋向是作家们不再刻意将时代公众与个人主体对立起来，他们试图从个人化体验出发，参与到世纪末的精神建设上来。在作家们的眼中及笔下，现实主义无疑是一种能够不断进行自我调节、自我更新的

---

① 陈忠实：《关于陕西长篇小说创作的回顾与展望》，《小说评论》1995年第4期。

审美形式的开放体系，他们在这一体系中不但没有受到丝毫制约，反而显示出更为自由的主体创作意识，最有力的证明就是《白鹿原》的创作。陈忠实灵活自如地操纵着现实主义手法，并最大限度地发挥了自己的艺术创造力，作品从整体到细部发散着写实文学独到的艺术魅力。《白鹿原》是对现实主义文学继承、整合和超越的经典之作，它的成功，应和着人们重塑主流文学，再振时代精神的迫切愿望。

一方面，《白鹿原》自觉的史诗追求，与"十七年"《保卫延安》《创业史》遥相呼应，同时又以其更高的史诗品位矗立于接近21世纪的当代文学发展史上，它的划时代意义世所公认；另一方面，与前辈作家相比，《白鹿原》丝毫没有淡化作家的使命感与责任心，这并非表面的功利化的附着，而是渗透在作品中对国家、民族乃至人类前途命运的热切关注和深刻思考，可以说是一种更为长远的功利色彩。它们既出自对地域性、传统性文学精神的继承，又超越了地域和传统，延伸为文学的审美品格和文学的终极意义。对于理想的主流文学来说，审美品格和终极意义必定不可缺少。

《白鹿原》以一种融合的气度立于主流文学新的生长点上。在创作中，作家要求自己既全方位地吸收传统文学精华，又要彻底摆脱宗师的阴影，如陈忠实自己所说："必须尽早甩开被崇拜者那只无形的手，去走自己的路。""但无论如何，我的《白》书仍然属于现实主义范畴，现实主义者也应该放开艺术视野，博采各种流派之长，创造出色彩斑斓的现实主义；现实主义者更应该放宽胸襟，容纳各种风貌的现实主义。"[①] 这里再没有当年路遥在选择创作方法时的困惑和焦虑，因为选择现实主义并不意味着自我封闭，也不意味着要与其他创作方法相对立，而且经过时间的沉淀，新时期以来各阶段各流派的文学经验已相当完备、相当丰富，加之陈忠实在创作之前所作的思想准备、艺术准备、理论准备、心理准备，等等，这就为《白鹿原》超越现实主义固有水平提供了主观和客观条件。

文学创作说到底是一种个体劳动，是属于个人化的行为，在崇尚

---

① 陈忠实：《关于〈白鹿原〉的答问》，《小说评论》1993年第3期。

导论 中国当代文学格局中的陕西文学

个体的时代,发挥自己的艺术个性,熔铸自己的主体情感,是文学艺术家最合理也必须坚持的创作途径。陈忠实正是从主体全新的体验出发,进入对中华民族命运的重新思考。但《白鹿原》又完全不像一些"新历史小说"那样将历史沉浸于自己的主观臆想之中,对历史进行不负责任的随意编排。作者从对原始资料、原始事件的个人化感受出发,潜入历史生活中真实鲜活而又为时代观念所遮蔽的层面,揭示出历史迁延变化之中人性及其灵魂曲折的演进历程,并赋予自己可能的价值估量。这一切,都通过陌生化的审美再创造,成为灵动的形象和逼真的场面活跃在读者面前。《白鹿原》的成功在于历史与艺术的完美契合,客体与主体的高度统一。

陕西文学创作的现实主义走向顺应了当代文学的主流,并在两度非主流的挑战中坚守文学的主流阵地,迎来90年代蔚为大观的收获季节。其根本原因在于陕西文学的选择紧贴本土地域性要求和我们现实的、民族的、时代的要求,这是更适合中国的土壤和时代特殊性的文学选择,这种必然性与合理性使得陕西文学在自觉与非自觉中成为主流文学的构成部分,并有力地推动了其成长和发展。

3. 21世纪视野中的陕西文学

深厚的现实主义文学传统,"陕军东征"的斐然景观,以及陕西文坛"三驾马车"的斩获茅奖,使得作家普遍存在着长篇创作的"优胜情结",誓以一部长卷定天下,评论家也惯以长篇创作论英雄。以21世纪以来长篇小说涌现的庞大数量和艺术个性的丰富多样来看,陕西依然是生长长篇小说的一片沃土,长篇的丰收也依然带给陕西文学无限的生机和希望。而21世纪以来,陕西长篇小说正在呈现出令人惊异的新变,正在和已经打破了既往的创作格局和评价系统。于是,从长篇小说的创作现状和发展态势来考察和评判陕西文学,依然具有全新的和代表性的意义。

首先是地域性特色的淡化和隐失。评论和研究陕西小说,一直有一个绕不过去的视界,就是文学的乡土性和地域性文化阐释。这一思路源自20世纪80年代的文学文化学研究热潮而一度成为流行,却也切近和吻合了陕西文学创作的基本状况。从柳青、路遥、贾平凹和陈忠实这几位小说家的长篇创作中,非常典型地体现出陕西文学以乡土叙事为主流的鲜明地域文化色彩,从乡土题材和地域文化的角度进入,很大程度实现了对陕西文学的总体观照,也相当有效地把握住了这一文学群体的文化审美特征。乡土写作曾经是陕西长篇创作的立足点和传统优势,21世纪以来依然不乏延续这一传统的作家作品,其中贾平凹的《秦腔》还引发了人们对"后乡土"叙事的热切关注;冯积岐的《村子》也为当代乡土小说增添了新的艺术景致;还有王海的《天堂》、高鸿的《农民父亲》等长篇小说皆直面农民的生存苦难,取胜于朴实厚重的美学风格,但与以往文学史相比,乡土叙事本身已经汇入了21世纪文学多元化的艺术表现之中,不再独占陕西地域文学的首席位置了。

陕西文学的乡村乡土式单色调局面在90年代开始改变,越到后来,作家涉足生活的领域就愈加宽泛,小说题材五花八门甚至令人眼花缭乱,越来越多的长篇新作,难以用农耕生活和地域文化来框囿。列举较有影响的几部小说来看:叶广芩的《采桑子》运用的是与中国历史变革有着千丝万缕联系的满族贵胄家族生活题材,且京味浓郁;红柯一直沉醉于边疆民族自然与人生状态的意象描画,长篇《西去的骑手》和《生命树》更为宏阔地展示了草原文化和异域风情,与他大量精美的写意性中短篇小说相比,他的长篇小说在继续发挥其丰富的想象力的同时,加强了小说还原现实的能力,标示着红柯走向虚实整合的艺术境界;杜文娟热衷书写旅行西藏的体验,纪实性长篇《阿里阿里》带给读者的不只是西藏的神秘,还是阿里人真实的生存图景;方英文的《落红》和《后花园》表现都市世态人情和知识分子破碎零落的精神状态;马玉琛的《金石记》《羽梵》写长安城里古董界和养鸽界的奇人异事,小说中流溢着古往今来的传统文人气韵;李春平的《步步高》和《领导生活》涉笔"官场",写出了"政治生活"的新气象;秦巴子的《身体课》是一部全新意义上的"身体写作",诗性的身体语言和智性的哲学思考几近完美地融合于一体。在当代文学从"乡土"到"都市"的转移中,陕西文学算是比较滞后的,而一旦突破"写什么"的自我限制,对文学世界的全景展示就表现得相当

导论 中国当代文学格局中的陕西文学

出色。如"70后"作家弋舟专注于写城市生活故事,小说中被人所称道的先锋精神,也是深植于城市人的生存状态和精神结构之中的。其最具代表性的长篇小说《蝌蚪》、《战事》和《跛足之年》,都突破了城乡二元对立的结构套路,致力于表现人与城之间更隐秘的精神联系。作家笔下那些"现代都市中的游魂",作为一种群体性精神意象,极大地丰富了小说对现代城市的审美表现。又如刘晓刚,也是一位勤奋的"70后"小说家,他在21世纪推出的《活成你自己》《天雷》《夜奴》等一系列长篇小说,充分表达了作家对现代都市人生的深切体验,揭示和批判了寄居在病态社会之上的病态人性。在21世纪崛起于文坛的,还有一批新锐女作家周瑄璞、唐卡、王晓云等,几乎都是擅长都市题材的,她们笔下的"欲望都市"和深陷其中的女性形象,也令读者完全读不出所谓的地域特色。超越陕西文学既成的高度,可能要先面对飞速变化的外部世界和随之改变的人的内心生活,在文学发展新的生长点上出现的这些长篇小说,可能还没有抵达艺术自足的理想境地,但从中可以看到地域性文学新变的巨大潜力。小说创作在淡化和隐去地域性标识的时候,也正努力走向更为壮阔的对世界和人类命运的关怀和更加深刻的对人的灵魂奥秘的揭示。也就是说,在更加自觉地追求长篇小说普适思想价值和艺术的个性化时,不自觉地进行了对地域文学生态的强力扭转。令人期待的是,这一文学的拓新群体,何时能够撑起真正属于自己的一片文学天空。

其次,与"去地域性"相联系的另一重挑战,是长篇小说对"厚重"的"史诗性"艺术使命的卸除。"史诗性"追求是陕西文学最引以为豪的伟大传统,"去史诗性"意味着要比前代作家更加彻底地摆脱文学宗师的影响,在"反传统"的路上走得更远。叶广芩的《青木川》试图拨开主流话语构建的"大写的历史"而寻找存活于民间记忆中的"历史真相",她没有刻意于小说的"史诗性"营造,却在接近和走入历史现场的努力中,讲述那些纷繁杂乱而又逸趣横生的民间故事,发现其中人性的美好与幽暗。方英文和马玉琛的小说用不同的笔墨展示了当下文人普遍存在的回归古典、民间与故园的文化心理和精神取向,反拨了长久形成的知识分子以承载政治道德理想为文学诉求

· 19 ·

的小说传统。擅长写老西安的作家鹤坪,以《民乐园》写市井男女与古旧风烟,他用百年西安的风俗民情构筑的"文学历史",显然是更远离宏大叙事传统的。长篇小说的简约化和轻灵化是易引起文坛批评的创作倾向,对简与繁、轻与重和俗与雅的不同价值认定,反映的还是文学思想和小说观念问题。小说的"宏大叙事"和"史诗性"追求在百年中国历史文化的特殊语境中生成,负载民族国家复兴和社会政治变革使命的小说观念,长久地影响乃至决定着作家的艺术创作和读者与评论家的价值评判。事实上,很多小说家离开传统而毅然转身,是中国社会再一次重大变革的力量推助所致。当人们身处自由、松散和满地文化碎片的多元化世界,小说为实现多种功能意义而选择不同的创作路向,也就成为必然。有意思的是,当小说背离了"传统",开始亲近民间、认同世俗乃至走上市场化道路时,却续接了中国小说传播"街谈巷说"、意在娱乐消闲的远传统。到底什么是好小说?当然不可能再用同一种标准衡量五花八门的小说创作了。

"地域性"和"史诗性"中隐含着集约和趋同的意思,真正出色的小说家,即使以地域特色和史诗品格为标记,也一定要将不可复制的创造个性体现在小说当中。在21世纪20年的陕西长篇小说创作中,依然执着于百年历史叙事的长篇小说如李春平的"盐道三部曲"(《盐道》《盐味》《盐色》),作家将笔触深入到百年前的秦巴山区,把笔墨落在延续了几千年的镇坪古盐道遗迹上。小说构筑的家族叙事框架,承载着他想要表现的文化内涵与历史记忆,巴山盐背子家族的日常生活带着浓郁的巴蜀文化特色,人生故事中内蕴的历史文化根性思考,带着作家自己的艺术个性。"70后"作家周瑄璞的长篇力作《多湾》,也是在一种广阔的历史视野中,进行一代人的文化寻根和自我审视。《多湾》最大的不同,是作家以个人姿态、个人话语重述家族史,带有浓厚的个性化体验和情绪色彩。每一代作家都有其驻足的当下,也有需要他们回望的历史,"70后"一代作家整体来看,"自我"及其生命体验在创作中所占的位置,比前辈作家更重要也更鲜明。《多湾》带着个人化写作的时代标识,如果说它是史诗,那也是一部"一个人"的史诗。

如果说陕西地域文学一直以执守传统和稳健发展见长，在艺术手法上偏于保守，而在21世纪以来则普遍表现出更为强烈的创新意识，体现在长篇小说的艺术探索上，老中青几代作家都有不同程度的突破。一方面是吸收和借鉴西方小说的艺术营养，兼收并蓄中促进现实主义的自我更新；另一方面也在审美意识的日益活跃和变化中，推动小说走出现实主义的疆界，带上更浓重的现代主义色彩。如冯积岐对意识流手法和多重叙述视角的运用，创造出自己独特的"现代现实主义"小说；一直长于报告文学创作的女作家冷梦，则用寓言体形式结构出长篇小说《西榴城》，穿越和魔幻的叙述手法契合了作品蕴含的现代艺术精神；安黎的长篇力作《时间的面孔》以揭破现实荒谬和勘探人性幽暗为目的，扑面而来的"荒诞真实"和"黑色幽默"，使作品"披了一件现实主义的外衣，但骨子里却透射着表现主义的气息"[1]；寇挥一出手就以新生代小说家的异质风格令人为之侧目，他的《想象一个部落的湮灭》和《北京传说》，是在广泛吸收西方现代主义的艺术营养、基于中国的现实土壤营构出的魔幻现实主义作品。大凡超越写实传统而趋向现代主义的成功之作，大都具有强烈的批判精神和深刻的哲理思考，他们的思想追求和艺术表现，构成陕西长篇小说日渐丰富多元的总体艺术面貌，同时也为陕西地域文学的持续发展提供了多种可能，带来了无限生机。

在陕西地域写作中，贾平凹一直是最出格、最另类，也是引起争议最多的小说家。如前所述，他是较早意识到传统的史诗性框架和写实方法对自己的束缚进而求新求变的，长篇小说《浮躁》完成后开始新的艺术突围，从20世纪90年代的《废都》《土门》《高老庄》《怀念狼》，到21世纪第一个十年的《病相报告》《白夜》《高兴》《秦腔》，再到第二个十年以来的《古炉》《带灯》《老生》《极花》《山本》《暂坐》《秦岭记》，贾平凹在自认为适合自己的路上坚定不移地走来，文学潮流不断更迭变迁，争议乃至批判持续存在，贾平凹不为所动的坚持，成就了他自己的文学风景。这应该也是贾平凹40年处于

---

[1] 李向红：《与安黎一起看〈时间的面孔〉》，《陕西日报》2011年2月9日。

文学主流的边缘而又立于文坛前端的原因所在。贾平凹守着自己熟悉的生活领地，开掘出一个全然异质的文学世界；贾平凹属于陕西地域，却也超越了一般意义上的地域文学。作为典型案例，贾平凹对陕西后代小说家如何走出一条自己的创作路子，应该有重要的启示作用。

是作家"去地域性"和"去史诗性"的自觉努力造成了陕西长篇小说的风姿不同和意趣各异，还是时代赋予的自由文化选择和个人化艺术追求，塑造出作家群体全新的个体形象，让陕西文学往日不可动摇的辉煌传统，成为渐渐远去的巨大背影？多向促进和全面生成应该是更客观、更公允的答案，问题是如何面对、如何衡量和作出评判。从21世纪以来长篇小说出版的数量和花样繁多的局面看，其实是超过了以往任何一个长篇小说繁荣的时代，但萦绕于读者耳际的、充斥于各类刊物的，更多的是质疑和批评，是失望的乃至悲观的声音。走出共名时代、难以找到主色调乃至无法完成全面阅读的长篇小说发展现状，本身就形成了对批评家新的考验。就陕西文学而言，我们曾经热衷并自信的地域文化性把握和史诗性评判，对于已经挣脱了地域限制的自我行走中的长篇小说创作，是否永远有效？当年几部轰动性的长篇巨制就可以证明一个繁荣时代来临的评判标准，可否依然适用或切合当下的创作实际？当小说回到小说艺术自身，回到每个爱小说和写小说者的身边，小说世界却变得和以往如此不同——一面是长篇小说海量增加汹涌而至的现实景况；一面是小说艺术全面衰退、沉沦，乃至文学将要消亡的危机预言。是我们对小说的判断力出了问题，还是真的需要重新思考我们的小说观念以及价值认识系统？

陕西文学尤其是小说的创作成就，曾经是当代现实主义文学主潮中强有力的一脉，今天陕西小说创作的发展态势，也还是中国小说时代变化中一个具有代表性的群体景观。无论数量上的逐年成倍上升和质量上的雅俗互见、参差共存，陕西文坛都可以折射到全国。地域性问题放大了讲就是文学的民族风格问题，对于宏大叙事和史诗性追求的反思，也是回返中国百年文学和重估传统价值观念时难以回避的核心艺术命题。这样看，考察21世纪以来陕西地域的小说创作群体，依然是考察中国当代文学的有效途径，其意义依然是通向中国文学的整体发展和未来走向而不仅限于陕西。

四 关于陕西作家及其长篇小说的研究

如果以解放区文学作为源头，融入中国现当代文学历史中的陕西文学，已经走过了七十多个年头，呈显出数量壮观、成就空前的文学库容，作家队伍也形成四个各具特征的代际层次。因而在20世纪八九十年代以来，陕西省就被称为文学大省或文学重镇。再如上所言，陕西文学创作具备超越地域性的文化和审美品质，当代陕西文学研究，既是对地域性文学研究的拓新和深入，也有超越地域性研究的递增价值和全局意义。陕西文学研究脱胎于20世纪五六十年代的文学评论，80年代开始起步并迅速发展起来，且持续成为当代文学研究中的一个热点话题，几代学人潜心于此，积累了丰厚的研究成果。近年来，对西部文学的广泛关注和深度研究，更是大力推动了作为西部核心的陕西文学研究。大概而论，当代陕西文学研究经历了以下几个阶段。

20世纪五六十年代，随着杜鹏程《保卫延安》和柳青《创业史》的问世，评论界开始把关注的目光投向陕西这块文学沃土，出现了非常有分量的杜鹏程和柳青的作品批评和创作研究成果，如冯雪峰的影响深远的长文《论〈保卫延安〉的成就及其重要性》（1954年）；引人注目的严家炎讨论《创业史》的系列文章《谈〈创业史〉中梁三老汉的形象》（1961年）、《关于梁生宝形象》（1963年）、《梁生宝形象和新英雄人物创造问题》（1964年）；而潘旭澜、胡采、徐文斗的评论尝试对作家创作进行整体把握，对创作过程进行较有深度的勘探。此外，陕西的王汶石、李若冰、魏钢焰等重要作家的创作，也进入批评家的视野，作品带来了良好的反响。综合以上，形成陕西文学研究的坚实基础，也可谓奠基时期。

20世纪年代初期，陕西文学研究和整个中国现当代文学研究同步，最先进行的是对"文革"时期强加于文学的政治诬陷和评价谬误的廓清和反正，一些优秀的作家作品再次进入读者和研究者的视野，具有代表性的如杜鹏程和《保卫延安》、柳青和《创业史》，重新得到了价值认定，回归"文革"前的认识和评价水平并在 80 年代中后期有了持续深入的讨论。随着陕军第二代的崛起和出色表现，关于陕西青年作家创作的批评和研究也随之起步，路遥、贾平凹、邹志安、陈忠实等作家的作品在全国范围内引起关注，在实力评论家笔下出现了很有分量的作品论和作家论，此期间的研究是和作家的创作同步成长的。

1988 年"重写文学史"的提出，带动了整个学术界对中华人民共和国成立后五六十年代创作乃至现代文学经典作家作品的重新解读和估定，表现出对既有文学观念的反拨乃至颠覆，推动了整个 90 年代的学术进展。在此背景下，柳青的《创业史》当先被再次讨论，陕西文学中第一代作家的创作面临时代和读者的严峻考验。从 80 年代末开始，陕西第二代作家的创作进入井喷状态，路遥推出长篇小说《平凡的世界》并获茅盾文学奖。1992 年，路遥不幸离世，陈忠实的《白鹿原》面世，引起巨大反响，陕军群体出击造成"陕军东征"的轰动效应，这些都使得陕西文学成为全国的关注热点，形成陕西文学批评和研究的一个高潮，出现了大量具有体系性和研究深度的评论与学术论文。《废都》曾经轰动一时并引发社会激烈的讨论，《平凡的世界》在读者中产生持久的影响，"路遥现象""贾平凹现象"持续成为新时期文坛上的惹眼话题。

80 年代和 90 年代，最为丰富的成果是作家和作品个案研究，在广度和深度上均有很好的积累，特别是柳青和杜鹏程的研究成果突出，出现了刘建军等人的《论柳青的艺术观》、孔范今和徐文斗的《柳青创作论》、蒙万夫等人的《柳青传略》、潘旭澜的《诗情与哲理——杜鹏程小说新论》、赵俊贤的《论杜鹏程的审美理想》等一批有分量的研究专著。畅广元主编的《神秘黑箱的窥视》，以合集的形式对陕西第二代中颇富影响的几位作家，逐一进行了创作专论性研究。以上成果既实现了对以往研究的全面突破，也作为进一步的学术积累和准备，为其后的综合研究打下了更坚实的基础。

21 世纪前 10 年的陕西文学研究，首先是日渐显示出系统、稳健的学术化趋向，表现在资料的搜集和整理取得前所未有的成就，主要是大专院校的研究者推出一批有较大影响的陕西作家作品的研究资料，

导论　中国当代文学格局中的陕西文学

为学术研究更全面深入地展开奠定了文献基础，如《〈白鹿原〉评论集》《说不尽的〈白鹿原〉》《〈废都〉大评》《〈秦腔〉大评》《路遥研究资料汇编》《贾平凹研究资料》等。其次是拓展了研究视野，凸显宏观意识，在纵向的历史沿革当中、在横向的全国性乃至世界性比较联系当中，观照当代陕西文学。最后是研究思路和方法的拓新与多元，如传统文化与地缘文化的研究视角，影响生成和平行比较的研究方法等。

从20世纪末到21世纪以来，出现了一批高质量的作家个案研究和经典作品专论，如吴进的《柳青新论》、赵学勇的《生命从中午消失——路遥的小说世界》、宗元的《魂断人生——路遥论》、姚维荣和李春梅的《路遥小说人物概观》、杨晓帆《路遥论》、李建军的《宁静的丰收——陈忠实论》、畅广元的《陈忠实论——从文化角度考察》、段建军的《〈白鹿原〉的文化透视》、费秉勋的《贾平凹论》、赖大仁主编的《魂归何处——贾平凹论》、韩鲁华的《精神的映象——贾平凹文学创作论》、黄平的《贾平凹小说论稿》、杨辉的《"大文学史"视域下的贾平凹研究》、魏华莹的《〈废都〉的寓言》、樊娟的《影响中的创造——贾平凹小说的独异生成》、程华的《细读贾平凹》、陈晓辉的《红柯小说的叙事维度》等；以及陆续面世的作家传记和创作年谱，如刘可风的《柳青传》、邢小利和邢之美的《柳青年谱》、王西平等人的《路遥评传》、厚夫的《路遥传》、张艳茜的《平凡世界里的路遥》、王刚的《路遥年谱》、海波的《人生路遥》、晓雷的《路遥别传》、冯有源的《平凹的佛手》、李星和孙见喜的《贾平凹评传》、孙见喜和孙立盎的《废都里的贾平凹》、畅广元的《陈忠实文学评传》、邢小利的《陈忠实传》、邢小利和邢之美的《陈忠实年谱》、王仲生等人的《陈忠实的文学人生》、李清霞的《陈忠实的人与文》、韩春萍的《丝路旗手：红柯评传》、杨辉的《陈彦论》等；还有系统和整体研究作家群体和史性观照地域文学现象的学术专著，如李继凯的《秦地小说与"三秦文化"》、马宽厚的《陕西文学史稿》、韦建国等人的《陕西当代作家与世界文学》、冯肖华的《文学气象与民族精神》、邰科祥等人的《当代商洛作家群论》、贺智利的《当代榆林作家群论》、李春

· 25 ·

燕的《新时期以来的陕西文学批评研究》等，视野、格局的拓展和研究方法的新变，带来陕西文学研究全局性的突破。

此外，近年来港台和海外汉学家对陕西文学的关注和研究，应该引起我们的注意。目前看到的多是作家个案整理和作品解读，如日本学者安本实的路遥研究，盐旗伸一郎的贾平凹、陈忠实研究，以及港台学者发表的相关论文，他们在资料考据方面的严谨务实，解读方面的精细深入，以及跨文化立场所带来的全新视角和理念，会给我们诸多新的启示和值得借鉴的经验。

综上，陕西地域文学的研究已经取得了丰富的成果，包括微观的作品解读品评与作家研究，以及文学历史与创作现状的宏观把握。本书从长篇小说这一重要艺术形式入手，进行陕西地域文学的历史性整合与艺术精神的研究，并从局部观照整体，以陕西的长篇小说创作这一重要的局部案例来解读中国当代文学，乃是一种全新的和更精准的研究思路。此思路源发于长篇小说在文学创作各类体裁中举足轻重的地位，和陕西在当代成为文学重镇的共识，以及陕西几代作家生生不息地营构长篇巨制的传统和业已取得的显著成就。

本书除了导论，主体内容为十三章，选择当代陕西具有代表性且文学个性鲜明的作家创作，逐次单元性地进行全面深入的评介和论述。本书的设计包含以下三个意图。第一，作家作品研读，是文学研究中最基本的内容，笔者力求把握每个作家的创作整体，并在纵向梳理当中，勾画出当代陕西文学发展演变的历史线索，呈现当代陕西文学创作的概貌。第二，以对陕西文学主要代表作家及其创作的剖析，论证与之相关的文学现象、文学思潮，乃至一个时代陕西地域文学和中国文学所达到的思想艺术高度。也就是说，避免孤立的作家作品个案研究，而是以点带面，带入文学的整体性和文学史考察，从作家作品的分析研究出发，通向对中国当代文学经验的总结和对时代文学问题的反思，相信这些陕西作家及其创作能够承载这样的学术命题，因为进入本研究的作家作品，基本是被公认为有艺术审美力量的，同时也是在当代文学史上有突出贡献或有较大影响的。而在开阔的视野中考量地域性文学的成就和局限，也更有益于准确把握地域性文学本身，并

导论　中国当代文学格局中的陕西文学

公正客观地评判其价值意义。第三，保证内容上的学术含量，实现可能程度上的学术创新。努力把现有的前沿学术成果纳入其中，并将笔者多年的学术积累和研究心得体现出来，以全新的开阔的思路进入陕西文学研究，既在个案讨论、作品重读的基础上谋求格局的超越，又在新的视野中深化和更新个案研究，在此种双向促进中推动研究走向新的突破，使本书成为有较高学术水准，并具明白生动的表述形式和有特色的专业研究成果。

第一章 杜鹏程:《保卫延安》与当代战争小说

第一节 战争体验与革命型作家

中华人民共和国成立后的第一代作家,大都具有相似的生活和创作经历——他们早年投身革命,由于革命工作的需要而深入革命生活,体验革命人生,认识和理解革命思想,进而拿起笔开始革命创作。在中国革命获取胜利、中国共产党执掌政权以后,他们创作的与时代精神相呼应的文学作品构成了共和国文学的主流,这些作家有梁斌、吴强、柳青、周立波、罗广斌、杨益言、杨沫、曲波、茹志鹃、郭小川、贺敬之、刘白羽、杨朔等,杜鹏程就是其中的一位。

杜鹏程(1921—1991),1921年农历三月二十八出生于陕西省韩城县夏阳乡苏村一户贫苦的农民家庭,而苏村南十五里处的"司马庙",是西汉太史公司马迁的葬地。杜鹏程三岁丧父,与寡母相依为命。1929年陕西遭遇大饥荒,杜鹏程被送进基督教办的孤儿院以求活命,在体验了"饥饿比上帝更有力量"的悲惨生活后离开了孤儿院。他10岁上私塾,一年后进入明伦堂小学读书,1933年在韩城县一家店铺当学徒,微薄的收入难以维持母子俩的生计。1935年杜鹏程离开店铺,到一个乡村学校半工半读,从此独自在社会上寻求活路,一方面开始努力读书,接触了不少左联作家的作品;另一方面,听到了许多关于红军的"神奇传说",并受到进步知识分子和地下党员的影响。所以杜鹏程曾说:"这三年,是我人生道路上的一个重要转折,可以说是人生的启蒙时期。"① 1937年抗战爆发，16岁的杜鹏程参加了一个党的外围组织"抗日民族解放先锋队"，他积极投身地方的抗日救亡活动，发奋阅读《共产党宣言》等马列著作和鲁迅、邹韬奋的作品。这时，已经懂得一些革命道理的杜鹏程看到了延安抗日军政大学招生的通知，他回忆说："我这穷人的孩子，除了投奔延安参加革命，没有别的道路可走。"② 1938年初夏，他和同学一起奔赴延安，开始了他所说的"真正的生命"。

初到延安的两三年，杜鹏程先在八路军随军学校和鲁迅师范学校学习，后被派到延川县农村从事教师工作，从此更广泛地读书，更扎实、更深入地进行革命实践，学习和革命相结合的生活方式贯穿了杜鹏程的一生。他在农村什么都干，"给农民讲抗日战争的情况，教农民的娃娃识字，给他们写信、算账，帮助乡长办理乡政府种种工作：开路条、扩兵、征粮、收军鞋、开荒种地……"杜鹏程说："假如没有这几年的生活基础，也是写不出《保卫延安》中陕北人民群众的形象的，写不出他们的历史，他们的斗争和生活状况。就是语言方面，我也深受陕北人民的影响。"③ 在农村当教师期间，杜鹏程所创作的剧本《反击》、《抗战》和《打击敌人》，都在陕北农村演出过。

1942年，杜鹏程调回延安，到延安大学求学，进行了从政治、经济、哲学到历史、文学等方面较为系统的学习，在知识素养和思想水平方面有了很大的提高。因为特殊的时代原因，这一代作家普遍存在知识素养和专业训练欠缺的问题。杜鹏程在延安大学三年多集中且系统的读书生活经历，对他以后从事文学创作起到了非常重要的作用。而另一个对杜鹏程的革命思想和无产阶级世界观产生塑造作用的是此时发生在延安的整风运动。如果说在延安大学之前参加的革命工作于杜鹏程而言还没有上升到政治理性与创作源泉的认识高度，他还不能

---

① 陈纡、余水清整理：《杜鹏程传略》，《中国当代文学研究资料·杜鹏程专集》，福建师范大学中文系编，1979年，第5页。

② 陈纡、余水清整理：《杜鹏程传略》，《中国当代文学研究资料·杜鹏程专集》，福建师范大学中文系编，1979年，第7页。

③ 陈纡、余水清整理：《杜鹏程传略》，《中国当代文学研究资料·杜鹏程专集》，福建师范大学中文系编，1979年，第8—9页。

深刻地理解投身群众运动的重大意义,那么经过延安整风运动,经过对毛泽东《讲话》思想精神的理解和接受,不仅提高了杜鹏程的政治文化水平,大大增强了其文学意识,也形成了他作为革命作家的独特世界观和文学观。由此,从普通革命者到革命作家的角色转换也在有意无意中发生了。1944年杜鹏程被调到延安的一个工厂当基层干部,这时候,他一边工作,一边"有意识地观察人,做调查研究,并写些笔记材料",他给那些他所接触到的老红军和老八路,几乎每个人都写了小传,一方面是便于自己对照学习;另一方面,也为日后进行文学创作积累了宝贵的素材。其间创作并演出了《劳动者》和《上前方》等秧歌剧。此后,杜鹏程萌发了终身从事文艺创作的念头,并开始练笔,他写的消息通讯和报告文学不断在延安出版的刊物上发表。

　　1945年10月,杜鹏程加入中国共产党。1947年西北新闻队伍急需有写作经验者,杜鹏程被选中到《边区群众报》当记者。延安保卫战开始后,他作为随军记者上了前线。那时候的随军记者,其实就是部队的成员,杜鹏程除了进行新闻采访,还一心想通过体验战斗生活为自己的创作积累战争素材,所以他申请加入了王震将军的二纵队,却并没有留在司令部,而是到四旅十团二营六连,扎根部队的最基层。整个解放战争时期,杜鹏程都和指战员们生活在一起。他说:"在连队,我什么事情都干,替战士写家信,写决心书,教战士识字,讲政治课等。"[①] 连队的战士们把杜鹏程当作他们当中的一分子来看待,愿意和他交知心朋友,就在与官兵们这种相濡以沫的战斗生活中,杜鹏程写下了几十万字的《战争日记》,并酝酿和准备着他的《保卫延安》。且不说书中所表现的延安保卫战是真实的战争事件,小说所发生的背景以及几位伟大历史人物都有真实的历史记载。就连小说中周大勇连队的主要故事也是以这个连队的事迹为基础,而周大勇、王老虎等主要人物形象的原型也由此而来。毫无疑义地说,如果没有真实的延安保卫战,没有杜鹏程亲身经历过的部队生活,就没有小说《保

---

　　① 陈纾、余水清整理:《杜鹏程传略》,《中国当代文学研究资料·杜鹏程专集》,福建师范大学中文系编,1979年,第12页。

卫延安》。《保卫延安》的创作初衷及其过程，是那个时代阐释文学与现实、作家与生活关系最典型、最有力的例证。杜鹏程作为特定时代"革命型"作家的一个代表，与现代文学史上那些科班出身、学贯中西、具有开阔思想视野和高度艺术素养的几代著名作家不可同日而语，他们这一代作家大都是"先上战场，后学打仗"的，几乎靠自学读完了艺术学校，而"生活"这所大学就成了这一代作家非常倚重的创作资源。事实证明，也最是这一代作家，尝到了"深入生活"的甜头。

解放战争时期，杜鹏程除了酝酿和准备长篇小说创作，还在战争中写出大量的消息、通讯、散文、速写、报告和剧本。几十万字的积累，不仅为以后的创作提供了素材，也使杜鹏程的文学表现能力得到了极大的锻炼。可惜这些作品大都在战争中散失了。其中有一部与别人合写的大型歌剧《劳动人民的子弟》，曾多次在部队上演，很有影响力。另有一部小歌剧《宿营》曾于1950年由陕西人民出版社出版。如果要划分杜鹏程的创作历程，中华人民共和国成立之前的这些作品可看作他创作的准备时期。

1949年，杜鹏程跟随部队进军至新疆帕米尔高原，驻扎在喀什葛尔城，这时大规模战争基本结束，得以有时间整理战时的写作资料，并开始创作《保卫延安》。1951年他从部队转业，曾任新华社特派记者和新华社新疆分社社长。此时集中时间和精力创作长篇小说，也标志着杜鹏程在新时代创作第一个阶段的开始。从1949年到1953年，四年九易其稿，终于将作品修改成一部37万字的长篇小说，《保卫延安》于1954年问世。对于杜鹏程来说，这既是他创作的开端，也是他创作的第一个高峰。

1954年《保卫延安》出版后，杜鹏程离开新华社且不再从事新闻工作，调到中国作家协会西安分会以后，成为一名专业作家，进入其当代文学创作的第二个阶段。《保卫延安》的成功使他深切体会到深厚的生活积累对于创作的重要性，从战争烈火中走过来的这一代作家，他们确实尝到了深入生活的甜头，因而中华人民共和国成立后问世的一大批优秀作品，无一不是忠实于生活，真实地反映现实生活斗争的结果。虽然战争结束后国家将重心转移到社会主义建设事业上来，但对于作家杜鹏程来说，不过是革命事业换了一个战场，他继续以一个革命者的姿态投入到和平时期火热的经济建设当中，始终保持着旺盛的创作生命力。至"文化大革命"前的十几年，杜鹏程一直在几个大的铁路工地深入生活，并兼任工程处党委副书记、铁路局党委宣传部部长和工会主席等职务。1954年以后，他相继创作了短篇小说《工地之夜》《平常的女人》《延安人》《第一天》《年轻的朋友》《夜走灵官峡》等，出版了短篇小说集《年轻的朋友》、散文集《速写集》等。这些作品所反映的中华人民共和国成立之初的工业建设生活，都是杜鹏程的亲身经历，其中的故事和人物也都来自生活，作品中所发散的热情高昂的时代精神，和单纯、坦荡、真诚的人际关系，都是那个新生的时代所特有的。其中的《夜走灵官峡》，是写宝成铁路工地的有名篇章，曾因被选入中学课本而广为传诵。作家叶广芩讲过一个小故事："我见过一名火车司机，他说他每次开车过灵官峡隧道时都想起杜老那篇文章。'灵官峡'几个大字是只有在机头司机的位置上才能看到的。他说真希望见过灵官峡工地的杜老能坐在火车头的位置看看今日的灵官峡。他读过杜老的文章，也很想面对面地看看杜老。"[1] 可见杜鹏程创作的深入人心。

　　杜鹏程创作第二阶段的最高成就是1958年发表的中篇小说《在和平的日子里》。这篇小说无论是对作家自己，还是对正在成长中的中国当代文学而言，都具有一种难得的突破和进步以及值得肯定的艺术价值。总体来看，20世纪中国文学在农村题材、乡土叙事方面成就突出，有深厚的可资借鉴的艺术经验，而工业题材的创作则较为薄弱。中华人民共和国成立之后出现的一些工业题材的小说，公式化、概念化弊病尤其明显。而杜鹏程的《在和平的日子里》在20世纪50年代的社会背景下，对现实生活进行了有可能的深度开掘，不仅一如既往地歌颂英雄人物的崇高思想和奉献精神，而且更敏锐地揭示出社会主义建设事业中的消极现象，以及现实中新的矛盾冲突。小说对新时代

---

　　[1]　叶广芩：《我的老师杜鹏程》，张文彬编《本质上的诗人——回忆杜鹏程》，陕西人民出版社2001年版，第203—204页。

革命事业的失败和英雄牺牲的客观呈现，带给读者悲剧性的情感撞击和面对严峻现实的理性思考。小说对梁建这个官僚主义形象进行了重笔刻画，表现出作者直面现实的勇气和揭示社会主义阴暗面的魄力。作者后来回忆说："我也感受到，在社会主义时期，仍然存在着严峻的思想斗争，和平年代与战争年代一样考验人。""有人看到我那样写梁建，大惊小怪，其实这样描写是符合生活真实的。比如小说写梁建涂改记录，对上虚报、隐瞒都是实有其事的，我和这种人打过交道的。"[1] 由此可知，杜鹏程还是一以贯之地坚持艺术源于生活的原则，尊重真实的生活感受，虽然作者自己也觉得梁建这个人物写得还不尽理想，而且他也不可能超越时代进行更有力的质疑和更有深度的批判，但能够在那个年代发现和注意到这样的人物，并将其作为小说的主要艺术形象，用以思考现实问题和启示读者，应该说已经很不容易了。在当时歌颂与赞美充斥文坛，作家满足于浮光掠影地表现生活与粉饰太平的环境中，杜鹏程的小说无疑具有了某种突破时代文学限制的重要意义。从杜鹏程个人的创作过程来看，《保卫延安》虽然是长篇巨制，面世后影响巨大，但作家是从这个长篇开始起步的，处于一种艺术创造的"自发阶段"，不仅在思想观念上带有无法超越的时代局限，同时也明显存在艺术创作粗糙和幼稚的痕迹。而到创作中篇小说《在和平的日子里》时，作家对生活的思考逐渐趋于复杂深厚，美学上的追求也更为自觉。这使得《在和平的日子里》在"十七年"并不繁荣的中篇小说领域中，成为比较出色和值得后世重视的一部作品。

1959年庐山会议后，彭德怀被错划为"右倾机会主义分子"，杜鹏程因《保卫延安》中塑造了彭德怀的形象而遭受株连。1963年9月2日起，《保卫延安》一书被通令在全国范围内停售和停止借阅，四天后，又通令就地销毁。"销毁"是静悄悄的，当时并没有找他什么麻烦，可到"文革"开始后，就大祸临头了。他回忆这场悲剧时说：

---

[1] 陈纡、余水清整理：《杜鹏程传略》，《中国当代文学研究资料·杜鹏程专集》，福建师范大学中文系编，1979年，第17、18页。

"抄家、批斗、游街、示众、蹲牛棚、劳动改造……专政方式，名目繁多。"1967年12月19日《人民日报》占用一个整版刊出了批判长文《〈保卫延安〉——利用小说反党的活标本》，从此"对这部作品长达数年之久的全国范围的大规模残酷围剿开始了"。"从那时起，我的处境空前恶劣起来了，加在我身上的各种折磨手段也升级了。在长时期的摧残下，我的身心几乎到了被摧毁的程度……"①杜鹏程被剥夺了创作权利，十多年无法执笔为文。

新时期到来后，杜鹏程重返文坛，以多病之躯坚持他人生第三个阶段的文学创作。1979年他的政治问题得到彻底平反，《保卫延安》得以重见天日。从1977年开始，杜鹏程新的创作有中篇小说《历史的脚步声》，以及散文、随笔、回忆录和创作谈等大量文章，出版了《杜鹏程散文特写选》，散文集《我与文学》。《保卫延安》和其他中短篇小说集、散文随笔集也多次重印。继《保卫延安》后，杜鹏程曾希望创作新的长篇小说《太平岁月》，其因政治运动而中断，新时期又继续提笔，终因疾病缠身而搁浅。

1991年10月27日，杜鹏程因病逝世。

杜鹏程是在火热的战斗生活中懂得了什么叫中国革命，也开始尝试用文学反映中国革命的进程。他是以随军记者的身份参加延安保卫战的，虽然当时已经立志要走文学创作的道路，但在那个时期，他最看重的是战争生活体验，记者的身份是他走向作家的桥梁。"他在部队并不像一般军事记者看重搜集新闻，而是一头扎到连队里，和战士滚在一起。""他追求在战争生活中塑造灵魂，或者说改造世界观"。②老作家魏钢焰在《保卫延安》刚刚面世时就撰文写道：杜鹏程"曾在六连炊事班住了五十天，他并不是因为这个炊事班有什么著名英雄或有现成材料才去的，他知道这是连队中一个不为人注意的最平凡的角落，他更知道伟大的事迹常常是这些永不炫耀自己的无名英雄做的，所以他决心和他们一块'滚'"。③作家柳青也曾评价杜鹏程的作品：

---

① 杜鹏程：《〈保卫延安〉的写作及其它——重印后记》，《延河》1979年第3期。
② 赵俊贤：《魏钢焰答问录：杜鹏程及其文学创作》，《秦岭》2014年冬之卷（总第28期）。
③ 魏钢焰：《〈保卫延安〉是怎样写成的》，《解放军文艺》1954年第12期。

"说他不隔,和生活不隔。"进一步,"老杜的感情和战士不隔,世界观和战士不隔"。① 在处理创作与生活的关系问题上,柳青可谓那个时代最有发言权的作家,他的评判应该也是最有说服力的。

翻开杜鹏程在战时写的《战争日记》②,可以看到作家对那一段革命历史的全景式忠实描摹,作家晓雷说过:"《战争日记》不纯然是军事记录,战争时期的各个方面,军事的、政治的、经济的、文化的,群众的支前活动,部队的思想工作,前方的流血牺牲,后方的土地改革,几乎当时生活领域中的各个层面,都在这部战火纷飞中写成的日记中得到真实而真切的展示。"③尽管他带着浓浓的作家情怀和写作愿望,但他首先履行着革命的使命,时刻牢记自己是一位记者,更是一位战士。"他在一本粗糙低质的日记本封面上记了车尔尼雪夫斯基一句话:在人们所宝贵的东西中,最宝贵的是生活。他的日记真实地反映了他是生活的实践者。这日记的魅力之一,也就在于记录全民族命运大变革的同时,他记录下个人的心路历程,痛苦,快乐,恐惧,焦灼,一个普通的人所可能有的喜怒哀乐和酸甜苦辣的思缕情片,他都一一如实地作了记载。腥风血雨之中,他在日记中时时剖析自己,制定完善自己的计划,并在战火纷飞中去实践。谈战争日记,谈到的是一位年轻的革命知识分子在自觉地进行血与火的洗礼,在革命的熔炉中冶炼和锻造自己的那份执著和自觉。"《战争日记》告诉我们,《保卫延安》何以会诞生,也告诉我们,"老杜绝不是文人意义上的作家,他是战士意义上的作家,是革命家"。④ 杜鹏程的人生道路与他的革命道路一致,他的生活实践与他的思想认识同步,也与他的文学创作经历同步,他是典型的在革命中成长起来的革命型的现实主义作家。探讨杜鹏程每一个阶段文学创作的发生,都不外乎"投入生活—认识生活—表现生活"三段式,这在"十七年"那一代作家中是非常具有代表性的。

---

① 参见赵俊贤《魏钢焰答问录:杜鹏程及其文学创作》,《秦岭》2014年冬之卷(总第28期)。
② 杜鹏程:《战争日记》,收入《杜鹏程文集》第4卷,陕西人民出版社1993年版。
③ 晓雷:《别样的教科书——读杜鹏程〈战争日记〉》,张文彬编《本质上的诗人——回忆杜鹏程》,陕西人民出版社2001年版,第649页。
④ 晓雷:《别样的教科书——读杜鹏程〈战争日记〉》,张文彬编《本质上的诗人——回忆杜鹏程》,陕西人民出版社2001年版,第651—652页。

第二节 《保卫延安》与"史诗性"追求

一 《保卫延安》的成书与出版

关于杜鹏程创作《保卫延安》，有一句很著名的自述："这一场战争，太伟大太壮烈了。随便写一点东西来记述它，我觉得对不起烈士和战争中流血流汗的人们。"[①] 杜鹏程是带着一个伟大的文学梦想投入到这场旷日持久的创作之中的，对于他来说，这也不啻于一场艰苦的文学征战。前文讲到杜鹏程的创作与革命实践的关系时，我们知道《战争日记》是一份非常珍贵的实证材料。透过《战争日记》，《保卫延安》创作发生的缘由便会豁然于心。1949 年末，杜鹏程随部队进军至新疆帕米尔高原，解放战争的战火还没有完全熄灭，他就着手创作这部作品。杜鹏程清楚地意识到创作主客观条件的不足，所以要写出一部高质量的战争小说是何其艰难。他先以《战争日记》为基础，在九个多月的时间里，利用工作的间隙写出近百万字的长篇报告文学，"从延安撤退写起，直到进军帕米尔高原为止，记述西北解放军战争的整个过程"。内容"全是真人真事，按时间顺序把战争中所见、所闻、所感记录下来"。他是用毛驴驮着两麻袋书稿从新疆回到内地的。在修改这部稿子的过程中，杜鹏程越来越清楚、越来越坚定地认识到："眼前的这部长篇报告文学稿子，虽说也有闪光发亮的片断，但它远不能满足我内心愿望。又何况从整体来看，它又显得冗长、杂乱而枯燥。我，焦灼不安，苦苦思索，终于下了决心：要在这个基础上重新搞；一定要写出一部对得起死者和生者的艺术作品。要在其中记载：战士们在旧世界的苦难和创立新时代的英雄气概，以及他们动天地而泣鬼神的丰功伟绩。是的，也许写不出无愧这伟大时代的伟大作品，但是我一定要把那忠诚质朴、视死如归的人民战士的令人永远难忘的精神传达出来，使同时代人和后来者永远怀念他们，把他们当做自己作人的楷模。这不

---

① 杜鹏程：《〈保卫延安〉的写作及其它——重印后记》，《延河》1979 年第 3 期。

仅是创作的需要,也是我内心波涛汹涌般的思想感情的需要。"①

长篇小说《保卫延安》从1949年开始正式进行创作,四年后完成。回忆创作过程时,杜鹏程说:"写着、写着,有多少次,遇到难以跨越的困难,便不断反悔着,埋怨自己不自量力。"想起苦难的过去,想起死去和活着的战友,又鼓起勇气继续写下去。"这样,在工作之余,一年又一年,把百万字的报告文学,改为六十多万字的长篇小说,又把六十多万字变成十七万字,又把十七万字变成四十万字,再把四十万字变为三十多万字……在四年多的漫长岁月里,九易其稿,反复增删何止数百次。直到一九五三年终,最后完成了这部作品,并在一九五四年夏出版了。"②

在长篇单行本正式出版之前,《保卫延安》部分章节曾先行发表于一些有影响的文学刊物上。《沙家店》和《蟠龙镇》两章分别刊发于《解放军文艺》1954年1月号和2月号;《长城线上——周大勇和他的连队》刊发于《人民文学》1954年2月号。1954年6月,《保卫延安》由人民文学出版社首版发行,首印近百万册,是新中国初期引起巨大反响的长篇小说之一。1956年,作者出于提高艺术质量的追求,以及在"现代汉语规范问题学术会议"提倡汉语规范化的双重因素下,作者进行了一次较大的修改,第二版比第一版增加了两万字,在内容与人物形象塑造方面也更加完善。1958年,作者在第二版的基础之上又作了一些修改后出了第三版,全书约33.1万字,但第三版出版不久即遭到禁销和烧毁,所以看到这个版本的读者比较少。1979年人民文学出版社重印《保卫延安》,用的是第三版的稿子,作者只作了校订。这一版在印行的时候,作者把发表在《文艺报》1954年第14、15两期的冯雪峰的《论〈保卫延安〉的成就及其重要性》一文,以《论〈保卫延安〉》为题,放在小说的卷首,卷尾除保留1958年版《后记》外,还增加了杜鹏程写于1978年12月、修改于1979年1月底的《重印后记》,这两篇文章应该是研究杜鹏程及其《保卫延安》最重要的文献资料。

---

① 杜鹏程:《〈保卫延安〉的写作及其它——重印后记》,《延河》1979年第3期。
② 杜鹏程:《〈保卫延安〉的写作及其它——重印后记》,《延河》1979年第3期。

二 《保卫延安》的"史诗性"品格

《保卫延安》是当代文学中第一部大规模和正面描写解放战争的长篇小说。小说取材于 1947 年 3—9 月的陕北延安战事，反映了延安保卫战的战斗过程，并辐射到了整个解放战争的总体历史进程。1943 年 3 月，蒋介石调集胡宗南数十万军队进攻延安和陕甘宁解放区，企图消灭仅有三万兵力的西北野战军和中共中央首脑机关。在此严峻形势下，以毛泽东为首的中共中央审时度势，毅然决策战略转移，主动撤离延安。彭德怀将军执行中央的战略决定，率领有限兵力在西北地区与敌军展开运动战，千里周旋，声东击西，步步为营，化被动为主动，取得以少胜多、以弱胜强的历史性胜利。

作品从撤离延安开始写起，以周大勇连队的战斗生活为中心，描绘了延安保卫战中的几场著名战役：青化砭伏击战、蟠龙镇攻击战、陇东高原和长城线上的运动战、沙家店歼灭战。沙家店一战扭转了西北战局，开始了收复延安的大反攻，解放战争从战略防御全面进入战略进攻，进入夺取最后胜利的新的历史时期。

《保卫延安》从面世到现在，人们最为关注和研究最多的，就是作品所具备的"史诗性"文学特征。最早从"史诗"角度评价《保卫延安》的是著名文艺评论家冯雪峰，他在《论〈保卫延安〉的成就及其重要性》的长文中指出：《保卫延安》"是够得上称为它所描写的这一次具有伟大历史意义的有名的英雄战争的一部史诗的。即使从更高的要求或从这部作品还可以加工的意义上说，也总是这样的英雄史诗的一部初稿。它的英雄史诗的基础是已经确定了的"。[①]

"史诗或英雄史诗"这一概念，源自欧洲古典主义文学中的一种叙述诗的体裁样式。法国启蒙主义者伏尔泰曾说："就史诗本身来看，它是一种用诗体写成的关于英雄冒险事迹的叙述。"[②] 后来把某些叙事

[①] 冯雪峰：《论〈保卫延安〉的成就及其重要性》，《文艺报》1954 年第 14 期。

[②] [法] 伏尔泰：《论史诗》，伍蠡甫主编《西方文论选》上卷，人民文学出版社 1964 年版，第 321 页。

文学也称为"史诗",作为一种借代已经被人们所接受。中国当代长篇小说的"史诗性"特征,在洪子诚的《中国当代文学史》中有如下概括:"主要表现为揭示'历史本质'的目标,在结构上的宏阔时空跨度与规模,重大历史事实对艺术虚构的加入,以及英雄形象的创造和英雄主义的基调。"[①] 当代文学"十七年"的一批长篇小说,都显示出作家的这种"史诗性"追求。

说《保卫延安》具有"史诗性"品格,可从以下五个方面来进行论证。

第一,史诗题材。题材作为文学作品的主要材料,其中所包含的生活内容,对作品的史诗品格形成,有着很大的制约作用,抛却"题材决定论"的谬说,还是要承认"史诗"创作对题材确实有着特殊的规定和要求,也就是说,并不是生活中所有角落里发生的事件都能构成"史诗"。《保卫延安》写的是延安保卫战的全过程,作者在整个广阔的解放战争历史背景上,全面再现了这场在中国革命史上具有伟大历史意义的战争。战争是在党中央及毛泽东的直接统帅下进行的,西北野战军总司令为叱咤风云的彭德怀将军,足见题材规模的宏阔与气度不凡,是典型的英雄史诗题材。小说具体围绕人民解放军一个纵队在延安保卫战中的战斗生活展开,却时时与战斗的总体设计相呼应,通过周大勇连队、通过周大勇等英雄性格的成长过程,作者展现的是延安保卫战的全局风貌。从全局或整体的构思出发,要求题材不仅宏阔巨大,还要丰富复杂,延安保卫战本身满足了这几方面的需求,提供了既有广度又有深度的历史内容。作品以周大勇连队的战斗历程为主线,并极力展开军队生活的丰富内容,同时又铺设了另外两条叙事线索:一是对李振德老汉以及乡亲们在战争年代的生活遭遇和与人民军队的血肉关系的描写;二是对敌军营垒的描写,推出敌军由强到弱、由胜到败的溃灭过程。三条线索交错,展现出一幅真实生动的人民战争壮丽图景,作者达到了以延安保卫战来艺术地概括整个解放战争历史的目的。

---

① 洪子诚:《中国当代文学史》,北京大学出版社1999年版,第108页。

第二,"英雄史诗精神"。总体来说,"十七年"文学创作所包蕴的思想感情是时代的、社会的、政治的,作品的精神内涵、时代风尚与题材要求相一致,表现出明确性、单一性,激烈、昂奋和公众化的特征。战争小说更是全方位、高强度地凸显英雄主义、理想主义和乐观主义的时代精神。战争的艰巨和残酷最能铸造英雄,也最能透视出大无畏的英雄主义精神,《保卫延安》就是以一种革命战争的伟大精神来提携全书的内容描写,英雄主义精神发散在作品的人物、情节、场面乃至细节描写当中,这对于营造史诗作品是至关重要的。正如冯雪峰所评论的:"如果我们要求有描写这样的革命战争史诗,那就必须描写出这样的革命战争的精神。""在这样的史诗主题的面前,作家的创造性当然不是表现在被动地服从事件的真实上面,然而一定表现在如何去真正掌握到事件的本质及其根本的、重要的精神上面。""作家就必须真正掌握到对象的伟大精神,并且作家自己必须有足够的热情和英雄气概,才能描写出这样的战争,才能歌颂这样的战争及其英雄们。这种对于事件的正确掌握以及战斗性的歌颂态度,就是英雄史诗所必需的精神。"评论家强调,革命英雄主义,是人民战争"所以胜利的关键和全部力量",也是"英雄史诗所必需的精神"。"作品描写了战争有关的各种人,但都统一在一种精神里,统一在必须克服困难,必须使战争胜利的精神里。"① 冯雪峰是明白地看到了,《保卫延安》应时而生,作品取胜于它所昭示的这种契合于时代需要的"英雄史诗精神"。

"史诗精神"渗透在作者的每笔叙述和描写之中,而且时刻与浓烈的情感交织在一起。且看《保卫延安》中这样的句子:

> 战士马长胜站起来,喊:"报告!……延安是我们的……我们党中央和毛主席在延安住了……延安……党中央……毛主席……"他用拳头猛烈地捶打自己的胸膛,像是胸膛里有什么东西要爆炸似的。

---

① 冯雪峰:《论〈保卫延安〉的成就及其重要性》,《文艺报》1954 年第 14 期。

第一章 杜鹏程:《保卫延安》与当代战争小说

>……
>
>李政委自言自语地说:"一个非常优秀的人倒下了!……党的事业需要他,非常需要!"他的胸口有什么东西激烈地涌动,血液在血管里疾速地奔流。
>
>……
>
>李诚心头涌起一种剧烈的激动的情感。他想:我们用重大的代价换来了一切啊!①

作品中,所谓英雄精神更多地表现为一种爱恨交织的英雄情感,战争的动力无疑来自对敌人的痛恨与对人民的热爱,拯救苦难的中国人民于水深火热之中,是官兵唯一的信念,包括作者在内,不可能也无须去理性地分析这种精神的实质内涵,因为英雄主义精神不是靠理念传达的,而是包融于战士的情感流动中,表现在战士们无私无畏的献身场面中。正是这种英雄主义精神和情感,成为战争胜利的关键和全部力量。在讨论《保卫延安》中解放军战士的阶级情感和牺牲精神时,西方学者乔·C.黄在题为《作为生活反映的中国当代小说中的正反面人物》的著作中,有如下理解:

>"最重要的因素,在于解放军上下级之间、战士与战士之间,有一种深深的相互关怀的感情。""这是一种人与人之间的关系,而不是形而上的、公事公办的正规关系。"他举出小说中许多表现深厚同志感情的情节,说明我们的干部和战士往往"宁愿牺牲自己的生命去救护伤员,而不让他独自死去。宁愿把仅有的一点粮食和水让给一个正在死去的人,即使这意味着自己挨饿"。他详细复述了《保卫延安》中周大勇带领自己的连队独立艰苦作战完成掩护主力的任务,随后千辛万苦,疲困已极地又回到主力部队时,旅长陈兴允对他爱护备至的描写。然后说:"陈兴允和周大勇不是普通的上下级关系,而是解放军中血肉相连的两代人。

---

① 杜鹏程:《保卫延安》,人民文学出版社1954年版,第30、424、425页。

旧社会使他们家破人亡了，在革命队伍的共同命运中他们互相结合。""在解放军中，有许许多多的陈兴允和周大勇。"①

《保卫延安》就是这样独特地显示出它的"诗性"。当代战争小说既是"史"，又是"诗"，一种崇高的思想情感贯穿始终，便完成了崇高意境的构造。写意，是"十七年"战争小说的整体艺术特征，其"意"即为精神，即为时代艺术的灵魂，它的开阔与深厚表现为对祖国的、阶级的、民族的、人民的前途和命运的关注，这是一代作家所普遍关注的艺术命题。

第三，英雄形象系列。"十七年"文学在其史诗追求的过程中，同样赋予英雄人物以非凡的使命。甚至，塑造英雄人物，成为特定时代文学创作中带有根本性质的中心任务。基于时代和作家主体共同的自觉努力，"十七年"文学中的英雄形象塑造在横向上形成群体阵势；纵向上归结为不断发展变化的形象系列。《保卫延安》作为共和国初期的战争小说，首创性地塑造出一系列英雄官兵形象，其中突出的形象有周大勇、李诚、王老虎、孙全厚、宁金山等。

周大勇是作品中的一号英雄，有着革命英雄所必备的高尚、正义和勇敢、坚定、无私奉献的精神品质。周大勇固然是"英雄史诗精神"的化身，是一个时代正义和先进的社会力量和阶级力量的代表，但杜鹏程在塑造这个人物的时候，却没有进行肆意地拔高和美化，作者首先把他当作劳动人民中的一分子来看待，冯雪峰在讨论英雄和群众的关系时说过："英雄是群众的一分子，只有在群众身上所有的东西，才能在英雄身上出现，或者先出现，新人物新的崇高的性格和品质都应该带有群众性的。"② 周大勇置身于时代洪流与民众和战士之中，他的爱恨，都不仅仅属于个人，而更属于时代和民众，在普通民众当中产生的英雄才能显示出征服民众的强大精神力量。其次，小说

---

① 转引自中国社会科学院文学研究所科研组编《文学研究动态》1979年第8期（总第16期）。

② 冯雪峰：《英雄和群众及其它》，《冯雪峰论文集》（下），人民文学出版社1981年版，第70页。

充分表现了这个英雄人物的成长历程,令人信服地将这个出身贫寒卑微、思想简单透明的农家子弟,在革命队伍的大熔炉中经受锻炼和考验,逐渐成长为一个勇猛顽强的战斗英雄和出色的指挥员的艰苦过程呈现出来。周大勇的性格质朴且可爱,灵魂纯净且坚强,这既是家庭出身使然,更是在革命队伍中历练而成,当一个普通的农家子弟从事了他所信奉的伟大正义的革命事业,就能够铸造出英雄人物的崇高精神境界。周大勇的性格和"十七年"文学中出现的其他英雄性格一样,他们都自觉地把个人的生命融会于民族、国家、阶级的伟大事业之中,崇高的社会理想和宏远的人生目标使他们具备了足以战胜敌人也足以战胜自己的强大精神力量。这是一个时代的英雄所保有的性格特质和灵魂影像。

"李诚是顺应战争潮流而出现的政治鼓动家。"[①] 这一形象蕴含着中国人民解放军政治建军的一贯思路。但难能可贵的是杜鹏程并没有把这个政治委员写成政治思想的传声筒,除了智慧干练和严格坚定的军人特质外,李诚的性格开朗幽默,是一位非常机智且具有亲和力的政治工作者,在部队里深得战士们的喜爱,他谙熟军事激励的心理和方法,将精神激励转化为战胜强敌的巨大力量,是军人形象画廊里别有意义的一位英雄。王老虎和孙全厚也是作品中塑造成功且各有特色的英雄形象,王老虎"静若处子,动如猛虎",平时的温和敦实和战时的勇猛机智,形成了鲜明的反差,他在战场的神奇表现,让人想到了古典小说中的传奇英雄人物,这种用动作来凸显人物性格的写法,应该说是作家深得传统文学熏陶而得。孙全厚则代表了无数像泥土一样平凡质朴和无私奉献的中国式军人,小说有一段孙全厚牺牲后的抒情文字:

> 老孙啊,老孙!同志们走路你走路,同志们睡觉你做饭。为了同志们能吃饭,你三番五次勒裤带。你背上一面行军锅,走在部队行列里,风里来雨里去,日日夜夜,三年五载。你什么也不埋怨,什么也不计较;悄悄地活着,悄悄地死去。你呀,你为灾

---

① 赵俊贤:《论杜鹏程的审美理想》,文化艺术出版社1990年版,第68页。

难深重的中国人民献出了自己的一切啊！①

这种"悄悄地活着，悄悄地死去"的人生形式和性格品德，与其说是中国军人的，更准确地不如说是中国农民的，形象所承载的我们国家民族的深重灾难，普通民众抗争苦难命运的不屈精神和隐忍、牺牲的民族性格，不止感人肺腑，更令人心酸悲叹。

宁金山是小说中联系着战争和人性思考的一个特殊形象。"十七年"战争小说的思想内涵总体上趋于单一纯净，而宁金山这个形象则多少让我们领略到一些战争的复合状态和人性的幽深。虽然在意识形态的规定之下，作家让宁金山这个人物很快完成了由怯懦到勇敢，由悲观到乐观，由卑琐到高尚的性格转变，但毕竟呈现出了战争中有关生与死、苦与乐的人性命题，笔墨探触到人物心灵的复杂和更真实的部分。这可能就是研读"十七年"作品时，要注意到的所谓"缝隙"，由此可以想象到被有意无意遮蔽和过滤掉的战争生活的原生形态，引发对战争本体及其价值意义的深入思考。

《保卫延安》中对彭德怀将军的形象塑造，是共和国文学的一次艺术开创。总体来说，小说对这位西北战场总指挥的形象描绘是成功的、有艺术感染力的。作家不仅写出了这位高级指挥官的军事智慧和大将风度，而且也视彭总为成长于劳动人民之中的普通一兵，表现出彭总本色、质朴的人格魅力。正如冯雪峰所言："关于彭德怀将军的这一幅虽然还不够充分的，然而已经传达了人物的真实精神的生动的肖像画，是我们文学上一个重要的成就。"② 在虚构性艺术文本中，将有影响的历史人物作为艺术形象加以正面表现，这在现代小说中并不多见，彭德怀形象的塑造是《保卫延安》备受人们关注的原因之一，作家和作品也因此在 1959 年彭德怀因言获罪后受到株连。这其实涉及创作中"生活真实"和"艺术真实"的关系问题，本不能简单对号入座，作家和作品因艺术原型而获罪实属荒谬。在艺术虚构和"生活真

---

① 杜鹏程：《保卫延安》，人民文学出版社 1954 年版，第 201 页。
② 冯雪峰：《论〈保卫延安〉的成就及其重要性》，《文艺报》1954 年第 14 期。

实"经常不被区分的情况下,作家的艺术"创造性"下就潜隐着政治的"危险性"了,这也是中国当代文学史上的一大"创造发明"了。

第四,史诗结构。"十七年"这一特殊的时代要求文学反映中国革命和社会主义事业的巨幅画卷,以此为目的决定着作家的艺术构造,宏伟的史诗追求,呼唤着宏大的史诗结构。"十七年"小说,特别是长篇小说在结构布局上极其重视全方位与整体性的效果,小说主线分明突出以提携副线,副线严密铺设以烘托主线,如此展开广阔丰厚的生活画面,造成雄浑的史诗气势。

典型的史诗结构一般设置两条主线,一为情节线;一为性格发展线,二者或经纬穿插如《保卫延安》,或交错并行如《创业史》,在不同作品中两条线索的侧重各有差别。从文学史发展的眼光看,当代小说的结构由共和国成立之初的注重情节向20世纪50年代末60年代初的注重性格刻画转变。普遍而言,性格结构是文学创作艺术结构发展中的一个重要环节,在"十七年",这一环节没有圆满完成就被"文革"政治运动干扰而停滞,以至于在新时期开初,性格结构的作品蓬勃而出,形成承续"十七年"性格结构的又一个高峰。"十七年"的小说创作呈现出情节结构与性格结构并存且二者相互结合、逐步转化的发展态势。无论情节结构、性格结构或者二者的结合运用,都更侧重于小说表现事物的逻辑性和规律性发展,此种结构类型显然更适合于现实主义小说创作,也与史诗性题材、主题以及人物塑造相吻合,这种适应与吻合主要是由结构本身的形式特性所决定的。

共和国初期出现了一批自足性情节结构的英雄传奇,如徐光耀的《平原烈火》、刘知侠的《铁道游击队》、刘流的《烈火金钢》等,这些小说虽出现了英雄人物,但目的是以人物带动故事,叙述重心是故事情节的曲折完整和离奇生动,带有浓重的传奇色彩,性格刻画仍无足轻重,英雄形象的塑造,也多呈类型化倾向。情节小说的弊端是,由于对传奇性故事魅力相当程度的依赖而忽视性格刻画,且作者又少有对故事内涵的主观控制,因而一旦失去巨大题材的依托,情节结构难免流于平庸和琐碎,也就无法满足文学表现人生和人物灵魂的深层要求,无力承担文学的理性和艺术思想力量。

杜鹏程的《保卫延安》、吴强的《红日》、曲波的《林海雪原》和李英儒的《野火春风斗古城》等一批新中国的长篇小说，开始从情节结构向性格结构推进。《保卫延安》成书早于《红日》，但已隐约显露出情节线索之外的第二条结构线索，即英雄性格成长线。以周大勇为核心的英雄形象体系是与战事交织存在结构的有机部分，由于开始注重性格的刻画，使《保卫延安》成为比较典型的英雄史诗。作为战争史诗的初步尝试，核心人物周大勇的性格刻画稍显稚嫩，其个性的历史丰厚度和性格发展的现实依托都尚嫌不足，但性格发展史毕竟以完整的姿态交织于战争故事的叙述中，二者经纬相织，复线式、立体式史诗结构俨然出现。严格地讲，《保卫延安》的侧重点仍旧是革命战争史，这是由英雄性格史的不成熟造成的。但正是因为有了《保卫延安》和《红日》等作品的准备和过渡，共和国文学才在20世纪50年代末60年代初迎来了长篇小说的第一次繁荣，《红旗谱》《红岩》《青春之歌》《创业史》等小说，就是以较为成熟的性格结构，成为时代文学的代表性成就。

第五，崇高风格。《保卫延安》气势宏伟，笔调豪放，显示出杜鹏程雄伟、粗犷的艺术个性，也代表着共和国文学崇高、豪放的时代风格。战争题材的创作直接、正面地描绘大规模的军事行动，敌我正面冲突形成一种激烈、对抗的艺术场面，加之革命英雄主义精神与浓烈的阶级爱恨情感的烘托，使得《保卫延安》与生俱来地带着崇高悲壮的美学色彩。而从作家主观方面来说，故乡先贤司马迁的史家思想和气魄的熏染，身处伟大历史变革时代而领受了革命生活的锻炼，塑造出杜鹏程宏伟高远的心灵世界，展现出杜鹏程豪放坚强的人格气质。对革命战争生活的回首和对理想英雄人物的敬仰，激发起作家强烈的创作欲望，作家澎湃的激情和内心的渴念贯穿整个创作过程。熟悉杜鹏程性格的作家、评论家大都认为："他的作品显得大气，充满硝烟味，给人以大江东去的豪迈之感。老杜作品的特点是和他的为人一致的。"[①] "老杜的作品全靠激情推动，不热衷于小技巧，充盈着一股正

[①] 赵俊贤：《魏钢焰答问录：杜鹏程及其文学创作》，《秦岭》2014年冬之卷（总第28期）。

气和大气。"① 大凡优秀的作品，无不表现着作家自我与文学形象之间的生命联系，杜鹏程也是一样，战争的素材积累已久，"英雄史诗精神"也在心底里蕴蓄已久，一种合于内心渴望和性格要求的艺术创作，最后在战争场景的描绘和周大勇等英雄形象的塑造中得以实现。所以，《保卫延安》的崇高风格，是创作主客观遇合的结果，因为是在中华人民共和国成立初期，杜鹏程才能既面对刚刚过去的战争历史，又相对自由地表现作家"自我"，从而形成既呼应着时代精神又吻合作家主观审美追求的崇高艺术风格。

一个时代有一个时代的文风，立足"十七年"独特的时代背景，崇高地以它内容的庄严激烈和形式的巨大卓越而与"十七年"社会文化背景相适应，表现出一个新的历史转型时期，实践主体对客观对象的征服，引起一种英勇的、振奋的、自豪的美感。崇高显示着健康、活泼、鲜明、生动的风格特色，满足了"十七年"时期广大接受者的审美要求，并通过接受者这一审美中介完成对社会的影响，以及对人生的教谕。但是，崇高风格的绝对化、人工化、社会化、工具化等时弊又是显而易见的，文学发展中对崇高的无限制推崇与对其他风格的强力压制，造成时代文学风格的单一化，则从根本上影响了"十七年"文学的美学品格。作为当代文学发生时期的《保卫延安》，其美学风格的单一也曾经影响了后来的文学风气。《文心雕龙》所谓"文变染乎世情，兴废系乎时序"，可知时代局限是造成文学风格局限的最根本原因。

第三节 当代革命战争小说及其艺术局限

当代革命战争题材的长篇小说以《保卫延安》《红日》《林海雪原》等为代表，《保卫延安》标志着新中国初期战争小说及长篇小说的起点水平。冯雪峰在评论《保卫延安》的长文中强调了两个方面的

---

① 贾平凹：《怀念杜鹏程》，张文彬编《本质上的诗人——回忆杜鹏程》，陕西人民出版社2001年版，第187页。

意思。一方面认为,《保卫延安》是中国革命战争小说中"真正可以称得上英雄史诗的,这还是第一部。也就是说,即使它还不能满足我们最高的要求,也总算是已经有了这样的一部"。冯文对小说的史诗性认定,是基于"作品所已达到的根本的史诗精神而论"。另一方面也指出,小说在"艺术的辉煌性上,还不能和古典英雄史诗并肩而立",小说在"艺术描写上留有今后可以一次一次加以修改和加工的余地"。据作家自己回忆:"我的初稿曾经冯雪峰同志看过,他约我长谈数次,恳切地指出作品的长处与不足,并告诉我说,不要再改了,要改等以后再说。"[①] 由此可知,通过讨论《保卫延安》的艺术成就和所存在的问题,冯雪峰意图从中国文学发展的历史视野中讨论新中国文学的起步状态,既肯定"这部作品在英雄史诗上的成就,在我们创作上就有一种新纪录的意义","说明我们的文学能力在逐渐成长起来"。也明确了中国的文学在共和国初期只能达到这个水平,意识到任何的个人都超越不了这个时代,所以说,"即使再加工,也不是在现在,应该在作者的才能更成长和成熟的时候。我们现在应该先满意于这样的成就"。[②]

冯雪峰在 1954 年回顾以往十年的文学成绩,看到我们已经有了不少反映革命战争的作品,其中"有些是写得比较优秀的,也有写得极平常的",《保卫延安》以"称得上英雄史诗"的水平,刷新了已有的成绩,"是一个重要的收获"。以此衡量,《保卫延安》也初步显示出史诗式结构追求,成为新中国长篇小说结构的良好开端。但相对 1957 年出版的吴强的《红日》,《保卫延安》就显得单调了。《红日》从思想和艺术方面,均比《保卫延安》取得重大进展,小说中战争生活视野开阔,整体把握的意识更强,初具现代战争小说的气势与规模,努力以宏大的结构和全景式描写展示战争小说的独特魅力。人物形象塑造上,英雄人物的理想化,反面人物的脸谱化等"十七年"小说普遍存在的弊端,在《保卫延安》中已经出现。冯雪峰在谈到杜鹏程创造

[①] 陈纡、余水清整理:《杜鹏程传略》,《中国当代文学研究资料·杜鹏程专集》,福建师范大学中文系编,1979 年,第 15 页。

[②] 冯雪峰:《论〈保卫延安〉的成就及其重要性(续完)》,《文艺报》1954 年第 15 期。

的彭德怀形象时说:"要把这样的高级将领的精神和性格,全面地充分地描写出来,以造出一座巨大的艺术雕像,是只有天才的艺术大师才能办到的。作者当然还只是一个开始在成长的、尚未成熟的天才。"[1]冯雪峰讲到的人物塑造"不充分"和作家的艺术才能"不成熟",同样是因为他看到了这部共和国初期的长篇小说存在着难以克服的艺术问题。而到《红日》的时候,作家则开始意识到性格塑造的丰富性和复杂性,相当程度上避免了正面人物理想化和反面人物脸谱化、漫画化的倾向。应该说,《保卫延安》中国民党将领钟松形象的刻画是比较生动的,而《红日》中更加注重张灵甫性格的描写,在性格的凶残、奸诈、顽固之外,也不回避表现其才干和谋略,形象相对更为真实立体。以单一的意识形态视角观照战争历史和人物,必然带来对小说真实性和人物生动性的损伤,这是一个时代文学的固有局限。

　　曲波的《林海雪原》是一部传奇性战争小说,是作家根据自己的亲身经历创作的,出版后广受欢迎,红极一时,成为当时的流行读物,其中杨子荣、少剑波、座山雕等艺术形象更是家喻户晓。《林海雪原》是利用民间传统文化因素来表现战争的成功之作。故事惊险曲折,情节富有传奇色彩,人物套用古典武侠小说的基本形象模式,而且以"英雄美人"的浪漫色彩进行烘托。小说生动传神,可读性极强。但从新文学发展的现代审美理想来衡量,也存在明显的缺陷。比如"两军对垒"的结构布局和类型化的性格塑造,都没有脱开时代文学观念的限制。

　　在"十七年"意识形态规范下的战争小说,其革命战争状态中体现的战争文化内涵,带有时代固有的政治色彩。具体表现为:阶级性、集体性、斗争性、思想性、人民性、意志性等,革命战争不仅在军事意义上锻炼了一支特别能战斗的兵团,更在政治意义上,锻炼了一个新的国家政治主体。这种战争文化一直延续到 1949 年后,对和平时期的阶级斗争文化环境和战争文化心理的形成和演化起到了不可忽视的作用,当然这不能归咎于战争小说本身,但却可以由此探源。另一个

---

[1]　冯雪峰:《论〈保卫延安〉的成就及其重要性》,《文艺报》1954 年第 14 期。

更为深入的问题可以在中西战争文学的对比中展开讨论，战争是什么？战争对人究竟意味着什么？不同时代和不同民族的人们对战争有不尽相同的理解，站在个人的、民族的和站在人类的视角审视问题，也会得出全然不同的结论。以个体的方式体验战争，在人类追求和平的宏大视野中描写战争，会更多注目于战争中的复杂人性，对战争进行深刻的反思。相比之下，"十七年"战争小说的文化内涵较为浅薄甚至有明显偏执，对战争的复杂主题表现不足，对人类历史发展中的战争文化缺乏应有的思考，对人道主义视野中的战争灾难和反战意识，或者刻意回避或者予以简单狭隘的否定，使得我们的战争文学很难引起世界范围内更广大读者群的情感共鸣。

革命战争小说的思想局限说到底依然源自特定时代政治观念的限制，从根本上制约着作家的艺术创造。以杜鹏程为例，在他的创作自述中多次谈到自己思想能力、艺术表现能力以及艺术经验的缺乏。杜鹏程有战争体验，更有创作激情，有雄心壮志。但他之前只写过一些短篇小说、短剧、通讯和报告，从来没有写过长篇小说。苦思多日后他决定："干！既然战士们为了战争的胜利，一声不响地献出了生命，我们就应该把他们忘我的英雄精神记载下来，使自己使别人从这些不朽的事迹中，吸取前进的力量。"[①] 他努力阅读了一切能找到的军事论文，读了可以找到的苏联战争题材的文学译本和中国近现代以来有限的战争小说，他说："当时我们还忙于打仗，还来不及写出中国军事文学的大部头著作，在前头走路的人困难很大，要依靠自己摸索前进，怎么写中国现代战争，怎么写中国人民解放军，没有现成作品学习，要靠自己摸索。"[②] 他把《战争与和平》重读了三遍，他前后一共写了九次，几乎不是"写出来"而是"改出来"的。每每"遇到难以越过的困难，他就回想起那些活着的和死了的战友，从他们身上吸取力量"[③]。即便如此，杜鹏程自己也知道写作单凭激情和毅力是不行的，他到晚年意识到《保卫延安》写得不是很好，它的价值在于"它是一

---

① 魏钢焰：《〈保卫延安〉是怎样写成的》，《解放军文艺》1954年第12期。
② 赵俊贤：《〈保卫延安〉创作问答录》，《新文学史料》2001年第1期。
③ 魏钢焰：《〈保卫延安〉是怎样写成的》，《解放军文艺》1954年第12期。

种历史的记录",他也更深刻地反思到:"作家和作品都是时代的产物,都不可能超越时代。"而"作家对时代对战争、对历史事件的认识,制约着作品的主题思想,作家对生活认识的深度与广度决定了作品的思想的深度与广度"。① 以战争的亲历者和写作者的立场反思"十七年"文学的思想和艺术价值,今天对广大读者依然有启示意义。

总之,《保卫延安》是当代文学史上第一部大规模正面描写解放战争的革命历史小说,是当代最早被评价为"史诗性"力作的长篇小说。《保卫延安》为新中国文学,特别是长篇小说做出了开拓性的艺术贡献。《保卫延安》标志着共和国文学的起点水平,也反映出中华人民共和国初期文学发展所面临的困境,它的成功与局限都是与特定时代的社会文化密切相关的,它所反映出的文学问题可以引导我们开始对一个时代文学问题进行深入思考。对于当代战争小说这种特殊的小说,或许不必苛求太多。可以侧重在小说形式结构的角度,来考察战争小说在中国现当代小说发展史上的作用和价值,这是一种文体形式演变的考察,是一种文学史意义的考察,也是更为本体的小说艺术的考察。

---

① 赵俊贤:《〈保卫延安〉创作问答录》,《新文学史料》2001 年第 1 期。

第二章 柳青:《创业史》与"十七年"合作化叙事

第一节 从生活到创作:"60年一个单元"

柳青(1916—1978),原名刘蕴华,新中国杰出的小说家。他以坚实的生活实践与艺术实践,对我国当代文学做出了重要贡献。

一 早期读书、革命生活和短篇小说创作

1916年农历六月初三,柳青出生于陕西省吴堡县张家山乡寺沟村一个曾经富裕的农民家庭。少年时喜欢阅读进步刊物并投身革命活动,加入共产主义青年团。1931年考入榆林省立第六中学,在校读书时,因阅读左翼书刊和中外文学名著,对文学产生了浓厚兴趣。1934年进入西安高中后开始学习写作,并尝试翻译外国作品。1935年在上海开明书店出版的《中学生》文艺季刊上发表了第一篇散文作品《待车》,第一次署名"柳青"。1935年参加了"一二·九"学生运动,其后编辑进步学生刊物《救亡线》,积极投身政治活动,并于1936年加入中国共产党。西安事变爆发之后,柳青参加中共陕西省委临时宣传委员会和西安青年文协的党团工作,任《学生呼声》杂志主编和《西北文化日报》副刊《战鼓》的编辑。1937年,柳青考上由原北平大学、国立北平师范大学和国立北洋工学院搬到西安后联合成立的西安临时大学(后改名西北联合大学),入俄文先修班。1938年西北联大搬迁城固,柳青转而奔赴延安,在陕甘宁边区文化协会工作,次年深入前线,

在基层任教育干事和记者。1940年辗转回到延安,之后工作于中华全国文艺界抗敌协会延安分会。这一时期,柳青创作了一系列反映陕甘宁边区农民和战士生活的短篇小说,出版有短篇小说集《地雷》。

柳青早期短篇小说收入《地雷》中的有《土地的儿子》《在故乡》《喜事》《地雷》《误会》《牺牲者》《一天的伙伴》《废物》八篇小说,另有未收入集中的《被侮辱了的女人》《三垧地的买主》《家庭》《王老婆山上的英雄》四篇。其短篇小说创作从20世纪30年代末起步,直到延安文艺座谈会之后仍有继续。这些小说按题材可分为两种:农村小说和战争小说。从具体描写对象来看,战争小说的人物多为农民,因而总体上可将柳青早期的短篇小说归为乡土题材。以鲁迅作为滥觞的现代乡土小说,从20世纪20年代渐成潮流、影响巨大。由"五四"新文学哺育的柳青不可能不受鲁迅的影响,尤其是涉及返乡题材的《在故乡》《喜事》两篇小说,在叙述上颇为接近鲁迅的"归乡"与"看客"模式。

小说的归乡模式最重要的还是叙事身份问题。《在故乡》与《喜事》中,都设立了一个非农民的叙述角色"我",并以"我"在旧历年归乡探亲的见闻为线索,串起故事的发展。"我"在故事中显然是已经脱离农村的知识分子,具有了身后的乡村所不具备的现代理性思想,并以此作为"观照"乡村人与事的视角。在这两篇小说中,人物角色都设定为三位对应的关系:"我",落后者,群众。虽然柳青试图在"归乡"叙述中融入更多的革命话语,例如,小说涉及了农民翻身前后的物质生活对比,以此来凸显"革命"的必然性和现实意义,而且篇尾对人物命运的安排也暗示着未来的光明途景。但这样的三位关系设置还是隐隐透露出柳青的不安:落后者与群众之间的"看"与"被看"是显性的;而"我"与群众之间的"看"与"被看"则是隐性的。这种潜在的"观照"视角,使得"革命"的另一重意义——相对于物质翻身的精神翻身——更为意味深长地被提出。

小说的看客模式则集中体现在村人的"闲话"对情节的推动上。作为归乡的城市知识分子,柳青能够自觉感知到"闲话"这种由来已久的乡俗。虽然他在小说中并未明确表露对这种乡俗的态度,然而对

"被看之人"命运的描述，以及小说所蕴含的悲悯情绪，使得作品投射出"五四"乡土小说的启蒙之光。从另一个角度看，村人这种好管闲事、好论短长的习惯，正如鲁迅笔下的"看客"一样。《在故乡》开篇"我"重返故乡，本期待着变成边区的故乡已经换了模样，但所见的故乡却还是一个"寂静的山村"！所谓的"革命"在村人眼中都是不成体统的事：常常开会耽搁山里的事务，十来岁的儿子被叫去上学，男子汉竟然不能打婆姨……在这样的"革命"中，七老汉依然恭恭敬敬地招呼着"我"："四先生回来了。"接着便是一句"刀（高）升了吧？"的恭维。

七老汉这个"串通"（爱串门）和"闲人"，是小说中要被否定的角色——新社会里好吃懒做的落后者。分来的三垧地他不愿自己种，租给旁人，成了一个"可怜地主"，最终招致人人嫌弃，不愿再施舍于他。但七老汉并非没有做人的尊严——他自知活得不像个人了，"我"这一次回村，七老汉没敢前来见面。等再见之时，七老汉的愁苦与颓唐使得叙事者"在这种凄惨的气氛里，感到精神太受压抑。自己虽有些怜悯之心，但又无适当的话可说"。而村人眼中却只有可恨："脑袋睡成扁的了，还懒得翻身"，"再革一回命，还是七老汉"！"我"以为七老汉同以往一样来乞讨要年货，但他只嘎嘎地咳嗽着，始终没有开口。"我"也决然走开，"再没勇气回头看他一眼"。最终，七老汉竟在除夕前一天上吊而亡，七老汉的去世成了村人茶余饭后的谈资，而后在年关的喜剧气氛里很快被遗忘干净。鲁迅多写"看客"的漠不关心，亦即精神的麻木，而柳青笔下的这些"看客"似乎都"热心"于品评事端，但同样无关痛痒，本质上也是一种无视他人苦难的冷漠。

《喜事》一篇则叙述了一出由误会和不开化所造成的"喜剧"：新媳妇在结婚前被"设计"，错认了自己未来的丈夫，新婚夜才发现"掉包"一事，因此闹起来，最终成功离婚。但小说叙述的重心似乎不在新媳妇摆脱这场误会和"陷阱"的最终结局，而是村人对之的议论和闲话。村人三言两语之间的谈资撑起了故事发展的脉络，喜事变闹剧又变喜剧的经过也基本是在众人的闲话中交代了来龙去脉。在这样的叙述中，以新媳妇在"新社会"里的遭遇来凸显革命必然性的目的似乎就被悬置了起来，《喜事》本身暗含着若有似无的反讽意味。最终"我"匆忙离家，这"喜事"的结局，再无从知道。"因为我家给我的信，父亲，总是请懋德爷爷写的，从来不提闲事。"日光之下无新事的落寞之感悄然跃出，不必言明。

小说一直在正面展开对翻身农民新旧生活的对比，但就在这些犄角旮旯处，柳青的叙述常常逸出主线：物质翻身容易，精神翻身何其难！作家柳青在小说暗处闲笔式的叙述，似乎并未全然站在革命与阶级的角度来审视他眼中的故乡与村人，关注"人"似乎才始终是作家的基本立场。一方面以革命理性审视着农村的落后与农民的愚昧；另一方面则以乡情切入，引发出自然朴实的人道主义同情。这与"五四"乡土文学叙述中杂糅着传统情感的启蒙理性何其类似，或者说是一脉相承。小说由此折射出物质革命浪潮中农民的精神启蒙问题，其间革命神话的裂隙悄然显现。此时的柳青虽已经过延安整风运动，开始转向《讲话》规约下的文学立场，但在显在的革命理性之下，小说的深层次依然隐含着某种"启蒙"的意绪，这正是柳青个人思考的不自觉流露。从《喜事》的写作时间来看，在《讲话》发表之后，柳青身上仍保持着"五四"启蒙思想的鲜明印记，或者至少还在"五四"启蒙话语的边缘徘徊。于是，从他的短篇小说中读出的矛盾与暧昧，感受到的欲说还休，也就可以得到解释了。

创作手法上，柳青早期短篇小说尽显现代文学的现实主义底色。柳青多关注于细节描写，从而作品与作为描写对象的真实生活更为贴近，阅读起来更具亲切感与可靠性。《地雷》一篇为战争题材，但它的视点却在战争后方的乡村老汉——李树元身上。柳青十分擅长从生活细节着手来展现大题材。这篇小说以李树元老汉一家为中心，集结了战争的各个方面，而重点突出了李树元老汉的形象，尤其注重从细微心理描写出发，刻画了老汉在斗争中所经历的心理变化。李树元老汉秉信"老子有儿就甚么都有了"，其护小家、守小利的保守心态，令人隐约看到《创业史》中梁三老汉的雏形，可以认为李树元的形象是塑造梁三老汉的一次演练。

对《地雷》等小说，作为小说家的柳青对用细节刻画人物的手法，其实是颇感满意的——他曾说自己醉心于"旧的现实主义"，表面看来是自我批评，但内心不无对笔下人物形象的欣赏。今天看来，正是这所谓现实主义的胜利，成就了柳青早期创作的艺术价值。柳青短篇小说善于选取小人物、小场景，保留了对客观现实与人性的真实描写，既是对"五四"现实主义传统的自觉传承，也在他整个创作历程当中具有非常重要的意义。正因柳青此时从对生活真实的观察来塑造人物形象，因而很少出现后期创作中所惯见的对人物的不合理拔高。无论农民还是战士形象的塑造，他都没有进行"美化"。除了农村题材小说当中对农民恋旧情绪的毫不掩饰，在战争题材小说对战士的描写中，他既重视其英勇善战、无畏无惧的一面，又能够真实地描摹出人物率性乃至粗鲁的一面——"一鸡巴高点的个子，没牙没嘴唇的，还满口是那种淫荡的调儿"——从外貌到言辞，均呈现了他眼中"所见"之实。当然，"五四"乡土文学中对于农民"想象性"塑造的问题，在此时柳青的创作当中也是存在的。此时的柳青更多受批判现实主义的影响，小说的色彩不是很明朗，调子也不是很高昂，缺少后来那种激动人心的革命理想主义，语言上也未脱去欧化的痕迹。这些问题后来都有了大的改变，但柳青小说中浓重的作家主体意识和主观抒情色彩，却一直延续到最后，这表现在他对知识分子写作者角色的守护上。小说语言极大程度地保留了人物语言的"泥土气息"，而叙述语言则坚持典型规范的书面语，保留着现代文学传统中的知识分子趣味，体现了作家身份意识的自觉。

必须注意到柳青的创作时代与"五四"乡土小说发生时期有很大的不同。柳青是带着工作任务去体验和写作的，他在陕北三乡参加农村实际工作、做切实的社会调查，他不再是"五四"时期走出乡土、徘徊在十字街头的青年流寓者，而是农村生活的沉入者和乡土变革的亲历者。笃定的信念和对革命道路的希冀始终伴随着柳青的文学生涯，当然也包括在柳青早期的短篇小说中。但这并不妨碍对这部分小说独有价值的讨论。柳青的创作起步时期未受主流话语过多规训，以相对合于主体艺术诉求的文学选择最大限度地接近了"五四"乡土小说，并与之一脉相承，让人们看到乡土小说和启蒙话语在20世纪三四十年代革命话语中的潜在回流。

二 从"转弯路上"到"脱胎换骨"

1942年,柳青参加了延安整风运动,在毛泽东《讲话》精神的鼓舞下,他深入到劳动人民的生活当中,在陕北米脂县任乡文书,做了三年的农村群众工作。农村的减租减息运动和艰苦的生产斗争生活磨炼和改变了柳青,从此他和农民结下了不解之缘,米脂三年被认为是柳青创作道路上的转折点。1947年,柳青根据这一时期的生活积累,完成了第一部长篇小说《种谷记》。这也是我国现代文学史上反映解放区农村变工互助①活动的第一部长篇小说,是柳青贯彻实践工农兵文艺方向的第一个硕果。《种谷记》的酝酿时间正与柳青早期的短篇小说同时,因而他的这第一部长篇小说也保留了很多早期创作的特点——篇首即是一大段对陕北风景风情的描写,画面中出现了受苦人、婆姨、学生娃,出现了噗噗直冒的烟锅、嗡嗡的纺车、纺车上吱吱呀呀的布架,出现了丢盹(方言,打瞌睡)的毛驴、晒太阳睡觉的狗、漫游的母猪和猪娃——既有充满地域特色的风景描绘,又有方言土语所昭示的陕北风情。也隐约看出革命和启蒙的双重叙事结构:属于"人"的革命图景是一片忙碌而充满生气的画面,但真正属于乡村本质的自然图景,却是一幅湛蓝高空和白花花日头之下"无新事"的"闲景"。一动一静,一前进一停滞,正表达着柳青在轰轰烈烈的乡村变革之中,对于乡村思想文化的内质到底有无改变的探寻和关切。这部小说在某种程度上是他早期短篇小说的扩充版,它仍旧注重宏大社会变革之中的生活细节、"原生态"甚至不无粗俗的农民形象塑造以及昭示了柳青明确知识分子姿态的叙述语言与人物语言的两相背离和不时的风景描绘,等等。也因此,《种谷记》并没有给当时的柳青带来多少声誉,只得到评论界有保留的肯定,也有明显的批评意见。

---

① 变工互助是我国农村旧有的一种劳动互助组织。一般由若干户农组成。通过人工或畜工互换的方式,轮流为各家耕种,按等价互利原则进行。有人工换人工、畜工换畜工、人工换畜工等方式。

柳青作为自觉的革命型作家，在此阶段的创作之后曾经自我反省，认为此时小说的幼稚与不完美是"醉心于已过时的旧现实主义"的创作方法所造成的，因此，如何进一步与广大群众紧密结合，使自己真正成为老百姓的代言人，成为柳青思考和迫切想解决的问题。值得注意的是，《种谷记》中出现的鲜明意象——如篇尾"雾"之后"鲜红的太阳"，似乎预示着柳青的转变，"转弯"之后诞生的长篇就是《铜墙铁壁》。

抗战胜利后，柳青到东北任大众书店的主编。1947年，他出发回陕北，参加了解放战争，被沙家店战役所激动，后来又专门进行了实地采访，于1951年出版了他的第二部长篇小说——《铜墙铁壁》。小说通过解放战争时期西北战场一个粮店的斗争故事，展现了一幅壮观的人民战争图画，揭示了人民群众作为革命战争威力之最深厚根源的主题。《铜墙铁壁》更为典型地体现了柳青在延安整风之后新的创作方向，开始注重矛盾冲突以及正面形象的塑造，体现出柳青现实主义创作的探索和变化轨迹。相较于《种谷记》的平淡和拖沓，《铜墙铁壁》更注重在激烈的斗争和行动中塑造典型人物，更明显地靠近社会主义现实主义的文学主流。同时，早期"五四"乡土小说的启蒙色彩渐渐淡化乃至消失，转向更为彻底的革命叙事。与此相应，后期小说明显存在的局限，如反映生活丰富复杂性的充分的细节化书写被削弱、人物形象的平面和走向概念化，也开始悉数出现在"转弯"之后的柳青的创作中。

回到历史现场看，柳青最初的两部长篇小说真实地反映了特定历史时期的现实生活及其特点，充分表现出特定的时代精神。作家注重人物形象的塑造，形塑了两位先进农民代表——《种谷记》中的王加扶和《铜墙铁壁》中的石得富。这是文学中新出现的新人形象。作家塑造人物的手法也多样化了，心理描写开始加强，人物的典型性逐步提高，成为柳青后期社会主义现实主义创作的必要准备。某种程度上，《种谷记》当中的王克俭形象既是《地雷》中李树元老汉的延续，更是《创业史》当中梁三老汉的又一次预演。作为柳青创作道路上过渡阶段的作品，《种谷记》和《铜墙铁壁》具有承前启后的作用，它们为柳青其后创作史诗性长篇小说《创业史》，提供了思想和艺术上正反两方面的经验。梁三老汉这个具有艺术魅力的农民形象正是根植于以往创作积累而成的生活体验和艺术经验，使得柳青更加认识到"生活是创作的基础"的真理性原则，他决心继续扎根于群众当中，长期地、无条件地、全心全意地走与工农相结合的道路。但是，标志着作家转向成功的《铜墙铁壁》却似乎并未令柳青本人满意。在他看来，决定政治方向的思想观念问题似乎是解决了，但小说艺术上的调整和探索还远未完成。柳青由此开始重新思考小说的"艺术"问题，这对成就将来的《创业史》，应该是至关重要的一步。

柳青早期的作品奠定了其一生创作的现实主义底色。从五四新文学所汲取的营养始终会回流于他的创作生命中。早期短篇小说以及《种谷记》当中直面人生的现实主义态度、直击人性深处的胆识、写作主体的独立思考、丰富的心理活动描写、生动的生活细节描写、职业作家的叙述立场等，都将始终潜藏于作家的艺术追求深处。"用人物的感觉、人物的心理表现情节的细节"，"艺术的永恒，是细节的永恒"。[①] 这些被柳青终身所思索的美学问题，正是酝酿于他还未被主流文坛完全规范的早期创作中。在后期代表作《创业史》中，秦岭边上蛤蟆滩的日月风光将再次独立于现实主义的意义原则，而作为小说家的审美对象进入文本和读者的视野；此外，叙述主体抑制不住的主观抒情与议论，以及与人物语言严格区分的书面化叙述语言，也使得小说的作家主体身份和小说的主观色彩更加凸显。所有这些均可在柳青的早期创作中见到端倪、得到初步领略。

中华人民共和国成立后，柳青参加了《中国青年报》的创办工作，任编委和副刊主编。为了更彻底地实践自己的现实主义文学观，实现与人民群众更紧密的结合，1952年柳青毅然离开北京返回陕西，担任了中共长安县委副书记，并在1955年安家落户于长安县皇甫村，前后深入农村长达14年。在此，柳青和广大农民朝夕相处、共同生活，他亲自参加了王家斌（梁生宝原型）互助组的领导工作，经历了

[①] 刘可风：《柳青传》，人民文学出版社2016年版，第180、160页。

长安县合作化运动的全过程。这一时期他对生活的思考和研究成果，大多反映在1956年出版的散文特写集《皇甫村三年》当中，这是柳青走上新的创作里程时的真实记录，是他孕育《创业史》的过程。1954年，柳青开始创作《创业史》第一部，然而农村巨大变革的现实图景时常中断他的写作。1958年，柳青在写作《创业史》的中途转而创作发表了中篇小说《咬透铁锹》（1959年修改后由陕西东风文艺出版社于出版时更名为《狠透铁》）。这篇小说通过王以信盗粮事件，揭露了生活中的矛盾，塑造了斗志坚定、不惧孤立打击的农村基层干部"老监察"的形象，表现了作家洞悉生活的眼力和敢于正视生活矛盾的勇气。当然，处于特定的时代，这篇作品也明显受到左倾思想的不良影响。但作品所关注的现实问题和揭露问题的胆识，却显示了柳青一贯坚持直面现实的精神品格。

1959年，柳青呕心沥血创作的长篇小说《创业史》第一部面世，以《稻地风波》为题在《延河》第4期上连载（从第8期开始，更名为《创业史》）。这是一部反映中国农村社会主义革命的鸿篇巨制，是当代文学的重大成果。它的出现震动了文坛，引起了极大反响。60年代初，柳青继续创作《创业史》第二部，但"文革"的来临中断了他的写作，柳青被迫离开皇甫村，创作权利被剥夺，身心受到严重摧残。历史转折最终到来时，柳青却卧病在床，但他仍坚持修订再版《创业史》第一部，且改定出版了第二部的上卷，并在《延河》上发表了下卷的前四章。

1978年6月13日，柳青因病离世。原计划四部的《创业史》大手笔，最终没有完成，成为柳青创作生命中无法弥补的遗憾。

三 柳青的文学观及其相关思考

柳青的创作道路在新中国"十七年"作家中颇具代表性，这一代作家创作的成败优劣，同作家对生活的熟悉程度有直接的关系，也与时代的氛围密切相关。

马克思主义哲学，即辩证唯物主义与历史唯物主义，是长期以来指导中国革命和建设事业的核心思想。毛泽东的《讲话》将唯物主义反映论运用于文艺问题上，提出"生活是艺术的唯一源泉"，提出文艺工作者"必须长期地无条件地全心全意地到工农兵群众中去"的主张，这是40年代到中华人民共和国成立以来文艺发展的指导性方针。"十七年"一代作家的世界观、人生观和文学观也在这一大的背景中形成、发展并日益坚定牢固起来。对马克思主义哲学中主客体关系的系统领会以及对毛泽东文艺思想的全面接纳，使一代文学艺术家的哲学、美学和文学观念逐渐趋于规范化和定型化，以反映论为中心的社会功利文学观影响甚或支配着"十七年"作家的艺术创作活动。他们把"长期地无条件地全心全意地到工农兵群众中去"当作座右铭，他们深信不疑、毫不懈怠地深入群众、深入到火热的斗争生活中。他们创作的题材、思想、形象不用说是来自生活的，更有一些作家连走上创作道路本身就是由生活所触发的，他们的创作动机甚至灵感的得到都依赖于鲜活的人生经历。由此，他们确实也尝到了深入生活的甜头。中华人民共和国成立后一大批优秀作品的问世，无一不是忠实于生活、真实反映现实斗争生活的结果。于是，这种感性体验逐步上升为理性认识，不少作家由此反思总结出自己的创作经验，归纳出"从生活到创作"的理论观念来，可以说，这是一代作家成功的"秘诀"。

柳青作为一代执着于生活实践的作家中的突出代表，他的创作道路和文学思想是值得我们加以总结的。柳青曾提出作家要进"三个学校"，即"生活的学校，政治的学校，艺术的学校"，作为第一和基础的就是"生活的学校"。柳青还提出创作"以60年为一个单元"，愿用一生的时间和精力坚守他创作的生活基地，书写出无愧于时代的鸿篇佳作。这是柳青一生创作经验的总结，正如最熟悉他的作家杜鹏程所言——"柳青是最熟悉农村生活的作家"[①]。可以想见，如果没有长期深入生活、熟悉生活的坚实基础，就不可能有今天的《创业史》。

实践证明，"深入生活"符合艺术创作规律，不可否认，它至今仍闪耀着熠熠动人的真理性光辉。但是，每个作家深入生活的方式与

---

① 海潮、愈升：《忆柳青》，《陕西日报》1978年7月6日。

程度又是各有不同的，推广一个作家的经验并强求一律，则同样违反了艺术规律。柳青曾明确地说："我的生活方式不是唯一正确的方式。作家生活方式应当是多种多样的。但是我的生活方式也不是错误方式。它是唯一适合我这个具体人的生活方式。我走过的道路、我的写作计划、我的身体和家庭条件……我都长期反复仔细地考虑。我的态度是这样的，一方面在对这种生活方式的怀疑面前决不动摇，以免丧失信心；另一方面坚决不宣传我的这种生活方式，拒绝《人民画报》和新华社拍照，以免经验不足的青年作家同志机械地效仿。"①柳青对作家的个性姿态和作品的独创性有着清醒自觉的意识，这其中也包括了一个作家首创性的生活方式和认知方式。柳青始终坚持自己的生活创作道路并认为只适用于自己，就是把个人人生境遇以及个人对人生的体察当作了个性与风格的有机构成部分，它对柳青是一种自发的艺术生命历程，对别人或许不适应甚至是局限。所有的艺术家都渴望皈依真实鲜活的人生，但皈依的途径却各个不一。柳青艺术生命的特殊走向，都来自柳青的自我选择、自我适应。"十七年"作家大多是在客观现实给予了主体以强烈的感受之后进入文学创作的，背倚同一时代、面对同一现实，感受是深是浅则与作家主体的生存方式、认识途径大为相关。

　　生活并不等于艺术，作家有了生活基础，并不自然就有了艺术感悟和艺术技巧，这里还有一个向中外文学遗产学习的问题。从战争岁月中成长起来的"十七年"主体作家群，其文学创作得力于深厚的生活积累，但知识水平、艺术素养普遍欠缺，这就限制了他们向文学大师的迈进和文学经典的创造。笔者注意到，柳青所谓"三个学校"中的另外两个学校，同时也对他创作的成功起到了决定性作用。从柳青生平和创作道路来看，他从未忽略过思想和艺术修养的任何一方。早年潜心读书，既有传统文学的长期滋养，又受益于扎实的外文功底而广泛接受外来文学思想。"十七年"革命型作家群中，具有良好知识

---

①　柳青：《关于我的思想和生活方式》，蒙万夫等编《柳青写作生涯》，百花文艺出版社1985年版，第104页。

结构和艺术素养的作家不多,而柳青却是其中突出的一个。《创业史》融传统、民间、苏俄为主的现实主义为一体,从中看到了作家的一种融合的气度,而贯穿在作品中的哲理议论又让人们领略了作家的哲学底蕴和思想光彩。在一个压制个性的年代里,柳青坚持思想和艺术上的独立精神,尽可能发出属于自己的声音,寻找属于自己的叙述方式,形成《创业史》独特的艺术风貌。越是因为生存在多障碍的文化环境中,才越显示出作者在创造和突破中获取文学永恒意义的艰难和弥足珍贵。

回顾柳青的生活与创作历程,不难看出他多种身份的扭结——他成长于"五四"新文学传统,又长期主动浸润于苏俄及中国古典文学传统,更是经历过延安整风运动的革命"新传统"的首批作家;他是黄土大地上农民的儿子,又成长为进步学生、党的干部,更是忠于自己内心思考的作家知识分子;他笔下不仅书写着革命与国家合法性的史诗寓言,又不得不忠实记录下自己对于国家、对于社会变革的思考。终其一生,柳青多重身份的不同诉求都包含融会于他的创作中,势必带给《创业史》的文本以复杂性和深刻性,带给这部凝结着柳青毕生心血的代表作以丰富的阐释空间和巨大的后世影响力。

第二节 《创业史》与"十七年"合作化叙事

一 《创业史》的史诗内涵及其再认识

20世纪50年代进行的那场轰轰烈烈的农业合作化运动,曾经牵动了亿万人的心,对中国社会的历史进程产生了巨大的影响,也使得一批作家在持续十余年的时间中潜心营构合作化题材的小说作品。从1955年赵树理《三里湾》的问世,到1964年浩然《艳阳天》的出版,众多长篇小说创作中,柳青的《创业史》获得了最高的声誉。

《创业史》第一部描写的是梁生宝互助组从春到秋所走过的艰难曲折的创业历程。这也是一个从互助组到初级社的农业合作化运动的起始然而却是最重要的阶段。这一点上,《创业史》与其他描写群众运动的小说有着一脉相承的联系。这类作品都力图表现合作化运动的完整过程，力图通过对这个过程的描写揭示出农村各个阶层的相互关系和矛盾冲突，也力图从矛盾和斗争的描写中，写出人物的个性和品质，以达到再现历史面貌的目的。尽管《创业史》与这类作品有许多相同之处，却仍然不能掩盖其独创性的光辉，作者超出常人的地方主要是他力图使作品显示出一种史诗效果。

生活当中的事件，不管人们是否喜欢，它们都在构成着历史，但是并不是所有的生活现象或生活中的任何一隅都能够构成史诗作品。应该说，史诗作品相对来讲对题材有特殊的要求。农业合作化运动乃是新中国最具规模的社会变革事件，数年内，以它为题材的文学作品数年内喷涌而出，难计其数，这并不是偶然的。农业合作化运动，作为农村社会主义革命的第一步，标志着我国五亿多的农民走完了数千年充满屈辱、痛苦和血泪的历程，走完了数千年不断反抗、失败、充满了无穷无尽悲剧的历程，进入了一个崭新的历史进程。而亿万人民确实都被震荡起来，他们以各自的方式行动着，无论是喜剧还是悲剧，这样的生活本身就不同寻常。农业合作化这一题材的史诗性价值被柳青充分认识到了，他以"创业史"来概括农村的历史性革命，就是看到了农业合作化运动不仅仅是重大的社会变革事件，更是承接于前人"创业史"的历史发展中的一段链条。从竭力改变自身命运的"梁三老汉"们，到终于登上历史舞台的"梁生宝"们，如何走出一条正确广阔的创业之路？纳入《创业史》的农业合作化运动，客观地讲，确有一种无限开阔的人生命题蕴含其中，《创业史》的成功首先是作者把握题材、运用题材的成功。

题材具有相当的影响作用，但并不能决定作品的史诗品格。《创业史》被誉为"史诗"，最根本处在于作家选取这一时代最尖锐、最重大的题材，营造出深厚的史诗内涵。作品揭示了中国社会历史变动中富有规律性的发展方向，展现了农村乃至全国范围内阶级势力的消长变化及转化的必然性。柳青曾指出："《创业史》这部小说要向读者回答的是：中国农村为什么会发生社会主义革命和这次革命是怎样进行的。"[①] 就这

[①] 柳青：《提出几个问题来讨论》，《延河》1963年第8期。

一主题的深度和广度而言，确实具备了史诗性质。毋庸讳言，当时中国土地上发生的这场社会主义革命确实是震撼了人们生活的各个方面和灵魂深处的各个角落，它发生的必然性潜存于中国几代农民不断要求并努力改变苦难命运的历史进程中。小说在不少地方表述了解放前后农民运动、农民革命的承续性，特别是农业合作化运动对土地改革运动的衔接，指出在新的历史时期，"靠枪炮的革命"已经转变为"靠多打粮食的革命"，旨在说明农业合作化运动的必然性。遗憾的是，由于错误的政治导向和农民过于急切的革命愿望，社会主义建设事业在整体上倾斜失重，蕴藏在农民身上的精神能量并没有真正用于改变贫穷落后的经济面貌，而是消耗于无端虚妄的阶级斗争之中。当然，这样的反思和认识不可能发生在当时，而只能发生在现在。

柳青以现实主义手法，巨细无遗地勾画出当时农村阶级构成、阶级层次、阶级对抗的客观存在，作品整体透出的思想倾向显然是时代赋予的，是社会的、政治的、公众的思想倾向的传达，迄今仍有重要的认识价值。同时，此种思想倾向在竭力靠拢和统一于时代政治背景时，其局限性也显而易见。《创业史》集中表现了阶级矛盾，而和平时期的阶级斗争显然不像战争年代那么简单明了、呈现为两军对垒的针锋相对，它的复杂性、模糊性是不言而喻的。而中华人民共和国成立后特别是50年代末期以来，国内的政治分析恰恰又承续了战争年代敌我对立的阶级斗争格局，并且把错误的思想认识推崇为"真理"，作家们一旦以"再现"此种"真理"为创作意图，文学作品的主题滑向偏颇乃至极端便在所难免。以前期的失误为前提，柳青自然难以逃脱历史的局限。

任何作家，都是带着自己的政治倾向进入创作的，关键是倾向性是否掩盖了生活的真实性、是否限制了深厚丰盈的文学精神的表达。对于优秀的作家和作品来讲，"倾向本是作家的整个人生体验的有机部分，它并未从作家灵魂中分离出来，抽象为简单的口号或教义；相反，它是与作家对宇宙、生命、世界的深挚感悟为一体的。所以，当作品成为作家灵魂的肖像时，人们固然可以从肖像中看出政治神情，却无力辨析到底哪条皱纹、哪缕肌理是图解政治的，哪些却不是。真正浑然一体的艺术品是不允许作机械的政治穿凿的，这就使含有政治性的艺术品，同那些政治化的艺术赝品划了一道界限"。①"十七年"特定时代使然，现实主义文学创作严格地说是达到了局部的真实，亦即一种被过滤被规范的真实性。《创业史》在倾向性与真实性关系的处理上并未达到令人满意的地步，但它却是时代允许范围内真实性程度较高的作品。在文学观念一统论的年代里，一个作家既要紧扣时代脉搏，又要坚持自己独立的位置，这自然是异常的艰难。所幸柳青提笔开始创作《创业史》的50年代，社会文化环境相对于以后还是比较开明和宽松的，作家基本上能够发挥自己的主观个性，对现实生活进行独到的挖掘。也就是说，主客体的碰撞和达到融合状态，是《创业史》成为有机统一的艺术整体的先决条件，那种对中国几代农民革命历程的理性认识和背负神圣阶级使命而发自内心的政治热情，既属于时代社会，又属于柳青个人。通过柳青的《创业史》，可以看到"十七年"作家个体与时代社会的这种共一关系。时代生活特征与作家主体创造特征显示出前所未有的同向性与一致性，由此造成"十七年"文学异常鲜明突出的时代风格特征。

巨大深厚的社会政治内涵以及在此方面表现出的自觉的史诗追求，让笔者看到《创业史》对同类题材许多作品的超越和作家柳青创造性的突破。在此层面上阐释《创业史》应该是必须的，但又是不完整的。在柳青最大程度的个人表达中，大部分认同于时代，但另有一部分却永远属于柳青个体，由此构成柳青文学性格的鲜明和丰富，同时也使得《创业史》在表层真实之外，含蓄着更为复杂更为深层的生活真实，聚散着更为浑朴更为阔大的人性情怀。

如果说主人公梁生宝身上聚焦有社会政治内容和时代精神意义，可以将之划属于作品表层的思想内涵，那么，沉积在梁三老汉身上的，则是更为深刻的历史容量和理性意味。梁三身上涵盖着更为深广复杂的农村社会生活内容，表现着当代中国农民命运中更为本质的东西。在梁三身上折射出的创业的必然性和合理性比梁生宝更有力度，或者

---

① 夏中义：《文学：作家的生存方式》，《社会科学》1993年第2期。

说梁生宝的事业也是在父辈创业的梦想之根上衍发而来的。柳青可称得上既是能从宏观上把握历史和时代的大手笔，同时又是能精确到位地状写农村生活的行家里手，柳青的现实主义原生态描写本身就带来了有意无意的多向度思考，这种思考在梁家父子两代人身上都有程度不同的体现。

应当指出，《创业史》第一部所表现的内容是合作化运动的初级阶段，梁生宝们所采取的是"团结互助、典型示范、耐心说服、真正自愿参加"的方针。柳青在50年代初期相对宽松的社会背景下对特定时代农村各个阶层进行层层剖剥、入木三分的描写，准确地把握着特定时代农民人物的精神状态。也就是说，柳青能够用相对自由的心态去观察农民、描写农民，能够以农村现实生活为基准来有分寸、有节制地剖析农村社会各阶层，如对郭世富、郭振山这两个中农劳动品德的肯定，本身已体现出一种多向度的思考。作者在谴责郭世富的顽固自私之时，对其精明强干的素质不无欣赏，而郭振山在自发势力的驱动下拼命劳动的情景，简直是作者对劳动美的由衷赞叹，这两个人物在作品中所表现的丰满鲜活远远超出了评论者对他们阶级层次的简单限定。《创业史》各个阶层、各种类型的农民形象在柳青笔下各具光彩，然而农民的身份，务实勤劳的基本品质又使他们成为群体扭结在一起。在此意义上，可以将这两个人物作为梁生宝、梁三老汉形象的补充，有了这两个形象，柳青对特定时代农民精神面貌的传达、对农村生活深度和广度上的把握就接近了圆满。

当国内政治路线逐渐左倾，表现为具体政策的盲目冒进时，亿万农民在强烈的改变人生命运的愿望中乱了阵脚。柳青亲眼目睹了这一现实，认识与实践相割裂的矛盾和痛苦常常缠绕着他。柳青不止一次地隐约流露过心灵的矛盾状态。在这种非自由的创作状态中，现实主义原则是作家创作中唯一可以依靠的精神支柱。尽可能地坚守政治信念，却依然依赖自己的独特生活体验达到自己的文学目的，使柳青努力调整和处理主客体矛盾时，往往会有出人意料的真知灼见透出笔端。在作者历史的直笔下和对生活冷静客观的思考中，《创业史》隐含着与时代精神的亮色主调不相和谐的某些独特思维认识，让读者感受到原色人生的复杂性、艰难性。当社会政治分析、阶级分析与客观存在相抵触、相背离时，作品单一明晰的主题就会出现偏差，而那些客观描绘中的深层意蕴则闪现出哲理的思想光彩。于是《创业史》在整体思想价值取向和局部客观再现之间形成巨大的矛盾，具体表现为柳青合于时代的思想认识与合于主体的认识悖论的矛盾，以及他充沛的革命激情、阶级爱憎与冷静地观照社会、哲理地思考人生的矛盾。或许，《创业史》内涵的广博与深厚正体现在这些观念与认识的冲突与对立之中。共产主义理想固然异常诱人，但达到理想的道路并不是坦荡无砥，而是无数的行进与反复、无数的肯定与否定，有失落又有收获，有喜剧也有悲剧。总之，复杂、丰厚应该更接近作者的"史诗"追求。

　　虽然《创业史》写的是合作化初期的生活与斗争，但完成于人民公社化以后，当时盛行的左倾思潮给小说打下了很深的政治印记。即使到了新时期初期，柳青对作品所做的一些修改中，又加进去许多批判刘少奇的语句，以增强作品的政治意义，可见他仍然没有摆脱左倾政治观念的束缚。如此看来，即使身体情况许可，柳青要继续按初衷写下去也是困难的。这是一出时代的悲剧，也是柳青个人的悲剧。《创业史》问世之时，尽管偶有分歧，但文艺界基本上是一致赞美的，80年代以来，则出现了越来越多的不同意见。人们认为，合作化运动中农村政策犯了左倾错误，新时期进行的农业生产体制的一系列改革已经否定了合作化运动，那么，对于表现合作化的《创业史》就有必要进行重新评价。这也关系到"十七年"中写农村题材的许多作品，包括《三里湾》《山乡巨变》等。关于合作化农村政策问题，有待进行更为广泛和深入的探讨，它与文学有关，但毕竟不能取代对文学作品的评价。我们不能因为社会政治的变化而简单地否定《创业史》的价值，也不能因为时代的局限而轻易地动摇柳青在文学史上的地位。毕竟，柳青以他的智慧和生命所熔铸的《创业史》显示了如此丰富复杂的精神内涵，以它为代表的一个时代的文学问题，也未被我们彻底挖掘和全面认识，是非曲直仍然有待后人继续评说。

　　放大角度思考，"十七年"文学所普遍存在的文学文本与政治文本相互生成的状态，正是在柳青这里抵达成熟的高度。作为典型的革命型一代作家，其思想感情、文学观念乃至创作初衷、创作灵感都来自他们亲身经历过的战争岁月或建设生活，他们抒写、赞美这个时代和时代的英雄，是因为他们发自内心的热爱，贯穿作品始终的是属于时代、属于公众同时也属于他们个人的理想、激情、自信、豪迈以及不可推卸的使命感、责任心。在这一特定的历史时期，时代生活特征与作家主体创作特征显示出前所未有的同向性与一致性，从来没有什么时候，作家与时代、与人民如此天衣无缝地融为一体，表现出同一意志、同一观念、同一审美趋向。作家对这一时代的迎合是那样情不自禁、那样心悦诚服，于是，时代的激情与作家的创作激情合二为一，一种政治倾向或政治情绪也经过作家的主体意识和情感而自然进入作品，这在一定程度上避免了过于生硬的政治标签式的写作痕迹。

柳青模拟外在社会生活的文学思路，贯穿在写作中的自觉、明确和坚定的政治意识，塑造特定时代需求的"新人"形象，以及传达时代精神、负载作家的理性思考和政治激情的叙述方式，都显示着一种时代文学的既定艺术规范业已形成。《创业史》是"十七年"合作化小说的一个代表，也是"十七年"长篇小说艺术范式的一种标本性证明。《创业史》被认为是中华人民共和国成立后"新的文学话语和叙述方法的参与者和建构者"，是"革命文体"的创造者[①]。"史诗性"的追求，与当时流行的"社会主义现实主义"原则具有相当的同构性，内含着国家政治诉求的"社会主义现实主义"，已然超出了作为创作手法的一般意义，而统摄着作家的主体认知、思考及其叙述方式等艺术创作过程。柳青的《创业史》之所以在五六十年代的长篇小说中成为翘楚并为主流文化所认同，主要在于作家积极主动地应和了时代的政治期许，实现了作家个体与时代社会的共一关系；同时也要看到，柳青也是现代小说艺术在当代中国的传承和发展者，《创业史》发散出的中国传统文学与苏俄现实主义文学气息，证明了柳青自觉吸纳和融合中外小说艺术经验的气度和能力，在此基础上，柳青最大限度地坚持了艺术上的独立精神。《创业史》时至今日依然为人们肯定

[①] 吴进：《柳青的文学史意义》，《文学评论》2013年第2期。

的审美经验和艺术成就，比如塑造出既有历史内涵又具生活智慧和人性辉光的梁三老汉等中国农民形象；比如柳青颇见功力的细节描写和心理刻画，让其中的农村生活故事有着永不褪色的艺术感染力。无论多大程度上与国家主流意识自觉契合，大凡优秀的作品，总是融合着作家个体的生命意识与审美理想，并落实为个性化的艺术产品，而最终留给后人的，恰恰是那些超越了时代的、属于文学艺术自身的永久魅力。

二 社会主义新人形象梁生宝与老农形象梁三

《创业史》塑造了几十个人物形象，从主要人物梁生宝、梁三老汉、郭振山，到次要人物王二直杠、改霞、素芳等，个个性格鲜明、饱满生动，这些人物大都有生活原型，作家在每个人身上都付出了非常的心血和笔力。其中最成功最具典型意义的形象是梁生宝和梁三老汉父子，这得力于作家理性与情感的高度融合，此种融合又是建立在柳青非同一般的生活体验之上。无论梁三还是梁生宝，他们身上所包含的农村生活内容、农民生活情调、个人性格气质，都构成形象特有的艺术魅力。

梁生宝是作家着力塑造的社会主义新人形象，作家熔铸人物的阶级特征和突出个性于一体，使其具有了革命理想和美学理想的光辉。在柳青的塑造下，梁生宝这个社会主义新人既平凡又高尚、既脚踏实地又富有理想，成为崭新的农村社会主义事业的带头人。在旧中国，梁生宝度过了饥荒的童年，苦难生活的磨炼和慈母的教育使他从小就具有老实、坚韧、富有同情心的特点。他懂事早、想事多，从父辈那里继承了与穷苦命运抗争的进取精神，而父亲几番创业失败的经历，又使他能很快接受新思想、建立新的信念和理想。梁生宝少年坎坷的生活所磨炼出的性格和父辈创业经历的影响，成为他后来成长为一个社会主义新人的生活依据，在党的教育和引领下，他很快选择了一条不同于父辈的创业之路，他质朴的进取精神迅速转化为坚定的社会主义信念和为合作化奉献自己一切的崇高精神。梁生宝在买稻种前后的廉洁奉公和自我牺牲的精神、领导农民进山时的坚韧不拔的毅力、接受白占魁入组时的深谋远虑和胸襟开阔的气概，以及办事公道、踏实、兢兢业业的作风，待人诚恳、宽容的气度，都反映出这个普通青年农民作为一位新时代先锋战士的美德与成熟。冯牧谈到梁生宝身上崭新性格的生成时说——"一种完全建立在新的社会制度和生活土壤上面的共产主义性格"①。雄心勃勃与兢兢业业的统一、革命气概与实事求是的统一，构成了梁生宝性格的典型特征。柳青曾说要将梁生宝塑造为党的忠实儿子，他概括为"当代英雄最基本、最有普遍性的性格特征"。② 梁生宝身上呈现着50年代社会主义新人的基本特征，此即为当时塑造这类新人形象的文学作品中，柳青提供的新鲜经验。

梁生宝这个形象的性格组成并非单一的，他一方面是一个先锋战士和新人，另一方面也是一个平凡但有个性的普通农民。在这个形象身上和谐地同时呈现了庄稼人的美德和共产党员的特有气质。梁生宝之所以在当代文学所塑造的同类人物中显得更为丰满生动，主要便是柳青对英雄人物性格的多侧面描写，尤其是其中透露出来的普通感和人情味。比如处理梁生宝与继父、郭振山、白占魁的矛盾时，表现了他的忠厚和善良，特别是他与梁三老汉之间，不只有矛盾，更多的是亲切温暖的亲情，还有他对母亲、妹妹和恋人改霞的感情，都很真实感人。小说也有许多地方表现了梁生宝天真单纯和幽默活泼的性格。这一形象在多种合力作用下具备了个性化色彩，一定程度上回避了当时主流文坛拔高和美化英雄人物的通病。

当然，梁生宝的理想化倾向也是极为明显的。柳青自己也认同梁生宝的气质中有不属于农民而属于无产阶级先锋战士的部分——在农民中间长大并继续生活在农民中间的这类人物，思想意识已经有别于一般农民群众了③。作家将政治思想等理性内涵过多地负载到人物身上，描写中又带有主观感情的偏爱，影响了形象的历史性和客观性。严家炎"三多三不足"的评价准确地指出了这种偏差："写理念活动

---

① 冯牧:《初读〈创业史〉》,《文艺报》1960年第1期。
② 柳青:《提出几个问题来讨论》,《延河》1963年第8期。
③ 柳青:《提出几个问题来讨论》,《延河》1963年第8期。

多，性格刻画不足（政治上的成熟程度有点离开人物的实际条件）；外围烘托多，放在冲突中表现不足；抒情议论多，客观描绘不足。"①文学史证明，梁生宝及其同类人物形象，并没有在人们心中扎下根来，说明严家炎的分析评价是基本准确公允的。

《创业史》中梁三老汉形象的真实性、典型性则远远超过一号人物梁生宝，成为代表《创业史》艺术水准的最成功的人物形象，这在当代文学研究领域已成公论。而事实上，英雄性格的梁生宝是柳青最为倾力塑造的人物，而他之所以不及梁三老汉感人，除作家对人物不够熟悉、多少有人为拔高的迹象外，其深层原因应在作家主体情感内部探寻。公正地说，梁生宝的形象也融合着作家的主体情感，但却更多地外化于社会政治，梁生宝身上寄托的恰恰是柳青不可抑制的政治热情，柳青对梁生宝的爱从某种程度上说不是爱这个人，而是爱他身上具有的社会政治内容，虽然在"十七年"英雄人物画廊中，梁生宝形象的个性化程度比较高，因而与同类人物相比，显得较为真实和丰满，但毕竟他是柳青理性活动和政治激情的载体，在对梁生宝富有感情的赞美中，分明感到的是作家发自内心的对新时代、新社会、新制度的赞美，所以梁生宝的价值更多地取决于他所负载的时代精神意义。

对梁三老汉，作家则动用了最为深层内在的主体情感。梁三老汉是浸透了作家血肉疼痛的人物，作家笔下形象的所思所想，一举一动一颦一笑，莫不熔铸着作者的切肤之爱。对梁三的同情、理解、宽容乃至带泪含笑的调侃，首先都源于主体情感，其次才辐射到理性认识。梁生宝作为"党的儿子"，似乎有点"虚"，有点不着边际，连梁三老汉都感到儿子和他有距离，未免有些失落；而梁三老汉实实在在是一位"父亲"，他穿着厚实的棉衣那副笨拙的模样，让人领略着亲情和温暖，那是谁都难以割舍的一种生命联系和情感思绪。作家赋予梁生宝身上的思想内涵的重量压倒了情感体验，致使人物终究不能挣脱重负而飞翔起来，梁三老汉则从生命的感受出发向我们走来，作家放开

---

① 严家炎：《关于梁生宝形象》，《文学评论》1963 年第 3 期。

第二章 柳青:《创业史》与"十七年"合作化叙事

笔墨,将人物描绘得随心所欲、出神入化,而在不自觉中却登上了理性的高度。正如严家炎所说:"由于这一形象凝聚了作家丰富的农村生活体验,熔铸了作家的幽默和谐趣,表现了作家对农民的深切理解和诚挚感情,因而它不仅深刻,而且浑厚,不仅丰满,而且坚实,成为全书中一个最有深度的、概括了相当深广的社会历史内容的人物。""梁三老汉虽然不属于正面的英雄形象之列,但却具有巨大的社会意义和特有的艺术价值。作品对土改后农村阶级斗争和生活面貌揭示的广度和深度,在很大程度上有赖于这个形象的完成。而从艺术上来说,梁三老汉也正是第一部中充分完成的、具有完整独立意义的形象。"①对梁三老汉超越梁生宝的评论观点柳青一直不予认同,或许是由于众所周知的政治原因,或许作家对梁三老汉的艺术价值并无自觉意识。事实是,柳青偏重在时代精神理念层次上肯定和赞美梁生宝,表现着作家的价值倾向和政治热情;而梁三老汉的形象则多来自作家内心情感的认可,这种情不自禁的热爱潜在于作品深层,但也时时浮出水面,而文学形象的生动与否、小说艺术感染力的持久与否,却更多取决于后者。

梁三老汉具有丰富的历史内涵和矛盾复杂的性格,他既喜悦于新社会的翻身,情感中充满着对共产党的信赖和感激,又承担着旧社会遗留因袭的精神重负;既具备勤劳善良、耿直忠厚的劳动者美德,又难免具有小生产者眼光狭隘以及自私心理下的多疑和保守;既有老农的古板、倔强,又有孩子般单纯、无邪的虚荣心和幽默感。作家将这种复合性格表现得十分生动逼真。特别具有震撼力的是作家侧重描写了梁三老汉精神世界中两个对立面的冲突。梁三老汉的性格发展史,也就是他精神世界的矛盾史斗争史,是他心灵里的旧世界瓦解的艰难过程,这个过程有三个阶段。第一阶段,他怀抱三代创业均遭惨败的辛酸史走进新社会,分得了土地,做了土地的主人,他把"三合瓦房院"的创业理想寄托在他的宝娃身上,可是热心互助合作、决心走集体富裕道路的梁生宝搅了他的美梦,他失望、愤怒、讽刺、怒骂梁生

---

① 严家炎:《谈〈创业史〉中梁三老汉的形象》,《文学评论》1961年第3期。

宝，父子发生冲突。第二阶段，随着互助组事业的发展和梁生宝、卢书记的教育，他的心理逐渐发生变化，到梁生宝进山割竹子的时候，他对梁生宝由不满变成了担心，对互助组由怀疑变成了关心，他偷偷去观察互助组的新法育秧，惊喜而又怀疑。他在情感上向互助组靠近，尽管自己还采取观望态度，却对顽固的梁大老汉和王二直杠没有好感，不愿与他们为伍。第三阶段，经过买稻种和进山割扫帚两件事，看到两户退组而不动摇的事实，他从心里服气了梁生宝，服气儿子的气魄，也心悦诚服地赞成儿子的事业。当互助组发展成为灯塔合作社时，梁三老汉的思想转变基本完成了。小说第一部结尾，梁三老汉提了豆油，庄严地走过庄稼人群时，"一辈子生活的奴隶，现在终于带着生活主人的神气了"。梁三老汉心灵旧世界瓦解的过程，从旧的创业之路向新的创业之路转变中所经历的情感上的折磨，生动地展现了旧式农民向传统告别的痛苦艰难，具有极高的认识价值，是一个具有时代意义的典型形象。

梁三老汉的形象代表了当代文学出现的老农形象群，其他形象如《三里湾》中的马多寿，《山乡巨变》中的盛佑亭，《创业史》中的王二直杠等，这个特殊行列中的人物，身上都背负着因袭的重担，灵魂镂刻着深深的小生产者思想的印痕，被历史的洪流裹挟到他们并不理解也难以跨越的新世界，他们的心灵受到震荡、困惑而迷惘。他们都不是强有力的人物，既不能处于新生事物的对立面进行顽强的对抗，又不能爽快地割舍旧的规范和生产方式融进新生活的潮流。但现实是严峻的，必须作出抉择，这就决定了他们性格的复杂性和抉择时的痛苦艰难。他们进步中的蹒跚步履生动地体现了私有制向公有制过渡的历史阶段一代农民的思想变化历程。老农形象的魅力一方面表现在他们身上所蕴含的深广的历史容量；另一方面在美学上，作家们也表现出相近的艺术追求，即紧紧把握住人物悲剧命运的喜剧性转化来揭示人物性格的矛盾性，通过这种矛盾性的展示来获取戏剧性的审美效果，激起人们悲喜杂糅的复合情感。这个形象群的出现，是中国当代小说家的一大贡献，在文学史上也有特殊的意义，而柳青塑造的梁三老汉，无疑是这个形象群中的佼佼者。

三 史诗结构、细密风格与艺术语言

宏伟的史诗追求呼唤着宏大的史诗结构。典型的史诗结构一般设置两条主线,一为情节线;一为性格发展史,二者经纬穿插或交错并行。《创业史》在结构布局上极其重视整体性效果,作家偏重于性格的塑造,可称之为性格结构的长篇小说。性格结构以人物统一情节,控制场面,事件与事件之间的关系相对松散,人物与事件、人物与人物之间的关系相对密切。由人物作为集中点而构成一个有机的艺术整体,只要人物性格完成了,作品就算大功告成。《创业史》本身是多卷本巨著,但主要人物梁生宝特别是梁三老汉的形象在第一部中已经站立起来,走完性格成长史,形象已呈理想状态,无论故事讲完与否都是无关紧要的,这是作品的第一部即能被视作独立艺术整体的根本原因所在。另外,在第一部的人物、事件、矛盾冲突暂告一段落时,作家又安排了各种矛盾的发端,埋下许多伏笔,造成一种滚滚向前的趋势,使第一部同时成为范围更广的多卷的艺术整体的一部分。

《创业史》第一部分为四部分,卷首为题叙,卷尾为结局,中间为上、下卷,格局封闭完整,这是小说在结构上的一个特点。题叙作为矛盾正式展开的前奏,对《创业史》具有重要的作用。题叙中粗略陈述了梁三老汉创业的雄心由来和艰难历程,父辈悲惨的创业史画句号之时,便接续着梁生宝新的创业史开始。题叙把蛤蟆滩的昨天和今天联系起来,深广的史诗构架在题叙中已见端倪。小说上卷围绕活跃借贷这个中心叙写;下卷则以梁生宝互助组进山、出山为中心,两个中心的安排服从于两条道路的斗争,两条道路的斗争又基本上围绕着这两个中心事件展开。这样,情节线交织贯穿于人物性格线中,形成典型的史诗框架。

以《保卫延安》等作品为过渡,50 年代末 60 年代初迎来当代小说的第一次繁盛,一批长篇小说中出现了较为成熟的性格结构,柳青的《创业史》即为代表。英雄性格是民族性格、时代性格的集中体现,以英雄人物为中心来结构作品,必然会带动巨大的历史事件同时运行，从而把广阔的社会生活引入作品，形成庞大而深厚的艺术画面。本时期性格结构的作品虽然相对削弱了情节的线性流动特征，但并没有影响到整体的故事框架，这既体现了小说结构发展中的过渡性特征，也是作家有意为之。《创业史》中，柳青将梁生宝英雄性格的成长作为中心来统一情节，控制场面，并铺设人物与事件、人物与人物之间的关系，以这种立体网状结构突出作品的艺术整体性，营造宏伟的史诗巨著，显然是当代长篇小说的一次长足进步。

《创业史》是最能体现"性格对立"这一叙事艺术特点的长篇小说。小说结构的中心人物是主人公梁生宝，他是蛤蟆滩诸种矛盾的中心，各种矛盾都围绕他来展开。在他周围存在多种与合作化抗衡的力量：以郭振山为代表的党内干扰；继父与王二直杠为代表的贫苦农民迷恋旧时代的创业道路，与合作化格格不入；富裕中农郭世富维护私有制，与合作社公开挑战；富农姚士杰阴谋暗算，破坏合作化；组内成员动摇退组；等等力量纠结在一起……另有亲情爱情的苦恼……这些阻碍力量从四面八方集中于梁生宝这个焦点，形成一个网状结构，深刻地揭示了各种形态的性格对立、性格冲突。其中每一条线索自身有完整的运动过程，它们汇集在一起，又展示出丰富复杂的农村社会全貌。以梁生宝为结构中心，与作家全力塑造社会主义新生力量的代表者梁生宝这一创作意图分不开，但这个由中心向外辐射的网状结构，也恰到好处地承载了重大而纷繁的生活内容，结构宏伟而有气势，显示了作家概括生活的艺术才能。同时也可看出，柳青所设置的性格对立的矛盾框架，与他对主人公所处典型环境的理解有着密切关系，可以说，梁生宝就处在这些矛盾对立所构成的典型环境中。"十七年"文学中反映农村生活的小说几乎都存在这种结构模式，成为一种普遍的规范化的方式，这是由于当时作家对社会生活"典型环境"的片面理解在他们的创作中起了决定作用的缘故。

某种意义上，柳青是真正熟谙马克思主义哲学的作家。马克思主义的最终诉求乃是认识和解释世界之后的"改造世界"，而思考与实践之间的中介点，则是主体的意识。此种"以人物为中心"的结构原则和叙事手法，正试图通过呈现人物内心对世界的认识和思考，将之

第二章 柳青:《创业史》与"十七年"合作化叙事

内化于心,再顺从自身意识的指导去行动。梁生宝对合作化运动的领导并非单纯完成"上级指示",而是有着自己对于革命的企盼和思考——这也是他作为"社会主义新人"的根本特征所在。这是一种对"世界"马克思主义辩证法式的认知方式。"'以人物为中心'的小说不是在记录客观世界,而是在展示客观世界在行动主体那里的内在视景以及由其行动而引起的社会关系变化,同时,又通过作用于读者的主观世界,而使文学作品在现实世界中发生作用。"[1] 柳青在写作中同样在探索国家政治和社会运动的出路,他并非单纯的记录者,而是社会变革的参与者和某种程度上的谋划者。

与宏大的史诗结构相对应,《创业史》表现了一种开阔、浑厚、热烈而细密的艺术风格。作家笔触细腻、精雕细琢,有宏伟之大处,亦有精致之细处。艺术风格的宏伟在于其史诗内涵和史诗构架,而细腻和精致则颇见于描写语言。柳青很注重心理描写,早期短篇小说如《种谷记》和《铜墙铁壁》的创作中,人物思想感情的变化都写得比较细致,这与他受西方和苏俄文学的影响有关。《创业史》中,柳青真实深刻而又细致入微地写出了农村社会各阶层人物复杂、丰富而又发展变化着的心理活动,突出了人物鲜明的个性和情感活动的特点。梁生宝去买稻种时留宿在异乡的车站,他心中涌上了思乡的情感,他想到父母和妹妹,想到互助组的群众,想到他喜欢的改霞,最后思绪"固执地停留在这个正在考虑嫁给谁的大闺女身上"。通过这样的心理描写,比较全面深刻地揭示了梁生宝丰富而美好的心灵,读来亲切感人。对于柳青所偏爱和不愿舍弃的改霞这一角色,也下笔颇见功力,小说中讲述改霞决定在市集上等梁生宝、对他表明心意时的心理描写就很细腻,动态呈现了改霞的大胆开放和青涩娇羞——初时满怀期待,等不到时又恼怒后悔不该等,念叨着"盼望你成功,盼望你胜利,盼望你找个可心对象"的气话掉头就回,不料却在路上遇见梁生宝,霎时间天地重为明光灿烂——作者活现了女儿家的内心情态。至于梁三老汉、郭振山、郭世富等人物更为复杂的心理状态,更要依赖深入的

---

[1] 贺桂梅:《"总体性世界"的文学书写:重读〈创业史〉》,《文艺争鸣》2018年第1期。

心理描写来完成。他们丰富复杂的心理活动，都围绕人物内心的矛盾冲突展开表现，结合着人物的内心矛盾和激烈的思想斗争，令人信服地揭示了他们行动及其变化的根源，这是《创业史》的一个突出特点。

《创业史》反映的是一场社会大变革，但在柳青笔下，这场变革却由无数生动真实的细节来构成。草棚院的父子分歧、郭世富精心设计的发家计划、王二直杠临死前的动作与表情、赵素芳的掩泣与放声大哭、姚士杰绝望中烧毁国民党党证等细节描写既富于生活真实触感，又精确地表现着作品的主题思想。细节描写是现实主义文学的重要表现手法，柳青通过细节描写强化了反映生活的客观性，种种原生态的生活细节蕴含着复杂、丰厚的思想情感，有益于完成作家的史诗追求。

柳青写作的独特贡献还有《创业史》所使用的语言。柳青杂糅了叙述语言和人物内心独白、文学语言和生活语言、人物的言行和作家的评说、诗性叙述和哲理分析。赵树理写作的"大众化"和民族形式并不是柳青的路数，故事性和行动性并非他的追求，写作中他也未完全将群众口语移植到小说中。他的人物语言采用经过提炼的口语，而叙述语言则是充分书面化的。人物语言以充分的个性化为目的，人各有声，互不相同。叙述语言与人物语言则保持一定的距离，实现叙述者对故事的介入，显示叙述者全知全能的姿态，并随时对人物和事件作出解说和评论。柳青的叙述语言则是一种饱含着作者激情的文学语言，行文中不时流露出幽默和明快的笔调，深沉而又明丽，豪放而又隽永。他常以局内人的口吻，或者直接使用对象化的语言来描述人物，显示出他对人物和事件的深度理解，如他自己所说，他要用笔来扮演自己书中的人物，而且要扮演书中所有的角色，可见柳青对小说叙述全面有力的控制。穿插在作品中的抒情议论则是最能显示柳青叙述语言个性之处，《创业史》中为评论家一再关注的那些饱含激情的议论性段落，也无一不是柳青哲理性思考的结晶。它们一方面是对中国农村社会变动及中国农民命运的理性思考；另一方面是对合作化运动及新人梁生宝激情洋溢的赞美。在《创业史》整体艺术系统中，无论它们是优秀的还是蹩脚的，是与整体和谐统一的还是游离于整体之外的，肯定地说，它们是柳青式的抒情议论，是柳青艺术创造中自我感觉最佳的片段，亦即作者主体认识与实践客体最协调的统一与融会。这种有别于其他作家的独特与唯一就是个性所在。当然，作为作家个人风格的一种尝试，作家直接的抒情议论最好是画龙点睛式的，是以充分的客观描绘作为基础的，否则会影响到现实主义小说的整体艺术效果。柳青的抒情议论也有冗长拖沓之笔，但总体来讲还是有节制的，可视为柳青文学语言最突出的个性标记。

柳青在《创业史》中所表现出的艺术自觉，无论小说整体性的史诗构建，还是淡化故事性主营人物性格的创作思路、对人物精神世界的深刻描绘，乃至柳青相当知识分子化的叙述语言，等等，都可以看出柳青有着更为宏远的艺术追求。这在一定程度上又是超越了聚焦于政治功利的"大众化和民族化"方向的。

第三节 文脉传承与时代标本

柳青的创作在"十七年"这一代作家中，具有相当的典型性。《创业史》是代表"十七年"文学实绩的一部作品，它属于"十七年"现实主义主流文学范畴，无论作品的题材内容、思想蕴含，还是作家的情感状态、审美观念以及操纵文字的方式，等等，都是属于那个时代、那个社会的一种文学表达。柳青与同时代很多作家一样，是以明确的社会政治学视角来把握时代精神和状写人生的。《创业史》政治主题的鲜明性，以及对农民命运思考上所能达到的深刻性程度，使它成为"十七年"合作化运动的一种历史标本，并被当作"十七年"长篇小说的一种业已成熟的美学范式，从而标识着一个时代"主流文学"的思想艺术高度。

柳青是当代文学"十七年"间既富于主体激情，同时也一定程度上具备了创造个性的作家。柳青以目击者和参与者的姿态所描绘的合作化面貌成为永不复现的历史珍藏。对作家来讲，固然有近距离观照而造成的限制和弊端，但也有直接体验所带来的创作优势，那种体味的真切和情感的震荡，后人如何也无处寻觅，那种主体与生活深情融合中酿成的创作佳境，后人同样难以企及。在笔者看来，《创业史》文本中已经纳入了作家主体，柳青是那样激情不可抑制地闯入文本，时时处处显示着他的存在。既然将柳青的情感态度和理性思考视作《创业史》不可分割的部分，那么，今天对合作化运动和表现合作化运动的《创业史》的反思性认识，也就变得更为繁复和深厚。

回溯当代文学学术史，有过三次对《创业史》的热议。第一次发生在20世纪60年代。《创业史》第一部一经问世，立即获得评论界的高调喝彩，"广为称道"和"好评如潮"之后不久就出现了不同的声音，分歧主要表现在对小说中不同人物形象的评价。1960年《文艺报》编辑部的一次会议上，邵荃麟即指出，"《创业史》中梁三老汉比梁生宝写得好，概括了中国几千年来个体农民的精神负担"；"我觉得梁生宝不是最成功的，作为典型人物，在很多作品中都可以找到。梁三老汉是不是典型人物呢？我看是很高的典型人物"。[①] 严家炎同时期写的评论《创业史》系列文章中，也表达了相近的观点：在当代农村小说中的"新英雄人物"中，梁生宝虽是"水平线以上"的，但并不能代表《创业史》形象塑造的最高成就，并提出了梁生宝形象塑造的"三多三不足"以及过分理想化的问题。而代表《创业史》最高成就的形象是梁三老汉，从历史的和美学的标准衡量，这一形象都达到了很高的典型化程度。这些观点，受到包括柳青在内的大多数批评家的反对。柳青在《提出几个问题来讨论》一文中表示对严家炎的观念"无论如何不能沉默"，因为其关涉"一切重大的原则问题"，沉默即是"对革命文学事业不严肃的表现"[②]。论争双方在文学创作要揭示社会生活的"本质"方面并无分歧，分歧是对艺术形象所作的美学评价。严家炎等以传统的现实主义审美标准来批评柳青的创作，柳青的反驳中却提出了一种更具"直接性"的美学标准，即被政治理论和政策走向所规定的美学标准。文学审美问题与作家的世界观乃至政治路

---

① 《关于"写中间人物"的材料》，《文艺报》1964年第8、9期合刊。
② 柳青：《提出几个问题来讨论》，《延河》1963年第8期。

第二章 柳青：《创业史》与"十七年"合作化叙事

线斗争混淆在一起，争论背后起驱动作用的是政治力量。在"表现社会主义新生活本质"[①]的文学观念制约下，讨论实际上无法继续向前推进。

　　1981年11月在西安召开了"《创业史》及农村题材创作学术讨论会"，揭开了80年代对《创业史》的第二轮讨论。在新的历史时期，讨论在60年代的基础上有了深入和新的突破。其突破主要是卸除了政治意识形态的直接干预，回归文学历史的和美学的批评标准，比如肯定梁三老汉这一复杂形象，深化了对文学典型的认识。另外，由于中国农村政策的颠覆性改变，引发人们对《创业史》历史真实性的质疑，《创业史》因其带有浓重的左倾时代印记，面临着以历史失误来单向否定作品的批评倾向。论争的症结是如何看待当年的农业合作化运动，以及政策评价与作品评价的关系。也有论者认为《创业史》相比于同时代作品，较为真实地反映了特定历史阶段的社会生活，也在一定程度上表现出作家对揭示生活本质的追求，即便当时的农村政策被实践证明是错误的，而反映这一历史事件的文学作品仍有其存在的理由，除了历史认识价值外，因为作家的某种个性坚持和审美表达，依然具有相当的艺术价值。此次论争还是集中在对人物形象的评价上，对梁三老汉的肯定仍然普遍高于一号人物梁生宝，同时也有回到历史现场更客观地看待梁生宝形象，认为他不完全是概念化的，柳青写梁生宝迷恋合作化事业，有其现实生活的根据，不是简单的编造拔高，读者可以感受到他身上的人情味和性格魅力，并且以后来者的价值标准去衡量过去人们的思想感情，也是不可取的。《创业史》第一部中，梁三老汉基本上完成了由旧式农民向新式农民的过渡，是一个完成度较高的艺术形象，而梁生宝是正在成长中的新人形象，性格的多方面表现不够充分，文学史上形象可资借鉴的经验也不多，柳青自己也说过第一部的创作存在"坑坑凹凹"，梁生宝的"根"即思想基础写得不足，就是坑凹的表现，等等。

　　80年代末到90年代，在"重写文学史"的学术热潮中，伴随着

[①] 冯牧：《初读〈创业史〉》，《文艺报》1960年第1期。

· 81 ·

文学观念的激变，曾经被视为经典的包括《创业史》在内的"十七年"文学，因其无法回避的时代印痕和艺术局限被再次审视，否定性批评异常尖锐，随之反驳和辨析的声音也参差出现①。纵观《创业史》的论争史，肯定与批评各有侧重，这与特定时代的思想观念和文化环境的限制与变化密切相关。从 80 年代的"重评十七年"到 90 年代以来的"再评十七年"，对《创业史》等"十七年"代表性作品的研究与评价，逐步走向更加全面、深厚和理性的层面。由于社会政治因素的严重侵入，损害了一个时代的文学语境，委顿了一代作家的艺术创造力，从而导致时代文学水准的低下，此观点已被人们普遍认可，对 1949 年以后"十七年"所有文学作品的认识和评价，都在这一特定历史时代总体文学水平的限定当中，相对性地、参照性地进行着。曾经被誉为经典的长篇小说《创业史》也难逃历史的无情审视，可以预见这种审视和讨论将反复和持久地进行下去。

进入 21 世纪，当与《创业史》所描写的时代社会拉开更大的距离，有关小说研究也逐步越过肯定与否定、成就与局限的两极批评模式，走向更加客观和理性、更加开阔与深厚的视角。在新一轮渐次展开的学术研究中，《创业史》以及作家柳青，被赋予时代文学标本的意义，持续进行着文本解读和艺术质地评析中的微观再考察，以及在同类题材、同代作家和地域文化群体中的比较研讨，或将之置于新中国当代文学乃至 20 世纪中国文学的宏观视野中，探寻"革命文学"的生成轨迹、艺术样态、文化品格，以及带给后世的种种复杂影响，等等，这些视角都成为柳青和《创业史》研究新的起点和空间。

柳青所代表的是当代陕西文学影响深远的"传统"，在陕西地域文学的传承谱系上，以路遥、陈忠实和贾平凹为代表的第二代作家群体，都与柳青形成了各自不同的影响关系，他们在对柳青的继承、剥离和超越中建立起各自独特的文学个性，成功地拥有了属于自己的文学世界。

---

① 这一时期有关《创业史》论争的代表性文章，有宋炳辉的《"柳青现象"的启示——重评长篇小说〈创业史〉》（《上海文论》1988 年第 4 期）；江晓天的《也谈柳青和〈创业史〉》（《文艺理论与批评》1990 年第 1 期）；罗守让的《为柳青和〈创业史〉一辩》（《文学评论》1991 年第 1 期）。

路遥在80年代的文学环境中依旧对现实主义精神和方法执着坚守，这首先即源自柳青所铸成的强大而生生不息的传统。路遥对先师柳青有着自觉自愿的膜拜，构思《平凡的世界》时还在认真阅读《创业史》，他不但在文学观念、审美理想和创作题材、方法、风格等方面继承柳青的人格精神和艺术经验，而且一如柳青般为神圣的文学事业甘愿付出生命的全部。现实主义对路遥来说，如同对柳青一样，不仅是具体的创作方法，更是一种文学精神，是路遥认知、把握社会人生以及呈现自己艺术世界的一种生命图式。路遥师承柳青的现实主义传统，紧扣改革图景中的时代脉搏和纠缠其中的人性矛盾，强烈地击中了读者的心灵。相比而言，路遥对柳青多为直接继承，他将柳青奉为"人生的导师"和"文学的教父"，包括人生态度和创作方向的选择，他也像前辈柳青一样，从作家的主体内在要求出发，来选择和坚持自己的生活和创作方式，以自己对土地和农民的炽热情感、用自己的生命力量构筑小说艺术长卷，从而成就了他的小说热度与高度，赢得几代读者的理解和尊敬。

陈忠实与路遥一样喜欢《创业史》，尊崇柳青，他坦承《创业史》无与伦比的艺术魅力、柳青独具个性的人格魅力对自己的生活和判断产生过极其重要的影响[①]。通过与柳青的影响关系，陈忠实也表达了自己对那个时代的政治理念和政策路线的无条件信奉和遵从。《创业史》曾经筑起少年陈忠实美丽的文学梦想，走上创作道路后，因小说被认为有"柳青味儿"而感到无比荣耀。但当陈忠实遭遇社会全面变革，《创业史》中的稳固历史完全被现实颠覆时，陈忠实内心发生了强烈的思想震荡，他将此心路历程称为"剥离"。陈忠实之于柳青，经历了影响的焦虑和自觉的"剥离"，才得以最终铸成《白鹿原》。从《白鹿原》可以看出，陈忠实依然怀抱构筑艺术史诗的宏伟理想，依然秉持贴近历史真实、注重生命体验、传达人性关怀的现实主义精神，这些稳固的艺术基因证明了陈忠实依然是柳青的传人。他自断与传统母体的"脐带"，他所说的"彻底摆脱柳青"，其实是在文学传统的宏

[①] 陈忠实：《寻找属于自己的句子》，上海文艺出版社2009年版，第92页。

伟基座上腾空起飞，让传统成为源头和背景，让自己成为独立的艺术生命个体，由传承走向更高的超越。

　　柳青的文学史意义并非只有生成文学地域传承的基因。《创业史》的创作虽然发生在陕西境内，带着浓郁的陕西地域文化和审美色彩，同时也带着更为典型的民族国家文学的总体气质和艺术特征。从这个意义上说，作为文学现象的柳青及其《创业史》，不但是超个体和超地域的，而且至今代表着陕西文学乃至中国文学的主要流脉。陕西文学虽然从20世纪90年代开始就已经改变了乡土和厚重的单色调，在多元化的艺术追求下，越来越多的作品难以用农耕生活和地域文化来框囿。但叙事文学中的现实主义风格，至今仍然是陕西文学的立足点和传统优势。深入生活、扎根人民，柳青一直是陕西作家的一面旗帜，现实主义主流叙述的道路上，一直不乏创作的坚守者。号称陕西文坛"三驾马车"之一的贾平凹，应该是陕西作家群落里最另类、创作最变化多端的小说家，但从他不间断地海量创作成果中，依然凸显着以土地为创作母体的文学信念，以及贴近现实、把握时代脉搏的文学使命。还有小说家冯积岐、陈彦、高鸿等21世纪的小说创作，虽然各具不可复制的艺术个性，但都生长在以柳青为代表的现实主义文学根系上，都取胜于小说的历史纵深感和现实代入感，以对底层人的命运观照赢得读者的认同，证明了柳青影响的深远意义和现实主义文学的强大生命力。

　　21世纪以来的《创业史》研究成果表明，在20世纪中国文学演变发展的视野中考察柳青，柳青现象中几乎所有的问题，都负载着对中国现当代文学的总体思考。如果从既往的文学理论话语中寻找关联，应该与曾经流行的"社会主义现实主义"原则具有某种同质性。比如《创业史》在主题提炼和英雄人物塑造、特别是某一种艺术形式的寻找中，总体上"完成了意识形态对新中国文学长久的期盼"，是"一种并不属于某个作家的个别形式，而是属于某一时期文学的带有普遍性形式的寻找"。[①]

---

　　① 萨支山：《试论五十至七十年代"农村题材"长篇小说——以〈三里湾〉、〈山乡巨变〉、〈创业史〉为中心》，《文学评论》2001年第3期。

柳青在自己的文学时代受到认同、获得喝彩，其"成功"就在于一种"共同文体"和"既定常规"①的最终建立，有研究者也将之称为"革命文学"或"革命文学的理想形态"，"它具有自己的文化品格""也代表了一种美学思想"②。这种视角下，《创业史》中的"历史的叙事结构决定了它的文本结构，文学叙事与历史叙事在宏观意义上的同构是它的一个重要特征"，政治与文学的互文关系显然是研究者所思考的主要问题③。此类理论路数似可归结为"把文学还给文学史"："以前置历史语境还原来对柳青文学进行多元化的'再解读'，使读者从柳青文学中探寻到'生活柳青''政治柳青''社会柳青''文学柳青'的多重面向与斑驳景观。"④所谓的"同质性"问题与《创业史》研究，其实是一种双向度的完成。从"同质性"入手，再解读《创业史》以及研究柳青创作的成败得失；相应地，将《创业史》放置于文学史中进行考察，则在"同质性"生成的历史原点，得以窥见中国当代文学发生、发展的历史走向。

在"诸多柳青"的庞杂景观中，正是"文学柳青"让《创业史》萦绕在无法被割舍的文学史情结中。柳青在小说美学上的自觉探索和营构，为现代小说艺术在当代中国的传承和发展尽到了自己的力量。锁定文学性相关命题，柳青的创作依然有许多可圈可点之处。柳青在作品中对农村生活精确到位的描写、对特定时代农民复杂精神面貌的准确传达，在努力协调认识与实践之间的矛盾时，往往会有出人意料的真知灼见透出笔端，而柳青对中国农民血肉疼痛般的情感灌注，以及创作中最大程度的个人表达，又使《创业史》聚散着更为浑朴温暖的人性情怀，激发起读者悲喜杂糅的复合情感。在共和国初期长篇小说仍然侧重讲述革命历史故事、性格结构的小说不成熟的时候，柳青的《创业史》自觉以人物性格为中心来结构作品，并带动巨大的历史

---

① 刘纳：《写得怎样：关于作品的文学评价——重读〈创业史〉并以其为例》，《文学评论》2005年第4期。
② 吴进：《柳青的文学史意义》，《文学评论》2013年第2期。
③ 胡玉伟：《以"体验"的方式进入历史——再读柳青的〈创业史〉》，《文艺理论与批评》2010年第2期。
④ 韩伟：《柳青文学的意义（笔谈）》，《兰州学刊》2016年第7期。

事件同时运行，从而把广阔的社会生活引入作品，形成庞大而深厚的艺术画卷。由于《创业史》面世后的巨大影响，对中国当代叙事文学发展的推动作用也是不可忽视的。

柳青是那个时代作家"深入生活"的典范，但在时代潮流、政治要求与柳青的自我选择之间，也并非简单的配合关系，其中也蕴含着创作发生学、文学个性学等文学本体问题。创作过程中，柳青有对艺术独立精神的坚持和维护，而他面对的又是时代背景下急功近利的文学要求，这就造成柳青创作思想和实践中弥漫的两重性。对《创业史》的研究，不仅可以认识柳青，更可以触摸一个时代文学内外关系的复杂性和矛盾性，《创业史》的丰富和复杂，正可以引领研究者走进文学与政治相互缠绕、从而造成作家自我难以解决的思想与创作的悖论情境中，这对于20世纪的中国文学来说，乃是发现和把握问题的关键。柳青的文学个性与时代精神之间的复杂关系，以及带给后代的经验和启示，还需要细致探讨、深入研究。凡此种种，也使得《创业史》呈现出更加重要和深远的文学史意义。

人们无法剥离政治文化的缠绕而在一个纯粹的小说艺术系统中研究《创业史》，这是《创业史》的宿命，也是20世纪中国文学的宿命。在一百年来的小说观念和小说艺术范式的形成变化中，政治文化或直接干预或间接影响，已经成为文学存在中的"应有之物"。文学与政治的关系研究，也已经越过了外在力量的强加和附着、以及创作上简单配合与形式演绎的层面，深入探及艺术内部由政治侵蚀带来的本体变异。属于这个时代的出色作家和优秀作品，因其代表这个时代的文学成就和群体特征，会更多地受到读者和研究者的重新审视，并由历史裁决其未来命运，《创业史》也概莫能外。

纵观60年来的《创业史》研究可知，从小说的艺术结构和文体形式方面讨论《创业史》，无论其价值贡献抑或艺术问题，都应该越出所谓"革命文体"的规范建造，将其当作小说艺术史上的一份独特遗产来看待。《创业史》毫无疑问在文学的形象性和情感性这些本质方面，提供了今天还能引以为镜的艺术经验和启示意义。其文本本身的深厚与复杂提供了当下对它不断重释的可能性。这样才有可能立足小说艺术本体来研究《创业史》的知识历史和后世影响，也才是回到"文本"本身。回到现场，回到文本，也即回到了历史。

　　柳青及其《创业史》的影响研究，其意义已经超越了对作品本身的历史评判，延伸到对当下文学状态的考察和对未来理想文学的建造。若以作品持续具有的"再解读"性来衡量，关于《创业史》的接受和评价已然进入了现代学术史的研究视野，它正以经典的另一种存在方式昭示着自身的价值意义。

第三章 王汶石:在革命修辞与小说美学之间

第一节 新生活的歌者

以擅长农村题材著称的小说家王汶石,也是在中国革命历程中成长并走上文学创作道路的。中华人民共和国成立后,王汶石先后几次深入关中农村生产生活,创作了一批优秀的短篇小说,描绘出社会主义农村新的生活景象,并塑造了系列新人形象,作品以清新欢快和不失幽默的艺术风格,成为新中国文学画卷中重要的组成部分。

王汶石(1921—1999),曾用名王礼曾、王仲斌。1921年10月21日出生于山西省荣河县(今万荣县)鱼村一个富裕的大家庭。祖父是清朝贡生,王汶石四五岁起祖父教他对对联、背古诗,从小受到中国传统文化的熏陶。1936年,王汶石考入荣河县第一高等小学。1937年春,他参与筹建荣河县儿童救国会并任主席,积极开展抗日救亡活动;同年秋,与贺龙将军晤面,对王汶石走上革命道路起到很大影响。1941年,王汶石(署名王忠斌)创作了竞存中学《毕业歌》歌词;中学毕业后伺机奔赴延安。

1942年是王汶石人生的重要转折点,这一年既是他投入革命工作的新开端,也是他从事文艺工作的新起点。是年夏季,王汶石奔赴延安,被分配到西北文艺工作团,毛泽东《讲话》是他学习的第一课。不久,新秧歌运动开始,王汶石参演戏剧开始舞台演出生涯。他扮演过匪特、国民党排长、脚户、农民、游击队长等角色,开始创作歌词、书词、剧本,还当导演。1943年,王汶石创作第一个秧歌剧本《拉壮丁》。1944年春天,参与大生产运动,直到1945年抗战胜利。劳动生产使他同劳动人民和战士之间产生了深厚的感情,并积累了一定的生活体验,为作家创作在情感认知上打开了艺术通道。1946年春节创作秧歌剧《边境上》,这是王汶石的第二个剧本,也是他的剧本中被演出最多的一个。1946年冬至1948年,王汶石创作了《郭栓背枪》《望北桥》《聋子和拐子》《张金顺》《黑牛坡农会》等剧本。1948年3月,他写了一首题为《庆祝宜川大捷》的花鼓词,以笔名"汶石"发表于《群众日报》。一线的革命文艺工作经验,令王汶石深切体会到"文艺活动在推动革命战争取得胜利的进程中,所发挥的巨大威力"[①]。长期的文工团生活培养和练就了王汶石的政治敏感和及时反映现实生活的艺术才能,并创作出一系列以戏剧为主的大众文艺作品;此时的舞台工作经历和戏剧创作活动,又为他后来的小说写作积累了生活体验和艺术创作经验。作为一名"党的文艺战士",王汶石逐渐树立起坚定的无产阶级革命文艺观,他认识到"作为一个党的文艺工作者,党给了我一支笔,这就是给我的武器,就是要我为无产阶级的利益服务的,为党的事业服务的"[②]。

中华人民共和国成立以后,王汶石进入文学生涯的第二个阶段,开始了小说创作。有了延安革命文艺工作经历的丰厚储备,加之社会主义新生活的感染和时代精神的激励,王汶石一写小说,就表现出蓬勃的创作热情和较高的艺术水准。

1949年初,王汶石被调任西北文艺工作团二团团长,之后担任《群众文艺》副主编。1950年春,他与苏一平、戈壁舟等赴甘肃、青海、宁夏等地,收集回族花儿、藏族舞蹈等民间文艺素材。王汶石创作了反映回族农民斗争生活的中篇小说《阿爸的愤怒》,这是王汶石发表的第一篇小说,后由鲁韧改编成电影《太阳照亮了红石沟》。1951年赴朝鲜慰问演出,创作了大型歌剧《战友》,反映中朝人民共同作战的英勇精神。这是王汶石在新中国初期创作的最有影响的一个

---

① 王汶石:《我从事小说创作之前》,王汶石《亦云集》,陕西人民出版社1983年版,第82页。

② 王汶石:《我从事小说创作之前》,王汶石《亦云集》,第82页。

剧本，1952年作家出版社出版单行本。

1953年王汶石任西北文联代理副秘书长，作为列席代表参加了9月召开的全国第二次文代会。1953年冬到1954年，王汶石下乡到渭南双王乡农村，同农民一起筹办互助组，他亲身经历了中国社会主义建设初期的农业合作化运动，接触到基层干部、农民、妇女等各色人物，从中了解到农村正在发生的巨大变化。下乡参与农村建设工作，为王汶石的农村题材小说创作积累了新的素材和养料，开启了他社会主义文艺创作的新阶段。

1955—1962年是王汶石小说创作最旺盛的时期，他在下乡期间对农村生活、景物、人事细心观察，并思考写作技巧。王汶石在1955年的日记中写道："重新读一读五四时代作家的作品，对我们是有很大意义的，他们的文字是多么优美、凝练而生动啊！现今大多数后起作者，却被大量的粗制滥造的翻译文毒害了，写起文章没有章法，行文芜杂，不通顺，干瘪。须得好好读些近代文学前辈的作品才行。"[1] 王汶石日常还阅读《人民文学》《译文》《人民日报》等刊物以及苏联戏剧，描写苏联革命的剧本《暴风雨》《柳鲍芙·雅洛娃娅》是他"最喜欢"的两个剧本[2]。由此可见，王汶石不但关注最新的文学动态，也潜心研读中外文学经典，这为他的小说创作提供了高质量的艺术营养。

1956年3月，王汶石的短篇小说《风雪之夜》在《人民文学》第3期上发表，引起强烈的社会反响，被列为年度全国优秀短篇小说，成为王汶石的短篇小说成名作。受此激励，王汶石将主要精力投向短篇小说创作，1956年至1957年连续发表十余篇短篇小说，如《少年突击手》《卖菜者》《土屋里的生活》《春节前后》《套绳》等，塑造了社会主义改造时期的一系列新人形象，以对中国农村新生活的独特见解和崭新描写而成为新中国优秀的短篇小说艺术家，在"十七年"短篇小说领域逐渐显示出王汶石自己的创作实力和风格特色。

1958年大跃进浪潮中，王汶石挂职咸阳县（今咸阳市）委副书

---

[1] 王汶石：《日记》（1955年4月15日），《王汶石文集》第4卷，陕西人民出版社2004年版，第121页。

[2] 王汶石：《日记》（1955年6月24日），《王汶石文集》第4卷，第133页。

记,继续下乡体验生活,这一年成为他短篇小说创作的爆发期。当年,发表了《老人》《大木匠》《井下》《春夜》《米燕霞》《在白烟升起的地方》《蛮蛮》《村医》《新结识的伙伴》等9篇短篇小说,多篇刊载在《人民文学》《收获》《延河》等重要刊物上。同年8月,以《风雪之夜》为名结集的短篇小说集由中国青年出版社出版,成为代表王汶石创作成就的标志性作品集,收入《风雪之夜》《卖菜者》《土屋里的生活》《春节前后》《套绳》《老人》《大木匠》《井下》《春夜》《在白烟升起的地方》《蛮蛮》,共11篇。1959年9月,由人民文学出版社又以同名出版,增加了胡采的序和作者的后记,比之前一个版本,少了一篇《在白烟升起的地方》,多了《米燕霞》和《新结识的伙伴》两篇,共12篇。1959年《延河》杂志社在王汶石的生活基地渭南召开了《风雪之夜》座谈会,1960年由东风文艺出版社编辑出版了《〈风雪之夜〉评论集》,由此可见王汶石小说在当时产生的广泛影响。

1960年7月,王汶石参加第三次全国文代会。同年8月,随中国作家代表团访问苏联。1959年至1961年,王汶石发表了《卢仙兰》《严重的时刻》《夏夜》《新任队长彦三》《沙滩上》等短篇小说。1963年,陕西农村开始"四清"运动,王汶石先后到汉中西乡、咸阳、渭南三地参加运动,当年7月写出长篇小说《黑凤》。1964年至1965年间,王汶石仍在咸阳挂职,参与新编现代秦腔剧《女队长》修改工作,该剧参加了陕西省戏剧会演。

"文化大革命"中作家王汶石未能幸免,被关过"牛棚"、遭游街和批斗、抄家,受尽折磨凌辱。1970年2月至1972年3月,在泾阳杨梧"五七干校"接受劳动改造。反复的批判、下放、检讨,王汶石的身体和精神备受摧残,不得不停止写作。这位"从小参加革命,一生追随革命,灵魂彻底革命的革命作家"暗淡了自己的文学光辉。直到1977年,短篇小说集《风雪之夜》得以再版,重新编选后的小说集较1958年的版本增加六篇作品,分别是《米燕霞》《新结识的伙伴》《严重的时刻》《夏夜》《新任队长彦三》《沙滩上》。复出后的王汶石创作了中短篇小说《通红的煤》《挥起战刀的炮手们》和一直未发表的《种地的人》,这些小说中,王汶石表现出同时代创作的一个共同特点，集中塑造了老一代革命家形象。

　　历史来到改革开放的新时期，社会生活发生了天翻地覆的变化，王汶石和许多在革命斗争中成长起来的同代作家一样，与飞速变革的时代和全新的思想观念有着显在的差异和隔膜，也未能继续创作出与其艺术才华相匹配的作品。如诗人雷抒雁所认识到的："他对于自己张扬的那个时代并没有深刻痛切的认识。也许是自己当年的成就已成巨塔，那些名盛一时的作品已是他文学灵魂的支点，他没有力量打破甚至检点一下它们。类似的也许还有浩然这样一些曾经声名显赫的作家。显然，一个让革命避席的时代，会让王汶石手脚无措。"① 作家文艺观的形成，源于自己的出身和成长经历，这是一个缓慢而长久的铸型过程，因而对于人的一生而言具有相当的稳定性。当作家面临历史巨变和社会飞速发展时，思想矛盾和心灵产生的裂变过程，必然成为严峻的考验，也很容易带来创作的搁浅。这种现象不只发生在王汶石身上，也是一代革命型作家普遍遭遇的创作困境。新时期之后，除了一些诗词、散文和文论作品，王汶石少有小说面世，他转而将大量的时间和精力用于关注文学事业和倾力扶植青年作家的成长。和柳青、杜鹏程一样，王汶石留给后辈最宝贵的创作经验，依然是牢牢扎根于生活的沃土，在生活积累和艺术积累的基础上寻求艺术的灵感。

　　1980年王汶石出席全国第四次文代会，当选为文联全委会委员，中国作家协会理事。1993年6月出席陕西省作家协会第四次会员代表大会。

　　1999年6月5日，王汶石病逝。

　　从1956年开始，王汶石共发表了22篇短篇小说，成为中国当代著名的短篇小说家。他的多部小说出版有单行本，后来也出版有不同的小说集，还被翻译成英语、日语出版。先后有茅盾、叶圣陶、唐弢、康濯、郑伯奇、胡采、杜鹏程、冯健男、严加炎等作家、评论家撰文评论，公认他是一位"有自己风格"的作家。王汶石的短篇小说敏锐而生动地反映出中国20世纪五六十年代农村社会生活样貌，他"善写

---

① 雷抒雁：《一个优质作家与他的劣质时代》，《小说评论》2007年第2期。

新时代、新农村、新生活、新人物,被称为'带着微笑看生活'的社会主义新人的热情歌手"①。

追随20世纪上半叶中国革命的脚步,王汶石从一名地下党员,成长为党的文艺战士,中华人民共和国成立后的文艺工作者,再到职业作家,及至改革开放之后身份转变为文化官员。作家的人生道路、理想信念和文化身份决定着文学创作的总体样貌,王汶石小说创作中的人物性格理想化、单一化特点,源自特定时代对文学道德净化功能和政治方向规范的诉求,这一方面是外在社会政治文化打在作家创作中的深刻烙印;另一方面也和作家自身对中国农村与农民的长期思考和认识有关。王汶石自觉遵循时代文艺方向,以社会主义文艺观来指导自己的创作,而他之所以取得公认的创作成就,根本上受益于他对农村生活的熟悉和对农民命运的感受。正因为感念苦难的民族历史,才始终如一地真诚地描写社会主义新时代、新农村、新人物,使得王汶石成为"十七年"的"新生活的歌者",成为当代文学史上独树一帜的小说家。

第二节 短篇小说的行家里手

一 "十七年"短篇小说领域中的王汶石

在当代文学史上,"十七年"的短篇小说创作,因其能够及时迅捷地反映时代生活的变化而受到重视,短篇小说创作也取得了显著成绩。"十七年"以短篇为创作主要标志的作家有赵树理、李准、马烽、西戎、峻青、王愿坚、茹志鹃、林斤澜、陆文夫等,王汶石也是其中的一位。

王汶石的短篇小说创作集中于"十七年"时期,这一阶段文学的整体面貌是与主流意识形态紧密配合,反映重大的时代主题,王汶石

---

① 金汉:《一个老共产党员的艺术追求——就农村题材小说创作访王汶石同志》,金汉编《王汶石研究专集》,陕西人民出版社1984年版,第173—174页。

概莫能外，但他的小说创作并非单纯受意识形态或政策的鼓舞而简单地图解政策，其短篇小说描绘出生龙活虎、朝气蓬勃的新中国农村生活，塑造典型的新人形象，具有鲜明的时代色彩，相当程度上真实地映照着当时中国农村的社会现实。王汶石短篇小说具有精细缜密、清丽峭拔、庄谐并济的艺术风格，具有鲜明的民族特色和地方色彩，其艺术手法和审美价值在"十七年"时期堪称翘楚，直至二十一世纪的今天也值得我们重新审视和探讨。其中的代表作《大木匠》和《新结识的伙伴》流传最广，关注度最高，也最能体现王汶石短篇小说的个性特征和艺术高度。

《大木匠》写于1958年1月，发表在《延河》1958年第2期。小说以社会主义农业合作化为故事背景，男主人公大木匠潜心钻研改造新农具，不顾家事，在新女婿登门这天他仍痴迷于设计拔棉器，桃叶妈为了招待新女婿忙前忙后，新女婿一来就被丈人的"新农具"吸引也钻进"房子"里不出来。小说以农村日常生活描绘出人们关心集体农业生产，充满乐观而幽默的心态，反映了中华人民共和国成立初期农民热心于社会主义农村建设的时代主题。《大木匠》小说故事性强，戏剧化特点突出，符合社会主义建设时期文学创作反映工农业建设生产的时代主旋律，被改编为多种形式的文艺作品在全国广为流传。如改编的歌剧、黄梅戏《木匠迎亲》，由鱼闻诗改编为秦腔现代剧《木匠迎亲》，西安易俗社于1960年首演；还出版有连环画《木匠迎亲》等。

"十七年"另一位出色的短篇小说作家西戎，在1955年9月创作了短篇小说《宋老大进城》（发表于《人民文学》1955年第12期），王汶石的《大木匠》与西戎的这部短篇有相似的情节与故事模式，都是一对农家夫妻，老婆爱唠叨，老汉痴迷于农业生产，都有一个与青年干部自由恋爱的女儿；在故事情节上都与上集有关，《宋老大》一家三口上集买东西，《大木匠》老婆差遣老汉上集购物，迎接新女婿。相比之下，《大木匠》的故事更为丰富曲折，人物性格突出而分明。写上集或上城，是我国现当代农村题材小说常见的内容。上集、上城是小说中人物的自发行为，也是联通农业社会、农村与商品经济、城市的一种方式，从以辛亥革命前后为背景的《阿Q正传》开始，到改革开放后的《陈奂生上城》系列小说、《平凡的世界》都有类似的情节。从西戎的《宋老大》到王汶石的《大木匠》,这一题材出现在"十七年"文学中,可以看到中国现当代农村题材小说在情节内容上的某些贯通性。

《新结识的伙伴》写于1958年9月,发表在《延河》1958年第11期。小说故事背景为大跃进时期进行农业生产竞赛,未曾谋面的女队长张腊月、吴淑兰互相对彼此久闻大名,两人暗暗地以对方为竞争对象,在一次棉田管理现场会上,她们第一次见面就结为难舍难分的好伙伴。会后,张腊月邀请吴淑兰到家里做客,交流农作经验,吴淑兰为了争取时间、回村带领本队做参加棉田竞赛的准备,仅做短暂停留,就毅然告辞冒雨夜归。《新结识的伙伴》当年也有连环画出版。

王汶石的《大木匠》《新结识的伙伴》这两部小说均写作于1958年的社会主义大跃进时期。毛泽东于1958年提出"革命的现实主义和革命的浪漫主义"相结合的创作方法,为构建新的文艺提供了理论、方法的基本依据。1959年8月,王汶石的短文《我要尽情地歌颂大跃进》发表于《陕西日报》,传达出作家应和当时形势的心声:五八年,"我国人民的精神风格,也跃上一个新的高度。五八年永远值得大书而特书,五八年的歌永唱不完"。[①]该文发表于特殊历史年代,从侧面验证了在1958—1959年文学和政治意识形态的紧密关系。在这样的时代背景和社会环境下,王汶石短篇小说写作呈集束式爆发状态,两年创作、发表作品近十篇,他的小说以描写农村新人物见长,具有主流意识形态所要求的鲜明主题思想和浓厚时代特色,充满特定时代的浪漫主义气息。

"十七年"时期,柳青、王汶石、杜鹏程、李若冰等陕西作家的创作都与社会主义时代同频共振,都"强调理想、浪漫精神、英雄主义,有概括时代精神、历史本质的抱负"[②]。王汶石的短篇小说以合作化、大跃进和人民公社时期的农村生活为背景,通过描写农村普通的

[①] 王汶石:《我要尽情地歌颂大跃进》,《陕西日报》1959年8月31日。
[②] 洪子诚:《材料与注释》,北京大学出版社2016年版,第75—76页。

日常生活，反映农村的新人物、新思想、新变化，从而揭示新中国社会主义农村所具有的时代精神和丰富内涵。除了具有"十七年"文学所共有的清新明朗的理想主义特征，王汶石在小说的叙事形式上也有着自己独到的追求，即"惯于作冷静的描述，他总是把自己的生活激情，灌注到对人物情节的精雕细刻中去；他的冷静地描画和剖析的力量，时常使他的作品，更接近戏剧；作品中的许多情节，带有引人入胜的戏剧冲突。他能够把严肃的思想主题，同充满生活情趣的描写相结合。在他的作品中，有激流，也有缓流，有严肃的思想斗争，也有令人笑出声来的幽默"。[1] 尤其在短篇小说的戏剧化探索方面，彰显出作家难得的艺术突破和鲜明的艺术个性。

20世纪五六十年代，已有个别评论家论及王汶石短篇小说的戏剧化特色，如茅盾在1960年曾认为王汶石笔下的"彦三"最有吸引力："所以然之故，大概在于作者有意识地运用我国传奇文学的手法"；"故事的发展很富于戏剧性，而作者处理的手法叫人想起了我国传统戏剧在这类故事中所惯用的方法"[2]。胡采在《风雪之夜》再版序言中提出王汶石的风格特点："他的冷静地描画和剖析的力量，时常使他的作品，更接近戏剧；作品中的许多情节，带有引人入胜的戏剧冲突。"[3] 这是较早对王汶石短篇小说戏剧化的总体风格的论述，但并未展开艺术形式表现方面的具体探讨。直到21世纪，学者金汉也认为，在"十七年"绝大多数作家采用传统乡村叙事的环境下，王汶石始终坚守着与众不同的美学追求即场景化、戏剧化小说，他还特别强调五六十年代，写场景化、戏剧化小说的只有王汶石一个人[4]。学者萨支山曾提出，"十七年"短篇小说在相对处于边缘地位的情势下，以赵树理为代表的"故事型"小说和以孙犁为代表的"抒情化"小说构成了短篇小说

---

[1] 胡采：《论王汶石的短篇小说——序〈风雪之夜〉》，金汉编《王汶石研究专集》，第230—231页。

[2] 茅盾：《一九六〇年短篇小说漫评（节录）》，金汉编《王汶石研究专集》，第185页。

[3] 胡采：《论王汶石的短篇小说——序〈风雪之夜〉》，金汉编《王汶石研究专集》，第230页。

[4] 金汉：《矢志不渝的艺术追求——读四卷本〈王汶石文集〉感言》，《小说评论》2005年第3期。

的两种可能①。若将"十七年"短篇小说主流创作重新纳入考察范围，那么，以王汶石为代表的"戏剧化"倾向小说或为"十七年"短篇小说艺术增加了另一种可能。

二 "小说戏剧化"的形式探索

王汶石短篇小说大都以新中国社会主义建设初期为故事背景，采取"横截面"的方式描写农村日常生活中"最精彩"的部分，其每部作品都在尝试不同的形式创新，这种有意识的形式探索在"十七年"小说创作中较为少见。王汶石的短篇小说创作具有鲜明的叙述特征，主要反映在以下三个方面，共同构成了一种"另类"的"小说戏剧化"表现形式。

第一，王汶石笔下的小说人物具有类型化的特点，同时采用对比性结构的设置来凸显人物的类型化。作家常以社会角色或政治身份为标签塑造人物，形成了农村党员干部、妇女队长、青年农民等类型化人物群像，这在"十七年"小说中具有一定的共性。不过相比其他作家的创作，王汶石笔下的"类型化人物"则更接近于现代文学所吁求的"新人"，而不是传统戏剧舞台上的脸谱化角色。王汶石通过多次深入渭南农村生活的经历，认识到时代需要鼓舞人的充满英雄主义气概的文学。他的多部小说便以现实生活中的英雄人物为原型，如《大木匠》中的王惚游源自甲等劳模刘恒杰，②《新结识的伙伴》中的女队长身上有植棉能手张秋香的影子。王汶石塑造了大量充满劳动激情的女性形象，如马芸芸、桃叶等女青年，王北顺奶奶、桃叶母亲等中老年女性。赵树理短篇小说人物同样也具有类型化的特点，作家通常以外号作为人物性格标志，这种技巧与传统戏曲中的"脸谱"和派定角色行当有异曲同工之处。脸谱化、模式化的效果更为强烈，但缺少艺

---

① 萨支山：《"故事"与"抒情"：五六十年代短篇小说的两种可能性》，《中国现代文学研究丛刊》2004 年第 2 期。
② 王汶石：《创造农具十二种省钱省力效率高——刘恒杰是个活鲁班》，《陕西日报》1958 年 3 月 26 日。

术形象的多样性。

在人物设置上采取对比性结构，是王汶石以及"山药蛋派"小说创作戏剧化的一个突出特点。《新结识的伙伴》中的"闯将"张腊月与"好女人"吴淑兰、《大木匠》中沉默木讷的大木匠与性急爱唠叨的桃叶妈、《沙滩上》中的"逛鬼"运来与陈大年、《土屋里的生活》中的罗超与江波，均构成一组组对比性人物。以对比结构设置人物的艺术手法在中国传统戏剧中较为常见，无独有偶，苏联作家纳吉宾的短篇小说也常用对比结构书写共产主义社会的革命人物。王汶石借鉴并吸收了苏联文学的资源和创作技巧，并结合中国叙事文学的戏剧化特征来塑造小说人物形象，增强了人物矛盾的冲突性，丰富了小说的戏剧化风格。而"山药蛋派"小说的对比性结构，则主要源于对传统戏剧艺术的汲取，具有结构小说情节线索、比较人物命运异同的作用。

第二，"类型化人物"的塑造离不开典型环境，因此王汶石短篇小说创作的另一个特征就是鲜明的场景化和风景画描写。小说中的场景化设置按照戏剧构造场景的方法，通过一连串的由背景、人物动作和对话组成的生活场景来构建故事，把错综复杂的矛盾冲突及其发展过程直接呈现出来。《风雪之夜》《春夜》等多部小说以具有写意化特点的自然场景开篇，烘托出人物活动的氛围，具有戏剧舞台提示的效果。小说《大木匠》每一节开头都以简笔勾勒出季节，并描写人物活动的场景。场景化手法不但增加了王汶石小说的直观性和生动性，还赋予故事即时性的戏剧效果，给读者带来身临其境的真实感和亲切感。

王汶石短篇小说讲究旋律和节奏感，善于将风景描写与人物的心理活动、情感情绪和行动结合起来构成富有生活气息的场景；还灵活运用戏剧的"三一律"将人物和情节高度凝结来加强小说的场景化，使得小说故事具有高度的概括性、凝练性。《大木匠》描写一天发生的事情，情节发展一波三折，产生了出人意料又扣人心弦的喜剧效果。王汶石重视生活环境描写，提出"要想法子点染描绘出我们这时代的风景画、风俗画，描写各种各样的生活场景、生活情趣，描写人的多方面生活活动和生活兴趣"，这样才有可能充分展示"我们的时代生

第三章 王汶石:在革命修辞与小说美学之间

活和人物性格的无限丰富性"。① 这种文体的艺术效果准确地传递给读者,例如,陈忠实曾谈道,短篇小说集《风雪之夜》中的每篇小说,作为范本他不知读过多少遍了,一幅又一幅关中乡村生活的逼真场景和细节在他心里留下了深刻印象。② 可见王汶石的创作在缔造陕西地方性文学风格传统方面发挥了一定的作用。

赵树理短篇小说创作也具有场景化、戏剧化特色,但他坚定地走与传统民间文学结合的道路,拒绝向西方文学学习,因此其小说戏剧化倾向在"场景化"特征上表现得比较单一。王汶石则认为描写"大自然面貌的变化是生活变化的重要方面","写景是表现人物内心世界的主要手段之一"。③ 在"十七年"小说叙事戏剧化倾向的整体氛围中,王汶石已经显露出与同时代作家不同的创作风貌,也使得"十七年"文学在形式方面的探索具有创新性。

第三,从叙述方式的角度来看,王汶石短篇小说有的采用全知视角,如《卖菜者》《春节前后》等;有的采用第一人称外视角,如《风雪之夜》《套绳》等;还有第三人称外视角,如《井下》《新结识的伙伴》等。而在各类叙述视角的作品中,普遍穿插运用摄像式外视角的叙述方式,如同将人物、故事展示在舞台上,增强了小说的逼真性、客观性和现场呈现效果。《春夜》描写王北顺在月夜走向村巷的场景,类似摄像机式的外视角将人物所处的背景及一系列行动连续地、动感地展现在读者眼前,像戏剧舞台表演将"正在"发生的事情展示给人看,这便构成王汶石短篇小说戏剧化特色的形式特点。

在摄像式外视角叙述方式下,作家重视以人物行动主导小说叙事,在人物行动变化中表现人物的思想变化、态度变化,从而塑造人物个性,并衍化出一个个富有戏剧性的画面。如《大木匠》中,大木匠上集一波三折、桃叶妈焦急地等待等情节,从悄无声息的人物心理到能被读者听到的各种声音、看到的各种动作;《春节前后》写大姐娃夫

---

① 王汶石:《〈风雪之夜〉后记》(人民文学出版社一九五九年版),金汉编《王汶石研究专集》,第58页。
② 陈忠实:《为了十九岁的崇拜——追忆尊师王汶石》,《人民文学》2000年第2期。
③ 王汶石:《思想境界及其他》,王汶石《亦云集》,第63页。

妻闹矛盾，大姐娃对丈夫不理睬却又时刻关注对方的动静等一系列的动作描写。小说在人物行动中促成了矛盾冲突的爆发，这是王汶石短篇小说显得"有戏"的主要原因之一。王汶石认为，事件是为人物服务的，人物的内在动力超过了小说故事的承载力，这一点恰恰是对以人物行动来塑造人物性格的戏剧艺术手法的挪用。

　　王汶石还直接将戏剧导演、舞台演出的技法运用到小说创作中。他认为导演在排戏时，讲究舞台调度并创造观众视线的焦点，所以作家在小说描写中，要在重要人物出场前创造"焦点"，写好人物的初次亮相，给读者以深刻印象。小说《风雪之夜》为主人公严区书的亮相精心设置了几个关节点：手电筒的光带、旷野里悠然的歌声、被猜测为吆喝大雁的人，最后写到"帘子下凛然屹立着一个雪人"，才揭开主人公的真面目。运用戏剧人物登场的手法不但增加了小说的悬念感，还烘托出主人公不畏严寒、顽强奋斗的英雄精神。其多部小说还出现以"说曹操曹操到"的方式引出下一个上场人物。相比"十七年"其他小说家的创作，这种摄像式外视角叙述既突破了传统小说"说书人"的单一模式，又以戏剧化的效果冲淡了多重叙述视角可能造成的叙述碎片化。

　　当然，在最直接的叙述层面上，小说中的人物语言和独白以"戏剧化"的方式呈现，使作品具有仿佛演员登台直接表演的效果，这种叙述手法对作品的戏剧化风格有着不可忽视的作用。《土屋里的生活》《新任队长彦三》《沙滩上》《卖菜者》等多部小说通过对话推进情节发展，对话不仅揭示了人物内心活动，塑造了人物性格，还构成了外在和内在的矛盾冲突，而且对话大都采用较为单一的直接引语方式，呈现出故事的现场感和情节发展的张弛感，增加了小说的艺术张力。《新结识的伙伴》尤为突出，整部小说描写张腊月和吴淑兰的直接引语对话占全文近60%的篇幅。人物对话与动作描写相结合，也是王汶石短篇小说戏剧化在语言上的一个特点。如《沙滩上》中囤儿和运来在树下"对抗"，二人的对话加上喜剧性的动作，既充满喜剧效果，又有动态画面感。《新任队长彦三》中人物对话简洁而凝练，具有戏剧人物对白的效果，使得小说的矛盾冲突和悬念感陡增。茅盾认为：

"作者是有意识地在学习传统、创造新的民族形式这个课题上进行着新的试验。"① 王汶石短篇小说还大量运用方言俗语，具有浓厚的地域色彩，不仅延续了中国现代乡土小说的风格，还增强了小说的戏剧性和幽默感。

王汶石短篇小说创作不单吸收了苏联文学的资源和创作技巧，同时兼容中国叙事文学的戏剧化特征，成功地塑造了各类社会主义新人形象，并在特色鲜明的场景化设置中展现人物行动，用变换自如的叙述视角，尤以常用摄像式外视角叙述方式，达到戏剧舞台的艺术效果。由此带来王汶石小说突出的个人风格，令读者耳目一新，即使在今天读来也令人眼前一亮。

王汶石以描写新时代、新人物、新事物为文学理想，创作出"十七年"时期有代表性的具有"戏剧化"倾向的小说形态，是继承了中国民间文学的戏剧化特征，同时吸纳了西方文学的戏剧化特征，从而生成了具有高度融合特征的"新小说"。王汶石短篇小说戏剧化倾向既符合"十七年"主流意识形态对文学的规范性要求，又将时代性与艺术性巧妙融合在一起，使得短篇小说在艺术形式发展上具有极强的创新性，对文学"现代化"路径在20世纪延续提供了重要的阐释环节。"十七年"文学固然受政治意识形态和类型化思维观念的制约，各类文体普遍趋向模式化，然而普遍性之中存在特殊性，如前文提及的以赵树理为代表的"故事型"小说、以孙犁为代表的"抒情化"小说，以及以王汶石为代表的"戏剧化"倾向小说，在短篇小说文体衍变方面，他们分别向中国传统民间曲艺、散文、戏剧等艺术做出了有益的借鉴，从而突破了"十七年"文学特别是短篇小说艺术形态的统一性和模式化。

第三节 《黑凤》与王汶石长篇小说创作诸问题

1951年，王汶石创作发表了第一篇小说《阿爸的愤怒》（中篇）。

---

① 茅盾：《一九六〇年短篇小说漫评（节录）》，金汉编《王汶石研究专集》，第185页。

这是一部反映回族农民斗争生活的小说，以作家亲赴西北考察得来的素材为基础构思而成，讲述解放战争时期土匪马亚古柏在党的政策教化下，最终归顺人民政府的故事。小说中阶级矛盾、民族矛盾和家庭矛盾扭结在一起，传达出历史转折时期政治情势和宗教信仰之间的制衡关系，预示着新时代新社会的光明前景。《阿爸的愤怒》不但是王汶石唯一的中篇小说，而且所写的题材内容在王汶石的创作中也是唯一的，因而在王汶石的创作中具有特殊的意义。其后王汶石主攻短篇小说，致力于书写社会主义农村新生活，塑造新时代的农民新人形象，并以此奠定了他在当代文学史上作为短篇小说"行家里手"的地位。或许因为王汶石作为"短篇小说作家"更多为人们关注，使得他仅有的中篇小说《阿爸的愤怒》和后来创作的长篇小说《黑凤》长期以来没有得到足够的重视。由于王汶石自己开始将《黑凤》当作中篇来写[①]，小说出版后为数不多的评论文章，也多把它当作中篇小说来讨论，而从单行本出版时的字数看，22万字的篇幅毫无疑问是一部标准的长篇小说了。

《黑凤》是王汶石1959年开始创作的长篇小说，写作过程并不是很顺利，用王汶石自己的话说："搞了几年了，草稿未成，便废弃了三次，腹稿也变更了几番。"到1962年4月"又从头干起"，"第一页就写了几十次开头，总不满意，总觉得文字的音调、节奏、平仄、字形等等，还没有达到高度的和谐与富有感染力"。"现在，第一页总算写下来了，还有不满意之处，只有日后再返回来修改。三百多字，整整花了一天时间，再加上晚间的三小时。"[②]可见作家对正在创作中的小说的质量是有期许的。他一边写作，一边还到陕西农村各地参加"四清"运动，加之"反右倾"运动的高涨，直到1963年7月才搁笔完成。小说在《延河》1963年第5—10月号上连载，其间作家边修改边发表，并于1963年9月在中国青年出版社出版了单行本。

[①] 作者在1959年12月31日的日记中，记录了自己正在创作"中篇小说"的情况："中篇小说，没有写完，只写了三分之一多些，而且可能要将它废掉。"1962年4月26日的日记中又写到："今天又开始写中篇。"《王汶石文集》第4卷，第361、467页。

[②] 王汶石：《日记》（1962年4月26日），《王汶石文集》第4卷，第467页。

第三章 王汶石：在革命修辞与小说美学之间

一 《黑凤》的时代精神内涵与新人形象塑造

《黑凤》所写故事发生在1958年社会主义大跃进的历史时期。小说"通过关中渭北高原的一角，反映了我国广大人民群众，在1958年大跃进当中，意气风发的精神面貌"。① 正如小说问世后《文艺报》发表的评论所言："那是难忘的1958年，在三面红旗的鼓舞下，我国伟大的人民群众靠自己的双手迅速地改变着祖国一穷二白的面貌；而那日新月异的现实生活，又反转来激发人们的斗志，改变着人民的精神世界。"② 王汶石以他一贯的写自己熟悉的生活和自觉充当"时代歌者"的创作姿态，以更高的创作热情，付出了更艰苦的创作劳动，努力去书写这场发生在中国大地上的轰轰烈烈的社会主义生产运动。从作家对现实题材的敏感和自觉把握，试图以更大的小说容量来反映农村生活的变动，以及描绘"大跃进"带给农民思想精神的新的冲击等方面，可以看出《黑凤》是王汶石小说创作的一次重要拓展和突破。

《黑凤》的小说结构是传统现实主义，主人公黑凤的成长主线和"大炼钢铁"运动的情节线索交错并行，其中穿插着黑凤与生产队队长芒芒的爱情故事，与"资本主义娇小姐"李月艳的思想情感冲突，以及运动中各种不同的人物矛盾关系。小说对事件与场面的整体性效果以及主要人物的性格塑造都极为注重，算是当代文学中比较典型的性格结构小说。小说着力塑造的社会主义新人形象是农村知识女青年黑凤，作家把她当作一个女性英雄，在她身上，显示出解放翻身成为国家主人的普通劳动群众在时代的感召下，朝着社会主义的理想目标努力奋斗的英雄主义精神。黑凤出身穷苦农家，性格单纯泼辣。最早是她的八路军二舅和路过在她家歇脚的一个女战士点燃了黑凤对外面的世界、对共产党的好奇与向往。成长中，在中学接受的教育又让她的个人幻想转化为蓬勃的革命热情，决心要做个"生活在战斗中的女

---

① 王汶石：《黑凤》，中国青年出版社1964年版，以下小说内容均引自该单行本。
② 谭霈生：《进攻的性格——读中篇小说〈黑凤〉》，《文艺报》1964年第3期。

战士"。毕业回乡后，申请当兵入伍不成，听了总支书记对她说的话："只要有一颗红心，哪儿不能为革命献出自己呢？农村正需要知识青年，到农业第一线去吧！"于是"回到农村来实现她的革命理想，改变农村的旧面貌"。她疾恶如仇敢于斗争，不宽容一切旧的事物。"她自告奋勇担任检查员这种得罪人的职务。她是铁面无私的，动不动就在群众大会上指名指姓批评那些小有缺点的人，或是把受批评者的姓名，用大字报写在村巷里的墙报上，第一个被她写上去的，不是别人，正是她自己的妈妈。她在自己妈妈的头上，开了第一刀。"村民们对她是"又爱又恨"，就连三福老爹和换朝大叔这样在村中有几分威望的老辈人，在面对天不怕地不怕的黑凤时，心里也有三分打怵，又不得不服气这个"惹人怄气又干劲冲天，既不饶人又一刻也不为她自己打算的女孩子"。在黑凤的身上，闪耀着那个特殊时代的社会主义新人的性格光彩，她以一种坚定信仰、无所畏惧的姿态，不困于自己的年轻和女性身份，大胆抗争生活中的一切陈规旧习。除了铁面无私敢说敢干外，她骨子里还有股不服输的倔劲儿，在村里和老汉们比赛劈柴，在矿山上和葫芦这些小伙子比赛背石头，她不愿搞特殊，生了病还要扛到底，不愿拖集体的后腿。黑凤单纯、热情和果敢的性格，是她向上生长的基础和底色，作家没有将她写成一个静态的形象，而是伴随着故事情节的展开，让她不断受到外在各种力量的牵制，在矛盾冲突中塑造人物形象。一方面是受到老革命、老领导和周围先进人物的精神引领，如和蔼可亲的县委陈书记对她的关心教导，身边战友王兴才不顾一切抢救炉膛的英勇行为，以及花甲之年仍坚持学习争取入党的老奶奶的积极心态，等等，都让黑凤的心灵受到了震动，也让她认识到自己思想上、工作上的不足。黑凤逐渐成长起来，领悟到了革命人生的真谛，逐渐从一个天真稚气爱幻想的农村少女，成长为成熟稳健的社会主义新人。另一方面，作家还运用了对比陪衬的手法来凸显黑凤的先进性，对黑凤的成长起着关键作用的人物中，最为突出的是芒芒、李月艳，还有她的二叔——农业队长丁世昌。复员军人芒芒任钢铁营副营长，也是大跃进中的积极分子，他和黑凤同为先进新人形象而相互映衬，象征着昂扬进取的时代主流，和社会主义主人翁意气风发的精神面貌。丁世昌代表的是乡村社会的传统保守力量,既反对黑凤当"检查员"得罪人,又担心耽误地里的农活儿,明里暗里阻止抽调青壮劳力去支援"大炼钢铁"。另一个人物李月艳则同为回乡青年女性,与黑凤有着鲜明的对比性,她在那个时代被视为自私自利、贪图享受的资产阶级小姐形象,她不像黑凤那样热衷于社会主义革命建设,她的人生目标是得到一段好的姻缘,保障自己未来的生活舒适无忧。黑凤和月艳代表着泾渭分明的两种思想品质和人生态度。小说中的月艳对做什么工作并不在意,在意的只是能否随时与芒芒在一起;月艳和黑凤一起背石头回营地时,为了走路更轻便,她会把背篓里的石头扔掉;在后勤保障跟不上时,黑凤把不多的干粮分给大家,月艳却一个人躲在帐篷里只顾自己吃。所有这些付诸月艳形象的笔墨,以及黑凤和月艳之间因为劳动和爱情所发生的矛盾冲突,无非是以月艳的自私落后反衬黑凤这个新人的英雄性格,从而传达出符合时代政治道德标准的思想倾向。

今天我们重新来解读半个多世纪前的这部《黑凤》。在作家想要表达的时代思想精神内涵之外,其实在作家写实的笔墨中,在小说叙事的缝隙里,潜藏的历史原生态场景和人生内容,远比作家主观预设的单一主题更为丰富复杂。比如队长丁世昌这个人物,作家写他常"含有一种沉静的目光,像那埋在灰堆的不明不灭的余烬,又好像他整天不停地在独自想什么心思"。他"不喜欢这帮抡天舞地、丝毫也不循规蹈矩的年轻人。他不知该如何对付这班标新立异毫无畏惧的青年"。他批评侄女黑凤不踏实,"一味地爱胡思乱想,想个天花乱坠,根本不懂得一个麦颗是用一百颗汗珠子灌出来的"。这一切在黑凤的眼里,都是"思想不展开的明显表征","轰轰烈烈的群众运动把二叔惊呆了,搞糊涂了。黑凤深感这位做惯了小庄稼的毫无远大抱负的二叔,有跟不上时代脚步的沉重的痛苦",她"想帮助他摆脱小手小脚的旧习惯,树立起一往直前的风格来,但是每一次二叔都给她碰了钉子"。小说写到这里,作者以叙述者的口吻说:"说句公道话,黑凤虽然有年轻人的一切长处,但她还没有足够的工作经验,来全面理解他的二叔。"显然在作家的笔下,队长丁世昌不是一个简单的"保守派"

或"顽固派","在生产队的经营管理上,他实在是个好当家人",在他"惯于按照立春、惊蛰、芒种、白露等四时八节的顺序,平平静静地做庄稼"中积累的人生经验,确实不是年轻简单的黑凤所能理解的。作家写了丁世昌对"大炼钢铁"有疑惑有不满,实际情况是:"大跃进以来,特别是夏收以后,村里的壮年男子,一批又一批,离开了农田,到水库去了,到铁路去了,到工厂、矿山去了,很大一部分农活落到妇女和老人们肩上,由农业队长丁世昌指挥着。"他的不满情绪和消极应对的态度,反映出对违背生产规律、人为大搞"炼钢运动"的隐忧,这也是作家在当时的生活中感受到的真实的人物心理状态,作家并没有掩盖或过滤农民中的这种思想情绪,而小说结尾处,除了少数人还在坚持外,包括芒芒和黑凤等多数人都离开了炼铁场,回到了自己的村庄开展冬季生产,也预示了这场运动的无法继续以及指导思想上存在的问题。《黑凤》后半部分多写男女恋情,有意无意间也淡化了大跃进运动这一事件线索,无疑也是一种比较稳妥的处理。

小说中另一个比较"有意味"的人物是月艳。这个看似被贴上了"小资产阶级小姐"和"落后人物"标签的年轻女性,其真实形象也并非这么简单。显然作家在按照生活中本来的性格特征去描摹形象时,也并未将这个人物全然概念化,而是不时地让读者触摸到月艳性格中那些自然美好的、富有人性温度的东西。月艳身上表现出很多所谓"毛病",在今天看来其实属于"人之常情",比如她的行为表现总会随着对芒芒的爱情而起伏变化,在爱的驱使下月艳也有热情和积极的时候,再比如月艳爱美、娇气,吃苦了会发牢骚,有时还有点恋爱脑,这种女孩子特有的情绪流露,反而让读者觉得更真实和生动可爱,与人们期望中"完美的"黑凤相对比,月艳的性格有时显得更感性和更丰满一些,遗憾的是小说写到后来为了凸显两个女青年思想立场和人生道路的分野,作家人为加重了月艳性格的负面品质,概念化脸谱化的痕迹一重,就减损了人物性格的鲜活和生动性。

小说通过四个青年男女的爱情关系,来表达人物的思想冲突和对人生道路的不同选择。芒芒与月艳终因思想差异而分手,转而与志同道合的黑凤走到了一起;月艳则选择了在城里工作、曾被介绍给黑凤的相亲对象薛佩印。王汶石笔下这种爱情关系的重新配置，令人联想到陕西文学后辈贾平凹，他在20世纪80年代创作的短篇小说《鸡窝洼人家》，讲述了两个家庭的破裂以及重新组合的故事，表现的是改革开放浪潮冲击下农民思想观念和精神世界发生的巨大变化。两部作品产生于完全不同的时代社会，但却共同看到爱情关系背后时代思想风尚的巨大扭转作用，创作的互文现象也表明两代作家文学精神的互通。大凡爱情婚姻往往反映着一个时代的文化症候，是社会心理的晴雨表，《黑凤》通过爱情关系的描写，显然意在反映那个时代人们的思想价值观念，在整体上与小说歌颂大跃进、歌颂社会主义新人的主题也是完全一致的。但既写爱情，又是王汶石这样一位智者和深谙小说艺术规律的作家，他笔下的农村新人形象因为爱情关系中展露出真实的内心活动，因而也折射出人性的光辉。黑凤身上负载着更多的社会政治内容和时代精神意义，这是"十七年"小说中正面形象的共性，但黑凤也是一个既单纯勇敢又心思细腻的姑娘，黑凤有对爱情温柔乡的渴望，也有面对心爱之人时的手足无措，处于恋爱中的黑凤或许也是"不完美"的，却是更真实动人的。遗憾的是，当时的评论家却多把黑凤的爱情心理及其表现看成小说的缺陷，认为黑凤身上的"女儿气"有损人物性格的"英雄气"，如《文汇报》1964年2月10日发表的方胜的评论：

> 暴风雨中，黑凤与芒芒一同下山。黑凤不由自主地身子靠在芒芒的臂弯里。"就在这一瞬间，她的心坎里，一个一向模糊的念头，忽然变得明亮起来。"黑凤主动陷入了一个爱情纠葛的矛盾中，这是不可想象的。黑凤在这些方面的所作所为，只会有损于这个新人形象的思想高度，而不可能增加人物性格的丰富和生动性。[①]

以政治倾向为第一甚至唯一的批评观，导致文学批评的简单化和庸俗

[①] 方胜：《评〈黑凤〉的主题思想和主人公形象》，《文汇报》1964年2月10日。

化，其所带来的对"十七年"文学作品的一些误读误判，是值得今人反思的。

在陕西长篇小说的范围内，以柳青的《创业史》为参照来讨论王汶石的《黑凤》，也有特别的意义。柳青和王汶石同属陕西作家，他们的长篇小说都刊发和出版于20世纪50年代末到60年代初——中国当代长篇小说第一个繁盛时期。毋庸置疑，无论是题材的重大宏阔、揭示农村生活面貌的深度和广度，还是小说"史诗性"结构的纷繁复杂，《创业史》都远远超出《黑凤》。但笔者在《黑凤》中也读出了作家创作思路上与《创业史》的相似之处：梁生宝是一心一意投入到"公家"的事业中，带领村民在合作化运动中奔向共同富裕的道路，梁生宝因徐改霞向往城市和大工厂而觉得她心思浮躁，最终选择了与他志同道合的刘淑良；王汶石笔下的黑凤，恰似性别翻转后的梁生宝，作家写黑凤反省自己早先"为什么没有挑选身边的农村青年，却把眼睛放在城市里，挑选遥远的薛佩印"？"是不是也受了剥削阶级思想的影响呢"？作家既赋予黑凤以社会主义新人的性格特质，必然在描写她的爱情选择时，也要"彻底革自己思想上的命"，这同样源于特定时代的政治道德诉求，以及由此赋予作家的美学理想。所不同的是，作为新时代农村中的进步女青年，黑凤的性别特征也被人为弱化，英雄化的过程也是新型女性成长的过程。"十七年"的男女平等与女性解放，主要表现在女性走出自我和家庭，走向社会，自我价值实现的空间更为广阔，《黑凤》以及王汶石的一批以农村新女性为主人公的短篇小说，都显示出女性挣脱传统观念和旧的生活方式的束缚，获得时代、社会也包括男性世界认同的价值意义。但同时，"十七年"文学中将女性人格、自由和平等的追求，简单等同于向男性看齐、向英雄主义靠拢，以致文学作品中的"女英雄""女铁人"纷纷出现，走进女性解放和男女平等的误区。黑凤的形象无法抹去这种思想观念影响的痕迹，短篇小说《新结识的伙伴》中的吴淑兰、《米燕霞》中的米燕霞等形象也都类似，她们在"女英雄"和"为妻为母"的双重规约下，难以从根本上获得真正的自由和解放。女性英雄形象的男性化，实质上是女性被政治理念工具化的表现。纵使如此，作家在社会政治化书写中稍有触及女性的情感天性,仍会被批评家警觉,仍觉得"她"不够先进和不足以成为"英雄"。比较难能可贵的是,柳青和王汶石小说中有关女性及她们情感世界的描写,基本上还是属于塑造人物形象不可或缺的笔墨而非仅仅当作小说叙事的调味料。《创业史》几经修改,删减最多的便是生宝与改霞的爱情描写。生宝虽然考虑到对事业的责任心和党在群众中的威信,他不能使私人生活影响事业,到底还是克制住了内心的柔情,推开了改霞,选择继续为合作化事业而全力奋斗。但保留在小说中的改霞给予生宝的爱情温暖,和生宝不时跳出心怀的情感波动,一直是《创业史》中最引人注目的精彩段落。《黑凤》也是一样,作者没有完全剔除这个社会主义新人身上的"女儿气",包括她在父母面前撒娇任性,和恋爱中女孩子的愁思情态,都描写得很到位,在这一点上,王汶石其实比柳青更会处理小说的情感节奏,在一定程度上柔化了作为"英雄"的新人形象的坚硬质地,这或许也是王汶石小说长期为读者喜爱的一个重要原因吧。

有研究者在对1949—1958年的学术文献统计中,总结出频率最高的论题词是"深入生活"、"改造思想"、"工农兵"、"群众"和"写真实",1959—1968年间出现的高频论题词则是"新人"[①]。论题词的高频出现与其背后的历史变动和社会政治情势密切相关,也集中体现着一代作家的文学观和创作思想。柳青与王汶石的长篇小说正处于后一个时间节点上,他们创造出"梁生宝""黑凤"这样的"社会主义新人形象",回答了与主流意识形态高度契合的、对中国历史变动中新的社会发展的方向性指认。无论是《创业史》反映的合作化运动,还是《黑凤》中的1958年"大炼钢铁"运动,已经被历史证明了其错误和荒谬。但进入到小说艺术中的历史生活,却因着作家的真实复原和感性描绘,造就了文本可认识的表层意涵以及潜在的阐释空间。对现实主义作家来说,越是忠实于生活本身,越是将自己的生命体验投注于笔端,其创作及人物形象就越有多向度阐释的可能性。柳青已

---

① 丁帆、赵普光:《历史的轨迹:中国现当代文学研究七十年的实证分析——以论题词词频的统计为中心》,《文艺研究》2019年第9期。

经被证明是这样的作家，王汶石一定程度上也应该是。

二 《黑凤》的艺术特色及其局限性

王汶石是在他的短篇小说集《风雪之夜》取得巨大成功和收获广泛影响之后，进入长篇小说创作构思的。如上所讨论，作家选择"大跃进"题材和塑造"社会主义新人形象"，都受到当时社会政治运动和文学普遍风气的影响，此外，作家从短篇小说创作中一路走来，先期积累的艺术经验和形成的稳定个人风格，在《黑凤》中有着很自然的延续乃至集成性体现，尤其是他为人所称道的"戏剧化"小说手法，依然构成《黑凤》的主要艺术特色。

首先，和"十七年"农村题材小说常见的人物形象分类相似，《黑凤》中的人物也被鲜明地划分为几种类型：青年形象序列中，黑凤与芒芒代表的是社会主义新人形象，葫芦与东娃思想进步却性格急躁，李月艳则是农村青年中个人主义、投机取巧的代表；老一辈中有黑凤父母代表的老实忠厚的农民形象，三福老爹和换朝大叔是村里能干能侃能较劲的老汉，丁世昌则是谨慎沉稳而又传统保守的农村干部形象，还有作为黑凤的精神引路人的陈书记和老革命奶奶等。这些不同性格类型的人物形象，都负载着作家所要表达的对农村社会的思考，以作家对人物不同的价值评判来体现作品的主题思想。人物性格的对比映衬依然处处可见，如黑凤与芒芒——黑凤在工作中较为激进，处理问题常采用"大字报""编顺口溜"等形式，芒芒在类似问题的处理上就稳健成熟得多；黑凤与李月艳——黑凤为炼钢运动可以不吃饭不洗脸不打扮自己，而李月艳却十分在意个人形象，对炼钢运动并不热心；芒芒与葫芦——芒芒无论对待工作还是个人感情，都显得更成熟且十分谨慎，葫芦却总爱说些浑话，让人觉得好笑又可爱；还有黑凤的父母——老母亲不想让独生女儿受苦，提及上山总是哭哭啼啼，老父亲虽也舍不得，但还是摆出几分家长的威严，支持黑凤去山上锻炼。王汶石写人物还善于用环境烘托，如对芒芒家的描写，能看出芒芒的老母亲虽贫穷朴素但非常热爱生活的性格；写黑凤和月艳背石头回营地的路上遭遇极端天气，二人对外界环境的不同反应，凸显出二人性格的不同和思想境界的高下。

在塑造黑凤等人物形象时，王汶石将他以往创作的成功经验集中于此，除重点分析的在矛盾冲突中塑造人物、性格的映衬对比、环境的烘托等方法外，人物的外貌、动作描写，细节描写，以及人物心理活动的描写，在小说中都运用得非常充分。尤其是主人公黑凤心灵世界的生动呈现，是小说叙事中的一个亮点。黑凤的成长是伴随着她对自己性格弱点的克服，比如在父母的溺爱下做事简单任性、性格急躁莽撞等，这一克服过程通过人物的心理斗争表现出来，当面对"一边是小家庭的温暖生活与和平，另一边是革命劳动的紧张与艰苦"时，在黑凤的心里，"两种不同的生活在吸引她，争夺她"，在与安逸温暖生活的对抗中，革命英雄主义获得了胜利。小说后半部分写她与芒芒发生的爱情，也是通过大量心理描写来完成的，黑凤性格当中更多富有人情味的内容，丰富了这个人物形象。王汶石也深受苏俄现实主义文学的影响，托尔斯泰的"心灵辩证法"，在他塑造的人物形象中时有体现。《黑凤》提供了长篇小说的容量，作家更能够舒展笔墨，心灵化的表达就更加丰富到位了。

其次，《黑凤》在章节和结构安排上十分紧凑，每一章都是一个小剧场，力图在短时间内交代出人物的性格与故事情节的发展。如第一章人物的出场地点设置在丁王庄西头———一株老槐树附近的关帝庙台上，随着两个肝火旺盛的老汉吵架愈演愈烈，女主角黑凤在老汉们的争执声中出场，她的阳光爽朗与现场剑拔弩张的气氛形成鲜明的对比，也为后文黑凤顺利解决矛盾埋下伏笔。小说中"演员们"你来我往的对话构成了生动的戏剧场景，黑凤显出她的机敏灵活、敢说敢做，换朝大叔与三福老爷的老当益壮、干劲冲天的精神面貌也印刻在读者脑海中。再如第九章写黑凤告别父母，与李月艳赶往炼钢现场；第十章写路途中与芒芒偶遇，黑凤与李月艳二人对芒芒各怀心思；第十一章至第十五章中，直接将黑凤与李月艳放置于炼钢营地的艰苦环境中，为二人设置了各种考验与挫折，在面对困难、解决困难的过程中，李月艳表现出与黑凤不同的思想做派，芒芒也逐渐察觉自己对黑凤的感情，二人爱情逐渐萌发。章节之间环环相扣、步步为营，这种戏剧性地推动情节发展的笔法，很容易吸引读者一路阅读下去。

与故事情节线性发展相对应的是小说的场面描写。胡适曾说，短篇小说是"用最经济的文学手段，描写事实中最精彩的一段，或一方面，而能使人充分满意的文章"，而"一人的生活，一国的历史，一个社会的变迁，都有一个'纵剖面'和无数'横截面'"，将"横面截开一段，若截在要紧的所在，便可把这个'横截面'代表这个人，或这一国，或这一个社会。这种可以代表全部的部分，便是我所谓'最精彩'的部分"。[①]王汶石深谙这一艺术技巧，他的小说大多以新中国社会主义建设初期为故事背景，采取"横截面"的方式描写农村日常生活中"最精彩"的部分，其每部作品都在尝试不同的形式创新。在《黑凤》中，也时常可以看到作家把矛盾冲突中的人物放置在一个个"小剧场"中，故事发展波澜起伏，层层推进。读者好像坐在台下的观众，人物的嬉笑怒骂都以最直观的方式呈现出来，加上生动幽默的生活化语言，每个人身上发生的故事和人物对话，不时让读者会心一笑。

由于王汶石一定程度上吸取了西方文学资源，特别是"戏剧化"的创作技巧，强化了其小说的个性特色，但这一"创新性"也只是相较于同代作家而言，并没有从根本上解决存在于"十七年"小说中的普遍问题，即除了主题单一还有艺术手法的单一。王汶石的一系列所谓成功的短篇小说，以及之前的中篇《阿爸的愤怒》，之后的长篇《黑凤》，作家在小说创作的几个阶段，艺术风格上并未有明显的突破或转换，保持乃至固化了"清新俊秀、细腻峭拔"的风格基调，这使得他在同代同类小说家中更有了属于自己的辨识度。

一种适合短篇小说创作的艺术手法，比如"戏剧性"、"场景化"和强化"性格冲突"等，运用在长篇小说中，对小说局部的精彩呈现依然有巨大的力量，但是对长篇小说所需要的丰富和深厚，甚至形成某种非确定性的艺术张力来说，仅有故事的跌宕起伏和性格的鲜明突出还是远远不够。《黑凤》中的故事发生在轰轰烈烈的大跃进背景下，

[①] 胡适：《论短篇小说》，胡适译《短篇小说集》，安徽教育出版社1999年版，第80页。

大跃进运动本身只持续了两年时间（1958—1960），小说内容又集中在 1958 年秋天到初冬这段时间，丁王庄的秋收、秋播和秋翻地的日常农活与山上开展的土炉炼铁运动。以传统长篇小说而论，小说的题材内容似乎不足以支撑起一个深远和广阔的艺术空间，王汶石也没有像柳青那样给《创业史》设计一个类似前史的"题序"，以造成小说深厚的历史感和整体性。从《黑凤》的开局和主人公上场，即可看出小说格局的不同。王汶石依然延续了他所擅长的截取局部呈现故事，连缀诸多"戏剧化"的精彩场景，以展开农村新生活画面和描写新型农民形象。有所变化的是，《黑凤》中的生活场域有明显拓展，村中和山上的故事两相照应，事件丰富、结构错落，人物形象也成系列化，但总的来说还是一种平面的、现在进行时态上的艺术运行。加上小说后半部分对人物处理比较仓促，比如重要人物月艳和丁世昌的性格发展都没有很好地完成，基本上是交代性地处理后戛然收尾，今天来看就是小说的延展性和从容度不够。从王汶石当时的创作自述中可以看出，他起先是将其当作中篇小说来创作的，写作过程中逐渐向长篇发展，最终还是形成了一个长篇小说的体量。如果开始是中篇小说的预设，在反映生活的深广度上、结构框架的搭建上和形象序列的铺设等方面，可能就有了先天的局限，从而根本上影响了长篇小说的完成度。毕竟衡量一部成功的长篇小说，篇幅长度只是一个形式上的指标。也从这个角度看，无论作家王汶石还是后来的批评家和研究者，在对《黑凤》是中篇还是长篇的问题上没有达成一致的看法[①]，应该也与对长篇小说的内在衡量标准有关。

三 陕派作家的长篇小说情结与创作"未完稿"现象

早年全面综合研究王汶石创作的韩望愈在他所著的《汶石艺概》中论述到王汶石的短篇小说成就时，指出作家"没有去写长篇小说，

---

① 《文艺报》1964 年第 3 期上谭霈生的《进攻的性格——读中篇小说〈黑凤〉》，称《黑凤》是"这部二十多万字的中篇小说"。

而专攻短篇",“是有自己的指导思想和追求的"。论及王汶石对鲁迅、契诃夫、高尔基短篇小说的欣赏，以及钟情短篇小说反映生活的及时便捷和"以一斑窥全豹"的艺术特点，都是令人信服的。① 但这并不能证明王汶石没有写长篇小说的想法，实际情况是，在 1958 年的日记中，已经明白记载过他写作长篇小说的构思，并且"已经做好分章的提纲"，准备写"三十章或三十节。三十多万字"。② 到 1959 年的日记中有了更大规模的长篇小说写作计划：

> 从今年起到一九六九年，这十年内，除继续写短篇小说之外，计划写十部连续性的长篇小说，总名叫做《乡村风云录》：
>
> 第一部《自由人》（写农民破产，一九四五年前后）
>
> 第二部《铁杈》（写农民自发的反抗、流亡，一九四六年前后）
>
> 第三部《愤怒的枪弹》（写革命武装斗争，一九四七年）
>
> 第四部《主人》（写土改，一九五零年）
>
> 第五部《粮车》（写统购，一九五三年）
>
> 第六部《穷汉们》（写合作化，一九五四年）
>
> 第七部《最后一次寒潮》（写一九五七年春天的风波，一九五七年）
>
> 第八部《万村灯火》（写"大跃进"与公社化，一九五八年）
>
> 第九部《炼》（大办钢铁，一九五八年）
>
> 第十部《路上》（写公社第一年，一九五九年）
>
> 这十部书，从解放前一直到中华人民共和国建国十周年。每部十五万至二十万字，在广泛的基础上，概括这十几年，或者说是近代中国农村的重大变化。
>
> 要完成这个巨大变化，需要一个既不远离农村而又相当安静的环境，实行深入简出，埋头工作。需要非常单纯而诗化的心境进行。这个环境，还得想些法子找一找。真难啊……③

---

① 韩望愈：《汶石艺概》，陕西人民出版社 1986 年版，第 140—141 页。
② 王汶石：《日记》(1958 年 3 月 9 日)，《王汶石文集》第 4 卷，第 307 页。
③ 王汶石：《日记》(1959 年 8 月 20 日)，《王汶石文集》第 4 卷，第 354 页。

第三章 王汶石：在革命修辞与小说美学之间

在这里引用1959年8月20日的日记全文，可以见出王汶石当年有相当宏伟的长篇小说创作构想，试图以十卷本的鸿篇巨制全景式地表现20世纪中期中国历史发生的巨大变革，以及社会主义开创时期农民心理变迁的完整过程。然而，这一宏大的愿望并未真正实现。

王汶石1950年正式开始小说创作，第一部是中篇小说《阿爸的愤怒》，"原先想写八千多字，结果写了三万多字"，此时的他已经有了小说艺术的自觉性，总结第一次写作的经验教训时，考虑到人物的出场、对话，"结构上要讲究严密，特别是结束的时候"，努力"克服写作中的盲目性"。① 其后坚持阅读中外优秀小说作品，至1955年与中国青年出版社签订一部短篇小说的出版合同，当担负的组织管理工作与创作有冲突时，王汶石曾表示想集中力量创作，当时文艺界流行"让作品发言吧！"这样的口号，作为文艺领导者，也"必须写出东西来"，作品有影响了，才能获得读者乃至组织的信任。1956年开始短篇小说创作计划，"打算写十个以上的短篇，一个戏。并开始写一个中篇。这个中篇我将使它的内容涉及农村各个方面"。② 这个时期，参与火热的农村社会主义建设生活、强烈的创作冲动和长期的写作规划纠结在一起，王汶石既为自己没有写出一本成功的作品而焦虑，又不愿意太过冒失，他想"悄悄地写出一本书来"，"稳稳当当地打几个胜仗，才可以把自己的士气提高起来"。③ 短篇小说集《风雪之夜》中的大部分作品是在这个过程中得来的。除短篇创作外，此期间的日记中不时也出现有关长篇写作的话题，以王汶石一贯行事风格看，即使已经开始酝酿长篇小说，也不会高调对外宣示。王汶石和同时代的杜鹏程、柳青一样，对长篇小说有着神圣的追求，他希望能写出像《静静的顿河》《苦难的历程》这样史诗性的作品，但对自己能否真正驾驭长篇艺术形式，并不是非常自信，在努力创作短篇小说的同时，也将其当作艺术的磨炼过程。这令笔者联想到深受王汶石影响的后辈作家陈忠实，他在描述自己80年代中期准备写作《白鹿原》时

---

① 王汶石：《日记》（1950年10月12日），《王汶石文集》第4卷，第1页。
② 王汶石：《日记》（1956年1月9日），《王汶石文集》第4卷，第277页。
③ 王汶石：《日记》（1956年1月28日），《王汶石文集》第4卷，第285页。

说:"长篇小说是一种令人畏怯的太大的事,几乎是可望而不敢想的事。我想唯一能使我形成这种敬畏心理的因由,是过去对诸多优秀长篇包括世界名著阅读造成的畏怯心理。我此时写中篇小说正写到热处,也正写到顺手时,我想到至少应该写过10个中篇小说,写作的基本功才可能练得有点眉目。"① 在陈忠实早年走上文学道路时,曾经受到"柳青的《创业史》和王汶石的《风雪之夜》的最直接启示","短篇小说集《风雪之夜》里的十几个短篇,作为范本不知读过多少遍了。"② 可以想见,陈忠实准备走进长篇小说创作的敬畏心理,与前辈作家的曾经认真和审慎的态度何其相似,也可谓是两代陕西作家文学精神传承的一种表现。

《黑凤》是王汶石从短篇小说向长篇小说迸发的一次尝试,此时王汶石的短篇小说已经写得非常纯熟了,正是因为心怀构筑长篇小说的宏伟理想,才使得这部小说的创作过程显得过于曲折漫长。写作过程中不但多次"废弃"、"变更"乃至"从头干起",中间还放下过三年。1963年7月《黑凤》出版后,王汶石还反复修改过小说,后几章甚至是重新写过的。1964年《黑凤》重印后王汶石又进行了第五次修改,他在日记中记录说:"最后五章改动很大,有一两章已经面目全非了。经过这一番修改,看起来比过去好一点,但还是不满意,故事发展,气还不顺,留待以后再改。"这一稿的修改,"月艳的结局变了,下一步很想再写一部书,以月艳和她的丈夫(一个乡村青年医生)为主角,写他们献身农村,为人民服务的奋斗生活,这样一部书,可以和《黑凤》连接起来,发生横的关系"。历史已经来到了1966年,中国青年出版社预约在这一年再版的第五稿并没有问世,甚至这部书的修改稿,也在政治运动中遗失了。③ 当年的编辑王维玲在将近半个世纪后的追忆文章中说:"他这次对《黑凤》的修改,肯定是花了很大心血和精力,下了功夫的。把黑凤与月艳这一对矛盾,从尖锐对立到缓和化解,表面看是小说情节和人物性格的变化,内核是

---

① 陈忠实:《寻找属于自己的句子》,上海文艺出版社2009年版,第2—3页。
② 陈忠实:《为了十九岁的崇拜——追忆尊师王汶石》,《人民文学》2000年第2期。
③ 王汶石:《日记》(1965年12月30日),《王汶石文集》第4卷,第614页。

第三章 王汶石:在革命修辞与小说美学之间

对当时政治公式和创作公式的突破。而且汶石还计划,以月艳为主角再写一部中篇小说,这应该看作是他认识上的一个重要飞跃。可惜的是这个版本被'文革'扼杀,没能使《黑凤》写作和出版的历程画上一个圆满的句号。"① 以月艳为主角的《黑凤》姊妹篇的构想自然也无法实施,1959年日记中规模宏大的长篇小说写作计划,更成了作家的梦中泡影。

不只王汶石,同时代陕西作家中以长篇小说创作名世的杜鹏程和柳青,也留下了创作"未完成"的遗憾。1957年8月号《延河》发表了杜鹏程的中篇小说《在和平的日子里》,成为杜鹏程《保卫延安》之后最有影响的作品。这个中篇是杜鹏程当时正在创作的长篇小说《太平岁月》中的一章,因为《延河》向作协驻会知名作家约稿而拿出发表。杜鹏程一直梦想着写出像托尔斯泰的《战争与和平》这样的史诗性巨作,1954年他以《保卫延安》完成了自己的"战争"书写后,继续以《太平岁月》书写"和平"。1963年《太平岁月》初稿完成,只是命运弄人,在后来的政治运动中小说手稿被查抄收缴,直至1978年才重新回到杜鹏程手中,此时的杜鹏程决心对小说进行大幅修改,但饱受摧残的病体难以支撑他完成这样宏大的工作。《太平岁月》最终搁浅,成为杜鹏程晚年心中最大的遗憾。柳青的《创业史》也是如此,作家原计划在1969年完成《创业史》四部,以写出合作化运动的全过程,但因1966年政治运动的来临而中断了写作,新时期柳青抱病修订了再版的《创业史》第一部,改定出版了第二部上卷和下卷前四章,计划中的四部巨著最终未能完成,也造成柳青创作生命中无法弥补的遗憾。

对于杜鹏程、柳青和王汶石,探究他们的长篇小说"未完成"现象,时代社会悲剧带给他们的精神与身体伤害固然是最重要的原因。另外,他们对自己创作有更高的期许,立下了更高的文学标杆,至少要达到乃至超越其已经问世作品的水准,才有出版的价值。而实际上,

---

① 王维铃:《追忆汶石》,高彬、晓渭主编《王汶石纪念文集》,陕西人民出版社2008年版,第123页。

外在社会环境和自身思想艺术的局限又限制了他们向理想境界的攀升,于是在无奈和不甘中放弃,也更强化了这一代作家命运的悲剧色彩。柳青晚年用尽全力修改出版的《创业史》第二部依然只是半部作品,而且内容上不可能改变过去时代打下的思想烙印,艺术上也存在着明显的缺陷,柳青没有来得及加工到位,就抱憾而去。对当时处于新的社会变革初期的柳青来说,"当现实的发展和变化超越了他的构想甚至想象时,当他的主观愿望与他所描写的客观生活发生了矛盾时,他下笔有些迟疑,思想也有些犹豫了"。① 在刘可风的《柳青传》所记录的柳青晚年谈话中,可以触及柳青在新时期前夜思想发生的变化,他开始质疑并进入可能的冷静思考,而这一切又与《创业史》单一明确的政治主题形成了一种矛盾纠结,导致在修改第二部时举步维艰,即使没有身体的原因,这样的精神状态也决定了《创业史》的后两部其实无法继续写下去。从 1978 年(柳青去世)到 1991 年(杜鹏程去世),杜鹏程比柳青多经历了 13 年的改革开放新时期,在晚年他从自己推及对"十七年"一代作家创作的反思:"我们这一代对文学的理解很狭窄,这是相当普遍的。就我个人而言,学习文学的过程,就是不断破除对文学狭窄理解的过程。"② 当有十几家出版社找到他,说《太平岁月》不必大改,作些文字修订,他们即愿意出版,但杜鹏程十分严肃地表示他不同意如此出版,"他说经过'文革'很多观念已有变化,要大改小说,乃至重新写过。后来的事实证明,他的这个宏图大愿只是一个乌托邦,他后来不只身体不允许,事实上,他的思想观念也与时代有了距离,晚年只得放弃这一计划"。③ 三位老作家中,王汶石是 1999 年最后离世的,但他一直没有再续长篇小说的写作梦想,除晚年重病缠身以外,同样也困扰于时代变革和文学观念相抵牾。虽显得不合时宜,但王汶石一直坚守自己的文学信念,以塑造社会主义新人的艺术典型为至高理想。在 20 世纪 80 年代中期,王汶石在书

---

① 邢小利、邢之美:《柳青年谱》,人民文学出版社 2016 年版,第 153 页。
② 赵俊贤:《杜鹏程、魏钢焰审阅〈论杜鹏程的审美理想〉初稿后谈意见》,《秦岭》2017 年春之卷。
③ 赵俊贤:《〈在和平的日子里〉的文学史价值》,《文艺报》2017 年 6 月 23 日。

信中讨论当时的作家新作时，提到"人们都不喜欢'英雄'、'先进'这类字眼，也不喜欢这种观念，文艺界也同样如此，人们不相信现实中这类人物的存在"①，话语间不无失落与寂寥之情。直至1997年，王汶石还在给友人的信中说起小说《黑凤》："只可惜，这种全民土法炼铁，后来被证明是不成功之举，《黑凤》一书的命运也就受到了致命的影响。我不知当年的读者现在如何，而我的心头，至今还常常活跃着黑凤姑娘、芒芒、葫芦以及月艳们的身影。我是深深地爱她（他）们的。"② 晚年回顾自己的写作生涯，想起下落不明的《黑凤》的最后修改稿及其构想中的姊妹篇，还有早年宏伟的长篇小说创作计划，王汶石与杜鹏程、柳青一样，也给后人留下了英雄豪杰壮志未酬的遗憾与慨叹。

王汶石自己说过："人是跳不过自己的影子的，作家也难跨过自己的生活阅历。"③ 当年震动文坛的《风雪之夜》，让他几乎成了被公认的"中国的契诃夫"，熟悉他的诗人雷抒雁认为："比起那些低劣的应声随唱者，王汶石巨大的文学才华帮助了他，使他在文学史上还留下了一页。"④ 同时也因其生活与成长的时代社会的制约，以及自觉的"革命作家"的身份认同，使他和柳青一样没有充分施展自己的文学才华，但时至今日，依然没有人否认他们优异的文学潜质。一代作家在文学征程上盛衰沉浮的命运，浓缩着一个时代的文学的以及超出文学的重要话题，需要后人继续回返历史、深入探讨和细致评说。

---

① 王汶石：《关于〈跋涉者〉致焦祖尧信两封》，《王汶石文集》第3卷，第485页。
② 王汶石：《致段国超信三封》，《王汶石文集》第3卷，第568页。
③ 王汶石：《我从事小说创作之前》，《王汶石文集》第3卷，第127页。
④ 雷抒雁：《一个优质作家与他的劣质时代》，《小说评论》2007年第2期。

第四章　路遥：越界的人生与《平凡的世界》

第一节　"八十年代"的路遥及其创作历程

在中国当代文学史上，路遥以他"奋斗者"的悲壮人生和被广泛传播的文学作品，成为具有"现象级"影响的重要作家。在20世纪80年代中国社会新的变革之际，路遥以他对特定时代社会生活的切身体验，对中国"城乡交叉地带"的密切关注，和对底层农村青年成长命运的深入思考与热切表达，构筑起属于他自己的现实主义文学世界。以中篇小说《人生》和长篇小说《平凡的世界》为标志，代表着路遥现实主义文学创作的最高成就。路遥坎坷磨难的成长经历和执着坚韧的人生追求，丰富矛盾的精神世界和宗教般的文学信仰，融会出路遥笔下独具魅力的文学形象，也给后来者留下了很多值得探讨的文学话题。

一　苦难磨砺中成长

路遥（1949—1992），原名王卫国，1949年12月2日出生于陕西省榆林市清涧县石嘴驿镇王家堡村，父亲给他起了个小名"卫儿"。他是家里的长子，在三岁就经历了人生中第一次死亡体验（重感冒、发烧，差点夭折）。四五岁起就开始跟在大人后面干农活。在五六岁上山砍柴时，经历了人生中第二次死亡体验（跌进草窝，两面是深不可测的山水窨，后被人救出）。从这两次死亡体验中路遥开始认知自己的命运。聪明过人的路遥从小就一门心思地想坐在村子里的学堂念

第四章 路遥：越界的人生与《平凡的世界》

书。无奈家中条件太差，兄弟姐妹太多，没上几天学就被父母叫回家干活。因为家庭贫困，看到路遥渴望上学而不得的痛苦，父亲无奈之下产生将他过继给大伯的想法。1957年秋天，路遥在父亲的带领下来到一百多公里外的延川郭家沟大伯家生活。路遥曾回忆说："我那时才是个七岁的孩子，离家乡几百里路，到了这样一个完全陌生的地方。……我特别伤心，觉得父亲把我出卖了。……但我咬牙忍住了，因为，我想到我已经到了上学的年龄，而回家后，父亲没法供我上学。尽管眼泪唰唰地流下来，但我咬着牙，没有跟父亲走。"① 路遥留下来了，这不是他的选择，这是一种命定。

　　刚开始在大伯家的生活路遥并不顺心。陕北有"五里不同俗，十里不同风"的说法，清涧与延川郭家沟在生活方式以及语言方面都有很大不同。敏感的路遥以及村子里的小孩都察觉到了这一点。不仅在村子里跟其他小孩子玩耍时路遥会刻意忍让，在大伯家中也是察言观色，并不提过分的要求。对路遥来说，在郭家沟最开心的莫过于可以上学了。路遥在1958年的新学期成为一名一年级的学生，并有了自己的"官名儿"——王卫国。三年小学过后，1961年夏，路遥通过统考进入延川县城关小学高小部。正是在这里，路遥感受到了人生中最初的城乡差距。家境贫寒的路遥在延川县城关高小是"半灶生"，很多时候他的饭食是就着酸菜吃糠菜团子，其他的文体活动更是没有条件参加。1963年夏天，伯父王玉德没有能力继续供养路遥上学，但他坚持参加了升初中的考试并获得了全县第二名的好成绩。最后在当地组织和乡亲们的帮助下，路遥才得以继续上学。当时的陕北仍极端贫困，父老乡亲给他凑够上学的学费，等于拿出自己的口粮让路遥去"求功名"，这情景深深地印在了路遥的心中。在延川上初中的路遥每日都被饥饿感包围，为了转移注意力，他就去读书看报，他最爱阅读的是《参考消息》，对时事政治颇为关注，逐渐能发表一些自己的见解。阅读让路遥获取到丰富的知识，赢得了他人对自己的关注，这给路遥带来极大的自信，平衡了由于物质生活的贫困而导致的自卑，也对路遥

---

① 路遥：《东拉西扯谈创作（一）》，载中国作家协会陕西分会编《文学简讯》1983年第2期。

日后走向社会和投身创作产生了潜在影响。

　　1966年路遥初中毕业的时候，"文化大革命"爆发了。计划中的投考大中专被迫停止，但是路遥想改变自己处境的想法愈加强烈。路遥顺势成为延川中学"红卫兵组织"的一员，以那个时代特有的方式出演了一场青春时代的理想主义戏剧。1968年，路遥以群众代表的身份被结合进延川县革命委员会，充任了最年轻的副主任，不足一年，路遥又被知青上山下乡的新浪潮推回农村，一个叱咤风云的运动领袖重新变为普通的农民，"鲤鱼跃龙门"的努力再一次化为泡影。当一扇门关闭的时候，命运正在为路遥徐徐打开另一扇门，那就是北京"知青"的到来。正如陕北人文地理研究者所指出的："真正对这个地区（陕北）文化有划时代影响的是两件大事，一毛泽东在延安十三年；二北京知青插队。"[①] 自此路遥的人生轨迹就与北京"知青"紧密地联系在一起，预示着将由"文学"来真正改变路遥的命运。

　　此期间心情烦闷的路遥，仍被宽厚的父老乡亲呵护着，他被推举当了一段时间民办小学教师，也在县城做过各种临时工，还在村中加入了中国共产党。

二　踏入文坛，初露锋芒

　　时代变革中起伏跌宕的命运遭际，个人前途的迷茫失意，使得心思敏感的路遥在孤独中拿起笔开始写诗，如此与文学不期而遇。1970年，路遥的诗作《车过南京桥》在延川县文化馆编辑的油印小报《延川文化》上发表。这首带着鲜明时代印记的不成熟诗作中，"路遥"这个笔名开始正式使用。此后不断在《延川文化》上发表新作，写诗的名气给他带来新的机遇。1972年，路遥被调进延川县文艺宣传队，成为文学刊物《山花》的一名编辑。路遥这期间的诗作都收进了后来出版的诗集《延安山花》中。遗憾的是这些生长在陕北土地上的诗歌，却看不到陕北民歌那样的情感质地，反而被更多的政治话语笼罩，

[①] 海波：《为〈山花〉送行》，《延安文学》1993年第5期。

公正地说称不上是优秀的诗作。

　　1973年，路遥被推选进入延安大学中文系读书，从根本上改变了他的命运。在延安大学学习期间，路遥不仅保持着阅读报纸、关心时政的习惯，更关键的是阅读了大量的中外文学名著。有两本书，"一本是柳青的《创业史》，一本是艾思奇的《辩证唯物主义与历史唯物主义》，是路遥百看不烦的神圣读物"。"他十分喜爱柳青在《创业史》中的一句名言：'人生的道路虽然漫长，但紧要处常常只有几步，特别是当人年轻的时候。'"[①] 路遥懂得青春的宝贵，更明白读书对丰富阅历与文学创作的意义，他抓住在延大学习的时光，如饥似渴地获取着知识。[②] 这一时期，对路遥产生重大影响的，一是与北京知青的往来相处，为他打开了全新的天地，吸纳的外来文化潜移默化地改变着路遥的人生路径乃至情感世界，对其思想和创作都产生了不可估量的作用；二是《山花》这本文学刊物。《山花》是由好友曹谷溪、北京知青陶正和路遥一同创办的，此期间文艺刊物普遍凋零，《山花》的问世引起了广泛关注，吸引了大批文学爱好者创作投稿，其中有后来的知名作家贾平凹、和谷、陶正、闻频等。《山花》时期是路遥文学创作的真正起点，日后路遥回首自己的人生时曾经感慨道："艺术用它巨大的魅力转变一个人的生活道路，我深深感谢亲爱的《山花》的，正是这一点。"[③] 而在路遥上大学的当年10月，他就到西安参加了《延河》编辑部召开的创作座谈会，接触柳青、杜鹏程、王汶石等著名作家，有幸得到他们的直接教诲。路遥之所以走上创作道路，与他遇到的伯乐和文学同道不无关系，路遥身处的文学环境开阔了他的视野，激发出他的文学潜质，使路遥在那个文学饥荒的年代获取了难得的艺术营养，从这一点来看，从苦难中成长的路遥又是很幸运的。

---

　　① 白正明：《路遥的大学生活》，马一夫、厚夫、宋学成主编《路遥纪念集》，人民文学出版社2007年版，第4页。

　　② 白正明：《路遥的大学生活》，马一夫、厚夫、宋学成主编《路遥纪念集》，人民文学出版社2007年版，第4页。

　　③ 路遥：《十年——写给〈山花〉》，《路遥全集》（《早晨从中午开始》），北京十月文艺出版社2012年版，第99页。

在大学系统学习的同时，路遥开始尝试小说创作，1973 年《延河》发表了他的小说处女作《优胜红旗》。1974 年至 1975 年，路遥在《陕西文艺》做实习编辑期间也有散文写作，主要写当时的先进模范人物，带有命题作文的意思，但在处理素材、行文气势方面，表现出他不同于一般编辑的语言悟性和能力。总之这段时间可以视为路遥的习作期，既无法挣脱时代的思想局限，也不可能超越当时文学的整体水平。但重要的是，路遥从这一时期开始了对文学梦想的追求，确实是找到了自己未来人生的方向。

1976 年 8 月，路遥大学毕业，进入《延河》编辑部工作。路遥获得了从事文学创作的环境和条件，开始了雄心勃勃的文学远征。1977 年至 1981 年，路遥相继发表了《匆匆过客》《卖猪》《一生中最高兴的一天》《姐姐》《月夜》《青松与小红花》《夏》《生活咏叹调》《风雪腊梅》《月夜静悄悄》《痛苦》等一批较为出色的短篇小说。路遥的小说创作一开始，就注重贴近人生实景，捕捉社会焦点，试图把握时代的脉动。比如《卖猪》和《一生中最高兴的一天》，涉及了极"左"思想对人所造成的精神伤害，以一种类似于"黑色幽默"的笔触，写时代的痛楚和灵魂的扭曲。值得注意的是，路遥此时的作品已经显示出他侧重思考农村青年的人生际遇，在重大的社会政治背景下，表现青年男女的爱情生活和道德信仰，比如《姐姐》《痛苦》《风雪腊梅》《月夜静悄悄》，在小说题旨与精神走向上，都为后来的《人生》奠定了思想基础，其中不少人物设置成为后续创作的形象雏形，比如《姐姐》中父亲所代表的中国老一辈农民形象；《风雪腊梅》中的冯玉琴与《月夜静悄悄》中的兰兰等女性形象，表达了路遥对农村青年女性不幸命运的深切同情和巨大悲悯。总之，这一批短篇小说是路遥第一次改弦易辙、挣脱以往单一政治主题思路后的文学成果。

虽然此时的路遥已经开始思考他所熟悉的特定时代农村青年的愿望与出路，写出了城乡差距所造成的人生阻碍和精神痛苦，写出了他们的理想与社会现实的冲突。但在新时期文学发轫、短篇小说正在引起轰动的年代，路遥的这些小说并没有引起文坛和读者的太大反响。显然，他生命体验中最深刻的东西，此时还没有最生动、最有力地表现出来。

三 生命的正午与创作的攀升

1978 年，路遥的一部"准自传体"中篇小说《惊心动魄的一幕》完成了，内容是关于"文革"中的"武斗"，主要人物是"具有崇高献身精神"的县委书记马延雄。这部作品的发表之路极为坎坷。路遥曾给时任《当代》主编秦兆阳的信中说："这部中篇，已经被多家刊物退稿，寄给秦主编，是想请文学圣堂《当代》做最后裁决，如果《当代》也退稿，就说明它的确毫无价值，他就将付之一炬。"① 在路遥文学创作道路上的紧要之处，许多文学编辑起过重要作用。《惊心动魄的一幕》最终在《当代》1980 年第 2 期上发表，得益于老编辑秦兆阳对作品的肯定，路遥后来将他当作柳青之外引领自己走入文学队列的另一位导师。小说获得当年的首届全国优秀中篇小说奖后，极大地提高了路遥的自信心。只有他自己知道这次创作成功对他意味着什么，以至于"后来的几次获奖，包括茅盾文学奖，他再没激动过"。② 即便如此，这部明显带有"主题先行"痕迹的作品没有得到文艺界的普遍认可，但路遥此时没有自觉到新旧文学观问题，也没有想到要有所调整和谋求文坛呼应，而是执拗地奉行自己心目中的文学准则继续前行。获奖对路遥更大的激励意义，就是不满足于已经取得的成绩，他急切地想写出心中积淀已久的一部最重要的小说。也就是在北京的颁奖会上，中国青年出版社副总编王维玲向路遥约新稿，路遥一口应允下来，这成为路遥创作《人生》的一个直接动机。

路遥从 1979 年开始动笔写《人生》，"他为这部重要的作品取名为《你得到了什么?》在当时，毫无疑问，路遥是可以把它写出来的，但是，他知道这部作品对于他太重要了，又不忍心轻易把它写出来。他把已经写出来的东西撕掉。他像宗教教徒一样虔诚地等着他可以把

---

① 周昌义:《记得当年毁路遥》,《文艺理论与批评》2007 年第 6 期。
② 闻频:《雨雪纷飞话路遥》,榆林路遥文学联谊会编《不平凡的人生》（内部刊印），2003 年版，第 70 页。

它写出来的那一时刻的来临"。① 反复折腾两年多，1981年，32岁的路遥用21个昼夜完成了13万字的中篇小说《人生》，写作过程中作家全然脱离了正常的生活，"精神真正达到了忘乎所以"，路遥对这部作品抱有不同寻常的期待，甚至自己预先断定："要么，巨大的成功；要么，彻底失败。"投稿后，路遥多次与王维玲进行探讨，奔赴北京修改稿件，最终使用的题目"人生"也是由王维玲提议的。《人生》发表于《收获》1982年第3期，同年，《人生》的单行本也由中国青年出版社出版。1982年年底，路遥的又一部中篇小说《在困难的日子里》发表在《当代》杂志上，并获得1982年度《当代》文学中长篇小说奖。1983年3月，路遥凭借《人生》再次荣获全国优秀中篇小说奖。路遥获得了巨大的成功。

《人生》凭借高加林这一富有时代与历史内涵的当代农村青年形象，展示着城乡文明的对立冲突与差异，展现了身处"城乡交叉地带"的农村青年人的矛盾与挣扎，由于这一形象包含了历史与现实的所有合理与不合理的因素，具有很大的现实主义生命力与艺术典型性，《人生》受到了城乡广大青年读者的普遍欢迎。同时，一向对路遥小说无太大反响的文学评论界对《人生》表示了高度关注，评论家们分别从高加林的人物形象意义及启示、现实主义写作的深度、"城乡交叉地带"的意义、小说中的女性人物形象和爱情悲剧的探讨，以及农村青年进城等问题展开了广泛的讨论。无数读者被《人生》深深打动，《人生》红遍大江南北，路遥甚至一度被当时的青年人尊为"人生导师"。由《人生》改编的话剧、电视剧、电影等持续着《人生》的轰动效应，《人生》的成功让路遥真正得到了评论界与广大读者的认可。《人生》之后路遥又接连发表了《黄叶在秋风中飘落》《我和五叔的六次相遇》《你怎么也想不到》三部中篇，路遥尝试过调整思路，学习借鉴风靡当时的现代主义创作技法，但并无太大收益，自此路遥再无偏离过现实主义创作道路。

《人生》的成功给路遥带来了巨大的荣耀，经过一段时间的风光

---

① 陈泽顺：《路遥的生平与创作》,《延安大学学报》（社会科学版）2003年第1期。

热闹之后,路遥很快冷静下来,他说:"我深切地感到,尽管创作的过程无比艰辛而成功的结果无比荣耀,尽管一切艰辛都是为了成功;但是,人生最大的幸福也许在于创造的过程,而不在于那个结果。""只要不丧失远大的使命感,或者说还保持着较为清醒的头脑,就决然不能把人生之船停泊在某个温暖的港湾,应该重新扬起风帆,驶向生活的惊涛骇浪中,以领略其间的无限风光。人,不仅要战胜失败,而且还要超越胜利。"① 此时的路遥已经由《延河》的编辑,转变为一名专业作家了,当时有人认为《人生》是路遥不能再逾越的一个高度,对此路遥既不愿承认又不知如何应对,经过痛苦而激烈的内心斗争,尘封在青年时代的一个梦想被唤醒,路遥决定"要写一本规模很大的书",再次启动文学创作的超越之旅。

1982年至1983年,路遥着手准备长篇小说创作。他潜心阅读了一百多部中外长篇小说和其他领域的专业书籍,其中《红楼梦》是第三次阅读,《创业史》是第七次阅读,除了重点研读现实主义经典文本,也广泛涉猎了西方现代主义文学作品,尤其在对哥伦比亚作家马尔克斯的《百年孤独》与《霍乱时期的爱情》的比较中,获得很多艺术上的启示。路遥在文学大师的映照下,开始设计自己的小说艺术大厦。他认为"从某种意义上,现实主义长篇小说就是结构的艺术,它要求作家的魄力、想象力和洞察力;要求作家既敢恣意汪洋又能绵针密线,以使作品最终借助一砖一瓦而造成磅礴之势"。② 对多卷本宏伟艺术结构的格外倾心,让路遥为自己的长篇小说制定了一个"三部,六卷,一百万字"的结构框架,作品的时间跨度从1975年到1985年,力求全景式反映中国近十年城乡生活的巨大历史性变迁。人物可能要一百个左右。为了彻底弄清这十年间的社会历史发展脉络,路遥逐年逐月逐日查阅了这十年的重要报纸杂志,为创作积累了大量的背景材料。为了加深对农村、城镇变革的感性体验,路遥多次返回陕北故乡。1985年秋天,酝酿三年后的路遥来到铜川的陈家山矿区,启动了长篇

---

① 路遥:《早晨从中午开始》,西北大学出版社1992年版,第31、32页。
② 路遥:《早晨从中午开始》,西北大学出版社1992年版,第58—59页。

小说的创作征程。

路遥最初为他的多卷本长篇起的总题为《走向大世界》，分为《黄土》《黑金》《大城市》三部曲。写作的过程紧张而艰苦，全凭不断地自我激励，正如他在创作随笔中所言："长卷作品的写作，是对人的精神意志和信念素养的最严酷考验。这迫使人必须把能力发挥到极点，你要么超越这个极点，要么你将猝然倒下。只要没有倒下，就该继续出发。"① 1985 年年底第一部初稿完成，定稿后曾把题目调整为《普通人的命运》，但路遥依然不满意，直至与诗人子页商量后，"路遥的这部长篇小说才有了《平凡的世界》这个既具有高度概括力又大气平稳的名字"。② 路遥给予巨大期待的长篇第一部，发表和出版却并不顺利，先是没有如愿在《当代》发表，随之面临着被多方退稿的困境。经过肯定路遥的编辑们多方斡旋，终于在《花城》1986 年第 6 期首发面世，同年 12 月中国文联出版公司出版发行。

《平凡的世界》（第一部）发表和出版后，文学界和评论界并没有如路遥所愿给予太多关注。1986 年 12 月在北京召开的《平凡的世界》（第一部）座谈会上，肯定的评价也有，但是占主导的意见是否定性的，主要原因和出版遇挫一样，"是因为这部书基本用了所谓'传统'的手法表现，和当时大的文学潮流背逆"；另一个重要原因"是因为这是全书的第一部，它不可能充分展开，更谈不到有巨大高潮出现。评论界保留态度是自然的"。这样，路遥便产生了一种紧迫感，急切地想投入后面的工作："我想我能给挑剔的批评界提供一些比第一部更好的东西。"③ 此时路遥的身体已经给他发出了警报，但路遥没有听从医生让他停止工作的建议，继续在既定的思路上笔耕前行。1987 年 3 月，第二部初稿完成后的路遥随中国作家协会出访联邦德国二十多天，第一次走出国门既让他大开眼界，也更激发了他对自己生长的这片土地的关切之情，更坚定了他书写父老乡亲人生悲欢的决心与信心。路遥放下因第一部反响带来的纠结情绪，以巨大的精神力量支撑着日

---

① 路遥：《早晨从中午开始》，西北大学出版社 1992 年版，第 82—83 页。
② 厚夫：《路遥传》，人民文学出版社 2015 年版，第 207 页。
③ 路遥：《早晨从中午开始》，西北大学出版社 1992 年版，第 104、105、106 页。

第四章 路遥:越界的人生与《平凡的世界》

渐衰弱的病体,一鼓作气修改了第二部进而创作第三部,1988年5月25日,路遥为《平凡的世界》全书画上最后一个句号。这期间,中央人民广播电台开始了对《平凡的世界》的"长篇连播",如同当年播放小说《人生》的效果一样,长篇连播在听众中引起极大的反响,据统计直接听众达到三亿人。毫无疑问,广播是路遥和他的小说走向普通读者的一座桥梁,奠定了这部现实主义小说广大而深厚的民众接受基础。

1988年4月,《平凡的世界》(第二部)由中国文联出版公司出版;1989年10月,中国文联出版公司继续出版了《平凡的世界》(第三部)。由中国电视剧制作中心拍摄的14集电视剧《平凡的世界》,于1990年在央视播出,进一步扩大了作品的影响。1991年3月,《平凡的世界》荣获第三届茅盾文学奖,路遥在获奖代表发言中说:"只有不丧失普通劳动者的感觉,我们才能有可能把握社会历史进程的主流,才有可能创造出真正有价值的艺术品。因此,全身心地投入到生活之中,在无数胼手胝足创造伟大历史伟大现实伟大未来的劳动人民身上领悟人生的大境界、艺术的大境界应该是我们毕生的追求。"[①]

茅盾文学奖又一次给路遥带来了"红火热闹的广场生活",但病情日益加重的路遥深感自己的创作还没有完成。完成《平凡的世界》后大约两年的时间里,路遥一面养护身体休整精神状态,一面回顾自己的创作心路历程,为了回答读者对《平凡的世界》的诸多提问,他写了长达六万字的创作随笔《早晨从中午开始》。在这篇随笔中,"路遥不但以传神之笔记录了创作《平凡的世界》的全过程,尤其可贵的是,他用大量的心理剖白表述了他对社会、人生、艺术的深层思考,这些文字给我们提供了完整解读路遥的钥匙"[②]。路遥在重病中仍旧坚持写完这篇创作随笔,再一次表达了路遥对"崇高"写作"劳动"的膜拜。从《平凡的世界》到《早晨从中午开始》,路遥才真正完成了自己英勇而悲壮的奋斗人生。

[①] 路遥:《在茅盾文学奖颁奖仪式上的讲话》,路遥《早晨从中午开始》,西北大学出版社1992年版,第13—14页。
[②] 陈泽顺:《路遥的生平与创作》,《延安大学学报》(社会科学版)2003年第1期。

1992年8月1日，路遥从西安乘火车到延安，或许是冥冥之中的一种招引，在走向生命的最后旅程时，路遥渴望回到故乡的怀抱。他在《早晨从中午开始》中写道："每次走近你，就是走近母亲。你的一切都让人感到亲切和踏实。踏上故乡的土地，就不会感到走投无路。""在这个创造了你生命的地方，会包容你的一切不幸与苦难。就是生命消失，能和故乡的土地融为一体。也是人最后一个夙愿。"① 一个月后的9月5日，病情加重的路遥又转院返回西安，1992年11月17日，43岁的路遥离开了他所挚爱的这个平凡的世界。正如陈忠实在悼词中说的："就生命的历程而言，路遥是短暂的；就生命的质量而言，路遥是辉煌的。能在如此短暂的生命历程中创造如此辉煌如此有声有色的生命的高质量，路遥是无愧于他的整个人生的，无愧于哺育他的土地和人民的。"②

　　路遥是一个典型的"80年代"作家，不仅因为他的创作贯穿了20世纪80年代，而且他的文学生命和辉煌成就也闪耀于20世纪80年代，更重要的是因为路遥的全部创作特别是代表性的《人生》和《平凡的世界》，最典型地表现出20世纪80年代中国社会变革转型的文化症候。路遥的创作始于20世纪70年代，"十七年"与"文革"可以称得上是路遥的习作期，少年时期的阅读体验，塑造了路遥性格中的英雄气质、理想主义与献身精神，也深刻影响了路遥的人生态度。在《平凡的世界》完稿的1988年，文学与政治意识形态逐渐"解绑"，市场经济对文学的冲击导致文学走向"边缘化"。文学界追逐着欧美现代派浪潮寻求新变，文学叙述中"大写的人"逐渐缺席。此种语境下路遥《平凡的世界》面世，产生了对新的"知识范式"的疏离效果。相较于同时代和稍后而来的文学潮流，路遥明显地保留着过去社会主义时代文学的精神余脉。

　　雷蒙·威廉斯曾指出："任何一种文化都包含着来自过去的合理因素，但这些因素在当代文化过程中的位置却完全变化无常。""确切

---

① 路遥：《早晨从中午开始》，西北大学出版社1992年版，第132页。
② 陈忠实：《悼路遥》，《小说评论》1993年第1期。

第四章 路遥:越界的人生与《平凡的世界》

地说,残余乃是有效地形成于过去,但却一直活跃在文化过程中的事物。它们不仅是(也常常全然不是)过去的某种因素,同时也是现在的有效因素。"① 路遥小说所呈现的"来自过去的合理因素"便是社会主义文学中对生活与时代的激情、无私的奉献精神以及人与人之间的真诚关爱,这些也是路遥精神世界最重要的支撑力量。进一步,身处相对偏远的西北地域而非新思潮传播中心,路遥的阅读经验、精神气质乃至作品的思想内涵必然饱含着所谓的"历史残余",这就显得路遥对文学新浪潮的感应略有迟钝,或者还在犹疑着如何消化和吸收新的文化元素。故而,仍被巨大"文学遗产"包围的路遥,虽未能引领文学的时尚风潮,却以自己的创作成果为介质,不期然间在20世纪80年代有效地连接了过去与当下,在新的社会文化语境中激发出新鲜动人的审美质素。路遥不仅因坚守现实主义的创作方法在80年代中后期的文坛孤绝于世,更因其鲜明的个性坚持和精神品质为世人所牢记。

"80年代"的文学,是伴随着改革开放的社会政治策略实际展开的,在纳入和续接"五四""启蒙"为主的现代性话语、受到席卷而来的海外新思潮的强烈冲击、同时回眸更久远深层的民族精神和文化特质的过程中,形成变革时期社会主义文学经验的整合归流。正如学者蔡翔所言:"'80年代'一个显著的问题是它会把所有的问题,包括传统的问题、现代性的问题、社会主义的问题全部转化成社会主义的问题。"② 譬如路遥敏锐地捕捉到的时代中"对个人的再度发现","路遥的《人生》提供了一种改变个人命运的可能性,尽管在小说里,改变是不成功的,是一个悲剧。这可能是20世纪80年代最核心的问题之一。因为恰恰是在20世纪80年代,每个人都感觉到自己的命运有可能被改变"。③ 路遥虽坚守着所谓"过时了"的现实主义,但同时,路遥也不再遵从《创业史》的国家意识形态视角,而是更多从个人生命

---

① [英]雷蒙·威廉斯:《马克思主义与文学》,王尔勃、周莉译,河南大学出版社2008年版,第130、131页。
② 张书群:《"80年代文学":历史对话的可能性——路遥与'80年代'文学的展开"国际学术研讨会纪要》,《文艺争鸣》2011年第16期。
③ 蔡翔、张宇、许嘉文:《重建开放的文学理解——蔡翔访谈录》,《现代中文学刊》2019年第4期。

体验的角度来切入对新一代农民命运的思考。路遥的小说传达了那个时代很多可能的趋向和信息。如今，"路遥"已成为一个文化符号，裹挟着丰富的人生内容构成"80年代"一幅驳杂多义的社会文化图景。

20世纪80年代的中国文学在"打开自我"后致力于"寻找自我"和"重铸自我"。路遥同样经历了深入的自我反思而重新确立了独一无二的"自我意识"。在多元和自由的文化环境中，不能将路遥的选择理解为简单地守旧，而当看作是另一种彰显"自我"的姿态，从"个我"觉醒的意义上看，路遥与20世纪80年代的文学精神走向是一致的。

第二节　从《人生》到《平凡的世界》

一　《人生》的经典性阐释

路遥的中篇小说《人生》发表于1982年，是当年中篇小说大潮中出现的、至今依然为读者喜爱、并为研究者持续关注的为数不多的中篇佳作之一。其原因首先在于，《人生》依然是人们认识和解读那个特定时代社会生活的经典文本。《人生》所表现的，是20世纪70年代末开始的中国社会解冻复苏的变动迹象，及其在人的思想精神上的投影。路遥敏锐地感应和捕捉到时代变化的脉搏，用文学感性的手段，描摹出中国偏远乡村和城镇的世道人心。《人生》带着那个时代的特殊印记，叙述上也不无粗疏之处，但它最大可能地凝聚了丰富的人生内容和社会变动的诸多信息，具有复杂多义的思想内涵。更为可贵的是，路遥在巨大的情感力量推动下写就《人生》，为人们呈现出一个底层年轻人起步奋斗中，理想、激情、惶惑和痛苦交织于一体的精神世界，激起社会心理强烈和持久的共鸣。相较于路遥后来的长篇小说《平凡的世界》，中篇《人生》虽然内容不及前者的宽广和深厚，以及艺术上的趋近成熟，但传统观念和现代意识的剧烈冲突，使得《人生》中情感河流的激越程度、情感构成的矛盾焦灼状态，却又超出前者。思想的矛盾乃至无解，既让《人生》切中文学的情感本质，也造就了《人生》潜在的阐释空间。

其次，集中承载着《人生》丰富内涵的高加林形象，因其塑造的生动性和现实主义典型意义，在当代文学人物画廊中独具光彩。《人生》有了高加林，它在当代文学史的位置就是无可替代的。从文学研究的角度看，高加林形象，既是进入路遥广阔文学世界的入口，也是研究者无法绕过的关键人物。事实上，从《平凡的世界》问世之日起，《人生》就与长篇研究相伴而行，或者作为人物系列中的一员，或者作为同类形象的比照，高加林本身也在形象系统研究中得到延展性认识和创获性把握。

再次，《人生》中的爱情悲剧，给人留下长久的感动和回味。《人生》中最强烈的一道亮光是高加林形象所蕴含的时代情绪和人生况味，这一切又在一个看似老旧的爱情故事框架中得以呈现。《人生》显然不是单写爱情的，但作为文学作品，它确实是先以一曲缠绵悱恻的爱情悲歌打动人心的。而且，路遥关于社会人生诸多问题的思考，路遥精神世界里纠结的诸多矛盾冲突，倘若没有爱情这个适合的承受体，则不会取得如此的思想和美学效果。《人生》中爱情关系辐射整个人生的力量，成就了《人生》，也使《人生》中的爱情成为经典，这是一种双向获取和双向完成。

对《人生》的爱情内涵，在不同阶段也有不同层面的阐释。《人生》发表初期引起的争议，多集中在小说的爱情表现上。特别是在《人生》改编成电影引起更大的反响时，有人曾在传统的道德观念立场上，谴责高加林为现代陈世美，激烈地批评他"喜新厌旧""忘恩负义"的不良行径，并对作家路遥对高加林形象矛盾游移的价值评判表示了不满，认为作家在人物塑造上是"本末倒置"的。[1] 相反方向更具代表性的评论，则侧重于把握高加林爱情选择后面内含的历史进步的思想情绪，因而对高加林个人发展要求的合理性给予极大的肯定。巧珍的爱情悲剧值得同情，但她那种"忘我"或"无我"的感情状

---

[1] 刘万元：《从观众的错觉看〈人生〉的不足》，《新华日报》1984年10月25日；林为进：《高加林和巧珍"本末倒置"》，《中国青年报》1984年11月4日。

态,恰恰是保守落后的文化意识所致。路遥因巧珍的悲剧而"动摇","削弱作品的社会主题而向单一道德主题发展",在充分表现现代文明与愚昧落后的冲突之后,最终以高加林的泪水和忏悔,固执地深情地回归传统文化,实质上是一种思想的"倒退"。[①]

也有论者聚焦于爱情生活本身来讨论《人生》,看到《人生》中存在"传统母性"和"当代女性"两类不同的爱情模式。[②] 这种共存状态在路遥《人生》之前的作品中已经出现,并在长篇小说《平凡的世界》中持续呈现着。面对传统和现代两种爱情模式,论者的价值评判也倾向于后者,因为以黄亚萍所追求的男女平等、人格独立的爱情取代以刘巧珍为代表的泯灭自我的"奉献式""依附式"爱情,显然是历史的进步。虽然路遥对巧珍身上金子般的传统美质不无疼惜和留恋,但他和他笔下的高加林在矛盾痛苦的端口,都必然性地选择了割舍。这种爱情模式的解读,与对《人生》的时代社会内涵的揭示是完全一致的。

将进一步的思考回转到刘巧珍身上。刘巧珍心中的爱情因其尚未受到现代文明的侵扰,因而更显其"本来"面目,爱的动力也更多表现在精神层面。刘巧珍的爱情是超越现实的爱情观念的,她的爱情更为纯粹,没有任何的附加,爱情就是巧珍的"生活原则"。即使爱得没有结果,依然注重和珍惜爱情本身:"不论怎样,她在感情上根本不能割舍对高加林的爱。她永远也不会恨他,她爱他,哪怕这爱是多么的苦!"从刘巧珍方面看,她全身心地爱了,她的爱情是悲剧的,也是完成的。所以,一方面应该肯定高加林与黄亚萍爱情的现代意义,在这一爱情上,寄托着作家关于爱情的新的思考和时代追求(并非当初有人简单理解的那种当代陈世美式的庸俗爱情);而另一方面,也要看到刘巧珍爱情的纯粹性和超越世俗的无限性,为爱而爱,无怨无悔,这才是人类爱情的终极理想。这样,就完成了对《人生》的爱情内涵第三个层面的解读。实际上,也只有经过第二个层面,超越第二

[①] 王富仁:《"立体交叉桥上的立体交叉桥"——影片〈人生〉漫笔,《文艺报》1984年第11期。

[②] 宗元:《路遥小说情爱模式解构》,《济宁师专学报》1994年第2期。

个层面，才能抵达爱情的终极理想。

爱情内容在路遥几乎所有的小说创作中都占有非常显著的位置，路遥在他有限的创作生命中，一直没有停止对爱情本真意义的探求和超世俗的爱情理想的表达，虽然这些努力依然更多地在爱情的外围来进行，比如道德化的肯定与批判，比如现代性的努力和困扰。但最重要的是，路遥始终把人性的真善美作为文学的出发点和归结地，这既强固了路遥式的道德坚守，同时也形成了一个开放的反观现代性的视野，正是后一点提供了重读《人生》爱情故事的空间，使人们能够在后现代语境中对《人生》文本进行再一次反思和超越式解读。或许这就是所谓经典文本的召唤性结构，也是逝去的路遥在文学精神上卓然挺立的重要原因。

一直以来，人们对《人生》的史性传达及其认识价值是普遍赞赏的，争议集中在路遥对传统道德文化的坚守方面，这一主题曾是讨论创作得失和作家矛盾纠结状态的一个重要入口。文学以情感打动人心，而直逼情感价值的首要因素就是伦理道德。无论如何评判路遥《人生》的道德立场和态度，可以肯定地说，离开了道德力量，《人生》就不会带给读者那样强烈的感染和震撼，这是文学感性的、"尽善尽美"的艺术法则所决定的。它与《人生》历史的、理性的内涵相对应，构成作品巨大的思想艺术张力。而当《人生》所展示的变革时代逐渐成为过去，造成主人公人生悲剧的社会问题逐渐得以缓解，以道德人心所衡量的文学情感，有可能跃至历史评判之上，成为人们再读经典的首要理由。

二 "城乡交叉地带"的"越界者"

1982年至1983年，路遥在《人生》产生的强烈而持久的轰动效应中渐渐冷静下来，经历了激烈而痛苦的内心思考，再次启程，进入《平凡的世界》前期创作准备。路遥下了背水一战的决心，要写出人生中规模最大的书，以证明自己能够超越《人生》的艺术高度。超越的难度是多方面的，而特别具有问题性的，是路遥并没有打算离开他的写作"根据地",在"写什么"和"怎样写"的问题上,继续秉持传统现实主义文学观,也延续了《人生》的创作思路,在更长的时间维度和更广阔的视野中,对所处时代的社会问题进行理性思考和真诚表达,对生长于斯的土地和父老乡亲赋予深情厚爱,尤其一如既往地关注特定时代农村青年人的挣扎与困惑,全景式地表现大转型时期的中国社会面貌,以及人们精神心理的复杂变迁。

  在长篇创作中,路遥依然聚焦"城乡交叉地带"。路遥最早提出"城乡交叉地带"是于1981年10月在西安召开的"关于农村题材小说的创作座谈会"上,后来成为人们讨论路遥以及同类创作的一个概念。从概念上说,"交叉地带"更多指向一种空间的生成,也有研究者认为"交叉地带"从时间上特指作为中国历史转折点的1980年前后[①]。如果从时空概念转而强调行为过程,则可以用"越界"来描述"交叉地带"所隐含的动作性。换言之,"越界"行为,是人物处于"交叉地带"的必然后果,也构成了路遥小说的主要行为冲突。

  "越界"的行为源于"界限"的存在,潜在地与"限制"同义,客观地讲与人的物质和精神的自由追求相悖,因而天然具有不合理性,这就使得小说中"越界"的行为和"越界者"的形象,彰显出人的主观能动力量乃至叛逆性,因而带有英雄主义和理想主义色彩。由此进入路遥的创作阐释,从《人生》到《平凡的世界》,都是颇具典型意义的。

  首先看作为"越界者"的作家路遥。他曾有如下创作自述:

> 我是一个血统的农民的儿子,一直是在农村长大的,又从那里出来,先到小城市,然后又到大城市参加了工作。农村可以说是基本熟悉的,城市我正在努力熟悉着。相比而言,我最熟悉的却是农村和城市的"交叉地带",因为我曾长时间生活在这个天地里,现在也经常"往返"于其间。我曾经说过,我较熟悉身上

[①] [日]安本实著:《"交叉地带"的描写——评路遥的初期短篇小说》,陈凤译,《当代文坛》2008年第2期。

既带着"农村味"又带着"城市味"的人,以及在有些方面和这样的人有联系的城里人和乡里人。这是我本身的生活经历和现实状况所决定的。①

解读路遥,绕不过他的人生经历,他的小说带着鲜明的自传色彩。从高加林到孙少平,这些人物在生活、精神层面或多或少都有路遥自己的影子。路遥也曾反复强调,写作中必不可少的是真实的体验与感情的积累。有研究者也在这个层面上比较过柳青和路遥,认为路遥是真正意义上的"农民叙述者",而不同于柳青"外来者""观察者"乃至"他者"的叙述姿态②。高加林与孙少平的生存困惑与精神痛苦,都是路遥作为现实中一个"越界"的实践者亲身体验过的。路遥的"越界"在现实意义上指向了他从农民到城里人的身份转化,路遥对土地的感情无疑是浓烈而深沉的,他一生都没有改变作为一个农民的身份认同。当评论界说高加林的"回归土地",是路遥让"一个叛逆者重新皈依了旧生活",说路遥有"恋土情结",责难他"没有彻底割断旧观念的脐带"时,路遥曾反问:高加林们为什么不应该有一点所谓的"恋土情结"?"即便这个土地给了他痛苦,但他终究是这土地养育大的,更何况这里有爱他的人,也有他爱的人。"路遥说的既是高加林,也是他自己,"任何一个出身于土地的人,都不可能和土地断然决裂"。③

与乡村相比,路遥小说对城市的直接描写要少得多,无论情感还是文化价值倾向,路遥的天平明显倾向乡村这一端。这与路遥现实中的农民出身、因"越界"而受到的创伤体验莫不相关,同时也无法脱离中国革命话语的大语境。诚如研究者所言:"路遥出身极为贫苦,所以革命话语中对消费和享受的去合法化和对艰苦、清贫、牺牲等

---

① 路遥:《关于〈人生〉与阎纲的通信》,《路遥文集》第2卷,陕西人民出版社1993年版,第401页。
② 吴进:《城市·农村·中国革命:路遥小说解读》,《陕西师范大学学报》(哲学社会科学版)2011年第3期。
③ 路遥:《早晨从中午开始》,西北大学出版社1992年版,第107、109页。

'痛苦状态'的道德肯定使他有可能发现一条自我肯定或升华的道路。换句话说,他需要这种意识形态来改变自己在现实中的弱者地位。"① 个人经历带来的乡村本位的道德立场、与以往城乡书写的价值惯性都在起作用。路遥和当代许多"农裔城籍"作家一样,对现代都市有相当的"隔膜"感,他们将城市和乡村当作两个对立的概念,前者是作为后者的"镜像"而出现的,代表着与乡村不同的"另类的生活方式"。② 但路遥小说中的城乡关系又非简单的二元对立,而是徘徊摇摆于二者之间。路遥眼中的城市是呈现出巨大魅力的,大桥是"宏伟的",落日景象"异常辉煌",尽管他在情感上深深依恋着故土,但城市那"灰蓬蓬的魅力"也令他无法拒绝。血脉上的"农村人"与现实中的"城市人",双重身份使作家不可能做出单一价值判断和情感取舍,城与乡是路遥精神世界的一体两面,不能孤立对待或相互取代。

处于"城乡交叉地带"的路遥就是站在城乡边界上的人,他的位置决定了他的"越界者"身份。城乡界限是历史化问题,在制度层面,城与乡的界限是清晰的,那是一纸"城市户口",然而在生存与价值认同层面,差别与隔阂无处不在,带来的精神伤痛尤为鲜明。所以,无论路遥自己还是他笔下的人物,由农村向城市奋斗的单向越界,关乎人生的理想追求,乡村是退守在心灵深处的情感依恋,也是失败者疗伤的最后归宿。路遥对"越界"有着刻骨铭心的体验,也因此,路遥才能适时抓住社会心理的焦虑点,他的《人生》和《平凡的世界》才会引发广大民众的强烈共鸣。

其次,看路遥笔下的越界者。以"越界"而论,路遥小说中的人物大致可分为两类:越界者与守界者。前者是路遥小说中的主要人物,在精神追求与价值取向上有极大的相似性;后者在小说中也有丰富的表现,和越界者构成形象对应。

路遥笔下典型的"越界者"莫过于高加林与孙少平。从外在形象

---

① 吴进:《城市·农村·中国革命:路遥小说解读》,《陕西师范大学学报》(哲学社会科学版)2011年第3期。

② 吴进:《城市·农村·中国革命:路遥小说解读》,《陕西师范大学学报》(哲学社会科学版)2011年第3期。

第四章 路遥:越界的人生与《平凡的世界》

到内在性格,路遥对两位主人公都倾注了相当的偏爱,集中了陕北男子英俊健康、顽强深沉的美好基因。性格特质上,高加林与孙少平都是典型的文学青年,怀抱着理想和激情,而又敏感和自尊。他们始终葆有超越现实生存的高远精神追求,视书籍为精神食粮,如果违背了内心的呼唤,即使解决了温饱也依然摆脱不了煎熬。离不开的乡村和向往中的城市,构成了精神世界里的主要矛盾,也是他们孜孜不倦向外闯荡的动力所在,孙少平为此不惧苦难甚至热爱苦难,他有自己"关于苦难的学说",醉心于苦难给人带来的崇高感。《平凡的世界》中还有另一个越界者金波。金波可以说是孙少平的一个影子,他也不愿守在双水村,他说在村里活一辈子"还不如痛痛快快甩打几下就死了"!金波最出格的是他在入伍期间违反军纪,爱上了一个藏族女子。他陶醉于民歌传情的浪漫,喜欢在傍晚看马群归牧,小说的结局,金波踏上重回青海的寻爱之路。金波的性格与孙少平有相互映衬的作用。《人生》中的德顺老汉,某种程度上也可以看作是高加林形象的映衬,年轻时与灵转姑娘的恋爱不成,便成为德顺一辈子打光棍的理由:娶个不称心的老婆,就像喝凉水一样,寡淡无味。德顺老汉从年轻时候的"越界"到回归土地,也是高加林命运的预演。也如路遥所言,人无论何时都是无法断然离开土地的,作家赋予他笔下的"越界者"难以割舍的土地情结,在孙少平眼里,双水村永远是他的家:"正如一棵树,枝叶可以任意向天空伸展,可根总是扎在老地方。"这就造成了"越界者"永恒的痛苦。《平凡的世界》中路遥曾以叙述人的身份直接议论人物孙少平:"他们往往带着一种悲壮的激情,在一条最为艰难的道路上进行人生的搏斗。""他们"就是"越界者"高加林和孙少平,也是路遥自己。

孙氏兄弟中的少安,则是路遥笔下一个典型的"守界者"。他与孙少平一样,对苦难有着最大限度的隐忍与承受,却没有像少平一样将苦难当作通往崇高精神的必由之路,而是守在双水村,竭尽全力去维持全家人的生计。孙少安的性格主导在于他的务实和奉献。作为长子,他天然地认为自己应该承担起家庭的责任,在价值观念上从未脱离传统的乡村伦理秩序。为此,少安掐灭了与润叶的爱情火花,娶了一位同样本分的农村姑娘成家。少安认定自己是农村人,不能有非分之想。少安的"守土",不同于少平对土地的回望式"依恋",他们分属"传统型"和"反叛型"青年农民形象,他们不同的人生选择,内含着路遥对新一代农民命运和发展道路的深沉思考。

从《人生》到《平凡的世界》,"越界者"的人生奋斗既体现在人物与土地的关系,同时也伴随着爱情的艰难选择,富有悲剧意味的是,路遥笔下的越界之爱,无一例外都以失败告终。黄亚萍"真诚地爱高加林,但也真诚地不情愿高加林是个农民"。田润叶一直试图突破界限想和孙少安走在一起,却无法从根本上改变二人悬殊的社会身份。田晓霞是小说中的一道亮光,她和孙少平的超越式爱情令读者激动不已,却终因晓霞的意外牺牲戛然而止。孙少平很清楚他和田晓霞是两个世界的人,内心深藏着飘忽不定的悲观情绪,他们的爱情即使不以晓霞牺牲这样的悲剧方式结束,也会有其他的悲剧——这是路遥早就预料到的。浪漫的越界之爱终是理想形态的浪漫。而发生在路遥小说中的界内现实之爱,即被路遥称为"共同的劳动和共同的苦难建立起来伟大的爱",作家则让他的主人公们都获得了安宁和幸福,由此看到路遥爱情观中不乏传统和保守的一面。路遥在作品中怜惜巧珍时说:"悲剧不是命运造成的,而是她和亲爱的加林哥差别太大了。"如果路遥不得不承认,"爱情,应该真正建立在现实生活坚实的基础上",那么会发现路遥面对奋勇"越界"的新一代农村青年,在人生态度和理想追求上,存在着巨大的思想矛盾和心灵裂隙。这样的矛盾和裂隙无疑是尴尬的,也是无奈的,这是80年代的路遥留下的一个时代难题,当然也是所有理想主义者身后隐藏的一个悖论黑洞。

从《人生》到《平凡的世界》,路遥一方面真实地再现了中国的城乡二元对立,另一方面也在自觉和不自觉中消弭着这种"对立"。长篇小说中,路遥试图通过孙氏兄弟的不同选择与奋斗,艺术地实践他的人生指导策略。原本在高加林眼里极其落后与愚昧的乡村生活,在孙少安这里凸显了改革开放劳动致富的新面向;孙少平个人解放与自由发展的诉求,也不再仅仅以变成"城里人"为终极理想,而是对越过苦难的崇高感有了自我精神性的体认,最初在城乡之间的彷徨感与艰难抉择，渐渐让渡于精神世界的完善与提升。这就使得《人生》中传统观念和现代意识的剧烈冲突，城乡对立带给人物心理的矛盾焦灼状态，在《平凡的世界》中明显缓解了。这是不是意味着《平凡的世界》中，潜伏着路遥与宏大社会意识形态和解的趋势？长篇并没有明显强化《人生》内含的思想启蒙色彩和现实批判精神，反而在一定程度上削减了小说应有的探问现实的深度。这也被当作路遥长篇创作的思想局限。路遥鼓励他笔下的奋斗者们去跨越"界限"，而非打破不合理"界限"，默许"界限"的存在，说明路遥也是一个不彻底的"越界者"。今天回望改革开放的初始阶段，大批作家是带着迷茫和困惑向前探路的。路遥也不例外。此时他尚未找到弥合历史与当下、完整集体与个人，以及被时代语境所认同的"个人奋斗"的最优方式，小说文本内部的矛盾裂隙以及随之产生的阐释分歧也就不可避免，或者说正体现了那个时代文学具有的"丰富的痛苦"。对此，今天的研究者当会有客观的学理姿态和对历史的理解之同情。

《平凡的世界》的阅读效应持续至今，广大读者群将其奉为教科书级的"人生之书"，在这种"励志型"[①]的读法依然主导阅读市场的当下，路遥"越界者"书写背后更复杂和深层次的价值内涵，是文学研究仍需注目和探讨的地方。

第三节　现实主义的坚守与突围

一　创作方法动因梳考

路遥萌生写《平凡的世界》这部"大书"的"大胆的想法"，是在1983年春夏之间，正式开始长篇的写作则到了1985年秋天。文学史叙述中的1985年，正是中国当代文学的又一个转折年头。转折的到来，既有现实主义文学主潮经由回归、深化和走向开放的趋势推动，

[①] 黄平：《从"劳动者"到"劳动力"——"励志型"读法、改革文学与〈平凡的世界〉》，程光炜、杨庆祥编《重读路遥》，北京大学出版社2013年版，第79页。

更直接的催化力量，则是来自1985年前后以西方现代主义为思想核心的新潮文学的冲击。所谓"85新潮"，在批评家的笔下被形容为"雪崩式的巨变"①，其主要原因在于代表新潮流的现代主义文学向传统现实主义发起了前所未有的挑战，确切地说是"多样化文学的渴求向着单一化的模式的挑战"。② 由此造成中国当代文学史上空前繁盛和复杂的创新态势，标志着一个文学自觉时代的真正到来。面对文学新潮的冲击，每一个有思想的作家都必然要对中国文学传统和现代主义创作经验及其复杂关系，进行新的深入思考。对于陕西第二代作家群体来说，这也是他们思想最为活跃、最富创新意识的年头。

路遥在他的长篇随笔《早晨从中午开始》中曾经回忆，庞大的艺术创造工程一旦拉开序幕，最先遇到的问题就是，"用什么方式构造这座建筑物？""这个问题之所以最先提出，是因为中国的文学形势此时已经发生了巨大的变化。各种文学新思潮席卷全国。"③ 在创作方法上如何选择？从《人生》到《平凡的世界》，守旧还是趋新？是"顺风而跑"还是"逆风而行"？这是此时放在路遥面前的，既迫切又决定胜负的一项严峻选择。在路遥为创作长篇小说《平凡的世界》所做的阅读准备中，除了中外文学史上那些伟大的现实主义小说，现实主义以外的现代派文学同样在路遥的关注之列。他说："实际上，我并不排斥现代派作品。我十分留心阅读和思考现实主义以外的各种流派。其间许多大师的作品我十分崇敬。我的精神常如火如荼地沉浸于从陀思妥耶夫斯基和卡夫卡开始直至欧美及伟大的拉丁美洲当代文学之中，他们都极其深刻地影响了我。"④ "当我反复阅读哥伦比亚当代伟大作家加西亚·马尔克斯用魔幻现实主义手法创作的著名的《百年孤独》的时候，紧接着便又读到了他用纯粹古典传统现实主义手法写成的新作《霍乱时期的爱情》，这就是对我们最好的启示。"⑤ 路遥所言的

---

① 李陀：《往日风景》，《今日先锋》第4辑，生活·读书·新知三联书店1996年版，第126页。
② 谢冕：《通往成熟的路》，《文艺报》1983年第5期。
③ 路遥：《早晨从中午开始》，西北大学出版社1992年版，第40、41页。
④ 路遥：《早晨从中午开始》，西北大学出版社1992年版，第42页。
⑤ 路遥：《早晨从中午开始》，西北大学出版社1992年版，第47页。

第四章　路遥：越界的人生与《平凡的世界》

"深刻影响"和"最好的启示"，是指他在经过认真比较之后选择了传统现实主义的创作方法。相比当时作家普遍追捧的《百年孤独》，路遥却更钟情《霍乱时期的爱情》，而且，马尔克斯是在1967年《百年孤独》面世18年后，于1985年推出《霍乱时期的爱情》的。这就更加坚定了路遥的决心和信心，文学史并不是观念和方法简单趋新的历史，自己如若一时头脑发热去追赶时髦，则极有可能写出一部速新速朽的作品，而这绝不是路遥理想中想要的"大书"。所以路遥表明："我当时并非不可以用不同于《人生》式的现实主义手法结构这部作品，而是我对这些问题和许多人有完全不同的看法。"[1]

路遥的现实主义文学观根植于传统的"文艺载道"价值系统，以及知识分子"治国平天下"的本然使命，他始终保持着对社会现实的责任感，重视文学的社会价值功能，坚守文学服务于活的现实人生的原则，相当注重作家作为人生"领路人"的角色。此外，绘制出路遥文学世界现实主义底色的，还有"十七年"社会主义文学的精神余脉，即所谓"社会主义现实主义写作伦理"[2]。路遥对先师柳青有着自觉自愿的膜拜，通过"精神导师"柳青的影响，文学前辈构筑宏伟壮阔的史诗性长卷的创作经验，成为路遥全景式社会书写最直接的借鉴资源。

但路遥又身处完全不同于柳青的文学时代，当现代主义潮流前所未有地冲击着传统文学的旧岸时，路遥不可能无动于衷。他后来回忆创作《平凡的世界》的过程时说："理智却清醒地提出警告：不能轻易地被一种文学风潮席卷而去。"针对当时风行的"现实主义过时论"，路遥进行了如下思考。一方面，他认为："在现有的历史范畴和以后相当长的时代里，现实主义仍然会有蓬勃的生命力。"相比于"19世纪俄国和法国现实主义文学那样伟大的程度"，"现实主义文学在反映我国当代社会生活乃至我们不间断的五千年文明史方面，都还没有令人十分信服的表现。虽然现实主义一直号称是我们当代文学的

---

[1] 路遥：《早晨从中午开始》，西北大学出版社1992年版，第42页。
[2] 杨庆祥：《路遥的自我意识和写作姿态——兼及1985年前后"文学场"的历史分析》，《南方文坛》2007年第6期。

主流，但和新近兴起的现代主义一样处于发展阶段，根本没有成熟到可以不再需要的地步"。① 另一方面，任何一种旧文学样式的存留和任何一种新思潮的产生，都不可能脱离特定的历史文化环境，这也包括读者的审美需求。路遥断言："出色的现实主义作品甚至可以满足各个层面的读者，而新潮作品至少在目前的中国还做不到这一点。""一般情况下，读者仍然接受和欢迎的东西，就说明它有理由继续存在。"② 通过反观20世纪50年代到新时期复兴中的现实主义文学成就，同时考虑了中国最广大的读者群的阅读接受现状，他得出的结论是："从根本上说，任何手法都可能写出高水平的作品，也可能写出低下的作品。问题不在于用什么方法创作，而在于作家如何克服思想和艺术的平庸。"③ 于是，路遥"决定要用现实主义手法来结构这部规模庞大的作品。当然，我要在前面大师们的伟大实践和我自己已有的那点微不足道的经验的基础上，力图有现代意义的表现——现实主义照样有广阔的革新前景"。④ 可见，路遥选择现实主义手法并非盲目守旧，而是基于他对现实主义理性认识和未来前景的把握。

《平凡的世界》带有非常浓重的时代印记，其成功和局限正相互依存于作品的一体两面，路遥清醒地意识到，轻率丢掉自己的人生本源和文学根系而盲目"赶时髦"，极可能带来更大的艺术损失。"这样一部以青春和生命作抵押的作品是不能用'实验'的态度投入的，它必须在自己认为是较可靠的、能够把握的条件下进行。老实说，我不敢奢望这部作品的成功，但我也失败不起。"⑤ 这也是路遥在考虑创作方法时一个重要的心理动因。

在多种文化和文学思潮碰撞交会的当口儿，路遥依然沉醉于黄土地的深情呼唤，选择坚守自己的位置，他清楚自己已然是潮流的"反叛者"。当新潮文学向现实主义发起挑战的时候，路遥的创作则以反

---

① 路遥：《早晨从中午开始》，西北大学出版社1992年版，第45页。
② 路遥：《早晨从中午开始》，西北大学出版社1992年版，第47页。
③ 路遥：《早晨从中午开始》，西北大学出版社1992年版，第47页。
④ 路遥：《早晨从中午开始》，西北大学出版社1992年版，第48页。
⑤ 路遥：《早晨从中午开始》，西北大学出版社1992年版，第48页。

弹的力量制衡文学思潮，他代表着从未停息过的传统现实主义文学流脉。在文化实践意义上，如果说他在80年代初期写作《人生》时，尚坚持现实主义的手法还有一定的文坛惯性作为依据可以理解，那么在各种现代主义手法潮涌更迭早已成为"新主流"的80年代中后期，他仍固守现实主义来写作《平凡的世界》，就不能不看作是另一种象征意义上的"越界"。

二　作为叙述主体的路遥

综合考察陕西第二代作家中的成功经验，概之为既扎根于陕西历史文化的土壤，得益于柳青为代表的现实主义文学传统的滋养，而又能及时和清醒地审视自我与传统母体的生命关系，在对现实主义传统的坚守、反思和超越的过程中，探索各自不同的艺术路径，营造出自成一格的文学世界。其中，路遥常被当作执着坚守现实主义文学而获得成功的典型案例。需要特别强调的是，路遥之所以坚信"现实主义仍然会有蓬勃的生命力"，是因为他没有把现实主义当作一种封闭、僵化的创作模式，而是一个丰富的开放的、具有广阔革新前景的艺术体系。讨论这个问题，依然有必要回返80年代文学现场，关注人道主义文学潮流在路遥这一代作家成长中的精神重塑作用。

"新时期"文学发端之时，所背靠的文化资源当中，最直接的是"十七年"的社会主义文学传统，而最早引发新的思想冲击的，就是普遍被指认的"五四之父"的再度归来。正如李泽厚所言："一切都令人想起五四时代。人的启蒙，人的觉醒，人道主义，人性复归……都围绕着感性血肉的个体从作为理性异化的神的践踏蹂躏下要求解放出来的主题旋转。'人啊，人'的呐喊遍及了各个领域各个方面。"[①]从哲学上"人"的命题的回归，文学观念上对"文学是人学"的再次肯定，到鲁枢元提出文学的"向内转"和刘再复关于"文学主体性"的讨论，新时期文学在精神气脉上也接通了胡风所倡导的"主观战斗

---

① 李泽厚：《中国思想史论》（下），安徽文艺出版社1999年版，第1080页。

精神",人道主义文学潮流煊赫一时。路遥无疑是受到此思潮影响的,虽然在现实主义面临现代主义的冲击时,路遥所代表的是传统现实主义的立场,但"人的觉醒"时代精神激活了他作为创作主体的内在能动性,促使他主动突破和更新旧的艺术机制。作为"文革"后期开始创作的一代作家,在"新时期"中国文学的转型时期,"五四""人的文学"的回归和过去不久的社会主义文学经验,交织体现在路遥的创作中。在一定程度上,路遥固然沿袭了"1950—1970年代""社会主义现实主义"的文学传统,但更要注意到,使路遥归属于80年代的新的思想艺术标记,显然与他启用人道主义话语资源密切相关。在研究者经常谈到的路遥笔下着力塑造的农村新人身上,既可以看到紧扣时代脉搏塑造"新人"的历史惯性,又分明凸显着作家对"人性""权利""尊严"的自觉思考。从《人生》开始,路遥与之前的创作有了令人惊异的分野,这并非源于艺术形式的革新,而凭借的恰恰是创作主体的自我觉醒。作家突破的是思想观念的成规,从而完成对旧的现实主义的第一次突围。陈忠实坦言当年读到《人生》时,就是被高加林这个全新的人物形象所震撼,因而真诚地认为"《人生》是路遥创作道路上的里程碑,也是中国当代小说史上的里程碑"。[①]

在路遥的文学观念里,创作首先是基于反映现实人生的迫切要求,他将《平凡的世界》的内容设计为"1975年到1985年这10年间中国城乡广泛的社会生活","要用历史和艺术的眼光观察在这种社会大背景下人们的生存与生活状态",他要求自己能体现巴尔扎克所说的"书记官"的职能。但是,路遥同时强调:"作家对生活的态度绝对不可能'中立',他必须做出哲学判断(即使不准确),并要充满激情地、真诚地向读者表明自己的人生观和个性。"[②] 一方面,路遥对脚下的土地和中国农民命运怀有难以言喻的焦灼和关切之情,确乎"痛痒相关"甚至血肉相连;另一方面,在当代作家中,路遥以精神世界的强大和个性气质的独立坚执而著称,他对作家的自我意识和人格建构

[①] 邢小利:《陈忠实传》,陕西人民出版社2015年版,第159页。
[②] 路遥:《早晨从中午开始》,西北大学出版社1992年版,第52—53页。

有着充分的自觉和积极的追求，提笔就直面"真枪实剑的、带着血痕或泪痕的人生"①，就做好了与现实人生进行"肉搏"和自我牺牲的准备。路遥的苦难人生和文学人生是融为一体的，他的创作历程也是他生命实践的过程，"受难精神"使路遥的文学人生具有了震撼人心的悲剧意味，也使得路遥的创作带上了永恒的生命力量。文学创作是一个层面，生命实践是更高一个层面，路遥真正做到了拥抱现实人生，为传统现实主义文学注入蓬勃跃动的生命力。

路遥所理解和尊崇的现实主义，是反拨了之前"所谓的现实主义，大都是虚假的现实主义"，他站在回归现实主义"写真实"的新起点上，而且他的"写真实"，既包含"按照生活的本来面貌反映生活"，同时也纳入了作家主体心灵化的真实，而并非纯客观、纯写实。路遥曾有如下表述：

> 所谓写最熟悉的生活，最熟悉的人物，也就是写自己最熟悉的体验。这种体验不是说你写小偷，就要去偷人，它是一种非常长远的积累，它也不是仅仅对生活外在形式的体验，而是情绪、感情的体验，一种最细微的心理的体验，而这些东西是你作品里最重要的、也是最感人的地方。我自己写的几个作品，都是我自己精神上长期体验的结果，作品中的故事甚至在我动笔之前都还不完整，它是可以虚构的。但是你的感情、体验绝不可能虚构。它必须是你亲身体验、感觉过的，写起来才能真切，才能使你虚构的故事变成真实的故事。如果没有心理、感情上的真切体验，如果你和你所描写的对象很"隔"，那么真实的故事也写成了假的。②

在这个意义上看，路遥不可能认同先锋派弱化现实介入的零度写作倾向，与其叙述行文极力隐藏叙述人不同，路遥作品中的叙述人始终处于非常显著的地位，在作品的人物塑造、情节走向、情感抒发、

---

① 胡风：《论现实主义的路》，《胡风全集》第3卷，湖北人民出版社1999年版，第506页。
② 路遥：《东拉西扯谈创作（一）》，载中国作家协会陕西分会编《文学简讯》1983年第2期。

主题凸显等方面都发挥着至关重要的作用。正如普林斯所言:"叙事的真正主题,是特定事件的表现而不是事件本身;真正的主人公是叙述者,而不是他的任何一个人物。"① 作为叙述主体,路遥不断摇摆分裂的城乡双重身份,以及他在城乡文明冲突中的纠结矛盾心情,与他笔下人物复杂隐秘的内心世界有着密切的关系。读者通过高加林和孙少平感受到的身份焦虑,很大程度上是叙述者路遥的自我投影。高加林向往城市而又仇恨城市,他无法割舍对乡村和土地的依恋,他也无法忍受乡村的贫穷落后和陈规陋俗,万分不愿被土地和乡情捆绑。孙少平挣脱乡土的精神走向更为决绝,一个"农民的儿子"想要"进军城市"的强烈意志,既带给人物勇往直前的生活希望,也带给他们无边的精神痛苦。路遥心中复杂的城乡情绪笼罩在"加林"和"少平"们身上,造成人物的性格矛盾以及文本中潜在的思想裂隙。

路遥最挣扎的地方在于:叙述者以"农民"的身份叙述着农村的苦难,满腔热情地表达了对农民的尊重和热爱;而另一重"城市人"乃至"作家"的身份立场,又让叙述者无法与农民真正站在平等的地位上。就像作家笔下的人物一样:"他虽然从来没有鄙视过任何一个农民,但他自己从来没有过当农民的精神准备!"② 叙述者带给小说的叙述怪圈是:农民"进军城市"改变命运的美好愿望遭到残酷拒绝后,因屈辱和悲愤而产生的对城市的敌意与报复心,会本能地遮蔽掉他们的"良善本质";叙述者质疑和批判城市与农村发展机会和权利的不平等,却同时看到"农民"身份带来的文化烙印难以改变,于是发出同情而又绝望的叹息:"唉,他一个普普通通的庄稼人,能有多少本事呢?"③ 作家无意"矮化"城市面前的农民形象,但作家也深知人的精神改造和城乡差别的消除,还有漫漫长路要走。在路遥小说再现的变革时代中国城乡社会的全部图景中,最深刻和最撞击人心的,恰恰是叙述者笔下这一始终无法调和的矛盾体,一个潜伏在文本深处

---

① [美]杰拉德·普林斯:《叙事学——叙事的形式与功能》,徐强译,中国人民大学出版社2013年版,第14页。
② 路遥:《人生》,人民文学出版社2017年版,第7页。
③ 路遥:《平凡的世界》(第一部),人民文学出版社2017年版,第74页。

的巨大的不安,一个作者和人物同频共振的心灵痛点。

路遥的成功基于两点,一是他正像前辈柳青一样,从一个作家的主体内在要求出发选择和坚持自己的生活和创作方式,而主客体的碰撞和融合正是艺术创造可遇而不可求的理想状态;二是路遥并没有僵化地对待传统现实主义,他以自己的主观精神突入客观世界,与中国农民和他们的苦难命运同呼吸共悲欢,尤其深切地关注社会变革中乡村青年的人生追求和精神苦痛。今天看来,《平凡的世界》能持续吸引读者,其经久不衰的艺术魅力,已经远远不是现实主义小说"表现历史与社会人生的广度与深度"方面的成就所能解释。人们热爱《平凡的世界》,主要不是因为它"写了什么"和"怎样写",而因为是"路遥写"。路遥更多取胜于他的情感诚意和道德力量,他用艺术家的主观精神征服了小说,也征服了读者。

三 路遥式叙述:激情与温情的交响

20世纪80年代是一个反拨传统追求艺术创新的文学时代,除了文学观念上的除旧立新,作家们也开始了叙述方式上的多样探索,尤其在80年代中期现代主义风行之时,各种流派大展拳脚,新鲜技巧层出不穷。路遥虽以传统现实主义为结构小说的基本方法,但在小说叙事上也进行了新的个性化的探索,呈现出不可复制的路遥式叙事特色。

《平凡的世界》第一部出版后,被评论家誉为"描写了中国农民的生活和命运,是一幅当代农村生活全景式图画",具有"史诗性的品格"的"严格的现实主义作品"[①]。路遥续接的是中国当代文学中的"宏大叙事"传统,他的小说主要呈现出外向的社会总体性写作特征。在小说选材上,路遥偏重将历史进程尤其是变革节点上的重要事件纳入自己的小说,对社会百态予以广泛观照与细致描绘,路遥身份中明显带着政治家看取社会生活的眼光,《人生》中写高加林跳出"农门"

---

① 曾镇南:《现实主义的新创获——论〈平凡的世界〉(第一部)》,《小说评论》1987年第3期。

的各种境遇和内心焦虑，将社会心理的普遍痛点暴露在世人面前。《平凡的世界》全方位地记录了中国社会十年间的历史变革，也是在与国家政策、主流意识形态的积极靠拢中，不断追加作家对社会政治问题的体认。这种总体性视角的形成同时也来自作家内在情志的推动。从路遥的独特人生经历和创作缘起中可以看出，写作对路遥而言是将生命艺术化的过程，也是将理想与抱负付诸实践的行动。路遥始终对社会政治生活抱以巨大热忱，坚持自己的社会理想，对社会变革及其中各种矛盾有着超乎常人的敏锐度，从路遥的创作中可以感应到"社会问题小说""干预生活"的现实主义文学余脉。从早期的中短篇创作到《人生》和《平凡的世界》获得巨大反响，路遥从不回避社会改革过程中的现实问题，一直保持着积极介入现实人生的创作姿态，以表达中国最广大的民众思想情绪为己任，意图在文本世界中完成其"实践社会并产生影响"的人生理想。

　　叙述风格是作家精神气质的文本外化。对社会问题的点评式议论又配以路遥特有的激情叙述，这种激情澎湃的"路遥式叙述"亦是路遥人生理想的另一种回响。在人生的大舞台上，路遥一直渴望并设计过直接进入社会活动场，参与到历史变革的进程中。他也曾经在政治运动的因缘际会中走出乡村，第一次获得社会人的身份发挥潜能和显示才干，在短暂的狂热表达中释放了内心的压抑，初尝为人的尊严。这一不寻常的经历对路遥影响重大，不仅形塑了路遥关心国家命运、政治意识敏感的文化性格，也潜在形成了路遥的激情乃至鼓动式话语基调。这种激情一方面源于作家的艺术个性，另一方面也与传统文学观念中的鼓动与宣教功能相关，这相当于说，路遥自觉不自觉地还在他营造的文学世界中实践着自己的政治理想。

　　具体来说，小说的叙述方式和表达习惯，也与作家长期的知识构成和话语积累有关。路遥上中学时喜欢看《参考消息》，对时政性新闻特别感兴趣，长期浸润于这些政论性文字，对投入文学创作后话语方式的形成是有很大影响的。阅读路遥的小说，会感觉到文本后面站着一个解说员或者议论家，作家抑制不住想要跳出文本自我表达的欲望，显示出叙述者对文本的强力介入与强势控场。路遥小说中有大量

第四章　路遥:越界的人生与《平凡的世界》

的破折号,破折号后面就是作家,或解释文本,或议论、或抒情。比如《人生》中写高加林:"他并且还给全校各年级上音乐和图画课——他在那里曾是一个很受尊敬的角色。别了,这一切"①;"他必须承认他现在的地位——他已经是一个地地道道的农民了。"《平凡的世界》中写田润叶:"她在'文化大革命'中受完高中教育——其实并没有认真上过多少课。除过政治学习材料,她也没看过几本书。"②紧接着叙述者直接议论:"当然,除过客观的压力以外,她主观上的素养本来也不够深厚。是的,她现在还不能从更高意义上来理解自身和社会。尽管她是一个正直善良的人,懂事,甚至也有较鲜明的个性,但并不具有深刻的思想和宽阔的眼界。因此,最终她还是不能掌握自己的命运。"③ 写孙少平在矿区发工资的当天,买了宿舍工友的手表、箱子和时髦衣服后立马被另眼相待,路遥评论道:"只有劳动才可能使人在生活中强大。不论什么人,最终还是要崇尚那些能用双手创造生活的劳动者。对于这些人来说,孙少平给他们上了生平极为重要的一课——如何对待劳动,这是人生最基本的课题。"④ 类似这样有关社会和人生课题的讨论,在路遥的小说中比比皆是。再如写到苗凯的秘书白元原来在黄原中学教语文,在报纸上发表过几篇小说,路遥在后面马上用括号加了句:"哼,如今写小说的比驴还多。"这样突如其来的议论和小说的叙述就有点相违和了。在叙述者强烈的主体意识映射下,作品中的人物也带上了浓重的主观色彩。对高加林和孙少平这两个形象,读者会感到他们虽然被定义为"农民",但在路遥主观叙述中变成"完全伪装的农民"。其实,他们都不过是在变革时代和漂泊旅途中改变了人生位置的农民形象,他们身上虽然还留有农民的原初性格底色,但离开祖辈赖以生存的土地而寻求新的生命栖息地,就使得他们不再是传统意义上的农民而成为农民中的另类,他们身上的反叛性和寻找自我价值的精神素质,又是路遥自己给予人物的,换句话

---

① 路遥:《人生》,人民文学出版社2017年版,第14页。
② 路遥:《平凡的世界》(第一部),人民文学出版社2017年版,第263页。
③ 路遥:《平凡的世界》(第一部),人民文学出版社2017年版,第263页。
④ 路遥:《平凡的世界》(第三部),人民文学出版社2017年版,第957页。

说，路遥笔下的高加林和孙少平某种程度上是路遥的精神"自画像"。路遥因此刷新了人物性格，以更丰富复杂的农村"新人"形象，开拓出80年代文学新的思想艺术疆域。

路遥作为叙述者对小说的扩张性操控，以及小说中涌动的巨大情感激流，使得《平凡的世界》在现实主义的结构框架中，渗入了明显的浪漫主义艺术元素。正如研究者所言："浪漫主义的冲动，构成了相当多成熟老到的作家在叙事中依凭的情感动力机制，在很大程度上，是脱离现实逻辑而转向情感逻辑的内在渴望。"[1] 路遥的小说创作恰恰可以证明当代文学叙事中存在的这一审美倾向，而且往往因其"情感动力机制"过于发达，某种程度上消解着作家精心构建起来的现实主义意义空间。现实主义普遍主张冷静、自然地写实，在不动声色中绘出人间百态，作家的思想倾向越隐蔽越好；而在现实主义的大传统中还有另一类作家，他们认为忠实于情感与忠实于生活同等重要，他们多具有浓重的道德激情，富有诗人气质，乃至某种殉道精神。路遥就是这样。也因此，路遥对生活惊人的直觉、悟性与洞察力，以及他小说中所呈现出的刻骨的人生真相，亦即路遥小说中潜含的社会批判和人性勘探，往往容易被浮泛的主观议论和情感倾诉所遮蔽。作为底层奋斗的"过来人"，路遥深知人生越界、改变命运之艰难残酷，但依然不放弃用小说"干预"或"指导"青年人追求理想，作家时常会走出文本，与他关心的读者站在一起交流互动，以"诸位"、"宽容的读者"、"我们不会忘记"、"我们知道"、"我们真没有想到"和"但愿善良的读者还能记住他"这样的表述，与读者建立一种想象的亲密共同体。《平凡的世界》被公认为人生励志小说，甚至在某些读者眼中成了一本"农转非"的"实用教材"。但过于强化小说叙事的"说教性"，难免带来对其文学审美性的质疑。同样，当小说的激情河流过于喧嚣时，则也可能损伤写实小说的沉潜美质。在路遥的文学世界里，纠结着多重情与理的矛盾，包括作家叙事操控的失度和不协调，也共同构成路遥小说的独特面貌。

---

[1] 陈晓明：《世界性、浪漫主义与中国小说的道路》，《文艺争鸣》2010年12月号（上半月）。

第四章 路遥:越界的人生与《平凡的世界》

路遥的小说总体上延续了现实主义小说的宏大叙事构架,以凸显主体精神和激情表达为个性特色。但同时不可忽视的,是路遥小说中丰富饱满的日常生活书写。从个人生命体验和生活经验出发,路遥坚守着对乡村日常生活的带有质感的记忆,构成《平凡的世界》作为现实主义小说的原初底色。小说固然关注时代社会的风云变幻,聚焦于农村青年在城乡交叉地带的苦痛与挣扎,但时代社会的宏大变革最终体现在日月流动之中。路遥的文学情感既非高蹈也拒绝虚假,因为他的情感与坚如磐石的乡村生活紧紧连接在一起。路遥小说中对乡村日常生活的真实描绘,对父老乡亲的深情凝望,舒缓着时代社会"大叙事"的紧张感和叙述主体的精神焦虑,文本也在作家对人情世故的沉浸式叙述中有了喘息的机会,读者也因此看到激情之外的另一个温情的路遥。

与柳青理解的史诗性写作离不开生活积累一样,触感温热的"生活"也是路遥小说存在的基石。《平凡的世界》以最大的篇幅讲述最平凡普通的人生故事,描绘陕北农家的生活场景。孙玉厚照顾弟弟孙玉亭,从长大成人到娶妻成家操心不断;秀莲心疼丈夫孙少安辛苦劳作,执意"偏心"让丈夫吃饱饭;孙兰香看见家人的日子窘迫不堪,懂事地提起篮子去打猪草;孙少平高中毕业出走黄原,卖苦力攒钱补贴家用……路遥把乡间那些酸楚而又温馨的生活氛围渲染得分外感人,正应了他自己所说:"政治家、哲学家和经济学家都可以理性地直接面对'问题',而作家艺术家面对的确是其间活生生的人和人的情感世界。"[①] 对于漂泊在外的孙少平而言,无论遭遇多么残酷的打击,亲情、爱情、友情乃至邻里之情,都是供给他坚持人生跋涉的情感"营养液"。甚至在叙事上,人与人之间的情感支撑,还能够推动小说向前发展。一部编年式的《平凡的世界》,在社会大事件的勾勒下,更密集的故事线索几乎都关涉人物的情感史,社会动荡变革的十年,是以温润如常的生活图景来填充小说的。孙少平与郝红梅在互相依靠中守护彼此敏感的心灵;孙玉厚因孩子们孝顺争气而并不绝望于贫困;

---

① 路遥:《早晨从中午开始》,西北大学出版社1992年版,第28页。

二流子王满银不管逛多远心中都放不下老婆孩子；热衷革命的孙玉亭也不舍得自己的侄子受罚；田润叶不爱李向前却因他失去双腿而决定厮守终身；孙少安被迫辍学后自强不息带领全村劳动富裕；孙少平舍身矿下救工友，并回归矿山与师娘成家；等等，都是大时代下普通人给予读者的温情与感动。

因为作品中主人公的生活经历和感情经历是路遥体验过的，所以路遥的写作总是带着自己的生命热度。叙述者总是给每一个苦难的个体以抚慰、留有希望，或被生命中有限的阳光照拂，或被人与人之间的真诚感化，现实不总是那么凌厉，人心也不都是那么冷漠。以理想主义为精神支撑，路遥既教诲笔下的人物，也帮助他们探索出路，让读者永远不丧失对生活的信心和希望。在《平凡的世界》中可以触摸到纯良的人性，以及朴素的人生智慧，乡村日常生活的温情与认知，填补了动荡时代的情感裂缝，也柔化了坚硬的历史叙述。这是生活给予历史的温情贴补，也是路遥温情叙述的力量和意义所在。

第四节 "路遥现象"：阅读与批评的再考察

一 "路遥现象"缘起与演变

与路遥当年在文坛的"孤军奋战"形成鲜明对比的，是《平凡的世界》面世后持续发酵所形成的"阅读热"，以致后来被命名为"路遥现象"而广受关注。"路遥现象"作为一个关键词，开始是以一种文学接受的"悖论"形态被界定和运用的。"一方面是因为学术界、评论界对路遥固执的冷漠，一方面是，读者对路遥持续的热情。"[1] 构成一对矛盾，形成一种"冰与火"的鲜明对比。支撑这一观点的主要论据，是重要的中国当代文学史写作对路遥的忽略[2]，以及阅读调查报告中得

---

[1] 赵学勇：《"路遥现象"与中国当代文坛》，《小说评论》2008年第6期。
[2] 《平凡的世界》在文学史著述中所遭受的"冷遇"，主要指洪子诚所著《中国当代文学史》，陈思和主编的《中国当代文学史教程》，朱栋霖、丁帆、朱晓进主编的《中国现代文学史》和王庆生主编的多卷本《中国当代文学》等影响较大的文学史。

第四章 路遥:越界的人生与《平凡的世界》

来的普通读者对路遥的"热读"①。因为"路遥现象"主要针对长篇小说的阅读和批评效应,所以也有人称之为"《平凡的世界》现象"②。

批评和研究界曾经对路遥"固执的冷漠"正与路遥当年的"孤独"相关,是因80年代中期"现实主义过时论"的影响所致,而普通读者对路遥"持续的热情",也正是路遥面向读者大众创作的文学价值立场所带来的阅读效应。路遥曾以现实主义的强大艺术生命力来反驳"现实主义过时论",而另一重要的反驳依据就是读者大众的需求,他说:"一般情况下,读者仍然接受和欢迎的东西,就说明它有理由继续存在。"③显然,路遥相信现实主义直接呈现的艺术力量,无论讴歌还是批判,都以现实主义真实性和典型性得以抵达,只要读者能够读懂和感应生活本身,就可以顺畅地进入他的小说世界,从而实现他为最广大的读者群写作的至高理想。

除了文学观念和审美偏好,"为谁写"是路遥创作中考虑最多的问题,而"为谁写"的诉求其实也统一在他的文学观和审美观之中。根本性而言,在一个纯小说形式技巧的层面讨论路遥的小说,本身就没有抓住理解路遥的关键。路遥从开始走上文学道路,秉承的是社会主义现实主义文学传统中的人民性美学倾向,如研究者所言:"《讲话》以降,中经柳青实践的现实主义传统,属强调文学的经世功能,不为'自己或少数人写作',而是把'全心全意全力满足广大人民大众的精神需要'作为写作目的的路遥的必然选择。""路遥的读者想象及其对'反潮流'的自我设定,无疑包含着对人民伦理的价值坚守。"④路遥后来回忆自己的"反潮流"壮举,最终也落实在读者层面:"在这种情况下,你之所以还能够坚持,是因为你的写作干脆不面对文学界,不面对批评界,而直接面对读者。只要读者不遗弃你,就证明你能够存在。"路遥自己也找到了"问题的关键",那就是:

---

① 参见邵燕君《〈平凡的世界〉不平凡——"现实主义常销书"的生产模式分析》,《小说评论》2003年第1期。
② 贺仲明:《"〈平凡的世界〉现象"透析》,《文艺争鸣》2005年第4期。
③ 路遥:《早晨从中午开始》,西北大学出版社1992年版,第47页。
④ 杨辉:《〈讲话〉传统、人民伦理与现实主义——论路遥的文学观》,《中国当代文学研究》2019年第1期。

"读者永远是真正的上帝。"① 从"为谁写"到"靠什么赢得读者",路遥在对现实主义的坚守中获得了思想艺术的内外自洽。

"路遥现象"的提出和成为话题,已经有二十年的历史了。"路遥现象"依然是人们讨论和研究路遥创作的一个重要入口。而随着时间的推移,路遥接受中的"悖论"情形也在发生某种微妙的变化。在普通读者方面,真正喜欢路遥作品的有效阅读人群,是所谓底层人群中相对受教育程度比较高的、有梦想有追求、有相当文化素养和艺术趣味的年轻人。现如今,以大学生群体为例,贫困农家子弟入学率的下降和就业形势的严峻,使得当年通过个人奋斗改变人生命运的路子越走越窄。除了这些外在的社会原因,从读者主体内部看,则是他们人生观、世界观特别是爱情观的变化,路遥作品中的爱情故事打动过几代青年人,但很难继续打动今天的新人类。最后一个问题是,新媒体阅读的强大吸引力,正在或已经对传统阅读造成剧烈的冲击。现在的年轻人包括大学生在内,他们对传统的经典文学作品普遍缺乏阅读热情。因此,纵观三十多年文学接受史中的"路遥热",至少不能忽略近十年来读者"热度"曲线的起伏变化,而应该看到,曾经感染和激励了几代读者群的《平凡的世界》,依然面临着当下和未来的持续性阅读考验。

有意思的是,21世纪以来,批评和研究界的后续反应与大众阅读呈明显不同的走向。自2002年有研究者提出:"路遥还被我们时代的'文学批评'及'文学史'忽略和遗忘。"② 2003年,来自高校研究者的阅读调查报告宣示了《平凡的世界》作为一本"现实主义的常销书",显示着其"不平凡的力量"。"冰与火"的"两极阅读现象"刺激并催化了批评界和文学史家对路遥的重视。2005年后路遥研究开始升温,在中国人民大学程光炜团队同年开启的"重返八十年代"研究热潮中,路遥作为80年代的重要作家被纳入重读和研究之列。③ 学界

---

① 路遥:《早晨从中午开始》,西北大学出版社1992年版,第41页。
② 李建军:《文学写作的诸问题——为纪念路遥逝世十周年而作》,《南方文坛》2002年第6期。
③ 程光炜主编"八十年代研究丛书"中,有程光炜、杨庆祥编《重读路遥》,北京大学出版社2013年版。

对路遥关注的热情一路走高,在他离世十五周年到二十周年的纪念中,集中出现了大批的路遥研究成果,包括史料、传记和作家文本研究获得全面突破,而这期间的文学史写作几乎不再可能"忽略"路遥的存在。及至2015年,由《平凡的世界》改编的新版电视连续剧热播,以及习近平总书记在十二届全国人大三次会议中相关路遥的谈话被媒体披露,再次引发全社会对路遥的热议,路遥和《平凡的世界》成为学界内外的热词。2018年底,党中央、国务院授予路遥改革先锋称号,表彰路遥是"鼓舞亿万农村青年投身改革开放的优秀作家"。2019年《平凡的世界》入选"新中国70年70部长篇小说典藏",同年路遥又被评选为"最美奋斗者","路遥热"达到史上最高点。时至今日,路遥的社会影响还在持续辐射当代文学研究界,无论批评界的关注还是高校研究者的项目选题,路遥依然居于当代作家研究的前端。

普通读者群接受路遥的历史过程,交织着批评界、学术界由"冷"至"热"的巨大转变,所谓"路遥现象"也早已离开当初那个简单的冷热对峙,变得更加丰富复杂和意味深长。今天面对的"路遥现象",应该指从作品问世走到今天相关路遥接受的全部历史和现状,这就给今后的路遥研究带来更广阔的讨论空间,也提供了更多文学的和超越文学的富有意义的研究课题。

二 阅读接受中的"路遥现象"

讨论"路遥现象","阅读"是第一关键词,而且准确讲是大众阅读。普通读者群和主流文学史在《平凡的世界》的接受与评价上之所以形成巨大反差,源于不同文学接受群体的不同阅读策略与评价标准。在接受美学看来,小说批评是一个动态的历史过程,只要一直处于阅读之中,小说的意义就会不断被丰富。接受美学强调文学作品的社会效果,重视读者的积极参与和接受姿态,主要以拥有阅读者的数量以及阅读接受的程度来衡量文本价值,而并非由少数权威评判来做裁定。《平凡的世界》自出版以来保持着稳定的"常销书"态势,在大众群体中被广泛接受,乃至被很多读者奉为"精神教父"和"人生导师",

已是不争的事实。时至今日,即使所谓大众群体构成本身,以及在文化素养和精神诉求上,比之20世纪八九十年代又发生了明显变化,也必须承认,路遥作品的受众群体依然是数量庞大的。这就是使得在大众阅读路径中的路遥创作研究,成为一种必然或必须。而且通过路遥创作与中国当代文学中"文学接受"问题的关联研究,经由文学的角色承担、作家的时代使命等环节,进一步扩展到现代文化建构和人文教育等领域,体现出"路遥现象"的当下价值和现实意义。

路遥为何能受到普罗大众的欢迎和钟爱?从文学接受的期待视野来看,能被研究者普遍探寻到的主要原因,表现在接受主体与作家文学观念以及文本艺术特征三者的契合点上。在20世纪80年代改革开放初期,读者的审美需求总体上还在现实主义的框架定型之中,还因袭着传统的文学观念,更乐于接受现实主义作品。相比于不少作家已经表现出的主体自觉性,读者作为接受主体,其传统审美意识和思维定式决定了他们还不可能超越时代,提出更新更高的审美要求。所以在80年代文学思潮的发展中,读者接受这一维度相对还比较被动和保守,传统的宏大叙事、人物的英雄主义精神和理想主义激情,依然对读者有着很大的吸引力和感染力,路遥在小说中所表达的朴素的社会道德理想和坚定的人生奋斗信念,也依然容易在民众那里获得广泛的认同。

同样在80年代初期,一批得现代主义思潮风气之先的青年作家,开始了小说在艺术方法上的自觉探索和积极尝试,而在读者这里,对小说"写什么"的关注热情远远高于"怎么写"的形式探索。新时期曾经出现的"轰动效应"就是因读者阅读作品引发强烈反响而形成,其发生多来自创作对题材禁区的逐次突破,文学以内容的新变牵引着亿万读者的目光,以对敏感和尖锐的社会问题的触及激荡着读者的心灵。路遥《人生》的爆红也是如此,小说的出众和巨大的感染力正在于:"他第一次在社会主义的中国,提出了一个有才华、有抱负的青年如何竭尽全力向社会的上层挣扎的问题。"[①] 这一新时期现实生活中

---

① 熊修雨、张晓峰:《穿过云层的阳光——论路遥及其创作对中国当代文学的反思》,《学术探索》2003年第3期。

第四章 路遥:越界的人生与《平凡的世界》

新的"焦虑点",正被路遥敏锐而深刻地揭示出来,带来全社会震动性的阅读响应。并且在这个时候,《人生》顺应着新时期文学从恢复走向深化的现实主义潮流,在写法上与时代没有任何的违和感。而到了1986年《平凡的世界》第一部问世的时候,正如路遥所看到的:"中国的文学形势此时已经发生了巨大的变化,各种文学新思潮席卷全国。"以致路遥也意识到:自己"这种冥顽而不识时务的态度,只能在中国当前的文学运动中陷入孤立境地"。[1] 这也就解答了一个问题,《人生》和《平凡的世界》两部作品问世先后相距仅仅四年时间,曾经对《人生》一片叫好的评论界,却在对《平凡的世界》的评价上发生了巨大的分歧。由此可见80年代文学自我更新的情形,正如作家王蒙当时所说:"由于种种原因所造成的种种封闭,一旦开放与解冻,我们的文学轮子正在进行超速旋转。"[2] 在走马灯一般的新旧更迭中,冲在前沿的一定是作家和批评家,而读者是相对滞后的,也恰恰是被文学新浪潮抛在沙滩上的大众读者还盘桓在他们熟悉的审美领域中。路遥也因此明确表示:"我们不能因此而不负责任地丢弃大多数读者不顾,只满足少数人。更重要的是,出色的现实主义作品甚至可以满足各个层面的读者,而新潮作品至少在目前的中国还做不到这一点。"[3] 从《人生》到《平凡的世界》,路遥创作所产生的广泛和深远影响,说明了在所谓"雪崩式"文学巨变发生的20世纪80年代中期,普通读者的阅读行为仍然有效地续接着文学的过去、当下乃至未来。用理论话语来表述,就是在文学接受这一维度,仍然昭示着与文学传统的一种深刻的同一性和连续性。

80年代中后期文学思潮走向多元分化的过程中,作为文学活动中的接受主体之一的读者群,也越来越表现出前所未有的阅读自觉和自由选择意向,影响乃至开始支配文学思潮的总体走向。当崇尚现代主义的作家们更多致力于"怎么写"的形式探索时,对"写什么"更有

---

[1] 路遥:《早晨从中午开始》,西北大学出版社1992年版,第40—41、48页。
[2] 王蒙:《洋洋大观 匆匆十年》,宋耀良《十年文学主潮》序,上海文艺出版社1988年版,第7页。
[3] 路遥:《早晨从中午开始》,西北大学出版社1992年版,第47页。

兴趣的普通读者则开始不动声色地撤离纯文学，而被市场经济推动下汹涌而至的通俗文学浪潮所吸引。这一方面给了路遥这样视读者为上帝的传统文学写作相当的发展空间；另一方面也使极端的先锋文学实验家们深感"高处不胜寒"，从而开始对创作方法进行变通和调整。由接受者维度观中国当代文学的发展态势，正从1985年之后走向自由多元和兼容并包的新阶段。完成于80年代中后期的《平凡的世界》，也正是借助了大众自由选择的力量，被一路追捧而成为读者心目中的"当代经典"。

在普通读者那里，除对小说的写法和技巧并不关心外，甚至常常忽略作品在艺术上存在的一些粗糙或不足。《平凡的世界》之所以打动人，是因为作品中的人物命运触发了读者的切身体验，个人奋斗的艰难历程在读者心中引起极大的情感共鸣。文学在本质上是情感的，最先牵动的是读者的敏感神经，而与评论家和研究者眼里的宏大叙事、史诗追求、方法过时或深度不够，都不发生直接的关联。路遥的不同，就是他做到了让他笔下的讲述对象成为他和他的读者共同的理解与热爱。正如华莱士·马丁所言："阅读的个人偏爱最终只涉及一个简单的问题：我们是否愿意把我们的意识借予某种特殊的阅读经验。如果说小说与其他类型的叙事有所不同，那就是小说从根本上基于读者从故事中获得的那种实在感、真实感或'现实主义'感紧密相连。"[1] 路遥让读者跟着他经历了人生的百转千折，感受了生活的酸甜苦辣，《平凡的世界》就是让读者获得了这种"实在感"。

《平凡的世界》是一部充满了生活实感而又富含情感温度的作品。农民孙玉厚一家，是中国特定十年社会变革中无数普通家庭的缩影。路遥用他饱蘸真诚爱意的笔墨完整地描绘出这个家庭每一个成员的全部生活，写出了他们为争取可能的理想生活所付出的全部艰辛。热爱小说的读者从中找到了同属于自己的情感与理想的支撑，获得了面对苦难依然顽强求生存的精神信念，以及路遥给予他们的生而为人的全部尊严。相较而言，《人生》凸显着城乡矛盾投影在人物身上的性格冲突，侧重对人物自我发现与价值彰显的历史性确认，情感表达更多

---

[1] [美] 华莱士·马丁：《当代叙事学》，伍晓明译，北京大学出版社2005年版，第48页。

第四章 路遥:越界的人生与《平凡的世界》

的是激烈与悲愤;而在《平凡的世界》中,路遥将作品中的人情伦理因素放大了,父子之情、手足之情、朋友之情充满了整个作品,温暖的情感基调与感人的亲情氛围,缓和了社会变革和文化冲突带给人的内心冲击。高加林以一个土地的叛逆者和人生野心家的抗争姿态,面对着壁垒森严的外部世界,而孙少平、孙少安虽系同类形象,作家却在长篇中延展和丰富了高加林们的命运图景,在他们突进城市失败后,指出了人生的多种可能和多个路向,更给予他们兄长般的情感抚慰,甚至能感受到路遥再也不忍他们有更坏的命运。《人生》因其突出社会问题而显出某种外向型写作特征,被誉为具有批判现实主义色彩的时代力作。《平凡的世界》是路遥更自觉地面向读者的写作,作家本人曾反复申诉:"写作过程中与当代广大的读者群众保持心灵的息息相通,是我一贯所珍视的。这样写或那样写,顾及的不是专家们会怎样看怎样说,而是全心全意地揣摩普通读者的感应。""我承认专门艺术批评的伟大力量,但我更尊从读者的审判。"① 强化"为谁写"这一文学诉求,势必带来《平凡的世界》叙述视角上的调整。路遥始终将自己当作农民中的一分子,带着"农民"的身份和情感结构去体察时代社会的变动,在与农民平等对视的位置上既倾听又叙述,接受者在阅读中获得了精神慰藉,也感受到少有的被尊重和被关爱。这种以对农村及农民的朴素情感为依托的写作精神,在"十七年"的农村题材小说创作中是不鲜见的,而不同的是,路遥在挣脱了文学的政治教育功能的束缚后,他的"大众化"和"人民性"情感结构不再以格式化的公共情感为内核,而是置换为对每一个农民个体命运的巨大同情,读者真实地感受到,作家是时时刻刻与他们同行着,并期望拯救每一个苦难的生命共同体,让劳苦者的心灵从暗夜走到阳光下。

历史地看,路遥接受现象的形成中,民众的阅读习惯及精神信仰的惯性是重要的推力。而在众声喧哗的80年代现实场景中,一面是英雄的缺席和理想的解体,追逐新潮的作家沉迷于形式"圈套"、热衷

---

① 路遥:《生活的大树万古长青》,《路遥文集》第2卷,陕西人民出版社1993年版,第375—376页。

花样翻新，俗常琐碎的"零度写作"成为时尚；另一面是普通读者找不到对生活的认知和情感的共鸣，于是纷纷逃离了纯文学，转而产生了新的阅读期待，寻找心目中新的诚意写作。《平凡的世界》恰好填补了此间的大众阅读空缺，路遥以反潮流的"非陌生"形式，重新构建出了时代的"共同话语"，满足了读者在精神情感上的"全应答"需求。当读者全身心投入到路遥营造的文学世界中，与他笔下的人物同歌哭共命运时，连路遥自己也想不到的是，无数默默无闻的读者主动走进《平凡的世界》，这才真正开启了属于路遥的辉煌文学时代。

三 学界重返路遥中的"路遥现象"

路遥在有生之年看到了读者对他创作的热爱，《人生》产生的"轰动效应"和评论界的热议与高度评价，让路遥在更大的创作自信中萌生写长篇巨著的雄心。他拼尽全力完成了长篇三卷，看到自己的小说通过中央人民广播电台的"小说连播"走进了大众读者的视野，并以榜首的位置赢得"第三届茅盾文学奖"。这中间，《平凡的世界》第一部的艰难面世和评论界持有的保留态度，让路遥感受到作品被"冷落"的痛楚和无奈。虽然路遥曾反复强调把作品的审判权完全交给读者上帝，但并不能证明路遥就不计较评论界的看法；相反，路遥的内心是充满期待的，并且对早年肯定他的几位评论家心怀感激。①路遥明白自己的这部"大书"能走多远飞多高，需要评论和研究在内的全方位认可。正如他当年在"茅盾文学奖"获奖词中所说："获奖并不意味着作品的完全成功。对于作家来说，他们的劳动成果不仅要接受当代眼光的评估，还要经受历史眼光的审视。"②迄今为止，《平凡的世界》经受了三十多年的历史考验，遗憾的是路遥没有看到《平凡的世界》在他身后成为当代文学的"常销书"，也没有等到评论界、研究界在21世纪如此隆重地重返路遥，以及在社会文化思潮推动下再

---

① 《平凡的世界》第一部问世后，评论家蔡葵、朱寨、曾镇南等曾给予热情中肯的评论。
② 路遥：《在茅盾文学奖颁奖仪式上的讲话》，《早晨从中午开始》，西北大学出版社1992年版，第13页。

第四章 路遥:越界的人生与《平凡的世界》

次出现的"路遥热"。

卡尔维诺曾如此描述经典:"一部经典作品是这样一部作品,它不断在它周围制造批评话语的尘云,却也总是把那些微粒抖掉。"① 考察路遥创作的批评研究史,不难看出,持续推动其进入批评研究视野的,是路遥创作的广泛的时代感和社会性,以及蕴含其中的作家本体与文学形式本体问题。"路遥现象"及其演变在不同时期不断发酵出新的批评话语。21世纪以来再次激活路遥研究的,除了路遥及其创作的长效接受引发学界关注外,更有21世纪中国传统文化复归并诉诸"中国经验",文学艺术转向对现实主义的再度理性选择,使路遥研究具有了贴合民族国家精神向度和大众艺术经验的当下意义。

《平凡的世界》当年被评论界"冷落"和文学史写作"忽略",首要的原因是其创作方法陈旧,这使得其后对《平凡的世界》的历次重评都绕不过对小说现实主义问题的讨论。评论家李星在《平凡的世界》第一部问世不久所写的评论中说:"一个作家对他的时代的人类精神的贡献,可能在于他创造了一种新的文体、新的叙述方式,也可能在于他把前人所创造的叙述方式的文学作用发挥到一个新的高度。"他认为路遥的贡献属于后者。他说:"《人生》起码可以看做陕西第一部师承于柳青而又抛弃了柳青的现实主义作品",而"《平凡的世界》继续了《人生》的叙事成果,但作者又进一步完成了对柳青把自己的审美理想寄托于一个或几个正面人物的审美方式和以主要人物为中心的网络辐辏式的结构模式的背叛"。② 同时期评论家曾镇南也以鲁迅论《红楼梦》:"和从前的小说叙好人完全是好,坏人完全是坏的,大不相同。所以所叙的人物,都是真的人物。"肯定了"路遥是牢记着《红楼梦》的这种创新的写法的",所以,"尽管《平凡的世界》并不玩弄新奇怪异的小说技巧",这部小说依然是"现实主义的新创获"③。

---

① [意]伊塔洛·卡尔维诺:《为什么读经典》,黄灿然、李桂蜜译,译林出版社2012年版,第5页。
② 李星:《无法回避的选择——从〈人生〉到〈平凡的世界〉》,《花城》1987年第3期。
③ 曾镇南:《现实主义的新创获——论〈平凡的世界〉(第一部)》,《小说评论》1987年第3期。

这些评论共同看到了路遥在写人物上对旧的现实主义的全力突破。

《平凡的世界》三部全部出版并荣获"茅盾文学奖"后，李星再度发表《在现实主义的道路上——路遥论》，对路遥的现实主义创作手法进行了系统分析。特别指出："路遥从柳青那里学到了很多东西，至今我们仍能从他的小说中看到柳青的影响。但是路遥的创作整体风貌又决然地不同于柳青，而其中最根本的不同就是典型观的差异。"[①]对传统"典型观"的挣脱，是路遥在文学观念上真正走到新时期的一个标志，评论家此时真正抓住了解读路遥艺术创造的关键。21世纪的学院派研究者沿此思路继续推进，邵燕君认为："以扎实可信的细节创造逼真的现实感，这本就是现实主义作品最基本的魅力所在。路遥与其前辈作家（比如路遥极其崇拜的、堪称其'文学教父'的柳青）的不同之处在于，他书写的不是集体的记忆，而是个人的记忆。无论孙少安办砖厂还是孙少平求学打工，都不再像'梁生宝买稻种'那样是肩负集体的使命，而只是为了更好地'活人'。""这种向经典现实主义回归的努力使'典型人物'从'高大全'中解放出来，成为扎根于黄土、又闪耀着'永恒的人性'光辉的'民间原型'，也使'批判现实主义'批判、抗争的对象从具体的政治制度、社会现实转移到更广义、抽象的生活、命运。"[②]从人性和个人主义书写的维度肯定路遥思想突破，邵燕君代表的应该是学院派对《平凡的世界》的现实主义经典品相的有效认定。

21世纪的路遥研究从对《平凡的世界》接受现象的考察，逐渐发展到对路遥文学精神的讨论。在新的社会文化思潮的推动中，路遥身上的英雄主义气质和作品中的理想主义精神，被视为新时代的正能量而广为传扬。学界也随之出现了一轮发掘作家成长道路和创作原委的史料热，在此基础上聚焦于作家的本体研究。风格不同的路遥传记相继面世，有研究者认为："路遥作品之所以具有长时间震撼人心的艺术魅力，除了与时代有关，还与他的出身、师承、学养、经历以及性

[①] 李星：《在现实主义的道路上——路遥论》，《文学评论》1991年第4期。

[②] 邵燕君：《〈平凡的世界〉不平凡——"现实主义常销书"的生产模式分析》，《小说评论》2003年第1期。

格、气质、人格、理想等有着密不可分的联系。特别是路遥的童年时形成的'自卑情结'以及对其的超越。成为一种刻骨铭心的、挥之不去的心理情结,这影响着他作品的生成走向。"① 其实,李星在早年考察《平凡的世界》的创作发生时,就敏锐地指出,作为"作家精神现象"的文学创作,"作家主体性的主动"也决定着他"无法回避的选择结果",路遥"主观世界的心灵沃土"②,从根本上造就了路遥小说的艺术面貌。21世纪以来越来越多的研究者关注到路遥在创作中显示的自我形象,乃至因作家主观积极介入而带来的"抒情性修辞姿态"。李建军响应邢小利的"路遥是一个主观性很强的客观型作家"③的判断,认为:"路遥的确属于那种不怕在作品中显示自己的声音和存在的主观介入型的写实主义作家。"④ 这样,路遥创作研究就从"为谁写""写什么""怎么写"逐次进入到"谁来写"的层面,在"谁来写"的维度上考量小说到底写得"怎样"。也就是说,一旦从作家主体的精神特征和情感特质入手,《平凡的世界》就因路遥的情感诚意和道德力量的灌注而具有了恒久的感染力。文学作品的生命力和经典性,更多取决于它所反映的人类思想和情感世界中最根本的东西。经过漫长的三十多年,路遥研究似乎回到了问题的原点。

最后,再回到"路遥现象"产生的时代背景和社会场域中。路遥是严肃的现实主义作家,他主动脱离流行的新潮话语,《平凡的世界》因此被当时的评价体制视为"过时"之作,但他笔下的城乡故事和各色人物却与中国社会有着非常大的映照性和重合度。这种对中国社会变革的"史诗性"观照和体验型书写,满足了阅读大众对文学反映现实问题、关注同类人生命运的热切期待。若以此为路遥获得读者信赖和推崇的首要原因,那么21世纪再度出现的"路遥热"还能走多远?《平凡的世界》能否真正成为传世之作?依然是学界当下集中讨论的

---

① 梁向阳:《路遥研究述评》,《延安大学学报》(社会科学版)2003年第1期。
② 李星:《无法回避的选择——从〈人生〉到〈平凡的世界〉》,《花城》1987年第3期。
③ 邢小利:《三个半作家及三个问题》,《文学自由谈》1996年第2期。
④ 李建军:《文学写作的诸问题——为纪念路遥逝世十周年而作》,《南方文坛》2002年第6期。

问题。

对应今天的中国社会,小说与历史的重合已经发生了明显的变化,但并不是说阅读路遥的社会基础已经完全改变,《人生》和《平凡的世界》中高加林们或许有了更多选择人生道路的可能性,但他们逃离农村进入城市后的生存困境依然没有得到根本解决。而且社会并非直线式发展而是在循环往复中向前推进,有迹象表明,重新回到体制又是很多年轻人新的选择,个人奋斗的途径还没有完全离开高加林模式。还有21世纪以来兴起的底层书写现象,正与路遥笔下的底层苦难史和奋斗史遥相呼应。如《路遥传》的作者厚夫所说:"中国只要有城乡社会二元结构,只要有奋斗者,就有路遥的市场。"[①] 中国的底层人口占绝大多数的社会现状,决定了路遥作品与中国社会的映照性、互证性不会很快消失,或许会持续更长时间,路遥笔下特殊历史时期的"中国故事",依然具有强烈的当代性。所以,在史性传达和介入现实层面上讨论路遥,其可持续性取决于路遥笔下的故事和人物能在多长的历史进程中、多大程度上和中国社会乃至普通人的命运发生关系,至少在今天,路遥还没有过时,他还是映照现实人生的一面镜子。

经过"重返八十年代"和重读路遥的过程,学界努力在文学史中重新安放路遥,却也发现了路遥在文学史叙述中"无处安放"的困境。他既没有刻意贴近伤痕、反思、改革和寻根文学潮流前行,也没有被汹涌而至的西方新思潮裹挟而去。路遥是一个充满文学症候的作家,却也是一个不易纳入80年代文学潮流的作家。切入路遥及其创作中的生活与创作关系问题、现实主义创作方法的问题、文学批评与文学接受的关系问题,等等,都不断丰富着对路遥的研究,也撞击着八九十年代以来当代文学的发生现场,而且在21世纪新时代产生了奇异的文化谐振和情感回流。路遥相当程度上承接了过往的文学时代,也开辟了一个属于自己的新的文学时代,路遥虽然早已停止了书写,但

[①] 黎华:《"路遥是贴近时代的奋力书写者"——文学界纪念路遥逝世20周年》,中国作家网2012年12月12日,http://www.chinawriter.com.cn/news/2012/2012-12-12/149249.html.

第四章　路遥:越界的人生与《平凡的世界》

"路遥现象"证明路遥的时代还远未终结。某种意义上,是中国社会的丰富复杂造就了"路遥现象"的丰富复杂,这就启示学界,要真正认识路遥的文学史价值,必须建立一个新的文学史叙述范式,重构路遥的价值路径,换言之,可能要在一个调整后的评价经典的维度上,重新思考路遥创作的独特性与恒定性,进而重新衡量路遥的文学史价值。

第五章 贾平凹：探寻虚实相间的"中国叙事"

第一节 "我是农民"与文学"商州"

贾平凹，陕西省商州市丹凤县棣花乡现棣花镇人，1952年3月16日（农历二月二十一）出生在丹凤商镇金盆村李家大院，原名贾李平，乳名平娃，"贾平凹"为其发表第一篇作品《一双袜子》时所用笔名[①]，后以笔名行世。当代著名散文家、小说家、书画家，2007年起担任陕西省作家协会主席，2016年当选第九届中国作家协会副主席。家乡丹凤县，位于秦岭东段南麓，是中国地理南北分界线的过渡地带（秦头楚尾），行政区划上属陕西南部的商洛分区（今商洛市），因县域内有汉江支流丹江和凤冠山而得名。棣花是丹江沿岸平川上一个较大的盆地，依山带水，地势高低不平，种植小麦、玉米、大豆和水稻。昔日水路发达，贸易兴隆，街市繁华，是关中平原通往东南几省的交通要道。

贾平凹祖父在弟兄中排行第五（因称贾老五），办过染坊、吊过挂面，中年后家道衰落，1949年去世后，祖母成为家族的重要支柱。贾家是一个大家族，20世纪50年代中期即有23人，60年代初一分为四。平娃小时候就在这个大家庭里生活，他说："其中发生着许许多多内部的矛盾冲突嫉恨和倾轧，我的童年和少年就是在这错综复杂的关系中度过。当我后来读到了《红楼梦》，其中有些人际关系简直和

[①] 孙见喜：《贾平凹传》，上海人民出版社2007年版，第12页。

我们家没有多大的差别，可以说这个贾家是那个贾府的一个小小的缩影。"① 父亲贾彦春在兄弟四人中是唯一读书有成的，对子女教育非常严格。他早年从西安师院毕业，在西安灞桥区的田家湾小学教书，后调至商洛山阳县两岭小学执教，1961年调商县夜村中学，最后回到丹凤商镇中学。"文革"爆发后，因档案中记录"1949年参加了一期胡宗南在西安开办的讲训班"而被族人揭发，戴上"历史反革命"的帽子，开除公职，下放回原籍劳动改造，整个家庭的命运由此急转直下，平娃也沦为"黑五类"中的"可教子女"。1972年平反，恢复了教师身份。1989年秋去世。母亲周小娥，未受过教育，生性善良质朴、勤劳持家、性格内向，养育平娃及弟、妹成长，2007年去世。

1964年，平娃考上了距离棣花15里的商镇中学，住集体宿舍，每周步行回家两次。因"文革"的持续动乱，中学读了一年半后，1967年14岁时即毕业。他回到了棣花参加公社劳动，下田挣工分，同时参加革命运动。其间试图参军、招工、教书，但均告失败。1970年，到公社苗沟水库工地，偶然的机会进入指挥部，开办"工地战报""刷大字"，做宣传工作，"我是主编、是撰稿人、是排版工、是印刻工，然后去发行和在高音喇叭上广播……学隶体字、仿宋体字、正楷体字，学着画题头题尾，学油印套红，还学起了写诗。我现在之所以能写文章能绘画和熟悉各种字体，都是那时练习培养的"。② 其间读到孙犁《白洋淀纪事》，并模仿写作，在日记本里写下了许多身边的人和事，给《陕西日报》投稿无果。1972年，被推荐进入西北大学中文系学习，成为工农兵学员。此后他离开生活了19年的棣花，"这一去，结束了我的童年和少年，结束了我的农民生涯"。③ 开启了他在省城西安至今半个多世纪的全新人生历程。

就读西北大学期间，他一方面接受较为系统的文学教育，一方面尝试着文学写作，并经常在校刊上发表诗歌。他常给各类报纸杂志投稿，却常遭退回。1973年6月，署名"贾平凹"与冯有源（大学同

---

① 贾平凹：《我是农民》，吉林人民出版社1998年版，第34页。
② 贾平凹：《我是农民》，吉林人民出版社1998年版，第126页。
③ 贾平凹：《我是农民》，吉林人民出版社1998年版，第176页。

学）的短篇故事《一双袜子》发表在陕西内部刊物《群众艺术》八月号上，他的作品终于变成了铅字，这是他文学道路上一个标志性起点。① 1974年10月，散文《深深的脚印》发表于《西安日报》，这是他公开发表作品的开始。1975年大学毕业，此时已在各种报纸杂志上发表作品25篇，包括诗、故事、曲艺、小说、散文等。② 这些作品大都收录在1977年中国青年出版社出版的贾平凹第一本作品集《兵娃》中。毕业后，分配到陕西人民出版社任文学编辑，业余进行创作。1978年腊月，与秦腔演员韩俊芳结婚，次年两人育下一女。1978年贾平凹人生发生的另一件重要的事，是他的《满月儿》获得全国首届短篇小说奖，另有刘心武、王蒙、陆文夫等人获此殊荣，这在他个人创作和"新时期"文学发展史上都具有标志性意义。其作品经常刊载于《人民文学》《十月》《收获》《上海文学》《北京文学》等全国性重要文学刊物上，在"新时期"文坛初期已崭露头角，受到孙犁、邹荻帆等诸多作家、诗人和广大读者的关注与喜爱。1980年调至西安市文联，任《长安》文学月刊编辑。至1982年，而立之年的贾平凹已有七部作品包括中短篇小说、散文集《姊妹本纪》《早晨的歌》《山地笔记》《贾平凹小说新作集》《野火集》《月迹》共一百余万字正式出版。③ 邹荻帆、孙犁、胡采、阎纲、费秉勋、丁帆等作家学者在七八十年代之交即共同指出，贾平凹这颗文坛新星的创作，虽有某些概念化、公式化的陈习弊病，但大多语言形象灵动，清新脱俗，富有田园牧歌情调和独特的诗化风格，是"新时期"文坛的一颗耀眼新星。④

---

① 贾平凹：《变铅字的时候》，《书林》1981年第1期。
② 贾平凹：《一九七八年优秀短篇小说作者答本刊编者问》，《语文教学通讯》1979年第5期。
③ 陆行良：《沃土·勤奋·多产——访作家贾平凹》，林泽生、郑妙昌编《文苑掇英》，湖南人民出版社1985年版，第347页。
④ 参见邹荻帆《生活之歌——读贾平凹的短篇小说》（《文艺报》1978年第5期）、孙犁《致贾平凹（四封）》（见雷达编《贾平凹研究资料》，山东文艺出版社2006年版，第509页）、胡采《关于贾平凹和他的作品》（《文汇报》1979年第18期）、阎纲《贾平凹和他的短篇小说》（《光明日报》1980年2月6日）、丁帆《谈贾平凹作品的描写艺术》（《文学评论》1980年第4期）、费秉勋《试论贾平凹小说的艺术风格》（《延河》1980年第8期）等。

第五章 贾平凹：探寻虚实相间的"中国叙事"

进入20世纪80年代，贾平凹的创作数量和作品受到的关注越来越多。评论界除有大量的肯定和鼓励声音外，也提出了不少批评和质疑。1982年2月10日，陕西"笔耕文学组"组织讨论贾平凹近作，不少与会者指出，《晚唱》《二月杏》《好了歌》等一些作品写得寂寞、愁苦、阴森，表现出消极避世和对生活冷漠的态度，缺乏鲜明的时代精神，对生活的深广度了解不够。① 不久，贾平凹写了《"卧虎"说》一文，谈到霍去病墓侧的一块"卧虎"石刻对他的启发，那种"重精神、重情感、重整体、重气韵、具体而单一、抽象而丰富"的气韵，"是东方的味，是我们民族的味"，因此他感叹道"以中国传统的美的表现方法，真实地表达现代中国人的生活和情绪，这是我创作追求的东西。"② 由此，贾平凹重新出发，试图重新"深入生活"，"商州"这块他熟悉而又陌生的故土即成为他创作发生的根据地，自此有了明确、自觉的"寻根"意识。1983年，他"深入生活"的第一部笔记小说《商州初录》问世，其后两年又接连出版了《商州又录》和《商州三录》。1984年，因创作上的优异成绩担任陕西和西安作家协会副主席。此阶段，还创作了《小月前本》《鸡窝洼的人家》《腊月·正月》《九叶树》《冰炭》《天狗》《远山野情》《古堡》等"商州"系列中篇小说，在文坛引起了强烈反响，孙犁、孙理、曹永慈、夏康达、蒋荫安、王愚、肖云儒、畅广元、费秉勋、和谷、李陀、张志忠、李振声、刘建军、蔡翔等省内外的老中青学人纷纷进行评论。③ "商州系列"中篇小说总体上可分为两类：一类是凄美哀婉的爱情故事，如《小月前本》《鸡窝洼的人家》《九叶树》《天狗》《远山野情》《古堡》等；另一类则是描摹商州农村在变革时代的新景象，如《腊月·正月》等，这些都是以"商州"为主要地域背景的。《鸡窝洼的人家》中两对原配夫妻（山山与烟峰、禾禾与麦绒）因感情和性格等原因分别离婚之后又分别结合（山山与麦绒、禾禾与烟峰）的故事，《天狗》中"招夫养夫"的故事，《古堡》中"换亲"的故事等，读来都十分

---

① 《延河》记者：《记"笔耕"组贾平凹近作讨论会》，《延河》1982年第4期。
② 贾平凹：《"卧虎"说》，《当代文艺思潮》1982年第2期。
③ 郜元宝：《贾平凹文学年谱》（上），《东吴学术》2016年第3期。

新奇且感人至深,作者深入到人物的心灵深处,探寻那些微妙的心理活动和情感变化,并塑造出小月、烟峰、兰兰、香香等青春洋溢、热情大方的女性形象。在"改革开放"的浪潮中,这些原本贫穷但宁静的深山,悄然发生着变化,人们的内心与生活变得躁动起来。土地从公社集体下放到农民个体手中,生存与生活问题初步得以解决,但"山外"的日新月异使得"山里"的贫穷落后和保守闭塞立刻凸显出来,那些外出闯荡后目睹了新世界的年轻山民们开始谋求"生财之道"。"固守本分"(务农)与"不务正业"(经商)的两种价值观念之间显出了尖锐的矛盾纠葛,爱情婚姻、风俗世情正在迅速变化。这是贾平凹这一时期小说中所着力描写的重要内容,正如他在《腊月·正月》后记中所写:"以商州作为一个点,详细地考察它,研究它,而得出中国农村的历史演进和社会变迁以及这个大千世界里的人的生活、情绪、心理结构变化的轨迹。"[①] 在贾平凹一系列的写作实践中,商州这块古老而封闭的地域重新展现在世人眼前,既神秘又魅力十足。那些遗落在民间的古老历史、语言、习俗、传说、宗教、礼仪、风物、歌谣等,在贾平凹笔下焕发出生机和光彩。总体而言,这些作品在艺术手法上,正如费秉勋所言,有明显的"复古"意识,贾平凹"复现"了六朝志怪、志人、唐传奇以及《聊斋志异》《浮生六记》等文人笔记传统。[②] 这一次艺术转型,在他的创作史上十分重要,以至于从80年代初到当下的四十余年里,他一直沿着这条路径不断开拓,从笔记到明清白话小说,从《山海经》到《史记》,他在古人那里汲取了丰富的艺术养料,进而加以现代转化,创造出丰富瑰丽、风格独特的文学艺术长卷。

在经历了大量的散文、中短篇小说创作实践与艺术探索之后,贾平凹开始着手长篇小说创作,1986年他将主要精力投注在第一部长篇小说《浮躁》的写作上,作品部分选载于《延河》1986年第8期,全篇在《收获》1987年第1期上刊发,单行本也于该年9月由作家出版

[①] 贾平凹:《贾平凹文集》第5卷,陕西人民出版社1998年版,第124页。
[②] 费秉勋:《贾平凹一九八一年小说创作一瞥》,《延河》1982年第4期。

第五章 贾平凹：探寻虚实相间的"中国叙事"

社出版。这部小说在贾平凹文学创作上具有里程碑意义，此后他的主要精力放在了长篇小说创作上，平均两年左右出版一部。几乎同时，他的另一部"长篇"《商州》出版，这部作品是在"商州系列"中篇基础上写成的。以一对年轻恋人刘成和珍子的恋爱故事为线索，细致描绘了商州的人情风俗、历史掌故、逸闻传说、山川地貌与自然风物。但由于是散文游记连缀而成，结构显得较为松散，"笔记体"特征较为明显。不久后的另一部"长篇"《妊娠》，同样是由几个短篇小说组合起来的，其中的章节是"先后在报刊上发表的《龙卷风》《马角》《故里》《美好的侏人》等等"[1]，也不属严格意义上的长篇小说。贾平凹继续以"商州"为据点，采用"笔记小说"的写法，博采商州的山川地理、旧俗异闻、民谣曲艺、野史传说，勾勒出神秘而丰富的多维时空图。《商州》和《妊娠》在贾平凹创作史上具有较强的"文体试验"[2]性质，但却是贾平凹长篇小说创作的重要底色，直至2022年的《秦岭记》问世，他仍然在"笔记"传统中寻找可资现代转化的文化与思想资源。

《浮躁》的出版，标志着贾平凹在长篇创作征程上迈出了坚实的一步。这部小说因广阔描绘了"改革开放"时代中国农村的新气象而引起了读者与批评家的广泛关注，并且获得了当年美国"美孚飞马文学奖"，产生了国际影响。小说同样以商州为背景，主要书写了男主人公金狗追求人生理想的奋斗历程，以及他与小水、英英、石华等几位女性的情感纠葛。在这条主线背后，作者又穿插了双岔镇仙游村田家与巩家两大家族势力间的明争暗斗，以及以大空为代表的农村青年的发家致富之路等情节。《浮躁》在多个方面突破了贾平凹以前的创作，人性探索上笔力更加深入人物内心，甚至是人性深处的"弱点"与"暗面"，金狗这一人物的成功塑造即为证明。他善良、勇敢、正义、自强，但又苦闷、颓废、叛逆、自私，形象的丰富和立体超越了贾平凹以往小说中的人物个性特征。金狗并非新时代无可挑剔的英雄

---

[1] 贾平凹：《〈妊娠〉序》《贾平凹文论集·关于小说》，生活·读书·新知三联书店2015年版，第40页。

[2] 李振声：《商州：贾平凹的小说世界》，《上海文学》1986年第4期。

人物，他的复杂性既是变革时代中国农村走向现代化过程中农民心理和性格变化的真实写照，同时也是一个未经过滤和抽绎的、血肉丰满的农村青年代表。在内容广阔性与深刻性上，以往的小说与《浮躁》也不可同日而语。当代中国经历了近40年的艰难探索，尤其是"十年浩劫"的曲折动荡后，全面现代化之路终于正式开启。然而，正如贾平凹后来常说"陈年的蜘蛛网，动哪都落灰尘"，古老中国从沉睡中再次醒来，短时间内却无法完全摆脱陈旧势力与保守观念的阻碍，反而时时沉渣泛起。在"万物复苏""欣欣向荣"的变革景象下，一股"浮躁"风气又蔓延开去，社会、文化、道德、法律、制度、人性等多种矛盾和积弊凸显。《浮躁》中的"商州"正是20世纪80年代中国社会的缩影。正如论者所言："《浮躁》是一部以对现实的同步思考为特征的，试图从政治、经济、文化心理诸多方面宏观把握时代脉息的重要作品，它既反映了人民群众中自觉的和潜在的改革要求，改革给中国社会带来的活力；又尖锐地触及了在发展城乡商品生产中所出现的多种问题和新的矛盾。"[1] 因而，《浮躁》并非一部简单的"反映现实"之作，它从商州农村的现实社会和农民心理出发，显示出作者深刻的社会洞察力和思想批判性，成为"新时期"文学的重要作品之一，它是贾平凹至今50年创作史上的一个关键节点。从《商州初录》到《浮躁》这五年，贾平凹结束了创作上的"流寇"时期，真正找到了他的文学根据地。当然，他笔下的商州，不只是自然地理上的商州，更是贾平凹生活了18年的故乡，是他心灵、精神、文化信仰的栖息地。而在他迄今公开发表的19部长篇小说中，明确以"商州"或"秦岭"为背景的即有《商州》《浮躁》《怀念狼》《病相报告》《秦腔》《带灯》《老生》《山本》《秦岭记》九部。虽然《浮躁》后的创作在许多方面有新的开拓，但大部分仍处在以商州为起点的"寻根"延长线上。

从1973年在《群众艺术》上发表的《一双袜子》算起，贾平凹文学创作至今已走过了50年的历史，其散文、中短篇小说创作数量难

---

[1] 李星：《混沌世界中的信念和艺术秩序——〈浮躁〉论片》，《小说评论》1987年第6期。

以确记，而长篇小说也已达19部①，且先后获得"茅盾文学奖""华语文学传媒大奖""红楼梦奖""施耐庵文学奖""美国美孚飞马文学奖""法国费米娜文学奖""法国艺术及文学骑士勋章"等多项国内外文学大奖，其作品也被翻译成英、法、德、俄、日、韩等多种语言、二十余种版本在海外传播。从中国社会转型变化的"新时期"开始，贾平凹持续以自己丰富的创作充实着当代文学的库容，并不断提供给文坛新鲜而富有意味的话题。贾平凹是四十余年中国文学的亲历者和见证人，也是四十余年中国文学的一个标本式作家，他每个阶段的创作都表现出鲜明的时代特色和突出的个人标记，他那既胶着于时代又特立独行的创作风范，呈现出别一种作家与时代文学的构成关系。

第二节　古典美学的现代探寻

除从民间汲取文化与文学资源外，贾平凹同时倾心于传统文化与古典文学，并致力于文学观念与创作实践上融合传统、西方与现代三个维度。贾平凹在《四十岁说》中写道：

> 我倒认为对于西方文学的技巧，不必自卑地去仿制，因为思维方式不同，形成的技巧也各有千秋，通往人类贯通的一种思考一种意识的境界，法门万千……古老的中国的味道如何写出，中国人的感受怎样表达出来？恐怕不仅是看作纯粹的形式的既定，诚然也是中国思维下的形式，就是马尔克斯和那个川端先生，他们成功，直指大境界，追逐全世界的先进的趋向而浪花飞扬，河床却坚实地建凿在本民族的土地上。②

---

① 贾平凹的长篇小说有《浮躁》(1987)、《商州》(1987)、《妊娠》(1988)、《废都》(1993)、《白夜》(1995)、《土门》(1996)、《高老庄》(1998)、《怀念狼》(2000)、《我是农民》(2000)、《病相报告》(2002)、《秦腔》(2005)、《高兴》(2007)、《古炉》(2011)、《带灯》(2013)、《老生》(2014)、《极花》(2016)、《山本》(2018)、《暂坐》(2020)、《秦岭记》(2022) 等。

② 贾平凹：《四十岁说》，《贾平凹文集》第12卷，陕西人民出版社1998年版，第316—317页。

此时的贾平凹，更加坚定地走在找寻和接续民族文化传统的道路上。如果说"寻根"早期的贾平凹倾心于从文言小说、野史笔记（诸如《聊斋志异》等笔记小说）中汲取营养，而 90 年代的他又开始从写作技巧、语言形式、审美意识等方面向《金瓶梅》《红楼梦》等明清白话小说取法。《废都》的面世便是明证。评论家吴义勤指出："贾平凹对中国传统叙事资源的看重一直贯穿着他的写作历史，在他看来，小说的创新和突破，西方化固然是一条线路，但是中国小说的叙事传统特别是明清小说的叙事传统则是另一条路线。"[①] 从 20 世纪 80 年代以来贾平凹一直倾心于古典艺术和美学，并致力于实现传统的现代转化这个角度观察，《废都》并非骤然出世，它似乎是贾平凹文学道路上一个自然自发的结果。只是他暂时离开了商州这个精神故乡，而将时空放置在他已经生活过近二十年但却仍感隔膜的西京城里。但《废都》确乎给世人、给文学界、给熟悉他的读者带来了难以言表的震撼甚至错愕，这震撼无疑源自小说中大量直白而露骨的"性描写"。人们瞠目结舌，无论如何也不能将以前那个木讷、羞涩、含蓄、性灵的贾平凹与《废都》联系起来，一边低头耳语"贾平凹怎么啦"，一边试图从"□□"背后寻找那被删掉的几十抑或几百字。但表面上看来，一切却又出奇地安静，文学界也异乎寻常地失语，这似乎是暴风雨来临前最后的宁静，一切都在酝酿着等待爆发。

1993 年 6 月，《废都》出版，一时洛阳纸贵，正版迅速售罄后盗版大量印行，截至 1993 年 12 月，正版和半正式出版的《废都》销售了一百余万册，另有一千多万册的盗版流入市场。[②] 但不到半年即被下架，负责该书的北京出版社和责任编辑田珍颖受到严厉处分，难以计数的批判文章接踵而至。素有"鬼才"之称的贾平凹此时也被痛斥为"色情作家"和"无耻文人"。虽说以"阶级斗争"为纲的意识形态规训早已成为过去，"新时期"文学也已走过了 17 年，经过 80 年代思想解放运动的洗礼后，创作环境和读者群体早已发生变化，但共和

---

① 吴义勤：《乡土经验与"中国之心"——〈秦腔〉论》，《当代作家评论》2006 年第 4 期。
② 贾平凹：《给尚×的信——关于获法国费米娜文学奖的前后》，贾平凹《五十大话》，人民文学出版社 2008 年版，第 214 页。

国文学史上首次出现有大量"性描写"的严肃小说，仍然突破了许多读者的审美习惯与接受心理，甚至在80年代那些欣赏、热衷他的读者此时都纷纷背身远去。贾平凹面临着严厉的批判声音和巨大的心理压力，他四处躲藏，几乎成了"流寇"。《废都》与《废都》事件也成了20世纪90年代最大的文学/文化事件，贾平凹为此产生了长时间的心理阴影，创作一度停滞。然而"墙内开花墙外香"，与大陆的窘迫遭遇不同的是，《废都》迅速传播到港台及海外，1994年由台湾风云时代出版公司出版，不久，日译本出版，1997年法文版出版后又获"法国费米娜文学奖"。《废都》被禁的17年间，盗版不断流入市场，这种隐秘而暧昧的传播方式构成了当代大陆文学一种特殊的传播接受案例。直到2009年，《废都》在大陆才又获准再版。这期间，批判的声音时有出现，但人们也逐渐反思到《废都》的价值意义，当年撰文严厉批判过《废都》的评论家，后来也有向贾平凹本人表示过歉意，甚至转而全力挖掘这部旧作深刻的美学价值和思想内涵，重评《废都》成为学界显象。围绕《废都》最重要的问题，即是如何看待其中饱含争议的"性"描写；同时，关于贾平凹艺术观念中传统文化与古典美学的现代转化问题再次引起重视；再者，现代知识分子与传统文人的话题也成为解读作品的一个关键；最后，《废都》的商业化出版与现代传媒的关系问题，也是当时人们讨论的一个热点。这些都是在《废都》出版后当时和后来人们讨论时所聚焦的重要问题。

首先是《废都》中的性描写问题。男主人公庄之蝶与妻子牛月清、情妇唐宛儿、保姆柳月、路人阿灿之间不可言说的关系，使得这部作品蒙上了无聊、颓废、灰暗、色情、低俗的基调，饱受时人诟病，《废都》也因此被称作当代《金瓶梅》。但与《金瓶梅》中男性人物西门庆不同的是，庄之蝶是一个中年作家和文化人形象。而唐宛儿、柳月、阿灿等倾慕庄之蝶的女性虽出身社会底层，却都对古代文学和文化钟爱有加。小说所塑造的庄之蝶的形象及其行为，受到了来自文学内外的强烈批判，人们认为书中有关男女（性）关系的大量笔墨，受《金瓶梅》《红楼梦》等明清世情小说甚至《肉蒲团》等艳情小说的直接影响，但却写得粗鄙庸俗，"缺少现代城市精神，显出一种矫虚的幻想"①,"弥散着一种陈旧的趣味,显得如此陈腐"。② 陈晓明也指出,庄之蝶完全是"欲望"的化身,甚至是作者"欲望化"写作的"代言人",他的形象既不真实又没有多少批判反思意义,整部作品属于作者"意淫式"和"自恋式"的写作:"(庄之蝶)不过只是个性欲焦虑者,一个假想的欲望英雄,一个从历史主体位置上跌落到(流放到)性欲沟壑里的纵欲者。"③ 对此问题当时也有相反的看法,学者雷达即认为小说中的性描写在"不少地方确有陷入恶趣之嫌",但批评家及广大读者"不可专注于性描写,忘记了作者深层的追求"④,需要从庄之蝶身上看到这种传统文人在现代社会中的"颓废"情绪与"悲剧"命运,以及作者的批判意识。李敬泽则认为《废都》中的性描写和框框:"有一种反讽效果,它拓展了意义空间,指涉着禁制、躲闪,也指涉着禁制、躲闪的历史。"⑤ 当人的正常、合理的欲望在权力、等级、偏见的长期压抑下,常会以一种非常态的、隐秘的、溃败的形式表现出来,它在某种程度上指向反抗与解放,庄之蝶所处的名利网中充满压抑与逼仄的空气,似乎只有性才能使他的灵魂得以暂时的"安妥"。如此,《废都》中有关性的笔墨对20世纪末社会图景和人情世态的反讽是显而易见的。20年后,陈晓明再次评价《废都》时,认为贾平凹在《废都》以前的作品中所体现出的"性情"是与地域文化和山野风情结合起来的,而《废都》中的"性情"却是赤裸裸的,让人猝不及防。小说中那些对作家庄之蝶顶礼膜拜的女性,也心甘情愿地奉献出自己的身体,她们甚至在与庄之蝶交欢时,会手持《红楼梦》《浮生六记》《闲情偶寄》等古典书籍,"他们的交欢因而具有了承接传统文化及其美学的意义"。⑥

---

① 张法:《〈废都〉多滋味的成败》,《文艺争鸣》1993年第5期。
② 吴亮:《城镇、文人和旧小说——关于贾平凹的〈废都〉》,《文艺争鸣》1993年第6期。
③ 陈晓明:《废墟上的狂欢节——评〈废都〉及其他》,《天津社会科学》1994年第2期。
④ 雷达:《心灵的挣扎——〈废都〉辨析》,《当代作家评论》1993年第6期。
⑤ 参见荆歌主编《谈性正浓:百名作家、诗人、导演关于情爱话题的对话》,江苏文艺出版社2006年版,第76页。
⑥ 陈晓明:《穿过"废都",带灯夜行——试论贾平凹的创作历程》,《东吴学术》2013年第5期。

第五章 贾平凹：探寻虚实相间的"中国叙事"

其次，与此相关联的，即贾平凹在《商州三录》的"寻根"后进一步在《废都》中表现出的突出的"复古"倾向。小说发表之际，很多评论家敏锐地发现其在人物设置、艺术结构、情节推进和语言运用等方面，与明清世情小说《金瓶梅》《红楼梦》的密切关系，有人直斥其为拙劣的模仿、拼贴、抄袭，充斥着"拼贴文化稗史"的"复古妄想症"[①]。而党圣元等人则提醒读者，贾平凹的"复古"从古典美学发展和激活当代文学的古典传统资源方面看是有积极意义的："《废都》对《金瓶梅》《红楼梦》有学习借鉴之处，有神髓相通处，但并非摹仿，书中对六朝志怪小说以来的中国小说艺术传统资源是一次很好的借鉴利用。"[②] 尤其是作者在意象选择和神话叙事上，营造出丰富的象征和隐喻系统，其在继承中国古典叙事上有重要价值。20年后陈晓明也同样认为《废都》在吸收《金瓶梅》《红楼梦》等古典文学资源方面，体现出过人的艺术胆识和独特的美学理想，并认为这种艺术实践具有"文化和美学重建"的重要价值及积极意义：

> 贾平凹试图越过当代所有的文学既成阶段，这是一次胆大妄为的写作，一次关于文化和美学重建的梦想，这样的梦想远离了现代性事业，也悖离了知识分子在90年代重新出发的立场和方向。但是贾平凹顽强地开辟自己的道路，他几乎一夜之间就逃逸出当代知识分子的视野。[③]

再次，关于《废都》在20世纪90年代文学市场化和消费主义浪潮下，知识分子如何再出场并重新确立其历史主体地位方面，也出现了诸多争议。1949年以后，知识分子由现代中国启蒙者的精英身份转变为受批判和被改造的角色，经过20世纪80年代思想解放运动的洗礼后其地位和荣誉逐渐得到恢复，他们再次肩负起民族国家走向现代

---

① 陈晓明：《废墟上的狂欢节——评〈废都〉及其他》，《天津社会科学》1994年第2期。
② 党圣元：《说不尽的〈废都〉——贾平凹文化心态谈片》，《小说评论》1996年第1期。
③ 陈晓明：《穿过"废都"，带灯夜行——试论贾平凹的创作历程》，《东吴学术》2013年第5期。

化的历史重任。但20世纪80年代末的政治大事件再一次将知识分子的启蒙理想击碎,在经历了几年的失落与阵痛后,90年代初,知识分子试图再出场并确立自己的主体地位。但正在此时,贾平凹却塑造出了一个孤独、阴郁、颓废、懦弱、恶趣味的"旧文人"庄之蝶形象,且西京城的其他三大文化名人,都表现出浓郁的颓废、无聊、市侩、庸俗气息,毫无现代知识分子的责任感与民族大义。《废都》一石激起千层浪,在文艺界内外引发了强烈的冲击波,人们期待视野中的"五四以来'现代性'创造的'代言者''启蒙者'的完美形象受到了无情的冲击……大众文化及消费的取向取代了知识分子的话语中心的位置"。① 人们责怪贾平凹没有抓住时代的脉搏,适时塑造出一批承担启蒙责任和社会批判功能的现代知识分子:"这个破败的主体(指庄之蝶)却在破败的文化现实中找到了恰当的支点——女人(性欲)。他一开始就没有打算,也不可能打算在社会现实中给予主体以新的历史定位。"② 客观而言,此种批判无疑也存在历史"错位",贾平凹无意塑造现代知识分子,以庄之蝶为代表的西京城文化名人无疑更靠近传统没落文人,贾平凹为他们所代表的传统文化在当时的悲剧历史宿命唱出了悲怆的挽歌:"他写的不是这个时代的知识分子的心灵史,而是古典时代在当代的没落史……只有在这一个意义上,才能真正理解《废都》的真实意图。"③ 如此看来,《废都》的重要之处在于近乎绝望地写出了这种现实,它让知识分子读者感到绝望乃至窒息,他们重新出场,成为历史主体——启蒙者的设想与愿望再次陷入悖论情境。

最后,有关《废都》出版的商业化、市场化策略,也是人们讨论的一个重要话题。在市场机制下,文学作品从高雅、神圣的艺术殿堂转而变为文学生产机制中写作、出版、销售的环节。《废都》的出版和热销即为20世纪90年代文学市场化转型中的一个重要案例。作品

---

① 易毅:《〈废都〉:皇帝的新衣》,《文艺争鸣》1993年第5期。
② 陈晓明:《废墟上的狂欢节——评〈废都〉及其他》,《天津社会科学》1994年第2期。
③ 陈晓明:《穿过"废都",带灯夜行——试论贾平凹的创作历程》,《东吴学术》2013年第5期。

第五章　贾平凹：探寻虚实相间的"中国叙事"

在正式出版前，各类博人眼球的真假消息不胫而走，"惊人大胆的描写""巨额稿酬"等博人眼球的"广告"，吊足了众人的胃口；而作品中"□□□"和"作者删去××字"等形式，正迎合着广大社会读者的阅读心理，人们不断谈论着那些删去的内容是否作者本人所为，如何才能获得底本、全本等之类的话题，以至于作品甫一出版即告售罄，一时洛阳纸贵，盗版风行。而且，作品也迅速在港台和海外出版，继1993年在香港出版、1994年韩文版和日文版出版之后，1997年法文版出版，并获得法国费米娜文学奖。《废都》创造了20世纪90年代文学出版的一个"商业"神话，无论从文学市场化、出版史、读者心理、媒介传播等哪个方面进行考察，这部作品都是典型的、无法复制的案例。

写作《废都》前后，贾平凹与妻子韩俊芳婚姻破裂，1992年离婚。加上作品出版后所引发的一系列批评、谩骂和文学事件，贾平凹身心憔悴，健康状况迅速恶化，几度住院休养。这一段人生经历对贾平凹创作道路转型、人生态度转变等产生了重大影响。2003年距《废都》出版10年之际，他仍然难以平静。在一次访谈中贾平凹说："《废都》在国内争论大的时候，文学批评超越了文学，成了一件大事，你的生活、你的人身就有了麻烦。这一点我不愿多说了。再一个就是《废都》留给我的阴影影响了我整个90年代，现在也没有完全消除。"① 1993年秋天，他"逃往"四川绵阳，并在那里构思起了下一部小说《白夜》。② 在《废都》事件的余震和疾病的困扰中，他拿起笔继续他的文学事业。1996年，与护士郭梅结婚，婚后两人育下一女。《废都》之后的90年代，他仍以惊人的勤奋和韧力创作出了《白夜》《土门》《高老庄》《怀念狼》等长篇小说，他所关心与关注的仍然是传统与现代，城市与乡土、民间文化与都市文明之间错综复杂的历史关系与文化症候，只不过此阶段的创作仍呈现出"后《废都》"时期的"蛰伏"状态。

---

① 贾平凹、谢有顺：《贾平凹谢有顺对话录》，苏州大学出版社2003年版，第22页。
② 贾平凹：《白夜·后记》，《贾平凹文集》第8卷，陕西人民出版社1998年版，第695—697页。

第三节 乡土书写与女性群像

在对贾平凹的创作研究中，人们一直关注他与汪曾祺、孙犁等老一辈作家在文脉上的紧密关联，而沈从文对贾平凹的影响也是十分深远的，他们二人最大的共同之处，在于对乡土中国细致入微的书写，对城市文明的深刻反思。《边城》中的沈从文对那个尚未受到现代文明渗透的湘西社会的描摹，充满了诗情画意和眷恋之情，但经历了战争、灾难、工商业渗透、"现代"改造后的湘西在《长河》中已完全失去了田园牧歌的情调，乡土社会、文化、人性正在走向蜕变和衰落，沈从文唱出了他对乡土社会的最后一首挽歌。贾平凹对乡土"商州"的书写也大致经历了这样一个过程，在他20世纪80年代早期的那些文字中，商州这块神秘古老的土地和淳朴憨厚的乡民们勾起了人们无限的向往，读者跟随他诗意的、细腻的、田园牧歌式的笔调不断深入这一陌生而新奇的世界。随着改革开放的深入、工业化生产的发展，外来的商品和文化迅速涌入，人心变得越来越躁动不安，原有的宁静、和谐被打破了，一幕幕悲剧重复上演，直到《秦腔》中的棣花已经完全变了模样，贾平凹用哀婉的笔调为解体中的乡村文明写出了最后一支挽歌。

一 《秦腔》的"乡土"书写与艺术新变

进入21世纪以后，贾平凹出版了长篇小说《病相报告》，其后不久他的另一部引起轰动的长篇小说《秦腔》问世。时隔二十余年，贾平凹再次汇聚了文学界的目光，《废都》的巨大效应已成为过去，也不可能再次发生，但《秦腔》在文坛所引发的冲击波却也非同小可，它标示着贾平凹创作迈上了另一座高峰，《秦腔》最终获得了第七届茅盾文学奖。已经有三十余年创作经验的贾平凹将他的全部笔力再次投注在故乡棣花清风街的农民身上，并集中探索了改革开放二三十年来中国农村的整体面貌与文化变迁，大批农民失去了与土地的天然联系,飘零在陌生的异地他乡和城市的各个角落,那些世代延续的社会结构、风俗习惯、集体性格和文化心理正在遽变,作者熟悉的人和事现如今已经变得模糊和陌生。再次回望这片生养他的土地时,贾平凹倾注了所有情感,最终无可奈何地为这行将失去的一切书写出了一首悲怆的挽歌。《秦腔》在叙事方法、语言运用、作品意蕴等多个方面表现出新的艺术质地,被评价为"当代小说写作的一记重音""大时代的生动写照"。

首先,在叙事方法上,贾平凹将疯子"引生"作为《秦腔》的叙述人,并且以第一人称"我"的视角讲述故事,产生了别样的艺术效果。叙事学上以第一人称"我"作为叙述人一般意义上属"限知叙事",但《秦腔》却有特殊之处。引生的自我阉割可能意味着小说叙事本身就是"残缺不全"的,但同时引生又是一个"疯子",他有着异于常人的思维活动,甚至是"白日梦"和"癫痫病"患者,因而他身上又充满了"神性",这也意味着引生是一个全知全能的叙述者。在此意义上,疯子"引生"注视和感受着清风街的一切都可能最为真实。因而,引生的"荒诞呓语"及其所见所闻所思,使得文本内部充满张力,《秦腔》也因第一人称"我"(引生)的叙事视角达到了非常迷人的艺术效果。论者张学昕在阐述作品时也大都十分关注这一点:"一方面引生作为无所不在无所不知的全能视角起着结构全篇的核心作用;另一方面小说中引生又以"我"的第一人称角色出现,成为参与文本中具体生活的一个边缘化人物,同时构成第一人称的有限性叙述视角。"[①] 吴义勤也论述道:"《秦腔》的叙事人实际上是三个:一个是白痴引生,他是小说的显叙事人和主叙事人;一是作家夏风,他是小说的次叙事人;三是隐含作家,他是小说的隐叙述人。正是三个叙事层次、三种叙事视点的冲突、矛盾、对话构成了小说的叙事张力与叙事魅力。"[②]《秦腔》叙事方法上的另一个创新,即并无宏大的结构和曲折的情节,故事的发展完全靠琐细绵密的日常生活细节来推动。

---

① 张学昕:《回到生活原点的写作——贾平凹〈秦腔〉的叙事形态》,《当代作家评论》2006年第3期。

② 吴义勤:《乡土经验与"中国之心"——〈秦腔〉论》,《当代作家评论》2006年第4期。

这种打破现实主义小说叙事成规的写法成为《秦腔》的又一特色。陈思和将其称为"法自然的现实主义"并论述道:"阅读《秦腔》的感受就好像在读一部日记,似读流水账,然而整部小说通读完后,就会感到中国农村和农村文化的衰败与颓忘非常令人震惊。"① 张新颖也论述道:"《秦腔》的写法是流水账式的,叙述是网状的,交错着、纠缠着推进……同时也抗拒着理念的归纳、分析和升华。"② 这种以实感经验为核心的叙述排斥理论、概念及流行的社会思潮,因而更个人化,也更深入生活和历史。当然,这种写法也必然给读者进入小说造成了阅读障碍,尤其是没有农村生活经验以及不熟悉陕西关中——商州方言和民间生活场的读者。

其次,在语言运用上,《秦腔》也达到了一个新阶段,尤其是贾平凹对方言俚语臻于纯熟运用,使得这部作品显出了浑然天成的艺术境界。诸如俚语、传说、民谣、寓言、野史等,贾平凹信手拈来,糅进小说,讽喻有度,妙趣横生。这一特点虽在贾平凹以前的小说中有不同程度的体现,但自《秦腔》诞生,贾平凹语言的幽默感则如"飞沙走石,卷水摇天",笔到之处,纵横捭阖,气象宏阔。随手翻开一页,都会发现惊人之笔,可谓越读越耐读,越嚼越有味。因而,五十余万字的《秦腔》,以"密实的流年式的叙写"方式去描摹清风街乡民们"生老病离死,吃喝拉撒睡"的"一堆鸡零狗碎的泼烦日子",似乎确实会存在琐碎、枯燥、无趣等问题,也可能会在阅读层面给读者造成很大障碍。就连贾平凹本人也在后记中担忧起来:"这种密实的流年式的叙写,农村人或在农村生活过的人能进入,城里人能进入吗?陕西人能进入,外省人能进入吗?"③ 但随着阅读的深入,上述可能存在的问题便迎刃而解了。这把利刃便是贾平凹的智慧与幽默。小说中几乎每一句话,看似平淡无奇,但却浑然天成,韵味十足,幽默丛生。因而,即便没有跌宕的情节而只是密密匝匝的日常生活,《秦

---

① 陈思和:《新世纪以来的长篇小说创作的两种现实主义趋向》,《渤海大学学报》(哲学社会科学版) 2007 年第 3 期。

② 张新颖:《沈从文九讲》,中华书局 2015 年版,第 320 页。

③ 贾平凹:《秦腔·后记》,作家出版社 2005 年版,第 518 页。

腔》的可读性却丝毫没有减弱,幽默与讽刺正如润滑剂一样保证着日常生活细节的齿轮在小说中自然转动。

最后,在作品整体的境界和意蕴上,《秦腔》表现出一种苍茫大度、境界宏阔、浑然一体的气象。事实上,贾平凹这种自觉的艺术追求在20世纪80年代时就有明显体现,经过几十年的艺术实践,他的长篇小说更为圆熟自洽。看似琐碎的生活细节,贾平凹却能恰如其分地将其融入小说艺术之中,"囫囫囵囵"、浑然一体如老生说家常话,语不惊人却韵味十足。《秦腔》给人的总体感觉就如秦岭看景,若立于秦岭深处,脚下的山石、周遭的草木以及林中的飞鸟都看得真切,但站在顶峰,秦岭山势连绵、高低起伏、云气氤氲的苍茫宏伟之感便会立刻显现。细处真切而整体浑然的艺术风格在《秦腔》中表现得十分明显,正如他二十多年前所看到的那个"卧虎"一样,"重精神、重情感、重整体、重气韵、具体而单一、抽象而丰富"[①]。贾平凹的智慧与旷达促使着他的乡土叙事向着他念兹在兹的"秦汉文章""西汉品格""海风山谷"风格不断迈进。

二 从《高兴》到《暂坐》:叙述底层与书写女性

《秦腔》之后的另一部小说《高兴》,书写了农民刘高兴进城拾破烂的故事。这部作品与他十年后的另一长篇《极花》有密切的互文关系。尽管《高兴》和《极花》之间,贾平凹还创作出版了《古炉》《带灯》《老生》三部长篇小说,但依然不妨碍笔者将《高兴》和《极花》这两部相隔十年的小说联系起来研究。两部作品出于同一个生活原型,即他在《高兴》后记中所写的"农民捡破烂"与"拐卖妇女"的故事。贾平凹放不下的这个故事中,蕴含着他一直以来对离土农民及其生活命运的急切关注和痛切思考,这十年中,"城市是怎样地肥大了而农村在怎样地凋敝着",底层农民如何在涌入城市后艰难追求生存和认同,而命运又如何于不期然中让他们重新面对家园不再

[①] 贾平凹:《"卧虎"说》,《当代文艺思潮》1982年第2期。

的乡村。《高兴》和《极花》在题材内容和情感思绪上的内在关联，引发出比较研读的可能。

　　刘高兴与胡蝶属于一个群体。他们出身农村，向往城市，但又生活在城市底层，他们渴望成为城里人但却不被认可同时又遭命运捉弄。不同的是，刘高兴是一个"乐天派"，总以乐观自信的态度面对人生苦难，虽不排除有时用"自欺欺人"的阿Q心态来应对精神困境；胡蝶是单纯善良的农村少女，因轻信而被拐卖击碎了她对未来的美好憧憬，她恐惧、愤怒、抗争直至绝望，最终被迫接受苦难生活。两部小说在叙述风格上看似差异较大，前者俏皮、幽默，后者凝重、悲苦，一个是"笑中带泪"，一个是"欲哭无泪"，但内在深刻的悲剧性却是一致的。

　　《高兴》中，刘高兴和五福等人因其谋生手段和社会地位，处处遭受歧视，但刘高兴始终葆有一种城市"主人翁"的自我感觉。类似题材若在其他作者笔下，多会被处理成十分悲苦的故事，底层人物的悲惨遭际引发读者深深的怜悯和同情，从而归结于揭露社会不公和批判现实黑暗的创作主旨。但《高兴》另辟蹊径，农民刘高兴身上有一种可贵的自立精神和平等意识，他生活贫穷地位卑微，可他并不自轻自贱，反而能"苦中作乐"，不但说话处事富有智慧和幽默感，即便身处逆境也能坦然应对、化险为夷。整部小说也因此有幽默诙谐而无轻贱油滑之感。这种建立在"苦难的底色上"的幽默，让沉重窒息的现实增添了几抹亮色，也带给读者"笑中带泪"的审美体验，这比任何简单的揭露和批判都来得深刻，来得让人心灵震颤。十年后，贾平凹在《极花》中再次描画了一位"被侮辱"与"被损害"的底层女性胡蝶。和所有城里女孩儿一样，胡蝶爱打扮、爱漂亮，喜欢穿高跟鞋和小西服。她也渴望爱情，对房东老伯的儿子青文深有好感。但命运无常，在一次以介绍工作为名的诱骗犯罪中，胡蝶被拐卖到了偏僻的农村，成了单身汉黑亮的媳妇并生下孩子。胡蝶一直拒绝服从，设法逃脱，但无奈最后的解脱只是一个梦境，她最终接受了黑亮和这个村子。小说在"我"的独白中讲述了胡蝶的悲惨遭遇和屈辱感受，以及逃脱无望后接受命运安排的心理变化。作品在通过胡蝶的遭遇来谴责、控诉"拐卖妇女"的犯罪行为时,引出了另一个有争议的话题:"我骂城市哩……现在国家发展城市哩,城市就成了个血盆大口,吸农村的钱,吸农村的物,把农村的姑娘全吸走了!"① 城市化进程中农村全方位荒芜衰败,青壮年劳动力大量流失,"那些没能力的,也没技术和资金的男人仍剩在村子里,他们依赖着土地能解决着温饱问题,却再也无法娶妻生子"。② 拐卖妇女固然是犯罪行为,但偏远落后的农村男性的情感与婚姻处境也是巨大的社会问题。当自然状态下的伦常和法律都无法解决这一尖锐矛盾时,人们便冲破道德和法律的约束去夺取基本的生存权和生育权,这就为"拐卖妇女"的犯罪行为提供了市场。或许贾平凹并没有站在道德和法律的制高点上裁定"拐卖妇女"的犯罪行为,但"可怜的胡蝶"的悲惨遭遇,那些无知无畏、透出人性阴暗残忍的血腥屠害场面,已然昭示了作家的人道判断和价值良知。作家真正的用意,是要通过胡蝶被拐卖这一事件,写出贫困的乡村世界在落后闭塞和城市化的冲击之下,终于面临全面塌陷无以为继的悲苦情状,写出底层农民的绝地反击和由此造成的更深重惨烈的自我伤害。小说被深刻的社会矛盾、道德与人性的尖锐冲突所覆盖,集恐惧和无奈为一体,字里行间弥漫着哀伤的气息。

显然,作家面对的不再是简单的城乡对立或者贫富对抗,贾平凹不可能重复传统的社会批判性叙事模式,他早已走出了简单的道德化书写。善与恶、美与丑构成的二元对立思维,很难透视到乡土变故中出现的种种异象,贾平凹甚至放弃了惯用的繁复笔墨,"用减法而不用加法""把一切过程都隐去",只让单纯而美好的胡蝶说话,人生世相的复调性与胡蝶理解人生的单一性,形成了鲜明的反差。通过胡蝶的叙述可以发现,她由开始的拒绝、抗争,到后来的妥协、接受,心理发生了巨大变化,胡蝶悲叹的不仅是自己的遭遇,也是这个村落的命运。作家与胡蝶一起悲叹,从激愤、控诉到忧伤、无奈。甚至在拐卖者和被拐卖者之间,读者感受到一种犹疑暧昧的态度,这是《极

---

① 贾平凹:《极花》,人民出版社2016年版,第9—10页。
② 贾平凹:《极花》,人民出版社2016年版,第206页。

花》的一个痛点。只有拉开距离，提醒人们小说非政治非道德也非法律判决，小说只是小说，是从心底长出的忧思和悲悯。

　　回顾贾平凹以往的小说创作，女性因被格外关注和用力书写已自成形象序列。无论是早年描摹故乡的山水人情，捕捉乡土社会的变革迹象，还是其后致力于状写城乡交汇洪流中跌宕起伏的人生命运，乃至放开笔墨从历史的深幽地带和民间的驳杂场域中，探寻天道自然与人事社会的复杂关系，女性人物一直是贾平凹写作命意的重要承载体。相应地，作家对女性形象的塑造及其所传达出的女性观，也成为贾平凹小说评论中关注度比较高的一个话题，尤其是在1993年《废都》问世之后。《废都》准确地说是以男性知识分子的生活故事和精神状态为小说主轴的，但那一群被视为男权附属品的女性形象，所引发的话题热度却从来不输于男性形象，特别是在女性主义批评那里，她们几乎成为讨论中国女性问题的必引案例。泛及作品的雅俗之争、美丑之辩，乃至牵涉作家声名的毁誉，《废都》余波持续影响了后来的贾平凹创作、以及对他的批评和研究。在《极花》之前创作的《带灯》，其主人公带灯是一位年轻漂亮、富于理想主义色彩的女性，其形象与胡蝶全然不同。带灯是一位充满文艺气息的大学毕业生，她满怀希望来到秦岭地区樱镇镇政府，在负责接待上访和维稳的镇政府"综治办"工作，成为一名基层女干部。小说通过叙述带灯在樱镇的日常工作和生活，展现了当前农村错综复杂的社会问题。年轻漂亮、单纯善良、乐观开朗又充满理想气质的带灯，有着与当地老干部们不同的做派，她耐心寻找解决矛盾的合理途径，但在盘根错节的问题面前越来越觉得无能为力。作者正是通过这个局外人的视角，来观察中国农村在变革浪潮中所遭遇的种种矛盾纠葛，深刻描绘出当前中国农村所面临的种种困境。这个独立有为的女子，最终也因无法排遣的苦闷而精神失常，就如黑夜里的萤火虫一样，她自带的那盏微弱的灯光最后走向了熄灭。贾平凹着力塑造的这位基层女性，在读者脑海中留下了深刻的印象。带灯虽与胡蝶有着不同的人生经历，但她们的悲剧结局却又相似。她们不仅代表了当代中国部分女性的命运遭际，同时也折射出当下中国农村难以挽救的衰败景象，小说的悲剧意味发人深省。

第五章 贾平凹：探寻虚实相间的"中国叙事"

在2020年出版的长篇《暂坐》中，贾平凹首次将笔墨集中于"都市女性"群体。"暂坐"茶庄的"十佳人"，既不同于他早期作品《满月儿》中满儿、月儿，《浮躁》中小水等青涩、淳朴的乡下姑娘，又不同于他晚近小说《秦腔》中白雪、《带灯》中带灯、《山本》中陆菊人等沉稳、大方的乡村女性，而且与《极花》中胡蝶等"被侮辱与被损害"的底层女性迥然相异，海若及"众姊妹"，"活力充满，享受时尚，不愿羁绊，永远自我"，但看似特立独行的她们却无不处在社会权力结构的网罗中。贾平凹正是通过"暂坐"茶庄这一融传统文化与现代商业为一体的特殊空间，集中展现了现代都市女性的生活情状与精神困境，而她们的身世遭际也随着情节的推进在作者笔端依次铺展开来。相对于众多都市女性，"暂坐"茶庄的"众姊妹"很少会为生计所累，她们生活富足，个性鲜明，但却都单身或离异，常常陷入孤独、怀疑、迷茫、破碎的深渊，心无所定，身如飘萍。她们的生存状态不仅反映了当代社会突出的女性问题，而且折射出城市文明中"现代人"的普遍精神症候。婚恋自由的女性解放思潮已走过百年历史，而"女性要'经济独立'"的呼喊也早已不觉新鲜，但在物质丰盈的当代都市，女性个体与群体的生活际遇与精神状态仍存在诸多难以超越的困境。这些问题，鲁迅早在1923年的著名演讲《娜拉走后怎样》中便已全部指出，"娜拉"出走后"堕落或回来"的结局不得不让人进一步追问，除了思想意识的觉醒，女性首要争取的即是"经济权"的平等，然而经济权的获得，仍不意味着独立和自由的完全到来，因为"现在的社会里，不但女人常做男人的傀儡，就是男人和男人，女人和女人，也相互地做傀儡，男人也常做女人的傀儡。这决不是几个女人取得经济权所能救的"。[①] 问题的复杂性恰在此处，而鲁迅彼时所忧虑的情形在今日中国却倍加尖锐。由此观察"暂坐"茶庄的"众姊妹"，她们并非没有经济权，但却时时被孤独、分裂、矛盾与迷茫所侵袭，而且并未逃脱社会、经济甚或权力"傀儡"的命运，这无疑与独立、自由的女性解放愿景相去甚远。"娜拉走后怎样"，百年前

---

① 鲁迅：《娜拉走后怎样》，《鲁迅全集》第1卷，人民文学出版社2005年版，第170页。

的鲁迅"不能确切地知道",而今的贾平凹似乎也并未寻找到答案。但贾平凹仍试图为这一众姊妹寻找解脱痛苦之道和精神栖息之所,摆放在茶庄二楼那些供她们借阅的"佛经"因而便具有了极强的象征意味,尽管这一类似寻找精神寄托与宗教信仰的路径有着浓郁的"乌托邦"色彩,但却是贾平凹一贯的文化立场与精神资源使然。由此也可看出鲁迅和贾平凹的基本分野:面对同一难题,鲁迅选择以"深沉的韧性的战斗"向"现代"的更深处开掘,而贾平凹却自然而然地回返传统,并从中寻觅思想与精神资源。这区别当然与一个世纪中社会、经济、政治、文化、思想的巨变密切相关,却又是"如何现代"这一百余年来中国所面临的核心问题的基本分歧,其在当下再度变得突出而尖锐。或许贾平凹的本意只在关注"凡夫众生"的"周而复始的苦恼",尤其是都市女性的生存状态与精神困境,但由此辐辏而出的文明与文化问题仍是不容回避的。

  无论从遣词造句、艺术手法还是内在结构上观察,《暂坐》并未超脱贾平凹一直以来的"《红楼梦》焦虑",而近三十年前那部深受《红楼梦》启悟而创作,旋即遭遇大规模挞伐与封禁的《废都》似乎仍是他的文学"梦魇"。《暂坐》中类似"众姊妹"的表述便是取自《红楼梦》,"众姊妹"所聚集的"茶庄"又类似"大观园",而"十佳人"的称谓亦是化用"金陵十二钗"而来,尤其与众姊妹过从甚密的男作家"羿光",也与被姐妹丫头环绕的贾宝玉有相似的一面(即便与贾宝玉相比羿光少了份童真痴顽而多了些世故腌臜),就连其中夏自花的挽联"叹双桐半死生,两剑一飞沉"也像极了"十二钗"的"判词"。此类细节在《暂坐》中俯拾即是,这直接印证了贾平凹文学世界中的《红楼梦》底色。自然,《暂坐》在许多方面亦与《废都》极为相似,只是年近古稀的贾平凹早已隐匿了当年的锋芒,作家庄之蝶与唐宛儿、柳月、阿灿直露的性关系,在《暂坐》中同为作家的羿光与"十佳人"间已变得虚虚实实、真假难辨,而《废都》的人性、文化与现实批判内涵在《暂坐》中似乎也漫漶不清,贾平凹已经习惯于"藏锋",他浅近通俗的言语、波澜不惊的叙述和从容不迫的心态,反映出一位几经风雨、阅历颇丰的老作家之"晚年风格"。然而，细读作品后不难发现，其中仍不乏笔力遒劲和暗藏机锋之处，这同样表现在作品较为深刻的思想批判性上。对"众姊妹"境遇的关注，作者不只是抱以同情和悲悯，他对她们命运悲剧的人性成因亦有深刻的洞察与审视，仇恨、贪婪、偏执、嫉妒、伪善，这些人性之恶，集中体现在严念初、夏自花、辛起几位女性身上，她们的依附型人格注定了自身的婚姻和生活悲剧。而作者对文化艺术界乱象的揭示与讽刺同样入木三分、发人深省。羿光虽为大作家，却时时为声名所累，且深陷于金钱、权力关系的泥淖之中无法脱身，他对自身和文艺界乱象也不无自省和自嘲地说道："权力面前艺术都是雕虫小技。"而人们对文人作家风骨尽失的讥讽更为尖刻："别信那种清高劲，什么不爱钱呀，不想当官呀，你给狗撂一根骨头试试！对内嫉妒倾轧，对外趋炎附势，又都行为乖张，酗酒好色。"① 其实，贾平凹长篇中大多有一个作家形象，而这些人物都或多或少有他的身影，当年《废都》中的"庄之蝶"被不少人拿来"对号入座"，进而用以攻讦作者本人，这对贾平凹的负面影响不可谓不大。然而，近30年后的他，似乎已不惮于人们的误解，他以豁达的心境、幽默而讽刺的笔调，坦诚、直率地将文人的"劣根"及文坛的乱象揭示于世，这种艺术精神是难能可贵的。

上述这些作品，既不是单纯的农村题材，也不能简单归类为城市小说，更非单一的女性叙事文本。贾平凹一直坚持以长篇小说反映流动不拘的人生世相，甚至指向人类的永恒"困局"。对贾平凹21世纪以来的多部长篇小说，评论界已不乏多元向度的丰富阐释，若论作家一以贯之的坚持，或审视人类的生存，或探照人性的奥秘，都是在面向未来的轨道上运行的。他在《秦腔》中写乡村衰败，《古炉》中写政治运动，《老生》中写饥荒瘟疫，《极花》中写人口拐卖，《山本》中写山匪祸乱，及至新作《暂坐》写海若们的人生聚散，都在"天人合一"的自然法则下，映照出人类的自以为是乃至胡作非为。并且，作家始终依托虚实结合的叙事策略，来实践他的创作命题。贾平凹的小说一路写来，在写法上既自由也用心，但是无论作为文学灵魂的人

---

① 贾平凹：《暂坐》，《当代》2020年第3期。

和人的命运,还是承载这命运的小说形式,又总在某种逃不离挣不脱的羁绊中。这就注定了阅读贾平凹不是一件轻松的事情。当人们陷入了与小说相似的人生困境,才会由作品而反观自身,去探问人生的何去何从。所谓活着的价值和意义,总是在庸庸碌碌的日常中被荒疏掉,突然被一次阅读点醒,就觉得作家用日常生活琐事写就的小说,也是充满了思辨意味的哲学。

第四节 民间寓言与历史想象

贾平凹大部分小说是书写"改革开放"后以"商州"为代表的中国农村的社会、政治、经济、文化、生活、习俗和心理变迁。作者经历和熟悉的这段中国乡村发展历程似乎已经写得十分充实,而他青少年时期的经历和记忆,或老人口中的民间历史与传说便成了新的写作可能。由此,读者看到了《古炉》《老生》和《山本》这三部书写"20世纪中国历史"的长篇,它们与贾平凹其他长篇区别开来,自成一类,可以称作贾氏"历史小说三部曲"。但与传统历史小说如《三国演义》《水浒传》等不同,《古炉》等所描绘的世界虽然大至自然万象和社会生活的各个方面,小至个人的隐秘梦境、内心波澜乃至床帏之事,但却均为小人物的历史。陈思和在评述《老生》时,敏锐地指出了贾平凹的"民间写史"意图。对此,贾平凹确有较为明确的理性思考和自觉意识:

  我所知道的百多十年,时代风云激荡,社会几经转型,战争、动乱、灾荒、革命、运动、改革……太多的变数呵,沧海桑田、沉浮无定,有许许多多的事一闭眼就想起,有许许多多的事总不愿去想,有许许多多的事常在讲,有许许多多的事总不愿去讲。能想的能讲的已差不多都写在我以往的书里,而不愿想不愿讲的,到我年龄花甲了,却怎能不想不讲?!①

---

① 贾平凹:《老生》,人民文学出版社2014年版,第291页。

第五章 贾平凹:探寻虚实相间的"中国叙事"

《古炉》将笔墨集中在20世纪60年代中期"文革"发生前后一年半左右时间里,古炉村朱姓和夜姓两大家族在外部政治力量和内部家族恩怨裹挟下所发生的矛盾斗争。《老生》四个故事在时间上则跨越了民国和共和国两个时代,前后一百年,从国共斗争到"土改",从"文革"到"改革开放",政权更迭及政治运动在远离旋涡中心的偏远闭塞的秦岭深处仍激起了千层波澜。《山本》的时间背景大约为民国二三十年代,以涡镇为中心的秦岭村落中,保安团、预备团、红军、游击队、逛山、土匪、刀客等多股武装势力此起彼伏、明争暗斗,读者似乎看到了军阀和国民党统治下社会的真实境况:国共争斗、匪患肆虐、天灾人祸、民不聊生。这三部小说并没有从正面描述历次政治大事件,没有显赫的政党领袖和英雄人物出场,也没有宏大的战争场面和政治抒情,作者只是通过叙写小村落、小人物在历史运动下的行为选择和命运遭际,进而折射出大历史的风云际变。因而,上述三部作品有着明显的"民间历史"或"野史"性质。但这看似荒诞的"野史"却又反映出另一种"真实",并且某种程度上有"补正史之阙"的重要价值。内容故事虽然掺杂了作者的杜撰和想象,甚至不乏"怪力乱神"之事与"荒诞无稽"之谈,但其背后却直指真实复杂的历史、社会与人性深处。历史发展往往伴随着大量的血腥、暴力、杀戮,呈现出与伦理的二律背反性。只有穿过重重迷雾,才能透视历史叙述中所隐藏的暴力与荒诞。与以往的革命历史小说不同,灾难中的生死无常,战争下的血腥与杀戮,这些人类历史上"司空见惯"的情景,在贾平凹笔下充满了反讽力量与悲悯意味,《山本》《老生》《古炉》正是在此意义上深刻揭示了人类历史和人性的困境。

从《古炉》中人们看到了20世纪60年代中期发生在中国社会那场史无前例的政治运动的影子,"文化大革命带来的事业的中断,精神的崩溃,以及所付出的生命的代价都具有毁灭性。运动对中国政治和社会的影响恐怕要几十年方能消除"。[①] 但就正史研究与编纂而言,

---

① [美] R. 麦克法夸尔、费正清编:《剑桥中华人民共和国史——中国革命内部的革命:1966—1982》,谢亮生等译,中国社会科学出版社1998年版,第115—116页。

这段历史仍有许多尚未全面开放的禁区。因而，贾平凹用小说的方法，对他童年所经历的那场运动进行实录，并且以"古炉"（英文单词 China）的"中国"之意"敷衍"出了一部"国族"寓言。《老生》以20世纪中国历史上的国共斗争、土地改革、农业合作化、反右运动、"文化大革命"以及改革开放为背景，书写着一群普通人在历史大环境下的所作所为和人生遭际。"《老生》中，人和社会的关系，人和物的关系，人和人的关系，是那样的紧张而错综复杂，它是有着清白和温暖，有着混乱和凄苦，更有着残酷，血腥，丑恶，荒唐。"[1] 小说中没有一个伟大的历史人物（英雄）（匡三是秦岭中走出去的大人物，但整部小说对他着墨很少），甚至没有一个宏大的历史事件，全篇多是村子里小人物间的小争小吵、小打小闹，以及整个村庄、村民的命运变迁和悲欢离合。这种有别于"正史"的"民间历史"，更具深邃性和穿透力。《老生》在贾平凹的写作史上是较为特殊的。结构上，贾平凹将师生关于《山海经》的"对话"和唱师讲述的四则故事穿插进行，形成了一种复调形式。方法上，贾平凹从先秦古籍《山海经》汲取养料，一改《秦腔》和《古炉》中琐细繁复的写法，用粗线条进行勾勒，并以空间划分结构，产生了雄浑粗犷的美学效果。《山本》中有较多的"暴力"叙事，正如作品中女主人公陆菊人所说，"到处都是血，今日我杀了你，明日我又被人杀了，谁都惊惊慌慌，谁都提心吊胆，这人咋都能成这样了"?[2] 历史的真实境况往往是残酷和冰冷的，此种直白的暴力书写，将人性的残忍、冷酷与历史的荒诞、暴虐在表达上推向了极致，但背后却隐藏着作者无限的悲悯情怀和批判意识。在灾害、疾病、贫穷、战争面前，个人生命显得短暂、卑微、脆弱而不堪一击，正如《山本》中麻县长所感慨的那样："这年月人活得不如草木"[3]，一种"乱离人不及太平犬"的大感叹大悲悯在小说中升腾起来，其"荒诞性"背后的"真实性"意义也在此显现。作者在后记中否认此书是写历史和战争的："大的战争从来只有记载没有故事，小的斗争

---

[1] 贾平凹：《老生》，人民文学出版社2014年版，第293页。
[2] 贾平凹：《山本》，人民文学出版社2018年版，第515页。
[3] 贾平凹：《山本》，人民文学出版社2018年版，第394页。

却往往细节丰富、人物生动、趣味横生……《山本》里虽然到处是枪声和死人，但它并不是写战争的书。"① 当然，小说从头至尾除了一两处提到"冯玉祥"这样在民国史上有名有姓的人物之外，并无其他载入正史并广为人知的英雄人物和革命领袖出现。显而易见，小说中民国二三十年代秦岭村落的历史景象与常见的正史记载和官方叙述大不相同。游走在秦岭中的保安团、预备团、游击队等几股武装势力既没有严明的政治纪律，又没有崇高的革命理想，更不具备宏伟的政治抱负，而仿佛与土匪、逛山、刀客同样，是一群占山为王的乌合之众。预备团团长井宗秀不全是一个腐败无能、欺压百姓的国民党军官形象，国民政府的麻县长也并非横征暴敛、杀人如麻的贪官污吏，但游击队却有不少烧杀抢掠的行径，如此等等，都呈现出与正史叙述不尽相同的"民间历史"面相。由此看来，《山本》《老生》《古炉》三部小说的"野史"性质正在此凸显出"补正史之阙"的价值，而这在一个"史失求诸野"的时代显得尤为重要，并且难能可贵。

《山本》《老生》《古炉》以其独特的"民间历史"的性质区别于贾平凹的其他长篇，构成了他的"历史小说三部曲"。虽与正史有别，但它们在相当程度上继承了中国古代的"史传"叙事传统。如果说贾平凹早期的文学创作与中国古典笔记小说《世说新语》《聊斋志异》以及明清白话小说《金瓶梅》《红楼梦》等均有密切联系，然而近十年来他又转而向先秦两汉的《山海经》与《史记》等早期中国叙事取法。《史记》为"史传"一类早期"中国叙事"的代表，先于《史记》一两个世纪的《山海经》也具有明显的史传方志色彩。《史记》作为中国小说的重要资源之一，对当代"中国叙事"有着丰富而宝贵的启示和借鉴意义。贾平凹在历史意识和文学观念上对《山海经》《史记》等史传作品的倾心研读和深度取法，使其《古炉》《老生》《山本》等小说在艺术风格、作品结构、叙事方式等方面呈现出了"史传"叙事特征。但这三部小说与传统意义上的"史传"和"杂传"不同，而且也不能将其与严格的"历史小说"相比附。历史叙事注重

---

① 贾平凹：《山本》，人民文学出版社2018年版，第543页。

宏大结构和客观真实，而小说偏向于日常细节和虚构想象。小说不是"正史"或"官史"，也许它作为正统之外的"稗史"或"野史"才更有生趣，正如王德威所说："小说是一个不可思议的文类，它在真实和虚构之间不断地游荡，投射了以史实、以逼真为诉求的历史叙事所不及的地方。在大历史或正统历史涵盖面不及的地方，小说以虚构的能量填补了很多我们看待过去时经验上的黑洞，或者是我们认识论以外的种种不可想象的领域。"[1] 因此，历史与小说间的模糊地带具有十分迷人的魅力，而以历史和现实为基础的客观"实录"，充满鬼魅和奇幻色彩的地域想象和浓郁的个人化"抒情"，构成了贾平凹在中国"史传"叙事传统下所创作出的文学作品共有的风格特征，以及由此而来的生动广阔而又危机重重的乡土生活和民间历史画卷。贾平凹作品所体现的史传风格，有意或无意接通了《史记》等"史传"传统与当代文学的内在联系，也为中国文学多元发展的宽阔道路做出了积极而富有意味的探索。

除"民间写史"的意图外，这三部作品的"博物志"特征也十分明显，这既与贾平凹20世纪80年代借鉴笔记小说传统有关，又与他近年来对"小说之最古者"《山海经》的浸淫相互勾连，贾平凹在《老生》后记中写道："《山海经》是我近几年喜欢读的一本书，它写尽着地理，一座山一座山地写，一条水一条水地写，写各方山水里的飞禽走兽树木花草，却写出了整个中国。"[2] 受此启发，他试图用《山海经》的写法来写"小说中国"，这一写作路径一直延伸到2022年的新作《秦岭记》中。《秦岭记》以"笔记体"的结构翔实记载和想象性描摹出秦岭的山川河流、草木虫鱼、百兽精怪、矿藏物产、宗教习俗等，具有突出的"博物志"性质，是他40年来对自己早期创作的一次回望和超越，表现出苍茫、雄浑的"晚期"风格；而思想具有明显的老庄哲学及"齐物论"倾向，以及万物有灵、众生平等、因果相依的自然观，一定程度突破了"人的文学"观和"线性"时间观的单

---

[1] 王德威：《历史与文学的暧昧之间——王德威专访》，https：//www.sohu.com/a/559172278_100121900。

[2] 贾平凹：《老生》，人民文学出版社2014年版，第291页。

一性和机械性,在丰富、拓宽当代文学题材、体裁、观念等方面是一次积极的探索。

《山海经》作为一部上古奇书,常被看作中国小说的源头——"小说之最古者"(明胡应麟语),影响了从古至今的众多文学创作,如《神异经》《搜神记》《聊斋志异》《西游记》《镜花缘》《故事新编》等,现代作家鲁迅、茅盾等人都曾十分重视这部典籍,其在文学史上的重要意义也越来越多地受到文学家和研究者的重视。时至今日,仍有不少作家取材、取法于《山海经》,对其重新改编和创作。有学者指出,21世纪以来,随着文化"寻根"的深入和"传统热"的兴盛,以及主流政治的推动,当代文学出现了一股持续至今的"山海风","无论是贾平凹、刘索拉、张炜、陈应松等人的小说,还是阿菩、桐华、沧月等人的网络玄幻类作品,抑或是薛涛、萧袤等人的儿童文学,都对《山海经》多有借镜"。[①] 此外,法国华人作家、诺贝尔文学奖获得者高行健也有戏剧《山海经传》问世。《山海经》作为一部"百科全书",涉及天文、地理、神话、历史、动物、植物、医学、宗教、科技等各类知识,内容丰富驳杂。《秦岭记》的开头:"中国多山,昆仑为山祖,寄居着天上之神。玉皇、王母、太上、祝融、风姨、雷伯以及百兽精怪,万花仙子,诸神充满了,每到春夏秋冬的初日,都要到海里去沐浴。时海动七天。经过的路为大地之脊,那就是秦岭。"[②] 这十分耐人寻味,一方面,昆仑(丘)是《山海经》中多次提及的"众神之山",也是黄帝的都城、西王母的瑶池所在地,秦岭则是昆仑众神前往海里沐浴的必经之地,这样的叙述其实暗指了《秦岭记》来源于《山海经》,或者作品所记的秦岭只是作为《山海经》世界的一部分,因此二者的互文性十分明显;另一方面,这一开头也预示着《秦岭记》将充满"神话"色彩。随着阅读的展开,不难发现,作者在对自然地理作"如实"记录之时,还以想象与虚构的笔法书写着秦岭及其中村落的百兽精怪、宗教习俗和逸闻奇事,与《山海

---

① 曾利君:《新世纪中国小说的"山海风"——〈山海经〉与新世纪中国小说的文学想象》,《文学评论》2019年第6期。
② 贾平凹:《秦岭记》,人民文学出版社2022年版,第3页。

经》在内容上又有着极强的相似性。据不完全统计，《秦岭记》57 节中所记有"名"的山 50 多座、水 30 多条、草木 60 多种、鸟兽 20 多类、物产 30 多样、村落 60 多个。贾平凹在一次访谈中说道："秦岭太巨大了，我无法写出来，我说过，写了几十年，即便有了《秦岭记》，充其量把自己写成了秦岭里的一棵树或一块石头。"① 这句自谦之辞，实则反映出他对宇宙自然的无限敬畏之心，他自省无法全部、准确地把握这个广袤又细微、真实又神秘、熟悉又陌生的世界，所以才会讲写得"有点胡乱和放肆"。但写作毕竟是人试图通过理性去把握、理解世界的一种方式，正如作者所言"而我知道背后的定数"，一切看似散乱无序和虚妄怪诞，但一切都又在既定的规律中，各行其是，井然有序，这似乎就是"定数"。即便在《山海经》的混沌与神话世界中，一切也都是有着规则和定数的，这表现在其突出的空间/方位意识。先民面对一个巨大而奇异的陌生世界，采用了一种想象（神话）的方式，将这个未知和陌生的世界纳入"理性"认知的范畴之内，从而克服或战胜恐惧，神话的诞生无疑也是人类试图理性认识和把握世界的产物。所以，《山海经》的世界其实是一个有着人类生活秩序及观念的世界："《山海经》在空间结构层次上，运用了一系列二元对立范畴来确立一个基本的条理框架，而宇宙间一切陌生、古怪、奇异、未知的神鬼精怪、人种人群、动物植物矿物等统统被安排进这个框架之中，从而建立起可以把握的相互关系。"② 看似千篇一律不厌其烦地罗列山川河流、虫鱼鸟兽，但却有着"南、西、北、东、中"的方位秩序贯穿其中。同样，《秦岭记》所记山川河流、虫鱼鸟兽、植物矿物以及众生世界，看似"有点胡乱和放肆"，但一切又自有"定数"。山的方位、形状、走势、高低，决定了水的流向，以及生长、生活于其中的万物众生，它们之间互相关联、互为因果，共处于"道"之下，悄然生发、变化、消亡、重生。

---

① 韩寒、贾平凹：《写秦岭，也是写中国——贾平凹谈新作〈秦岭记〉》，《光明日报》2022 年 6 月 24 日。

② 叶舒宪等：《山海经的文化寻踪——"想象地理学"与东西文化碰触》，湖北人民出版社 2004 年版，第 90 页。

第五章 贾平凹：探寻虚实相间的"中国叙事"

《秦岭记》在形式上的另一个特点即"笔记体"。通读作品后，会让人立刻联想到古代的"笔记小说"《世说新语》《聊斋志异》等，也无疑会将之与贾平凹早年的《商州三录》《商州》《妊娠》和近年的《老生》《山本》等作品联系起来。在他人生古稀之年，创作已走过了近五十年历史的今天，贾平凹又回到了他20世纪80年代初期的创作道路。由此可见，"笔记"作为一种古老的文体形式，在贾平凹创作历史中占据突出的地位。这种文体的优势是能够承载丰富驳杂的对象和内容，它虽不如通常意义的现代小说那样，情节波折起伏，人物形象饱满，思想充满张力，但却天然地能够自如展现天地之间的万事万物，而一切哲思、旨趣和人性内容也就蕴含在了"旁逸斜出"的万千枝节中。换言之，以记载秦岭的山川河流、花草树木、虫鱼鸟兽、人事风物为主要内容的《老生》《山本》《秦岭记》等，也只能采取古典的"笔记体"形式，内容既规定了形式，又创造着形式，古老的文体在贾平凹这里不断焕发出生命力，这当然也包含了他回归传统和创造"中国叙事"的写作意图。贾平凹的创作在四十年间似乎构成一个轮回，熟悉他的读者，难免会发出疑问：为何他又回到了原点？其实仔细琢磨后不难发现，《老生》《秦岭记》等似乎早已不是《商州三录》和《商州》、《妊娠》，而古稀之年的他也不再是而立之年了。在风格上，20世纪80年代的"商州系列"作品，体现出较为诗意、柔婉甚至忧郁的美学气质，而《老生》《秦岭记》等却显得更为粗粝、雄浑和苍茫，粗线条的勾勒和重整体的气韵，体现出作者近年来不断追求的"秦汉风度"。内容上，20世纪80年代的"商州系列"作品，虽然也描写山水自然和世情风物，但作者更倾向表现的是"诡谲"的"人事"和"习俗"，甚至有意以"奇"来营造一种陌生化的效果，吸引读者的眼球和文学界的注目，但《秦岭记》却偏重自然万物，"人事"并不占据中心，"人"只作为宇宙自然、万事万物的一种，与虫鱼鸟兽、花草树木平等存在，"奇诡"也并不构成作品的特色，作者以更加超脱的姿态波澜不惊地叙述着日升日落、花开花谢和生老病死。这些内在变化，一方面与作者对古典哲学和思想的长期浸淫、深入体悟有关；另一方面又和他的个体生命经历密切相联，显出了一种旷达与超越的"晚期"风格。

包含《古炉》《老生》《山本》《秦岭记》在内的贾平凹晚近多部作品,在思想观念上的老庄式"齐物论"倾向越发明显。天人合一、万物有灵、众生平等的自然观,周而复始、月盈月亏的"循环"时间观,善恶有报的朴素因果观等都体现出万物有灵、天人合一的老庄思想倾向。历史地看,中国新文学的诞生大抵是以"人的文学"观的肇端为标志的,它旨在反抗封建的非人的文学和思想,将人从神权、皇权和父权中解放出来,倡导个性解放,追求独立自主,承认人的合理欲望和正当权利,肯定人的本性/自然性。这一思想贯穿了近百年中国文学的总体发展脉络,自鲁迅、胡适、周作人、郁达夫、郭沫若起,百年来的许多作家在不同侧面丰富、拓展着这一核心话题。20 世纪后半叶,"人的文学"转向"人民文学",其初始内涵和本质要求发生了迁延甚至变异。但不论是"人的文学"还是"人民文学",其内在逻辑无疑是以"个体的人"或"群体的人"为中心的,"人"成为观念深处自然的中心和主宰,被赋予了至高无上的地位。但《老生》《秦岭记》等所传达的自然观、哲学观和文学观却并非如此,作者所记的花草树木、虫鱼鸟兽似乎都有生命,人并不占据宇宙自然的中心,万物有灵、众生平等的思想贯穿始终,事物间的差别消弭,人的生老病死也不过是自然界最为常见的事。如《秦岭记》中稻草人有灵魂、王西来通灵、栲树和桦树对话、人梦见变成蛀虫、"我是鹅,鹅也是我"(庄周梦蝶)等富有寓言和哲理性的细节,无不折射出万物有灵、众生平等、互相依存的自然观,正如《庄子·齐物论》所言:"天地与我并生,而万物与我为一。"[①] 天地万物并没有你我之别、大小之分,人并非宇宙自然的中心。万物若遵循自然之"道",顺时而动,则会自由发展、生生不息。

"循环"而非"线性"的时间观是《老生》《秦岭记》等作品的又一思想特征。古人根据气候、季节、星象的周期性、规律性变化,制定天文历法和节气时令,以顺天应时,休养生息,进行农事活动。

[①] (清)郭庆藩注:《庄子集释》(上),中华书局 2016 年版,第 86 页。

时序交替、四季轮回、月盈月亏、生老病死、朝代更迭，让古人形成了一种循环往复的时间观念。正如学者所论："季节气候的变化是最直观的时间流转标志，风霜雨雪、草木荣落、飞鸟去来、虫鱼律动等气候、物候的间隔重复的周期性出现，使人们很自然地形成时间段落意识，并且这种时间是循环的可以预期的时间。"① 古代的干支纪年法、二十四节气，以及"天下大势合久必分，分久必合""三十年河东，三十年河西"等耳熟能详的俗语，都是这种"循环"时间观的直接表达，"由于天人相感相通，'天时'所代表的天象、气象、物候等组成的这种相互交感的宇宙场，便被认为对人事有制约作用……顺天应时便成为一种必须遵守的生活原则"。② 这其实与《道德经》中所言"有物混成……独立而不改，周行而不殆，可以为天地母。吾不知其名，强字之曰道？强为之名曰大。大曰逝，逝曰远，远曰反"③ 是一致的。"道"是万物的本源，万物生长变化以后又归于"道"，如此循环没有停止。因而，古人对自然万象的观察，对生命周期的感知，形成了"循环"的时间观念及生活、生产方式，这也是天人合一、遵循天道的体现。但近代工业文明以来，科学技术、社会生活飞速发展，人们对时间的感知随即发生了巨大变化，尤其是有关社会历史的"五阶段论"和近现代的"革命"观，都内涵着现代的"线性"发展逻辑，即物质不断丰富、文明不断进步、社会总是呈线性发展和螺旋式上升的，这与古代中国的时间观是有巨大区别的。《秦岭记》每一小节写一个或几个不同的地域，节与节之间以空间区分，这种突出的空间结构使得其现代的"时间性"和"流动性"并不明显，甚至整部作品在时间上更多体现为循环的甚至静态的，就如秦岭横亘在中国南北之间亘古不变一样。

20世纪以来，现代文明不断渗入秦岭中的古老村落，合作化、人民公社化、社会主义教育运动、"文化大革命"、改革开放等，剧烈的革命运动和社会变革导致人们的生活方式和思维方式发生了前所未有的变化，从山里出走或逃离的人也越来越多，青壮年进城务工、女子

---

① 萧放：《岁时——传统中国民众的时间生活》，中华书局2002年版，第8页。
② 吴国盛：《时间的观念》，北京大学出版社2006年版，第36页。
③ （魏）王弼注：《老子道德经注校释》，中华书局2016年版，第62—63页。

外嫁，很多年轻人再也不愿返回。但留守的山民们，仍过着古老的农耕生活，年复一年、日复一日，他们种庄稼、养牲畜、打猎、砍柴、采药、做木工、打铁器……而另有如巫师、道士、和尚、采药师、阴歌师、魔术师一类，依然从事着古老和神秘的"职业"。在他们的生活或观念中，时间似乎是循环的、抑或是静态的，甚至在对待生死问题上也显出达观、超脱的态度，毕竟"道"万古不变，从生到死是无法逃脱的"定数"，这样一来人在生死问题上便表现为超脱释然的姿态。这是他们基于四季轮回、盛衰循环等自然现象的长期观察而自然而然得出的结果。遵"道"则"万物作焉而不辞"；悖"道"则会发生混乱，因而也将产生相应的恶果。由此，古人形成了朴素的因果观，且在古代众多小说和戏曲中都有明显体现，这种朴素的因果观从《老生》到《秦岭记》，都有十分明显的体现。

当然，作为当代文本，贾平凹晚近这些复古式的"博物志"毫无疑问也打上了"当代性"烙印。尽管作者笔下的秦岭世界充满了"怪力乱神"甚至"神话"色彩，但它绝对不是《山海经》中的远古时空，也不是两千多年前人们对世界的想象和认知。至少20世纪以来的工商业和都市文明，早已渗透到了作者笔下的秦岭村落及人们日常生活的每个角落。不管贾平凹对其文化/哲学立场是反思的还是拒斥的抑或是无奈、失语的，都无法促使现实或想象中的秦岭世界成为一个与现代截然不同的、封闭的"世外桃源"或古典的"乌托邦"。从这些丰富、多义的文字里可以看到原始的蛮荒和自然的神力，以及古老的农耕生活、习俗、宗教、观念和人性，但也能看到20世纪以来工业文明对其的渗透和改造，尤其是政治运动和革命文化所带来的巨大冲击。贾平凹对古典资源的借鉴、重组和转化，无疑是当代中国文学走向多元、丰富的一条重要路径，而这些作品也给当下乃至未来的研究者创造了诸多难题，需要不断加以研究和评析。

第五节　贾平凹与40年当代文学的构成关系

贾平凹是现实感很强的作家，一直紧贴着当下生活而写作，也有

第五章 贾平凹：探寻虚实相间的"中国叙事"

评论家注意到，贾平凹的长篇小说中所表现的生活时段往往是很短的，写一年左右甚至一两个月之内发生的生活故事，这和中国当代文学注重史诗书写的传统有所不同。面对纷繁杂乱的现实生活，贾平凹有敏锐捕捉时代精神信息和把握社会脉搏的能力，且下笔准确命中要害，与社会心理同步甚至有超前的表现。从早期的中短篇小说，到《浮躁》《废都》《怀念狼》《秦腔》《高兴》，再到《老生》《山本》《秦岭记》等长篇，无不充溢着那种说不清理还乱的时代情绪，对此，王富仁先生曾有很准确的表述，他说，贾平凹"是一个会以心灵感受人生的人，他常常能够感受到人们尚感受不清或根本感受不到的东西。在前些年，我在小书摊上看到他的长篇小说《浮躁》，就曾使我心里一愣。在那时，我刚刚感到中国社会空气中似乎有一种不太对劲的东西，一种埋伏着悲剧的东西，而他却把一部几十万字的小说写成并出版了，小说的题名一下便照亮了我内心的那点模模糊糊的感受。这一次（指《废都》——笔者注），我也不敢太小觑了贾平凹。我觉得贾平凹并非随随便便地为他的小说起了这么一个名字"。① 作为文学影像的《废都》中的"废都"和《秦腔》中的"废乡"，都折射着社会实体变动的种种征兆，也发散着置身其中的人们心灵响应的信息，彰显出贾平凹创作始终坚持的现实承担使命与人生关怀精神。

但是，贾平凹又始终没有自觉顺应和直接构成曾以现实主义命名的中国新时期文学潮流。在文学创作举国性地揭示"文革"伤痕，反思历史沉疴的时候，贾平凹则自顾自地书写着纯净优美的《山地笔记》，精心锤炼着自己的艺术感觉和语言功力。其后"为商州写书"而推出的一大批"商州系列小说"，被人们认为是最为靠近主流文学观念的创作，而将其纳入"寻根文学"和"改革文学"的写作潮流中，其实认真考量之下就不难发现，贾平凹的这些作品客观上呼应了"寻根"和"改革"的浪潮，但他笔下的商州风土人情和时代变化图景，更多意象渲染，更多承载作家的灵性精神，他并没有刻意赋予作品"文化批判"意识，也没有像"问题小说"那样直逼社会改革问

---

① 王富仁：《〈废都〉漫议》，《王富仁自选集》，广西师范大学出版社1999年版，第262页。

题。虽然他的创作一直被指认和归类，但贾平凹并没有过高估计文学的文化和社会改造功能。他笔下的"商州"如同同时期另一个小说家汪曾祺笔下的故乡"高邮"，是承载个人文学想象和情感的独有的艺术世界。如果一定要历史地联系地看一位作家，这一时期的贾平凹可能走的是沈从文、汪曾祺的艺术路线，而这条路线显然是游离于20世纪80年代初期与中期文学主流的。不同的是，贾平凹没有像汪曾祺那样完全不写现实生活，甚至不标明具体的年代，让读者和评论家无法对号入座。80年代的社会化文学潮流择取了贾平凹创作中的社会化、现实主义因素，从而肯定和认同了贾平凹，却没有顾及贾平凹小说中更为宝贵的个人化、审美化倾向，而正是这种个人化、审美化文学追求的进一步拓展，才造成90年代以来当代文学的自由开放和蔚为大观。所以，贾平凹从来不是某一种文学思潮、文学流派的发轫者或领军人物，但贾平凹又确实游走于当代文学的曲折长河中，有力地影响乃至改变着当代文学的总体面貌。

其实在80年代，贾平凹就有过对文学潮流的自觉挣脱，或者被外在的社会力量阻抑，或者被潮流中的命名所淹没，但潮流外的写作努力从来没有停止过。80年代末写作《浮躁》前后的日子里，贾平凹有过对自己创作的反复打量和思考："我希望世界在热闹，在浮躁，在急躁地变幻时髦，而我希望给我一间独自喘息的孤亭。"[1] "老实说，这部作品我写了好长时间，先作废过十五万字，后又翻来覆去过三四遍，它让我吃了许多苦，倾注了我许多心血。我曾写到中卷的时候不止一次地窃笑：写《浮躁》，作者亦浮躁呀！但也就在写作的过程中，我朦朦胧胧而渐渐清晰地悟到这一部作品将是我三十四岁之前的最大一部也是最后一部作品了，我再也不可能还要以这种框架来构写我的作品了。换句话说，这种流行的似乎严格的写实方法对我来讲将有些不那么适宜，甚至大有了那么一种束缚。"[2] 完成《浮躁》后，贾平凹大举进行新的艺术突围，迎来90年代以来真正属于贾平凹自己的文学

---

[1] 贾平凹：《封面人语》，《小说月刊》1988年第7期。
[2] 贾平凹：《浮躁》，人民文学出版社2008年版，第3页。

第五章 贾平凹:探寻虚实相间的"中国叙事"

时代,当代文学也因此有了《废都》到《秦腔》等一系列长篇艺术作品,也因此有了"贾平凹现象"这道夺目的文学景观。

20世纪90年代以来的中国文学,进入了所谓"无名"或多元共生的时代,传统的主旋律或代言式创作仍在继续,但不再具有主流性的操控力量,几代作家不同立场的自由写作,对文学价值功能的多维追求,造成纷繁复杂、多声部合唱的文学局面。当用"个人化"和"民间化"这两个关键词来把握和阐释90年代以来的文学状态时,"贾平凹现象"成为绕不过去的巨大文学存在。

面对40年中国社会生活的飞速变幻,不少勉力坚持的作家都在不断更新自己的文学观念,调整自己的写作心态乃至彻底改变自己的写作方式,以适应时代对文学对作家新的要求,以实现对既往成就的突破和超越。作家痛苦的蜕变过程也是历史苛刻地淘汰作家的过程,新时期初始驰名文坛的大批作家,坚持在路上并取得成功者为数不多。贾平凹是其中一个。考察这些持久活跃文坛并实现创作超越的当代作家,不难发现,他们除具备艺术劳动所必不可缺的功力和苦力外,他们各自40年的文学创作形成了一种既开放又自足的艺术实践系统。所谓开放,是指作家在艺术上兼收并蓄的姿态和气魄,使其保持经久不衰的艺术创造力;所谓自足,则是指作家创作中从始至终坚守的艺术个性,那是一种更合于艺术材质的个性,是一种类似生命基因的东西,在创作起步和发展中可能部分显露部分深藏,而在其艺术生命走向宽广和深厚的时候,作家笔下的艺术世界会越来越为其天赋的艺术气质所笼罩,这就是为什么在伟大的作品中人们只看到作家伟大的个性,而看不到艺术规则也看不到他人影响的痕迹。贾平凹是最大程度上坚持和实现了艺术自律的当代作家之一,他的创作历程让读者看到一个文学个性如何从弱小走向强大,这正可以代表我国40年当代文学由外而内、由他律到自由的历史轨迹。

贾平凹创作的"个人化"最早以心灵感应的文学内容和古朴典雅的文字形式表现出来,在他不断挣脱外在世界左右的努力中,他写出了回归内心的小说《废都》,自称为"安妥我破碎了的灵魂的这本书"①。从此，他就在自己的艺术体制中劳作，自顾自朝前走，当贾平凹与自己的文学终于合而为一的时候，贾平凹也遭受了来自他生命另一半的文学的重重伤害，带着贾式标签的作品因为与社会与大众的不可兼容而遭遇排斥和禁锢，整个90年代，贾平凹在这个已经宣告文学自由并充分实现文学"个人化"的时代里依然孤独和凄凉，由此可知贾平凹"个人化"的极致程度。

"民间化"是新时期文学淡化意识形态后的一种创作追求，也是批评家把握90年代文学的一个重要理念。贾平凹作品成为90年代以来"民间化"文学阐释的重要范本，源自其创作中呈现的民间生活形态和作家的平民写作立场。"民间"在贾平凹的艺术世界里同样是一个元素性存在，早期多表现为对地域性民间文化的关注以及对原在性民间人生形式的摹写，而越到后来则越放大文学的世俗领地，以致完全在民间的天地里完成他的艺术想象和艺术塑造。贾平凹笔下的民间社会不止于乡村市井，更推及文人知识分子的生活领域。在《废都》（和《病相报告》）中，作家不再将知识分子置于理想主义的真空地带状写他们的信念和追求，也无意于在历史社会变革的风口浪尖上考验知识分子的意志品格，他将他们投入世俗生活和庸常状态中，表现他们在日常生活和世俗情感的泥淖中，精神如何陷落，人格如何萎顿，生命自省意识又使他们不甘沉沦，从而痛苦、绝望和挣扎。这种平民和世俗图景中映现出的现代知识分子的精神镜像，带来以往知识分子的叙述没有过的思想深度和警醒力度。《秦腔》（和《高兴》）所内涵的中国乡村社会的式微和由此引发的惶惑悲凉情绪，应该是20世纪中国乡土文学的延伸，也是当下中国城市化进程中面临的严峻现实问题，一个可能成为主流化叙事的文学题材，在贾平凹的处理下完全是另一副文学面孔，这种完全陌生的艺术效果是贾平凹颠覆传统的宏大叙事，走彻底复原世俗生活场景的路子而得来。当《秦腔》中那些不加择取和过滤的乡村日子密集地从眼前无序涌过后，最后留在心里的竟是一个巨大的空洞，如作者所言的茫然、惊恐和不知所措，将我们一个世

---

① 贾平凹：《废都·后记》，作家出版社1993年版，第527页。

纪以来所有文学乡土的记忆都扰乱了甚至消解了。

贾平凹的"个人化"和"民间化"不仅仅是"写什么"的表现对象问题，也不仅仅是"怎么写"的角度方法问题，而是蕴含着作家对文学的独到看法，乃至对人生对世界的独到理解。这就与那些自恋式的个人化写作与展览风俗追求奇癖的民间化写作有了根本的区别。也正因为此，贾平凹在90年代的文学环境中依然是被视为"异数"的。

贾平凹文学创作的异质性，是在文学内容与形式的同步翻新中生成的。每一阶段，当他推出新作并提供给文坛一个新鲜话题时，也一定伴随着对一种新的小说范式的尝试。少有人像贾平凹这样在40年的文学生涯中坚持求新求变，不断颠覆既成的小说模式，无论这种模式已经在自己手中成熟，或者已被读者接受并喜爱，他也毫不在乎。艺术创新是实验也是冒险，要有"胡作非为"的勇气，也难免付出失败的代价，它可能会造成成熟作家创作的跌宕起伏及其艺术质量的参差不齐。但是，创造的冲动是艺术家生命力的显现，新异的艺术作品也会刺激和焕发接受者阅读与阐释的创造力，进而促动时代文学新的生长运动。贾平凹创作中几次大的转向和变化以及引起的文坛争鸣，带给当代文学的激发和生长作用是显而易见的。

纵观贾平凹40年的创作，他所有的艺术新变都在一个总的思想原则之下进行，那就是80年代他提出的：要"以中国传统的美的表现方法，真实地表达现代中国人的生活和情绪，这是我创作追求的东西"。[①] 20世纪中国文学就是在"西方影响"和"民族传统"两者之间的碰撞冲突与互动融合之中建造和成长起来的，从"五四"时期的"全盘西化"，到40年代民族意识的继续抬头，文学历史演进到80年代这一新的转折点时，依然回到这一世纪命题上寻找新时期文学的出路。在西方现代主义文学汹涌澎湃鼓荡文坛的时候，汪曾祺、贾平凹和一批"寻根派"作家坚守"民族化"的立场，深厚的古代艺术美学的滋养和天才般的艺术灵性，造就了贾平凹独特的审美方式和独立的话语系统，他以此为策源地寻找与外部世界的接洽口，也寻找与西方

---

① 贾平凹：《"卧虎"说》，《当代文艺思潮》1982年第2期。

现代主义思想的契合点，这种民族化期待视野中对西方现代文化精神的选择和吸纳，避免了那种生硬的观念拿来和表面的技术模仿，使其成为一种真正意义上的中西融合。这样来看，贾平凹是在自己的艺术系统中善于翻新和变化，而对应外在的社会文化思潮时，贾平凹又是一个执着于"坚守"的不"善变"的作家。这种以不变应万变的姿态，使得贾平凹在新时期文学道路上，比许多同龄、同代作家走得更稳更远。贾平凹在民族化和现代性的结合方面的独到思路和艺术探索，在文学创作道路上"坚守"和"善变"的关系处理，对于摸索创作路子的青年写作者，乃至于对整体文学发展的思考，都是有启示意义的。

21世纪以来，贾平凹一直在勤奋地写作，也在紧张地思考小说更理想的写法。2003年他自述说："我的小说越来越无法用几句话回答到底写的是什么，我的初衷是要求我尽量原生态地写出生活的流动，越实越好，但整体上却极力去张扬我的意象。我相信小说不是故事也不是纯形式的文字游戏。我的不足是我的灵魂能量还不大，感知世界的气度还不够，形而上与形而下结合部的工作还没有做好。"他再一次强调："我主张在作品的境界、内涵上一定要借鉴西方现代意识，而形式上又坚持民族的。"[①] 我们可以从这些自述中感知作家内在的定力，理解他"知本"又"求变"创作思想，也可以对应来看贾平凹21世纪以来一系列"由琐细写实到意态生成"的小说文本。

应该说，贾平凹从来没有间断对小说"虚实相间"方法的探索，这种探索的积累和强化终于落成了《秦腔》的叙述和阅读效应。贾平凹知道自己这次做得很"过分"，就像当年拿出《废都》时，已经预料到会有大反响一样。人们现在常用"颠覆性"一词形容文学的创新现象，在贾平凹这里，就程度而言，真正具有颠覆性意义的创作一次是《废都》，一次就是《秦腔》，所不同的是，《废都》触碰了道德文化的敏感神经，从而引起全社会的震动，而《秦腔》则僭越了小说写法的基本规则，从而引起文坛热议。

《秦腔》的形式结构、叙述手法挑战着人们的阅读习惯，也挑战

---

① 贾平凹：《我心目中的小说——贾平凹自述》，《小说评论》2003年第6期。

第五章 贾平凹：探寻虚实相间的"中国叙事"

着大学讲堂上的小说创作法。阅读《秦腔》，让人们再一次发出"小说也可以这样写"的慨叹，回顾百年文学历史，在现代小说的形成和发展进程中，人们不止一次地有过这样的慨叹，大抵是面对时代文学中的"另类"写作而发。文学演变的历史，某种程度上说，也是文学形式演变的历史，每一次小说思想的革命，都伴随着更为彻底的小说形式的革命。《秦腔》获奖的原因可能是多方面的，它的乡土终结意识，它的现实关怀精神，它的苍茫悲凉的审美情愫，等等，但它的"流年式"还原生活的叙述方式一定也是引人注目和发人深思的，至少，在小说文体和时代文学建造的关系问题上，贾平凹提供给文坛一部具有革命意义的案例作品。

《秦腔》之后，他又将笔墨转向了20世纪的历史深处，《古炉》《老生》《山本》这三部历史小说的问世，使革命正史以未有过的民间方式打开，显出了它内部的矛盾丛生与漫漶不清。古老传说与民间趣闻、时代巨流与个体生命、自然风物与风土世情，在历史记忆与文学想象中"混沌"展开，贾平凹的艺术世界再次呈现出广阔、驳杂与难以解读的美学特征。一种几乎混沌的原生状态，将历史与未来、现实与虚构、自然与社会、必然与偶然、整体与破碎，甚至善与恶、美与丑的界限消弭，营造出云气氤氲、苍茫雄厚的艺术之境。在消费主义和网络文化盛行的21世纪，贾平凹仍旧以置身事外的云游姿态，叩问古老而神秘的自然宇宙与历史世界，并试图在破碎的现实与人性中构建出完整的古典主义精神殿堂。

贾平凹四十余年的写作中与主流文化、时代精神有合有分，他的创作中也不乏追随时代和民众潮流的作品。但是，贾平凹对于当代文学最有价值的构成，却是他的潮流外和异质性写作，他的每一部"奇书"，都产生于他和主流文化意识的疏离中，落成于他的极端个体性的焦虑中。文学史证明过，那些跟读时代风潮复制公众思想的文学写作可能轰动一时，但难免会随着时代的推移而烟消云散，真正经得住时间淘洗并能留驻人心的，往往是那些被时代主流精神边缘化的"异数"，他们惊世骇俗的艺术创造，正曲折接通了更为深厚宏远的时代精神。

第六章 陈忠实：从生命体验到经典追求

第一节 影响的焦虑与艺术准备

在陕西同代作家中，陈忠实算是"大器晚成型"小说家。他同样属于无家学背景的"农裔城籍"，传统意义上的士大夫、有着留洋经历的知识分子，和陈忠实这一代作家几近无关。而且陈忠实没有接受过系统的高等教育，缺乏坚实的文学理论基础，他所有的文学知识几乎都是自学的，几乎是凭借一己之力，登及文学的最高殿堂。陈忠实是怎么做到的？先天才情和后天知识修养的不足，并没有妨碍他的成功，艰苦力学的勤奋，即是他最有效的弥补方式。陈忠实的内心也深藏着一份"史诗情结"，坚守着从文学前辈那里承传而来的至高文学理想，每向前一步，他就给自己立下新的文学标杆，直至中篇小说《蓝袍先生》完成，而当突破的机缘来临时，陈忠实也意识到了年龄的紧迫，于是产生了强烈的愿望，要写一本思考我们这个民族命运的大命题的书，而且必须要在艺术上大跨度地超越过去，以告慰自己一生的文学梦想。营造经典的梦想和野心，是作家走向文学远征的巨大动力，无论遇到怎样的挫折，他都咬牙坚持下去，走自己认定的路，不辩解不动摇，在不断地探索和自新中，成就了《白鹿原》的传奇。

一 乡土中成长的文学青年

陈忠实（1942—2016），1942 年 8 月 3 日出生于灞河南岸、白鹿原北坡下的西蒋村。曾祖父、祖父做过私塾先生,父亲是有一定文化修养的农民。1950年春,8岁的陈忠实开始在西蒋村上小学。1955年6月,参加升初中考试,全班只有他一人考上。文学课本选录的赵树理《田寡妇看瓜》等乡村题材作品,让少年陈忠实颇感熟悉、惊奇,于是他第一次踏进图书馆借阅赵树理的小说,自己尝试写了一个短篇小说《桃园风波》,语文老师给他打了"5$^+$"的分数,陈忠实大受鼓舞。老师在课堂上说起"神童"刘绍棠,引起了陈忠实的好奇心,于是又去借阅刘绍棠的短篇小说集《山楂树的歌声》。刘绍棠在后记中说到他对肖洛霍夫《静静的顿河》的崇拜,陈忠实又在初二暑假中,阅读了四大本的《静静的顿河》,这是陈忠实阅读的第一部长篇翻译小说,也是一部与乡土有关的小说。

1958年大跃进时期,陈忠实写了五首歌颂"大跃进、人民公社、总路线""三面红旗"的短诗。在老师的鼓励下,他把这五首诗寄到《西安日报》,1958年11月4日的《西安日报》发表了其中一首,题目是《钢、粮颂》:

    粮食堆如山,钢铁入云端。
    兵强马又壮,收复我台湾。

这是陈忠实见诸铅字的第一篇文字。豪言壮语溢胸怀,极尽想象与夸张,颇有当年《红旗歌谣》之神韵。

陈忠实后来说,有两位作家对他影响最大,即赵树理和柳青。赵树理使他喜欢上了文学,柳青则是他很长一段时间里学习模仿的榜样。1959年4月,为了阅读柳青的《稻地风波》(《创业史》最早的名字),陈忠实开始买《延河》杂志,自此与《创业史》结缘。他与同学们还成立了一个文学社"文学摸门小组",创办了文学墙报"新芽"。这一时期,陈忠实读了很多文学作品,包括茅盾的《子夜》、巴金的"激流三部曲"、李广田的散文、肖洛霍夫的短篇小说集《顿河故事》等,开阔了文学眼界。

1962年,正值物质极度匮乏的年月,那一年全国高校招生名额锐减,陈忠实所在的那个班高考录取率为零。陈忠实落榜了,只能回乡当农民。他经历了青春岁月中最痛苦的两个月,选择到村里的小学当民请教师(即后来的民办教师)。大学梦破灭了,但文学梦还在,教学之余,陈忠实开始了"看不见未来"的文学自修。他后来回忆说:"我在大学、兵营和乡村三条人生道路中,最不想去的乡村之路上落脚了,反而把未来人生的一切侥幸心理排除干净了,深知自修文学写作之难,却开始了。一种义无反顾的存储心底的人生理想,标志是一只用墨水瓶改装的煤油灯。"[1]

陈忠实当时之所以选择自修文学,主要出自两个方面的考虑:一是文学也许可以改变自己的命运;二是文学毕竟具有精神慰藉的功效。陈忠实给自己订下一条规矩:自学四年,争取四年后发表第一篇作品,如果成功,就算是"大学"毕业了。他找到一些当时流行的文学书和民间藏书,对特别感兴趣的篇章,仔细分析,研究其结构和艺术表现手法,然后大量练习。为了避免别人的讥嘲,他的文学自修一直处于秘密状态。这时的陈忠实是自卑的,没有勇气去拜访像柳青那样的文学大家;同时,又被"天才与非天才"的魔影困扰着,每次接到退稿信,都感慨自己并非天才,想到刘绍棠的少年成名,真是相形见绌。无奈之下,只好用鲁迅的名言"天才即勤奋"来鼓励自己,"如果鲁迅先生不是欺骗,我愿意付出世界上最勤奋的人所能付出的全部苦心和苦力,以弥补先天的不足"[2]。1964年12月,社会主义教育运动在全国展开,陈忠实采访并写作了一篇题为《一笔冤枉债——灞桥区毛西公社陈家坡贫农陈广运家史片段》的快板书,发表在1965年1月28日的《西安晚报》。次年,诗歌《巧手把春造》发表于《西安晚报》。

1965年3月8日,散文《夜过流沙沟》在《西安晚报》文艺副刊上发表。《夜过流沙沟》从写作到发表"历经四年,两次修改,一次重写,五次投寄"[3],几年的摸索终于见了成效。虽然在《夜过流沙

---

[1] 陈忠实:《与军徽擦肩而过》,《陈忠实文集》第7卷,人民文学出版社2015年版,第152页。
[2] 陈忠实:《我的文学生涯——陈忠实自述》,《小说评论》2003年第5期。
[3] 陈忠实:《何谓良师——我的责任编辑吕震岳》,陈忠实《凭什么活着——我的人生笔记》,时代文艺出版社2007年版,第27页。

沟》之前，陈忠实已有作品发表，但他心中标准的处女作还是《夜过流沙沟》——这篇"像样"和"正经"的散文，标志着陈忠实"大学"毕业了，比预想的四年毕业提前了一年多。《夜过流沙沟》以第一人称"我"的视角，写了以竹叶姑娘为代表的一群年轻人，响应区上植树造林的号召，实现生产跃进的先进事迹，情绪饱满，语言清新，时代感强烈。这篇散文的发表，第一次确立了陈忠实的自信："我确信契诃夫的话：'大狗小狗都要叫，就按上帝给他的嗓子叫好了。'我不敢确信自己会是一个大'狗'，但起码是一个'狗'了！反正我开始叫了！"① 其后，陈忠实又接连发表了散文《杏树下》、《樱桃红了》、《迎春曲》和革命故事《春夜》等。

二 人生转折与文学起跑

陈忠实文学道路上有两次起跑点，一次是 1965 年前后，一次是 1975 年前后，恰恰是两次性质截然不同的历史性巨变爆发的前夜，这两次历史性的巨变，对他和他的创作考验是严峻的。1966 年，24 岁的陈忠实在运动中被打成"保皇派"，成为批斗对象，令他极度灰心。1967 年，陈忠实从乡下进西安城买猪饲料，在大街上被游斗的队伍中，看见了他崇拜的作家柳青，柳青头上戴着纸糊的高帽子，陈忠实大为震惊，这几乎将他的文学梦彻底摧毁，他把自己几年来写下的厚厚的日记和生活纪事，全部付之一炬。这是陈忠实一生中最悲观的时期。放弃了文学追求的陈忠实变得"脆弱了，麻木了，冷漠了，甚至凑合为生了"②。一直到 1969 年《西安日报》筹备复刊，陈忠实听到一位军医在山区为群众治病的感人事迹，忽生灵感，写了一篇散文《闪亮的红星》，发表在 1971 年 11 月 3 日的《西安日报》文艺副刊，其后又陆续写出并发表了革命故事《配合问题》、散文《雨中》。1973年，陈忠实被任命为毛西公社革命委员会副主任，他的身份从当了十

---

① 陈忠实：《我的文学生涯——陈忠实自述》，《小说评论》2003 年第 5 期。
② 陈忠实：《我的文学生涯——陈忠实自述》，《小说评论》2003 年第 5 期。

一年的民请教师转为国家正式干部。

1973年，陈忠实的第一个短篇小说《接班以后》发表在《陕西文艺》第3期，开始引起读者关注。《接班以后》表达的是"千万不要忘记阶级斗争"和"农业学大寨"的时代主题。1974年至1975年，陈忠实在《陕西文艺》上又分别发表了《高家兄弟》和《公社书记》两篇小说，都是同样的主题风格。1976年，陈忠实创作了短篇小说《无畏》，刊于《人民文学》第3期，依然是一篇典型的"艺术为政治服务"的作品。在历史的又一个转折关头，这篇小说先是被肯定，紧接着又被否定，甚至成了陈忠实的一条"罪状"，导致他被撤销了公社党委副书记职务。《无畏》的失败，"显然是陈忠实自16岁发表作品以来，断续进行文学创作18年的总失败，标志性失败"[①]，意味着过去那种传声筒式写法的破产。这些创作在当时虽然都不可避免地被打上"左"的思想印记，但却锻炼了陈忠实的文学取材、文字表达、驾驭结构的能力。

1978年春，陈忠实在《人民文学》读到两个短篇小说：莫伸的《窗口》和刘心武的《班主任》。特别是读了《班主任》，有一种心惊肉跳的感受，"每一次心惊肉跳发生的时候，心里都涌出一句话，小说敢这样写了！"[②] 刘心武的《班主任》犹如一只报春的燕子，预示着一个新的时代开始了，陈忠实也敏锐地感到：文学创作可以当作事业来干的时候终于到来了。同年10月，36岁的陈忠实离开乡村基层行政部门，调往西安市郊区文化馆。从1962年高中毕业回乡，做过乡村学校的民办教师和乡区干部，整整16年，陈忠实对中国农村和农民的了解，主要是这段生活实践给予的。

新时期文坛的种种迹象使陈忠实意识到，自己一直浸淫其中的"十七年"文学经验和写法，现在急需认真反思了，而最切近的方式就是阅读中外文学大师的名作。这也是后来陈忠实称为思想"剥离"的开始："剥离的实质性意义，在于更新思想，思想决定着对生活的

[①] 朱鸿：《羞愧与自新：陈忠实文学创作心理分析》，《西北大学学报》（哲学社会科学版）2017年第9期。

[②] 邢小利：《陈忠实传》，人民文学出版社2018年版，第92页。

独特理解，思想力度制约着开掘生活素材的深度，也决定着感受生活的敏感度和体验的层次。"① 他的兴趣集中到莫泊桑和契诃夫身上，尤其觉得莫泊桑"以故事结构小说"的写法适合自己，他选了十余篇结构各异的莫泊桑的小说，反复研究。这次"自虐式的阅读和反省"②历时三个多月，是他一生中最专注最集中的一次阅读。

1979年春节过后，陈忠实写了一篇七千字的小说《信任》，发表于1979年6月3日《陕西日报》文艺副刊。《信任》写一位曾经蒙冤挨整的农村基层干部罗坤，在新时期复出后，以博大的胸襟和真诚的态度对待整过他的"冤家仇人"，冰释前嫌，团结一致向前看。这种写法，与当时的伤痕文学潮流有着极大反差。《信任》发表后读者反响强烈，并获得1979年度全国优秀短篇小说奖。这让陈忠实激动不已，大大提高了他的创作自信，也标志着他在新起点上的再次起跑。

三 思想的"剥离"与创作起飞

1982年春天，陈忠实怀揣中共中央一号文件去落实农业"分田到户"的新政策，"我骑着自行车返回驻地……突然想到《创业史》里头某些难忘的情节来，惊诧得几乎从自行车上翻跌"，因为"我现在所做的一切与柳青当年所做的正好互为一个反动，互为一个轮回"③。曾经以为是正确合理的东西今天却成了荒唐和灾难，这种颠覆性的体验，对置身其中的人来说无疑是痛苦和震撼的，然而这痛苦和震撼也逼着人们醒悟，因为生活可以纠正作家的局限和偏见。1982年5月，路遥的小说《人生》发表，陈忠实读完之后"是一种瘫软的感觉"④，震撼于《人生》所达到的高度，感觉到自己与比他小七岁的路遥在创

---

① 陈忠实：《寻找属于自己的句子——〈白鹿原〉创作手记》，上海文艺出版社2009年版，第103页。
② 陈忠实：《何谓良师——我的责任编辑吕震岳》，陈忠实《凭什么活着——我的人生笔记》，时代文艺出版社2007年版，第21页。
③ 陈忠实：《喇叭裤与"本本"》，陈忠实《凭什么活着——我的人生笔记》，时代文艺出版社2007年版，第184页。
④ 陈忠实：《摧毁与新生》，陈忠实《接通地脉》，作家出版社2012年版，第56页。

作上的差距。经过紧张思考后，1982年冬，陈忠实写出中篇小说《康家小院》，开始注意到人的文化属性，自觉探索人物的文化内涵。《康家小院》是陈忠实"实现第一次艺术突破的标志性成果"[1]，标志着陈忠实基本告别了旧的政治主导性思路，在现实主义道路上有了质的提升。同年，陈忠实调入中国作家协会西安分会（1993年6月更名为陕西省作家协会），成了一名"专业作家"，"在取得对时间的完全支配权之后，我的直接感觉是走到了我的人生的理想境界：专业创作。我几乎同时决定，干脆回归老家，彻底清静下来，去读书，去回嚼二十年里在乡村基层工作的生活积蓄，去写属于自己的小说"[2]。

80年代中期前后，为了寻求艺术上更大的突破，陈忠实开始了自己思想精神上的进一步"剥离"。这时期的阅读主要包括两方面：一是拉美的魔幻现实主义作品；二是国内的"寻根"文学及相关文艺理论。《百年孤独》给了陈忠实一种全新的艺术感受，卡彭铁尔艺术探索的传奇性经历使陈忠实领悟到必须回归本源，把目光切换到自己民族的生存土壤上来。同时，国内出现的"寻根文学"以及文艺思潮中的各种理论，也对陈忠实产生了重大影响，尤其是李泽厚等人提出的"人物文化心理结构"学说，对陈忠实的影响特别巨大——"人的心理结构主要由接受并信奉不疑且坚持遵行的理念为柱梁，达到一种相对稳定乃至超稳定的平衡状态，决定着一个人的思想质地道德判断和行为选择，这是性格的内核。当他的心理结构受到社会多种事象的冲击，坚守或被颠覆，能否达到新的平衡，人就遭遇深层的痛苦，乃至毁灭。"——陈忠实在接受了"人物文化心理结构"学说之后，感到从以往信奉多年的"典型性格"说突破了一层，"有一种悟得天机茅塞顿开的窃喜"[3]，他不再纠结于人物性格的表现，而把重点放在了对人物心理结构的探寻。受此影响，陈忠实后来在创作《白鹿原》时，

---

[1] 李遇春、陈忠实：《走向生命体验的艺术探索——陈忠实访谈录》，《小说评论》2003年第5期。

[2] 陈忠实：《何谓良师——我的责任编辑吕震岳》，陈忠实《凭什么活着——我的人生笔记》，时代文艺出版社2007年版，第29页。

[3] 陈忠实：《寻找属于自己的句子——〈白鹿原〉创作手记》，上海文艺出版社2009年版，第40—41页。

几乎摒弃了对人物肖像的描写,转而注重刻画人物的文化心理和精神气质。

1984年,写极"左"政策扭曲人性的《梆子老太》问世。小说对梆子老太的嫉妒心理和在极"左"政策影响下的扭曲心理的叙述,是逼真和深刻的。此后,陈忠实又连续写了多篇涉及心理文化结构的中短篇小说,如短篇小说《轱辘子客》和《两个朋友》,中篇小说《蓝袍先生》和《四妹子》等。1985年8月,中国作协陕西分会在延安和榆林两地召开长篇小说创作促进座谈会。会上,陈忠实表示自己尚无写长篇小说的准备,因为他觉得写作长篇小说是一项浩大工程,需要提前做大量准备工作。加上之前读过太多优秀的世界名著,所以在陈忠实的潜意识里,写作长篇小说也是一件令人畏惧的工作。因此,陈忠实打算先写10个中篇小说,以此来打好写作长篇小说的基本功。但在写到第九个中篇《蓝袍先生》的时候,发生了一件始料未及的事,"《蓝袍先生》的写作,引发出长篇小说《白鹿原》的创作欲念"[1]。

1985年8月底到11月间,陈忠实写出了具有标志意义的《蓝袍先生》。《蓝袍先生》写一个年轻私塾先生的悲喜命运,以第一人称叙述了徐慎行在四个时期(解放前、解放初、极"左"时期、新时期)的心路历程,对隐秘的民族文化心理结构以及主人公身上的"人性的弱",做了深度探索。徐慎行从小接受的是"守成不进""君子慎独"等传统文化教育,他接替父亲穿上蓝袍,成了一名私塾教师,又被动地接受了父亲做主给他娶的丑妻。解放后,徐慎行被推荐上了新式师范学校,他的蓝袍、八字步、满口之乎者也受到同学们的嘲笑,当他想退学的时候,同桌田芳劝住了他,并带动他从封闭走向自由,在美好的时光中,他们恋爱了。他想和家里的丑妻离婚,却遭到父亲的以死相逼,只好撤回了向法院提出的离婚申请。徐慎行毕业后下乡教书,受到当了校长的同学刘建国的算计,因出言不慎,被打成右派,安排在学校做杂活。在极"左"思潮和父亲"慎独"思想的左

---

[1] 陈忠实:《寻找属于自己的句子——〈白鹿原〉创作手记》,上海文艺出版社2009年版,第1页。

右下，他自我折磨，自甘下贱，唯唯诺诺，迎合所有人，再次封闭了自己。新时期到来，拨乱反正了，他们那一届同学聚会时，面对"又拘谨起来"的徐慎行，田芳感慨地说，"我又想起你穿着蓝袍时的样子"①。徐慎行在四个时期的心路历程，分别经历了"封闭—打开—再次封闭—无法打开"四个阶段，在这艰难历程中，徐慎行反抗过，也拥有过"六十年里的二十天"的自由与美好，然而他终究未能挣脱各种形式的枷锁与牢笼：他遵从封建礼教，感到了压抑；他反抗封建礼教，得到了暂时的欢乐，却又陷入"极左"风波；当他习惯于"极左"思潮下的"萎缩"生活时，却又面临"新时期"的又一次开放，可这时，他的人性中只剩下脆弱，再也经不起任何风浪了。徐慎行的悲剧，不仅仅是社会和时代的悲剧，也是文化和人性的悲剧。当陈忠实的笔尖"撞开徐家镂刻着'耕读传家'的青砖门楼下的两扇黑漆木门的时候"，心里瞬间"发生了一阵惊悚的战栗，那是一方幽深难透的宅第"②。这宅第和这宅第背后隐秘的民族文化心理，让陈忠实久久凝目沉思，由此引发了他对"民族命运"这一大命题的思考。

1986年，陈忠实四十四岁，他再一次听到了生命的警钟。早在1981年，临近四十岁的时候，他就有了一种人到中年的紧迫感。而四十四岁这年，生命的警钟再次敲响。遥望五十岁这个年龄大关，陈忠实内心充满了恐惧，"我平生第一次意识到生命短促的心理危机"③。回想自己从初二开始迷恋文学，这些年虽然也出过几本书，获过几次奖，看似红红火火，却没有一部足够硬气的大作品能让自己满意，如果继续这样的状态，那么，到死的时候，肯定连一本可以垫棺作枕的书也没有，"心结聚集到一点，凝重却也单纯，就是为自己造一本死时可以垫棺作枕的书"④。所以，"必须充分地利用和珍惜五十岁前这

---

① 陈忠实：《蓝袍先生》，《陈忠实文集》第3卷，人民文学出版社2015年版，第166页。
② 陈忠实：《寻找属于自己的句子——〈白鹿原〉创作手记》，上海文艺出版社2009年版，第1页。
③ 陈忠实：《寻找属于自己的句子——〈白鹿原〉创作手记》，上海文艺出版社2009年版，第22页。
④ 陈忠实：《关于〈白鹿原〉的答问》，《小说评论》1993年第3期。

第六章　陈忠实：从生命体验到经典追求

五六年的黄金般的生命区段，把这个大命题的思考完成，而且必须在艺术上大跨度地超越自己"①。也就在1986年，路遥完成了《平凡的世界》第一部的创作，同在作协大院工作，路遥的辉煌成果也刺激着陈忠实，但陈忠实清醒地意识到：文学创作是作家们对自己体验的一种呈现，不同的作家会呈现出不同的生命体验和艺术体验，也正因如此，文学创作才会多姿多彩、百花争艳；对待朋友的辉煌成就，应该采取一种平和的心态，客观冷静地努力，而不能将压力无限夸大，否则，就会对自己的创作造成危害，甚至"会把人压死"②。

为了写作《白鹿原》，陈忠实做了五个方面的准备工作。一是查阅和搜集历史资料和相关素材。陈忠实把卡彭铁尔进入海地、"寻根文学"、"人物文化心理结构理论"三者放在一起思索，发现它们有着共通的文化和文学指向——"民族的某种根基的挖掘与构建"，也就是所谓的"挖祖坟"③。1986年至1987年，陈忠实查阅了西安周边的三个县（长安、咸宁、蓝田）的县志、党史及文史资料。在踏勘、访谈和读史的过程中，他获得了大量素材、信息，心中构思的长篇小说也开始生根发芽，一些人物形象，在阅读或访谈的过程中轮廓开始慢慢清晰。二是温习中国近代史。陈忠实想重新了解他所选定的这个历史背景的总体趋向和脉络，尤其是关中这块土地的兴衰史。阅读陕西学者王大华的《崛起与衰落——古代关中的历史变迁》④，使陈忠实更切近地理解了关中。还有一本美国人赖肖尔的《日本人》，对于近代日本的了解正好作为一个参照，深化了陈忠实对我们这个民族的认识。三是艺术准备方面。陈忠实选读了一批长篇小说，如王蒙的《活动变人形》、张炜的《古船》等；还有国外作家的作品，如哥伦比亚马尔克斯的《百年孤独》和《霍乱时期的爱情》，意大利莫拉维亚的《罗马女人》，美国谢尔顿的几部长篇，劳伦斯的《查太莱夫人的情

---

① 陈忠实：《关于〈白鹿原〉的答问》，《小说评论》1993年第3期。
② 陈忠实：《关于〈白鹿原〉的答问》，《小说评论》1993年第3期。
③ 李下叔：《捡几片岁月的叶子——我所知道的〈白鹿原〉写作过程》，《当代》1998年第4期。
④ 陈忠实在多篇文章及对话中，将该书名称误记为《兴起与衰落》。

人》等。陈忠实如此广泛的阅读，其目的是尽可能多地了解和见识当时世界上优秀长篇小说的流派和写法，尤其是结构组织方面。在阅读了很多经典长篇著作之后，陈忠实惊讶地发现：世界上的优秀长篇小说，并没有固定的结构，同一个作家的好几部长篇，其结构也不相同。陈忠实慢慢领悟到，最好的结构就是能容纳自己的全部思考和体验、能容纳全部人物和事件的那个结构。而这个结构，需要作者本人去设计和创造①。四是阅读了一些关于心理学和艺术学方面的理论著作。比如《心理学》《犯罪心理学》《梦的解析》《艺术创造工程》等，这些理论著作对陈忠实在创作中准确把握人物的心理结构和心理活动，也有很大启发。五是"沉静"的心理准备。陈忠实为自己立下三条约律：不再接受采访；不再关注对以往作品的评论；一般不参加那些应酬性的集会和活动。这三条约律让他能够安下心来投入到长篇小说的创作中。陈忠实还有一个著名的"蒸馍理论"，也颇能说明他的那种沉静的写作心态："如同蒸馍馍，成熟之前是不能揭开锅盖的，只有添柴烧火，达到上足气，才能蒸出好吃的馍来。后来我就把想写的小说憋着，反复酝酿，直到觉得可以动手时才铺开稿纸，直到写完，竟成了一种难以改易的写作习惯。"②

四 《白鹿原》面世与原下的写作生活

陈忠实用了两年的时间，来做《白鹿原》的构思和准备工作，即从 1985 年年底至 1987 年年底。而撰写工作则历时四年，其间又可分为两个阶段：草拟稿从 1988 年 4 月动笔，至 1989 年 1 月完成，约四十万字；正式稿从 1989 年 4 月开始，至 1992 年 3 月最终完成，约五十万字。其后，《白鹿原》连载于《当代》杂志 1992 年第 6 期和 1993 年第 1 期。1993 年 6 月，《白鹿原》的单行本由人民文学出版社出版，

---

① 陈忠实：《关于〈白鹿原〉与李星的答问》，《陈忠实创作申诉》，花城出版社 1996 年版，第 14 页。

② 陈忠实：《寻找属于自己的句子——〈白鹿原〉创作手记》，上海文艺出版社 2009 年版，第 20 页。

第六章 陈忠实:从生命体验到经典追求

销售异常火爆,在评论界和普通读者之中都引起了巨大反响,它被誉为"一代奇书",是"放之欧亚,虽巴尔扎克、斯坦达尔未肯轻让"(范曾语)的巨著,是"比之那些获得诺贝尔文学奖的小说并不逊色"(梁亮语)的大作品。当被问及"回眸已经逝去的年月,你觉得自己最成功的是什么呢?"的时候,陈忠实坦言:"那当然是从八二年到九二年下狠心蜗居在白鹿原北坡下的祖屋里,完成了一系列从短篇到中篇、长篇的创作,特别是做成了《白鹿原》。我终于把握住了属于自己的十年。哦,上帝,我在迈进五十岁的时候拯救了自己的灵魂。"①

此外,在陈忠实《白鹿原》出版前后,其他几位陕西作家的长篇小说也在北京相继出版,一时构成了媒体上称为"陕军东征"②的现象,而媒体上关于"陕军东征"的报道和宣传,也为包括《白鹿原》在内的几部陕西作家作品的热销起了推动作用,由此还引发了20世纪90年代长篇小说的出版和阅读热潮。

1993年6月,陈忠实被选举为陕西省作家协会主席,在任职的前六七年,他努力改善陕西作家的创作和生活条件,包括为作协建办公大楼;同时,也尽力帮扶一支更年轻的陕西作家队伍成长起来。这期间,陈忠实主要写了一些散文作品,或回顾自己人生的某段经历(如《喇叭裤与"本本"》《自己卖书与自购盗本》),或回忆令自己印象深刻的动物、植物(如《告别白鸽》《一株柳树》),或叙写所遇的奇人奇事(如《朋友的故事》《喝茶记事》),或追忆曾在写作上给予自己巨大帮助的良师前辈(如《何谓良师》《为了十九岁的崇拜》),或描

---

① 何启治:《陈忠实和他的〈白鹿原〉》,冯希哲、赵润民编《走近陈忠实》,陕西人民出版社2006年版,第12—13页。
② 1993年5月25日《光明日报》二版头条以特大号标题刊登了记者韩小蕙的文章《陕军东征》,正文上方以稍小黑体字作简要介绍"北京四家出版社推出陕西作家四部长篇力作:《废都》《白鹿原》《最后一个匈奴》《八里情仇》。文坛盛赞——"。这是目前最早以标题醒目报道"陕军东征"的文章,其中提到的四部作品是"陕军东征"最初意义上的范围。这四部作品中,当时已有三部见刊(《最后一个匈奴》1992年9月由作家出版社出版,《白鹿原》首发在《当代》1992年第6期至1993年第1期,《八里情仇》1993年1月由中国文联出版公司出版),《废都》则在1993年6月由北京出版社出版。其后,"陕军"的指称范围有所扩大,但总体来看,"陕军东征"以五部(增加了程海的《热爱命运》,1993年8月由中国工人出版社出版)的范围之说仍为大多数评论者使用。

绘旅途所见的国内自然景观、人文景观（如《伊犁有条渠》《盐的湖》），或书写域外出访期间的奇异见闻以及引发的思考、感悟（如《破禁放足不做囚》《贞洁带与斗兽场》），等等，其间大都洋溢着真诚的反省意识。

2001年至2002年，陈忠实又回到老家西蒋村祖屋住了两年，生活、思考、写作了两年。这期间，除了散文，陈忠实又重拾短篇小说的写作兴趣，写了《日子》《作家和他的弟弟》《腊月的故事》等。《日子》中，一对靠挖沙石过日子的农民夫妇，在得知女儿"分班考试"失败后陷入巨大悲痛，但中国农民对于苦难的忍耐及对命运的默认又很快改变了他们的情绪，男人说"大不了给女子在这沙滩上再撑一架罗网喀"；《作家和他的弟弟》中，贫困意欲致富而又未能如愿的农民（作家弟弟），蛮有理地换掉县长的自行车部件；《腊月的故事》中，贫困的工人不肯接受腐败暴富的领导别有用意且微不足道的节前看望，而为基本生存去农村偷猪偷牛，甚至偷到了最好的农民朋友家。陈忠实的这些短篇小说，生动展示了中国20世纪八九十年代底层人们的真实生存情景和精神状态。

2003年春，陈忠实从西蒋村祖屋回到城里二府庄，从此再没有动迁。早在2002年秋，西安石油大学即聘请陈忠实为该校驻校特聘教授，后又聘为文学院名誉院长。2005年6月6日，陈忠实担任终身院长的白鹿书院由陕西省民政厅批准成立，白鹿书院从书中变成了现实。2005年10月19日，陈忠实又被西安工业学院聘为人文学院名誉院长、教授；同日，西安工业学院"陈忠实当代文学研究中心"成立，他担任中心主任。除继续散文创作之外，陈忠实把很多精力用于帮人、助人，特别是作家和文学界的年轻人，他为全省乃至全国的作家、艺术家写了大量的书评、序言、通信等。

从2007年5月到2009年6月，陈忠实创作了《寻找属于自己的句子——〈白鹿原〉创作手记》（以下简称《手记》），《手记》由十六个话题组成，完整连载于《小说评论》。比起评论家的批评文章，作家本人的创作札记往往包含更具体的感受和更丰富的经验，《手记》亦是如此，它"详密而真实地记录了陈忠实在文学上摆脱束缚、超越旧我、寻找新我的艰难历程和成熟经验。艰难的剥离与艰苦的寻找，构成了这本书的核心命题"[1]。从《手记》中，可以读出密切关联着的"经历"和"经验"两大部分。就"经历"而言，《手记》为读者生动展示了作者陈忠实在《白鹿原》创作中从意念萌发到素材储备、形象酝酿再到动笔撰写、修改完善的全部心路历程，为后人深度理解、研究《白鹿原》提供了宝贵的第一手资料。就"经验"而言，《手记》为作家创作尤其是初习写作者提供了一整套比较完整的"写作秘诀"，具有实际性的指导意义，这包括：通过"剥离""打开自己"，通过阅读"经典"实现突破，通过认真"练笔"提升技能，以"人物角度"写作人物，叙述的"形象化"，"性描写"的原则与尺度，以及"不问收获、但问耕耘"的写作态度，等等。因此，"这部书也许有望成为'作家班'或者大学中文系现当代文学专业学生的必读书或者创作教程……这本书具备了作为范式的要求，也具备了模仿所必需的解剖学要素"[2]。

有学者统计，从 1993 年至 2013 年，陈忠实"除去写了九个短篇小说，偶尔也写点旧体诗词，其他写的基本上都是散文和随笔。这些散文和随笔，其题旨，多为对生活的回味，对生命的咏叹，以及对生活的感悟和思考"[3]。陈忠实的文学创作道路，从写社会热点开始，进而以小说直面并深入广阔的历史与现实生活，现在，陈忠实则通过散文，回到了自身，回顾、审视自己的生活，回味自己人生的甘苦，思索更为深沉的人生哲理。

2016 年 4 月 29 日，陈忠实因病于西安西京医院逝世，享年 74 岁。

纵观陈忠实先生的创作历程，颇具文学史意义，从"与时代共沉浮"到"与时代共转型"，慢慢破茧化蝶，最后又跃空成龙。从 1958 年在《西安日报》上发表第一篇诗歌《钢、粮颂》，到 1976 年《无

---

[1] 李建军：《他找到了属于自己的句子——论陈忠实的小说创作谈》，《当代文坛》2017 年第 6 期。

[2] 雷电：《"中国经验"的金针度人——陈忠实著〈寻找属于自己的句子〉读后》，《唐都学刊》2010 年第 3 期。

[3] 邢小利：《陈忠实传》，人民文学出版社 2018 年版，第 257 页。

畏》的创作,陈忠实在将近二十年的时间里,一直处于探索的前期阶段。这时期的作品,总是依托当时的"主旋律"来设置人物、构思情节,采取的也是公共化的视角,走的依然是李准、王汶石等人的老路子。经过一次次的探索与突破,从80年代中期开始,陈忠实逐渐抛开了外在的政治视角,转而用内在的、更加深刻的文化心理结构角度来洞悉人物、分析社会。从《康家小院》《梆子老太》《蓝袍先生》《四妹子》再到最后的皇皇巨著《白鹿原》,陈忠实完成了自己的华丽转身,一举登上文坛的高地乃至高峰。作家是用作品和这个世界对话的,生命有时而尽,唯有伟大的艺术作品,才能彪炳史册,光耀千秋!陈忠实以一部《白鹿原》,跻身文学高原之巅峰,是文学之大幸,也是陈忠实人生之大幸。

第二节 《白鹿原》现实主义美学品格及其超越

20世纪90年代《白鹿原》的出版,给文坛和广大读者带来了极大的惊喜,为其既熟悉又陌生的艺术创造所感染和折服。总体上,《白鹿原》仍属于当代现实主义文学范畴,但它显然已经全面突破和超越了固有的传统艺术模式,而成为整合与刷新当代现实主义叙事文学的长篇力作。

现实主义是一个传统的甚至接近于古老的话题,然而纵观中国文学历史和当代文坛发展状况,又不得不承认它一直是一个富有生命力和创造性并且具有现代感的话题。1985年前后,文学新潮迭起,形成当代文学史上空前繁盛和复杂的创新态势。作为新潮首席代表的中国现代主义文学确实动摇了现实主义大一统的地位,由此形成互补共存、多元化的文学繁荣局面。但就中国现代主义文学本身来讲,它的力量和气势还比较薄弱,还不足以和现实主义相抗衡,加之现代主义对艺术陌生化的极端追求,造成大批读者的逃离。相反,现实主义在失去大一统的独尊地位后,却迎来了自身自由蓬勃的更新与发展,取得了前所未有的自主性、独立性。现实主义以其宽容的态度接纳了新观念和新方法,在实行开放自身和兼收并蓄中实现了审美意识与审美方法的自我更新；现实主义以其冷静、稳定和多元化的发展，显示出自身的独立与成熟，既保持面目常新，又不失本体的美学力度与审美优势。现实主义之所以有着旺盛的生命力，是中国国情和民情的需要，也是现实主义不断深化、开放、自我更新的必然结果。迄今为止，人们依然把对鸿篇巨制的渴望，把对名师大家的期待，不轻亦不重地搁在现实主义的肩上，当然，它一定是富有艺术创造活力的全新意义上的现实主义。

衡量一部小说是否归属于现实主义范畴，取决于作家是否在其艺术创造中坚持了现实主义文学的基本特征，即坚持了现实主义质的规定性。它具体为内容的真实性、形象的典型性和再现性文学语言的运用。在《白鹿原》中，陈忠实灵活自如地操纵着现实主义手法，并最大限度地发挥了他的艺术创造力，作品从整体到细部发散着写实文学独到的艺术魅力，探讨《白鹿原》对现实主义文学的继承、整合和超越，依然要从现实主义质的规定性入手。

一 小说真实性的坚守与突破

陈忠实注重小说的真实性，并力求全面而深刻地再现历史真实。他对白鹿原这段烂熟于心的历史生活的观照，是超乎寻常的细致与精密，从表层到深层，既逼真又厚重。作者从现象入手，充分展开繁复的历史生活现象，历史作为过去了的人生现象丰厚又生动，它既是一种社会现象，又是一种文化现象，进而也是一种生命现象。三个角度同时也是三个层面，真实性的包容与含量远远突破了传统小说简单明确的窠臼。历史承载着社会的人和自然的人，承载着生命的具象与抽象，历史日复一日永无休止地积淀着文化又创造着文化。《白鹿原》大有合盘推出历史的宏大气象，艺术地推出历史，落到纸上却又不仅仅是历史。陈忠实陷入历史的庞杂而又走出历史的庞杂，当他用文学的媒介来观照历史的时候，历史真实在他的开掘、择取和虚拟下上升为美的真实。

首先，在社会历史的层面看，《白鹿原》写到了波谲云诡的家族斗争、阶级斗争、党派斗争、天灾匪祸，等等。与以往的政治"传声筒式"的写法不同，《白鹿原》对社会层面斗争的抒写，采取了一种开阔的尽可能逼真地还原历史真实的写法。白嘉轩与鹿子霖之间明争暗斗的家族斗争，贯穿了整部小说，是小说的一条主线。白、鹿本同一宗，分家后成了白、鹿两姓，按照当初立下的规矩，族长由长门白姓的子孙继承，而鹿家永远与族长的位置无缘。白嘉轩与鹿子霖彼此不服，却又不撕破脸皮，必要时还联手做事，但关键时刻又心存暗算、彼此较量。从巧换风水地到联手办学堂，是初交手；白嘉轩发起"交农"事件，公开抵制印章税，是第二次交手；而鹿兆鹏、黑娃等新生社会力量引起的形势变化也影响到白、鹿两家的较量；然后是白嘉轩严惩白狗蛋、田小娥通奸，鹿子霖怂恿田小娥引诱白孝文，导致白嘉轩被逼上"辕门"；孝文堕落败家，鹿子霖买房拆房；田小娥的冤魂引来瘟疫，鹿子霖要塑像修庙，白嘉轩却造塔镇娥；最后鹿子霖由于政治形势的全面被动而不得不承认"鹿家还是弄不过白家"，而白嘉轩面对全新的现实也得了"气血蒙目"症，瞎了一只眼睛。《白鹿原》对当时的农民运动和国共关系也有深刻的反映。受鹿兆鹏的鼓动，黑娃在农讲所受训之后，在白鹿原上掀起了一场"风搅雪"，铡了三官庙的老和尚，铡了碗客，又把总乡约田福贤和他的九个乡约推上白鹿村的戏楼。田福贤逃脱半年之后又回到白鹿原，对农民运动进行报复性镇压，在戏楼惩治了农协的头目。当然，这背后交织着国共两党的合作与分裂——小说对历史上国共关系的呈现，主要由小说人物鹿兆鹏牵引，从最初的闹农协、策划渭北暴动、红三十六军进军，到不断逃亡、被捕、解救，再到最后成功说服黑娃起义解放滋水县。对白鹿原上"农民运动"骤起骤灭的现实，朱先生有个形象的概括"白鹿原成了鏊子了"[①]。《白鹿原》对天灾匪祸也多有反映。关于天灾，小说第五章提起村庄的历史时，写到关于灾祸的一些传说，如发生在夜间的毁灭性的洪水、三伏天降流火、蝗虫成精、疫疠滋蔓，"频频发生

[①] 需要注意的是，"鏊子说"只是小说人物朱先生的观点，并非作者陈忠实的观点。参见陈忠实《寻找属于自己的句子——〈白鹿原〉创作手记》，上海文艺出版社2009年版，第54页。

的灾祸不下百次把这个村庄毁灭殆尽";小说第十八章具体写了因干旱引起的大年馑,第二十五章则详尽写了毁灭性的大瘟疫。陈忠实之前在翻阅县志时,面对如此多的深重灾难,心中即交织着沉痛、怜悯、慈悲的复杂感情。至于匪祸,小说也写到黑娃的落草与最后的受招安,当年大拇指郑芒儿因为一个女人而被"逼上梁山",还有葛条沟的辛龙辛虎,等等。《白鹿原》在社会层面历史的书写上,基本做到了"不虚美""不隐恶",逼真还原了社会历史本身的丰富性、驳杂性、凝重性。

其次是文化层面的历史。《白鹿原》不仅写到了占据核心地位的儒家文化,还写了陕西关中的地域风俗文化以及神秘文化。关中是儒家文化深深浸染之地,作为中国传统文化的主流,儒家文化以"仁义"为核心,以"做人"为旨归,以维护传统的生活秩序为己任。小说中的朱先生是儒家文化的精神象征,白嘉轩则是儒家文化的践行者。白嘉轩每逢疑惑无法抉择时,往往会向姐夫朱先生请教。辛亥革命后,皇帝退位,面对白嘉轩"没有了皇帝的日子怎么过"的疑问,朱先生拿出自己草拟的《乡约》这"过日子的章法",教民以礼义,以正世风。作为族长的白嘉轩,慢慢就成为乡约礼法的化身,他从街巷走过去,袒胸露乳给孩子喂奶的女人们就吓得躲进屋内。当《乡约》废弛,村里有人赌博、抽鸦片时,白嘉轩用残酷的手段加以惩治;当发现自己的长子白孝文和田小娥厮混在一起时,白嘉轩又用同样冷酷的手段加以惩罚;无论世事怎样变迁、动荡,白嘉轩始终尽力固守着"学为好人"的人生座右铭,固守着白家门楼上的四个大字"耕读传家";直到最后感到"无力回天"时,他召集了族人,表示"诸位好自为之"。朱先生最后亦是如此,以"陶钵"自喻,"陶钵嘛只能鉴古,于今人已毫无用处"。小说对儒家文化的反思是沉痛的,也是矛盾的。除了对儒家文化的反思与叩问,《白鹿原》还浓墨重彩地展示了关中的地域风俗文化。其中,婚丧嫁娶、节日盛况、独特风俗最能代表一地之民情风俗。白秉德老汉暴病身亡,大家按照习俗的流程,分派人手去报丧、打墓、请乐班;鹿兆海的公祭更是写得非常隆重,而朱先生的家祭则一切从简;至于朱先生年轻时相亲挑媳妇的场景和细节更是绝妙，那女子"刚柔相济"的眼睛让朱先生认定了她。关于节日盛况，麦子收罢后的"忙罢会"隆重而红火，白孝文也是在"忙罢会"看戏时被田小娥拉下水的；白灵与鹿兆鹏同居时引出对白鹿原端午节上荡秋千的美妙感觉，还描绘出各人荡秋千的不同姿势及各自的性情。至于独特风俗，鸡毛传帖杀贼人，神秘而动人；白孝义妻子不怀孕，从冷先生口中引出"棒槌会"的借种风俗；等等。除了儒家文化和地域风俗文化，《白鹿原》还写到了关中地区的一些神秘文化，比如闹鬼和捉鬼。小说有好几处写到闹鬼情节，却并不是故意制造所谓的"魔幻"，而是为了表现小说人物在特定境遇下的异常感觉。例如，鹿三在杀死小娥后背上了沉重的心理负担，出现了幻觉，能够看见小娥的那双眼睛，听见小娥"啊……大呀……"的声音，最后又演绎出鹿三被小娥鬼魂附体的怪异事件。陈忠实对此曾解释说："白鹿原上关于鬼的传说，早在'魔幻'这种现实主义文学传入之前几千年就有了，以写鬼成为经典的蒲松龄，没有人给他'魔幻'的称谓；鲁迅《祝福》里的祥林嫂最后也被鬼缠住了，似乎没有人把它当做'魔幻'，更不必列举传统戏剧里不少的鬼事了；我写的几个涉及鬼事的情节，也应不属'魔幻'，是中国传统的鬼事而已……"[①]

最后，是生命层面的历史。《白鹿原》把人的食色原欲、潜意识与非理性、命运的偶然性都显示了出来，照亮了人性最隐蔽的角落。最先就是"性描写"问题。在查阅县志时，陈忠实就非常同情那些"节妇烈女"，因为她们作为人的起码的性的合理性要求都被剥夺了，并"意识到支撑这道原和原上人的心理结构中'性'这根重要构件的分量，如果回避，将会留下'秘史'里的大空缺"[②]。最终确定下了"写性三原则"：不回避，撕开写，不做诱饵。这不仅仅是勇气的问题，作家必须摆脱那种对待性的不健康心理与眼光，才能以一种理性和健全的心态来解析自己笔下人物的性心理结构。当然，写性也还是

[①] 陈忠实：《寻找属于自己的句子——〈白鹿原〉创作手记》，上海文艺出版社2009年版，第46页。

[②] 陈忠实：《寻找属于自己的句子——〈白鹿原〉创作手记》，上海文艺出版社2009年版，第79页。

要把握好"度"的，并不是所有的小说人物都要写性，而是要通过性，来揭示出小说人物的心理结构，这才是最终的落脚点。《白鹿原》中的性描写主要有七处：一是白嘉轩的七娶六亡；二是黑娃与田小娥的偷情；三是白孝文与新媳妇的洞房；四是鹿子霖与田小娥的乱伦；五是田小娥引诱白孝文；六是炉头的变态性虐待；七是朱先生性器官症状的描写。其中又以田小娥的三处描写最为重要：她与黑娃的偷情，既合乎人的正常需求，同时又是反抗社会压迫的一种方式；她与鹿子霖的乱伦，则揭示出鹿子霖的道貌岸然、人面兽心；她充当鹿子霖的棋子去引诱白孝文，事后却良心发现愧疚于心，这也写出了田小娥善良的一面。正是因为陈忠实正视了性，展示了种种性形态、性心理，小说《白鹿原》才达到了完整意义上的"民族秘史"的境界。此外，《白鹿原》中还写了很多怪异、神秘甚至恐怖的梦，将人物的潜意识与非理性世界也一一展出。《白鹿原》中的梦大致有两类：一类是原欲梦；一类是征兆梦。原欲梦主要是指人的原始欲望受到长期压抑，进而在梦中爆发，比如兆鹏媳妇的梦。兆鹏媳妇的正常生理需求一直受到压抑，只能长期埋藏于潜意识之中，最后通过梦境的形式加以释放。征兆梦主要体现在白灵牺牲时给亲人们托梦，她的父亲白嘉轩、祖母白赵氏、姑姑朱白氏同时梦见白鹿，父亲和祖母还梦见白鹿的脸变成白灵的脸蛋。而多年以后当几位共产党的干部送来"革命烈士"的牌子，白嘉轩验对白灵的牺牲日期："以不可动摇的固执和自豪大声说：'我灵灵死时给我托梦哩……世上只有亲骨肉才是真的……'"[①]这写到了梦的神秘性和奇异性。而白嘉轩第六个女人胡氏梦见"前房的五个女人"，而且能说出她们的相貌特征，则带了几分恐怖色彩。小说通过对梦的抒写，为读者打开了小说人物生命体验中的那个混沌、幽暗、神秘的领域。《白鹿原》还写出了人物命运的偶然性，写出了人物生存的感性、混沌状态。从白嘉轩在雪天发现长着"宝物珍草"的慢坡地，到白灵、兆海通过抛掷铜元来决定自己的信仰到变故后白灵的悲剧结局，再到黑娃带领保安团起义后却被诬陷处死，冥冥之中

---

① 陈忠实：《白鹿原》，人民文学出版社1993年版，第538页。

仿佛每个人都被一只命运之手拨弄着，不知将往何方去。然后在这变化多端的偶然性之下，又有一种合乎历史的内在逻辑，小说"在历史的必然性和偶然性的处理方面达到了一个很高的境界"①。

由此可知，陈忠实的现实主义笔触已由社会本质真实深入到文化本质真实，并进入生命本质真实的层面，此三者融会于《白鹿原》，作品在真实性的深度、广度和高度上的超越显而易见。《白鹿原》提供给读者的，既是一幅混沌的原生态历史生活图景，又是经过典型化创造的高品位的艺术文本，作品的认识价值与审美价值的统一，是作家的自觉追求。超越传统的第一步将是摒弃"镜映式"反映，客观真实作为重要的一部分但绝不是作品的全部，作家将历史人生现象放于笔端，不是听任它的摆布，而是占取主动，激活素材，作家对素材的取舍、安排以及再创造莫不以主体对历史人生的总体领悟为统帅，于是洋洋五十万字，既放得开，又收得拢，真实性不再是孤立的客观，它已经与作家主体创造性融为一体，并与创造性的语言表现模式融为一体，一旦作品落成，它们便成为须臾不可分的整体。这些，使得《白鹿原》广博深厚的真实感与玄妙空灵的艺术美感达到同步共生。

二　人物的典型性及其超越

20世纪80年代中期，陈忠实受到李泽厚等人提出的"人物文化心理结构"学说的启发，在塑造人物形象上有了明显的突破，"在我看来，通过对人物的文化心理结构的解析，可以使人物的性格更鲜明、更生动，更具有内在的生动性而不是外在的生动性"②。如果说《蓝袍先生》《四妹子》等中短篇小说是陈忠实用"人物文化心理结构"作为一种写作新突破的试验，那么，进入《白鹿原》的写作，陈忠实就更加自觉、自信地运用"人物文化心理结构"来塑造人物了，即在传统典型的基础上赋予"形象"以新的认识价值，典型的容量明显增

---

① 雷达：《〈白鹿原〉的经典相》，《人民日报》2016年6月17日。
② 李遇春、陈忠实：《走向生命体验的艺术探索——陈忠实访谈录》，《小说评论》2003年第5期。

大，内涵也更加丰厚。可以说，成功塑造了几个系列的人物群像，是《白鹿原》气势与规模形成中不可或缺的因素。《白鹿原》主要塑造了三代农民形象，交叉划分则有地主群像、贫民（长工）群像、妇女群像、青年群像，还有土匪恶霸群像，等等。随着小说情节的展开，形象与形象之间不断地相互渗透、补充和转化，历史的动向在这里具象化为人物命运的变幻、人物性格与灵魂的变迁。

白嘉轩和鹿子霖是小说着力刻画的两个地主形象。白嘉轩主要是传统文化正统人格的代表，而鹿子霖则更多显现了传统文化消极的一面。作为族长，白嘉轩坚守"耕读传家"的古训，将"仁义"奉为人生圭臬，修身、齐家、治村。他运用宗法权威，修祠堂、办学校、用《乡约》教化村民。面对苛捐杂税，他鸡毛传帖，发起"交农事件"。他与长工鹿三，虽为主仆，却情同手足友好相处。田福贤报复农协成员，他尽力予以庇护；与他一直较劲的鹿子霖落难，他也以德报怨，积极相助；黑娃被捕，他也不计前嫌，屈尊托人搭救。白嘉轩身上闪耀着强大的人格精神和人格魅力，不管经历怎样的艰难坎坷，他都挺直腰杆，努力坚守着儒家的道德规范。然而，白嘉轩也非完人，不时体现出传统文化的糟粕。比如他心肠的"冷""硬"，对违反族规的村民毫不留情，对叛逆的女儿誓不相认，对堕落的儿子见死不救，对田小娥生时不让进祠堂、死后还要建塔镇压；比如他信奉母亲腐朽的女性观，以至于几位女性性命的葬送却成为他后来炫耀的资本——"白嘉轩后来引以为豪壮的是一生里娶过七房女人"；比如他精心策划巧换风水地，却对外宣称"我一生没做过偷偷摸摸暗处做手脚的事"。白嘉轩身上体现的这种矛盾性，其实正是传统文化两面性的反映。而鹿子霖则集中体现了传统文化消极的一面。功利机变、自私卑劣、放荡淫逸构成了鹿子霖人生的主色调。鹿子霖虽然对革命一无所知，但却敏锐地觉察到社会变革能带给他利益和机会，于是投靠田福贤，谋取"乡约"一职，对抗白嘉轩，后虽几经沉浮，但"官瘾比烟瘾还难戒"。为了摧毁白嘉轩的心理防线，他利用田小娥设计性诱白孝文，将白嘉轩逼上辕门。鹿子霖放荡风流，和原上的很多女人关系不清，但在道德上他也有自己的底线，用理智克制了儿媳的"投怀送抱"；

尽管他热衷功名权势，但毕生所求，不过是要改变白鹿村一直由白家主事的局面，而并非十恶不赦。与白嘉轩相比，鹿子霖更多的是沉溺于物欲、权欲的利益追求，而少了传统文化高尚道德和人格的赋形。如果说白嘉轩代表的是道德化人格，鹿子霖代表的是功利化人格，朱先生则超脱于这二者之上，成为传统文化理想人格的完美典型。朱先生是程朱理学关中学派的最后一位传人，一直恪守"学为好人"的宗旨，他只身却敌、禁绝烟土、赈济灾民、投笔从戎、发表宣言、亲自主持抗日英烈鹿兆海的葬礼，他绝仕进、弃功名、优游山水、著书立说、编撰县志、手拟《乡约》，他料事如神、未卜先知，集圣人、智者、预言家于一身，近乎完美的"神人"。但小说也没有把朱先生完美神化。朱先生力主建塔镇压田小娥，"叫她永远不得出世"，体现了传统文化中冷酷残忍的一面；朱先生焚烧四十三撮日本人的毛发，体现了传统文化中相对狭隘的一面；朱先生粗俗的骂人话"办正经事要俩钱比毯上割筋还难"，体现了他接地气的一面；面对时代巨变，朱先生念错军统，"军桶我也弄不清是做啥用的桶"，自知不过是一只只能鉴古的陶钵，徒剩无奈的哀叹："文章里的主义是主义，世道还是兵荒马乱鸡飞狗跳"，"折腾到何日为止"。白鹿书院也不得不闭门了事。显然，在急剧变革的时代，朱先生也难以适应新的社会潮流，他的超稳定的心理结构也面临各种冲击的痛苦。作者陈忠实在不乏理性的礼赞中，对已然衰败的文化传统唱出了一首凄凉的挽歌。

黑娃和白孝文正负两极的性格裂变，令人惊叹，也耐人寻味。黑娃是长工鹿三的儿子，贫穷和低贱的社会地位让他充满自卑，他嫌白嘉轩的腰杆挺得太硬太直，其实是一种下意识的精神畏惧，而兆鹏的冰糖和水晶饼则给他带来了物质上的痛苦经历。他不甘心于精神、物质都被压制的命运，于是选择了出门闯荡。在郭举人家里他遇到了田小娥，两人由性爱到情爱，迸发出自由无拘的青春和生命激情。然而，这种离经叛道的行为却受到了白嘉轩以及父亲鹿三的打压，不得进入祠堂。在共产党人鹿兆鹏的鼓舞之下，黑娃带头在白鹿原上掀起了一场轰轰烈烈的"风搅雪"（农民运动），撞开祠堂，砸碎"仁义白鹿村"石碑和《乡约》石刻，矛头直指白鹿原的上层社会。随着革命形势的急转直下,黑娃又开始了亡命之旅,给习旅长做过警卫,习旅长被打散后黑娃无奈做了土匪。后来土匪内乱,黑娃接受招安归顺国民党军队,做了保安团的营长。几番洗礼下来,黑娃开始寻找自己的精神归宿,开始回归传统,娶知书达理的高玉凤为妻,拜朱先生为师成为其关门弟子,学为好人,回原祭祖,拜倒在祠堂之下:"不孝男兆谦跪拜祖宗膝下,洗心革面学为好人,乞祖宗宽恕……"经历否定之否定,黑娃以上层社会的身份回归传统,以获得精神上的安歇。后在兆鹏的动员下,果断起义,一举成功,成为滋水县的副县长,但却被县长白孝文暗算处死。黑娃的一生大起大落,由叛逆始,中继归顺,而终遇难。而白孝文的命运与黑娃刚好相反。白孝文原本是白嘉轩的正宗接班人,在儒家文化的熏陶和严厉管教下长大,知书达理,新婚之后在妻子的诱导下恍然大悟,并沉浸于男女之事。之后按照族规他继承了族长之位,逐渐树立威信。自从中了鹿子霖的圈套,被父亲逐出家门之后,白孝文开始了"不要脸"的生存方式,与田小娥一起放纵自己的欲望和真情,败光家产,沦为乞丐,几乎被野狗当作死尸吃掉,跌至人生的谷底。后经鹿子霖推荐,进了县保安大队,迎来人生的转机。至此,白孝文以往的人生信条崩塌了,而代之以"成事"的价值取向,扭曲、邪恶的人生之路就此铺开。他审时度势,积极充当国民党的打手,参与屠杀共产党人。升任保安团一营营长后,白孝文带着自己的第二个妻子,衣锦还乡、回原祭祖,并心生感慨,"谁走不出这原谁一辈子都没出息"。而当国民党败局已定,他又倒戈一击,参与起义。他迎面击毙自己的上司张团长,可谓心狠手辣;起义成功后,他篡改事实真相,抢报起义之功,取得上级信任,成为滋水县县长,可谓自私自利;最后他又阴谋杀害了解自己底细的黑娃,可谓卑劣之极。白孝文从宗族的榜样,堕落为乞丐,最后又成为投机革命的阴谋家,从"仁义"的起点最终走向"仁义"的反面,体现了作者陈忠实对复杂的党派斗争、历史走向乃至传统文化种种弊端与局限的深度反思。黑娃性格的被校正与白孝文性格的被扭曲,表明了人性本身存在着不纯净与不明确性因子,尤其是在旧观念崩毁、新观念未立的历史转型期,生活本身的无序性与非理性因素,更是让人物的命运充满了无穷的变数。

田小娥和白灵是《白鹿原》中的两个女主角。其相似之处是，她们都生得漂亮灵动，都是传统的叛逆者，都在生命的盛年悲惨离世，而谋杀者在结果她们性命的时候都毫不手软，对生命的漠视都同样令人发指。但是她们的悲剧命运又有很大的差异。田小娥由父亲田秀才作主，年纪轻轻就卖给了快七十岁的郭举人做小老婆，充当"在这屋里连只狗都不如"的性奴。她大胆与黑娃偷情来反抗命运，并产生了和黑娃厮守一生的美好愿望。东窗事发后，黑娃领着走投无路的小娥回到白鹿原。父亲鹿三逼迫黑娃放弃田小娥，族长白嘉轩则拒绝让他们进祠堂合法完婚，小娥和黑娃只得住进村外的破窑。农民运动期间，田小娥担任妇女主任，一时风光无限，但好景不长，大革命陷入低潮，黑娃出逃，留下小娥孤苦伶仃。鹿子霖趁火打劫，霸占了田小娥。狗蛋事件之后，鹿子霖让田小娥去引诱白孝文以图报复，白孝文无力抵抗诱惑。事情暴露后，白孝文受到族规惩罚并分了家，小娥和孝文寻欢作乐乃至抽上鸦片，在大旱引起的饥荒中，孝文变卖了所有的家产，沦为乞丐。黑娃的父亲鹿三目睹此景，亲手杀了小娥。因为在鹿三看来，是田小娥"造成黑娃和孝文堕落"。实际上，田小娥盲目、自发的反抗，完全出于生理本能和人性的合理性要求，她何罪之有？正如她附身到鹿三身上后所言："我到白鹿村惹了谁了？我没偷掏旁人一朵棉花，没偷扯旁人一把麦秸柴火，我没骂过一个长辈人，也没搡戳过一个娃娃，白鹿村为啥容不得我住下？"但传统礼教却将全部罪过都推到了女人身上，反映出传统礼教的虚伪和不公，所以作者陈忠实曾说田小娥"生的痛苦，活的痛苦，死的痛苦"[1]，难逃被侮辱、被损害、被镇压的悲惨命运。如果说田小娥是追求人性欲望满足的叛逆女性，那么白灵就是具有独立意志的现代女性。白灵是族长白嘉轩的掌上明珠，深得宠爱，她是村里第一个进私塾读书的女子。读完私塾，她又偷偷跑到省城西安投奔二姑家和两个表姐一起上学，当父亲找来

---

[1] 陈忠实：《寻找属于自己的句子——〈白鹿原〉创作手记》，上海文艺出版社2009年版，第79页。

第六章　陈忠实：从生命体验到经典追求

逼她回去，她把剪子支在脖子上以死相抗，父亲只好妥协。当父亲给她许下亲事，把她锁在屋里逼她完婚时，她又挖墙逃走，进城教书，从此父女反目。可见白灵在反抗传统礼教方面，要比田小娥等女性大胆、自觉得多。白灵先是与兆海相恋，以抛铜元的方式来决定各入其党。等白灵和已从军校毕业的兆海重逢时，才发现：白灵已改"国"为"共"了，而兆海则改"共"入"国"了。他们彼此的爱，促成了这样的转变，但结果却阴差阳错。于是双方又希望对方回心转意，但最终发现无力改变对方。由于工作需要，白灵和兆鹏扮作假夫妻，兆鹏的果敢、干练、机智让白灵倾倒。在根除姜叛徒之后，两人兴奋不已，白灵和兆鹏拜了天地做了真夫妻，"沉浸于人生最美好的陶醉之中"。白灵因偶发事件暴露了身份，不得不转移到根据地南梁。不料，根据地肃反，白灵因为之前的地下党经历受到怀疑，最后惨遭活埋。白灵是觉醒了的新女性，是妇女个体解放的成功者，她完成了妇女自我彻底解放的历史使命，白灵的反抗是自觉的、主动的，然而白灵的选择却没能超越当时的政治斗争旋涡，成为政治冤案的牺牲者。

小说是写人的艺术。可以说，《白鹿原》在人物刻画上是成功的，除了上述人物，其他的人物形象也都饱满生动，比如鹿三、兆鹏媳妇、土匪郑芒儿等。《白鹿原》中的人物，大都在新旧交替、善恶对立、顺逆转化、悲欢反复中被颠来荡去，令人感慨唏嘘，正如陈忠实自言："我的白嘉轩、朱先生、鹿子霖、田小娥、黑娃以及白孝文等人物，就生活在这样一块土地，得意着或又失意了，欢笑了旋即又痛不欲生了，刚站起来快活地走过几步又闪跌下去了。"[①]

"文学史，就其最深刻的意义来说，是一种心理学，研究人的灵魂，是灵魂的历史"[②]。人物性格的描绘与探析，向来是文学的基本内容和重要目的，即从人出发最终回到人。《白鹿原》展示了特定历史时期人们的生存和命运以及他们灵魂演变的真实情况，一系列的人物

[①] 陈忠实：《寻找属于自己的句子——〈白鹿原〉创作手记》，上海文艺出版社2009年版，第17页。

[②] [丹麦] 勃兰兑斯：《十九世纪文学主流·引言》，张道真等译，人民文学出版社1997年版，第2页。

形象完成对立统一的矛盾过程，带着复杂、丰满、立体、鲜活的性格姿态立于读者面前，成功的典型，无疑是现实主义美学力度与高度的标志。分析《白鹿原》中的形象，笔者感到作家对人的认识更加全面、客观和公正了，而且人物自身也脱离典型理论的刻板规范，更为活跃自由，更有了生命的气息，这是超越之一；超越之二，即形象有了新的价值功能。前面所说的形象系列，他们在成为个性化典型的同时，也成为一种象征，这多少带有理念或思辨的味道，但与形象承载理念、理念大于形象的反现实主义作品不可同日而语。理性精神，是现实主义作家手中信马由缰的缰绳，陈忠实一面推出形象，一面进行历史、社会、文化、生命等问题的理性反思，这是一个圆满的双向式完成。

在《白鹿原》人物系列中，相对静止和封闭的白嘉轩涵盖着更多的文化内容，而走向动态与开放的黑娃、白灵们则代表了历史流动的走向、社会发展的趋势。此外，每个形象几乎都成为象征，白嘉轩是农耕文化、宗族文化的化身；小娥死后化作飞蛾，象征她的不屈抗争；像白鹿一样纯净的白灵更是作品中美的寄托；白孝文象征着人性的堕落与自戕；黑娃则象征着人性向传统的复归。朱先生是《白鹿原》中最大的象征体，从人物的个性特征来讲，他远没有白嘉轩复杂和丰满，他作为一个文化性格，是作家陈忠实的又一独创。读者很难用规范的典型论去评判这一人物，他的个性单纯、静止和封闭，集真善美于一身，但其文化性格却包容量很大，新旧思想观念斑驳陆离然而又和谐统一地交织于朱先生身上，显现出文化性格封闭与开放的完善统一，这也是作家不乏理念化的人文理想。朱先生文化性格的封闭性，即我们这个民族自当保持的自主性和独立性；朱先生文化性格的开放性，亦即我们这个民族挣脱沉重腐朽的封建文化的桎梏，走向自我更新、超越历史的基本前提。朱先生性格是个理想体，其性格内部并无大的矛盾冲突，但作为社会的良心，他自身却与身处的社会现实相碰撞。朱先生知识分子的社会良心与人性关怀并无回天之力，历史发展的洪流巨澜中，有多少不如人意的回环往复与多少不为人知的荒诞不经。朱先生脱离人生的轨道去鸟瞰人生，这种智慧的力量与神性的目光，使他与白鹿原上的白鹿一样成为神话成为经典。陈忠实对朱先生形象的塑造带动着《白鹿原》整体上的象征，使小说完成了对历史人生的哲学反思和诘问。

三 再现性文学语言的个性化创造

陈忠实在《白鹿原》中真正"找到了属于自己的句子"，并将之发挥到了极致，仅就形式表达来说，陈忠实完成了再现性文学语言的个性化创造。再现性文学语言的基本特征是尽量贴近生活本身的描绘生活的功能，具体为叙述语言的冷静客观和人物语言的充分个性化。陈忠实冲破了"十七年"长篇小说的表面诗化、浅层次主观化倾向，把冷静客观的语言态度当作构筑一部现实主义巨著的首要环节。作家不轻易流露感情倾向，而且整体上也不强制性规范作品的主旨和读者的接受意向，叙述语言温和中立，人物语言则交给人物自己。在语言表层，隐藏主观而高密集度地涌现客观，这里，着意与随意结合得恰到好处。明显地，作家很看重语言模式的再构造，但以达到随意与天然为目的。在继承传统现实主义语言系统的基础上，陈忠实营建出属于自己或者说属于《白鹿原》的一套语言体系，在语言本体越来越显示其独立意识与显要功能价值的今天，这对于作家的独一无二与作品的独一无二都是至关重要的。

《白鹿原》的语言最突出的就是密实的形象化的叙述长句。密实形象的叙述长句，与相应的短句交相错落，刚柔相济，极具张力和形象感。长句的好处是高度的概括性，有利于作家对喷薄的思绪进行从容酣畅的概括，从而避免了细致描写带来的琐碎与冗长，而陈忠实在语言概括性的基础上又强调语言的形象性，从而将自己的小说语言磨炼到了一种近乎完美的平衡：细微处，有雨打芭蕉的准确与鲜活；粗犷处，又有大河奔流的浩荡与雄浑。"白嘉轩后来引以为豪壮的是一生里娶过七房女人"，小说的第一句话就是高度概括而信息量巨大的形象化长句，这句"预叙"也奠定了整部小说的基调。"这个女人从下轿顶着红绸盖巾进入白家门楼到躺进一具薄板棺材抬出这个门楼，时间不足一年，是害痨病死的"，这是对白嘉轩第二房女人从结婚到死亡的概述。镜头聚焦在白家门楼，红艳艳的盖头、新人喜盈盈的面容，与白色的薄板棺材、家人哀泣的神情对立交织，蒙太奇般一闪而过，透射出生命的短暂脆弱与人生的无常无奈，画面感十足，细致入微而又精练概括。类似的精彩句子在小说中俯拾皆是。当然，这种密实的长句子，这种形象化叙述，其实也是一种"被迫"的选择。80年代中后期，出版业纳入市场经济体制，盈亏自负，一本书的印数和发行量，主要由庞大的读者群决定。陈忠实构思时原计划将《白鹿原》写成两部，每部大约30万至40万字，但考虑到市场经济运作的无情，最后决定只写一部，不超过40万字。规模的限制，将陈忠实逼到了语言方式这条途径上来——决心采用叙述语言，而且必须是形象化的叙述。[①] 所以，陈忠实在《白鹿原》中尽量不写人物之间直接的对话，而又把人物之间必不可少的对话，纳入情节发展过程的叙述之中。

《白鹿原》的叙述语言还适度采纳了部分关中方言，具有浓郁的秦地风韵，文白相间，自有一番雅致。除了在人物对话中采用经过提炼的方言俚语，陈忠实在叙述时也将部分方言巧妙地糅合进去。比如："天已擦黑""托他舅舅给他再踏摸媳妇""热尿在厚厚的雪地上刺开一个豁豁牙牙的洞""麦子上场以后，依然是一天接着一天一月连着一月炸红的天气""把白鹿村挨家挨户捋码一遍""（吴掌柜的）女子生得无可弹嫌""蔫不拉几的弱苗子变成黑油油的绿苗子""（烟鬼）溜肩歪胯地站在人背后""看来这崽娃子贪色。你得给那媳妇亮亮耳""我想试火一下""成了家你就是大人，不是碎娃了"，等等。陕西的老一辈作家如柳青、王汶石等人，在小说中也注重方言的使用，但更多的是用于人物对话；而陈忠实对关中方言的使用不仅存在于人物对话，也存在于叙述语言当中。这里需要注意的有两个方面：一是陈忠实选择的方言绝不是单纯的口语化的照搬，而是经过提炼加工且被普遍认可的方言，而且使用有度，并不泛滥；二是关中方言与汉语的关

[①] 陈忠实：《寻找属于自己的句子——〈白鹿原〉创作手记》，上海文艺出版社2009年版，第58页。

系十分密切,本身自具影响力。关中方言承载着很多古汉语的信息,古拙典雅,看似陌生,实则相熟,很多关中方言甚至比规范汉语更加生动形象。关中方言这种天然的优势,既让陈忠实的小说具备浓郁的秦风秦韵,又延伸拓展了小说语言的表现力。

《白鹿原》中的拟声词和比喻句,与叙述语言浑然一体,生动逼真地再现了乡村生活场景。就拟声词而言,通过模拟物体发出的声响,强化读者在听觉方面的感受,尽可能还原鲜活生动的场景。比如:"(白秉德)发出嗷嗷嗷呜呜呜狗受委屈时一样的叫声""(冷先生)把烧酒咕咕嘟嘟倒入碗中""朱先生穿着泥屐在村巷里叮叮咣咣走了一遍""(白嘉轩)心里已经有一架骡子拽着水斗水车嘎吱嘎吱唱着歌""(仙草)娇美的后腰里系着三个小棒槌,叽里当啷摇晃",等等。拟声词的恰当使用,可使读者如闻其声,进而想见其具体的画面。而《白鹿原》中比喻句的大量使用,始终紧贴乡间生活,妥帖而又精当,极大增强了句子的延展力和乡土气息。比如:"看见炕上麻花一样扭曲着的秉德老汉""蝙蝠在梁上像蒜瓣一样结串儿垂吊下来""(赈灾的地方)万头攒动,喧哗如雷,像是打开了箱盖嗡嗡作响的蜂群,更像是一个倾巢而出的庞大的蚂蚁家族",等等。

陈忠实不同于柳青,不时地出面参与故事,或进行激情议论。然而,陈忠实在操纵语言时却进行了深层的、透彻的、精神统领般的参与。传统小说中的情感往往带有普泛性,是时代情感在作家身上的投影,是有别于客观的另一种存在或实体。但《白鹿原》写实语言中的客观却很难成为实体,它往往是作家主观情志的外化。小说中许多虚玄情节,冷静道来,"和真的一样",语言表层为实,深层为虚,虚实相间,看似平淡,实则诡奇。小说开端第一章写白嘉轩六房女人之死,是纯客观的叙述语言,六房女人死了,个个死有病因,谓为实;但房房必死谓为虚。如此开头真是匠心独运,作家精心策划玄虚的故事以控制读者,于是,客观化的叙述语言带有作家浓厚的主体感受。而且,某些大的故事情节在详尽叙述之后戛然中断,原委待后来回溯。作家有自觉且自信的语言意识,除以充分感觉化、情绪化的叙述语言去感染读者以外,还把握着读者的阅读节奏与阅读速度,个体的介入真是无时有，时时有；无处在，处处在。

但读者并不被动，一旦读者被作家导入小说的情境中，读者很快便能获得极大的审美自由，因为作家虽然不时有情感与价值取向的流露，但绝不会也不能强加于读者，而且在陈忠实笔下，再现性语言形式不再是公众的和浅表的，而是个体和深层的，它重视体验，充满了弹性与张力，在语言的原生态气氛中，读者完全进入再度体验之中，并进行合于读者个体再创造的阐释。一种叙述语言的成熟的确能够促进接受者阅读行为的成熟。

小说广义的叙述语言已经包容了人物语言。基于此种关系，人物语言也完全应和着以上所述的本体语言追求。不同的是，人物语言一定要在充分个性化的基础上显示作家的主体意识，即语言带有双重个性。《白鹿原》人物语言的精妙在于以活灵活现的动作感觉切入对话，并赋予人物语言以丰富的潜台词。从人物对话中不仅仅见到性格，而且见到关系与整体，使语言更具穿透力。朱先生、白嘉轩等成为象征性人物形象，得力于他们的语言表达，作家在此把汉语言的象征性优长发挥得淋漓尽致，简洁、含蓄，积淀着深厚的哲学、文化社会内涵，真正的"意"大于"言"。此外，人物语言双重个性的实现又来自作家对语言时代色彩和地域色彩的运用。古语古韵和方言土语，既属于人物个体，又属于作家个体，陈忠实终于用独特的语言模式收拢了他方方面面的艺术创造，形成了自己开放而富有独创性的现实主义风格。

《白鹿原》在突破与超越传统中创造出陌生化的艺术新质，它是一个可供人们进行更深入研究的复杂文本。在本体意义上研究文学，即意味着在审美的层面上研究文学与社会生活的关系，但决不是逃避社会矛盾，追求绝对的空灵与超然。《白鹿原》深情地呼唤着纯文学理性精神的回归，它摒弃形式主义，以神圣、崇高、庄严的理性精神来支撑自身的美学品格；同时，《白鹿原》以文学性与可读性的成功结合为人们展现出纯文学发展的美好前景，《白鹿原》美学上的高品位与接受上的轰动效应足以说明，纯文学做到雅俗共赏、曲高和"众"不再仅仅是诱人的理想。

第三节 文学经典及其"未完成性"

陈忠实在他的长篇小说《白鹿原》问世23年后辞世。这位文学成就卓越、人格精神高洁的作家却未能寿享遐龄，陈忠实的离去震动了中国文坛，让热爱他的读者倍感伤痛，鲁迅当年所言高尔基的"生受崇敬、死备哀荣"，用来形容陈忠实的生前身后可谓名副其实。更重要的是，因为有了《白鹿原》这样的作品存立于世，陈忠实物质生命的终结，却极可能意味着《白鹿原》艺术生命的又一次隆重开启。从这个意义上说，真正伟大的作家，其精神生命是永远不会向人类谢幕的。

《白鹿原》的创作起笔于1988年，完成于1992年。1997年有过一次修订，之后获得"茅盾文学奖"。作家之死是一种标志，《白鹿原》已经从陈忠实的怀抱中飞离而去，汇入了中国乃至世界文学的浩瀚星空之中。大凡清醒的作家都知道，每一部作品都有作品自己的命运，而时间"老人"和作为"上帝"的读者，将是其最终的价值裁判。法国文学评论家罗兰·巴特认为，创作有"可读的文本"和"可写的文本"两种，"可读的"指封闭自足的文本，满足短期的阅读性消费，而"可写的"则指那些具有动态性和开放性的艺术佳构，它召唤着读者和研究者不断进入"重读"，并完成思想艺术的再生产、再创造①。如果以"可写性"亦即"可重读性"来衡量一部作品是否有经典价值，那么《白鹿原》迄今为止的阅读史，或许只是一个开端，换句话说，由读者参与创造的《白鹿原》，还远远没有完成。

《白鹿原》产生于20世纪八十年代、九十年代之交的中国，这是百年历史文化转型历程中的又一个节点，远传统的几经塌陷和近传统的价值失效，使得世纪末的知识分子再次站在中国现代文化建构的起点上。在价值多元与个人出位的文化语境下，90年代的文学创作呈现出前所未有的丰富驳杂，曾经最惹人注目的是私人化、欲望化写作的

---

① 参见［法］罗兰·巴特《S/Z》，屠友祥译，上海人民出版社2012年版。

热闹景观,这股娱乐大众的商业化潮流绵延至今,成为文学自由的时代表征。而在纯文学领域,从20世纪80年代一路走来,创造了新时期文学首轮辉煌的一批实力派作家,在走进第二个文学十年的时候,普遍遭遇了思想价值系统的崩裂与重构,除了有些人选择职业转向,坚守文学园地的作家大都迎来他们文学历程中最深刻的一次创作变化,陈忠实也应该算作其中之一。

言说陈忠实与《白鹿原》,离不开八九十年代这一变革中的中国社会及其文化环境,但与同时代的作家相比,他的文学命运又显得如此不同。陈忠实出生于20世纪40年代,文学创作起步于60年代,十年"文革",正是陈忠实迷醉于文学、在文学殿堂门前狂热摸索的时期,这就决定了陈忠实比之稍后成长起来的知青代作家,更直接地受到左倾时代风气的影响。或许,卸除历史重负和挣脱旧的思想牢笼,对他来说显得过于艰难和漫长,几乎整个80年代,尽管陈忠实已经有了丰富的艺术积累,有了相当出色的创作表现,但依然没达到让他自己满意的文学高度,直至长篇小说《白鹿原》出世,陈忠实才真正迎来属于自己的黄金时代。

陈忠实留下了《白鹿原》,也留下了一部宝贵的创作手记《寻找属于自己的句子》,为读者走进作家隐秘的内心世界提供了可能和准确的途径。陈忠实在书中细致描述了由创作欲念的萌发,到开始酝酿写作,直至《白鹿原》完成的全过程,贯穿其中的一个最重要的主题词,就是"剥离"。这个在其他作家那里多被称为"自我斗争"或"自我否定"的心路历程,陈忠实为自己找到了一个更恰当的表述,叫作"剥离",这样的表述凸显了思想裂变中血肉疼痛的感觉,因为在陈忠实行将背离的文学传统中,有他一直视为文学教父的柳青。他说:"除了《创业史》的无与伦比的艺术魅力,还有柳青独具个性的人格魅力之外,后来意识到这本书和这个作家对我的生活判断都发生过最生动的影响,甚至毫不夸张地说是至关重要的影响。"[1] 通过与柳

---

[1] 陈忠实:《寻找属于自己的句子——〈白鹿原〉创作手记》,上海文艺出版社2009年版,第92页。

青的影响关系，陈忠实也表达了自己对那个时代的政治理念和政策路线的无条件信奉和遵从。"剥离"发生的背景是80年代的思想解放运动，陈忠实所表述的"精神和心理剥离"，也夹杂着矛盾和惶惑的情绪，类似孩子甩开大人的手独自走路时无法避免的摇晃及惊恐。当时的陈忠实被分派到农村督促和落实分田到户责任承包工作，他不无震惊地想到了柳青，想到读过无数遍的《创业史》，他说："一个太大的惊叹号横在我的心里，我现在在渭河边的乡村里早出晚归所做的事，正好和30年前柳青在终南山下的长安乡村所做的事构成一个反动。"[①]经历过阶级斗争年代的人大约都能体味"反动"一词的丰富含义，在农村集体所有制和集体化道路终被颠覆时，陈忠实意识到自己正遭遇到"必须回答却回答不了的一个重大现实生活命题"。

《创业史》曾经筑起少年陈忠实美丽的文学梦想，走上创作道路后，因小说被认为有"柳青味儿"而感到无比荣耀。而这时，《创业史》表现的合作化题材和当下现实发生了粉碎性碰撞，刺激陈忠实的同时也把他推到了新的转机面前。陈忠实写《白鹿原》，动用的是1949年以前已经成为历史的关中乡村生活，但恰恰是对1949年之后发生的合作化运动以及柳青创作《创业史》的再思考，让他开始重新面对中国近现代半个世纪的历史生活内容，对即将进入自己小说的中国农民历史命运进行前所未有的深刻反思。今天读者阅读《白鹿原》，为什么强烈地感受到陈忠实笔下的所有历史叙述与家国忧思，都指向现实生活，指向中国的当下和未来？因为作家是以他亲身经历的"1949年后"为出发点提出问题、再回溯历史的。酝酿《白鹿原》的过程，也是陈忠实迫切地"打开自己"的过程，他曾以自己小说中的人物"蓝袍先生"为参照，来"透视自己的精神禁锢和心灵感受的盲点和误区"，表现在他自觉地将西方现代文化纳入自己的思考系统，同时要在一个多世纪风云际会的开阔视野中，去探寻那些根本性和超越性的启示。陈忠实最终用《白鹿原》回答了那个萦绕于心的重大命题，

---

① 陈忠实：《寻找属于自己的句子——〈白鹿原〉创作手记》，上海文艺出版社2009年版，第91页。

完成了自己的历史反思。如果没有经历那种艰难的自我否定、自我斗争的过程，如果没有足够强大的精神力量迎接痛苦的思想蜕变，进而激发出能动地反思中国社会历史的思想力量，陈忠实期待已久的艺术创新和自我超越很难如期来临。

之所以反复强调"剥离"对陈忠实不寻常的意义，是因为其决定着作家完成艺术突破的可能性，决定着《白鹿原》成为艺术经典的可能性。有意思的是，陈忠实写作《白鹿原》时已年近半百，而且算是相当成熟的小说家了，但他面对《白鹿原》这一巨大的艺术工程时，那种创作的冲动和情感的燃烧状态，那种重新打开与探问半个多世纪隐秘历史生活的急切愿望，令人想到文学历史中那些勇敢开掘未知世界而一举成名的青年作家，《白鹿原》对于陈忠实，确实是一次艺术生命的神奇再生，不同的是，作家既遭遇新的变革时代，而自己正如期走进了人生的思考季节，之前所有的思想积累和艺术经验，都将成为这座雄宏艺术大厦的坚实基座，对于一个作家，对于新开张的一部小说，笔者认为，所谓"天时地利人和"大概莫过于此了。

陈忠实想要重新书写历史，重新表达自己的历史观，也想重新寻找可以依靠的文化价值系统，重新来过意味着不能固守任何既成的思维定式，也意味着要将历史生活的全部丰富性、复杂性和矛盾性都纳入到小说中来，这就使得《白鹿原》整体上处于一种思想艺术的开放状态，成为各种文化价值和思想观念冲突对决的战场。作家在小说卷首引用了巴尔扎克那句话："小说被认为是一个民族的秘史"，以此为基调，《白鹿原》在中国社会政治演变、道德文化传承和个体生命进程三个维度复原小说中的历史，对人性及其演变的深层揭示则贯穿始终，这样的艺术构想已然突破了简单明确的传统窠臼，作家对历史的理解与把握已胜人一筹。他笔下的历史是一种复合体，是偶然与必然、理性与非理性、有序与无序的交织物。如果读懂了《白鹿原》，读懂了陈忠实的文学世界，一定会惊异地发现，原来一部好小说涵盖的是人生的全部，包括对人的存在本源的探照和对理想人性的终极追求。同时，陈忠实又为这个纷乱的《白鹿原》世界安放了三块思想基石，以统摄全局，维护这一艺术系统的稳定性。这三块基石就是人道主义、儒家文化和现实主义。

　　人道主义在新时期的回归，带有历史补课的性质，由此再出发的新时期文学确乎在人性的深刻挖掘和宽广表现中，攀上了中国当代文学一个全新的高度。诞生于90年代的《白鹿原》是一部赤诚的生命写真，作家对各色人物灵魂样态的逼真描画和蕴含其中的忧患意识、悲悯情怀，既构成这部小说的人性底色，也对新时期文学中的人性书写进行了有效的突破，毫无疑问，这是衡量一部作品经典价值的基本标准。对《白鹿原》一直以来最大的争议来自小说中的儒家文化内涵，这几乎成了研究《白鹿原》绕不过去的一座大山。陈忠实在他的长篇创作手记中并没有留下多少关于儒家文化的思考文字，或许笔者可以理解为，一部《白鹿原》中，陈忠实已经用小说的笔法把自己的儒家文化观写尽了，余下的是结论，迄今为止，这结论却是依然没有结论。陈忠实对儒家文化的重新发现并将其奉为《白鹿原》的主要思想资源，从大的时代氛围来看，源自20世纪80年代中期以来文化寻根思潮引发的对传统文化的回视，而从作家自身分析，陈忠实生长的陕西关中平原，正是儒家文化的重要发祥地，作家浸润其中，自身的文化性格也形成于此，以儒学为小说的思想之本，在陈忠实这里是一种必然的文化选择。

　　《白鹿原》中的儒家文化，是作为小说的血肉构成了陈忠实笔下的历史生活，但笔者分明读出了作家以此对话当代中国社会的强烈冲动，作家急切地想通过儒家文化由古至今的历史变迁，思考当下文化危机的由来，探寻民族救赎、人性复归的途径。这使得小说中最重要的两个人物白嘉轩和朱先生，成为文化标本式的文学形象，因而多被称为"文化典型"，小说中的其他系列人物也程度不等地带着文化象征的意味。一部《白鹿原》，从始至终回响着一个沉重的叩问，儒家文化能否真的成为我们民族精神的定海神针？在恪守儒家文化传统的朱先生和白嘉轩身上，蕴含着陈忠实既有认同也不乏质疑的深刻思考，作家用文学的笔墨尽了修复的全力，然而并没有获取完全的文化自信，一部《白鹿原》，是一个巨大的矛盾体，留给读者的是新旧文化惨烈撞击后的一片狼藉。《白鹿原》创作的发生得益于时代变革的机缘，也必然难以摆脱文化价值分裂的历史宿命。而值得人们深思的是，这种文化无解的背后，隐藏着中国当代文学迄今为止的思想高度，在通往未完成和未抵达的文学道路上，中国作家倘若不跨过这一"文化死穴"，就无法建立起真正有理想价值和美学意义的文学家园。

在革命文化与传统文化的对决中，研究者明显感觉到西方现代文化乃至"五四"新文化内涵的相对稀薄，这不是陈忠实个人的问题，而恐怕是这一代作家文化性格构成中的资源性缺失。在20世纪80年代西方现代主义风行文坛的时候，陈忠实接触到了马尔克斯，开始广泛阅读西方文学作品和社会文化方面的著述，使陈忠实的"整个艺术世界发生震撼"[①]的这次影响直接作用在小说创作当中，可以将此理解为《白鹿原》世界性因素的重要由来。一份文化遗产对作家的艺术个性发生过养成性影响，还是功能性地拿来为我所用，体现在创作中终究有所不同。一方面，陈忠实走的依然是"西学为用"的路子，他对现实主义传统的坚持表现在他对民族命运的不远离，对宏大历史题材的不放弃，以及依然怀抱构筑艺术史诗的宏伟理想，依然秉持贴近历史真实、注重生命体验、传达人性关怀的现实主义精神，这些稳固的艺术基因证明了陈忠实依然是柳青的传人。而另一方面，陈忠实自觉地用他的《白鹿原》进行了一次更新现实主义的艺术实验，实验的目的又恰恰是摆脱柳青，找到真正意义上的陈忠实自己。

陈忠实既反动了业已定型乃至僵化了的现实主义思想原则，而又对现实主义审美机制进行了有效的利用和调试。所谓利用，是指充分发挥现实主义小说的写实功能，大胆地呈现历史生活的真相，以小说家笔下的种种无序与非理性真实，颠覆秩序和理性的历史谎言；所谓调试，则是建立起感应古老的白鹿原的心灵通道，以作家的生命体验带动文学想象，激活白鹿原上的传奇故事和人物命运，使小说呈现"非现实的一面"[②]，突破了依赖现实经验的陈规写作。小说家并非绝

---

① 陈忠实：《关于〈白鹿原〉与李星的答问》，《陈忠实创作申诉》，花城出版社1996年版，第15页。

② 胡风：《一个要点备忘录》，《胡风全集》第2卷，湖北人民出版社1999年版，第633页。

对意义上的哲学家或思想家，小说不提供现成的思想结论，小说只提供可能性，提供一种富有再生性的思想场域。现实主义的艺术力量及其审美机制的开放性，使陈忠实得以用小说的形式进行一次民族秘史的勘探，和关于民族命运的另类思考。正如理论家所言："现实主义的胜利意味着，作家直面的尖锐现实无情地戳破了庞大的意识形态体系。生动的感性经验赋予文学反抗意识形态的能量。"① 笔者这里讨论《白鹿原》的现实主义，无涉小说创作的流派归属问题，那不是小说意义的根本所在。在陈忠实看来，"放开艺术视野，博采各种流派之长"的现实主义，其强大的艺术表现力在于它仍然能够胜任个人化的叙事，仍然能够承载作家的异质性思考。事实上，《白鹿原》最大的思想价值，正潜藏在错综复杂的文化冲突和人性剖示中，潜藏在《白鹿原》这个极端不和谐的小说世界中，小说折射着历史的荒谬和现实的虚妄，也彰显着作家反抗意识形态壁垒的"天问式"姿态，正如日本作家村上春树形容的："假如这里有坚固的高墙，而那里有一撞就碎的蛋，我将永远站在蛋一边。"② 这是小说存在的理由，也是评判小说艺术质量的重要指标。倘若以此为衡量标准，那些背靠"高墙"、貌似和谐整一的创作，或者只满足于艺术形式上标新立异的作家，其实是更加远离了人们对文学艺术的经典诉求。远的不说，单就脱胎于小说的电影《白鹿原》与原著相比，其思想艺术分量已然轩轾有别。从电影改编与意识形态达成的妥协，与市场和大众娱乐之间的共谋来看，电影几乎失掉了小说的思想精髓，成为徒有其表的空心艺术，造成接受效应的一落千丈也在意料之中，这也从另一方面证明了文学经典的无可替代。

　　陈忠实创作《白鹿原》的过程，是他不断努力寻找自己的过程，用作家极钟情的海明威的那句话表述为："寻找属于自己的句子。"陈忠实理解的文学个性，不单指向叙述语言系统的重新建立，根本上说，"寻找属于自己的句子"背后潜藏着作家小说思想的一场深刻革命。

---

① 南帆：《后革命的转移》，北京大学出版社2005年版，第4页。
② ［日］村上春树：《高墙与鸡蛋》，《无比芜杂的心绪——村上春树杂文集》，施小炜译，南海出版公司2013年版，第56页。

无论人性书写、文化选择还是对现实主义方法的再考量，都在陈忠实的小说革命中发挥了至关重要的作用，也留下了未能解决的思想矛盾和未能跨越的艺术障碍，留下一个伟大作家挣脱传统负累飞向艺术自由王国的艰难轨迹。昆德拉有一句名言："所有伟大的作品都包含一个未完成的部分"，他强调，"惟其伟大"正与"未完成性"相关①。文学史已经证明，伟大作品的"未完成"为人们持续不断的再阅读创造了可能，无论是历史意义上的、思想意义上的，还是审美意义上的，再阅读同时也是文学再生产和再创造的过程，是面对"未完成"而努力走向完成的过程。文学经典属于过去和当下，也属于无限伸展的未来，文学经典的终极价值取决于作品到底能走多远，这使得经典的评判永远关系着人们对文学的理想期待，所以，"未完成"或是经典的存在方式，也是经典的魅力之源。

陈忠实的人生脚步停驻在了2016年的春天，仰望人类浩瀚的文学星空，他的《白鹿原》能飞多高、飞多远？昆德拉对"未完成"进一步的表述是：作家"所出色完成的而且也通过他希望达到而未曾达到的一切给我们的启示"。② 如是而言，《白鹿原》深厚的历史生活描写、深刻的文化思考和人性揭示，使之经受住了二十多年的阅读考验。更重要的是，当把《白鹿原》视为一部动态、开放和富有未来性的小说文本时，小说承载的中国故事，就成为读者不断进入历史想象的生发点，而在作家"希望达到而未曾达到"的文本之间，又潜藏着批评家和研究者多向度阐释的种种可能。这既给了有关中国问题诸多启示，也带来了有关中国文学未来命运的深远思考。

陈忠实《白鹿原》的成功，对陕西文学乃至中国当代文学的创作方面，也有着极具典范意义的启示价值。其一，作家要先端正对待文学的态度，对文学的本质和境界应有深刻的认识。有人把文学当作谋生的手段，难免诹世过甚；有人把文学当作"自己的园地"，仅仅为

---

① ［捷］米兰·昆德拉：《小说的艺术》，孟湄译，生活·读书·新知三联书店1992年版，第63页。
② ［捷］米兰·昆德拉：《小说的艺术》，孟湄译，生活·读书·新知三联书店1992年版，第63页。

了确证自我；实际上，文学应该是一种博大的人间关怀，既探索人性的奥秘，也关注人的生存境况，更关怀人生、家国、民族、人类、地球乃至宇宙的未来命运。其二，排除干扰、沉心准备、踏实写作、吃苦耐劳的坚韧和宁静精神，是作家的基本修养，也是通往"经典"的必经之路。长篇小说的写作，本身就是苦差事，唯有"艰苦力学"，方能有所成就，而任何的浮夸轻飘，都经不住风吹雨打。其三，即使作家有着先天的理论素养的缺陷和思维定式，也可以通过后天超常勤奋的研习和"剥离"，冲破自己的局限，别开洞天，另辟大美境界。没有哪位作家生而为"大师"，大师往往是沉厚积淀和不断锤炼的结果罢了。其四，作家的创作是一种体验的展示，是一种生命体验和艺术体验交融的独特体验的展示。不同的作家有不同的体验，不同的体验造就绚烂多姿的众芳之国，"红花没有必要嘲笑白花，黄花也无必要笑傲紫花"，关键是要成为一朵"经典之花"。其五，作家要尊重读者的审美期待和审美经验，并能在"顺向相应"和"逆向受挫"的互动中，以伟大的人格精神——同情和悲悯，引领读者，完成阅读的终极环节。而不是故弄玄虚、刻意做作，故意与读者"冷战"，以为难读者为乐事。

最后，经典并不意味着完美，《白鹿原》也并非毫无瑕疵的完美之作。正如研究者指出的："个别地方性描写过于单一；有时对叙述节奏把握得不够好；整体上看，对传统的旧人格样态和价值观念激赏多于批判、肯定多于否定"[1]，"作者的笔触及到土匪的生活场景和部队战争时的叙述便显得有些力不从心，这与作者对这类题材的熟悉程度和挖掘深度有关。业已忏悔用尿惩罚了鹿子霖的田小娥却找出一杆烟枪和烟土供白孝文吸食，即使白鹿原上到处还种着罂粟，即使此举是鹿子霖此前的精心安排，但小娥的行为仍让人心生困惑"[2]。陈忠实也曾自言"当然也意识到一些遗憾，比如后几章弱了点，不如前面饱满"[3]。但总体来看，瑕不掩瑜，《白鹿原》"依然是一部具有令人震撼

---

[1] 李建军：《宁静的丰收——陈忠实论》，华夏出版社2000年版，第147页。
[2] 王仲生、王向力：《陈忠实评传》，陕西师范大学出版社2018年版，第356页。
[3] 李国平、陈忠实：《关于四十五年的答问》，《陕西日报》2002年7月31日。

的重大突破的优秀作品"①。

　　陈忠实曾说:"文学是个魔鬼。然后能使人历经九死不悔不改初衷而痴情矢志终生,她确实又是一个美丽而又神圣的魔鬼。"② 毫无疑问,文学这个"美丽而又神圣的魔鬼",将会使陈忠实先生"不假良史之辞,不托飞驰之势,而声名自传于后"③。

第四节　"新时期"陕西文学的三足鼎立及其比较

　　陕西是中国当代文学的重镇。20世纪50年代,陕西文学曾达到第一个高潮,出现了杜鹏程、柳青、王汶石等具有全国影响力的作家。20世纪80年代以来,陕西文学达到第二个高潮,路遥、陈忠实、贾平凹是最杰出的代表,三位作家各以自己的代表作《平凡的世界》《白鹿原》《秦腔》,分别摘得茅盾文学奖。其中,路遥来自陕北黄土高原、陈忠实来自关中平原、贾平凹来自陕南山地,形成了陕西文学地理"三足鼎立"的奇观。

　　路遥、陈忠实、贾平凹三位作家的创作,存在一些相通的文学共性。

　　一是浓厚的乡土情结。路遥、陈忠实、贾平凹三位作家都是土生土长的农民后代,虽然后来进城了,但仍保留着乡土本色,可谓"农裔城籍"作家。他们的创作,大都指向充满苦难与温暖的乡土,作品也主要探讨两大主题:对人与土地关系的思考;对现代理性与传统情感之间冲突的表现。路遥致力于"城乡交叉地带"的开掘,作品中流露着宽广的"土地崇拜"意识和痛苦的矛盾心态。陈忠实不仅长期生活在农村,其作品也长期聚焦农村和农民问题,早期作品紧贴政治现实,后期作品开始转向历史,代表作《白鹿原》则由农村、农民问题延伸至民族、文化问题。贾平凹在20世纪90年代之前,专注于商州山地的抒写,商州是他的写作根据地;即使后来写都市生活,也流淌着

---

①　李建军:《宁静的丰收——陈忠实论》,华夏出版社2000年版,第147页。
②　陈忠实:《兴趣与体验(代序)》,《陈忠实创作申诉》,花城出版社1996年版,第4页。
③　魏宏灿校注:《典论·论文》,《曹丕集校注》,安徽大学出版社2009年版,第313页。

浓郁的乡土风味，因此有评论家称其笔下的都市为"都市里的村庄"①。

二是悲悯的底层立场。路遥、陈忠实、贾平凹三位作家都出身底层，对处于弱势的底层民众有着本能的关怀和同情，一再抒写他们的生存状态、命运遭际和意志愿望。路遥的作品始终以底层民众作为抒写对象，尤其是底层的"奋斗者"形象，他曾对那些只是"一味地躲在自己的小天地里喃喃自语"②的文学提出批评。陈忠实的早期作品关注着乡土世界中的小人物，在芸芸众生的喜怒哀乐里，展示时代的变迁、人心的躁动；后期《白鹿原》中白嘉轩、朱先生等人虽有"英雄化"的痕迹，但他们也只是传统乡土社会底层世界的领导者而已，与底层民众仍血肉相连。贾平凹的"商州系列"关注底层民众的生存样态，抒发淳朴美好的民风民情；"土匪"系列中，人物似乎有"英雄化"的倾向，但"土匪"也仍是社会的底层、社会的边缘人；在后来的作品中，贾平凹虽也写到都市里的名作家、大学教授等，但他有意识地消解崇高和神圣，将之还原为原生态的人、挣扎在生活欲望里的小人物。

三是相近的读者观。路遥、陈忠实、贾平凹三位作家都非常重视读者的阅读反应和接受，有着相近的读者观。在当时文坛各种文学思潮、文学流派风起云涌的形势下，路遥仍然坚持现实主义的创作方法，这一方面是出于对"现实主义并不过时"的信心，另一方面则源于对读者反应的考虑，相较专门的文学批评，路遥"更遵从读者的审判"。③陈忠实的《白鹿原》在纯文学市场普遍萧条的情况下异军突起，读者争相传阅，这也与作者陈忠实非常重视读者息息相关，他多次说过他对作品"可读性"的重视，为此还专门研究了美国畅销书作家谢尔顿的几部作品。贾平凹是三位作家中变异性最强的，早期作品以商州的奇异风俗、引人入胜的故事情节、美丽圣洁的女性形象、文

---

① 李伟：《贾平凹的都市小说》，《小说评论》2003年第3期。
② 路遥：《不丧失普通劳动者的感觉》，《路遥文集》第2卷，陕西人民出版社1993年版，第439页。
③ 路遥：《生活的大树万古长青》，《路遥文集》第2卷，陕西人民出版社1993年版，第376页。

白相杂的叙述语言赢得了广大读者的喜爱。后期作品不断创新,注重对原生态生活流程的散点透视,从而枝蔓横生,晦涩难解,具有混沌性和多义性,容易引起误读,但作者加大了鬼神、术数、传奇、想象等容易引起读者好奇心的元素,且总少不了爱情与性的线索,作品也有相当的可读性。

四是诚实的创作精神。文学创作本就是寂寞的苦差事,尤其是长篇小说的创作。它需要作家放弃舒适的享受、热闹的应酬,在孤寂的书桌旁,呕心沥血,奋笔疾书。因此,文学创作需要诚实、勤恳的创作态度和精神。路遥为了写作《平凡的世界》,抱定吃苦牺牲的精神,以青春和生命为代价,阅读了近百部中外长篇名著以及一些专门著作、知识性小册子,翻阅了近十年间的各类报纸,四处奔波体验生活,走乡村、下煤矿,吃着简单粗劣的食物,却从事着沉重艰辛的写作劳动,从开始准备到最终完稿历时六年。陈忠实写作《白鹿原》时,有意躲开喧嚣的城市生活,回到闭塞的乡村,在自己的祖居老屋,从开始酝酿、踏勘访谈、阅读整理、完成构思、稳步写作,同样寂寞地"爬行"了六年。贾平凹直到现在仍笔耕不辍,几乎每一两年就推出一部长篇小说,其勤奋程度、刻苦程度令人敬仰,如此潜心创作,在同龄作家中实为罕见。

路遥、陈忠实、贾平凹三位作家,因为分属陕西的三大地域板块,在精神气质上也有一定的差异,有学者对此做过详细论述:路遥属于陕北黄土高原型精神气质,具有雄浑的力量感、沉重的苦难感、淳朴的道德感和浪漫的诗意感;陈忠实属于关中平原型精神气质,具有宽平中正的气度、沉稳舒缓的从容,但在道德上却显得僵硬板滞,缺乏必要的宽容和亲切感;贾平凹属于陕南山地型精神气质,轻灵、通脱、善变,但也每显迷乱、淫丽、狂放,有鬼巫气和浪子气,缺乏精神上的力量感及价值上的稳定感和重心感。[①] 综观三位作家的文学创作,尽管他们都有对现实主义精神的坚守,但却有着相异的表现形式:由

---

① 李建军:《文学写作的诸问题——为纪念路遥逝世十周年而作》,《南方文坛》2002 年第 6 期。

第六章　陈忠实：从生命体验到经典追求

于种种原因，路遥的创作在形式探索方面刻意选择了"旧车运行"；陈忠实的《白鹿原》对现实主义创作方法则进行了大胆突破和丰富；贾平凹是最善变的一个，从《废都》到《秦腔》，一路走来，彻底颠覆了现代乡土叙事的典型化手法。

现实主义不仅是创作方法，也是创作精神。许多号称用现实主义方法创作的作品，其实质却背离了现实主义精神，对现实生活作了部分的或全部的歪曲，可称之为"伪现实主义"，比如"十七年"和"文革"中的一些作品。其实，由于中国深厚的传统文化基因、中国社会的实际状况以及长期以来形成的接受者的审美习惯等因素，使得现实主义一直是中国现当代文学的主流形态。20世纪80年代中期现代主义文学的出现，打破了当代文学单一化的模式，在观念和手法上对整体文学有着渗透和补充作用。在这样的大背景下，探讨路遥、陈忠实、贾平凹三位陕西作家的独特价值和地位，是妥帖而富有意义的。

路遥在根本上痴迷于宗师柳青的人格精神和创作原则，在形式探索方面清醒而执着地做了时代大潮中的"保守者"和"反叛者"。柳青认为文学创作是"愚人的事业""神圣的事业"，以"六十年为一个单位"，为写作《创业史》扎根皇甫村14年。路遥深受柳青的影响，称柳青为自己的文学"教父"，并在和柳青有限的接触中，其言行见解影响了路遥的文学气质。可以说，柳青在做人和为文两个方面，都深刻地影响了路遥。路遥在《人生》的篇首，引用了柳青的一大段话；路遥还翻烂了好几本《创业史》。1985年3月，中国作协在河北涿县（今涿州）召开农村题材创作研讨会，路遥在会上有句名言："我不相信全世界都成了澳大利亚羊。"[①] 总体上看，路遥在创作上基本沿袭了宗师柳青的创作方法，所以两者有很多共同之处，比如：史诗性追求；现实主义创作方法；贴近时代社会，努力把握时代精神本质；追踪展示农民的生存状态和精神诉求；政治化的叙述视角；明确的道德立场；正面人物的理想化、英雄化；落后和反面人物的立体化；

[①] 陈忠实：《寻找属于自己的句子——〈白鹿原〉创作手记》，上海文艺出版社2009年版，第42页。

等等。当然，路遥在对现实主义的坚守中也实现了有力的突破，作品中新的思想艺术质素刷新了传统小说旧的面貌。

路遥小说中新质素的出现，也与时代的大变革密切相关。在柳青所处的"狠斗私字一闪念"的时代，"个体意识"往往被"国家意识""集体意识"所裹挟、所湮没，梁生宝大概率都要被塑造成公而忘私、理而忘情、缺乏内心斗争的"高大全"；而路遥所处的改革开放新时期，也正是个体意识开始觉醒、萌芽、生长的时代，路遥及时将这种体验化为形象，以人物别样的精神面貌完成创作的重大突破。尽管如此，路遥小说在形式方面的探索总体而言是有限度的，个中原因也是多方面的。这与路遥对创作方法的认识有关，也与路遥想更多地争取读者有关，还与路遥的人生经历有关。因此，路遥清醒而固执地坚守传统的现实主义创作方法，其见识、胆识令人钦佩，但他身处新潮文学的现场却不能合理地融会其精华，反而有人为排斥的痕迹，这不能不说也是一个遗憾。

陈忠实的《白鹿原》则对现实主义创作方法进行了大胆突破。陕西很多作家有过学习、师承柳青的过程，后来又有一个走出柳青的过程，陈忠实就是其中的典型代表。和路遥一样，陈忠实也非常崇拜柳青，"我从对《创业史》的喜欢到对柳青的真诚崇拜，除了《创业史》的无与伦比的艺术魅力，还有柳青独具个性的人格魅力之外，我后来意识到这本书和这个作家对我的生活判断都发生过最生动的影响，甚至毫不夸张地说是至关重要的影响"。[①] 陈忠实早期的创作基本上也是在模仿柳青，作品带有"柳青味"，但缺乏柳青的诗人气质和细腻灵动，所以艺术成就不高。到了80年代中期，陈忠实开始意识到：必须摆脱老师柳青。虽然"大树底下好乘凉"，但"大树底下不长苗"，所以"必须尽早甩开被崇拜者的那只无形的手，去走自己的路"。陈忠实接受了李泽厚等人的"人物文化心理结构"学说，开始从文化的角度审视社会和人性，创作也开始有了质的突破。陈忠实的《四妹子》

[①] 陈忠实：《寻找属于自己的句子——〈白鹿原〉创作手记》，上海文艺出版社2009年版，第92页。

《蓝袍先生》等就是具有实验意义的心理结构小说。陈忠实的"摆脱意识"是强烈的、彻底的,他努力建立自己的语言结构形式,于是才有了后来的《白鹿原》。

与前期创作相比,《白鹿原》有着脱胎换骨式的飞跃。一是通脱阔达的叙事立场。《白鹿原》从更阔大的人类视野、人性视角来重新审视历史,包括了社会层面、文化层面和生命层面,将人还原为有血有肉的生命个体,展现人的原欲冲动、人的理性和非理性、人的意识和潜意识,人物因而有了元气淋漓的生命质感。二是真实可感的人物形象。叙事立场的通脱与阔达,使得小说中的人物立体丰满、充满生气、呼之欲出。白嘉轩、鹿子霖、白孝文、黑娃、田小娥等真实可信、呼之欲出的人物形象,不但突破了《创业史》中旧的人物典型,其丰富立体的程度也超越了《平凡的世界》。三是对现实主义创作手法的发展和丰富。《白鹿原》大胆吸收借鉴了一些现代主义的表现手法和民间文化的内容。富有象征意味的"白鹿""白狼""鏊子"等意象的使用,为全书笼罩上浪漫的诗意和深邃的哲思,与法国象征主义有暗合之处;小说中奇诡怪异的梦境,又带有超现实主义和表现主义的色彩;丰富而久远的民间传说,大大扩展了小说的包容量;充满神秘色彩的鬼魂附体事件,焕发出一种亦真亦幻的艺术感染力。

贾平凹是三位作家中变化最多、创作成果也最丰厚的一位。贾平凹顽强的探索精神,源于他对文坛、对自己的清醒认识。他在小说的关注点和文本形式上,不断打破自己的既成模式。他早期的《山地笔记》纯净优美,真诚地讴歌事业与爱情;《商州三录》捕捉边地文化的气质与精魂,文体徘徊在小说与散文之间;《鸡窝洼的人家》《浮躁》则反映改革大潮对农村造成的冲击,以及农民在物质生产、精神思想和道德伦理上的变化;《太白山记》以新笔记体的形式,以实写虚,表达自己在病中对世相、对生命的玄思;《废都》以寓言体的形式,对知识分子在商业化大潮中"无家可归"的困境作了深刻的隐喻,但因露骨的性描写引起广泛争议;到了《白夜》《高老庄》《怀念狼》则努力以"写意"的方式灌注全篇;以《秦腔》为标志,贾平凹完成了对小说既往规则的颠覆,以一种密实的"流年式"写法来还原

"鸡零狗碎"的农村生活，引起文坛热议。到2018年的长篇《山本》及其之后的创作，贾平凹则把"法自然"和"不隐恶"推向了极致，《山本》既是一部详尽的秦岭地方志，也是一条奔腾绵延的生活流，托出个体生命在残酷乱世中的卑微，人事纷争在天地宇宙下的渺小。纵观贾平凹的创作历程，他不迷恋传统文学的写实性手法，却更倾心于传统文学的"意境"和"灵性"，越到后期越是有意识地追求一种"大写意境界"，"重精神，重情感，重整体，重气韵，具体而单一，抽象而丰富"[1]，全然走向了表现主义创作路子。越到后来，贾平凹越是注重主观感情、感觉、心灵和意识的抒发，"以实写虚"，营构意象，有意追求文本的含蓄、混沌和多义；同时出现的创作粗鄙化、晦涩化、游戏化倾向，也受到读者和文学界程度不等的批评。

综上，三位小说家创作的演变和创新路向，在共同的文学时代既有交叉呼应，更有各自的不断推衍和执着前行。路遥主要经历了从革命现实主义到传统现实主义的转换，陈忠实主要完成了从革命现实主义到传统现实主义再到开放现实主义的飞跃，贾平凹则仍然继续着从传统现实主义到开放现实主义再到表现主义的伸拓。行文至此，有一个极为重要的问题，那就是：路遥的相对"不变"和陈忠实的"剥离"、以及贾平凹的"善变"，为当代文坛和未来的文学创作提供了怎样的启示？求新求变是文学发展的动力与活力所在，也是文学作品价值构成的一个重要体现；但需要注意的是，新与变本身并非衡量文学价值的单一标准，真正优秀的文学作品永远有着"不变"的精神与内涵：热烈的人道情怀与自觉的责任伦理，亦即良心与责任。说到底，文学总根于爱，总根于希望和理想、良心与责任。与之相反，文坛上那些高蹈的个人主义、玩弄技巧的形式主义、唯利是图的拜金主义、形而下的身体主义、虚无颓废的老庄主义等，虽然也构筑了文坛的繁盛景观，但往往较少具备打动人心、提振灵魂的伟大力量，因而也难以成为不朽的经典。可见，"变"与"不变"之间其实有着一道极为重要的、微妙的界限，过犹不及、故步自封、墨守成规固然不可取，

---

[1] 贾平凹：《"卧虎"说》，《贾平凹散文》，人民文学出版社2005年版，第15页。

而盲目求新、舍本逐末也可能会误入歧途。真正有追求的作家、有力量的文学作品，既会注意在形式和手法上进行一定程度的翻新，更会注重在精神和内涵上传达深厚的爱与悲悯，最终如镜如灯，既能照亮世界，又可温暖人心。

第七章　高建群：浪漫主义诗人的骑士悲歌

第一节　西部生活与诗意人生

高建群四十多年的文学创作，大致经历了由诗歌到中短篇小说，再到长篇小说，进而抵达目前"大文化书写"的散文创作阶段。在这一创作历程中，有两个方面没有变，一是作品的观照范围，牢牢锁定在中国西部/西北，西部/西北的地域风情和古丝绸之路上的自然人文景观，构成了其作品基本的表现主题；二是无论任何题材的创作，都富有强烈的浪漫主义诗意特征，早期诗歌创作的经验积累构成了其后来所有作品的精神底色。高建群文学的这一特点，为其赢得了"浪漫派文学最后的骑士"的美誉。

一　扎根西部的生活与写作

高建群，1954年出生于陕西省临潼县（今西安市临潼区）高村，在家乡开始接受启蒙教育，后与母亲跟随在延安工作的父亲生活。高建群的爷爷是乡间秀才，父亲早年参加革命，后在《延安日报》做领导工作，母亲是河南省扶沟县人，是1938年"花园口"事件的难民，以童养媳的身份嫁入高家。在《我为什么比别人聪明》一文中，高建群说："我母亲虽然不识字，但是极端的聪明。我身上的聪明，很大程度上是继承母亲的。当然'杂交优势'也是一个方面。河南、陕西

第七章 高建群:浪漫主义诗人的骑士悲歌

相隔甚远,我是他们婚姻的产儿。"① 由于在编辑部和印刷厂工作的父亲和母亲都比较忙,姐姐还要上学,幼年的高建群经常被拴在延安万佛洞下面佛窟里的一尊女佛的脚腕上。这大概是其最初的"佛缘"。1972 年高中毕业,高建群应征入伍,被分配到新疆伊犁哈萨克自治州额尔齐斯河北湾边防站(又称"白房子")服役五年,期间开始尝试诗歌创作,以发表于 1976 年 8 月号《解放军文艺》上的组诗《边防线上》开启了正式的文学生涯。1977 年退役,历任延安市印刷厂文书、《延安日报》副刊编辑、文艺部主任、记者部主任、延安地区文联副主席、《延安文学》主编、中共黄陵县委副书记等职。其间创作诗歌《0.01——血液与红泥》、小说《杜梨花》、散文《很久以前的一堆篝火》等作品,结集出版了《新千字散文》《东方金蔷薇》两本散文集,在陕西文坛崭露头角。1987 年,他的边防题材中篇小说《遥远的白房子》在《中国作家》第 5 期头条发表,引起强烈反响。此后有《伊犁马》《老兵的母亲》《雕像》《大顺店》等中篇小说作品。1992 年,高建群长篇小说《最后一个匈奴》在北京出版,此作与陈忠实的《白鹿原》、贾平凹的《废都》、京夫的《八里情仇》等共同引发了"陕军东征"文学现象,震动中国文坛,也奠定了其实力派作家的地位。《最后一个匈奴》与 1994 年的《六六镇》(又名《最后的民间》)、1998 年的《古道天机》(又名《最后的远行》)构成高建群长篇小说"大西北三部曲"。1995 年调入西安,任《新大陆》杂志主编、陕西作协副主席、陕西文联副主席、西安市高新区管委会副主任等职,此后有长篇小说《愁容骑士》《大平原》《统万城》等。同时,他的多种文史论著和散文集面世,比较重要的有《胡马北风大漠传》《我的菩提树》《西地平线》《相忘于江湖》《丝绸之路千问千答》等。

高建群曾提出"作家地理"的概念:"这几年,我在创作中的许多思考和归纳,用现成的文学理论都不能予以指导和解释,于是脑子里陡然有了一个模模糊糊的地理哲学意识。比如《白房子》中那个我生活过 5 年的白房子;我的长篇小说《穿越绝地》中我呆了 13 天的

---

① 高建群:《生我之门》,未来出版社 2016 年版,第 55 页。

'死亡之海'罗布泊;我的代表作《最后一个匈奴》中的陕北高原。我觉得除了赋予这些地方以理论家所解释出的文学含义外,它还是地理的,而地理的哲学意识甚至是支撑思考、支撑一本书的主要框架……'作家地理'是个有些奇怪的名词组合,我给它下的定义是:一本作家个人化了的地理图书。再展开来说,就是写作者独特视角中的地球一隅,写作者主观意识下的第二自然。"[1] 如果此说成立,那么对于高建群来说,其"作家地理"基本上是由三块构成。他在一次对谈中,有比较具体的表述:"我有三个精神家园,一个是渭河平原,一个是新疆的阿勒泰草原,再一个就是陕北高原。我也说过,我的文学生命应该定格于大西北的这三个角落——渭河、延河和额尔齐斯河。在渭河边,我度过了卑微和苦难的少年时代。苍凉的青春年华则献给了额尔齐斯河边的马背和岗哨,倚着界桩,注视着阿提拉大帝和成吉思汗那远去的背影。我又曾在延河流淌过的那个城市里生活工作过近30年,走遍了高原尝遍了草。正是这三条河构成了我文学作品的主要源泉和基本面貌。"[2] 纵观高建群的主要创作,其题材表现范围,确实集中在新疆草原、陕北高原和渭河平原这三块地域。正是中国西部的三条河流——额尔齐斯河、延河、渭河给他的写作以丰富的精神滋养。正如作家所言,其成名作《遥远的白房子》就是献给新疆的作品,《最后一个匈奴》是写给陕北高原的作品,而具有家族叙事意义的《大平原》显然又是献礼故乡的寻根之作。同时应该看到,无论是新疆还是陕北、关中,都是通常意义上的"西部"、"西北"或"西域",这既是高建群的生活版图,同时也构成了其"作家地理"。高建群"作家地理"的形成有其生活经验和文化思考的具体根源。

第一,丰富的西部生活经验。从早年间在渭河边的苦难生活、青年时期的驻守边关到20世纪70年代末退伍后长期生活在延安和西安,其间曾在黄陵县和西安高新区挂职等经历来看,高建群有着丰富的西部生活经验。此外,值得一提的还有1998年作为主要撰稿人之一,参

---

[1] 邓勇军:《作家高建群提出"作家地理"新概念》,《出版参考》2002年第17期。
[2] 《采访 我把每一件作品都当作写给人类的遗嘱》,高建群《相忘于江湖》,北京时代华文书局2017年版,第245页。

与中央电视台《中国大西北》纪录片的拍摄工作,足迹踏遍陕、甘、宁、青、新西北五省区,深入新疆建设兵团、罗布泊、西海固、果洛草原等地,创作了《我在北方收割思想》《惊鸿一瞥》《穿越绝地》《西地平线》《胡马北风大漠传》等五部专著,"以一个作家的真诚和敏锐,将他眼中的西部现状和对西部大开发的积极思考,一起报告给世界"。① 另外,2018 年作为丝路卫视联盟"欧亚大穿越,丝路万里行"活动的文化大使,从西安出发,沿着两万多公里的陆上丝绸之路,直抵英国伦敦。其间的所见所闻、所遭所遇、所思所想最终以《丝绸之路千问千答》呈现出来。从作家地理的角度看,高建群的西部经验,得到了进一步的丰富和拓展。

第二,别具一格的文化思考。或许正是因为丰富的西部生活经验,高建群逐渐形成了别具一格的文化思考。他称之为"第三种历史观":"一部中国史,除了二十四史的正史观点以外,除了阶级斗争的学说观点之外,它也许还应当有第三种历史观。这第三种历史观就是:一部中华民族的文明史,也许是农耕文化与游牧文化相互冲突相互交融从而推动中华文明向前发展的历史。"② 高建群的高原史诗《最后一个匈奴》就是这种历史观和文化思考的产物,小说中所着力表现的陕北四个家族,正是汉族农耕文化与匈奴游牧文化融合的结晶,而以杨作新、黑寿山、杨岸乡为代表的三代陕北人的命运沉浮,也寓言式地再现了一个世纪中民族文化融合、传统文化变迁、红色文化落地生根的历史过程。《最后一个匈奴》的这种文化思考在高建群此后的创作中得到了延续。无论是早期的《胡马北风大漠传》,还是晚近的《我的菩提树》,包括长篇小说《统万城》等,都体现出一种大的文化思考和总体性的文化格局,代表了高建群创作的艺术风格和艺术魅力。

钱穆先生曾从地理学的角度对人类文化类型进行区分。他认为人类文化从地理生存的源头来看,可分为游牧文化、农耕文化、商业文

---

① 向红等:《高建群:追风逐沙写风流》,《陕西日报》2007 年 6 月 17 日。
② 高建群:《我的黑走马——游牧者简史》,陕西师范大学出版总社 2019 年版,第 23 页。

化三种类型。游牧文化发源在高寒的草原地带,农耕文化发源在河流灌溉的平原,而商业文化则发源在滨海地带以及近海之岛屿。三种自然环境,决定了三种生活方式,形成了三种文化类型。① 自称"长安匈奴"的高建群在农耕文化和游牧文化之间游弋,其扎根西部的生活和写作,在当代陕西文学格局中具有独特的表现和意义。

二 高建群的浪漫主义文学表现

评论家阎纲先生认为高建群是中国文坛罕见的"具有崇高感、古典精神以及理想主义色彩的作家"②,道出了高建群文学创作独特的浪漫主义风格。或许是早年诗歌创作的经历,抑或是曾经值守边疆的英雄主义壮举,当然更是作家的个性气质使然,高建群的文学创作始终洋溢着浓厚的浪漫主义。据作家说,他在创作《最后一个匈奴》的时候,摆在案头的两本必备书是拜伦的《唐璜》和《印象派的绘画技法》,"《唐璜》教给我多样性(这个多样性只有莎士比亚和拜伦才具有),教给我像压路机那样将遇到的所有材料都可以压到这条道路上,教给我挥舞着魔杖一路前行,所有的路途物都因魔杖而点化成金。印象派则教给我什么叫和谐,什么叫敏锐,什么叫把艺术的某一个特征发展到极端,然后在峰顶再造一块和谐的平原"。③ 正是拜伦诗歌和印象派艺术精神的滋养,成就了《最后一个匈奴》崇高的浪漫主义风格。小说责编朱珩青评价道:"《匈奴》采取了叙事人全知视角的叙述方式,但并不单调。它时而显出智慧老人的练达,推出各种人生世态,将其把玩于股掌之间;时而大幅度调度人物、场景,以至历史进程,散发年轻人的热烈;有时又执拗地追逐单纯,甚至钻牛犄角,好似一个童稚未退的孩子。我还感到这叙述者还有点神经兮兮的,特敏感,特脆弱。也许这不是成熟的标志,然而,这多种情绪的交叉、回复,

---

① 参见钱穆《中国文化史导论·弁言》,商务印书馆1994年版。
② 石岗:《愁容骑士高建群》,《西部大开发》2002年第4期。
③ 高建群:《匈奴和匈奴以外》,陕西人民教育出版社1994年版,第49页。

使作品反而产生了多声部合唱的效果。"① 事实上，这样的艺术效果，在高建群之前和之后的小说中是一种普遍的存在，无关乎成熟与否，而是构成了其基本的美学风格特征。

第一，高建群小说有突出的诗化表现。作为小说家，高建群奉行"威权主义"，其小说多采用全知叙述视角，以获取叙述者最大的自由度，在叙事的同时喜欢插入作者声音，这样就在故事内外之间形成突出的对话和介入关系，从而形成"多声部合唱的效果"。高建群不追求故事情节的完整性，而是大开大合，以蒙太奇的方式在场景、事件、人物之间反复穿插跳跃，构成叙事完整性的不是情节本身，而是作者的思想情绪，从而呈现出非线性叙事的特征。高建群小说也不喜欢冷静客观的描写，而多以叙述、抒情、议论结构，从而具有强烈的主观化效果。福楼拜所谓的"艺术家不应在他的作品里露面，就像上帝不该在生活里露面一样"②的客观主义或现实主义的写法，于高建群而言是无法想象的。所有这些，使得他的小说呈现出强烈的诗化特征。这一特征，也得到了作家本人和研究者的确认："我的诗歌创作经历对小说创作有着极重要的影响，结构是诗的，语言是诗的，夸张性的人物、情节是诗的，书的总体命意也是诗的。"③ 高建群早期的评论者高洪波的评价是准确的："一个十分优秀的小说家；一个善于讲'庄严的谎话'（巴尔扎克语）的人；一个常周旋于历史与现实两大领域且从容自如的舞者；一个黄土高坡上略带忧郁和伤感的行吟诗人。"④

第二，高建群小说具有崇高的美学追求。作为小说家，高建群似乎不热衷去讲述一个完整的故事内容，也不擅长充当时代和社会生活的"书记员"，在其作品中，多的是英雄美人的传奇、大漠荒野的壮伟、胡羯之血的热情和民族精神的张扬。这些有关人类情感和生命力

---

① 朱珩青：《高建群和他的长篇新作〈最后一个匈奴〉》，《小说评论》1993年第3期。
② 《乔治·桑和福楼拜的文学论争书信》，李健吾译，见《文艺理论译丛》第3册，人民文学出版社1958年版，第185页。
③ 高建群：《匈奴和匈奴以外》，陕西人民教育出版社1994年版，第58页。
④ 高洪波：《解析高建群——兼谈他的四部中篇小说》，《文学评论》1992年第4期。

的具有根本性的"大情绪"而不是故事本身,构成了其小说的基本表现主题。高建群小说的这一主题特征,在其成名作《遥远的白房子》中已见端倪,在《最后一个匈奴》《统万城》《大平原》等作品中得到延续。《遥远的白房子》与其说是一部小说,毋宁说是一个传奇,马镰刀和萨丽哈英雄美人的传奇际遇,其间野性的生命力和崇高的爱国主义精神,都使得它像是"一个冬天的童话"。《最后一个匈奴》是关于陕北高原一个世纪的史诗,作者试图在长达百年的历史中探寻中华民族的生存和发展之谜。《统万城》展现了"大智之华"鸠摩罗什和"大恶之华"赫连勃勃的传奇人生,乱世中的英雄主义构成了作品强劲的主旋律。《大平原》是高建群献给自己家族的礼物,但不同于大多数家族小说着重对男性家长代际关系的完整建构,而是通过对母亲顾兰子苦难生命的书写,完成对"生我之门"的一次精神的返乡。有研究者评价说:"可以说你是用世界的眼光,诗性的语言,关注、书写着人类的大苦难、大文化,那种强烈的生命意识和现代意识,让你的人物超越了时代,有着人性的光芒。"① 这样的赞誉,高建群是当之无愧的。

第三,高建群的创作具有强烈的理想主义精神。高建群说:"我渴望伟大古典精神的复苏,我渴望古希腊文学的那种悲剧感和崇高感,能重新注入我们的文学精神。眼下,在消解崇高和非英雄化思潮的影响下,我们的文学已经在油滑和庸俗的道路上,越滑越远了。"② 高建群是20世纪80年代后期踏入文坛的,恰在此时及以后,市场经济的浪潮滚滚而来,精英主义及启蒙姿态深度受挫,文学对现实表现出一种无能为力的屈从姿态,理想主义在文学写作中逐步退却,宏大叙事让位,崇高精神消解。文学不再是振聋发聩的呼喊和照亮人心的灯塔,而是表现出强烈的物质欲望和消费主义,整个文坛充斥着庸人气息。在这样的时代语境下,高建群文学独特的对于宏大主题的表现、对于崇高精神的坚守、对于理想主义的弘扬,具有重要的纠偏价值。他说:"我实际上

---

① 《采访 我把每一件作品都当作写给人类的遗嘱》,高建群《相忘于江湖》,北京时代华文书局2017年版,第259—260页。

② 高建群:《你我皆有来历》,湖南文艺出版社2014年版,第106页。

是一个理想主义者,好像肩负着一个使命,要为人类完成一项工程。"①
这种要完成一项工程的强烈的使命感,让他多年来保有一种"立遗嘱"的意识:"在某种意义上,我把自己手头从事的每一件作品,都看作也许是遗嘱。"②"我决定写一本书,一本类似遗嘱那样的书……这本'遗嘱'小而言之,自然是为孩子写的,是为一个有着古老姓氏的家族的子嗣们写的,然而大而言之,是不是可以这样说,它同时是为这个东方民族写的,是为这个正在行进中的国家写的。"③这样的自觉意识有时让他显得狂傲:"也许再过几百年以后,人们从尘封的书架上,翻开我的书,能对今天这个时代产生敬意,认为这个时代的人们曾经有庄严的思考,文学曾经达到过这么一个高度,就让我很满意了。"④应该说,这样的自信、抱负和理想主义,在当代中国作家中是少见的。

学者俞兆平曾提出浪漫主义在中国的四种范式:"一是以早期鲁迅为代表的尼采式的哲学浪漫主义,它偏于从强力意志的角度激发悲剧性的抗争精神;二是以沈从文为代表的卢梭式的美学浪漫主义,它偏于从美的哲学角度对人类在现代化进程中所产生的异化状态的抗衡;三是以1930年后的郭沫若为代表的高尔基式的政治学浪漫主义,它偏于从政治角度对无产阶级功利价值的追求;四是以林语堂为代表的克罗齐式的心理学浪漫主义,它偏于从心理角度对表现性创作本质的推崇。"⑤应该说,所有这些方面,在高建群驳杂的创作中都有所体现。高建群浪漫主义的一个突出特点,就是张扬主体精神,追求宏大叙事,具有崇高的美学追求,所以他的作品往往"好用大词",有"不可一世"之慨,只从其作品名称即可见出一斑。例如《最后一个匈奴》《最后的民间》《最后的远行》构成其"大西北三部曲",这里强调的是"最后"和"大",而对"大"的强调也体现在《胡马北风大漠

---

① 《采访 我把每一件作品都当作写给人类的遗嘱》,高建群《相忘于江湖》,北京时代华文书局2017年版,第249页。
② 高建群:《匈奴和匈奴以外》,陕西人民教育出版社1994年版,第12页。
③ 高建群:《我的菩提树·前言》,北京十月文艺出版社2017年版,第1—2页。
④ 《采访 我把每一件作品都当作写给人类的遗嘱》,高建群《相忘于江湖》,北京时代华文书局2017年版,第257页。
⑤ 俞兆平:《浪漫主义在中国的四种范式》,广西师范大学出版社2011年版。

传》《大平原》《大刈镰》之中；《我在北方收割思想》《我的菩提树》《我的黑走马》强调的是"我"；其文史专著《丝绸之路千问千答》的名称，更是有一种类似百科全书般的对丝绸之路总体性的把握。而这些"大词"，这种"不可一世"之慨，在其大多数作品的具体文字表述中，就更是屡见不鲜了，这里不再赘述。总之，这位自称"长安匈奴"、号称"我的肚子是一个图书馆"的作家，归根结底是一个桀骜不驯又野心勃勃的浪漫主义者。

三 高建群与"陕军东征"

谈论高建群，绕不开的一个话题是"陕军东征"，正是在其代表作《最后一个匈奴》的研讨会上，"陕军东征"作为一个现象或问题被提出来，也正是因为"陕军东征"所带来的轰动效应，让高建群及其《最后一个匈奴》名满天下，几乎尽人皆知。"一夜之间，长城内外，大江南北，读书或不读书的人都知道有个作家叫高建群，他写了部长篇小说叫《最后一个匈奴》。"[1] 此书于1992年9月由作家出版社出版，并于次年5月在京召开作品研讨会。会后的5月25日，《光明日报》上记者韩小蕙发表题为《陕军东征》的报道："不知是巧合还是什么原因，北京的四大文艺出版社——北京十月文艺出版社、人民文学出版社、作家出版社、中国文联出版公司近期各自推出的一部重头长篇小说，全是陕西作家所著。这就是贾平凹的《废都》、陈忠实的《白鹿原》、高建群的《最后一个匈奴》、京夫的《八里情仇》……这一举动震动了文坛，被首都评论界称为'陕军东征'。"[2] 据高建群发表于《陕西日报》上的《我劝天公重抖擞》一文回忆："93年5月19日，陕西省委、作家出版社等五单位，联合在京召开《最后一个匈奴》座谈会。会后，《光明日报》记者、作家韩小蕙在征求我如何写会议消息时，我说，不要光写《最后一个匈奴》，贾平凹先生的《废

---

[1] 王蓬：《高建群：最后一个匈奴》，王蓬《横断面：文学陕军亲历纪实》，西安出版社2016年版，第273页。
[2] 韩小蕙：《陕军东征》，《光明日报》1993年5月25日。

都》，陈忠实先生的《白鹿原》，京夫先生的《八里情仇》，程海先生的《热爱命运》，都即将出版或已先期在刊物上发表，建议小蕙也将这些都说上，给人一种陕西整体阵容的感觉。小蕙的报道名字叫《陕军东征》，先在《光明日报》发表，后由王巨才同志批示在陕报转载。新时期文学中所谓的'陕军东征'现象，称谓缘由此起。"[1] 1993年可谓高建群的"高光时刻"，也是整个陕西文学的"高光时刻"，当时曾与会的评论家肖云儒认为："一个省，在不长的时间里，如此集中地推出了一批水平如此整齐的优秀艺术品，的确是陕军群体力量的一次集中的显示。它表明在全国格局中，陕西创作力量作为一个重要方面军存在的无可争议的事实，表明在全国格局中，这支日益壮大的陕军实力和活力。"[2] 自此，"陕军东征"作为"中国纯文学的最后一次辉煌"（高建群语）成为20世纪90年代具有标志性意义的文学事件。

"陕军东征"现象的发生，固然展示了陕西作家群丰厚的创作实绩和对严肃文学精神的坚守，但同时也应该看到，此一文学现象的发生也是作家、出版社、地方政府、文化传媒等各方力量在市场经济环境中共同"炒作"的结果，有其深刻的时代性和地域性根源，所以后来引发诸多的争议也就不奇怪了。而对于高建群来说，争议还不止于此。因为其《我劝天公重抖擞》中有"记得，就'陕军东征'这个名字，小蕙当时征求我意见时……"等语，始料未及地引发韩小蕙的激烈指责。在高文发表近4个月后，韩小蕙著文《作家不可以说谎——高建群"'陕军东征'说法由来"纠谬》发表于同一报纸的同一栏目。争议的焦点除了对"陕军东征"这一提法的命名权外，也涉及各方力量联合炒作的问题："可是不得了了，只见街上一些报纸上、书摊上出现了很多'陕军东征'的标题、口号和宣传字样，到处都在'炒'陕军。果真就卖了很多书，最明显的是《八里情仇》，从第一版的6750册，直线上升到十多万册（最后达到多少册我也不知道）。《最后一个匈奴》也得到好处，一版再版不说，作者也声名大噪。程海的

---

[1] 高建群：《我劝天公重抖擞》，《陕西日报·文化景观》1998年7月24日。
[2] 肖云儒：《论"陕军东征"》，《人文杂志》1993年第5期。

《热爱命运》也真的加进来了。后来还有许多搭车的书，都自称是东征的'陕军'，一时陕军真是大大火爆，名扬天下。"① 伴随着文学炒作，陕西文坛一时有"四驾马车""五虎上将"等说法，前者指的是韩小蕙报道中提到的贾平凹、陈忠实、高建群和京夫等四人，后者还包括由于种种原因加入的程海。

各种称号的提出，主要是文学市场炒作的需要，同时也是"陕军东征"作家群扩大化的表现。尽管"总体来讲，'陕军东征'以五部的范围之说仍为大多数评论者使用"②，但在不同论者的视野中，"东征"作家群还包括写《骚土》的老村③，或写《女儿河》的赵熙④，甚至莫伸和杨争光⑤。而据陕西作协副主席、汉中著名作家王蓬的说法："事隔多年，我需要说一点小小的'委曲'，其时，我的长篇小说《水葬》也在北京中国文联出版社，且与京夫的《八里情仇》为同一编辑李金玉女士，她也是路遥《平凡的世界》责编。由于《八里情仇》需要修改，拖了一段时间，正好赶上'陕军东征'。而我的《水葬》已在1991年底出版，事后，文联出版社和李金玉虽也替我惋惜，同时多次再版《水葬》，此书还于1993年获得陕西为长篇小说设立的'双五'文学奖。但毕竟错过了'陕军东征'这次宣传良机。对于一个奋斗中的作家来讲，也不能不说是种遗憾。"⑥ 实事求是地说，如果不拘泥于韩小蕙的报道，而是从当时陕西文学创作实际来看，20世纪90年代前中期，路遥、邹志安、陈忠实、贾平凹、高建群、京夫、程海、杨争光、老村、赵熙、莫伸、王蓬等的创作都比较活跃，影响广泛，也能够为特定年代严肃文学对接市场经济提供来自陕派文学的经验教训。他们事实上构成了广义的"文学陕军"。

---

① 韩小蕙：《作家不可以说谎——高建群"'陕军东征'说法由来"纠谬》，《陕西日报·文化景观》1998年11月13日。
② 樊宇婷：《"陕军东征"的知识考古》，《小说评论》2015年第1期。
③ 参看樊宇婷《"陕军东征"的知识考古》，《小说评论》2015年第1期。
④ 参看肖云儒《论"陕军东征"》，《人文杂志》1993年第5期。
⑤ 参看白烨、白描编选《陕军东征小说佳作纵览》，华夏出版社1994年版。
⑥ 王蓬：《高建群：最后一个匈奴》，王蓬《横断面：文学陕军亲历纪实》，西安出版社2016年版，第271—272页。

第二节 《最后一个匈奴》:高原红色史诗

长篇小说《最后一个匈奴》是高建群献给陕北高原的一部红色史诗,也是奠定其在中国当代文坛实力派作家地位的重要作品。据作家自述,《最后一个匈奴》最初酝酿于1979年陕西省作协恢复活动后的一次"新作者座谈会"上,"酝酿准备工作用了10年,创作用了1年零10天"。① 其间经历了数十万字手稿丢失的波折,十年辛苦不寻常,最终于1992年9月由作家出版社出版,进而引发"陕军东征"文学现象,受到极大关注。后因部分故事内容引起争议,作者对作品做了修改,重写了第二十七章的部分文字,又增加了《楔子·阿提拉羊皮书》和《尾声·赫连城的婚礼》两个章节,于2006年完成。至于小说名为"最后一个匈奴"的原因,作者解释道:"站在长城内外,向中原大地瞭望,你会发觉,史学家们所津津乐道的二十四史观点,在这里轰然倒地。从这个角度看,中华民族的五千年文明史,是以另外的一种形态存在着的。这形态就是:每当那个以农耕文化为主体的中华文明,走到十字路口,难以为继时,于是游牧民族的踏踏马蹄便越过长城线,呼啸而来,从而给停滞的文明以新的'胡羯之血'(陈寅恪先生语)。这大约是中华古国未像世界上另外几个文明古国那样,消失在历史路途上的全部奥秘所在。"②

《最后一个匈奴》讲述了陕北四个家族、三代人的命运沉浮,勾勒出从革命战争岁月到和平建设时期,一个世纪里陕北历史发展演变的基本脉络,其主旨"从大的方面讲,是试图揭示我们这个民族的发生之谜,存在之谜。从小的方面讲,是试图展示革命在这块地域发生、发展的20世纪历程;其中包括1935年10月19日以后的一段时间,历史何以将民族再造民族再生的任务放在这块轩辕本土上的缘由所在"。③ 从题材的宏阔性、主旨的重大性和所反映历史内容的纵深度等

---

① 高建群:《匈奴和匈奴以外》,陕西人民教育出版社1994年版,第128页。
② 高建群:《最后一个匈奴》,北京十月文艺出版社2016年版,第594页。
③ 高建群:《匈奴和匈奴以外》,陕西人民教育出版社1994年版,第17页。

方面看,《最后一个匈奴》都是典型的、具有史诗品格的作品。此外,小说的史诗精神还体现在用高度诗化的语言塑造了以杨作新、黑大头和杨岸乡为代表的悲剧性英雄群像,浪漫主义地展示了特定时代、特定地域人们对于生存苦难的顽强抗争精神,强烈捍卫了人类的崇高尊严和自由意志。

一 历史风云中的家族传奇

《最后一个匈奴》全面展示了 20 世纪陕北的历史风云和家族传奇,有民族秘史的意味,而非一般意义上的家族小说。在民族大迁徙的过程中,一位掉队的匈奴士兵偶然间的回眸,使他的心永远留驻在一个吆牛踩场的汉族姑娘身上,从而造就了一个汉匈混血家族的诞生。汉匈混血的事实也从根本上决定了家族血脉中永远流淌着不安分的精神因子,小说主人公杨作新就是这一家族奉献给 20 世纪中国红色革命的一个优秀子孙。杨作新是小说上卷中浓墨重彩着力刻画的人物,他的一生见证了中国红色革命在陕北地域的发生、发展以及其中的斗争与曲折。从拥有光滑完整脚趾的匈奴血统,到早期在思想启蒙运动影响下的初步觉醒、国共分裂时期成为被追杀的逃亡者、抗战时期在土匪黑大头那里开展秘密工作,再到党内派系斗争时为维护革命大局、不玷污一生的清白而选择自我牺牲……作者对杨作新的刻画颇具传奇色彩,中国 20 世纪上半叶风云激荡的历史画卷也在人物命运的跌宕起伏中缓缓展开。小说下卷以家族第三代子孙杨岸乡的人生际遇为主线,讲述了杨岸乡早年受其父杨作新的影响所遭受的种种颠沛流离和怀才不遇,以及此后生命能量的喷薄涌发;讲述了黑大头之子黑寿山振兴陕北的经济计划及措施;还讲述了下乡知青在陕北的生活状态及杨岸乡与丹华之间的奇特际遇。某种程度上,杨岸乡既是吴儿堡家族血脉传承的精神象征,也是受过先进文化熏陶的归来者、启蒙者;黑寿山则承载着对这片土地进行大刀阔斧改革与建设的现实性希望,他们二者代表着对创造陕北更加光明未来的努力。高建群说:"陕北,这块焦土,北斗七星照耀下的这块苍凉的北方原野,我始终坚定不移地认为,各种因素,使这里成为产生英雄和史诗的地方。"① 吴儿堡家族就是陕北地域奉献给 20 世纪的一个英雄的家族,其子孙从事革命斗争和社会主义建设的英雄史诗,荡气回肠,可歌可泣。

《最后一个匈奴》非常注重代际间的接续传承,这种传承既是血缘上的,也是精神和文化上的。小说中的四个家族有着千丝万缕的关系,杨岸乡的母亲荞麦曾给幼年的黑寿山喂过奶,丹华则是密斯赵的后代与黑寿山所生的女儿,而杨岸乡与索菲亚的跨国婚礼,更是隐喻着匈奴这一古老民族血脉的延续和更广大民族之间的融合……作品中的家族和人物仿若一棵棵大树,不停繁衍生息扩大着的根系,紧紧联结在一起。此外,小说在切入对北京知青的讲述时,将画面转移到凤凰山麓下毛泽东初入肤施城时住过的第一个旧居旁,被作者视为"这个人物身上,还残留着他们这个知青部落的最后一点浪漫精神和理想激情"的丹华就居住在那里,于是红色革命与知青下乡也在精神上得以贯通。在作者看来,不管历史终将如何评判那场曾经轰轰烈烈的上山下乡运动,丹华身上这种来自革命传统的真诚的理想主义和浪漫主义,是永远值得我们理解和尊重的。

《最后一个匈奴》用极富传奇色彩的家族史带出了陕北百年间的革命史和发展史,也为世人描摹出这个苍凉、悲壮,充满激情的陕北高原。这个高原是闭塞的,沟壑纵横的梁梁峁峁,一望无际的黄土地,"一山放出一山拦"的自然环境把人们禁锢于此,无时无刻不在吞噬着人们的情感和生命;这个高原是苦难的,不管是因闭塞环境所生发的出走而不得的焦虑,还是迫于生计远走他乡的离情别绪,无不浸润着一种深切的焦苦感;这个高原又是坚强的,在战争、饥饿和贫瘠面前,人们表现出无畏的尊严、镇定、英勇和温情;这个高原是辉煌的,山山水水中蕴蓄着激情待发的火种,高迎祥、李自成、张献忠、刘志丹、谢子长等英雄人物诞生于此,人们用鲜血和生命滋养着世世代代的英雄梦想;这个高原还是浪漫的,男人有男人的歌,女人有女人的歌,孩子有孩子的歌,响彻云霄的唢呐宣告着人的出生、婚嫁和消逝,

---

① 高建群:《匈奴和匈奴以外》,陕西人民教育出版社 1994 年版,第 45 页。

小小的天才女孩在她的剪纸世界中没有悲哀……

高建群在《最后一个匈奴》的后记中指出:"本书旨在描述中国一块特殊地域的世纪史。因为具有史诗性质,所以作者在择材中对传说给予相应的重视,其重视程度甚至超过了对碑载文化的重视。"① 亚里士多德说过:诗比历史更真实。《最后一个匈奴》通过对"最后一个匈奴"家族传奇的讲述,真实再现了发生在20世纪陕北的历史风云,通过一个个鲜活的个体,用一种比正史更为生动真实、可感可触的方式书写了这部陕北高原的红色史诗。

二 英雄主义的抗争精神

陕北高原既是高建群的精神家园,也是其小说叙事的重要空间,在作者眼中,雄浑壮阔的自然风光、多元文化的开放交融、红色文化的血脉传承、苦难艰涩的生存体验、民间文化的自由昂扬共同造就了陕北这块神奇的土地。在完成《最后一个匈奴》的同时,高建群还有散文《陕北论》发表,其中感叹道:"哦,陕北,这化外之地,这'圣人布道此处偏遗漏'的穷乡僻壤,也许,你将会给板结和孱弱的艺术以一场大惊异,也许,你将会给我们这受儒教侵染数千年的古老民族,一点离经叛道、勇天下之先的精神。当我从秦直道上经过,注视着秦皇两千年那远去的背影时,当我怀着诚实,走入我陕北山乡每一位父老的心灵时,当我看着安塞腰鼓,以不可一世的姿态踢踏黄土时,当我来到黄河延水关汹涌的渡口,虔诚地为多灾多难的民族祈祷时,我想起我的一位艺术家朋友的话,他说,我们这个民族的发生之谜、生存之谜、存在之谜、发展之谜,也许就隐藏在这陕北高原的层层皱褶中。"② 对读小说和散文,可以说,散文中的感叹正是理解小说题旨的总钥匙,而小说又是以叙事的方式,对散文中提出的"发生之谜、生存之谜、存在之谜、发展之谜"的形

---

① 高建群:《最后一个匈奴》,北京十月文艺出版社2016年版,第593页。
② 高建群:《陕北论》,《人民文学》1991年第4期。

第七章　高建群:浪漫主义诗人的骑士悲歌

象化破解。面对着"这一块荒凉的、贫瘠的、苍白的、豪迈的、不安生的、富有牺牲精神的土地"①,"最后一个匈奴"及其骄傲的子孙们,像他们的先辈李自成、张献忠、刘志丹、谢子长等一样,表现出了伟大的英雄主义和强烈的抗争精神。

《最后一个匈奴》再现了刘志丹、谢子长——斯诺在《西行漫记》中称他们为"现代罗宾汉"——揭竿而起,带领人们反抗苦难命运,期冀给陕北大地以希望,给陕北人民以生路的历史。杨作新的导师杜先生,一路播撒下红色革命的种子,却不幸被捕,被捆绑在城门上示众,在秋蝇的围绕中他仍坚守着对共产主义的信仰,直至咽下最后一口气。杨作新在革命精神的感召下走上革命道路,并最终为革命牺牲的英雄壮举;黑大头占地为王,但不失民族气节;杨岸乡终于完成祖父杨贵儿想要住上接口石窑的愿望;黑寿山花大力气治理杏子河流域工程;白雪青致力于煤炭、石油、轻纺产业的发展……所有这一切都是属于陕北人的英雄主义和抗争精神。综观《最后一个匈奴》,其对英雄主义和抗争精神的表现大致在两个方面。

第一,严酷自然环境下的生存竞争。《最后一个匈奴》再现了陕北自然环境的严酷性,也表现出英雄的陕北人民在这种环境下的"骄傲"的生存。高建群在《陕北论》中说:"陕北人以女子多有丽质为骄傲。……骄傲者女子之外,尚有男人。……男人之外,骄傲者还有小孩。……小孩之外,让陕北人骄傲者,还有老者。……靠一种盲目的自信靠一种莫名其妙的骄傲感,陕北人撑起这一片贫瘠而昏黄的天,并且随时准备为他人遮风挡雨。谁能理解陕北人那种心理的隐秘部分呢?……从远古走来,没有颓唐,没有怨尤,在这块贫瘠的土地上,深深扎根,顽强生长。一窝窝地生,一群一群地死,健壮者活下来,孱弱者拿去肥土。"②《最后一个匈奴》中写到一个穷得一无所有的家庭,却有十三个孩子。因为买不起碗,就从山上扛棵树回来,在树上凿一排小洞。吃饭的时候,父亲、母亲一人端盆、一人拿勺,

---

① 高建群:《最后一个匈奴》,北京十月文艺出版社 2016 年版,第 297 页。
② 高建群:《陕北论》,《人民文学》1991 年第 4 期。

往每个洞里倒一点，而十三个孩子就趴成一溜吃起来。正是在这样的"生的坚强"（鲁迅语）之中，生长出了如斯巴达克斯和堂·吉诃德一样的理想主义者和为实现理想生活而艰苦奋斗者。

第二，阶级和民族矛盾下的革命斗争。《最后一个匈奴》着重表现了红色革命在陕北高原发展壮大、星星之火最终燎原的历史过程，探寻了陕北高原得以承担民族再造民族再生重任的历史和现实根源。陕北能够成为20世纪三四十年代中国革命的摇篮和圣地并非偶然，一方面，历史际遇选择了陕北；另一方面，也正是陕北所蕴藏的独特文化基因、文化品格与外部环境机缘相遇中释放出巨大能量，成为撞击出重大历史事件、造就出时代英雄的深层次原因。从刘志丹、谢子长到杨作新、黑大头，《最后一个匈奴》深刻揭示了一群草莽英雄揭竿而起，探寻革命道路，最终成长为共产主义战士的艰苦历程。小说下卷中，杨岸乡、黑寿山、丹华等人在新的历史条件下为改变陕北落后面貌的奋斗，也是这种革命斗争精神的自然延续。

理想主义的目空一切，英雄主义的不安现状，为实现更理想的生存而进行艰苦卓绝的斗争，正是《最后一个匈奴》主人公们共同的精神特质。好的小说总是既写实又象征的，小说主人公身上的这种特质，这种敢于战天斗地的理想主义、英雄主义，也成为20世纪中国红色革命斗争的缩影，是古老的中华民族在历史大变局中蜕变求生，实现民族复兴的象征。

三 陕北大文化景观的全面呈现

高建群说："雄心勃勃的'匈奴'作者，意欲写一部20世纪的高原史诗，意欲寻找20世纪高原历史的行动轨迹，他当然要注意到陕北的大文化现象。非但注意，他要研究，要归纳，要透过层层迷雾，找到它本质的东西，只有如此，才能破译许多大奥秘。"[①] 在《最后一个匈奴》中，陕北是一片神奇的土地，农耕文化的"黄色"基因、游牧

---

① 高建群：《匈奴和匈奴以外》，陕西人民教育出版社1994年版，第67页。

第七章 高建群：浪漫主义诗人的骑士悲歌

文化的"绿色"基因，还有20世纪后注入的革命文化的"红色"基因，共同成就了陕北大文化的五彩斑斓。

首先，高建群眼中的陕北是农耕文化与游牧文化犬牙交错、深度交融的地域。这种交融不仅仅镌刻在丰富的历史古迹、文物遗存、故事传说中，体现在陕北的生产生活习俗、文化价值观念和宗教信仰中，也集中反映在陕北人的性格特征和精神心理等方面。他将这种双重民族气质带入其文学世界的建构及对历史空间、人性深处的挖掘中。"最后一个匈奴"及其吴儿堡的家族就是文化交融的产儿，具有文化融合的精神特质："一半的灵魂属于马背上的漂泊者，另一半灵魂属于黄土地上死死厮守着的农人……于是生活中便出现了现实主义者和浪漫主义者，出现了战战兢兢的农民和不安生的叛逆者。"[①] 漂泊的灵魂和坚守的灵魂在现实生活中可以泾渭分明，分别造就出性格迥异的人们，而在《最后一个匈奴》中，则更多的是杂糅在一起，在同一个人身上交替、交融、交锋出现。例如，杨作新有返乡途中孤身救人的壮举；有独闯后九天，伺机策反的英勇；有智取黑大头人头，让其入土为安的担当。同时，他又有着农耕民族所具有的灵魂：他选择了安稳实在的荞麦做妻子；他身负使命到后九天，但念及与黑大头的情分，优柔寡断，进退两难；为保半世清白，在知晓黑白氏劫狱救他的打算后，他慷慨自尽。这种复合性格在黑大头身上也同样表现得非常鲜明，他既可以是为人良善、重振家门的当家人，当无妄之灾来临时，他也可以落草为寇，坦然接受命运的安排。漂泊者的灵魂和守护者的灵魂随着世事的变迁，在主人公身上交替呈现，构成了完整的吴儿堡家族的性格特征。总体上看，小说试图表达的，正是匈奴血统的融入使面朝黄土、中规中矩的农耕生活有了野性奔腾的力量，澎湃着并生成着家族的传奇，也造就了这块剽悍、豪迈、丰盈而生机勃勃的土地。

其次，《最后一个匈奴》还着重表现了陕北大地的"三画四彩"（丁帆语），对陕北的风情民俗、地域色彩等用墨甚多。这样就为高原

[①] 高建群：《最后一个匈奴》，北京十月文艺出版社2016年版，第467页。

史诗的传奇故事、为红色革命文化的落地生根提供了坚实的民间基础，最终得以全方位地深入探寻中华民族的发生之谜、存在之谜和再造之谜。小说充分挖掘了蕴藏于陕北地面上丰富的民间文化资源，信天游、唢呐、腰鼓、秧歌、剪纸等，这些遗留在陕北的历史活化石，记载着高原的过往，也映射着人民丰富的心灵世界。小说开头，红衫女子的一声号子吸引了过路的匈奴士兵，也开启了一个世纪的家族传奇。杨蛾子以信天游为媒介成全了她和伤兵的爱情，也要靠信天游度过漫漫长夜、熬过无望的等待。在陕北人的生命中，生活就是歌，歌就是生活，它既是男人们面对艰难生活的悲情呐喊、男女间表达爱情的火辣直白，更是女人们咀嚼苦乐的浅吟低唱、生活中不可缺少的心灵陪伴。剪纸也在作品中被着重表现，灯草、杨蛾子、精灵般的小女孩都是剪纸高手。"抓髻娃娃"的图案在文中多次出现，这幅从远古流传下来的陕北民间剪纸，表达了古老的生殖崇拜，承载着贫苦土地上人们对生命活力的执着追求。那个如流星般划过天空，被高粱面饸饹羊腥汤撑死的剪纸小天才是作者寻找黄土高原之谜的动力，也在叙事的世界中吸引着丹华踏上陕北文化寻根之旅。在这闭塞之地，小姑娘的剪纸创作竟在某一刻与毕加索的艺术想象不谋而合，这种巧合，可能源于她的天赋，更有可能是因其生活在一个足以焕发她的艺术灵感的文化氛围中。这种文化氛围滋生了代代相传、同时又不断焕发出新鲜灵感的剪纸艺术，滋生了黄土飞扬中如匈奴策马奔腾般肆意张扬的腰鼓，滋生了响彻云霄却又感情细腻的陕北民歌，甚至也滋生了形式各样的陕北赌博文化……高建群对陕北高原丰富驳杂的历史和文化现象如数家珍，表现出极大的热情，并将其作为他打开陕北的钥匙。他认为："陕北，那一块在本世纪曾为人们的政治生活带来巨大影响的土地，会在今天，在文化领域里，在文学领域里，在艺术领域里，给我们的民族以新的奉献。"[1] 这是一个真实的陕北，也是高建群记忆和想象中的陕北，作者以大文化的视角观照陕北，审视陕北，把读者带入他的叙事世界，也营造出辽阔、雄壮、神秘、悠远的审美

---

[1] 高建群：《最后一个匈奴》，北京十月文艺出版社2016年版，第334页。

氛围。

有意味的是，与男人们策马扬鞭、占山为王、奔赴革命的英雄壮举不同，在《最后一个匈奴》中，对民间文化的表现，多由女性形象承担。不知道这是作者有意为之，还是无意为之？是生活现实，还是文学象征？但无论如何，《最后一个匈奴》对陕北大文化景观的丰富表现，是这部小说艺术魅力的重要来源。

四　史诗写作的得失

《最后一个匈奴》是比较典型的史诗性长篇结构，一贯被认为是一部关于陕北高原的红色史诗。关于"史诗"，美国学者 M. H. 艾布拉姆斯认为："在严格意义上，史诗或英雄诗指的是至少符合下列标准的作品：长篇叙事体诗歌，主题庄重，风格典雅，集中描写以自身行动决定整个部落、民族（如约翰·弥尔顿《失乐园》中的例子）人类命运的英雄或近似神明的人物。传统史诗和文学史诗之间有着标准的区分。……从外延上说，'史诗'也常指那些虽与此类作品有许多不同之处，但在描写的程度、范围及突出人物重要性的主题方面也表现出了史诗风采的文学作品。"[①] 而根据中国学者的研究，"史诗观念在 19 世纪下半叶进入中国，并贯穿在中国的现代化进程中，作家和艺术家们借鉴西方的史诗话语和史诗性书写成果，以中华民族的历史实践为题材，创作了丰富的史诗性形态。经历了'"史诗"在中国'到'中国的"史诗"'的转变，中国特色的'史诗'审美传统已然形成。史诗观念在中国的发展历程，与中华民族的文化自信、民族身份、民族精神的认同和建构，以及民族和国家叙事具有深刻的关联"。具体到"红色史诗"，则有如下特征："首先是与时代'共名'，着眼于时代的宏大主题，弘扬主旋律。""其次是对历史发展的必然性逻辑的强大信念和革命乐观主义精神的张扬，作品充满理想、浪漫、崇高气息，

[①] ［美］M. H. 艾布拉姆斯：《文学术语词典》，吴松江等译，北京大学出版社 2009 年版，第 153—157 页。

充满对社会主义的认同感。""在人物形象上着力塑造最能够代表中国社会制度和新国家的想象的社会主义新人。"[1] 综合中西方学者的看法,《最后一个匈奴》无论是在主题的宏大性、题材的广阔性、英雄人物的重要性,还是结构、风格、价值等方面的表现和诉求,都符合一般意义上对史诗的界定。高建群在小说的创作过程中,表现出对文学史诗性品格的自觉追求。他说:"本书旨在描述中国一块特殊地域的世纪史。因为具有史诗性质,所以它力图尊重历史史实并使笔下脉络清晰。"[2] 其《〈最后一个匈奴〉书名诠释》一文中再次重申:"雄心勃勃的'匈奴'作者,意欲写一部 20 世纪的高原史诗,意欲寻找 20 世纪高原历史的行动轨迹。"[3] 这一点,也得到研究者的认同,《最后一个匈奴》初版的责任编辑、评论家朱珩青认为:"三代人、四个家族的庞大结构几乎覆盖了整个陕北、中国革命的全部内容。从这个意义上说,《匈奴》可以被看作中国革命的史诗。"[4]

高建群认为:"20 世纪是人类历史进程中可资纪念的一个世纪,时间进程中的经典时间。"[5]《最后一个匈奴》作为献给陕北大地的高原史诗,也是献给 20 世纪中国无产阶级革命的红色史诗。从一个大的文化格局中看,小说崇高的史诗性追求所具有的对中华民族生存发展之谜的深入探究,对中华民族人心人性和生命力的强烈辩护,对革命历史中理想主义、浪漫主义、英雄主义的高度弘扬,无论是对"文学陕军",还是对整个中国当代文学,都具有重要的参考价值和反思意义。

《最后一个匈奴》艺术上的"瑕疵"也是显而易见的。诸多论者都指出其"没有一气贯串的情节,没有着意刻划的人物,故事时断时连,性格若隐若显"[6],从而呈现出某种松散状态,甚至于有"半部杰

---

[1] 赵彦芳:《"史诗"观念的中国接受与中国"史诗"审美传统的生成》,《广东社会科学》2023 年第 2 期。
[2] 高建群:《最后一个匈奴》,北京十月文艺出版社 2016 年版,第 593 页。
[3] 高建群:《匈奴和匈奴以外》,陕西人民教育出版社 1994 年版,第 67 页。
[4] 朱珩青:《高建群和他的长篇新作〈最后一个匈奴〉》,《小说评论》1993 年第 3 期。
[5] 高建群:《匈奴和匈奴以外》,陕西人民教育出版社 1994 年版,第 47 页。
[6] 包永新:《〈最后一个匈奴〉的主题意向》,《小说评论》1993 年第 6 期。

作"之说。针对评论界的质疑，高建群自我辩护道："我想说的是，不要说我写作时这一章的风格好些，那一章的风格差些，或者上卷好些，下卷差些，请你们认真研究一下，我的每一章的叙述视角，是贴着一个人物前行，我必须用这个人物的观察、概括、艺术涵养、修辞手段说话，——这是个操作手段的问题，在中国，这个问题至今似乎还没有受到应有重视，而它是使小说艺术这个工具更精致一些，准确一些的重要一环。"① 在高建群看来，小说创作有"大处着眼"和"小处着手"两面，前者指的是总体的思想哲学命题，后者指的是具体的艺术操作手段。而评论家们的这些争议其实都是就"小处着手"而言，而"我想强调的是，在我十年的构思中，对于前者（指'大处着眼'——笔者注）的思考甚至超过了对于后者（指'小处着手'——笔者注）的思考，因为我本身就处在基层，各种情节和细节，门里窗里，涌涌不退，纷至沓来，因此，选择建筑材料并不显得特别重要，重要的是要把上边的这一哲学命题想透。中国的小说艺术长期徘徊不前的原因正是由于我们由于概括生活时没有能够做到'大处着眼'，从而缺乏一个客观的视角。"② 就《最后一个匈奴》来说，这个"客观的视角"，大概指的就是其自觉选择的史诗结构。

对比评论界的看法和高建群的辩护，可以看出，前者认为小说"结构松散"等看法，主要批评的是小说的具体"操作手段"方面，而后者的思考要更为全面一些，尽管在"操作手段"与"哲学命题"之间有所取舍，但总体上力求达到两者的兼顾和平衡。当然，这是作家的艺术追求和艺术理想，至于这种追求和理想在何种程度上得以实现，其中的得失，正如其早期评论者包永新所说："作者诗意的抒情，哲理的议论，使作品呈现出某种神韵和情趣。有人认为这是作品的缺陷和不足，但也无妨把它看成是某种创新的探索。是耶非耶，似乎可以让时间老人去作结论。"③

---

① 高建群：《匈奴和匈奴以外》，陕西人民教育出版社 1994 年版，第 49 页。
② 高建群：《匈奴和匈奴以外》，陕西人民教育出版社 1994 年版，第 43 页。
③ 包永新：《〈最后一个匈奴〉的主题意向》，《小说评论》1993 年第 6 期。

第三节 "东征"以后：创作的延续、发展与转向

"陕军东征"以后，高建群的文学创作表现出延续、发展与转向的基本态势。就延续来说：继《最后一个匈奴》爆红后，高建群又创作了长篇小说《六六镇》（又名《最后的民间》，1994）、《古道天机》（又名《最后的远行》，1998），构成其"大西北三部曲"。"三部曲"都是献给陕北高原的作品，尤其是后两部，以民间能人张家山为主人公，对陕北地面的地域文化、风土人情、民间智慧等极力渲染，具有强烈的浪漫传奇色彩和幽默喜剧风格。就发展来看：一方面，或许是出于家族责任感，高建群献礼故乡渭河平原写出《大平原》（2009），以主人公"黑建"的坚韧成长和母亲顾兰子苦难的一生，再现了故乡涅槃重生的沧桑巨变，具有强烈的自传色彩；另一方面，出于对远去的匈奴民族的致敬和缅怀，高建群创作《统万城》（2013），再现了"大恶之华"赫连勃勃和"大智之华"鸠摩罗什两位英雄的传奇人生，在二者的对视和对比中，展开不同民族、不同文明之间的冲突和交融。进入21世纪以后，高建群的创作主要转向散文方面，除出版《我在北方收割思想》《西地平线》《你我皆有来历》《生我之门》《相忘于江湖》等散文集外，一个突出表现，就是创作了《穿越绝地——罗布泊腹地神秘探险之旅》（2000）、《胡马北风大漠传》（2003）、《我的菩提树》（2017）、《丝绸之路千问千答》（2021）等长篇文史专著。此类作品并非严格意义上的小说，但亦与一般的文艺性散文有所不同，而是介于小说与散文之间、真实与虚构之间、历史与文学之间，从而使狭义散文即文艺散文，回归到广义散文即文化散文的内涵层面。这类熔历史故事、地域风情、人物传说为一炉的书写方式，独具文化价值和风格意义，可谓高建群的"大文化书写"。

一 《大平原》：故乡的涅槃重生

《大平原》最初的名字是《生我之门》，是高建群献给自己故乡的

作品。之所以叫"生我之门",据作者说:"它有三个含义。狭义讲,是指我的母亲,这个平凡的卑微的如蝼蚁如草芥从河南花园口逃难而来的童养媳。广义讲,是指我的村庄,或者说指天底下的村庄。再广义讲,是指门开四面风迎八方的这个大时代。"① 小说以第一人称叙事讲述了"我"(黑建)的家族祖孙三代70年间的沧桑故事。最初从"我"奶奶高安氏"伟大的骂街"为高家挣得在村中存在的权利开始,接着小说主人公"我"母亲顾兰子(当时6岁)随着如蝗虫一般席卷而来的花园口难民,隆重出场。她因为饥饿而抢夺她未来的丈夫、"我"将来的父亲高二的馍馍并把馍馍塞进牛粪的情景,让人吃惊且印象深刻。自此,饥饿和苦难就与她如影随形直至老年。以顾兰子的苦难经历为线索,小说历述了河南花园口难民的悲苦遭遇,高氏家族为生存在高村和黄龙山之间的来回迁徙,顾家在黄龙山的死亡,顾兰子以童养媳身份加入高家成为"我"母亲。小说还记述了参加革命回来的父亲高二的休妻事件,母亲顾兰子带"我"来回河南的遭遇,三年自然灾害时期的"饥饿平原"景象,"我"成长、参军,退役后在肤施城(延安)、西京城(西安)工作生活的经历,随着父亲的去世、母亲的老去,渭河边的高村也被城市化的浪潮卷入,最终成为西安市高新区的"第四街区",黑建家门口的那棵老槐树也被移植到城市里"平原公园"中去。此外,小说中的"我"也作为历史的见证人,以类似报告文学的写法,讲述了城市开发区众多企业家的创业故事,作为对城市化进程这个"大时代"的巡礼……

《大平原》一改高建群既往创作中的浪漫传奇色彩,而是以写实的方式,再现了自己家族平凡琐碎却又震撼人心的"心灵史"。这部"心灵史"就像小说开首用一章的篇幅隆重书写的那条蜿蜒起伏的渭河:"渭河是中国北方一条平庸的河流。它的开始和结束都一样平庸。"② 但它又是"哀恸的,沉重的,滞涩的,沧桑的"。③ 正如渭河是中国北方一条普通的河流,《大平原》的故事,也是关于现代中国北

---

① 高建群:《大平原》,北京十月文艺出版社2016年版,第491页。
② 高建群:《大平原》,北京十月文艺出版社2016年版,第1页。
③ 高建群:《大平原》,北京十月文艺出版社2016年版,第3页。

方一个普通家族平凡的故事。作为具有自传色彩的家族叙事，《大平原》讲了"我"爷爷奶奶的故事、"我"父亲母亲的故事，也讲了"我"的故事，其中没有贯穿始终的、大开大合的故事情节，只是一个家族从在村中立足、在苦难中被迫迁徙，最终随着村子的消失而风流云散的沉重过程；只是这个家族在不同历史年代中或苦难或幸福的生存状态。在抗日战争、解放战争、社会主义建设、改革开放、城市化进程的大背景下，人的生存与土地的关系、平凡生活中琐碎的悲喜构成了作品表现的中心。

《大平原》回溯了家族充满苦难的历史，也见证了村庄在城市化进程中的消失，但与大多数同类"乡村之死"的主题写作不同，小说并未陷入一种感伤主义的乡愁情绪，而是以"三千具尸体、三千种无奈、三千件奇迹"的惊喜，正面肯定了城市化进程的伟大意义。在家族叙事之外，小说的后半部分用很大的篇幅讲述了高新区众多企业家的发家故事，给这个"大时代"写真。这或许与高建群曾经挂职西安市高新区管委会副主任的经历有关。在2005年的就职典礼上，他曾作题为《艺术家们，请向伟大的生活求救吧！》的演讲，2009年《大平原》完成后他回忆说："在挂职结束前，我采访了高新区16位企业家，深入他们内心世界，了解他们创业的艰难过程，面对伟大的变革时代，不断出现的新的人物和故事，艺术长廊里从没出现过的，作为艺术家有责任去表现他们，为时代立传，给后人留下当代备忘录。如果做不到，那是文学的缺位，是作家的失职。"[①] 可以说，正是这种为大时代做"书记员"的强烈责任感，战胜了因故乡的消亡所带来的低徊情绪——事实上，这样的情绪在《大平原》中是有充分的表现的，在路遥、贾平凹、陈忠实等陕西作家那里，也有着突出的表现——只不过，《大平原》前半部的乡土叙事和后半部对城市开发区企业家创业故事报告文学式的书写，之间确实存在一个如何对接和如何统一的问题。正是在这个地方，《大平原》引发了诸多争议。《大平原》像其

[①] 转引自雷达《乡土中国的命运感——评〈大平原〉兼及家族叙事的创新》，《小说评论》2010年第1期。

早年的《最后一个匈奴》一样是"半部杰作"吗？还是说后面对于城市化的表现有其艺术上的必要性？而目前这样的处理方式，到底是属于高建群的"现实主义的伟大胜利"还是属于高建群的理想主义的浪漫想象？笔者不好作出判断。

正如《大平原》的早期评论者雷达所指出的："历史早已大踏步前进了，中国乡土的现代转型开始也有不少年了，不能总是回避和'悬置'。然而，把这种正在行进中的生活贴入农耕文化的情感模式，写作上确有难度。"但无论如何，"如何把农耕文化与城市文化的节奏揉为一体，可能是今后乡土中国家族史的作者们再也无法回避的问题了"。① 通过对一个村庄涅槃重生的乐观主义书写，《大平原》至少在这一点上，作出了有益的探索。

二　《统万城》：寻找历史迷宫中的背影

《统万城》以匈奴民族的废弃都城统万城为名，把视线投向了"魏晋南北朝五胡十六国"这一波澜壮阔的历史时期。其"作者题记"说："匈奴这个话题，是人类历史的一根大筋，一旦抽动它，无论东方，无论西方，全人类都会因此而痉挛起来！这个来自中亚细亚高原的古老游牧民族，曾经深刻地动摇过东方农耕文明和西方基督教文明的根基，差点儿改变历史走向。而后，华丽地转身，突然一夜间消失。只留下一座废弃了的都城，一个匈奴末代王的名字，一任后人临陈迹而兴叹，借此作那无凭的猜测。"② 这部小说就是面对统万城遗址而对匈奴民族历史的兴叹和猜测之作。

《统万城》以"大恶之华"赫连勃勃和"大智之华"鸠摩罗什的传奇人生为线索，串起了这个曾经撼动了东方农耕文明根基和西方基督教文明根基的强悍民族的历史，再现了那个英雄美人列队走过、战争动荡轮番登场的伟大时代。小说一条线索讲述了匈奴末代

---

① 雷达：《乡土中国的命运感——评〈大平原〉兼及家族叙事的创新》，《小说评论》2010年第1期。
② 高建群：《统万城》，太白文艺出版社2013年版。

王赫连勃勃用尽一生心血建造了匈奴民族唯一的都城、童话之城——统万城的故事，北匈奴郅支及其后代阿拉提动摇整个欧罗巴大陆的故事。一条线索讲述了西域第一高僧鸠摩罗什传奇的一生，其高贵的出身、传奇的经历、伟大的弘法、最终于西安草堂寺的圆寂。全书以"歌"分章，共有"序歌""尾歌"再加八十歌组成，熔叙事与抒情于一炉，是献给英雄的颂歌，有"英雄诗"或"英雄剧"的意味，所以贯穿作品的主旋律是高贵的英雄主义和浪漫的崇高气息，"爱情与英雄气概应该是它的主题"。[①] 英雄美人的爱情，是最深入人心的故事，也是这部小说中最动人的部分。小说中赫连勃勃说："男人的事业在马背上，在酒杯里，在女人的卧榻前。"[②] 而鸠摩罗什对于爱情的弃绝，其妻咬舌自尽的悲剧，也从另一个方面表现了爱情的崇高和壮烈。

　　《统万城》对英雄美人的塑造体现了高建群对历史、文化的思考，有其深刻的历史、文化根源。他用超越民族、地域和时代的"第三种历史观"观照历史和人物，通过对丝绸之路上这段传奇历史的浪漫书写，展现了不同文明间的融合碰撞。"五胡十六国"时期有战争和交锋，也有文化间的相互交流和影响，并逐渐形成"你中有我，我中有你"的关系。其中重要的是游牧文化的注入为长期生活在农耕文化状态下的汉族人民增加了锐意进取的开拓意识和兼容并蓄的文化胸襟，游牧民族的"胡羯之血"也使得中华文化不断焕发出新的生机活力。英雄美人壮怀激烈的英雄事迹和爱情传奇，正是这种"胡羯之血""原始的力"的重要体现。小说《第八十歌·白城子凭吊》中，女萨满化身打扮时尚的旅行者走进白城子，遇到了背影酷似赫连勃勃的一位陕北老农。当看到曾经那个穿越了时空的"羊拐"时，陕北农夫的眼睛中闪现了一下火花。小说告诉读者，虽然赫连勃勃所代表的那个辉煌的时代已经远去，但承载着光荣与梦想的白城子仍在，供人凭吊和瞻仰，游牧民族的血液也仍在人们的血管中流淌、延续和传承。鸠

[①] ［美］M. H. 艾布拉姆斯：《文学术语词典》，吴松江等译，北京大学出版社2009年版，第233页。

[②] 高建群：《统万城》，太白文艺出版社2013年版，第4页。

摩罗什饱经磨难，沿着丝绸之路，从西域一路东来中原，开创了大乘佛教，促成了汉传佛教与儒家文化的深度融合，深刻改变了中原地区原本以儒学为根基的文化模式，丰富了中华民族的思想文化体系。这种文明间的融合与赫连勃勃所带来的民族间的融合，一道共同构筑起一个大融合的时代主题。

大融合的文化观带来的不仅仅是散发着游牧气息的自由和刚性，还有对异质文化及复杂人性的接纳和宽容。当脸上带着三道刀痕的赫连勃勃手擎独耳狼旗从历史的纵深处策马奔来时，难免让人产生对"恶"的恐惧。但当把目光投向那个各民族弱肉强食、你死我活的生存竞争最激烈的历史时期，就能够理解赫连勃勃的生命和尊严。统万城就是这种生命和尊严的一个象征。小说还挖掘和展示了人性的真实和复杂。鸠摩罗什仿若天人，其内心的善良、对信仰的执着让人唱叹，但他同样也有着普通人的无奈。龟兹国被破后，他忍受着吕光的万般侮辱，甚至被逼破戒娶了自己的表妹，并被羁留在凉州城十七年。艰难的日子终将过去，当渭水彼岸的长安城越来越近时，陪伴他二十年的妻子为不再"玷污他圣洁的袈裟"而咬舌自尽。而当他终于到达长安，在草堂寺开始翻译佛经、弘扬佛法时，他仍是清冷孤独的，有着知音难觅的孤苦寂寞。无论是"大恶之华"赫连勃勃，还是"大智之华"鸠摩罗什，《统万城》都给予充分的表现、尊重和致敬。这是属于高建群的人道主义，也是属于高建群的英雄主义和浪漫主义。小说特意安排了赫连勃勃和鸠摩罗什的相遇，并借鸠摩罗什的口评价赫连勃勃："那是一位天人，一位为某项特殊使命而来到世间的可怜的人。不要评价他的对与错，他所做的每一件事，站在末代匈奴王的角度来看，都是必须的。在这样的人物面前无所谓对与错、善与恶，人类现存的法则和善恶观根本不适用于他。"[①] 显然，历史上的鸠摩罗什不可能说出这样的话，这是高建群的看法。

如果说在《最后一个匈奴》中，高建群还需照顾历史事实，其浪漫主义和英雄主义还有所节制的话，那么在《统万城》中，他似乎已

---

① 高建群：《统万城》，太白文艺出版社2013年版，第107—108页。

经化身为"历史老人",能够看穿历史烟云,并以悲悯的情怀宽容地理解一切,同情一切,随心所欲了。并且,他作为"歌者",为历史上的英雄们献上了一曲苍凉的颂歌:"把酒高歌的男儿,是北方的狼族……"

三 《我的菩提树》:从历史深处寻找智慧

《我的菩提树》是高建群长篇文史专著的典范作品。全书分三部——"苏格拉底如是说""鸠摩罗什如是说""玄奘法师如是说",以佛家的念珠为章,共计 108 颗念珠。此书"不是一部教科书上所定义的那种小说"①,而是打破了文体的界限,形式让位于内容,在小说、历史与宗教经典之间反复穿越,以广阔的文化视野和随心所欲的笔触,讲述了世界三大宗教——基督教、佛教、伊斯兰教的发生,讲述了中国的儒、释、道三教在中华文明板块中的相遇与合流,最终成为"一部叙事体的东方文明发生史和流变史"。②作品先从释迦牟尼、苏格拉底,基督教以赛亚先知、伊斯兰教的穆罕默德开始他的讲述,又以东方的孔子与西方的先贤们相互辉映,描绘出那样一个圣贤辈出、灿若星河的世纪,随后由孔子引入华夏民族五千年的历史,并按照时间的维度逐步推进,同时涉及地理、人文、文学作品等方面的内容。通过一个个具有代表性、能够引发读者情感共鸣的历史事件、历史人物,时代的完整画卷在"点"的连缀中徐徐展开,作者也由此从浩如烟海的史料中挣脱,获得了相对自由的书写空间。

在《我的菩提树》的自序中,高建群表达了通过写作而"立遗嘱"的意思:面对小孙女的出生,"我决定写一本书,一本类似遗嘱那样的书,当孩子在丛林中形单影只,茫然四顾时,当孩子生平中遇到难事,遇到翻不过去的坬坎时,她打开这本书,在里面寻找智慧,寻找自保和自救的方法。这本书会是一项系统工程,它大而无当,它试图告诉孩子,在她出生之前,这个世界都发生过哪些重要的事情,

---

① 高建群:《我的菩提树》,北京十月文艺出版社 2017 年版,第 6 页。
② 高建群:《我的菩提树》,北京十月文艺出版社 2017 年版,第 6 页。

出现过哪些值得记忆值得尊重值得香火奉之的人物，世界文明尤其是中华文明都产生过哪些古老智慧，等等。这本'遗嘱'小而言之，自然是为孩子写的，是为一个有着古老姓氏的家族的子嗣们写的，然而大而言之，是不是可以这样说，它同时是为这个东方民族写的，是为这个正在行进中的国家写的"。① 这种自觉的文化责任感和担当意识，驱使着作者对中华民族精神和历史进行溯源与重铸，同时这也意味着他在文学写作这一领域内的新的出发和冒险。这是高建群晚近写作中一个值得注意的转向。

《我的菩提树》延续了作者对复杂历史和人性的观照和挖掘。他笔下的孔子，既是学识渊博、高山仰止的万世圣人，也是四处奔波、郁郁不得志的落魄文人；他笔下的刘邦，既是那个御风而立、弹铗高歌"大风起兮云飞扬"的汉高祖，也是那个一肚子的琐碎心思，叫人琢磨不透的猥獕小人；他笔下的赫连勃勃，既是那个背信弃义、杀人如麻的"大恶之华"，也是肩负伟大使命，迫于种族生存压力英勇征战的悲剧英雄……人格的善恶在对立融合中接近了人性的完整和本质，并在彼此的映照和碰撞中产生出宏大的历史张力。一部人类的发展史就是人类不断超越自身的精神史，作品中一个个闪烁着光芒的名字用他们的言行一遍遍诉说着这亘古不变的真理。无论是释迦牟尼探索人生和宇宙真相、挽救众生于苦海的苦行僧之旅，苏格拉底的从容赴死，孔子如堂·吉诃德般的周游列国，屈原用生命写就的上穷碧落、下穷黄泉的《天问》，还是忍辱负重、完成"史家之绝唱，无韵之离骚"鸿篇巨制的司马迁，开启漫漫西行求法路的法显、玄奘……他们的人生历程与精神的求索紧密相伴。事实上，人不仅要依靠简单的现实逻辑来维系生存，而且还要凭借温情的回眸、诗意的想象，从历史和未来中探寻承续着的基因和未来发展的图谱。这也就是这部作品的用意所在。作者虽然讲述的是历史，但并不是浮泛地发思古之幽情的向后看，而是向前看，通过对历史过往中所蕴藏的精神的挖掘，来重铸和镀亮中华民族的自我形象，构筑我们的民族之魂。

---

① 高建群：《我的菩提树》，北京十月文艺出版社2017年版，第1—2页。

高建群放言:"我要用十句话来说出一本书的内容,用一本书说出我案头现在放置着的、用作参考书的两百本书的内容。"① 从某个层面看,他做到了。在《我的菩提树》中,他抓住历史关键人物,从历史的关节紧要处、起承转合处穿肠而过,从而能够在有限的篇幅中建造起宏大的结构,并以此结构串联或覆盖整个东方文明的发生和流变历程。正如其在 35 岁时写的《人类的一切苦难都与我息息相关》中所说:"我遍读天下好书之后,认为最好的一本书还没有出现。那是一部集迄今各种艺术表现手法之大成的作品,那是一部熔文学、哲学、美学、历史学以及人类各种智慧积蓄于一炉的作品,那是一部对人类过去岁月的诚实总结和未来岁月的密码式预言的作品,那是一部在神经失控的状况下写出的充满理性和规则的作品,总之,那是一部奇书。"② 终于,他的这一愿望,在他 60 岁时由自己完成了。

纵观高建群 21 世纪以来的创作,尤其是在《穿越绝地——罗布泊腹地神秘探险之旅》《胡马北风大漠传》《我的菩提树》《丝绸之路千问千答》等"大文化书写"作品中,创作转向的意味越发鲜明:一种渴望在时空的长河中肆意游走的情愫,一种力图融会古今、贯通中西的追求,一种超越国界、地域、时代、民族的世界主义观念,一种宗教文化情怀的更深层次融入,一种"视天下所有人为兄弟"的大人类情绪的深化,以及一种创造民族史诗的冲动……这些是随着作者生活及思考的不断改变所带来的,也是高建群为丰富和拓展自己的文学道路、为获得更为丰富的外在联系的广度和内在精神的深度所做的积极而富有启发性的探索,并为今后的高建群研究开辟了新的空间。

---

① 高建群:《我的菩提树》,北京十月文艺出版社 2017 年版,第 3 页。
② 高建群:《东方金蔷薇》,陕西人民教育出版社 1991 年版,第 97 页。

第八章 叶广芩：两处故乡 家国归根

第一节 文化底蕴与艺术积累

　　生于北京居于西安的女作家叶广芩，在20世纪90年代至今的中国文坛上，一直是一道独具魅力的文学风景，她以不同时段的代表性创作，构筑出别样的精神世界，不断为人们提供着新鲜而有意义的文学话题。

　　1948年10月，叶广芩出生于北京，满族叶赫那拉氏。在各民族文化交会的清朝帝都北京，天潢贵胄的旗人世家子弟们各有所长，这不但成为叶广芩家族小说的人物原型，也使作家在潜移默化的熏陶中习得了中国古典文化的精华。叶广芩的父亲叶麟祥，民国时期在国立北平艺术专科学校（即今日中央美术学院的前身）教书。父亲教叶广芩认字，用的是颐和园大戏台两侧的楹联："山水协清音，龙会八凤，凤调九奏；宫商谐法曲，象德流韵，燕乐养和。"谐趣园的岚光水色，玉澜堂的历史恩怨，与父亲说的时而有形、时而无形的"哈拉闷"（满语：水怪），景福阁美妙绝伦的月景，就这样浸润着叶广芩与中国文化艺术的灵犀，滋养着她的想象与创作才能。叶广芩的四哥（堂兄）叶喆民是中国陶瓷界泰斗，他自幼随父亲叶麟趾教授（叶广芩的伯父）学习传统陶艺，早年毕业于燕京大学，曾从徐悲鸿、罗复堪、溥心畬三位大师学习书画。他在叶广芩很小的时候就让她每天习练小楷字帖，并加以指点，至老不变。"深秋，我在北京创作老舍《茶馆》的电视连续剧，闲暇时和妹妹小荃去看望我们的四哥，这个大我两轮的哥哥给我们每人找了两本老字帖，字帖上有家里老一辈留下的墨迹，越发显得珍贵。他让我们回去好好临摹，不许偷懒，下次见他的时候要把作业带来……听着兄长的训导，望着屋里暗红色陈旧的家具，望着墙上映在夕阳中发黄的老照片，望着白髯飘洒、清癯飘逸的兄长，嗅着儿时便熟识的气味，我想，这就是伴随我成长的家的基调，我的文学……"① 家庭带给叶广芩的，是贵族精神与文化的承继与守望，也是不堪回首的落寞与沧桑。1968年，中学毕业的叶广芩被迫离开了北京，离开了身患绝症的母亲来到陕西，被当作"牛鬼蛇神"遣送到三门峡库区劳动改造，开始她人生阅历中最痛苦也是最刻骨铭心的一段旅程。其间还是四哥叶喆民常常给她带来精神上的安慰：每周寄一份自编的日语讲义给她，从日语假名与中国书法讲起，内中夹杂文艺评论与艺术见地，在唐山的四姐也寄来她自己学过的北大日语教材。叶广芩在打猪草和整猪圈之时想办法苦读口语，并利用当时在西安外文书店可以买到的日本中医杂志《汉方研究》，自己摸索着翻译起了科普文章……近百万字的中医理论翻译，使叶广芩后来创作以中医为背景的小说《黄连·厚朴》时，将人情与医理融会贯通，写出了中国文化的博大精深与厚重滋味。党的十一届三中全会后，叶广芩将一大包译稿分为两份，利用回京探亲之机交给了人民教育出版社与商务印书馆，被编为《眼镜蛇为什么会跳舞》《什么是生物》《生物》三部小书，于1983年出版。多年后，叶广芩在留学时更是凭借四哥教授过的"古色古香"的日语得到了日本老师的赞赏。这不是捡来的幸运，而是"君子不学，不成其德"的家学门风结出的美好果实，也是中国知识分子注重修己求知精神传承的体现。所谓天潢贵胄，尊贵的不仅仅是显赫的家世背景与雅致的审美情趣，更是追求、保留、传承、发展民族文化与精神的使命感。

　　在"八百里秦川"的关中平原，叶广芩感受到了老百姓的仁义宽厚与淳朴善良，这份宽厚善良与来自京城齐化门外坛口南营房那片低矮平房的母亲一样使人觉得亲近。南营房那片"五方杂处、百业云

---

① 叶广芩：《但写真情并实境　任他埋没与流传》，《时代文学》2004年第1期。

集"的"穷杂之地"使叶广芩对老北京的民风民俗有了深入的体察与积累,也使得她日后在陕西秦岭的豆架瓜棚之下与群众交流毫无障碍。"穷杂之地"小老百姓的柴米油盐、喜怒哀乐,"是高雅之外的平常","是阳春白雪们所排斥的下里巴人,这无形中成了我生命中另一个很重要的组成部分"。与同样出身"簪缨望族"的张爱玲相比,叶广芩在《采桑子》《状元媒》中没有将大家庭的分崩离析刻画出刻骨的"苍凉",总保留了一丝脉脉的温情,并将笔触拓展到宫女、太监等"边缘人物"身上,着力刻画他们日渐平民化的日常生活,则体现出这种影响的深远。

1980年叶广芩在西安黄河机器制造厂医院工作,她的第一篇小说《在同一单元里》发表在1981年第9期《延河》杂志上。这时她已经32岁,经历了大宅门、劳改农场与工厂里的生活,"通会之际,人文俱老",成熟的文笔引起了编辑路遥的关注,由此得到《延河》编辑部邀请,参加了陕西省作协举办的为期两个月的"读书会"。在此期间,著名作家杜鹏程将这篇小说修改后,又与叶广芩讲论文学与创作,使叶广芩深受感动,从此正式走上文学创作之路。1983年叶广芩调入《陕西工人报》副刊部做记者,同年进入中国人民大学新闻专业函授部学习。1990年至1992年,叶广芩在日本筑波大学继续学习日语,同时在千叶大学法经学部进行社会历史调查。1995年叶广芩调入了西安市文联,在创作研究室任专业作家。2000年至2008年,叶广芩在陕西省周至县挂职县委副书记,有过多年在秦岭山区的生活体验。

人生经历中的跨文化体验,使得叶广芩的创作版图具有多样化的特点。自20世纪80年代初期到90年代初可以视作她创作历程的第一阶段,与一般年少成名的作家不同,叶广芩属于大器晚成。开始走上创作道路时,已经历过因家庭出身和政治运动带来的人生磨难,文学对她来说不是心血来潮或充满浪漫色彩的梦想寄托,而是个人生命体验的深沉凝结。发表于1982年第2期《延河》上的《溥仪先生晚年轶事》与1986年未来出版社出版的历史小说《乾清门内》,是她最早对自己"家史"的小心翼翼的回溯。从短篇小说《在同一个单元里》,以及后来的《天一的美惠》《五光十色的大街》《套儿》《远去的凉风垭》等作品，都看出作者努力尝试将个人的生活体验与底层诉求结合起来的创作特点，但在人物塑造、结构设计方面还存在着拘谨与人为雕饰过重的不足。

进入20世纪90年代，特别是拥有了在日本长期学习、生活的跨文化体验之后，叶广芩的创作进入了丰沛的第二阶段。这时期社会环境的开放使叶广芩开始尝试家族题材，1994年《延河》第8期发表的中篇小说《本是同根生》，被1994年第12期《新华文摘》、1994年第11期《小说月报》转载；在1995年第4期《延河》上，叶广芩又发表了《祖坟》，均广受好评。后来在《湖南文学》《小说选刊》《上海文学》《人民文学》等刊物上发表的《风也萧萧》《雨也萧萧》《谁翻乐府凄凉曲》等中篇小说作品，1999年由北京十月文艺出版社结集为长篇小说《采桑子》出版。刊登于《十月》1999年第5期的中篇小说《梦也何曾到谢桥》被《中华文学选刊》《小说选刊》《小说月报》先后转载，并获第二届鲁迅文学奖。

同时，叶广芩还开拓了有关日本平民生活、中日战争和历史遗留问题的小说题材。发表于《人世间》1988年第1期的《在清水町的单元里》、《青年文学家》1996年第2—3期的《"联合国"的家长里短》等属于前者。发表于《小说月报》1995年第6期的《风》、《芳草》1998年第3期的《到家了》等作品后来结集为小说集《日本故事》，与1990年由华岳文艺出版社出版的长篇小说《战争孤儿》，属中日战争题材。在这一系列小说中，叶广芩创作的主旨已经超越了中国与日本因战争创伤而形成的历史对立，站在两个东方国家与世界关系的高度思索中日问题。与国内许多停留在控诉日军暴行、表达民族情绪的作品，或简单宣扬超越历史、打着超越民族旗号的所谓人道主义作品相比，叶广芩的"日本故事"系列作品真正跨越了国族界限与历史局限，呈现出民族身份、社会历史、代际文化等多维度的交叉状态，对不同民族遭遇的战争暴行与"战争孤儿"等问题进行了深度思考，最终通过敌对双方人物命运的交融写出了人性的宽广与浩瀚。"日本故事"和"中国经验"也不再隶属于单一的叙事场域，在对不同族群与社会的历史细节描写中，在史性的真实与文学的生动之间，叶广芩笔

第八章 叶广芩：两处故乡 家国归根

下的"日本故事"演绎着寻求融合、促进文化对话的世界性话语，并努力尝试开拓历史叙述的叙事新质。这些作品在男性与女性之间关于自我意识的角力、亲情对人性自由的垄断等层面具有强烈的现代意识，从某种意义上来说，这也是中国文学走向世界、获得认同和尊重的重要途径。而叶广芩作为创作主体的理性诉求与在战争文学中表现出的人本意识，也使得她的这类作品具有独特的审美价值。

21世纪以来，叶广芩的创作进入第三阶段，显得更加异彩纷呈。在家族叙事方面，《当代杂志》2007年第3期上刊登的《三击掌》先后被《中国作家》《北京文学》《小说选刊》《新华文摘》等刊物转载，开启了以传统戏曲名作为小说标题以达到互文效果的系列小说创作。其后刊登在《十月》《小说月报》《民族文学》《芒种》《中国作家》等刊物上的《盗御马》《豆汁记》《状元媒》《大登殿》《小放牛》《玉堂春》《三岔口》《拾玉镯》《凤还巢》等中篇小说，于2012年由北京十月文艺出版社结集出版为长篇小说《状元媒》，成为观照"传统"与"现代"、"历史"与"日常"的传统文化再造文本。通过京剧传统戏曲文本内涵的互文性影响，使读者获得对中国文学与文化传统的新的认识，在今昔对比中，勾勒出百年间中国人的价值观念、风土人情的变迁，传递出对"以往生活细节逝去的无奈和文化失落的不安"。[①]

在叶广芩的作品中，诗化的语言与丰富的传统文化意象有机结合在一起，在以情动人的同时给予读者文化的熏染与享受，使读者陶醉于这种文化美境之中。

在创作的第三阶段，因为在陕西省周至县挂职工作的经历，叶广芩开拓出了秦岭生态文学创作的全新领域，以纪实散文集《老县城》及小说集《山鬼木客》为代表，以理性的姿态关注着人类与其他生物的关系，以及人类自身的发展。在叙事章法和描写方式上，叶广芩从古典文学中的志怪传奇取藻敷彩，并活用了古典诗歌的对仗结构，也吸收了笔记体与对话体的风格，拓展了作品的想象与审美空间，以其坚实的生态伦理立场参与和推进了民族心理与生态文学的现代建构，

[①] 叶广芩：《状元媒》，北京十月文艺出版社2012年版，第482页。

为在"生态文学"这一外来概念中塑造出具有中国文化心理与品格的作品、恢复传统文化的魅力,提供了很多有益启示。随后,叶广芩试图将自己的人生经验融入对秦岭文化与历史的理解和表达之中,写出了长篇小说《青木川》,成为叶广芩的又一代表性作品。

2012年开始,叶广芩在读者群"豆汁记"粉丝们的建议下,又开始写作以"亭台楼阁"为题目的"老北京故事",2016年由北京十月文艺出版社结集成长篇小说《去年天气旧亭台》。"豆汁记"成员的集会不啻是古代文人雅集活动的当代再现,不仅激发出叶广芩继续创作的热情,其中不少精研文史的"粉丝"还以叶广芩的文学作品为出发点,继续在诗文、历史、民俗、生态等方面进行着自己的"研究",并利用互联网时代微信公众号等形式及时推送,形成了一个独特的文学场域。叶广芩也秉持"无所谓门户之章程,而以道义相契结"的传统精神,将"雅集"活动由"文人"拓展至民间百姓,无形中打破了精英文学与民间趣味的隔膜状态。2016年开始,叶广芩又创作了《耗子大爷起晚了》《花猫三丫上房了》《土狗老黑闯祸了》等三部少儿文学作品,用纯净幽默的语言,记录了耗子丫丫的童年往事,也是对北京风物、少年心境的追忆。走过长长的人生之路,作家似乎回到了原初的故乡,也是每个中国人的文化故乡。同时,自20世纪80年代开始在秦岭自然保护区采访,2000年后又在秦岭腹地挂职生活九年的经历,使叶广芩以身为中国野生动物保护协会会员而自豪,年逾古稀之时还以极大的热情投入《大福与二福》《熊猫小四》等"秦岭动物与孩子们"系列作品的创作。这些作品都取得了很好的反响。叶广芩笔下大气厚重的北京城、善良包容的邻居们、天真仗义的小女孩丫丫与神秘静谧的大秦岭、憨态可掬的小熊猫一起滋养着孩子们的心田。

正如杨义在《文学地理学会通》中说:"空间的流动,往往可以使流动主体眼前展开两个或两个以上的文化区域和文化视野,这种'双世界视景',在对撞、对比、对证中,……就能开拓出一种新的精神境界和思想深度。"[①] 北京与西安、府邸与市井、中国与日本、城市

---

① 杨义:《文学地理学会通》,中国社会科学出版社2013年版,第35页。

与山林，跨文化的回望与审视使叶广芩的创作风格有别于"背靠"并谙熟陕西文化的作家群体，显示出别样风采。叶广芩常用"人有双重父母，两处家乡"来表达自己受到北京与陕西两方水土与文化滋养的感激之情，她在与命运的搏击中抓住每一次机遇不断开拓新的创作领域，取得了丰富多维的创作成绩，其思想艺术品格达至超越性境界。

第二节　家族系列小说的营构

比较而言，身世所带来的人生体验，使叶广芩无论在知识结构还是审美趣味上，与同代作家相比得到了更多中国传统文化的熏染。在亲身经历过当代历史对中国传统文化价值体系的批判与撕裂后，如何探寻与构建出富有中国传统文化特质的精神世界，成为她一直努力的方向，这在她的家族小说中体现得最为明显，也是叶广芩作品最为读者喜爱的艺术个性之所在。知识阶层的"高贵气派""多愁善感""纤细复杂""优雅恬静"在她的家族小说里得到了丰富的呈现。

叶广芩创作的第一部长篇小说，是与兄长叶广宏1986年联合出版的《乾清门内》，由近似于历史演义的两篇独立故事——《慈禧与惇王奕谅》和《隆裕太后》构成。在写作中，叶广芩感受到创作历史小说"并非把一些散乱的情节串联起来"，"尚面临着历史知识、古文基础、构思能力、文笔文风、心理描写、景物与人物行为的表现力、语言的凝练、生动"[1]等一系列问题，并参考了许多当时历史人物的回忆录等资料。先天的熏陶濡养加上后天的体察求知，使得这部小说即使今天来看仍然圆熟老辣。不同于《李自成》等历史小说主题先行的写法，这部小说对历史人物心理活动的刻画尽量摆脱了过于强烈的阶级先验性。与同时期的改革文学、寻根文学与先锋实验等文学潮流相比，《乾清门内》在小说形式上并无刻意探索求新，但是它的具有民间传奇趣味性的表现手法，企图回溯传统文学的血脉并寻求某种突破的尝试，却为叶广芩后来个人风格的成熟，奠定了基础。

---

[1]　叶广芩、叶广宏：《乾清门内》，未来出版社1986年版，第4页。

1990年叶广芩赴日本留学，全新的域外文化的冲击，使她突破了之前对自己家族身世的刻意回避，家族生活、个人体验及老北京的文化习俗开始进入她的创作视野。1994年她在《延河》上发表了中篇小说《本是同根生》，后来被多家刊物转载、广为传播。叶广芩意识到这样的家族题材是"能为广大读者接受、理解并欣赏的"。[①] 对剧烈变革的中国社会和由此带来的对文化传统的重估，叶广芩开始思考自己的家族身世，"联系着我们国家我们民族的什么东西呢"？[②] 多年的积累和尘封的往事慢慢从笔尖流淌出来，后来积累为长篇小说《采桑子》与《状元媒》，成为叶广芩家族小说的代表作。

一 家族历史与文化性格

《采桑子》《状元媒》这两部作品都是由中篇小说连缀而成，人物彼此关联又各有内涵。《采桑子》主要描述了老北京世家及子女的命运。这部小说每一章节的题目都取自著名满族词人纳兰性德《采桑子》中的词句，为书中金家世家的败落与子弟的飘零定下一种凄婉深沉的基调：醉心戏曲艺术并为之情迷一生的大格格；陷入爱情阴谋、政治纷纭、亲情纠缠中颠倒一生的二哥、三哥和四哥；因追求婚姻自由被逐出家门，却要求子女不再从商的二格格；用整本满文记下金家人照料自己垂暮之年的花费、并期待养子日后偿还的舅姨太太；出身传统建筑世家，为古建筑的维护费尽一辈子心血、清刚不阿的廖先生；从陕北返乡的知青侄子金瑞，为夺回家传的一个元代枢府瓷小碗，放弃一辈子的懒散，自学成了半个文物专家；颇有道家散仙之风，会漉酒炼丹的老姐夫完占泰；儒雅宽厚，以儒家道德自律的画家七哥舜铨……时代大潮对这些人物的精神世界产生了剧烈的冲击，显示出了末世贵族注定式微的历史宿命。作者对于人生及命运、世态的惋惜与感伤也蕴含其中。

[①] 叶广芩：《没有日记的罗敷河》，北京十月文艺出版社2022年版，第216页。
[②] 周燕芬、叶广芩：《行走中的写作——叶广芩访谈录》，《小说评论》2008年第5期。

第八章 叶广芩：两处故乡 家国归根

书中的人物，常常在安贫乐道中走向物我两忘的空灵，无论境遇如何，都拒绝用粗鄙落魄的方式应付生活，显然这是作者推崇的中国传统文化中闪耀的人格光辉。如《采桑子》中大格格的琴师董戈，虽出身寒微却对曲艺与琴艺无比执着，即使沦为世人所看不起的吹鼓手，"到我们家来拉琴，从来都是穿长衫，从来都是把自己收拾得干净利落，将前一天的风尘扫荡得不见一丝痕迹"。而董戈在和大格格拉琴练唱时几乎没有多余的话，神情圣洁而专注，双方都醉心于艺术的唯美，二人配合的相当和谐。《不知何事萦怀抱》中，四格格金舜镡是获得牛津大学博士学位的建筑专家，廖世基则是只上过几年私塾的建筑队普通干部，身份与境遇的差异使廖世基对四格格的情感深埋在心里。"文革"期间，四格格作为"特务反动学术技术权威"被红卫兵殴打，已经躺倒在地近乎昏迷的廖先生"不知受了什么力量支撑，竟然摇摇晃晃地站了起来，甚至推开了要来扶他的老伴儿，极为艰难地与四格格并肩而立"。两人"一脸平静"的姿态使人感到一种无言的高贵。在这里，"劳动人民"出身的廖先生对"大学问"金舜镡的仰慕与神交，完全突破了阶级差异，是在人格上的平等站立。廖先生一生的行事作为，使人想起孔子对"君子"的评价："圣人，吾不得而见之矣；得见君子者，斯可矣。"廖先生通过自己的努力一方面学习"诗书六艺文"，一方面躬行实践，终于达到"文质彬彬，然后君子"的境界，文化雕琢没有使他产生浮华之气，他依然能够依照其朴实的本性为人处世，改革开放后没有在经济浪潮中迷失自己的本性，则接近于孔子在《卫灵公》中对"君子"的定义："君子义以为质，礼以行之，孙以出之，信以成之。君子哉！"七哥金舜铨也是这种儒家君子的典型代表。注重亲情的七哥即使面临心上人跟随大哥离开的悲剧，也能一辈子不出恶声，直到晚年贫病交加时，他也坚持拒绝了大哥两万美元的补偿。在如何处置家传的绿菊铁足凤罐时，舜铨坚持将之捐献国家，填补中国陶瓷研究的空白，充分显示出君子喻于义的儒者风范。《采桑子》中，叶广芩笔下的"贵族"不再专指其社会学意义，而是在平民社会中以文化属性来区分个人灵魂及意志，并最终关乎存在意义上的审美观照。

家族结构的瓦解是不可抗拒的历史趋势，在小说《状元媒》中，叶广芩从辛亥革命一直写到改革开放三十年后，将贵族家庭成员及外围不同人物的命运串联在一起，并试图突破《采桑子》中高雅脱俗的贵族文化氛围，展现社会变迁中传统文化的断裂与嬗变轨迹。众多人物繁而不乱，各具个性，却都显示出中国人的民族特性与文化性格。母亲青梅竹马的小伙伴老纪年老后仍固守着简陋的老房子不肯搬迁，为等待远走台湾的兄弟留下南营房的"根"，情感深挚而重伦常亲情。舅舅虽由状元保举了一份巡警工作，却不忍通过"缺德"的做法捞取外快，索性自己开了一家具有起士林风格的小酒铺，无数次被评为餐饮业的先进，才"理直气壮"地将满墙奖状归结为"起士林精神"，无疑更显出道德在中国社会成员遵循的行为模式方面具有的约束力，往往具有国家权力乃至法律抵达不到的效果。

道德治国，不仅是上古先贤或儒家文化的一种理想，也是解决民主政治并不必然保证国家政治具有智慧与道德性质的一种出路。这是一个宏大而复杂的命题，从五四新文化运动反传统的极端一面，到后来革命文化的风云涤荡，道德匮乏往往使中国当代社会出现价值真空。在《状元媒》中，叶广芩在对历史往昔的审视中呼唤着重温情仁义的传统道德，用"过去"的文化记忆抚慰着"现在"的文化缺失：钮七爷年老时因未向日本人鞠躬被殴打，母亲和父亲捧出家里最后一把米为老人熬粥；大秀为逗爱鸟如命的老人高兴，大雪天里去扣麻雀，而邻里街坊也纷纷凑趣夸赞钮七爷鸟笼里那几只麻雀；青雨在父亲去世后从自己的相貌"看到了父亲的影子"与"钮祜禄家难以更改的基因"，从容射杀了日本要员，使国与家、孝与义这些传统道德文化价值凝结成为一股"古来燕赵多死士"的悲慨沉郁之气。王利民从法国回来后担任了工会夜校的教员，组织工人和父亲王国甫这个"资本家"谈判反裁员与反减薪。王国甫于是提出了断这"资产阶级与无产阶级的矛盾"，却未料到王利民说"阶级是阶级，血缘是血缘，咱们再怎么对立您走到哪儿也是我爸爸"。中国人崇礼，礼的原始基础是对家庭成员程式化的情感表达，后来又扩展到宗族国家，由"情"衍生出责任与道德表征的"义"。在"情义"的意义上，无论在父子断绝关系书上故意不写"王"姓的王利民（这份文件便没有法律效力，王国甫后来老泪纵横地说这是"孩子给我留面子"呢），还是知青集体户中因"老五"不慎跌入自己"为贫下中农打的井"溺亡而自责不已、不惜偷跑回北京成为黑人黑户也要侍奉"老五"的母亲直至老人过世的老二，都是"情义中国"的最好代表。

中国人文化基因中的民族特性，在《状元媒》中通过多个人物体现得淋漓尽致，亦通过今昔对比表现出作者对"文化失落的不安"。"大登殿"中六姐受过高等教育的女儿博美安于"小三"身份带来的物质享受，让"我"不禁将博美和"人穷志不短"的母亲进行对比。"三岔口"中小连的妻子吴贞解放后成为"首长夫人"，对父亲摆派头打官腔毫无"规矩"，对身陷囹圄的大伯大连并无恻隐之心，也可引人深思；吴贞不知"上茶"在老北京文化里有"逐客"之意，身处在那个沙发脸盆都有公家编号的空荡荡的"家"中，从家中陈设与思想语言都与传统文化做着决然的决裂，和沉溺在老旧的思想里毫无改变的婆婆更是从不往来，显示出文化的断裂与各执一端。面对文化断裂而导致的"亲情淡薄""人们越来越倾向于虚拟交往"等社会问题，叶广芩不露声色地呼唤着传统文化的承继与延续。在后记中叶广芩说道："小说内容本可不出京城，但'陕北插队'与'华阴农场'是我这一代人的经历，是绕不过去的岁月，是京城日月的延伸。"[①] 其实与其说是"京城日月"的延伸，不如说是以北京这个距离今天最近的故都带来的中国传统文化的延伸，那就是情义的延伸。书中有两处前后呼应的情节：一处是父亲带领全家扫墓时提到"私家坟地不立碑，自家的坟地都是立在后代心里的，一代一代，口口相传，永不会错"；另一处是四十年后，"我"去陕北看望埋在那里的知青"老五"，却发现仁义的队长发财将老五跟自己埋在了一处，并通过孙女留下话说"自家的坟都不立碑"。地域跨度虽大，以血缘关系为社会凝结标准的规矩虽然已被打破，但中国人的情义之美却是"代代相传"，这是民族文化的基因，也是民族文化复兴的密码。

[①] 叶广芩：《状元媒》，北京十月文艺出版社2012年版，第481页。

二　雅俗融合与民族诗学

在《状元媒》之后的京味小说集《去年天气旧亭台》中，叶广芩继续文化重造的尝试与努力。出于对老北京即将消失的忧虑，她与变化迅速的新北京有意保持了一定距离，企图在文学的重塑中保留下老北京的文化记忆，在"京派"的恬淡悠远与"京味"的古道热肠之间同时驾驭两副笔墨。小说中胡同里的市井人物与"旧时王谢"和谐生活在一起，作家又采用了充满童心的忆旧型视角，将具体的善恶褒贬寓含在情节场面与人物形象的细腻描绘之中，使读者自然地获得认识生活的熏陶感染。这一文史结合、并期望小说发挥潜移默化的道德教化作用的叙事传统，在新文学中往往因为"落后保守"而被轻易舍弃，却在孙犁、汪曾祺与叶广芩等作家笔下留存下来。叙事者不卖弄现代主义的叙事技巧，也不急于推进故事情节，而是如水墨画般通过舒缓从容的叙事节奏晕染出生活本身的色彩。她笔下的世界仍然是一个人情味极浓的"人际社会"，这世界的通俗化并不是"顽主"式的庸俗化，反而需要更高度的文学修养与更深广的生活知识，这就要求她的读者也应具有相当的生活智慧与领略文字趣味的审美修养。

叶广芩在创作谈中曾明确提出："中国几千年建立起来的道德观、价值观，深入到我们每一个人的骨髓中，背叛也好，维护也好，修正也好，变革也好，惟不能堕落。"① 在《去年天气旧亭台》中，作者所想表达的绝不仅仅是老北京闲适从容的文化特质，虽然没有将历史事件置于正面，做大全景及鸟瞰式的艺术概括，并以历史的重大事件进行聚焦，但由这些馆榭楼台作为窥视历史的孔隙，在具体俗常的生活景象中体现出士大夫式感时忧国的深沉慨叹，才是这本小说有别于其他"京味"小说的地方。形式上"京味"的市井性，与精神上"京派"的贵族性在《去年天气旧亭台》中是有机结合在一起的。《后罩楼》中美丽神秘的珍格格究竟是不是变成了形容枯槁的老年妇人，在

---

① 叶广芩：《采桑子》，北京出版社 2009 年版，第 337 页。

第八章 叶广芩：两处故乡　家国归根

"文革"中被"我"的小伙伴小四迫害致死，叶广芩并没有给予明确的判定，这种未将历史简单分为善恶两极的写法显然超越了一般京味小说中固有的市民道德传统。小说中贵族的虚静无为、笃情重义与老百姓的淳朴善良、趋利世俗都体现着作者对人性的洞察，而唐先生与父亲这样具有传统儒家高贵情操的道德人物，代表着作者的审美理想，也凝结着叶广芩这类知识分子复杂的自我认同。这些自我认同隐约游离在新中国知识分子的角色认定之外，而渗透进了传统文化的伦理价值，并呈现出恢宏道义的精神气象。

中国语言注重风格韵味与整体把握，以神统形。在叶广芩的家族小说中，诗化的语言与丰富的传统文化意象往往有机结合在一起，在以情动人的同时给予读者文化的积累与享受，使读者陶醉于这种文化美境之中。《采桑子》便内蕴着大量中国传统文化意象，折射出中华民族文化的精神内涵：大格格与京戏演出的各种关窍构成她一生命运的起落沉浮；二格格的遭际体现出中国人特重礼仪的传统修养与君子言义不言利的文化观念；四格格与廖世基展现着风水堪舆之学与中国古代建筑的精神气韵；完占泰老姐夫则显示出道家冲淡寡欲的人文情怀与善良温厚的人格修为；七哥金舜铨集对书法绘画的精湛研究、对音韵的见地及儒家道德的修养于一身，是儒家文化"谦谦君子"形象的最佳代言人……书中还多处出现了瓷器、玉器及文物鉴定知识，以及《庄子》《淮南子》《黄帝内经》中所体现的哲学美境。《谁翻乐府凄凉曲》中，安徽桐城世家出身的二娘如此评价山东厨子老王听戏时的如醉如痴："这是一种物我两忘的境地，看戏跟读书是一样的，如入无穷之门，似游无极之野，情到真处，无不心旷神怡，宠辱皆忘，击节叫好。桐城张氏母亲能从老王的叫好儿上读出庄子的《在宥》来，这不能不让人佩服……"[①] 在当下社会空间、生活经验、文化表征日益趋同的情况下，这样古典的审美意趣使读者流连于小说丰富的中国传统文化韵味中，获得了情感上的慰藉与审美上的愉悦。

---

① 叶广芩：《采桑子》，北京出版社2009年版，第11页。

起酒是件很有意思的工作，熟后的酒，渣液混合，有米在酒中浮泛，饮时需用布滤过。"倾醅滤酒"，这是个很文明的词儿，且不说这词儿，仅这个过程的本身就是件雅得不能再雅的事情了。明朝画家丁云鹏有幅《滤酒图》，画上男子神清目秀，长髯飘逸，在柳树下和他的小童儿扯着布滤酒，他们周围黄菊盛开，湖石罗列，石桌酒壶，鲜果美馔，那情景就跟我与老姐夫滤酒一样，不知是明朝人照着我们画的，还是我们跟画上学的。①

这样的语言如同欧阳修的《秋声赋》一样，充盈着中国古典文学的渊雅与隐秀之美。又如《谁翻乐府凄凉曲》中，爱戏成痴的大格格将夭折的儿子埋在一棵梅树下，问她为何草草处理，她说："《红梅阁》里的李慧娘，《江采萍》里边的梅妃，《牡丹亭》里的杜丽娘，死后都是埋在梅树下的，'索坐幽亭梅花伴影，看林烟和初月又作黄昏'，多好的意境啊……。"② 这一"梅树"的意象贯穿古今，成为大格格以身殉艺的象征物，留给读者的是哀矜的遐想与回味。

叶广芩运用古典文学典故或意象来升华的人物，还有《梦也何曾到谢桥》中的谢娘。唐宋以来的诗人常用"谢娘"代称恋人，她所伫立候归的"谢桥"也就成为一种情感缱绻的象征。与晏几道这些词人雅士不同的是，《梦也何曾到谢桥》中父亲寻访的谢娘小院，已经是位于桥儿胡同的一处贫民居所了："这片地面，家家都打袼褙，家家都吃杂汤面。"谢娘是个"四十岁左右的白净妇人"，"脑后挽了个元宝鬏儿，穿了件蓝夹袄，打着黑绑腿带，一双蓝地儿蓝花的绣花鞋不沾一点儿土星，浑身上下透着那么干净利落，透着那么精神"。清爽利落地如同汪曾祺的《受戒》中的英子娘。而谢娘的家在朴素中也显得清新可人，这样一个家常随和的谢娘家，才是父亲心灵休憩的归所。谢娘的儿子六儿打袼褙时："不光要形状合适，还要色彩搭配，藏蓝对嫩粉，鹅黄配水绿，一些烂七八糟的破烂儿经六儿这一调整，就变

---

① 叶广芩：《采桑子》，北京出版社2009年版，第217页。
② 叶广芩：《采桑子》，北京出版社2009年版，第38页。

得有了内容，有了变化，达到了一种出神入化的境界。"这与张爱玲"葱绿配桃红"的参差多致的美学趣味竟有异曲同工之妙。在叶广芩笔下，旧式大家庭的深宅大院，与平民百姓的小门小户常常能够这样水乳交融地联结在一起。尽管谢娘身份特殊，"我"还是在她的丧礼上偷偷将一块父亲的扇坠为她搁在身旁，而父亲身故后，在他生前一直冷口冷面的六儿连夜为父亲赶制了精美的装裹……这一切的产生仍在一个"情"字，"情"使有情众生无形中超越了阶级、风习、文化乃至历史。同写深宅内院，张爱玲的小说因为无"我"，所以对人情世故勾心斗角漠然以待，道德和永恒的亲情挚爱都是痴心妄想。叶广芩的小说因为有"我"，欢喜和嗔怪背后都是难以割舍的手足之情，将震撼人心的悲剧冲突化为启迪性灵的神韵意境，在勿过勿滥的克制之中达到情感中和的人生境界，文质彬彬、含蓄蕴藉，在感物抒情的书写中体现出质朴典雅、清丽恬淡的民族审美特征。

由此可见，叶广芩的家族系列小说既不同于莫言的《红高粱家族》等乡野传奇式的家族叙事，也不同于张炜的《家族》、李锐的《旧址》等家族历史寻根式的书写。通过描绘中国人的性情与情义，叶广芩关注过去中国人的文化性格，表现出道德治国的儒家文化理想，也体现了中国小说以人带史的史传传统。触碰乃至神游于家族历史中，使得叶广芩无须通过想象建构与还原历史，也没有在主观上将"家族叙事"整合进民族解放与阶级压迫的"革命叙事"体系之中，而是抛开了历史成见的束缚，采取了以个人经验与个人情感为中心的叙事方式。在传统和现代的错综交会之中，叶广芩穿透了中华民族文化体系的深层结构，感性的叙述中潜藏着理性的估定和批判，这使得她的家族小说区别于当代其他历史、家族书写，具有了另一重思想情怀和艺术韵致。

第三节　秦岭生态写作与长篇小说《青木川》

从2000年7月到周至县挂职担任县委副书记，在九年时间里，叶广芩开发出了自己的另外一片生活与创作领域。新的体验与素材带来了以往不曾有的思考和表现,作为长期在陕西这一"第二故乡"生活的作家,叶广芩第一次集中关注秦地文化和关中风情,创作中出现了生态、自然、动物等新的命题。同时从陕西人文地理入手,叙写中国现代历史的风云动荡和当下乡村社会的变动转型等,带动了创作上的新变。

一 地理空间与传统哲学

能够在家族历史与山林生态两种完全不同的题材中自然游走,叶广芩以谦逊的态度自称内里有一种"关注边缘"的视角:"我的笔锋和性格注定了我不是一个能做鸿篇巨制、展示高角度、大视野的作家,我的目光常常向下,于是便看到了许多和我一样的人,看到了许多沟壑林莽中的草和活跃在山中的精灵。我深深地爱上了它们。"[1]

京派作家曾经非常重视对中国传统文化与乡土民俗的记录与保留,这也是中国文人自古有之的"采风"传统。田野调查则是当代作家写出具有民间文化底蕴作品的第一步。贾平凹曾说:"我在商州每到一地,一是翻阅县志,二是观看戏曲演出,三是收集民间歌谣和传说故事,四是寻找当地小吃,五是找机会参加一些红白喜事活动。这一切都渗透着当地的文化啊!"[2] 1985年叶广芩先以《工人日报》记者的身份深入秦岭采访当地老乡,后以周至县县委副书记的身份挂职九年,对秦岭的主要区域的考察和了解不亚于保护站的工作人员,更具有一般"作家采风"所不易达到的对秦岭生态文化的深度掌握。从叶广芩的家庭环境和成长背景来看,她的文学趣味及表现显然承袭古代士大夫的传统较多,在她创作的秦岭生态文学中首先体现的就是侧重"地理"空间的描绘与传统哲学的表达。

自然地理包括地貌、气候、水文和由此所引起的生态环境资源保护现象,这是自古以来中国文学描绘和吟唱的对象,比如中国独具魅

---

[1] 叶广芩:《秦岭无闲草》,长春出版社2011年版,第8页。
[2] 贾平凹:《答〈文学家〉问》,《文学家》1986年第1期。

力的山水田园诗，在山光水色中，呼唤出山水之魂。"在中国，'地理'向来是经史子集四部中'史部'的分支，这种'以史为干，以地为支'的原生知识结构，使'中国地理学'带有浓郁的人文色彩。'言其地分'、'条其风俗'，成为地理学的基本思路，并将之与圣人的学统联系起来，有所谓：'凡民函五常之性，而其刚柔缓急，音声不同，系水土之风气，故谓之风；好恶取舍，动静亡常，随君上之情欲，故谓之俗。'"①

小说与散文的创作不同，并不是仅仅像记者一样如实记录下地域风俗就能写出好的生态文学作品，比较叶广芩散文集《秦岭有生灵》中《秦岭最后的虎啸》与小说集《山鬼木客》中的《老虎大福》，可以清晰地看出一篇访问报道能够成为一篇小说，必有作家沿袭文学传统而葆有的文学理念，才能形成作家独有的文体风格。龚鹏程在《中国小说史论》中提到："首先我们应了解：空间感（space）不是地方感（place），也不是'背景'。光是有故事发生的年代与地点，历史背景，构不成小说的空间。空间感是深入到小说本质的东西，小说中一切情节与人物，都因为有了这个空间，所以才具有生命。……像《红楼梦》的大观园、《水浒传》的梁山泊以及北宋末年的社会、《三国演义》的分崩离析大时代等等，人物都是从这个空间里'生长'出来的。"②"秦岭"对于叶广芩的小说来说，也是如此富有生命的一个空间。

而中国传统文化与文学的影响，是叶广芩生态文学空间感的精神来源，是叶广芩的"秦岭"形成自身风格品貌的深层原因。看《山鬼木客》中以秦岭动物命名的七篇小说，亲近自然与动物的人往往表现出"不合时宜"的悲壮感：《狗熊淑娟》中林尧四处奔走，也未能阻止动物园里的狗熊"淑娟"被卖给马戏团的命运，在坚持寻找的过程中被淑娟扇飞了半边脸，淑娟仍然难逃被杀害吃掌的命运；《熊猫"碎货"》中无私救助熊猫的豹子坪村注定会自然消亡，专家们认为将山林还给大自然是社会的进步，四女的爹却清楚从此"花熊们"再没

---

① 杨义：《文学地理学会通》，中国社会科学出版社2013年版，第8页。
② 龚鹏程：《中国小说史论》，北京大学出版社2008年版，第23页。

有了依靠；《山鬼木客》中，在山林中能与各种动物和谐共处的科考人员陈华，因为人们鄙夷厌恶居高临下的眼光而选择了自戕；而在《黑鱼千岁》、《长虫二颤》、《猴子村长》和《老虎大福》中，人类与动物的对立从"评法批儒"的政治运动与"可恶的大灰狼"式的幼儿教育就开始了，现代人类的贪婪残酷使有灵性的动物遭受了灭顶之灾，叶广芩不将秦岭中的动物和自然看作简单的科普认识对象，小说看似不加褒贬的笔法，却暗含着对现代人冷漠功利的批判，"不合时宜"的坚持中传达出天人合一、"无以人灭天"等传统文化的哲思，使得她笔下的秦岭具有了传统文化的空间感和深度，这也是这些作品能够打动读者的重要原因。中国当代作家中，与中国传统哲学关系紧密的，如汪曾祺、阿城、贾平凹等，多表现出对传统古典美学境界的钟爱，叶广芩相当程度上也是属于这一传统文化精神谱系的。

中国古代的环境哲学思想在中国传统文化版图中具有较为广泛的世界影响。儒家思想重"成己成物"，林尧、四女、寻访"山鬼"的科考队员，无不身体力行着这简单朴素的信仰。反之，人类对动物"背信弃义"的行为则同样体现了儒家的义利观与信义观。在义利问题上，儒家典型的态度是"非其义也，非其道也，禄之以天下，弗顾也。"[①]《长虫二颤》中的老佘违背了"长虫坪的人从来不吃颤，以前就是取胆也从不杀颤"的观念，遭到了身首异处的蛇头的吞咬，以截肢保全了生命；《老虎大福》中人们不敢下沟去勘察老虎究竟死了没有，把二福家的看家狗扔了下去，"上来的黑子连看也不看这边，掉头就跑了，它看透了这些人"。作者以传统文化作为参照系，比照出现代人精神境界的利欲熏心和精神矮化。

《山鬼木客》中，熊猫三三对科考员陈华的接受是"平淡"的："既不惊慌失措也不欣喜若狂。第一次相遇它们四目相对，坐了一下午，后来三三睡着了，他也睡着了，醒来时各走各的路。第二次见面，他像给岩岩（一只被他起名的鼹鼠）一样给三三吃糖，……再后来是三三给他表演爬树，它爬上去摔下来，爬上去摔下来，故意摔给他看，

---

① 郭莹：《中国文化讲习录》，北京大学出版社2008年版，第344页。

逗他高兴。他也爬了一次，却是下不来了……"① 因了山林中这些天真烂漫的动物的陪伴，他回到山中反而有一种"回归故土的放松与自然"，这种"两相看不厌"的"庄周梦蝶"式的动人情境，体现出庄子"无以人灭天，无以故灭命"的返璞归真，也体现出作者与士大夫诗性文学情趣上的契合，可用宗白华《艺境》中"论文艺的空灵与充实"加以说明："艺术心灵的诞生，在人生忘我的一刹那，即美学上所谓'静照'。静照的起点在于空诸一切，心无挂碍，和世务暂时绝缘。这时一点觉心，静观万象，万象如在镜中……而各得其所，呈现着它们各自的充实的、内在的、自由的生命，所谓万物静观皆自得。"② 可是，步出山林的陈华因为不修边幅而被当作"野人"，被陌生而烦躁的人们投掷石头土块乃至追捕，面对着对面的山岩，"庙台槭里有木客，箭竹林里有三三，灌木丛里有云豹"的"家"的召唤使他纵身跃入了涧底，消失在了白云之间，这种孤愤与解脱之感，也使人想起陶渊明的《归去来兮辞》："既自以心为形役，奚惆怅而独悲？"

《山鬼木客》中的山鬼是"山里淘气的精灵"，会唱出"悠扬细腻的吟唱"；《长虫二颤》中刘秀杀蟒遭遇"王莽新朝"篡政的报应，会下蛊留住情郎并用扁豆花解毒的殷姑娘则因为"护颤"而被全山的长虫朝拜，村民也为她立祠纪念，甚至"二颤"的体态性格隐含了他是长虫与人的后代的神秘身份……这些看似"荒诞"的情节却打通了人与自然的关系，拓展了文学的想象与审美空间，也承袭了中国古典文学的一脉传统：从六朝志怪再到唐代传奇小说，人与自然的关系一直生气勃勃，"游仙窟，遇女仙"的主题不绝如缕，《聊斋志异》中更是充满了人与动物相恋的美丽传奇，也体现出人对自然的敬畏。而随着现代生活的推进，这种敬畏却越来越稀缺：在《长虫二颤》中，正是因为"秦岭腹地的'蛇坪'是隐在崇山峻岭中的一个小自然村，村不大却历史悠久，村子周围丰草长林，层峦叠翠，大山连着大山，地极阻奥"。村民的语言习俗中仍然表现出这种敬畏："陕西民间将'蛇'

---

① 叶广芩：《山鬼木客》，北京十月文艺出版社2015年版，第141页。
② 宗白华：《艺境》，北京大学出版社2003年版，第161页。

称为'颤',写出来仍旧是'蛇',读出来就变为'颤'了。有姓'蛇'的,要是真把它当'蛇'字来念,'老蛇'、'小蛇'地叫,姓蛇的人会认为你不懂规矩,缺少文化,就像有人把姓'单'的念成了'单',把姓'惠'的念成了'惠'一样,很没水平,很掉价。这种变音的读法有敬畏、隐讳的意思在其中,跟古代不能直呼大人的名姓是一个道理。"① 这种传统文化心理使叶广芩的秦岭生态文学与西方的生态文学相比,具有中国人文主义哲学的审美面貌。

在西方,生态文学诞生的思想和历史基础是社会高度工业化与现代化后重审人类文明并进行文化批判,挖掘导致生态危机的思想文化根源。中国当代的生态文学受西方影响,却忽略了中国传统中人与自然默契相安的态度,所以如何在"生态文学"这一西方外来概念中塑造出具有中国文化心理与品格的作品,作者有必要回溯历史文化深入研究。在这方面,叶广芩的作品以天然地靠近传统而独具一格,相较于简单借鉴西方思想而充满形而上学特质的生态诗歌创作,更容易为中国读者所接受。

以《黑鱼千岁》为例,搏熊馆村每年都有风云大作、雷电交加的天气,"现代气象学将此叫做'气流漩涡'",但是当地百姓一直将其视作汉武帝重回此地巡视的象征。"九十一岁的霍家太婆家的神有很多,一张黄纸密密麻麻写满了,内中汉武大帝位居中央,武帝四周围绕着观音、如来、老君、王母、仓神、灶神、山神、地母、土地,还有狐狸大仙,家宅六神等等。老太太这一炷香拜的神仙多了,撞上哪个算哪个。"② 这里体现了中国民间驳杂丰富的原始信仰与综合思维方式。而霍儒(原名霍批儒)对黑鱼执着抓捕、欲擒未擒却又稳操胜券的"游戏"心态,显示出了残忍弑杀的倾向,已经与"使万物遂其生"的儒家环境哲学观背道而驰,而最终也遭到了黑鱼的报复,将他"带向那无边的黑暗"。这个结局所揭示的主题,与《老人与海》通过老人搏击大鱼显示出人类征服自然的力量有所不同,作家提出反对人

---

① 叶广芩:《山鬼木客》,北京十月文艺出版社2015年版,第191页。
② 叶广芩:《山鬼木客》,北京十月文艺出版社2015年版,第157页。

类中心的自然整体观，也昌明了中国哲学的人文精神。中国哲学中，自然则被内定于人的存在，人也被认定内在于自然的存在，这种"天人合一"的人文传统，在《黑鱼千岁》中表现为霍儒与黑鱼"这一对冤家"被水冲上了浅滩，死了也被麻绳缠在了一起。之后，"儒在堂屋里很舒服地躺在棺材里，脸上带着笑"，似乎得到了心灵的平静与满足，而霍家太婆并没有如人们所预料的那样哭天喊地，而是"精精神神地喝了一大碗鱼汤"。看似恐怖而狂暴的自然最终虽然未能使人"与天地合其德"（考虑到"评法批儒"对传统文化的破坏），却"与鬼神合其吉凶"（追杀"千岁"的结果是不胜不败，最后与黑鱼同归于尽），充分体现了中国人在人与自然的主客体关系中追求公允、协调、互补和自行调节，以达到平衡与稳定的人文主义思想。

在语言与结构方面，叶广芩的生态小说也富有中国古典文学的韵致。例如中国古典文学中的"对仗结构"，本是律诗或骈文的表现之一，将同类或对立概念的词语放在对应位置上，使之出现相互映衬的状态。在德国汉学家莫益佳看来："对仗对于中国诗歌及文论写作的深刻影响不仅仅表现在作品的文体形式，同时也表现在小说的叙事结构方面。"[①] 叶广芩也将古典诗歌中的对仗结构移植到小说叙事结构的构建上，造成场景、对话及人物个性的平行或对立。小说作品中人物个性对立表现为"自然话语"的林尧、四女、二福、王安全与"商业话语"的丁一、二老汉、三福四福、佘镇龙……前者对自然敬畏而尊重，倾尽所有地去保护；后者则由于商业文化的冲击了展开了对自然和其他生物无所忌惮的掠夺："老佘说，观念得改改啦，北方的馆子以前也不做蛇，现在不是也卖得很红火，油煎、清炖、红烧、黄焖。人家日本还做成了生的撒西米，吃的花样多了。……三老汉说，要是为了治病救命，用多少蛇胆长虫坪的人都不在乎，长虫坪的颤们也不会在乎，那是积德行善的功德，怕的就是无辜杀生……老佘说，乡下人不开窍，改革开放的春风还没有吹进来呢。"[②] 对仗结构的另一种平

---

① ［德］莫宜佳:《中国中短篇叙事文学史》，韦凌译，华东师范大学出版社2008年版，第81页。
② 叶广芩:《山鬼木客》，北京十月文艺出版社2015年版，第217页。

行形态则表现为《黑鱼千岁》中霍儒的好杀,霍法的嗜利,同样对当地的生态及历史文化造成了破坏。在这种无声的对照中,读者不难感受到秦岭原有自然空间价值体系受到的冲击,"过去"与"现在"的对比产生了强烈的今昔之感,"传统"与"现代"、"民族"与"西方"、"科技"与"伦理"的分歧与纠缠是自现代文学发生以来最核心的命题。"与激进的田园主义者面对现代发展过程中的诸多问题时的伤感,和重返农业文明时代以恢复人与自然良性关系的诗性诉求不同,叶广芩对于现代发展的反思是冷静的。"① 她没有仅仅强调自然和非人类利益的至高无上,也能够运用现代科学话语对民间伦理进行重新解读,譬如在动物保护中引入"食物链"的概念。因此,叶广芩的生态文学作品也绝不仅仅是士大夫隐逸或山林文学传统的当代再现。作家一如既往地坚持自己较为独立的文学态度,围绕着民族现代性的命题有自己独到的思考和表现,在另一个思想维度上体现出中国知识分子的精英意识。

随着时代的变迁,中国已经跃居世界第二大经济体,伴随而生的则是"现代化"进程当中的各种"文明病",急躁的中国人失去了与自然的亲密相伴,失去了"天人合一"的从容不迫。而"自然"是如何一步步失去,又能否追回,都是作家想要思考的问题。叶广芩记录了秦岭山林深处的奇趣异闻,为现代化进程中人对自然的破坏与挽救的历史存照。同时,走出过国门,在日本这一现代发达国家生活过多年的她,并没有如沈从文般将"城市"与"乡下"视作"文明"与"自然"的标志而截然对立起来,也未像西方激进的生态中心主义者所主张的那样,人应该纯然为动物代言,人类应无条件地退出荒野。《熊猫"碎货"》、《狗熊淑娟》和《山鬼木客》中,都提到了保护区山民为保护野生动物所忍受的农作物和家畜被伤坏的"牺牲",提到了四女母女两代人对山外世界的向往,这种客观和理性的态度使叶广芩的秦岭生态作品既有"诗骚体"的言志抒情,又有"史传体"的客观叙事,这种将两种文学传统熔于一炉的风格显示出作者的文学功力,

---

① 李伯钧主编:《叶广芩研究》,陕西师范大学出版社2014年版,第199页。

也是作品能够吸引读者常读常新的重要原因。

二 《青木川》——历史与人性的深度叙述

自20世纪50年代始,"革命历史小说"成为中国当代文学一个重要的创作方向。"它们承担了将刚刚过去的'革命历史'经典化的功能,讲述革命的起源神话、英雄传奇和终极承诺,以此维系当代国人的大希望与大恐惧,证明当代现实的合理性,通过全国范围内的讲述与阅读实践,建构国人在这革命所建立的新秩序中的主体意识"。[①] 至90年代,长篇小说再度兴盛,其中影响最大的是"新历史主义"创作潮流,这些小说规避了"革命历史小说"对历史的政治图解,代之以个人化和民间化的立场来书写历史。在文学史视域中比照叶广芩的长篇历史题材小说《青木川》,可以看到,叶广芩对中国现代历史的观照角度和言说方式,显然是离开了"宏大叙事"小说传统的,她不像同代作家路遥、陈忠实那样着意于小说的史诗建构,而是从半个多世纪以来自己独特的生命体验入手,努力揭开被宏大历史叙述所遮蔽的日常场景,捡拾起流落民间的文化碎片,用多线索多声部的方式搭建通往历史的桥梁,呈现出历史本身的复杂状貌,从而质疑和挑战着惯性思维中的合法性历史观。《青木川》是一部别样的历史叙述,具有独到的思想和审美价值。

关于《青木川》的创作缘起,作家说过:"20世纪80年代初,我要写一篇叫《洞阳人物录》的小说,其中涉及土匪,那时我不知道陕西哪里有土匪,就在地区上找,找最偏僻复杂的地方,走到了川、甘、陕三省的交界处,地图上的这里有个小圈,标明是个镇,叫青木川,名字很像土匪出没的地方……"[②] 与白鹿原位于关中平坦开阔的平原上不同,青木川地理偏僻且险峻难行,像从未被打开的历史,自然蒙上了扑朔迷离的神秘面纱。小说动意的发生和最终完成,来自叶广芩

---

① 黄子平:《"灰阑"中的叙述·前言》,上海文艺出版社2001年版,第2页。
② 叶广芩:《青木川》,太白文艺出版社2007年版,第289页。

对寻找历史"真相"的执着:"没去青木川以前,有人告诉我青木川有个大土匪,在外面杀人如麻,在里面净干好事,第一篇我就把他当土匪写,写了一篇《响马传》,登出来以后青木川的老百姓不干了,说魏辅唐是开明士绅,不是土匪,我后来又去了一次,住了一段时间。"[①] 2001 年第一次去青木川的经历,变成了纪实散文《老县城》中的一个章节,2004 年叶广芩再去时,已经萌生了写作长篇小说的念头。她以对历史的敬畏之心去老宅看望魏辅唐的五姨太瞿瑶璋,去四川广元青川县访问魏辅唐的大女儿魏树金,从魏辅唐的本家魏树孝,即小说中的关键人物徐种德那里了解到许多魏辅唐生平的生动细节,并对之加以审视与思考,用宁静的心态排除一切影响与干扰,来进行作家的参解与还原,让这些细节与细节之间,以小说的想象力连接起来。原生故事与细节奠基了历史的真实性,但本身并不能构成一个完整而有意味的故事,文学需要以"想象的"艺术真实来提升历史,小说家的功力于编织情节使其次第展开,让故事和细节之间富有戏剧性的联系,并塑造出历史情境中丰富而立体的人物形象。

《青木川》在人物塑造上可以说是相当成功的,以书中最重要的人物魏富堂为例,他所构建的独立生存世界和人格境界全部建筑在秦岭深处的青木川。魏富堂身上的匪气不是一般的官逼民反或图财害命、企图自成气候所能概括的,这是一种由来已久的具有强烈社会渗透力的文化潜质,其本质是反抗一切官方束缚,力求掌握自我命运和生存权利。他有自身的道德准则与行为方式,具有顽强的原始性的生存意志,与《老县城》中的土匪"大王"彭源洲和"魔王"王三春相比,少了些嗜血如命,多了对文明的恋慕和对当地的贡献,体现出人性构成的复杂,随意为其做出一种历史定位便是艰难的。闻一多先生曾在《关于儒·道·土匪》中分析土匪在中国传统社会中的地位:"墨家不能存在于士大夫中,便一变为游侠,再变为土匪,愈沉愈下了。"从盗跖到黄巢,从方腊到李自成,他们在既成的"无产阶级立场"的历史语境中,都是"官逼民反"的农民起义英雄,在中国漫长的历史岁

[①] 2016 年 7 月 11 日,冯晟访问叶广芩谈话记录。

第八章 叶广芩:两处故乡 家国归根

月中杀人越货,揭竿而起,与王朝的更迭紧紧纠缠在一起,而正统史观对"土匪"研究则甚少关注。在民国史中,土匪问题也一直与民国的始终伴随交织在一起:秦岭深处的土匪彭源洲、王三春与国民党陕西省政府主席邵力子、1935年徐海东率领的红25军(后来的红四军)、1939年国民党陕西省主席蒋鼎文、1946年的解放军发生过纠葛与激战,利用政权也被利用,而魏富堂却与这些激烈的斗争一直处于一种游离状态,显示出别样的色彩:种大烟致富,却不许手下的人和青木川的老百姓吸;作为"土匪"不抽烟喝酒,精益求精地监工修造出六十年后还岿然不动的风雨桥;对外来的女校长谢静仪言听计从,并用一年大烟收入的七成盖起了富堂中学,资助青木川的贫困农家子弟外出求学;为了改变后代的文化基因,远赴西安求娶进士后代,买回了冰箱、汽车和留声机,使得山里的男孩子从小就有一个汽车梦;1952年,已经投诚的魏富堂,在"镇反"运动中被检举揭发,最后枪毙……

对这样一个集土匪与绅士于一身的复杂人物,叶广芩采用了叙述上的不稳定性和制造悬念的方法,来刺穿传统的"宏大叙事":"那个不到一个小时的公审大会成为了青木川永久的话题,……半个多世纪过去,镇上有资格参与谈论的人逐渐稀少,话题便显得越发珍贵,越发不清晰。版本的演绎越来越多,甚至同一个经历者,上午和下午的叙述就不一样,一个小时前和一个小时候后就不一样,现在和刚才就不一样……"[①] 如果说因为五十年的时间间隔,人们的记忆出现了不同程度的偏差,那么对于刚刚或正在发生的"历史",人们的叙述同样呈现出一种丰富的矛盾性:对于城市里来的志愿者教师王晓妮,小说中作家冯小羽的评价是"不容易",而许忠德却说"王晓妮只要在这儿当志愿者够两年,回去不用考试就能上研究生",这种矛盾性充分体现出叶广芩采用了新历史主义的基本特征:"我们看到的历史,从本质上说都是后来的撰史者站在各自不同的精神情感立场上,所发出的一种以历史片段为基本素材的叙事行为。"所以在教导员冯明和

[①] 叶广芩:《青木川》,太白文艺出版社2007年版,第3页。

郑培然老汉的叙说中，魏富堂完全是两个人，一个是相貌丑陋，既狠且愚；一个是排场出色，浓眉大眼。对于魏富堂刺杀魏文炳是为民除害还是争夺团总的位子、修建风雨桥的动机是深度牟利还是造福一方，对于魏富堂和女校长谢静仪的关系是举案齐眉还是相敬如宾，小说中都采用了这种不给出明确答案的叙事策略，使得既往非黑即白的二元对立惯性思维中，出现了对历史的丰富还原与想象空间。

　　作为魏富堂对立面存在的解放军教导员冯明，他的历史观是"清晰"的："谁是好人谁是坏人我心里清楚极了，革命与反革命的界限在我们这一代永远抹杀不了……"他与魏富堂构成了作品人物形象塑造一"虚"一"实"两条线。如果说对于尘埃落定了的魏富堂，作者是怀着一种拨乱反正的快意而肆意泼洒，那么对于冯明就是一种带着隐忧的调侃，一种不经意流露的无奈和同情。作品中多次出现冯明对自己记忆的怀疑与遗忘，伴随着探寻当年革命积极分子及其后代时所遭遇的吊诡情形。随着时间的推移，"革命"似乎被年轻人加速遗忘，女儿冯小羽表示不理解父亲那一套传统的革命观念，冯明在追求经济发展的青木川已经成了一个力不从心的离休"老干部"，一个过去时态的符号。叶广芩在冯明讲究得有些过分的生活细节上使用了揶揄的笔墨，又在冯明对当年恋人林岚的追忆中刻画出冯明的深情，从中可以看出作者对她笔下的人物都抱有一种"谅解之同情"，作品冷静、客观的叙述态度也从中得以彰显。整体来看，《青木川》采用了一种巴赫金提出的"复调"叙事模式，小说中回响着多种异质的叙述声音，作品内部的对话可大致分为五组：一是冯明与作家女儿之间的"革命"与"文学"的对话，二是冯小羽与朋友钟一山之间的"文学"与"历史"的对话；三是冯小羽与许忠德之间"探寻"与"遮蔽"的对话；四是许忠德、张宝国之间"在野"与"在权"的对话；五是作品人物自身展开的对话。这种多声部多主题的对话交织在一起，使得青木川的历史与现状，过去与未来紧紧扭结在一起，追问历史的叙事视角和解密历史的情节结构带来了悬念与刺激，众声喧哗，互相矛盾又互相映衬，充分显示出历史的与人性的斑驳质地，也使得整部作品的叙述充满了张力。

《青木川》对于历史的思考实际上包含了两组对比：一组来自魏富堂和冯明；一组来自钟一山、冯小羽与当地土著。被政治之笔涂抹得乌七八糟的魏富堂，在当下回归人性本真的反思中得以"正名"。历史本身有他自己的逻辑，它可以在一段时期内人为地成为所谓"胜利者的笔记"，但往往会峰回路转，在不断地自我修缮后得出相反的结论。在这一点上，《青木川》最可贵的就是它正视了历史的真相。在虚实相生中，历史和文学得到了高度的融合：文学因历史的滋养而深厚凝重，历史由文学的阐释得到了审美层面的提升。可以说，文学正是以它独特的方式尊重了历史。小说在穿越古今的广阔时空跨度上完成了对青木川历史的叙写，而变幻不定的视觉蒙太奇也给读者以强烈的视觉和情感冲击。此外，叙事者身在当下的叙事姿态不仅能够在昨天与今天的对照关系中重新阐释历史，而且在情节的一收一放中很好地控制了叙事的节奏。这是一个在追忆中展开的故事，这是一部关于回忆的小说，它不单单以历史积淀的厚重感见长，更以历史变迁的沧桑感取胜。

叶广芩在《青木川》中对历史和历史人物的重新考量，与她的秦岭生态写作有着内在精神的一致性，同样体现出天人合一的自然生命观。自然在多样生命的和谐共生中存在，历史也在人类文化的多声部合唱中演进，任何强势的扼杀和专制的裁断，最终会伤及人类自己和文明自身，也带来文化重构的步履维艰。魏富堂早期作为一个冒险家起家的过程及其自然主义的野蛮力量，使笔者想起杰克·伦敦的名著《海狼》。《海狼》表现出的文明必将战胜野蛮的主题，是通过海盗海狼被"文明人"征服乃至消亡的情节展现的，而《青木川》这里则复杂得多。文明与野蛮的搏斗在魏富堂这里，不是通过外在力量的征服，而是通过几个性格各异的女性，似乎不怎么费力便在魏富堂心中播下了文明的火种而完成的。

朱美人对魏富堂"不杀穷人，不杀无辜"的严格约束，使得魏富堂和他的手下逐渐摆脱了"土匪"的残酷性；大小赵虽然后来得了抑郁症，但是大家闺秀对音乐、书法的喜好也熏陶着魏富堂；但是大小赵带来的文化是一种停滞的、死寂的、按部就班的文化，远远没有谢静仪的灵动和鲜活。魏富堂虽然不懂得真正的文化是什么，但也绝不能认同两个行将就木、"先天高贵，后天却不动人"的妻子对他施加的"文化酷刑"。直到谢静仪的出现，他才领略了什么是真正的文明，什么是真正的优雅和高贵。而谢校长"那不紧不慢，慢条斯理的平和语气，甭管说什么，都如清凉的风，使魏老爷满身的躁气和粗野在瞬间土崩瓦解"，以至于"对谢校长的话，我魏富堂理解的要执行，不理解的也要执行"。魏富堂将卖大烟挣来的钱不再买枪，而是修了学校，资助了家乡子弟，还引进了留声机、汽车等先进玩意儿，虽然是为了自己享受，但也在无形中开阔了山里人的眼界。在青木川这样一个偏僻之地，知识分子与"土匪"达成了一种奇异的相互理解，共同推动了青木川的现代性演化。文明与野蛮不再是《海狼》中你死我活的搏斗，"文明"对"野蛮"的征服几乎没有遇到抵御，而是呈现出神圣化与理想化的表征。这里的"文明"既包括教堂里洋神父用刀叉、英文、电话代表的西方现代文明，也包括谢校长对教育近乎殉道的虔诚奉献，许忠德从四川大学走回青木川的"知恩图报"等中国传统思想。从晚清开始的现代性追求，自20世纪30年代开始以革命和阶级斗争取代了以民主自由和"立人"为核心的思想启蒙，造就了革命文学的思潮并影响深远，但是在《青木川》中又回归到了对中外文明兼收并蓄的状态，这是中国当代文学创作在新时期的收获，也是陕西文学的新突破。

陕西作家在中国当代文学中是一个富有地域特征的群体，他们共同关注着文化演变的历史，将人与社会历史、文化变迁之间的相互激荡与相互作用，以具有雄浑气魄的史诗效果进行塑造。在这一基本特征方面，叶广芩与柳青、杜鹏程、王汶石、路遥、陈忠实、贾平凹、杨争光、红柯等陕西文学的代表作家一样，在关注文化演变及人性人情方面尤为用力。但是，"背靠"而非"面对"陕西文化的客观原因，也使叶广芩以典雅的文化精神品位与人性悲悯的力量，开拓了陕西文学的新生面，在陕西作家中拥有鲜明的艺术个性。

身处内陆远离海洋，使得陕西的关中平原成为中国农耕传统文化最为深厚的地区之一；自然条件恶劣的陕北黄土高原及多山的陕南山区，又使得人们长期挣扎在贫穷的困扰之中，将文学视作精神超越的有力武器，这些客观条件使得陕西作家天然带有对文学的执着追求与献身精神，甚至成为文学的殉道者：柳青在病危期间仍在修改《创业史》；路遥的"早晨从中午开始"严重透支了健康，完成了《平凡的世界》，也因此英年早逝；陈忠实长期处于写出名垂青史的"枕棺"之作的焦虑中，多年离群索居专心创作。叶广芩也将写作视为神圣的事业，在准备《青木川》的写作之前，多次翻坡蹚水地往青木川甚至四川跑，逐一多次访问那些原型人物，车坏在山中也依然坚持实地采访，即使病中也不忍拂逆乡亲们敬酒的好意。对这片土地的感情之深，使得叶广芩在省人代会上作了保护开发青木川的提议，但是，呈现出来的文本却如静水深流般悠扬淡远。这也是叶广芩一贯追求的写作态度："作家一定要有抓住读者的本领，要轻松地把他拉进到你诉说的这个环境当中来，把他从繁杂的生活当中，从焦虑的状态中引导到一种平静安然的状态中，这是一个作家应该具备的能力，让读者的心灵得到慰藉，我认为这是文学的天职。当然，文学作品也有它战斗的激昂的一面，那是文学的另一种功能，是另一些作家写作的长处，而我的长处就是慰藉心灵，作家应该是读者心灵的按摩师。我知道自己不是'特火'的作家，而且我也惧怕这种'火'，很早以前我就说过，我写作追求中庸之道，不温不火最好。"[①] 叶广芩这种"心静"的创作态度，无形中使她与热闹的文坛保持着一定的距离，显示出从容稳健的自足心态。

这种从容稳健的自足心态，主观上来自叶广芩自幼经历的政治斗争的狂风暴雨，所以选择了沉潜的和边缘化人生姿态；客观上是出身"京城"和求学域外所带来的价值观念与思维方式引致。与大部分"农裔城籍"的陕西作家相比，叶广芩对农民的命运自然也是关注的，但这种关注并非来自血缘上的深刻联系，所以在《青木川》中看不到作者审美情感上与农民的贴近，而更多表现为知识分子在思想情感上的观照与审视。同时，作品的核心诉求如前所述，并非如《废都》中

[①] 周燕芬、叶广芩：《行走中的写作——叶广芩访谈录》，《小说评论》2008 年第 5 期。

的庄之蝶一般表现出对现代文明和城市文明的原在性排斥，而是热情拥抱着城市与现代文明。庄之蝶用老庄的"绝圣弃智"思想彻底否定了现代都市文明，魏富堂却一心拥抱文明与文化的火种，从中可以看到叶广芩贯通了传统士大夫与现代知识分子富于启蒙精神的创作立场，这是同代陕西作家相对缺乏的。

在《青木川》中，叶广芩表现出开阔的精神视野，不仅对青木川人追求现代文明的激情充分肯定，也对所有不幸者均给予了怜悯和同情。"大部分现代中国作家只把同情留给贫苦者和被压迫者。他们完全不知道，任何一个人，不管他的阶级与地位如何，都值得我们去同情了解。"[1] 无论冯明离休后的落寞、山民挣扎于生活的辛酸、张保国父子寻冯明不获后对"侯门似海""高低贵贱"之分的痛楚体认；还是魏富堂在亲自修建的富堂中学以"土匪恶霸"的名义被枪毙，几十年后又因为"部分平反"而变成了"开明士绅"的荒诞，叶广芩坚持以超越了阶级与民族意识的人道主义精神予以冷静的叙述，在人性深度的挖掘上独树一帜。

在《青木川》中，叶广芩借助"作家"冯小羽和历史学家钟一山对青木川历史真相的探寻，表达出对冯明代表的主流"大写的历史"之外历史"缝隙"的关注，青木川当地老人"众声喧哗"的旁注，又为拨开历史的面纱增添了重重疑云。最后，不同人物的目的、回忆与情感构成了文本呈现的"历史"，"人性"充当了历史与文学的桥梁，提供了解决文学真实与历史真实之间矛盾的一种可能性。在《青木川》中，冯小羽其实是作为作家外化形象出现的，这个人物身上带着明显的时代印记和社会属性，而谢静仪才是作家真正的精神化身，带着作家血肉相连的体会和经验，通过对过去历史的言说寄予现实和未来，通过对文化的守护而收获生命的意义，似乎也代表着中国知识分子亘古不变的自我追求。如果说陕西作家热衷于书写"民族的秘史"，在《保卫延安》、《创业史》、《白鹿原》、《最后一个匈奴》和《平凡的世界》等作品中强调波澜壮阔慷慨悲歌的"史诗"效果，那么叶广

---

[1] 夏志清：《中国现代小说史》，复旦大学出版社2005年版，第66页。

第八章　叶广芩：两处故乡　家国归根

芩则承袭了诗圣杜甫的"诗史"之心，聚焦于亦匪亦绅的边缘人物魏富堂与青木川的山野村夫诸人身上，用诗意的超然笔调去刻画秦岭身处的历史与人性，更具民族文学传统中隐逸于山林的文化气息。

《青木川》延续了叶广芩小说创作一如既往的文化情结。在小说的叙事中，秦岭文化与城市文化、传统文化与现代文化以及东方文化与西方文化这些带有某种同构性的文化元素不断撞击和融合，折射出文本深厚的文化底蕴；而对土匪文化这种疏离于主流文化的异质文化形态的叙写则更增添了小说的文化个性。在《青木川》中，叶广芩模糊了散文与小说、镜像与现实、纪传与虚构的多重界限，与她的家族系列小说相比，语言更平实晓畅，符合文中人物的身份，但感物抒情的特质依然存在，在刻画小说中几个主要女性人物时表现得尤为突出。注重从细节入手，用笔感性细腻，喜欢借物传情达意是女性作家写作的一个特点。林岚墓碑旁，青女细心保温的"细辛荷包蛋腾起苦味的清香，让人嗅了只想掉眼泪"，冯明与青女对林岚深沉的怀念就寄托在这样一个前后对照的物象上面；而谢校长房间里茉莉花茶的香气和紫藤的清香，浸润着书架上一本本厚重的烫金洋文书，这样一幅细腻文雅的画面，也一直萦绕在许忠德等学生的心头。在结尾处，那个除了"谢静仪长眠之地"几个字之外再无其他的碑，"甚至没有用漆描过，但刻得很深"，淡化了高潮和喜怒，但更具有悠远深长的韵味，是一种高明的写作境界。当然，任何写作特点也是一柄双刃剑，"京派"作家对人性的体察与宽容使作者往往避免写丑的极致，近于散点透视的艺术努力与美学趣味也使得作品缺乏西方文学中史诗的鸿篇巨制与崇高品性。在中国进行文化重构的历史阶段，这样的写作带来的文化得失，还需要研究者继续观察与思索。

中国当代文学既受到了"五四"文学传统的影响，同时继承并发展了延安时期以来文艺为政治服务的写作传统，知识分子自身的精神寻求与民族国家的前途命运相融合，个人化的文学写作也某种程度上带着社会政治属性。经历了宏大话语对个体生命精神空间的挤压与驯服，新时期的作家们在重新寻找自我情感意趣的同时，宏大话语和集体意识也渗透在创作的主体建构之中。相比较而言，成长于满族八旗世家的历史经验之中，受其文化艺术气息的熏陶，使得叶广芩的知识结构与同时代作家相比，更多体现出中国传统的文化蕴含与艺术想象。而在亲身经历过对传统文化价值体系的颠覆和批判后，如何探寻与构建出富有中国传统文化特质的精神世界，则成为她一直努力的方向。

叶广芩是一直不刻意强调女性身份与地域归属的作家。满族重视女性的文化传统，使得她在作为历史阐述主体的时候，超越了一般汉族女性作家的边缘心态，在题材的开掘与历史叙述的深度方面，既带有来自汉族中心主义之外的审视眼光，又具有对男性性别特权的反思超越。在社会的大变革中，叶广芩家族小说中贵族家庭的成员挣扎于"守"与"变"的两难之间，所依赖的儒家文化面临着新的文化范式的挑战。作者称颂的往往是历经磨难而不改其赤子之心、与欲望化的世界保持距离、具有传统高贵情操的道德人格，这代表着作者的审美理想，凝结着叶广芩这类知识分子复杂的自我认同。从《采桑子》到《状元媒》《去年天气旧亭台》，叶广芩关注的人物一步步走出了深宅大院，她体味着平民百姓生存的艰难与苦涩忧伤，将贵族精神化为对天下大众的同情理解与人道关怀。同时，域外视野带来她在中日战争历史阐释中的理性诉求，与主动关注秦地文化和关中风情，在生态与环保、促进农民知识化等方面的现代意识。叶广芩表现出中国传统知识分子修己求知的精神追求，以及中国当代作家的社会责任和使命感。其叙述姿态与言说方式，与前辈和同代陕西作家追求的"史诗性"风格有所不同。她在多重的书写领域中展现出中国文化的博大精深与厚重滋味，以超越了阶级与民族意识的人道主义精神，抵达历史与人性的深度叙述，体现出中国文学含蓄蕴藉的抒情传统，其独到之处，还有待读者的品读与文学史的考量。

第九章 杨争光：现代精神与人性烛照

第一节 本土作家与现代精神

在当代陕西文学核心传统中[①]，杨争光因具有极为鲜明的"现代精神"、作品颇多"现代技巧"而被视为"另类"。整体而论，杨争光承续了陕西作家的乡土写作传统（其小说仍以农村题材为主），但在写作立场和创作手法上却充满了现代精神和现代因素，因此，"在陕西乃至整个中国文坛上，杨争光的小说都是一个变异。他被称为写农村的'乡土作家'，他自己也以写农民而自命，但他笔下的农村生活和农民形象却迥异于他的前辈和同时代的大部分作家，不仅浑茫和深邃，而且奇异神秘热闹而荒诞，带给人们新的感受和新的认识"[②]。杨争光作品以现实主义为核心，兼容现代精神、现代技巧的特质，与其独特的成长环境、阅读体验、实践经历等有着直接关系。

一 乡土中成长的文学少年

杨争光1957年出生于陕西省乾县大杨乡祥符村。祥符村又叫符驮

[①] 如周昌义在《记得当年毁路遥》一文中，即表明现实主义作为陕西当代核心传统的重要意义，并同时论及20世纪80年代之后陕西因未能赶上彼时之现代主义潮流而逐渐疏离于"文坛"的基本境况；其退稿《平凡的世界》，原因即在此处。参见周昌义《记得当年毁路遥》，《文艺理论与批评》2007年第6期。

[②] 李星：《杨争光论：对精神太阳的渴盼》，《文艺争鸣》1992年第6期

村,在乾县城东南 5 公里处。在长篇小说《从两个蛋开始》中,杨争光对符驮村有过写实性的描述:

  符驮村有正后两条街,中腰是一条马道,把两条街连为一体,像一个"工"字。正街东门上有一座城门楼,青砖瓷瓦,雕花镂草,不仅造型雅致,做工也是极细致讲究的。城楼两边的青砖上有一副阳刻的七字楷体对联:
  门临北水生佳气
  楼对东岭起瑞云
  对联上方也是阳刻的三个楷体字"祥符村"。
  这是符驮村的大名。按读书人的讲究,符驮该是村庄的名,祥符则是村庄的字。这样有名又有字的村子,方圆几十里是找不出第二个的,可见,村庄的名字和它的城门楼一样,也是颇费过一番心思的。村庄在起名的时候,一定有识文断字的高人在场。①

  从上面的描写中可以看到,祥符村是陕西关中具有一定文化积淀的村庄,其悠远的文化气息,对杨争光的成长起到了一定的潜移默化的作用。

  杨争光的父亲在供销社工作,写得一手好字。母亲没有上过学,但聪明坚强。在后来父亲入狱及去世的日子里,母亲独自支撑着家庭,炼成了泼辣坚韧的性情,母亲的自强坚韧,也鼓舞了杨争光在人生中不断奋发上进。家中兄妹四人,杨争光是老大,还有两个妹妹,一个弟弟。杨争光从小体弱,动手能力差,不太擅长做农活。因为家里人多,他经常借住在本村的小学里,这就养成了他从小爱读书、爱自由、不愿被束缚管教的性情②。1964 年杨争光在村里上小学,两年后"文化大革命"爆发,他的小学和中学时光是在"文化大革命"中度过

---

 ① 杨争光:《从两个蛋开始》,人民文学出版社 2003 年版,第 12 页。
 ② 参见杨争光《我的履历》,《杨争光:文字岁月》,深圳报业集团出版社 2016 年版。

的。在他的记忆中，语文课文主要有：《毛主席万岁》《中国共产党万岁》《中华人民共和国万岁》《年四旺狠斗私字一闪念》等①。他还阅读了一些课外读物，三年级前读了连环画《平原游击队》《十八亩地》等，熟读《毛主席语录》，四年级时作为全县学习毛主席著作积极分子在县城里招摇了好多天②。三年级以后还阅读了附近几个村庄能搜罗到的所有小说，有《林海雪原》、《红日》、《苦菜花》、《野火春风斗古城》、《青春之歌》、《高玉宝》、《欧阳海之歌》、《艳阳天》、《金光大道》、《创业史》、《在人间》、《母亲》、《钢铁是怎样炼成的》、《蚀》（三部曲）、《红楼梦》、《水浒传》等③。1974年，杨争光中学毕业回乡务农，并担任了村里的剧团团长，这时候杨争光养成了对秦腔的热爱。在回乡务农的日子里，他仍然坚持读书，把村里和附近村子能找到的书都拿来读。他还参加了县文化馆举办的文艺创作学习班，梦想成为一名作家。"一代人在他们生命塑造的最初阶段，会和什么样的精神食粮相遇，似乎是一种宿命。"④ 杨争光在小学和中学期间的阅读，成为他成长经历中最早的精神食粮，这段阅读经历和成长经历，成为他思考人生、思考历史、思考文学的一种底色。

二 大学时代的阅读与写作

1977年高考制度恢复，杨争光于1978年考入山东大学中文系，学习汉语言文学。从此，杨争光从符驮村走向了大城市，但"符驮村"作为精神故乡，一直陪伴在杨争光的写作生涯中。

杨争光真正的文学阅读和文学创作是从大学开始的。他在大学期间阅读了很多诗歌、外国小说、西方哲学、美学著作等。杨争光在自述中提到，他在大学期间几乎将所有能找到的诗歌都读了。他最推崇

---

① 杨争光：《我从小学到初中的阅读等式》，《中学生阅读（初中版）》2012年第1期。
② 杨争光：《我的简历及其它》，杨争光《老旦是一棵树》，中国社会科学出版社1993年版，第337页。
③ 杨争光：《两本中国书和一个中国人》，《杨争光文集》第9卷，海天出版社2013年版，第80—89页。
④ 杨争光：《我从小学到初中的阅读等式》，《中学生阅读（初中版）》2012年第1期。

的诗人是惠特曼,惠特曼诗中对自由、民主、博爱、独立精神、自我意识的书写与杨争光当时所处的时间段,即20世纪70年代末至80年代的文化启蒙和精神解放的时代主题正好呼应。此外,海涅、雪莱、拜伦、普希金、莱蒙托夫等人的诗作也是他反复阅读的。还有很多小说家对他也产生了重要影响,"我喜欢托尔斯泰圣殿一样的肃穆与庄严。喜欢雨果的汪洋恣肆的激情和人性关怀。喜欢海明威的简洁和力度。还有契诃夫,他具有超人的写作智慧。他的短篇小说上承莫泊桑,给现代小说艺术以久远的影响"①。在杨争光后来的小说创作中,能够明显看到海明威、契诃夫等人对他的影响。

像当时的很多青年人一样,这一时期的杨争光不仅热爱读诗,也热爱写诗。杨争光在大学期间不仅担任了山东大学云帆诗社的社长,还在1979年至1981年间创作了《钻天杨》《余悸》《黄昏》《给法桐》等近80首新诗。这一阶段,正是"朦胧诗"的兴盛期。杨争光的作品也带有较为浓重的时代印记,很多作品含蓄多义,有些还有明显的理性"反叛"精神。在《给法桐》中,他发出了强烈的质疑:"不,我不相信!资产阶级的树,在无产阶级的国度里,竟能抽枝长叶!"②在《飞来石》中,飞来石成了勇敢的皇权挑战者。"小小的飞来石如此大胆,敢于向至高无上的皇权挑战,赫赫秦皇的五位爱卿,被它砸到在五松亭畔……"③他的诗中还有浓重的启蒙印记。在《太阳礼赞》中,太阳是光明和自由的使者:"光明/从海的坟墓里/从云的铁臂里/挤出来了//披一身蔚蓝色长袍,在东方/笑着,用金色的唇/亲吻着儿女/期待的目光//你裸露着走向人类/在你愤怒的目光下/一切道德家,伪善者的经典/被烧成了一篓纸灰……冰山流泪了/花苞微笑了/海水怒吼了//在你的怀抱里/多少禁锢的灵魂/解放了!……黑幕上发光的卫星/是你点着的天灯吗?"④ 在他笔下,"闪电"也是战胜黑暗的勇士,

---

① 杨争光:《两本中国书和一个中国人》,《杨争光文集》第9卷,海天出版社2013年版,第84页。
② 杨争光:《给法桐》,《杨争光文集》第7卷,海天出版社2013年版,第6页。
③ 杨争光:《泰山杂吟·飞来石》,《杨争光文集》第7卷,海天出版社2013年版,第9页。
④ 杨争光:《太阳礼赞》,《杨争光文集》第7卷,海天出版社2013年版,第31—34页。

"你短暂的一闪,却把生命的意义,写在乌云和大海之间"①。在此阶段,杨争光还写了很多关注个人尤其是一些"小人物"生活悲欢的诗歌。在《黎明里走来一位少妇》中,他写了一位少妇,"她要像追赶第一辆班车一样/去追赶生活,追赶/上班前短短的五分钟/给退休的老母点旺炉子/给没有睡醒的小女儿/冲一瓶炼乳,再拉拉被角"②。

杨争光大学期间的诗歌有着丰富的意象,他娴熟地运用象征主义、意象派等现代主义的写作技法,作品极富张力,"其中交织着对理想的追寻,痛苦的思辨,焦灼和热望,甚至挣扎"③。这一时期中国文学正在经历80年代的新一轮启蒙浪潮,杨争光的文学观念和文学趣味也正是在现代主义启蒙土壤中建立起来的,这种文学观念和文学趣味与他的个人经验相结合,成为其文学精神的主要特点。大学期间,杨争光还写过小说,他在《山东文学》1981年第1期上发表了短篇小说《霞姐》,这篇小说还获得了山东省大学生文学创作奖。小说中对"霞姐"的描写,主要由"我"和霞姐相处的几个动态画面构成,已经初步展现出杨争光营造画面的独特技艺。小说以霞姐的成长和命运为焦点,表现了作者对农民苦难命运的思考,这也是杨争光在小说中不断拷问和思索的问题。

三 "梢沟"引发的小说创作

1982年,杨争光大学毕业后被分配到天津市政协文史资料委员会工作。工作之后,杨争光第一次去了首都北京,为此,他写了一首诗《我站在北京的街道上了》,后刊发于《诗刊》1984年第1期。此诗产生了一定影响,让杨争光在文坛崭露头角。1984年杨争光调入陕西省政协。1982年至1985年,杨争光的创作仍然主要集中在诗歌领域。

---

① 杨争光:《闪电》,《杨争光文集》第7卷,海天出版社2013年版,第34页。
② 杨争光:《黎明里走来一位少妇》,《杨争光文集》第7卷,海天出版社2013年版,第111页。
③ 杨争光:《那些久远却新鲜依旧的歌声——答陕西诗歌网王可田问》,《延河》2014年第11期。

1986年，杨争光作为扶贫干部，在陕北延长县的一条梢沟里住了整整一年。在这一年里，陕北特殊的地域文化和生存面貌深深触动了杨争光，并引发了一种强烈的创作欲望。同年，杨争光受邀参加了《中国》杂志社在青岛举办的一个笔会，该杂志编辑吴滨向他约写小说。于是，杨争光陆续创作了《老家人（三题）》(《韩桂香》《果果》《喔号号》)，以及短篇小说《原（三篇）》(《从沙坪镇到顶天峁》《鬼地上的月光》《石头》)。自此，杨争光开始了中短篇小说的创作。杨争光早期的中短篇小说大多以陕北黄土高原的生存状态为内容，善于挖掘人物的潜在心理和瞬间的无意识。陕北的"梢沟"也成为杨争光的另一文学故乡。值得注意的是，杨争光初期的中短篇小说虽是以陕北黄土高原为书写对象，但与陕西其他作家不同，他对黄土高原的呈现并非写实性的，而是印象化的。可以说，杨争光与陕北黄土高原的相遇，是现代主义与"荒原"的相遇。他在书写黄土地时，没有一般作家（尤其是陕北作家）对"黄土地"饱含深情的"家园"式的诗意描写，而是用一种近乎冷峻的笔法对其进行文化的、精神的拷问。在他的笔下，"黄土地"成为他把握中国文化精神的一个窗口。在其后续的小说写作中，杨争光甚至摒弃了实在的地域化书写，而将小说的地域环境作虚化处理，偶尔在字里行间能够发现与黄土高原或关中农村的些许联系，但总体上却是意象丰富且混沌多义，这就"排斥"了某种对号入座式的简单读法。

四　多栖发展：小说、剧本、随笔

　　1989年，杨争光受西安电影制片厂邀约，开始创作电影剧本。这期间，杨争光创作了两部电影剧本，即《黑风景》《双旗镇刀客》。《双旗镇刀客》随即开拍，杨争光也于同年11月正式调入西影厂，成为一名专业编剧。此后，杨争光开始了小说和剧本两栖创作。90年代初，杨争光发表了一批关注农村家族村社文化和国民劣根性的中篇小说，主要有《黑风景》《赌徒》《流放》《棺材铺》《老旦是一棵树》等。这些小说大多用现代主义的手法，书写民间暴力。这一阶段的部分小说改写自剧本,尤其是一些没能顺利拍摄的剧本,杨争光便将其改写为小说,如《黑风景》《赌徒》等。也有部分作品由小说改编为剧本,如《棺材铺》《公羊串门》等。1997年,杨争光创作了第一部长篇小说《越活越明白》,这部小说是杨争光少有的知识分子题材的作品。小说叙述了"老三届"学生安达在中国几十年的巨大变革中动荡漂浮的人生命运。这部小说杨争光几经修改,苦心经营,但并未取得想象中的成功。

杨争光调入西影厂时,已经是"吴天明时代"的末期,但他还是感受到了"西安电影制片厂因吴天明而遗存的风骨、情怀和富有人性的电影创作和传统"[①]。杨争光在西影厂做了十年专业编剧,结识了一些好朋友,形成了自己的影视创作团队,并于1991年创办了长安影视制作公司,制作拍摄了电视剧《莽原》《中国模特》《好戏连台》等。

1999年,杨争光调入深圳市文联。深圳是新兴的现代化城市,来自五湖四海的文化、观念在这里交融,形成了一种蓬勃、开放、包容、现代的文化氛围,这与杨争光长期生活的"十三朝古都"西安差异较大。新的环境似乎也激发了杨争光新的创作激情和创作活力,到深圳后,他先后创作出版了长篇小说《从两个蛋开始》(2003年)、《少年张冲六章》(2010年)和中篇小说《驴队来到奉先畤》(2011年);创作了电影剧本《杀手》《公羊串门》《生日》《帝国的情感》等;组织策划了电视剧《激情燃烧的岁月》;创作了电视剧《唐朝少年》等;成立了杨争光文学与影视艺术工作室,扶持青年编剧创作了以深圳为背景的电视连续剧《爱是双人舞》《有你真好》等;还主编了"深圳青年新锐小说家文库"(12位青年作家的小说集及一本评论集)。2012年,十卷本的《杨争光文集》出版。2022年,杨争光的长篇新作《我的岁月静好》问世,再度引发文坛和读者对杨争光小说的关注。

此外值得一提的是,杨争光在2016年推出了个人微信公众号"杨争光说",公众号中除了刊登一些之前创作的小说之外,还在"说一不是二"栏目中陆续发表了一些随笔。这些随笔大多是围绕当时社会

[①] 杨争光:《杨争光:文字岁月》,深圳报业集团出版社2016年版,第58页。

现象的一些所思所想，如《王宝强婚变事件对我们的触碰》《"英雄教育"的遭遇》《和谐与"被和谐"》《我们怎样才能使我们现在的汉语不再粗鄙猥琐》等。在这些文章中，杨争光依然坚持着一贯的启蒙和批判立场。

总体来看，杨争光是中国当代自觉继承鲁迅传统的作家，是充满创新意识的思想型智慧型作家，是横跨诗歌、小说、编剧诸多领域的"多面手"。他总走在人们习以为常的秩序之外，"脱轨者"令自己身处边缘，也令评说者将其"无处安放"，因此，杨争光也被称为中国当代文坛寂寞的"独行侠"。

第二节　杨争光中篇小说的美学意义

1986年，在陕西省政协工作的杨争光，作为扶贫干部，在陕北延长县的一条梢沟里住了整整一年。在获得了现代文学阅读经验，亲历了现代城市的生活经验后，他对农村的认识显然发生了变化。与地处渭北平原北部、距离省会60公里的出生地乾县相比，位于黄土高原山沟里的农村，才是真正的"前现代"社会。不难想象，经历过现代文化洗礼的杨争光，在面对陕北黄土高原的地理环境和当地人的生存状态时，内心将会受到何种巨大的冲击。这种巨大的冲击，无疑引发了他对黄土高原人们的生存状态、地域文化的深入思考。在思考中，必然同时勾连起他童年的乡村经验。这些实感经验与西方文学阅读经验带给他广阔的视野，并形成他理解和表现中国乡土世界的独特视角。

一　黄土地的原始风景

1986年，在发生过"寻根文学"浪潮的中国文坛，表现地域文化的小说屡见不鲜。此时，路遥的几部中篇小说（包括《人生》）已经在全国产生了重要影响，《平凡的世界》也在写作中。此前，陈凯歌导演的电影《黄土地》也已上映，并在国内外产生了巨大影响。这些作品，都从不同角度展现了陕北这片黄土地的神奇景观和独特人情。

第九章 杨争光：现代精神与人性烛照

但与路遥、陈凯歌在对黄土地的书写中总是有意无意地表现自己的青春理想和艺术激情不同，杨争光的黄土地写作却表现得更为冷静客观。即便是面对当时盛极一时的"寻根文学"，他也审慎地表现出一定的疏离。他认为："'寻根'文学最本质的弱点就是缺乏对生存的体验，还有那些对洋玩意的移植，也是如此。"杨争光从福克纳、马尔克斯的作品中认识到，好的作品必须要立足本民族的文化根脉，表现本土地域文化中的人的生存状态。"寻根"对杨争光来说，寻的是这片土地上生活的人们最本真的生存状态和文化心理。从《中国》杂志1986年第2期刊出他的《老家人（三题）》开始，杨争光就体现出了较为成熟的个人风格，正如当时有论者所指出的，"杨争光的作品大都通过对黄土地上人们的生存状态的描绘以期感性地揭示出我们文化的众多面貌"，"他省略了情感，省略了创作主体对作品外在性的侵入，这时的黄土地已不再是城市流浪汉的精神家园，而成了作者据以把握中国文化精神的突破口。此后杨争光接连给我们一大批中短篇小说，在这些作品中，黄土地上人们的生活以原生状态凸现出来"[①]。

80年代杨争光创作的短篇小说，几乎都在书写陕北黄土地上人们的生存状态。在他的笔下，黄土高原很少呈现如电影《黄土地》那样的诗意之美，更多的是陕北农民苦难的真实表达。黄土高原土地贫瘠、沟壑纵横、气候条件恶劣，这里的人们世世代代都在与自然环境作艰苦斗争，以求得最基本的温饱和生存，杨争光早期小说即集中、客观地表现了这方面的内容。在《从沙坪镇到顶天峁》中，作者用极简的笔法集中对陕北黄土高原的地貌进行了描写。"沙坪镇""顶天峁"这两个地名就极具代表性。"沙"集中地暗示了这片土地的贫瘠和干旱，"顶天峁"表现了位置的偏远。小说中有一些直接的景物描写：

> 看不见人影，看不见树影，也没有庄稼，满眼都是山梁、山坡。坡上有一些梯田，秋收后留下的玉米根直乎乎对着天空。山顶上是种小麦的土地，光秃秃的，像一顶顶贫瘠的帽子。太阳还

---

① 汪政、晓华：《黄土地上的慢板——杨争光初论》，《当代作家评论》1989年第2期。

有一阵才能跌进不知哪一架山梁的背后。在太阳光的照射下，那些帽子金灿灿的，赤裸裸地袒露着，让人寒心。背阴处长着些草一样的东西，已经干枯了，像一片又一片垢甲。①

从这段描写中不难看出作者对黄土高原的主观情感。生活在其中的"小孩"时时表现出对这种环境和生活状态的厌弃。在"汉子"和"小孩"的对话中，可以得知，这是一个生活极度艰难的家庭：母亲生病，女儿跟着一个陌生男人出走，儿子可能面临辍学……里面"女子逃离家庭"的情节与电影《黄土地》如出一辙，却剥离了电影中爱情和觉醒的浪漫和诗意因素，只剩下赤裸裸的贫穷和艰难。

在杨争光的另一部中篇小说《镇长》中，更加清楚地呈现了"沙坪镇"：

那真是个鬼地方。三年前，他刚一进那条沟，他就知道了那是个鬼地方。他真不相信那些沟沟岔岔、梁梁峁峁还能长出什么庄稼；那里还会住着人，竟能活下来，没有憋死。明明是一片死地，是他娘埋人的地方。②

在这样的穷乡僻壤之地，人们想要改变命运是如此艰难。《死刑犯》中的"他"是个没念完小学的山里人，为了能像山外的人一样过上好日子，勤苦劳作努力摆脱贫困。他听说种烟叶能过好日子，就在"干瘪得让人绝望"的地里种烟叶，但"黄澄澄的烟叶压了半窑"没人要。他贷款种花生，和妻子夏夏辛勤劳作，但半窑的花生又没人收，还不上信用社的贷款。即使获得了丰收，但由于村子交通不便和信息闭塞，他种出来的东西卖不出去，最后还欠下了信用社的贷款。他想来想去，"后来终于想清楚了，他一辈子不顺心，都是因为那条路。路太长了，离山外太远了"③。小说从他去集市上卖花生写起，集市上

---

① 杨争光：《从沙坪镇到顶天峁》，杨争光《黄尘》，作家出版社1989年版，第2页。
② 杨争光：《镇长》，杨争光《黄尘》，作家出版社1989年版，第24页。
③ 杨争光：《死刑犯》，杨争光《黑风景》，长江文艺出版社1993年版，第27页。

第九章 杨争光：现代精神与人性烛照

一个张狂的山外人跟他讨价还价之后依然不买他的花生，还说了一句"这鬼地方，真他妈闭塞，一个月五百块钱我也不来"，那个人说这话时的"一种快活的、自在的、得意的神气"点燃了他内心对于命运的愤怒。在他看来，山外人的张狂和神气都是因为"他妈把他生在了好地方"。最后，他失手打死了那个人，于是被判处死刑。一个试图通过诚实劳动来改变命运的奋斗者，最终却被命运打败，沦为死刑犯，这无疑是对这片土地和命运的有力控诉。

在这种极度贫困和艰难的生活中，女性的处境往往更加悲惨，女子往往不仅沦为婚姻交换的工具，还受到落后贞节观念的变态约束，几乎完全丧失了生命的自由。在《干旱的日子》中"来米"和拦羊汉"他"恋爱怀孕，"来米"的父亲强行将她嫁给一个外地人，并将"来米"生下的孩子送人。"来米"生而为人，却对自己的人生、婚姻甚至自己的孩子，没有任何的自主权利。《鬼地上的月光》中的窦瓜曾是班里的尖子生，十六岁时，她因为上茅房时被莽莽偷看了，父亲窦宝用鞭子把她打了一顿后，就把她嫁给了莽莽。婚后她无法忍受莽莽的性虐待，想离开他，却又遭到父亲的当众鞭打。她常常去鬼地，这片寸草不生的红土是唯一能给予她灵魂安宁的净土。在飘忽的月光中，她回想起美好的校园生活和曾经美丽的梦想，在绝望中她用手边的石头砸向了莽莽的脑门。一个农村少女无法获得正常的生存自主，只能拼死进行绝望的反抗。在这样的生存境地，女性受到各种权力和旧式观念的逼迫，生存空间非常狭窄。然而，即使在这种狭窄的空间中，女性仍然没有放弃挣扎和反抗。杨争光非常善于捕捉这种隐在的微妙的心理和行为。《那棵树》中的"花花"，不甘于贫穷，为了吃饱饭，主动嫁给百八十里外的"向富"。但婚后的日子与娘家相比并没有太大改观，仍然是窝屈在一个沟沟梁梁里的小村子，"那棵树"对她来说是具有象征意味的诱惑，也是一种反抗和突破无望且无聊的生活的一种冲动。《牡丹台的凤》中的"凤"是村里最漂亮的姑娘，她喜欢的是兰家窑科的那个来牡丹台收土地税的后生，但她知道和他在一起是不可能的。她的对象只能在牡丹台这个被世界遗忘的狭窄的空间里找。于是，她把牡丹台的四个后生排了队，排来排去，最后选中了"军"。这篇小说形象地表现了一位农村少女，在无比逼仄的生存环境中，如何为自己争取更好的生活。还有《高坎的儿子》中的"蛮精"为了反抗长着肉疮、经常打她的短腿男人，偷偷和村长"胡来"，在这里，"偷情"成为女性反抗命运的一种特殊方式。

极端恶劣的自然环境、极度匮乏的物质条件以及文化教育的缺失，使得这里的人们的心理状态和精神状况发生了极大的扭曲。这种扭曲也成为杨争光洞悉现实和人性的一个重要通道，在他的作品中有着重要的意义。

《干沟》中那条"干沟"是黄土地干旱与贫穷的集中体现。村子里的"他"、妹妹拉能，还有他们那瞎眼的父亲，挤在一孔破旧的窑里生活。妹妹拉能想嫁给罗子山人逃离干沟，而对妹妹怀有不伦之情的"他"却坚决反对，最后竟然亲手杀死了妹妹。《他好像听到了一声狗叫》中，蔡头与蔡去病父子两人住在无人的沟掌，"齐刷刷崭新的崖壁上他们钻进去几个窑洞，这就是他们的家"。长期荒凉孤寂的生活使父子俩的精神都发生了异化。父亲成天坐在炕上嚼芦根，他对生活和命运的不满似乎都通过嚼芦根来宣泄。儿子在无聊和变态中，因为换炕引发了冲突，最后儿子竟然用土坯把父亲封在了窑洞里，独自逃离了令人窒息的窑洞。《洼牢的大大》中"他"收留了一个逃荒来的女人并生下了儿子"洼牢"。女人说她之前已经有男人和娃了，家里庄稼遭灾了，她便跑出来了，现在她要回去看看他们。女人走了以后就没再回来，他一个人承受着生活的艰辛和痛苦，把"洼牢"抚养长大。日复一日的在贫瘠的土地上辛苦寂寞地耕作，他的精神逐渐变异，吃土成了他缓解内心痛苦的一种办法。终于有一天，他忍受不了生活的痛苦，扔下锄头，一个人跑了，最后饿死在县城的街角。杀死妹妹的哥哥、把父亲闷死在窑洞里的儿子、吃土的父亲，他们的心理都已经在残酷荒诞的环境中发生了变异。他们用各种方式试图逃离恶劣的自然环境、物质条件对人性的逼迫，但最终只能走向死亡，这暗示了他们终究还是无法摆脱这块承载他们生命和悲剧的黄土地。

二 意蕴丰富的荒诞情节

杨争光的小说，在文学史中很难定位，有人将其称作"后寻根"，有人认为是"新写实"，但似乎都不准确。"考察杨争光的文学史价值和意义，需要将其定位在20世纪晚期中国文学发展的历史中。他的写作与1985年之后勃兴的寻根文学、地域文化小说和先锋派文学都有关系，但他与这样的写作又保持了某种疏离感"①。比较一致的是，学界普遍认为他的小说具有浓重的现代主义色彩。但他的现代主义并不是直接对西方现代主义概念、技巧的照搬模仿，而是植根于自己的现实体验和中国的文化根脉。

杨争光小说的现实主义表达依然是源于1986年他在陕北黄土高原一条梢沟的生活体验。在对陕北农村的生存状态和文化特质的深入体察中，杨争光竟然感受到了这种"前现代"文明竟然与现代主义有某些契合之处，"陕北的民间艺术包括剪纸、腰鼓、唢呐、民歌等，都是一体的。看起来简单，实际上复杂。就说剪纸，剪得那么笨拙，那么单纯，就像是小孩子的作品。但你能感到一种浑厚、沉重的东西。之所以喜欢它，绝不仅仅是因为我们所说的那种返璞归真的复归心理。它确实有艺术的魅力，它和好多现代派艺术不谋而合，殊途同归，确实令人震惊"②。现代主义能够在杨争光的黄土地书写中大放异彩，当然不仅仅源于陕北民间艺术中的一些现代派因素，更重要的是这片土地以它的贫瘠与荒凉带给人们精神和灵魂的异化与扭曲。这种异化与扭曲表现在小说中通常是人物的非理性心理和荒诞行为，而这些心理和行为的根源往往是人的基本物质和情感需求得不到满足，从更原始的层面来说，就是食与性。因此，杨争光小说中的荒诞情节，蕴含的往往是原始欲望无法满足所带来的异化表现。

在《黄尘》中，徐培兰的猫叫春，引发了全村人的怀疑与不满，

---

① 邱华栋：《书写三秦异闻：以杨争光为例》，《小说评论》2015年第1期。
② 杨争光：《从刘兰英到马尔克斯——漫谈之二》，《杨争光文集》第9卷，海天出版社2013年版，第351—352页。

要求徐培兰杀死猫。猫的几声叫春便引发了大家的各种想象和慌张，做出莫名其妙疑神疑鬼的反应。而仔细分析，不难发现事件背后性心理的深层作用：徐培兰是个寡妇，寡妇在农村往往是被性觊觎的对象，在别人眼中她的母猫叫春显然代表了赤裸裸的性呼唤，猫似乎泄露了人想叫而不敢叫出的声音。虽然徐培兰一再辩解"我又不是猫"，但就如婆子妈说的："猫和人都怀春啦。人就是不喊，猫可不是人，猫想了就叫唤。"① 它之所以引起了人们的嫌恶，就是因为这种叫声引起和加剧了人们内心的性饥渴，而这种饥渴随时都有可能爆发出来，打破生活表面的平静。小说中干旱的天气与饥渴的心情是相对应的。在旱象严重的日子里，猫声嘶力竭的叫声加剧了人们的焦虑。于是，对旱灾的担忧和对性的禁忌在小说中就这样微妙地和"食与色"联系起来。在《扭》和《霖雨》中，徐培兰和婆子妈都在丈夫死后身患怪病，一只胳膊和一条腿不停地痉挛扭动。这种奇怪的身体现象象征的是在失去丈夫后，她们情感和肉体的欲望无法释放而产生的肉体和精神的扭曲。这种无法释放的欲望还表现在婆媳之间没完没了的争斗中，"杨争光把两个人你呕我、我气你的拉锯战写到了欲罢不休的程度。较劲的激情几乎成了这个活尸般的老太婆努力活下去的生命动力。她自己明确宣布：'死了我就和你较不上劲了。我不想死。'活下去似乎不再是一个单纯活命的问题，而是因为不忿对方还留在世上，所以自己必须苟延残喘。对婆子妈来说，死去就等于自动认输，若能挣扎活下去，总会给对方造成不快，并进一步把她拖垮。这样一来，能作为一个眼中钉活在家中，简直成了婆子妈余生的一大乐事。她偷油喂老鼠，在门前展览破鞋，时刻大声叫嚷要吃要喝，种种捣乱与破坏，全都死硬地表明，只要她一息尚存，就要不断地挑衅"②。吵架似乎成为一种生命力和生活热情的表现，似乎只有在吵架中才能找到一点"食与色"之外的人生乐趣。

仇恨与暴力也是杨争光小说中反复展现的一种荒诞情节，而这种

---

① 杨争光：《黄尘》，中国作家出版社1989年版，第185页。
② 康正果：《徐培兰变形记——读〈黄尘〉三部曲》，《文艺争鸣》1992年第6期。

仇恨与暴力往往也是源于食与性的原始欲望。《老旦是一棵树》中，老旦的女人死后，老旦的欲望无处释放，只能靠仇恨来增加生活的激情。他的恨来得很荒诞："那是在他的女人被瓦棱砸死以后，他突然有些无所事事了。最难熬的是晚上，他躺在炕上胡思乱想。他突然想人一辈子应该有个仇人，不然活着还有个毬意思。他觉得这个想法很妙。他甚至有些激动，浑身的肉不停地发颤。以后的许多日子里，一躺在炕上，他就会想仇人，仇人，仇人，浑身的肉打着颤。他把双沟村的人一个一个从脑子里过了一遍，挑来挑去，便挑中了人贩子赵镇。就这么，赵镇成了他的仇人。"① 小说传神地描写了老旦在仇恨时的激动和发颤，这和性的感觉何其相似，因此，老旦一直沉迷在这种感觉中不能自拔。而他对仇人的选择看似荒诞，背后的原因其实也不外"食与色"——赵镇是村里的人贩子，"活得很滋润"，"而且，日子越过越富。每一次领回一个女人，他都会赚一笔钱"②。可想而知，赵镇的生活状态简直就是老旦的人生理想，时不时地领回一个女人，还赚上一笔钱。而老旦的儿子小旦却与父亲不同，虽然他的媳妇"环环"与赵镇私通，他也曾为了报仇瘸了腿，但随着他既有了女人，又找到了赚钱的路子，即"食与色"都得到了满足，他对赵镇的仇恨便无影无踪了。

　　杨争光的短篇小说《蛾变》讲述了裴一十五疯狂而偏执地收集粮食的病态行为。裴一十五因为听到天正和靠靠谈论山东和河南发生蝗灾的情形，对饥饿产生了一种变态的恐惧。在他以后的人生中开始疯狂地攒粮，"他像病了一样，一看见粮食眼睛就发蓝。他想把天下的粮食都锁到他那孔窑里去。他像贼一样。他磨面的时候，也要偷一点粮食往窑里放。他还干丢人的事情，他走亲戚串口，也抓人家的粮食。这粮食真好，他给人家这么说，我抓一把回去看看，他说。一把粮食算不了什么，所以他总能抓回来"③。有一年家里囤里没粮了，他也决不允许家人动自己攒的粮食，而是一次又一次地向周围的亲戚朋友借粮。十几年后，飞蛾从那孔窑里飞出，原来，他收集的粮食已经生虫蛾变。裴

---

① 杨争光：《老旦是一棵树》，中国社会科学出版社1993年版，第152页。
② 杨争光：《老旦是一棵树》，中国社会科学出版社1993年版，第153页。
③ 杨争光：《蛾变》，杨争光《黄尘》，作家出版社1989年版，第92页。

一十五非理性的荒诞行为，源于他对饥饿的恐惧心理和所处的世界物质极度匮乏。"蜕变"的不仅仅是粮食，更是裴一十五的精神状态。

《公羊串门》中，王满胜和胡安全因为五元钱的配种费，采取各种办法争斗，村长李世民为了解决问题，日夜研读法律条文，用"强奸""通奸"的法律条款来判定公羊配种问题，然而，村长的"判决"并没有解决问题，最终还引发了凶杀，王满胜杀死了胡安全，并被绳之以法。在故事的发展过程中，所有人的行为方式和思维逻辑都充满了荒诞性，而这个故事令人啼笑皆非的幽默感就是来源于小说中的这种在现代法律术语参与下的非理性乡村秩序。在杨争光的笔下，无论是黄土高原还是关中农村，抑或是很多虚化了地域特征的乡土世界，都处于"前现代"的非理性秩序中。在这些土地上，人们采取原始、暴力、非理性的手段去获取生存欲望的满足，这些原始的心理流动、暴力偏执的行为方式，共同构成了杨争光笔下的荒诞世界。

三　绝境之下的人性之恶

杨争光非常善于撕掉日常文化秩序的外衣，挖掘隐藏在灵魂深处的人性之恶。杨争光在谈到中国农民或中国人的深层人性时，不愿意使用"劣根性"，他认为"中国农民最原始最顽固的品性和方式，渗透在我们的各个方面。愚昧还是文明？低劣还是优秀？这只是一种简单的概括。它是靠不住的"[①]。因此杨争光将中国人的深层性格称为"根性"，而不是"劣根性"。他认为对于作家来说，最重要的不是要对"根性"分出优劣，而是应该对"根性"有清晰的感受和准确的把握。但很明显，在杨争光的小说中，根植于中国农民深处的人性在绝大多数时候表现为残暴、狭隘、自私的恶。或许，在杨争光的感受和思考中，人性之恶才是中国农民或中国人在文明外衣之下的本质。

在杨争光看来，中国农民的"根性"代表着中国人的"根性"。

---

① 杨争光：《我的简历及其它》，杨争光《老旦是一棵树》，中国社会科学出版社1993年版，第338页。

第九章 杨争光:现代精神与人性烛照

为了让中国人的深层文化心理显现出来,杨争光常常"将人物放到绝境中,然后看这些人是如何迸发出善恶来"①。所谓的绝境,类似存在主义的极端境况,"为逼迫人物自由选择设立前提,为存在主义的人物提供一个紧张的主观感受和在两难中自由选择的客观条件"②。无论是陕北黄土高原、关中农村还是大漠关外,杨争光小说中的地域往往是他给故事和人物设置的一种"绝境"。他小说中的环境,往往有一种苍凉蛮荒的原始感,这种感觉可以使他的故事脱掉城市和文化的外衣,探寻到人物最根本的精神和灵魂。

这种"绝境"有时候是面临生存问题的苦绝环境,如早期小说中频繁出现的黄土高原上的各个村镇。这里的黄土高原往往并不具有现实的具象感,而是象征原始荒凉的抽象地域。但更多的时候,"绝境"是给故事中人物带来巨大灾难的人或事。

《棺材铺》中,"收心洗手,回新镇当一名规矩的镇民"的土匪杨明远,对新镇人来说,就是一种"绝境"。杨明远表面上成为一名"没有惹是生非"的棺材铺老板,但他冷酷残忍的内心却丝毫没有改变。当他的棺材卖不动的时候,他开始想要把棺材卖给新镇人。为了达成这一目的,他伺机发动了一场促使新镇人互相杀戮的阴谋。这场阴谋成为"李兆连""胡为"以及新镇上各色人等的"绝境"。在此"绝境"中,各种人都在上演着自己的善恶。当铺的佣人刘妈把地主李兆连的儿子贵贵的牛牛捏了一下,第二天贵贵的牛牛肿了,"开始的时候,李兆连并没有把这件事放在心上,肿了就肿了,过几天就会好的,可没多长时间,他就不这么想了",因为这件事情"惊动了李家户族的男男女女和许多佃户,他们提着鸡蛋瓜果一类贵贵爱吃的东西,成群结队地来到李兆连家看望贵贵。这阵势使四十多岁的地主李兆连突然产生了一种激动的情绪。他越想越觉得刘妈捏得太不是地方了,他越想越觉得事情有些严重"③。激起李兆连愤怒的,并不是事情

---

① 邱华栋:《书写三秦异闻:以杨争光为例》,《小说评论》2015 年第 1 期。
② 杨昌龙:《存在主义的艺术人学——论文学家萨特》,西北大学出版社 1998 年版,第 89 页。
③ 杨争光:《棺材铺》,杨争光《老旦是一棵树》,中国社会科学出版社 1993 年版,第 111—112 页。

本身，事情本不是大事，肿了很快就能好，但众人的反应使李兆连越来越愤怒。而且，在《棺材铺》中，人往往是被他人的态度和做法推动着做出选择和反应，没有自己理性的判断。当铺掌柜胡为听说李兆连集结长工佃农要来找他算账时，他找了二十多个地痞准备对抗，"他本来没想把事情闹这么大，只是和杨明善话撵话，撵出了一肚子火气"，"他想打退堂鼓，想让光棍地痞二流子们各自回各家"，但嘴里出来的话却是："日他妈磨镰！""进来一个撂倒一个！""往脖子上撸！"① 他们都在特定的情境下，被他人的态度推着走。这一点正好被杨明远利用，他利用李兆连和胡为的矛盾，杀死李兆连的儿子贵贵，引发两家的械斗。李兆连对儿子的死完全没有经过理性判断，轻易被杨明远所诱导，认为是胡为所为，甚至不听杨明善解释。可以说，李兆连和胡为的疯狂械斗正是这种非理性的思维在"绝境"下的表现。

和"洗手"土匪杨明远相比，真正的土匪所带来的"绝境"更为直接。《黑风景》中，种瓜人杀死了一个土匪，土匪要求村里"拿三千块大洋来。送个没开苞的女人来"，并扬言"七天不见人影，就把村子洗了"②。面对土匪，村里人没有考虑反抗，而是按照土匪的命令，选一个女孩去做"替罪羊"。村里人在六姥的领导下，选出了来米，打算送给土匪。来米她爹收下村里人的大批粮食之后，同意了。在面临"绝境"时，村里人为了苟活，拿出家里所有的粮食送给来米她爹。等鳖娃和仁义带着来米上路，来米她爹的"富足"激发了村里人的人性之恶，在六姥的领导下，派溜溜杀了来米她爹，把粮食分了。鳖娃把来米送到土匪的骡马寨子，虽然他也知道土匪头子"老眼"是个好人，但当他得知来米准备和老眼"过活"时，嫉妒之心又点燃了他的人性之恶，他遵从了六姥的命令，杀了老眼。村里人知道鳖娃杀了老眼，恐惧之心再次激发了他们，他们在六姥的组织下又杀了鳖娃。

土匪在杨争光的小说中是一种人性之恶的象征。普通人遇到绝境可能变成土匪，土匪遇到更强的恶者会不堪一击。在杨争光笔下，每

---

① 杨争光：《棺材铺》，杨争光《老旦是一棵树》，中国社会科学出版社1993年版，第126页。
② 杨争光：《黑风景》，杨争光《老旦是一棵树》，中国社会科学出版社1993年版，第56页。

个人身上似乎都有匪性,在一般情况下,可能会隐藏在正常的伦理秩序下,而遇到"绝境",这种人性之恶就会爆发出来。"我们不是有一句'好死不如赖活着'的民间古训吗"?① 当生存受到威胁时,道德就可以放到一边,那时候活命更要紧。

《驴队来到奉先峙》所讲述的故事与《黑风景》有很大的同构之处,却更加寓意深远。一场蝗灾把村里人逼到了绝境,为了活命,村里十二个男人组成了"驴队",从此做起了土匪。驴队朝着东南方一路边抢边走,一直走到奉先峙。

驴队来到奉先峙就不想走了,想在这里扎根。他们杀死了村长赵天际,逼着鞋匠周正良当村长,帮他们筹粮。面对土匪的强力,村里人不想拼命,他们只想苟活。他们都交了粮,却把怨气发到周正良身上。连周正良女儿芽子的未婚夫(原村长赵天际的儿子包子)一家也开始唾弃周家。在这里,村民在绝境中表现出的人性之恶,就是杨争光认为的人们根上的荒诞和黑暗的东西:驴队筹粮、盖大院,奉先峙的村民都能忍受,但驴队得知他们的女人都不在了之后,要在奉先峙筹女人,为了救未婚夫包子,芽子毅然走进驴队的舍得大院,失去了女人的村民终于起来反抗了,原来驴队完全不堪一击,驴队被杀死了,但失去贞操的芽子却得不到包子的原谅。包子比鳖娃聪明,他扛着土枪走了,也许从此以后也做了土匪。但人们可以想象,芽子回到村里,等待她的会是什么。杨争光后来表示:"我敢说,这样的奉先峙,在脱离了危险之后,第一个被鄙夷的可能就是芽子。"② 而这篇小说寓意最深远的是它的结尾:

> 后来的事情就没人知道了。能知道的是奉先峙人丁越来越兴旺,许多许多年以后成了一座县城。天地庙成了城隍庙。

---

① 杨争光、钟红明:《当人性面对强力胁迫——从杨争光小说〈驴队来到奉先峙〉谈起》,《朔方》2012 年第 7 期。

② 杨争光、钟红明:《当人性面对强力胁迫——从杨争光小说〈驴队来到奉先峙〉谈起》,《朔方》2012 年第 7 期。

现在要城市化了。①

这一段结尾使奉先畤的故事成为中国的故事，奉先畤村民在很多年前曾表现出的人性之恶，其实一直流淌在我们民族的血液之中。

第三节　长篇小说创作与《少年张冲六章》

若从承接"五四"新文学传统的角度来考察陕派文学，会有一个耐人寻味的发现，那就是：虽然大多数陕派作家在不同程度或不同角度上都接受过以鲁迅为代表的"五四"新文学传统的影响，甚至在自己的某些作品中还有明显的印痕，但总体观之，以鲁迅为代表的"五四"新文学传统在陕派文学中仅处于潜流状态，未能得到充分展开。从作家文化性格构成的角度看，多少存在着资源性缺失的问题。

虽然杜鹏程说过"在描写革命战争方面，既要求助我们当前已有的成就，而更多的是求助于以鲁迅先生为首的中国新文学，以及我国古典文学作品和苏联革命初期的文学名著等"②，但真正落实到作品中的时候，《保卫延安》却更多汲取了中国古典文学中的故事性、苏联文学中对战争过程的描写，而并没有很好地继承鲁迅解剖国民灵魂的文学传统。倒是杜鹏程后来的中篇小说《在和平的日子里》，大胆揭露社会主义建设事业中的矛盾冲突，书写梁建这个官僚主义者形象，其中涌动着鲁迅先生直面现实的现实主义精神及原则。柳青无疑是受到"五四"新文学哺育的，他早期的短篇小说如《在故乡》《喜事》，潜隐着鲁迅式的启蒙意识，甚至在叙述上也颇为接近鲁迅的"归乡"与"看客"模式。小说虽涉及了农民翻身前后的物质生活对比，以此来凸显"革命"的必然性和现实意义，但其中这种隐在的"观照"视角，却使得"革命"的另一重意义——相对于物质翻身的精神翻身——更为意味深长地被提出。这种隐蔽的启蒙立场，可以看作"五

---

① 杨争光：《驴队来到奉先畤》，北京十月文艺出版社2012年版，第136页。
② 杜鹏程：《〈保卫延安〉1979年版重印后记》，《延河》1979年第3期。

四"文学精神在柳青身上的历史延续。唯其如此,柳青在延安时期向革命话语的被动"转弯"和"脱胎换骨"的艰难过程,才会有更合理的解释。路遥曾自言"喜欢鲁迅的全部著作",也曾从不同角度接受了鲁迅先生的影响,比如鲁迅融文学家与思想家于一体的哲人气度,鲁迅向下看取生活、于平凡人事中取材的方法等,但路遥创作中却少见鲁迅"民国性批判"的"冷峻",而多渲染追求道德诗意和讴歌劳动奋斗的"热烈"。陈忠实在艰苦的自学阶段曾以鲁迅的名言"天才即勤奋"来勉励自己,"如果鲁迅先生不是欺骗,我愿意付出世界上最勤奋的人所能付出的全部苦心和苦力,以弥补先天的不足"[①];在后来的访谈中也曾指出鲁迅短篇小说《风波》中的"剪辫子的细节……已经进入了人物的心理结构深层"[②];《蓝袍先生》通过徐慎行在四个时期的心路历程,对传统礼教、极"左"思潮以及人性弱点作了深刻描画;甚至整部《白鹿原》在反思中国文化方面也在一定程度上暗合了鲁迅"国民性批判"的主题,但那种矛盾的态度以及眷恋的情绪又让他与鲁迅区别开来。贾平凹迄今为止丰富的小说库容中,也不乏揭露国民劣根性、批判官僚主义和封建意识等带有"启蒙"倾向的小说,如早期的《夏家老太》《月夜》《瓦罐》《病人》《大碗"羊肉泡"》等一批寓言小说,揭露了普通民众阿谀奉承、趋炎附势、欺软怕硬、虚伪自负的奴性人格,而《阿吉》中的阿吉与《高兴》中的刘高兴,有着"阿Q"式"精神胜利法"的因素,《废都》和《古炉》中对人性病相的揭示可谓触目惊心;此外,陕派文学的其他作家,如高建群、叶广芩、红柯等,也在不同程度或不同角度上对以鲁迅为代表的"五四"新文学传统有所承继。

相较而言,在陕派作家当中,真正自觉主动地将以鲁迅为代表的"五四"新文学传统贯穿自己创作始终的,是杨争光。杨争光可能是陕派作家中谈及鲁迅、镜鉴鲁迅最多的作家。当然,资源镜鉴并非简单的模仿,杨争光在承接鲁迅传统的同时,还紧贴社会现实作了进一

---

① 陈忠实:《我的文学生涯——陈忠实自述》,《小说评论》2003年第5期。

② 李遇春、陈忠实:《走向生命体验的艺术探索——陈忠实访谈录》,《小说评论》2003年第5期。

步的延伸思考，比如，杨争光认为，"劣根性"的提法不够准确，准确的说应是"根性"，"根性既有劣的东西也有优的东西……关键是我们现在宣扬的，是不是它真正的优点"[①]，这在认识上显然是更深了一层。再比如，杨争光指出，"中国是有城市，没有城市人，城市里住的都是农民……文明的成长和成熟需要几代人"[②]，则是对文明积淀规律做出的深刻洞察。此外，杨争光还极大丰富和发展了包括西方现代派在内的一些表现技法，从而成为陕派文学的一道醒目风景。这些因素，都极大强化了杨争光小说的"异质性"与"先锋性"。

杨争光的短篇小说，如《从沙坪镇到顶天峁》《干旱的日子》《那棵树》《鬼地上的月光》《洼牢的大大》《他好像听到了一声狗叫》等，展现了黄土高原的贫瘠荒凉、人们（尤其是女性）处境的艰难以及精神状况的扭曲。杨争光的中篇小说，如《黄尘》《霖雨》《黑风景》《棺材铺》《老旦是一棵树》《驴队来到奉先畤》等，则集中书写了那片土地上人们食与色的异化、荒诞的仇恨与暴力以及绝境之下的人性之恶。

而杨争光的四部长篇小说（1997年的《越活越明白》、2003年的《从两个蛋开始》、2010年的《少年张冲六章》以及2022年的《我的岁月静好》），也从不同的角度和侧面，延续着对国民性问题的思考：《越活越明白》表面是写以安达为代表的一群现代知识分子的生活历程、精神历程，拷问的却是中国人的文化基因；《从两个蛋说起》表面是以一个村庄（符驮村）自20世纪40年代末以来有意味的历史片段来折射中国历史的变迁，实则是对中国人生存本相与深层人性的逼视；《少年张冲六章》表面是以"问题少年"张冲为个案来探讨中国当下的教育问题，其实是借教育问题来把脉中国文化的病症；《我的岁月静好》表面是写一个能够以"观者自在"理论使得"岁月静好"的当代读书人德林，实则是借此探讨阿Q"精神胜利法"在当代的变

[①] 杨争光、朱又可：《"我们的精神内质跟月亮太阳一样，没变"——答〈南方周末〉朱又可问》，《南方周末》2010年6月10日。
[②] 杨争光、朱又可：《"我们的精神内质跟月亮太阳一样，没变"——答〈南方周末〉朱又可问》，《南方周末》2010年6月10日。

种与理论升级,并由此透射出当前大变革时代中部分读书人对复杂现实和自身定位的犹疑、困惑及其深层精神危机,即游离感、无力感、虚妄感。

可见,杨争光的小说,不管是短篇、中篇还是长篇,往往都指向我们国家和民族的文化"根性"。从陕北梢沟到符驮村,再到《少年张冲六章》中的南仁村等,虽然杨争光曾被称为乡村地理学和地域文化小说的代表,但他其实无意于地域文化的书写,如果说有,也可以放大理解为"中国文化",作家引入他熟悉的或体验过的一个故事情境,聚焦点则是他想要刻画的"国人性格"。相较而言,长篇小说《少年张冲六章》最为典型地体现了这一点。

《少年张冲六章》是杨争光磨砺五年、借教育问题而进探中国文化内核的一部长篇力作,发表于《人民文学》2010年第3期,并荣获2010年人民文学奖优秀长篇小说奖。这部小说与一般意义上的成长小说或教育小说差别甚大。一般意义上的成长小说包含着"成长"和"教育"两个维度,在"内心自我"和"外部规约"两种力量的作用下,主体经过一番切肤之痛的遭遇或精神危机,精神得以成长成熟,改变了自己的世界观和性格,最终在社会的整体秩序中认识到自己的位置和作用[1]。但是,杨争光《少年张冲六章》中的张冲,虽然也经历了一番切肤之痛的遭遇,对"外部规约"反感并以"另类"的姿态加以反抗,但他骨子里其实是认可现行标准的,只是他自己无法适应,因而未能在社会的整体秩序中找准其应有的位置。从表面上看,张冲是深陷教育的困局,但从更深层次上看,他其实是深陷中国文化的困局,这文化背后有一只"看不见的手",制造了一个又一个的"怪圈",这"怪圈"不仅圈住了张冲,又在不同程度上几乎圈固着我们每一个人,只是在张冲身上,体现得更为极端罢了。从这个意义上说,《少年张冲六章》其实是一部"文化小说"。

《少年张冲六章》首先切入的是教育问题,是中国式教育的弊端。

---

[1] 徐秀明:《成长小说:概念厘定与类型辨析》,《新疆大学学报》(哲学·人文社会科学版)2010年第3期。

这教育问题的产生，既跟外在的环境土壤息息相关，也与内在的个体精神选择密不可分。从外在的环境来说，父母、老师、同学、亲戚、邻居都是张冲成长的土壤与空气，"土壤和空气是既定的，不可能有利于所有的植物健康成长"，"有些植物能适应，有耐力，就长成了人中龙"，而"张冲这样的植物就长成了张冲的样子"①。杨争光为读者展露了土壤和空气的病态一面——张冲的父亲张红旗曾给儿子现身说法，说起自己当年光顾着玩耍，忙着滚铁环、掏鸟窝、和外村的孩子开火，没有把念书当回事，结果就没"成龙变凤"，而"成鸡成虫""只能种地"了；又带张冲去拜会南仁村第一个考上大学、后来又考上研究生、第一个把小汽车开进村里的成功者陈光升；又给儿子打造了一张四方四正的石桌，称之为"火箭基地"，望子成龙之心溢于言表。可后来，张冲考试不及格，张红旗就采取暴力措施，绳吊、绳拴、脚踏，乃至不认张冲这个儿子，这种行为显然是过激的、病态的。民办教师上官英文因为现实待遇低下而"心情不好"，迁怒于学生，抽脖子、扇耳光、让学生互吐唾沫，把拴着鸟的线绳挂在学生脖子上当众侮辱，改造一尺长的烟卷让学生抽吸险些酿成事故，这些"变态的惩罚"对张冲等学生的影响是极其恶劣的，不仅损害健康，还损害精神，也激发了他们的逆反心理和各种敌对式反抗。

当然，从内在的个体来说，张冲青涩而盲目的反抗，也存在一定的问题。张冲做的比较出格的事有三件。一是当李勤勤按照学校保障升学率的规定动员张冲留级时，张冲竟以强奸相威胁，以示"我说不定比你还成熟"。与上官英文不同，李勤勤是善良的好老师，尽职尽责，循循善诱，多次规劝引导张冲，无奈现实的残酷，使她无法像《放牛班的春天》中的马修老师一样，让自己的努力结出明媚的花朵。而张冲赤裸裸的威胁，尽离其做学生的本分，显然走向了另一个极端。二是张冲为参加中考拿刀威胁校长，后来又用 MP3 录了校长和夫人在床上做爱的声响和话语再放给校长听。校长出于学校升学率和社会声

---

① 杨争光、钟红明：《一个"问题少年"成长土壤的结构分析》，《南方文坛》2010 年第 4 期。

誉的考虑，让班主任们动员根本考不上高中的学生弃考，固然不妥；但张冲对校长的行为也非常不当，已是在犯罪的边缘了。三是张冲在新潮娱乐宫当保安时，出于"匡扶正义"，用小勺子剜了一个副局长的眼睛，构成犯罪，被判了五年管教，关押于某少年管教所。那个副局长骄横跋扈，来娱乐宫消费从不掏钱，还挑三拣四欺负小姐，耍局长的威风，显然是违法乱纪的，但张冲的行为也过于极端，触犯了刑法。张冲的这些反抗，混杂着青春期的逆反与盲动，多冲动少理性，属于青涩而盲目的反抗、饮鸩止渴式的反抗。这反抗，最终还是越过了社会规约的底线，偏离正道酿成苦果。虽然，小说中的张冲只是极端的个案，并不是所有的学生都是问题学生，也并不是所有的问题学生最后都会违法犯罪。但这也启发人们进一步思考：现行的教育体制有着怎样的严重弊端？怎样改进现行的教育体制，以减少类似张冲这样的极端个案？

其次，仅仅看到《少年张冲六章》中的教育问题显然是不够的，小说的旨归其实落在了教育背后的文化困局上。细读文本会发现，小说中弥漫着几乎无处不在的困局——张红旗的困局在于"望子成龙"的期望与"子不成龙"的现状之间的巨大落差。从张冲小时候"亲爱的时光"开始，张红旗就对儿子投注了过高的期望，又是打造石桌，又是现身说法，又是拜会陈光升，怎奈张冲的心思根本不在学习上，就像张冲的姨夫王树国对张冲的评价"娃是好娃就是不爱念书"，最后考试不及格，遭受肉体摧残和精神折磨，而走上另类的反抗道路。而张红旗也掉进了精神的"井"里，痛苦不堪，愤恨之下竟然不认张冲这个儿子，并对人说养儿子简直是"无期徒刑"。李勤勤的困局是力量绵薄的坚守与尽职难敌现实的复杂与残酷。她有着自己的理想与底线，与现实"较劲"，与自己"较劲"。作为一名科班出身、有着良好职业道德的教师，她也曾努力劝说张冲不留长发、不戴耳环、不要抽烟，却都无功而返。面对张冲"死人是不是人""什么是嶙峋""灿烂的牛粪"等问题的故意刁难，她用心查阅尽力回答，最后只能以"标准答案有标准答案的理由"来妥协收场。然而，在学校保升学率的要求和张冲粗暴的威胁的强大压力下，她再不能保持这两者的平衡，最终无能为力。王树国的困局在儿子文昭身上。因为媳妇文香生了文昭以后就不再生育了,他们只有文昭一个孩子,这就导致文昭"经常以离家出走以撞墙碰死威胁他和文香,以此索取他想要的任何东西,比如旱冰鞋,比如MP3,比如摩托车。考试不及格不能打骂,刚举手他就会跳出去三米远,就说你敢打我我就去新疆"!正因为文昭是独苗,王树国才没有安全感,"我是怕你万一有个闪失我王树国断子绝孙让人指我的脊背",这是王树国活着的最大难处。其他的困局还有很多:比如文兰夹在丈夫和儿子之间,一半在井里,一半在井上;苗苗考了89分,明明进步了,得到的反馈却是遗憾和痛惜;本如法师每天在单调的"阿弥陀佛"声中消极避世,无所作为;等等。

小说中对文化的困局还有很多隐喻性、象征性的表达。县城东边广场上"后羿射日"的雕塑,让张冲从圆想到圈,从"拉圆的弓和那支永远射不出去的箭"想到自己好像在一个圆圈里,"好奇怪好奇怪的一个圆圈,看不见摸不着。和空气一样,明明有,却看不见摸不着。真烦真烦",而家长、老师和同学的目光也连接成一个圆圈,让他浑身不自在。他虽能解开裤带这个圆圈,却解不开那个看不见摸不着的圆圈。张冲和苗苗聊关于"难受"的话题时,苗苗从衣袋里掏出一枚樟脑丸,在地上画了一个圈,把几只蚂蚁圈在里面了,"几只蚂蚁在圈里转着,转得很辛苦,转不出去",苗苗用脚蹭去了那个圈解放了蚂蚁,却难以解放自己。蚂蚁的处境其实也是张冲和苗苗们的处境,仅靠自己的力量难以突围。张冲在小学六年级学习语文课文《螳螂捕蝉》时写下一篇日记:"我读了这篇课文。我想到了我。我是蝉。老师是螳螂。我爸是黄雀。拿弹弓的是谁我不知道。我想拿弹弓。"[1] 这里的弹弓,其实可能正隐喻着困局背后的那只"看不见的手"——单一的功利型价值观。而张冲在小学四年级学习语文课文《幸福是什么》后写下的日记里,也明确地道出了这种单一的功利型价值观:"我爸说这篇课文是哄傻子的。我爸说不能留在村上种地……我爸说幸福不在村上,幸福在外边,在大城市……我爸只认那个进城上学当了医生的

---

[1] 杨争光:《少年张冲六章》,作家出版社2010年版,第222页。

孩子。我爸说能当院长更好。我爸说所以要好好念书考大学。考上大学就幸福了。全家人都幸福,老师和亲戚脸上有光。"①

杨争光曾说:"我们的教育,'成人'似乎不是最终目标,'成龙'才是。成人自己也生活于其中,孩子的处境是大人的处境。这跟来路有关系,什么样的根须,带出什么样的泥水。"② 以此对应到"人观",其实是"享受者光荣"而非"劳动者光荣";以此对应到孩子观,孩子是家长的"附属物"而非"独立人"。显然,这种单一的功利型价值观是非常偏颇的,其弊端也贻害甚重。这"看不见的手"制造的文化困局,几乎让所有的人都不同程度地受到圈固,就像鲁迅先生当年所说的"铁屋子"。"我真想说我们的文化很乱,我们都是病人。鲁迅说救救孩子,我其实不想说救救孩子,我想说的是救救我们。因为我们把我们救了,我们的孩子不用救他就好了。"③ 显然,杨争光这种指出文化病症、引起疗救注意的初衷与做法,是与鲁迅先生一脉相承的。

在文体方面杨争光也明显受到了鲁迅先生的影响与启示。《少年张冲六章》的语言与结构,也非常明显地体现了这一点。"我记得鲁迅关于小说创作有过一句话:'用白描,有真意。'我所理解的白描,不是'描'到直白,'白'到乏味"。④ 杨争光主动摈弃了"形容词",而将鲁迅先生所推崇的白描,发挥到了极致,这集中体现在本色鲜活的对话与省净概括的叙述方面。有论者曾指出,"《少年张冲六章》很干净,干净得差不多只剩下对话了。单纯的描写性文字没有,连串联性质的叙述性文字也被压缩到骨头了。剩下的,只有硬碰硬的对话……知道这样写有多难吗,而且这样写还能让人饶有兴趣地读下去那就更难了。这才是《少年张冲六章》最了不起的地方"⑤。诚如此言,杨争光赋予

---

① 杨争光:《少年张冲六章》,作家出版社 2010 年版,第 216 页。
② 杨争光:《走出〈丑小鸭〉的白日梦——答〈教师报〉刁巧燕问》,《杨争光文集》第 10 卷,海天出版社 2013 年版,第 54 页。
③ 杨争光、朱又可:《"中国的孩子是最辛苦的人"——作家杨争光的教育"调查"》,《南方周末》2010 年 6 月 10 日。
④ 杨争光:《我的话》,《杨争光文集》第 9 卷,海天出版社 2013 年版,第 102 页。
⑤ 周立民:《青涩的形象与苍老的根系——杨争光〈少年张冲六章〉阅读札记》,《小说评论》2010 年第 4 期。

了对话以绝对的优势地位，主要通过对话来传神状貌，推动情节，给读者一种如临其境、如听其声的生动现场感，这殊为不易。

至于叙述语言，除了精炼的短句，杨争光还穿插使用了一些高密度的长句，与短句交相错落，伸弹有度，有效拓展了句子的容量和表现力。比如写张红旗"他面无表情一声不吭，从屋子到院子从院子到屋子出来进去进去出来就这么来回走，像得了走步症一样"，把张红旗的走步作了形象还原；写文兰劝张红旗"起来嘛起来喝几口蜂蜜水你一天没吃没喝了我手都端困了嗯啊"，把文兰的急切和体贴生动表出。另外，在炼字炼词方面杨争光也下了极大的功夫。比如小说中二嫂"把她自己和整条村街都笑圆了"，一个"圆"字，让人想见二嫂笑的程度和笑的形状，是化听觉为视觉的奇妙通感；而"抗踹力"一词则将张红旗的"恨铁不成钢"与张冲的"死猪不怕开水烫"生动托出，引人深思。再者，引人注目的还有小说语言的诗性。《少年张冲六章》语言的诗性最集中地体现在小说第六章"他和月亮"，以明亮幽清的"月亮"意象串起张冲的成长经历，弥漫着浓厚的抒情气息，"看月亮的少年张冲在月光里能闻见苗苗身上的香气"一句是化视觉为嗅觉的美妙通感，也容易让人联想起鲁迅《故乡》中深蓝天空、金黄圆月背景下的小英雄闰土形象。

至于结构，杨争光也延续了鲁迅"创造新形式"的勇气与实践。杨争光采用了六面体的魔方式结构，从六个侧面去烛照张冲的成长，显得新颖别致又颇见功力。司马迁在《史记》中所用的"互现法"，往往会将同一个人物的事迹分散在不同的地方，而以其本传为主；或将同一个事件分散在不同的地方，而以一个地方的叙述为主。因为有的人物事迹较多、性格复杂，面面俱到容易成流水账，而略去一面又不合历史真实，用主篇聚焦、各篇"互现"的方法则能很好地解决这一叙述上的难题。比如，刘邦的雄才大略、知人善任等性格集中体现在《高祖本纪》中，而他的贪财好色、猜忌功臣、寡情薄义等性格弱点则散见于《项羽本纪》《萧相国世家》《郦生陆贾列传》等篇中。杨争光的六面体魔方式结构与《史记》中的"互现法"有异曲同工之妙。当初在写《少年张冲六章》时，杨争光也考虑过各种写法，比如

"一直跟着张冲"的写法,从出生写到"犯事",但这样容易写成"一本账簿式的纪事"①。最后杨争光还是选择了"互现法",不直接面对张冲,而是让张冲无法躲避的父母、老师、同学、亲戚、课文都独立成章,这些因素就是张冲成长过程中的"土壤和空气",都直接参与了对张冲青涩生命的塑造。这部小说一共六章,分别是"他爸他妈""两个老师""几个同学""姨夫一家""课文""他"。同一个人物"张冲",从不同的角度叙写了六遍,六个角度也各有侧重,共同合成了一个全面立体的张冲,正如杨争光所言,"第六章里的每一个部分,都能在前五章里找到应和……我想让这一章像几枚钉子一样,把前边的几个相对独立的板块钉成一个有机的整体。更想让它具有一种功能,使这个有机的整体成为可以让读者随意翻转组合的魔方"②。而同一个事件,也出现在不同的章节,互为呼应,互为补充。比如写张冲的"犯事",第一章从父母的角度点出事件结果,张冲"剜了县公安局一个副局长的一只眼睛","被判了五年管教",引起父亲张红旗的痛苦感叹;第二章从老师的角度写,上官英文"听说张冲犯了事",说"噢噢不奇怪迟早的事",李勤勤"听到了张冲犯事的消息","很难受很难受";第三章写梆子介绍张冲去邻县歌舞厅当保安,"没多长时间就犯事了",补充交代张冲去歌舞厅的缘由;第四章先写王树国他爸听到张冲惹事的消息的痛惜与后悔,再写张冲被判劳教后文昭去看他,拓展了事件的后续情况;第六章写法庭上的供述,才详细交代了张冲犯事的具体过程。经过五次的呼应和补充,事件的来龙去脉才真正完整立体起来,"打碎了故事,分离了时空,又要把它们组合成一个魔方一样的整体"③,如此剪裁,可见杨争光的苦心经营。

整体来看,杨争光对鲁迅传统的镜鉴与拓展,赋予了《少年张冲六章》深刻而诱人的魅力。正如杨争光在《少年张冲六章·作者备

---

① 杨争光、钟红明:《一个"问题少年"成长土壤的结构分析》,《南方文坛》2010 年第 4 期。
② 杨争光、钟红明:《一个"问题少年"成长土壤的结构分析》,《南方文坛》2010 年第 4 期。
③ 杨争光、钟红明:《一个"问题少年"成长土壤的结构分析》,《南方文坛》2010 年第 4 期。

忘》及各类访谈中多次提及的，少年张冲青涩的形象里"纠缠和埋伏着苍老的根系，盘根错节，复杂纷纭"，甚至"那些纠缠和埋伏在他青涩生命里的许多东西，比他更为重要"[①]。这"苍老的根系"意味深长，也强烈引发着人们的深度反思，不管是对切近的教育改革，还是对深远的文化建设，皆是如此。

[①] 杨争光在《少年张冲六章·作者备忘》及各类访谈中，曾多次提到"苍老的根系"。参见杨争光《杨争光文集》第3卷，海天出版社2013年版，第290页；杨争光《杨争光文集》第10卷，海天出版社2013年版，第18、52、78页。

第十章 红柯：穿越时空的精神彼岸

第一节 新疆十年与双重生命体验

20世纪90年代，红柯带着他充满诗意与血性的作品闯入了读者视野，给文坛带来了一股清新雄健之风。其小说所构建的世界不仅有苍茫的大地、荒凉的戈壁、散若星辰的绿洲、巍峨的山脉、辽阔的草原，还有疾驰的骏马、翱翔的雄鹰、野性的狼群、粗劣的莫合烟、锐利的刀锋，他用这些充满异域风情的元素建立了自己的王国，深得读者喜爱，也赢得评论界的持续关注，其创作获多种文学奖，长篇小说多次入围茅盾文学奖终评。

红柯（1962—2018），原名杨宏科，1962年6月7日出生于陕西省宝鸡市岐山县凤鸣镇。读大学之前，红柯一直生活在关中农村。岐山地处八百里秦川西部，史称西岐，是中华民族古老文化发祥地之一，炎帝在此生息，西周文化在此萌芽，这里有着相当发达的周人祖先崇拜文化，境内有多处周公、姜太公庙。岐山及周边诸地围绕周、秦、汉、唐之神话与民间传奇，演绎的故事灿若星辰，世代流传，经由文人的改编创作更是成就了晋唐传奇。故乡浓郁的历史文化氛围使得红柯早早就爱上了读书，尤其迷恋历史神话读本。耳闻"凤鸣岐山"的美好传说，凤凰引来"百鸟朝凤"又浴火中重生，其燃烧生命升华自我的精神境界，也早早植入了少年红柯的心灵土壤中。红柯1981年考上陕西宝鸡师范学院（1992年与宝鸡大学合并设立宝鸡文理学院至今）中文系，他后来把自己高中时的一篇作文《手》当作处女作，是因为写了母亲对自己成长的最早影响。母亲用自己勤劳的双手支撑着艰难的生活,放任儿子喜欢阅读的习惯。并且,"父亲在外地工作,母亲管不住我,很自由、无拘无束……也养成了亲近自然的天性"。①进入大学后红柯更加忘我地读书,差不多读完了古今中外的文学经典,又广泛地涉猎了文学之外的更广阔的历史文化领域。

红柯是从校园诗人起步开始文学创作的,大学期间陆续发表了三十多首诗歌。红柯的小说处女作《父与子》发表于《金城》1985年第3期。也是这一年,红柯大学毕业,然后留校工作一年。爱读书的红柯深受古人"读万卷书,行万里路"传统的影响,也受到古波斯诗人萨迪"诗人应该三十年漫游天下,后三十年写诗"的启示。敏感的他此时也想到:"从小学读到大学一直在家门口,有时在小县城的街道上我突然害怕起来,生老病死跟钉子一样钉在这里。我的新疆之行就是这样开始的,从关中一下子西行八千里进入中亚腹地。"② 就这样,毕业后在学校宣传部当了一年的院刊编辑后,1986年红柯携新婚妻子离开故乡到天山北麓一个叫奎屯的小城,执教于伊犁州技工学校,由此开启了塑造他全新生命的新疆十年。他每年都带学生外出实习,十年西域生活,走遍天山南北。红柯小说创作的丰富成就,主要得益于这十年的生活积累、生命体验和艺术磨炼。

初到新疆,红柯便被有着万钧之势的辽阔的荒野和雄奇的群山所震撼,在强烈的情绪激荡中不能自拔。在这里,他强烈地感觉到自己的渺小与无助:"我居住的小城奎屯,是大地的肺叶。在中亚腹地,每一块绿洲都是大地最宝贵的器官……到哈密,车站外全是蔓延到天际的黑石头,整个东疆的城镇全处于黑石头的包围之中,苍凉悲壮之感油然而生。"③ 在这里,红柯学会了崇尚大自然,膜拜土地,包括土地上的一切,他告诫自己这里不是人张狂的地方。一个关中子弟,突然置身于边塞,不是旅行观光,而是落户为民。了解一个地方最好的

---

① 马季、红柯:《原始生命力量的诗意表达——红柯访谈录》,红柯《龙脉:红柯散文随笔自选集》,陕西师范大学出版社2017年版,第215页。
② 红柯:《敬畏苍天》,上海人民出版社2002年版,第271页。
③ 红柯:《敬畏苍天》,上海人民出版社2002年版,第11页。

第十章　红柯：穿越时空的精神彼岸

方法便是生活在那里，就像一棵树、一株草最了解土地一样。对于红柯而言，"新疆就是生命的彼岸世界，就是新大陆，代表着一种极其人性化的诗意的生活方式"。①

情感上的冲击、生活上的融入之外，红柯收获更多的是对这片土地上历史文化的认知了解，以及对其神性的领悟。比之故乡关中地区，新疆不但地理广袤，人员也复杂得多，这里居住着维吾尔、汉、哈萨克、回、柯尔克孜、蒙古、塔吉克、锡伯、满等48个民族，素有"民族橱窗"之称，自古以来就是几大文明的交融之地：中原农耕文化、西部游牧文化、波斯文化、埃及和两河流域文化、古希腊和罗马文化在此交融，儒道文化与佛教文化、伊斯兰文化也在此交会碰撞。西域文化博大精深，没有一种占主导地位又根深蒂固的文化形态，自然呈现出斑驳的多元状态。比起保守的儒家独尊的中原文化，这里散发出来的是一种壮阔而蓬勃的生命活力，保持着原始质朴、神秘瑰丽、诗意浪漫的文化氛围。虽地处边缘，但这种"边缘的活力，既表现在精神思维的原始性、原创性和多样性，具有超越中心部分模式化、模仿化和僵化的倾向；又表现在它是对边缘外进行接触的前沿"。② 在这里，红柯迷上了《蒙古秘史》、《热什哈尔》以及《突厥语大辞典》等少数民族的经典作品，苦心钻研伊斯兰宗教的教义和哲学，并且对蒙古族卫拉特部的《江格尔》、藏族的说唱体《格萨尔王传》以及柯尔克孜族的《玛纳斯》这三大少数民族的英雄史诗推崇备至。"《蒙古秘史》追溯蒙古族的始祖，如果译成汉文，是以苍狼为父，母鹿为母的，隐喻这个世族凶猛和仁慈的复合性格"。③ 一个民族的史诗必然蕴含着对自然万物和人类自身的不懈探索与深刻思考。在这充满传奇性的十年，红柯获得了他所需要的最重要的小说创作元素。综合考察红柯的全部创作，其中大部分作品的题材故事、人物情绪和风格调式，都能在这十年的人生积累中找到来处，并在艺术气质上感受到物我之间神奇的契合与呼应。

---

① 红柯：《敬畏苍天》，上海人民出版社2002年版，第326页。
② 杨义：《重绘中国文学地图》，中国社会科学出版社2003年版，第146页。
③ 杨义：《重绘中国文学地图》，中国社会科学出版社2003年版，第145页。

走入新疆,红柯真正开启了小说的创作征程。他后来回忆说:"当年我以诗人的情怀远走新疆,在天山脚下待了十年,诗的火苗在胸中蹿动几下就被大漠风吹灭了……小说这个新鲜的样式是偶然闯入生活的,悄悄的,跟希特勒的闪电战一样防不胜防,完全非我所愿,又让人兴奋激动。"① 但初涉小说艺术的这个阶段,红柯基本上还是以写实为基调和主要方法,发表的《老人河》《瞌睡》《司机的故事》等短篇小说和《红原》《刺玫》《永远的春天》等中篇小说,是"现实味较重的小说"②。也就是说,这时期红柯的创作还体现着来新疆之前形成的文学观,也就是陕派大多数作家所坚守的传统现实主义和乡土文学立场。来新疆后,新的生活视野和正在吸收的异域文化艺术营养,还没来得及注入到他的早期小说创作中。"远离故土,思乡亲切,中篇《红原》《刺玫》是写陕西的,发表在《当代作家》。更多的篇章写校园,都是批判现实的小说,差不多有七八个中篇,发在《红岩》《当代作家》《绿洲》《湖南文学》上,也有些荒诞色彩。还有一类是先锋实验小说,发在上海的《电视·电影·文学》上。"③ 这个阶段对红柯的意义更多在于小说叙事的训练,寻找自己独特的审美世界和表现方式。红柯还在小说的跑道上蕴蓄力量,加速向前,等待腾空起飞的那一刻。

1995年红柯从新疆回到家乡,在母校陕西宝鸡文理学院任教,从此开始进入小说创作的爆发期。红柯后来曾回忆说:

> 回内地一年后,那个遥远的大漠世界一下子清晰起来,群山戈壁草原以及悠扬的马嘶一次一次把我从梦中唤醒,从短篇《奔马》开始,到《美丽奴羊》《阿力麻里》《鹰影》《靴子》《雪鸟》《吹牛》到中篇《金色的阿尔泰》《库兰》《哈纳斯湖》,不知不觉中西域的世界由短篇而中篇,马仲英又奇迹般复活了。1997、

---

① 红柯:《我的西部》,红柯《敬畏苍天》,上海人民出版社2002年版,第99页。
② 红柯:《野啤酒花·后记》,太白文艺出版社2004年版,第246页。
③ 红柯:《从黄土地走向马背》,红柯《龙脉:红柯散文随笔自选集》,陕西师范大学出版社2017年版,第157页。

第十章 红柯:穿越时空的精神彼岸

1998年我的短篇似迅猛的沙暴拔地而起时,我就告诉朋友们,这仅仅是大漠之美的一部分,西域那个偏远荒凉而又丰饶瑰丽的世界,有更精彩的故事和人物,愈写愈觉我辈之笨拙。

马仲英盛世才显然是中短篇难以完成的,在牛羊马驼靴子雄鹰之后,必然是更刚烈壮美的长篇世界,这就是我孜孜以求的长城以外的英雄史诗,关东与关西以致西域大漠。①

新疆十年的生活积累迅速发酵起来。自《人民文学》1996年第9期刊出《奔马》、1997年第4期刊出《美丽奴羊》《过冬》等短篇小说,红柯如"黑马"惊现文坛,他爆发式推出的一大批中短篇小说,形成了极具个性标识的"天山系列",为红柯赢得了全国性的巨大声誉。2001年红柯的第一部长篇小说《西去的骑手》面世,其后陆续写出的长篇小说有《老虎!老虎》《天下无事》《咳嗽的石头》《大河》。在素以成就史诗巨作的陕西文坛上,红柯以马背民族给予他的强悍艺术创造力,以勤劳拼搏的小说家精神,在回到家乡的又一个十年后,写就了自己的人生传奇。

新疆十年彻底改变了红柯,赋予了红柯小说一种完全不同于陕西本土作家的"哈萨克"性格气质。他在西域体验了极其人性化的诗意生活方式,感受到了"西域是一个让人异想天开的地方,让人不断地心血来潮的地方"②,这里天然地产生英雄史诗和英雄传奇,这一切又都是天然地接近文学的浪漫主义,或者它本身就是浪漫主义。与其说红柯经历了脱胎换骨的改变,不如说在他的文学观还未定型的时候接受了另一种更新鲜的文化血液,契合了他亲近自然崇尚自由的天性。新疆的文化艺术元素之于红柯不是外加的而是养成性的,这或许可以从根本上解释,红柯一旦进入诗意化的浪漫叙事,他的创作就有如神助,很快迎来了属于自己的最好的文学时代。

---

① 红柯:《我与〈西去的骑手〉》,红柯《龙脉:红柯散文随笔自选集》,陕西师范大学出版社2017年版,第179页。
② 红柯:《我与〈西去的骑手〉》,红柯《龙脉:红柯散文随笔自选集》,陕西师范大学出版社2017年版,第179页。

学者杨义说过:"当帝国中心文化发生僵化和失去创造力的时候,往往有一些形质特异的、创造力充溢的边缘文化或民间文化崛起,使中国文学开拓出新的时代文体和新的表现境界,从而在文化调整和重构中焕发出新的生命力。中华文明在世界上奇迹般地绵延五千年而不中断,其中一个重要的原因就是文化核心的凝聚作用之外,尚存在着生机蓬勃的边缘文化的救济和补充,给它输入一种充满野性活力的新鲜血液。"① 以维吾尔族为代表的新疆伊斯兰文化,其特立独行的价值观念与丰富的民族文化资源不断浸染和滋养着红柯,故而他笔下的小说整体散发着伊斯兰文化的独特精神气息。农耕文化的自足保守、游牧文化的粗犷野性、宗教文化的神秘崇拜、道家文化的"天人合一",在红柯的身上达到了一种多元融合和矛盾统一,也正如学者乐黛云所言:"不同文化中文学的接触必然是一个取长补短的过程。但这绝不是把对方变成和自己一样,而是促成了新的发展。这种发展一方面是为对方文化注入了新的生命,另一方面,本文化也可能因此得到生长和更新。"② 红柯用他充满着蓬勃张力的浪漫主义激情,裹挟了这些看似矛盾的文化元素,成就了自己丰富复杂而又个性鲜明的艺术世界。

　　新疆对红柯艺术个性的养成不仅是精神气质上的,而且也在诗学形式层面塑造了红柯。尤其在他进入长篇小说创作后,少数民族构筑史诗艺术的传统,成为他吸纳学习的重要资源。红柯坦言他在构思长篇小说《西去的骑手》《老虎!老虎》《大河》时,曾自觉借鉴了《江格尔》、《格萨尔王传》和《玛纳斯》这三大少数民族史诗的写法。③ 少数民族史诗的英雄传奇和浪漫色彩,更接近西方古典史诗的本源精神,这就使得红柯长篇小说洋溢着更为浓郁的诗性色彩。与陕西作家以柳青、陈忠实为代表的现实主义史诗传统相对照,可以明显感受到红柯小说不同的史诗风貌。

---

① 杨义:《重绘中国文学地图》,中国社会科学出版社 2003 年版,第 147 页。
② 乐黛云:《跨文化之桥》,北京大学出版社 2002 年版,第 14 页。
③ 李跃力:《边地的歌者——红柯访谈录》,《大西北文学与文化》第三辑,作家出版社 2022 年版。

第十章 红柯:穿越时空的精神彼岸

2004年底红柯从宝鸡迁居西安,之后一直执教于陕西师范大学。三十年间他沿着丝绸古道,从关中到西域,再从西域到关中,走访青藏高原、蒙古草原,做了大量的田野考察,收集了大量的生活素材,伴随着游走的脚步,他的创作也从"天山系列"延伸到"天山—丝绸之路系列"。2006年长篇小说《乌尔禾》出版,标志着红柯的创作进入了又一个新的更成熟的阶段。这个阶段的红柯也发表过《军酒》《胡杨泪》《老镢头》《上糖》等中短篇小说,但更属于长篇小说的爆发期,陆续推出《乌尔禾》《阿斗》《生命树》《好人难做》《百鸟朝凤》《喀拉布风暴》《少女萨吾尔登》和最后一部长篇《太阳深处的火焰》,红柯在他生命的最后十年,迎来了长篇小说创作的丰收季节。

这一时期红柯的创作发生了明显的变化,也可谓之是新的转折。除了文体形式上更集中于长篇小说的营构外,他开始把小说叙述的重心由新疆转向陕西,同时也更加关注当下、贴近现实。红柯后期的创作在有意强化小说的故事性,将自然的背景和社会人生状态融为一体,将诗意与写实融为一体,成功地拓展了自己的艺术表现领域,提升了其驾驭生活的能力。实际上,在《跃马天山》《库兰》等中篇小说中,红柯已经在自觉调整之前创作中极端追求精神化审美而带来的某些理念化痕迹,而开始重视小说还原生活的能力,长篇小说《西去的骑手》中虚实整合的追求已甚为明显,而到《乌尔禾》之后的一系列长篇创作,可以看出红柯正带着自己一如既往的诗性与浪漫艺术特质,走向现实和历史生活的深部。《太阳深处的火焰》就是将西域风情与关中农耕文明两相对照,形成了多种艺术手法熔于一炉的小说样态,显示出作家对小说复杂性和广博性的追求,这是红柯完成新的自我超越的一部长篇力作。

2018年2月24日,红柯在向自己心中的艺术高峰攀升过程中,熊熊燃烧的生命火焰突然熄灭。2018年1月面世的《太阳深处的火焰》成为小说家最后的绝唱。至此,红柯为世人留下十二部长篇、三十五部中篇、一百多部短篇小说,三百多篇散文,共八百多万字的作品。他先后荣获首届冯牧文学奖、第二届鲁迅文学奖、第九届庄重文文学奖、首届中国小说学会长篇小说奖等多项大奖,其中长篇小说《西去的骑手》《乌尔禾》《生命树》《喀拉布风暴》分别入围第六、七、八、九届茅盾文学奖前十名，成为中国当代文学史上一位高产的、艺术创作形式多样和独具文学个性的优秀小说家。在陕西文坛，正如评论家所言："作为60后作家，他成为衔接陕西文学荣光的一个可期待的'明星'。"① 红柯的过早离去，让文学陕军再次遭遇重大折损，带来了陕西地域文学发展中永久的缺憾。

第二节 从英雄史"诗"到人的"史"诗

一 骑手的诞生

新疆的十年对红柯而言是宗教与神性笼罩的十年。出于"视距"的影响，红柯在天山脚下遥听远方的呼唤，1990年以一部《百鸟朝凤》完成了对故乡的暂时"告别"，随即启动了小说《西去的骑手》的构思创作。"西域是一个让人异想天开的地方，让人不断地心血来潮的地方，这里产生英雄史诗产生英雄传奇，这里甚至没有男人或男性一说，也没有什么江湖好汉绿林好汉一说，统统叫做儿子娃娃，儿子娃娃即英雄好汉，牧人叫巴图鲁"。②《西去的骑手》中，主人公马仲英的原型为20世纪20—30年代驰骋于中国西北、骁勇善战的民间传奇英雄，他十四岁入青海马家军宁海大营，因不满甘肃督军刘郁芬的横征暴敛而奋起反抗，十七岁率八万人的队伍与镇压军冯玉祥展开酣战。小说基本索骥了马仲英"尕司令"的现实遭际，如因不善权谋而战败的历史命运等，同时虚化了马仲英的复杂、匪性和阴暗面，以及传说里与不同女性的情感纠葛，使其蜕变为一个铁骨铮铮与血性十足的英雄形象，释放出西部游牧民族的文化强音。红柯通过对这一英雄人物以及充满了血性刚烈气息的情节的极力渲染，融合了神话、历史与现实，张扬着对个人英雄的崇拜，显露出他对雄强壮美、英勇无

---

① 仵埂：《西去的文学骑手：红柯印象》，《宝鸡文理学院报》2022年12月31日。
② 红柯：《西去的骑手》，上海文艺出版社2013年版，第3页。

畏的人格意志和理想的无限向往，抵达一种趋近于原始、混沌乃至野性（动物性）的精神彼岸。红柯赞颂旺盛的生命力和强大的生命意志、一种终极"大美"，并且想以此来重塑当代社会日益窄化、萎缩的男性生命，拯救男性的精神危机。他所心仪向往的是那些勇力惊人并且拥有巨大生命能量的原始孤胆英雄，涉及历史史实的残酷战争被用来展示主人公的彪悍与野性，个人英雄的魅力被剥去了历史的外衣。纵观当代文学史，这种带有庄严仪式性的英雄自20世纪80年代后期便开始"隐退"，与之最贴近的英雄类型可以追溯到战争文学《林海雪原》中的杨子荣和《铁道游击队》中的刘洪等。[1] 在这个英雄荒芜的年代，红柯通过"复活"这些英雄人物，构筑起自己的精神乌托邦，踏上超验的回归自我、救赎自我之旅。

作为"天山系列"长篇小说的开山之作，《西去的骑手》内含红柯创作转型的阶段性心理诉求。红柯以历史人物马仲英作为文学理想征程的开端不免"蓄谋已久"，从读书期间的印象初识到赴疆而获的真切实感，红柯在自我的生命迁延中将"读"的经验转换为"写"的驱力，进而设计了一个西部英雄马仲英的理想模型。模型的内在特征有三：其一是历史性，以重绘历史原型宣告西域自古有英雄的史实；其二是将原型萃取和纯化，弃一代枭雄之精粕，以浪漫奇诡的故事叙述、苍广浩瀚的环境渲染，烘托一个"真正英雄"诞生的软性条件和文化依据，同时又拒绝简化马仲英的品性，借引宗教与自然的某种"神谕"，将马仲英塑化为"单纯中隐含丰富和神秘"；其三是具有典型性和代表性。西域的生命集合里，男性血性刚毅、女性豪迈洒脱、动植物生命力顽强，无论性别乃至物种，西域的生灵均闪耀着生命的光辉，由此组合成了以马仲英为核心的理想文化系统，呈现出斑斓而灿烂的西域景观。随着改编程度的加深，红柯的意图并非纪实性地还原曾经的历史真实，而是以后者作为创作底座，以融合艺术性、审美性的浪漫创造构成了纪实之上的"纪诗"。一个明显的特征是，《西去

---

[1] 李丹梦：《拯救"男人"的〈喀拉布风暴〉——兼论当代自然书写与英雄建构》，《文艺争鸣》2015年第2期。

的骑手》虽以史为纲，却逸出了常规历史小说的框架，淡化了史的印记。它更多构成一种语境的前置，一种由史入诗的转折，目的是为"诗"的吟唱找寻历史合法性与文化基因。小说将一场历史上的军事政治博弈，转构为中原文化、少数民族草原文化的对垒，尤其放大了热烈奔放的草原文化对马仲英起到的形塑作用，并以中原文化下生长的盛世才的阴鸷权谋为对照，衬托出一个西部英雄的"诞生"。这样一种历史性小说带有史诗的色彩，尤其在20世纪90年代，当新历史主义小说更多将写作视角也转为关注底层、日常与民间，诸多历史性的宏大叙事逐渐被质疑和消解。红柯却试图重建一种伟岸与宏观，以泛灵性和神性填补中原文化中僵化孱弱、活性失效的部分，并在尊重史实的基础之上，将"民间"引入一个以地理—文化意义上的新疆为框架的"异域"，激发另一种"民间"之上的雄性之风，展示出其主观创构的豪迈野心。经中篇小说《跃马天山》的铺垫打磨后的《西去的骑手》是这一创构路径的新的起始点，即西域理想文化系统的"启动键"，在红柯创作序列里占据了承上启下的重要位置。自创作资源的调配整合后，为了发掘一种区别于中原的异质文化形态，并通过这一形态钩沉出与现实主义文学传统呈对照式的、东方神秘主义力量召唤下的、古老而悠远的文化传统，红柯此时将新疆的少数民族草原文化的矫正功能放至最大，使作品呈现出纯粹化、理想化的样态。其中，马仲英清澈、崇高与悲壮的人格意志，提供了一种少数民族草原文化孕育下的形象参照，小说中伊斯兰古文献里的经文既构成了一种神秘的话语仪式，也隐性支配了马仲英的命运轨迹。由此，红柯提供了一种理想的文化范式，它既不乏历史合法性，又集合了宗教、自然神性、多民族文化生态的优越性，在与中原文化的比照中，成为野性而魅力十足的存在。

二 寻根之路与生命寓言

从更广阔的视野考察红柯的创作，《西去的骑手》标识着另一种文化寻根的路径。路径的构思在红柯的早年创作中便已萌芽，他曾透露《西去的骑手》有向巴别尔、草原盛典《蒙古秘史》致敬之意。在1985年远赴新疆的决定中,他已经在精神上参与了20世纪80年代中期的寻根浪潮,仅因理念产生和创作实践存在时间间隔,而透露出某种"滞后"的创作回应。进入20世纪90年代,现代性话语在某种程度上正在失去支配地位,在经过一批文学"寻根"的精神努力后,另有创作将"根"种植在西部边疆的神秘主义世界里,试图寻找"神秘、纯洁、博大、涵藏着生命终极意义的性灵之地"。① 红柯的寻根恰恰契合了边地小说的写作浪潮。1995年回到陕西后,红柯的精气神已经完全是个新疆人了,积极顽强的生命意识早已流淌在他的血液之中。"西部辽阔的地域、恶劣的生态和艰难的生存条件……个人力量在大自然面前显出的微不足道,使群体力量成为维持生存的支柱,使人们互助互爱的需求更为迫切,内向的团队凝聚精神成为传统"。② 此后,红柯开始创作大量的中短篇小说,"我的那些西部小说就是梦惊醒后的回忆。《奔马》《美丽奴羊》《阿力麻里》《太阳发芽》《鹰影》《靴子》,这些群山草原的日常生活用品——闪射出一种神性的光芒"。③ 如果说《西去的骑手》中红柯尚且以历史人物马仲英为创作中心,注意力集中在英雄史诗的主题范畴内,回陕后他逐渐丰富了自己缔造的西域景观,将"马仲英"扩充至"马仲英的世界"。这个世界里有超越现代"速度"的奔马、在死亡面前安详高贵的奴羊、搏击长空而自由英凛的雄鹰,世界的运行规律也打破了由生入死的一般准则,而经由西域文化的"引渡",生成了由死入生的新生命法则。《太阳发芽》《金色的阿尔泰》中,红柯反复设计了一套由自然植物生长到人类重生法则的"嫁接"模式,利用该文化系统内"神性"的辅助和加持,创造西域文化生命不朽、灵魂永生的精神属性。这一阶段的作品与《西去的骑手》相比,已经稍微褪去了"史"的着色,构成了某种超越历史和现实的"真空"创作。出于红柯对新疆的热烈怀念,同时也

---

① 费勇:《零度出走》,广东旅游出版社2003年版,第157页。
② 赵学勇、王贵禄:《守望·追寻·创生:中国西部小说的历史形态与精神重构》,北京大学出版社2012年版,第28页。
③ 红柯:《我的西部》,红柯《敬畏苍天》,上海人民出版社2002年版,第100页。

不乏中短篇小说体裁的限制，红柯的理想主义情绪在《西去的骑手》至回陕初期的阶段内抵达了高潮。

　　红柯的文化寻根之路从关中出发，一路驶向西域的精神腹地。这样一种路径不乏建立在民族性的视野之上，即唤醒、追逐一种遥远的、民族的梦。"而这民族的梦可以追溯到的最初的东西可能就在民族史诗与民族神话里面"。①《西去的骑手》率先展示了英雄史诗的架构与精气，《少女萨吾尔登》将《山海经》中的夸父神话编织在故事的行进当中。另有"周穆王与西王母西域幽会的神话传说，哈萨克人关于宇宙起源中乌龟与公牛及生命树的神话传说，额尔齐斯河流域关于熊与人的传说，大漠瀚海中野骆驼与地精的传说，雪域高原天鹅与雪莲花的传说"，被高密度地安置在红柯"寻根"的路途中。在这里，红柯利用"民族性"搭建起历史文化共同体的属性识别，为文化的"根"绘制出崇高而圣洁、悠久又神秘的精神图景，打造寻根之路的历史根基。但相较于詹姆逊所说的"民族寓言"，红柯的文化寻根却同时"越出了民族、国家的叙事框架，而衍变为类似生命寓言的写作"。② 这又体现出红柯寻根之路的特殊性所在。他一面在历史、传统、民族的范畴里寻找创作的合法性，同时又是面向未来的写作，目的是召唤出一种文化再生长的可能性，给予当下的文化建设以启示意义。红柯将民族性视为其寻根的某种底色，在此之上繁殖出具有民族力量、血统与精魂的新生命、新文化，最终将落脚点置于个体生命意识的阐扬上。"红柯注重的是这些故事及人物是否能够恰如其分、淋漓尽致地凝聚、承载并呈现民间世界关于生命、力与美等形而上问题的思考"。③ 寻找活性的文化场域是文化寻根的视野前提，民族性是其文化精神的支柱，而最终其寻根理念还需要依靠具体生命的形态来表现。几乎每一个在西域生长起来的人都有旺盛的生命力、高尚的品质

---

① 红柯：《我抓住了两个世界》，红柯《龙脉：红柯散文随笔自选集》，陕西师范大学出版社2017年版，第202页。
② 李丹梦：《红柯中短篇小说论》，《文学评论》2008年第6期。
③ 于京一：《文化寻根与诗性启蒙——试论红柯小说的文学史意义》，《当代作家评论》2022年第2期。

和纯净的灵魂，红柯一面挖掘这些生命的闪光之处，以健康的性爱关系、生殖崇拜还原生命的原始野性；一面反思"现代性"来对抗现代性，清理文化寻根之路上的潜在障壁——寻根之路的有机形式，"大工业，高科技创造物质的财富的同时，也使人类的生活与生命体从有机状态沦落为无机状态"。① 通过比照现代工业（机器生产）与动物的天然强力，如《表》中自然文明与机械文明的博弈、《奔马》中汽车与骏马的对抗等，制造某种反思现代性的价值诉求。如果说现代文明标记着对线性时间的延展、科学"进化论"体系的逐步扩张、资本至上与理性崇拜……那么自然神性所包含的消解线性时间、相信轮回往生、崇拜自然神力等意义单元，共同组合成了一股反叛现代文明的精神力量，且能够在现代化进程中保持自身文化/文明结构的相对稳定。相较之下，中原文明却在这一过程中逐渐陷入被异化的无助与失落。儒家文化的墨守成规、死气沉沉已经无法抵抗现代文明的猛烈侵蚀，其对人类用体力劳动获取生产资格的剥夺，在一定程度上抽离了"人"对自我成就与主宰意识的能动性，且让人类的物质、精神两个层次均发生了某种瘫痪。因此，中原文化的"根"已然发生变异，而若想寻"根"，则要从发展相对稳定的少数民族草原文化中进行探测、挖掘。可以说，红柯的文化寻根既有宏大的范式构思，也不乏细腻的个体关怀，并且在后续的创作中，逐渐走出理想化、"真空"的创作阶段，走向更深广的历史与现实。

三　构筑"天山—关中"丝绸之路

从新疆时期业已创作的《西去的骑手》到回陕后的中短篇意象群，红柯搭建起的西域世界宣告了其理想主义的"复活"。此时红柯着力于"发现"一个新大陆，作品多有介绍、宣传之意，因而色调极致绚烂，意境或波澜壮阔、或祥和唯美。从《生命树》开始，作品的诗性意味有所调整，更多掺入了现实的元素与时代精神的反思。《生

---

① 红柯：《生命树》，《光明日报》2010年1月23日。

命树》是"天山系列"的第四部长篇小说,其诗性主要通过神性来体现。小说通过神话的黏合实现人性与神性的同构,神牛与神龟的神话成为神性降生的某种起源,它笼罩万物也孕育生灵,让故事里每一个人物的行动走向都染上了神迹。马燕红、牛禄喜、杜玉浦的命运遭际没能让他们陷入低沉、走向覆灭,反而在《劝奶歌》的"阅读"中抚摸到一种神力,并在其净化与洗涤下重获新生。"人与物处于游离状态,处于无机状态,人就有危机感;人与物处于有机状态,物我为一,发生化学反应,且壮大自己提升自己,这是人应该过的生活。这种状态就是一种符合人性的生命状态,即具有神性的状态。神性是人性的上升,是人性的最高状态。"① 在这里,红柯已经在思考人性进化为神性的可能,即庄子所言"物我合一"的精神境界,整体来说理想主义的色调持重。

之后呈现关键性变化的创作是《喀拉布风暴》。红柯曾言:"我最心仪的骆驼只能在我人到中年的时候,经历了种种磨难,以长篇《喀拉布风暴》完成旨在打通天山和关中。"②《喀拉布风暴》一面保持了关中地区不小的占比篇幅;一面打造"边疆—内地—边内融合的三大地理空间"③,在小说内建构内地与边疆、农业文明与草原文明的对照格局。这意味着经过岁月更迭和思想沉淀,红柯的文化理想已从纯粹中走出,而更显醇厚与沉重。与最初的《西去的骑手》相比,《喀拉布风暴》既有所承续,如张子鱼的人物形象仍有马仲英同类的英雄气性;小说洋溢的边疆光彩动人依旧;同时也有所突破。突破之一是小说的"史"性更强。如果说《西去的骑手》中的"历史"更倾向于史性传奇,属于经典故事阅读的"翻拍",那么《喀拉布风暴》中的"历史"更具亲历感与现实感,它以红柯的生命经历为现实依据,将20世纪50年代以来的历史文化事件、集体/个人情感记忆编织在张子鱼爷孙三代的命运里,并更倾向于展示个人化、家族化等内在的生存

---

① 红柯:《生态视野下的小说创作(演讲稿)》,《青海湖》2010年第11期。
② 红柯:《汉长安与骆驼神话》,《光明日报》2014年12月5日。
③ 李星:《驰骋在丝绸古道上的骑手——从红柯最新长篇〈喀拉布风暴〉说起》,《当代作家评论》2014年第5期。

智能。突破之二是红柯的文化理想有了具体的改造路径，即从单向的称颂和批判，初步转向了联结—融通的态势。一个显在的方式是在关中的风俗民情、文化传统中渗透进神话寓言等神性之力：孟凯绕西北一圈而返回西安，方知城墙与秦腔之"血缘"，城墙如高原和群山的化身，秦腔之于其中的起伏盘旋，犹如鹞鹰般自由畅快，滑翔出生命的大气场。红柯采用的秦腔《三滴血》唱词为原作范紫东版本而非电影剧本，显示出红柯对陕西传统曲艺形式秦腔的研究颇深。从这里入手，红柯构建了一个象征文化空间，空间的外壁是古老的西安城墙，内里却是西域的精神气质，两种文化通过秦腔而嫁接—叠合，营造关中自有雄伟气韵的架势；另一种方式是借意象的隐喻，画出一条"文化迁徙"的轨迹：《喀拉布风暴》的核心意象"燕子"作为小说的爱情象征，从遥远的西域"飞"向关中，"无论是演唱中的陶亚玲还是戏文中的梁秋燕，活脱脱一只飞翔在关中平原报春的燕子，孟凯把这只春燕跟中亚腹地阿拉山口暴风雨般的燕子联系在一起"。燕子的迁徙刮起了三对恋人的爱情风暴，又宿命般地制造了他们的命运回响。这样一种爱情遭际的表现体，实际上隐含了历史和现实的冲突张力，以及性爱和自然神性互通的奇遇。张子鱼在爱情上的碰壁与"关中腹地'历史隧道'中如蜘蛛般的家族网络"[①] 有关，于是他将逃离现实与历史，去西域的天地间"吸一口气"视作自己的爱情解药。也正是在这一场"喀拉布风暴"中，张子鱼通晓了爱情不掺杂质、全盘交付的精义和真谛，创造了从关中通往西域的"爱情神话"。

正如《西去的骑手》致敬英雄马仲英，《喀拉布风暴》借鉴了斯文·赫定的《亚洲腹地旅行记》。"1984年秋天大四第一学期，我在宝鸡购得上海书店刚刚出版的繁体字竖行排印的斯文·赫定的《亚洲腹地旅行记》。最先吸引我的是这本书的封面，黑白相间中有一匹挂着铃铛的骆驼，驼峰上的赫定状如骆驼，可谓神形兼备。"[②] 红柯思想的开阔、成熟与复杂化，使得其早年心仪的故事、体裁和意象渐成系统。

[①] 李星：《驰骋在丝绸古道上的骑手——从红柯最新长篇〈喀拉布风暴〉说起》，《当代作家评论》2014年第5期。

[②] 红柯：《汉长安与骆驼神话》，《光明日报》2014年12月5日。

他一面积极地探索，追求大境界、大精神、大气势；一面深沉地思考，不忘大苦难、大忧患、大悲悯。《喀拉布风暴》之后的《少女萨吾尔登》也延续了红柯的双面：当古老的周原不能医治小说的主人公周健，恰恰是那个来自天山巴音布鲁克草原的蒙古族婶子金花用卫拉特人的歌舞"萨吾尔登"治愈了他，周健美丽的未婚妻张海燕就是天山雪莲的化身。苦痛的疗救与生命力的张扬合奏出一曲西域的洗礼之乐，中原与西域也在"病"与"愈"之间有了更深层次的联结。可以看出，从《乌尔禾》《生命树》到《喀拉布风暴》再到《少女萨吾尔登》，红柯耕耘于一种类别化的故事模式：在世俗中遭遇了各种挫折和失败，偶然进入到具有神性的自然之中，冥冥之中顿悟了自然的伟力，身心获得了解脱，终得救赎。红柯以一个诗人的姿态复归了其对乌托邦的想象，并不断地通过乌托邦叙述方式构塑故事，以一种诗意和理想的姿态来介入现实、启迪现实。这种遥远的民间理想主义，既是红柯自救的精神归宿，也是其救赎他人的阵地坚守。红柯用辉煌的历史和强大的精神力量观照现实，注入充满血性的阳刚之气，在当下的喧嚣和浮躁中始终真诚地面对写作，坚守着这一份净土，用小说锻造出一个穿越时空的精神归宿，对生命、人的生存方式以及人与自然的关系做出了积极的探索。这种为文学事业能甘于清贫的姿态，也为当代作家如何调整深层心理结构提供了极宝贵的经验。他曾谈道："我很早在外地的世界失去自由与自在，我沉迷阅读与写作，在语言中获救，我如此执迷于语言，是我的天性与成长结合在一起的。"[①] 在红柯的精神归宿中，万物皆有其自身的生命价值和生存意义，他像秃鹰一般自由自在地翱翔在天地之间，遂在心内燃烧起一团炙热而灿烂的火焰。

第三节　打开内生命的宇宙

《太阳深处的火焰》出版于 2018 年 1 月，是红柯在世时出版的最后一部长篇小说。作品内构了一个多线交织、多声汇集的语义空间，

[①] 红柯：《敬畏苍天》，上海人民出版社 2002 年版，第 267 页。

其中不仅有历史的"助阵"及神性的点缀,亦不乏现实的关注与想象的发散。更为重要的是,《太阳深处的火焰》在其创作谱系上具有"总结"之意。这部25万字的长篇小说凝聚融合了红柯后期的价值判断、情感倾向、生命哲学、艺术理念与文化信仰。小说开篇,一个巨大的、发散着母性气质的"文化之掌"便将徐济云与吴丽梅二人的爱情锁在了某种文化结构的轨道里。自此,作为两个地理空间与文化场域的中原与疆地进入了深度的"热恋",开启了一场跨越时空、意蕴绵长的双声对话。总体来看,小说大致架构了两条叙事主线,其一为学生时代的徐济云与吴丽梅从相恋到分手的恋爱悲剧;其二为成名后的教授徐济云带领他的学术团队以皮影艺术研究之名打造"文化名人"周猴的故事呈现。红柯倾心编织了复杂多变的叙事结构,其背后则是主体思想的转变。相较于红柯此前的小说作品,《太阳深处的火焰》存在着以下三个特点。

第一,批判精神的强化。当红柯将笔锋直指他痛心疾首的中原"土地",文字间尽是灰暗、冷调的色彩处理与充满刺激、讽喻与哀伤的语汇择选;当画面切换至他心向往之的新疆"大地",其话语表达方式即刻发生颠倒。一冷一热的晴雨转换,将作者红柯的情感投奔及文化价值判断隐藏于话语的转变中,可见叙述话语被置于一个对比的框架中时,反差便愈加明显,批判性也愈加强烈。

第二,"典型性"意识增强。2018年1月12日,红柯于新书发布会上谈到,自己从1983年发表第一首诗到《太阳深处的火焰》,创作的核心就是火。从作为物质载体的"火焰"到作为精神载体的"火",红柯始终以将文化生命及个体现实生命的精神内核与驱动力描绘成一种喷薄、炽热、明亮的状态呈现。但考察红柯前期作品的思想面貌,"火"意象的对焦与诠释或许并没有持续地得到直观的体现,更多的却是集中在某些动物、植物以及其他自然景观的勾勒上,直至《太阳深处的火焰》,红柯才将以往作品的中心意象进行了再现与重组,其以往的意象与"火"意象之间的关联才在同一视野的对照比较中更加清晰。作为特定文化场域中的典型形象,意象的不断出场往往能够循序渐进表征、侧证或衬托文化主体精神。无论是普照一切的"太阳"(《太阳发芽》)、高贵美丽的"羊"(《美丽奴羊》)、英勇善战的"鹰"(《鹰影》)、机智幽默的"毛驴"(《骑着毛驴上天堂》)、或是阴险狡诈的"猴"(《古尔图荒原》)……当它们聚集在《太阳深处的火焰》中,形成了一个意蕴丰富的意象群,并与"火"意象构成或补充递进、或反衬凸出的相互作用,实际上隐含了作者的某种"典型性"的塑形意识,即强调、强化此文化品格的生成过程及意义凸显。

第三,"诗史互证"的野心表露。红柯对于历史的青睐在其《西去的骑手》中就已初现端倪,但彼时"它无意揭示'历史规律,也漠视其认识价值,只是想给作者所钟爱的英雄和枭雄提供巨大的历史活动舞台"[1]。而在《太阳深处的火焰》中,红柯的历史观似乎出现了些许变化,即他想打造一部与当下现实产生对话关系的民族史诗而非循规蹈矩、亦步亦趋的民族史传,对母体文化的不断反思与追忆使得"历史感"在其小说中的盘旋、起伏变得清晰可见。从吴丽梅的论文援引——《老子学说的负面作用和影响》《张载与玉素甫·哈斯·哈吉甫之比较》《老子出关西行的文化意义》,到最后一章《老子出关》的涅槃重生,红柯一方面顺延正史的发展脉络,以上文提到的两条叙事主线牵起包括个人、家族、民族、社会文化等在内的成长/变迁史,目的是要为其文化批判寻找历史层面的合理依据;另一方面架构起"以人注史"的文化生命再造,将一群干瘪晦暗的皮囊从历史的阴霾里拖拽出来,企图制造出"坚硬的'史'与'人'的叩问和深邃奇诡的'《野草》式'意境"[2],演绎一场文化生命的历史性"复活"。

《太阳深处的火焰》标志着红柯文化思想的进一步成熟。人们既能够从中领略一个"圣地"一般的塔里木,也无法不喟叹于一个"鬼域"一般的渭北。它们似文化发展过程中的阴阳两面,阳面因靠近"太阳"而光芒万丈、神采奕奕;阴面因背离"太阳"而潮湿生锈、暗淡无光。当然,红柯绝不止于对两个地理文化空间的摹状,他以一场年轻人的爱恋牵动了两个空间的彼此审视与交往对话,其中不仅诱

---

[1] 丁帆主编:《中国西部现代文学史》,人民文学出版社2004年版,第367页。
[2] 张春燕:《〈太阳深处的火焰〉:返归大地的救赎》,《南方文坛》2018年第1期。

发了双方文化因子的流动，也在一种对照模式下组成了"火焰"与"影"的批判性结构。《太阳深处的火焰》原名《皮影》。红柯勾勒了一条主人公徐济云研究皮影文化的叙事脉络，企图以"拟史"的修辞进入其对中原文化的"解剖手术"中。在皮影正式出场之前，红柯先是为徐济云设计了一个值得玩味的标签，即"走在影子里的徐济云"。"以前那些长长短短的影子都在丈夫徐济云的前边，丈夫徐济云一直跟着影子走。影子走哪丈夫跟哪"。[①] 当他套上了一件吴丽梅亲手编织的羊毛衫，"无论是王莉新做的土布衬衫还是洁白的优质纯棉衬衫全都罩在那件手工羊毛衫下边，羊毛的光泽护着徐济云和徐济云的那张脸"，一向走在"影子"里的徐济云才"从阴影里走出来"，重获新生。这似乎有种"面具"赋形的意味：通过话语逻辑颠覆物理学上的认知常识，即光与影的位置关系，将原本错误的、畸形的物理现象改置成了一种极具隐喻色彩的人格投射，从而生成某种沁浸神性色彩的寓言效果。这表示在红柯的文化法则里，光影在"神旨"的感染下被重新组合成了人内心的对应物，且集中表现在"影"的存在方位上。当影子在徐济云的前方，"走在影子里的徐济云"便出现了；当影子跑到了徐济云的后方，一个容光焕发的"佟林"式的徐济云才替代了前者，成为"徐济云"这个符码下的主人格。

影子的移动方向关联着主体对其自我价值的认知变化，其中的决定性因素则是吴丽梅亲手织的羊毛衫。来自塔里木盆地罗布荒原的牧羊女吴丽梅在红柯的阐释下具有"起源"的象征意味："从整部小说的象喻系统看，吴丽梅确实是以一切的'起源'的象征出现……她与空间的'起源'有一体性，其象征的正是作者不断暗示的菩萨、女娲、太阳——她是太初之母、大地之母、救世之母的意义承载者。"[②] 吴丽梅手搓没有加工的原始羊毛在某种程度上暗含着一个能量装置，即动物（羊）的原始力量经过"地母形象"的吴丽梅反复揉搓的动作，合成了一个被神性点缀了的自然发热源。装置不仅保证了物理学

[①] 红柯：《太阳深处的火焰》，北京十月文艺出版社2018年版，第83页。
[②] 张春燕：《〈太阳深处的火焰〉：返归大地的救赎》，《南方文坛》2018年第1期。

意义上的真实能量输出,亦可发散以吴丽梅、羊等为载体的罗布荒原的精神光芒。在物理及精神文化双重能量的辐射下,徐济云获得了以老教授"佟林"为面部及人格表征的第一重"影"。通过借助"衣"的赋魅,徐济云重构了自己的精神面貌,建立起隐喻层次上正确的、向善的、美的"人影关系"。但同时,就在徐济云喜悦于影子的某种可控,而尝试体认自身与佟林的相似与契合的过程中,一个剥离了自我原人格的"假面"也随即生成。换言之,徐济云生命的第一重"影",映射在逝去的老教授佟林的面孔上,呈现出的是某种具有"借尸还魂"的反光效果的虚假之谜:"还是那张苍白的脸,还是那双失神的眼睛,在粗羊毛的掩饰下却显露出那么一点点生机。这正是徐济云与佟林之间仅有的一点儿联系。"① 如果说徐济云的第一重"影"是其假面的代言,那么直至他走进了"皮影"的世界,其暗藏于幽冥之处的灵魂才渐渐显现。在妻子王莉的鼓动下,徐济云与皮影终于相遇了。夫妻二人于电视上看见皮影戏的播出,竟能瞬间进入痴迷忘我的状态,这不仅侧证了皮影文化艺术所具有的强大感染力,更直接地将皮影嵌入了一个"想象自己"的哲学命题中。"皮影是什么?皮影是人对自己的想象"。② 在此意义上,徐济云开启了另一重寻"影"过程,即与民间皮影艺人周猴的邂逅与互相指认。乍看周猴的出场及其被徐济云选定的缘由,似乎显得有些轻描淡写:在皮影艺术研究院主办的座谈会上,"最后发言的那个人啰哩啰嗦说了半个小时,中心话题是恳求专家学者关注自己。徐济云教授就把那个人记住了"。③ 但若联想到徐济云早前曾将两个相似的"平庸之恶"一手捧红,便会发现周猴的命运恰是徐济云自身命运的某种折射与复现。那个曾为了讲好《一块银元》的少年徐济云竟贪图舞台上的瞬间的狂欢而亲手抽掉了自己的"心魂",其与经历过死亡淬炼的周猴正达成了某种感应与通灵。徐济云正是要将周猴塑成巨人之像,才能在捕风捉"影"中窥见自己完美的假象。

从"人影"到"皮影",徐济云以形象大相径庭的佟林与周猴作

---

① 红柯:《太阳深处的火焰》,北京十月文艺出版社2018年版,第55页。
② 红柯:《太阳深处的火焰》,北京十月文艺出版社2018年版,第85页。
③ 红柯:《太阳深处的火焰》,北京十月文艺出版社2018年版,第55页。

第十章　红柯：穿越时空的精神彼岸

为其"影"的两次投射。不同的是，前者需要经由"羊毛衫"的"引渡"，而后者则具备了投射的自发性与原发性；前者直指了徐济云浮于社会表面的伪善皮囊，后者对接了其沉降于基因深处的暗黑幽灵。从一种生活现象到一种艺术媒介，徐济云在两重"影"的包围、重叠、复现中寻觅自我、包装自我、建构自我。当他发现自己无法与吴丽梅拥有灵魂的默契，却能轻而易举地与周猴互通心意，遥呼了波斯诗人鲁米想象自己的诗意旅程时，他遂明白了自身"影"的形态，实则附着在了"活死人"周猴的身上。纵使他最终试图逃离周猴的墓茔而奔入蓝天，渴望寻找吴丽梅留在太阳墓地的死亡之影，但红柯的笔锋就此戛然而止，留下孩童时期的吴丽梅重新想象世界。"皮影"终究无法消退。不仅仅是徐济云教授，王勇博士在撰写《周猴传》的过程中亦逐渐陷入了"鬼境"而变得面目可憎："你越来越像你写的那个周猴。"[①] 皮影的魅术，一面因其厚重的历史积蕴与神性赋魅坐实了"观察者"的位置，并以某种"镜像"的功能接连着灵魂相似的人类，它不断地审视众生，又让众生互相审视，最终迫使徐济云松开了对佟林的想象而被"打回原形"；一面能够让一个神采奕奕的人熄灭了耶和华的烈焰，褪尽光芒而虚化成幽旋漂浮的"影"，最后辐射到万物众生，"我们一生都在互相望对方的脸……当两个这样的人相遇，他们就不再是两个人，他们是一，也是亿……他与你同在"。[②] 无论是"人影"还是"皮影"，红柯均是在"渭北"这个特定的生存领域及文化空间内探讨人如何认识自己、想象自己这一本体论（存在论）的哲学母题。相较之下，"皮影"对生命本体的探源、赋形及外现已经远超于其本身的艺术功能，甚至超越了"人影"可表现自己本身的限度。它以某种"操纵"的方式，将己身之影投射到无边无际的白布之上，再现了一个或可支配、或可反噬的傀儡/幽灵。当徐济云选择为周猴作传，一步一步将其立于朱自强等其他更有才能的人之上，一个带有反讽色彩的命题出现了：人类的主体意志在皮影术的蛊惑下，成了

---

① 红柯：《太阳深处的火焰》，北京十月文艺出版社2018年版，第461页。
② 红柯：《太阳深处的火焰》，北京十月文艺出版社2018年版，第450页。

一个似是而非、不自量力的玩笑，而这却恰恰促成了徐济云及其父老徐有迹可循的高升之路。在此意义上，与其说是徐济云操纵了周猴，毋宁说周猴操纵着徐济云。在对周猴施展"驭人之术"的过程中，徐济云逐渐完成了"想象自己"这个命题。因此，"皮影"以媒介的形式在现实与超现实的空间里穿梭往返、互衬互映，或许在某种意义上更能接近"想象自己"的意义向度，这也正是红柯所想要表达的。

与红柯以往的作品相比，《太阳深处的火焰》更加复杂多元，其一在于"复调式艺术结构"的手法运用；其二在于"总结式"题旨的内容构思。此外，小说设计并展现了以渭北大学为中心的区域性社会文化缩影，将学术界、官、商等互相缠绕的多层权力关系嵌入中国当代知识分子老生常谈的话题——知识分子题材上；将立足宏观文化批判的结构性反思插入了一个更为具体的视点，起到了某种依赖于作者个体经验的"反观"式效果。主人公徐济云自小生长在关中的一个小镇里，是红柯精心创造的一个文化符号。自古以来，关中文化借助亲缘关系将人之性灵封闭在宗法的体制内，催生了诸如徐氏父子一类的世故圆滑的"老油条"。他们善弄权术，嫉贤妒能，唯利是图，甚至将自己的处世哲学以"教学相长"的方式灌输给下一代，酿成了满街"碎善狗子客"的命运闭环。留校任教后的徐济云更是将自己的驭人之术运用自如，不仅"与学生沆瀣一气、粉饰文化、互惠互利"[①]，更是打通了各路人马，游刃有余地穿梭在社会各个阶层之中，利益互生，各取所需。表面上看，徐济云、王勇、张林等知识分子有一副儒雅懂"礼"的皮囊，但此"礼"结构下的"仁"虽有恭敬、体恤之表面，却无宽广、真挚的"善"之内核。整个皮影艺术研究院就在此种伪善的庇护下，联结着渭北大学、周原县企业与政府等诸多权力机构，共同组合成一个巨大的、半封闭式的关系网。人们在其中互通有无、扬长避短、规避风险，到处是有机可乘的利益缝隙，到处是黑暗可怖的隐秘角落。曾在高校执教多年的红柯对此无疑是痛心的。可悲的是，

---

① 于京一：《突破的野心与叙事的沉沦——评小说〈太阳深处的火焰〉》，《当代作家评论》2018年第3期。

第十章 红柯:穿越时空的精神彼岸

徐济云一类的知识分子并不能像红柯一般幸运,拥有逃离这片文化雾霾的契机。于是红柯唤来了天使一般的吴丽梅,赐予她"救赎"的神旨,期待能唤醒一个万物复苏、神采奕奕的中原大地。然而,神光与鬼气的博弈并非如作者的一厢情愿。中原文化内积的顽劣阴鸷亦无法被轻易祛除。正如自古以来思想家与实践者在彼此"上传下达"的过程中常会经历的"脱节"一般,儒学"仁者爱人""内圣外王"的理想期许总是在具体的历史语境中遭遇"意外"与"尴尬",其或是在上层统治者的权谋下,借法家工具论之风,助长了以"内圣外王"为自我进阶的社会风气;或是转而向道家的"无为而治"取经,滋生了一批倦怠厌世的消极性人格。"吴丽梅曾沉浸在老子出关入秦的那一刻,沉浸在顾炎武凭吊周镐京秦咸阳唐长安的那一刻,沉浸在鲁迅登上西安败破城墙的那一刻……那一刻,吴丽梅真正爱上了这块土地,吴丽梅发誓要像顾炎武一样永远留在这里"。却不料想,如此炙热又疯狂的爱恋在面目可憎的中原大地面前被彻底粉碎,历史的滚滚红尘在现实的满目疮痍下逐渐褪色,目之所及尽是苍白无血、骨瘦如柴的"碎善狗子客",于黑暗中嬉笑怒骂、苟延残喘、"醉"死方休。就连男女情爱之事,亦无法逃脱灰霾的覆盖:翻云覆雨的徐济云教授、未来可期的王勇博士、叱咤风云的张林师兄……当这些拥有无限权力的"成功人士"回到自己的爱情天地,却仿佛受到了冰冷的诅咒一般,纷纷于男性的尊严之战中落败,承受被女友抛弃的情感悲剧。小说结尾,吴丽梅在尽享人生欢愉的一瞬却被一股冰凉的精液刺痛;小科长明明在情感上留恋着一手遮天的张林,却还是不由自主地沉溺在"软弱"丈夫赐予她的巨大能量中而无法自拔;王勇的未婚妻最终无法忍受其身上挥散不去的阴冷与萎靡不振,毅然决然地寻找温暖与光明去了……师徒三人在制造悲剧的同时,亦将自己推入了更大的悲剧之中。在此意义上,他们所遭受的"阉割"也不再仅仅是个体的、带有偶然性感染风险的生理隐疾,而在某种寓言的叙事结构下,演化为一种肆虐、泛滥于关中文化、乃至中原文化之上的群体性症候,即沈从文笔下的"阉寺性"。"活在中国做一个人并不容易,尤其是活在读书人圈儿里。大多数人都十分懒惰,拘谨,小气,又全都是营养不足,睡眠不足,生殖力不足。这种人数目既多,自然而然会产生一个观念,就是不大追问一件事情的是非好坏,'自己不作算聪明,别人作来却嘲笑'的观念"。①反观红柯笔下的学术生态,师徒三人竟与《八骏图》里的教授们如出一辙、遥相呼应,甚至在"与时俱进"的话语策略下纵身跃入更加深暗卑劣的利益深渊。就连皮影艺术课题的研究,在以精英知识分子的视点下移、向民间文化领域的追踪开拓以探寻学术开发的新资源、新增长点为意义表现的同时,也不乏报纸刊登、图书出版、发行销售等一系列以经济效益与社会效益为驱动的商业价值追求,可见中原文化培育的数代知识分子在知识的自我塑造与精神的自我塑造之间所产生的严重裂隙,不但没有随着历史的变迁与社会机制的改革而产生弥合之趋势,反而在"后工业时代"愈演愈烈,逐渐酿成以群体元气消泯、精神溃烂为表征的社会文化痼疾。

"如果说,传统教育注重的是知识的真理性质以及知识体系的完整,那么,现今大学开始强调知识的经济价值以及构造的产业链"。②当文化哺育的营养不良与经济利益的趋之若鹜共同制约着知识体系内部的学科规训,知识分子对人文精神的坚守便显得愈加困难。"阶级"的诱惑亦助长了一部分知识分子渴望"改头换面"的思想风气,当他们跃入中产阶级的阵营里,享受了此前不曾拥有的安乐状态,一种迷人而空洞的吸引力便也随之而来。小说中徐济云、王勇等知识分子均是从社会底层成长为中产阶级的案例:经历了童年困苦生活的个体渴望摆脱贫穷的限制,通过"学而优则仕"的规定路线而逃离自身所处的阶级,成为他们不懈奋斗的目标。一旦这个目标得以实现,他们不仅会借助资本的力量不断巩固自身在中产阶级中的地位,以此来维系一种难能可贵的优越感,也会力图隐蔽自身的劣根性,跃身成为中产阶级的群体性代言。

当然,《太阳深处的火焰》并非仅仅为了展现这些知识分子的精神面貌,之所以将知识分子题材纳入《太阳深处的火焰》的视野当

---

① 沈从文:《〈八骏图〉题记》,《沈从文全集》第8卷,北岳文艺出版社2009年版,第195页。
② 南帆:《知识与文学:现代性的裂变》,《南方文坛》2019年第6期。

第十章 红柯：穿越时空的精神彼岸

中，一是出于红柯自身的经验之谈；二是着眼于其"文化改造"工程的人选物色。经过前期创作的反复锤炼与阅读的深度积累，红柯终于摸索出了一套合理、清晰、流畅的阐释方式。从在地理学意义上重构人类文明曙光的诞生地——塔里木，到探寻时空交会的起源之地——太阳墓地，红柯一面以"史诗互证"的方式强化西域文明的纯洁与神圣，并在新疆现实面貌的基础上不断提纯，将其形塑成一个审美意义上的、具有反思中原文化之内面的"风景"；一面以追根溯源的形式强调中原文化可被改造的现实依据，通过将其复位至张载创立的"关学"，并与喀拉汗王朝诗人玉素甫·哈斯·哈吉甫的《福乐智慧》相提并论①，拟从文化基因的角度落实此改造的文化接受基础，同时从张骞出使西域的历史经验出发，以"史性"关怀的角度重寻中原文明之"根"与"乡"，致力在中原文化日益腐烂的当下能够顺沿往时的文化轨迹，开掘出一条"诗史互生、人神共处的生命之路"。② 可以说，红柯从正反两面、古今衔接等多角度论证了其文化改造的合理性，并积极争取、建构本民族文化的继承权及发展方向的话语权。但问题是，如此动人的改造究竟靠谁来完成？改造的具体步骤又该是怎样的？

"徐济云"的身份设定成了前者的答案。红柯精心设计的这个文化符号绝非单单承载着批判、反思的创作使命，更为重要的是，以徐济云为代表的知识分子恰是文化改造的关键群体。从历史的现实发展来看，历代知识分子对中国文化发展变革的参与、建设总是充当着某种"先锋"的角色，尤其至"五四"新文化运动，甚至一度引发了"知识分子先驱决定中国历史发展趋向"的激烈言论。似乎"知识"与"文化"之间存在某种不证自明的逻辑导向，而"知识分子"与"文化发展"间的关系亦在此逻辑导向的规约下构成彼此间的增益或约束。红柯领悟于知识分子肩上的文化责任，在其理想的设计蓝图中，他们义不容辞、当之无愧地扮演着文化改造之带头人与建设者的角色。但前提是，他们必须完成自我启蒙的步骤，确保自身拥有足够的启蒙

---

① 在红柯看来，《福乐智慧》不仅具有极高的艺术价值，也是一部具有体察社会景观、内含丰富智慧的治国之策。

② 张春燕：《〈太阳深处的火焰〉：返归大地的救赎》，《南方文坛》2018年第1期。

他人的资本。知识分子的启蒙意识总是一个常谈常新的话题，而在红柯的思维框架中，启蒙发生的场域纵横着以中原文化与少数民族草原文化为对峙双方的文化样态，前者以死性、闭塞、迂腐、僵化为精神表征；后者则呈现出宽阔、大气、阳刚、雄伟的文化景观。因此，红柯要求中原知识分子所需的启蒙，在保证其自身人格丰满向善的同时，必须具备一种鲜明的反叛意识，即对中原文化中糟粕的切实体认。反观小说，以徐济云教授、王勇博士、张林师兄为代表的知识分子显然尚未进行自我启蒙的阶段，甚至当少数民族草原文化的传播者——吴丽梅，进入中原大地以输送新鲜、流动的氧气，他们无动于衷的表现。可知红柯的改造方案虽有构思之心，却无实践之力，这也构成了其文化理想的某种断裂。

　　依赖于知识分子所进行的文化改造，却被知识分子精神视野的故步自封而拦腰折断。由此再思考红柯选择皮影艺术作为自己观察、理解、批判母体文化的切口：皮影原来是周人为保护孩子而上演的"障眼术"，面对狼群的大举进攻，老人戴上面具将自己装扮成"碎娃"，完成了生命的让渡。举着火把跑向野地的老人在皮影的遮掩下，恰似返老还童的幼儿，将生命的火光刺向皮影、照亮大地，皮影的意义也由此而生。久而久之，"皮影模式化以后只能晚上表演，只能用灯取光，从油灯到汽灯再到电石灯到电灯，再也无法回归生命深处喷射出的火焰"。① 当工业化冲刷了一切朴素价值，皮影在集约成模式化表演的同时，亦逐渐退化成了一种工具与消遣的娱乐游戏。它不再释放原始生命的气焰，而伴随着时间、效率、花样摆设的步步紧逼，走向了自我的空洞与抽离，走向了时代感染的异化。即使红柯在《太阳深处的火焰》中并未刻意提及有关现代性的反思，但皮影的失落，恰是在现代化的社会经济结构中酿成的，其擅长的驭人与模仿亦是在"异化"的时代氛围下习得的。在此意义上，皮影成了一种象征性的文化心理结构：它以自身经历的失意，影射了"人"如何在时代浪潮的步步形塑下，逐渐褪去了自身的光芒而变得孱弱枯槁。因而皮影就是人

---

① 红柯：《太阳深处的火焰》，北京十月文艺出版社2018年版，第132页。

的灵魂。没有了火光的皮影，就如失去了火焰的灵魂，生命力亦在此种"火"的消逝下慢慢衰亡。

从最初"现实"的发现，走向西域"人"的发现，回陕后"以人入史"，红柯创作的"三部曲"构成实（现实）、诗（诗性）、史（史性）三位一体的、带有浪漫主义情怀的现实主义创作，形成其独特的文化史观。总体来看，红柯的小说有以下四个特征。第一，浪漫主义的英雄情结。从《西去的骑手》开始，红柯便彰显西部英雄的豪情壮志，一方面表达其英雄崇拜的情怀；另一方面也借此呈现一种"力与美"的形象原型。第二，神话赋魅。红柯运用大量的神话传说，寓言式地将小说镀上反现代性、重建自然神性的光辉，为其理想主义的文化造景、民族性的传统发掘构成铺垫。第三，诗性文风。红柯自诗人转型为小说作家，很大程度上保持了其诗性的语言风格，在诸多遣词造句上"心"想胜于"脑"思。第四，自然生态意识。红柯表达对自然万物的生命崇拜，对现代工业（机器生产）的质疑反思，试图新建一种人与自然共融模式，构成了万物有灵的朴素生态观。这些"标签"似乎能够将红柯指认为西部作家，但他更多是在陕派作家的圈落里被认识和关注的。从陕派作家传统的脉络来看，红柯之于其序列里可谓一个"异数"。他身上不乏陕派作家共有的乡土性，从他建立起的故土、大地、生命本源、死亡等在内的修辞系统中，可寻找其系于地域文化的世界性想象与乌托邦补偿意味的审美文化诉求。但不同之处是，相较于经典的陕派作家守着"乡土"的方圆与边界，自耕于现实主义批判，红柯却有意跳出乡土的视野。而基于自身的"出走"经验，红柯不仅在对乡土的自觉体认中积攒了相对的批判力量，更为重要的是，他经过一系列的体验、创作、反思、再创作的思考链后，已经萌生了切实的文化改造意图。

当他从陕西来到新疆，且两种文化、文明在他的精神层次里开始博弈时，"时空"的无限感开始在他的脑海中滋生、蔓延。通常来说，中原文化（尤其是农耕文化）对时间节奏的把握、对"家"空间的持守以及对日常生活的精打细算让中原人拥挤在狭小的平面世界里，且日益扁平、消瘦。相较之下，草原文化能赋予人奔放、恣意与漫无目的的自由，保持个体生命的立体与精神的富足。由此，无限的时空感让红柯萌生了徜徉于天地之间的"宇宙感"。"我一直以为世界与宇宙是有区别的，世界是当下的，是平面的，世界观不等于宇宙观，宇宙是无限的时间与空间，在西域瀚海人很容易消失在时间与空间中，人更近于宇宙天地。在群山草原大漠体验天人之际古今之变，那种天地人宇宙一体绝不是概念与理论而是生命本身。"[1] 在汲取草原文化的营养后，红柯将其感知、追求的"宇宙感"进一步塑化成了"宇宙观"。文本意境的营造、故事格局的建构，不免囿于表面而缺乏哲学思辨的穿透力，因而红柯需要找到某种恒定的、直击人心的、甚至可能带有一定的策略意义的表达方式来为自己的思想精神撑腰。无论是《金色的阿尔泰》中借助植物的生长力量构建向"神"进化的"假死亡"、《太阳发芽》《父与子》中"老人"融入大地后获得重生资质的灵魂"不灭"；还是在《鹰影》《古尔图荒原》中"父亲"与女知青的死亡肉体被拟态成"鹰"与"小鸟"的形体寓言；或者《打羔》中骑手生命气数消失殆尽时弥留的蓝色梦幻、《雪崩》中"死者"等候的"归山仪式"、《玫瑰绿洲》中"死者"因"灵肉合一"才得以安魂、《骑着毛驴上天堂》中"死亡使者"的无奈溃败……红柯借助神话、传奇等元素的渗入，以突破人类生理的线性时间的方式模拟了包括存在空间、想象空间、物理空间、精神空间在内的空间延展、变幻、替代或交融。在无限的宇宙中，没有时间轴上的"历史"，也没有空间轴上的"地域"，所有生命一视同仁地被敬畏、珍爱。

可以说，红柯从自身的感受、经验出发，以多年的知识文化储备为资源力量，酝酿结成了由文明与文化的精神失落转向"宇宙观"的思维养成这一逻辑。但值得注意的是，虽然此种"宇宙观"的实现依赖于个体的精神共振，但其绝非止步、满足于个体的感官体验。本就为针对文化进步、社会改造而构思的信仰力量，其最终的意义指向也必定会归于一个视野更高、范围更广的价值场所，或可归纳为一个理

---

[1] 红柯：《从中国经典出发》，红柯《绚烂与宁静》，北京十月文艺出版社2016年版，第71页。

想化的文化改造系统。红柯所谓的"文化改造",即指通过"输送"的方式,将以新疆少数民族草原文化为代表的"边缘活力"文化注入呈萎缩、僵化状态的中原农耕文化中。倘若异质文化哲学间的落差与观照恰能构成某种"补偿"行为的前提,那么按照红柯的理论设计,其文化改造方案可以总结为"自然—个体—文化"的养成模式。红柯通过重建自然生态系统,使得"人"在这一生态系统中得到熏陶、治疗甚至救赎,目的是营造出人与自然能够和平共处、共融共生的景致,从而生成和谐、理想、健康的文化生态。此种文化养成模式看似动人,但其中隐藏的问题也发人深思。第一,看似有效的生态拯救倘若依赖"异质文化"的持续输入,那么在中原农耕文化地区是否有资格享有这一拯救成功的果实?第二,倘若红柯对新疆少数民族草原文化的热忱已经酿成了某种偏至,而此种文化偏至又在文本间构成了某种文化优势,这是否会意味着中原文化会在一定程度上受到潜在的、隐形的压制?当然,红柯并非没有考虑到以上两个问题的现实性。为此,他利用"宇宙观"的普适经验将两种异质文化得以自然地对接,最终呈现出一条以个人的"宇宙观"经验汇聚而成的文化"龙脉"。"仓颉造字感天地动鬼神,字是一种有限的东西,字的出现有一万个好,但也意味着对宇宙的损伤,世界不再完整,你也不要老是西域中原的,我当时的真实想法是人与这个世界。"[①] 这表明,红柯理想的文化形态实则具有强烈的乌托邦色彩,是一种极具审美性的、经由想象过滤并提炼过的"大地文化"。这就意味着,它不仅能够为中原文化的"进化"提供合法性及有效性,也尝试摆脱异质文化间可能会存在的遵循/贬低对方的二元对立的风险。从理论预设上看,此种打通异质文化间的隔阂,连通陕、疆以及丝绸之路上的多重地域的文化理想着实让人耳目一新,但如此一来,问题又落回了文化启蒙的主体性上。《太阳深处的火焰》没能解决的知识分子的自我启蒙问题,导致红柯的文化改造缺乏启动的燃料。这或许也是红柯"未完成"的缺憾之处。

---

① 李勇、红柯:《完美生活,不完美的写作——红柯访谈录》,《小说评论》2009年第6期。

第十一章　冯积岐：历史反思、人性探索与"现代现实主义"

第一节　苦难人生酿就文学志业

冯积岐，当代小说家，1994年加入中国作协，曾任陕西作家协会副主席。1953年3月15日（农历二月初一）出生于陕西省宝鸡市岐山县陵头村，村头有一棵千年白皮松，后来他笔下的"松陵村"即来源于此。这一带背依秦岭余脉，连接关中平原，为西周发祥地，是周平王东迁洛邑前400年西周都城所在地，考古发现有大量商周遗址和王室墓葬群，历史悠久，文明灿烂。

祖父冯生学，约1894年生，兄弟四人。是远近闻名的大木匠，善于经营农活，与原配郭氏生养子女三人。郭氏去世较早。二祖父娶妻白秋娃，生养二女后不久去世。遗孀白氏改嫁祖父，膝下二女由祖父养育，因此二祖父的家产也划至祖父名下。冯积岐作品中多次出现的祖母形象，即是以白秋娃为原型的，她在冯积岐的性格和心理成长过程中产生了重要影响。祖父和白秋娃婚后育有一子，为冯积岐叔父。祖父凭借勤奋劳作和聪明才智，至1950年"土改"时已购田置地二百亩。但"土改"之后，一部分农田、农具、房舍被没收，祖父即沦为"地主分子"，但因其一直是勤俭的劳动者，难以定性，三年后"地主分子"的帽子就被摘除了。祖父冯生学精明能干，但嗜财如命，甚至冷漠无情，1958年去世。

父亲冯士玉，1932年生于距陵头村三里的北郭村，一岁左右被祖父抱养。1949年农历十一月，前往宝鸡市参加干部培训班，次年2月

第十一章 冯积岐：历史反思、人性探索与"现代现实主义"

回岐山县参加一期、二期"土改"，同年与农村女子祝蕊存（1934—1995）结婚。后任岐山县农林局副主任，1958年响应干部上山下乡号召回到农村，结束了九年的干部生涯。1958年至1964年，任岐山县北郭公社陵头大队会计。冯士玉生性善良，但敏感多疑、优柔寡断，在经历一系列家庭变故后性格越发古怪、暴躁和冷漠，经常对妻子恶言恶行相加，这对包括冯积岐在内的二子四女造成了很大的心理创伤。

1953年冯积岐出生，为家中长子，此时家道已呈没落之势。他寄养在祖母白秋娃身边，直到成年。1959年在陵头村读小学，1963年转至北杨村小学，1964年毕业。四年级时，冯积岐第一次囫囵吞枣地读了历史小说《空印盒》，从此开始攒钱买书。七八岁时曾失足跌入八九丈深的井里，因井水浅，逃过一劫。在周公庙中学读了一年后，学校迁至岐山县城东的范家营村。中学期间懵懵懂懂地读过《苦菜花》《铁道游击队》《青春之歌》《红岩》《红旗谱》《苦斗》《三家巷》《创业史》等20世纪五六十年代出版的一批红色作品，这为他日后走上文学创作道路播下了种子。但也因偷看张恨水小说《魍魉世界》，被校长在全校师生大会上点名批评。1964年"社教"运动工作组进入陵头村，冯家被重新定性为地主，大多田地和房屋被没收，生活彻底陷入窘境，冯积岐和弟、妹们沦为"狗崽子""黑五类"，年幼的身体和精神承受着双重煎熬。中学时期的冯积岐多次申请入团被拒。"文革"开始后，他和家人更是遭受了一轮又一轮冲击，其间多次被抄家，之前读过的许多书籍，也在运动到来前夕自行焚毁了。造反派从叔父家土炕下的一口井中搜出了祖父不知何时藏下的半笼银元、玛瑙、翡翠和玉器，被没收后去向不明。一次参加文艺宣传节目排演时，差点被玩伴开枪误打致死，万幸子弹飞过头皮在身后的墙上打出一个大坑，命途多舛的他再逃一劫。"文革"期间他也写过大字报，参加了不知"革"谁"命"的革命运动，亲眼见过高年级学生批斗老师，但最后因地主成分不让加入红卫兵，也没有机会被推荐读高中。1967年年底回家后，就再没去过学校，打算当一辈子农民，从此挑起了家庭生活的重担，饥寒交迫、忍辱负重地努力维持生存。尚未成年的他参加过公社劳动，修过水库和公路，承受着繁重的体力劳动。邻居和媒人先后给他介绍过三个同龄女子，但都在对方父母了解到他的家庭成分后一口回绝。为此冯积岐心灵深受打击和戕害，一度下定决心终身不婚。1972年，在父亲的坚持和努力下，以"换亲"形式和同村同为"地主分子"出身的女子董喜秀结婚，成立了新家庭。但婚后二人生活依然十分艰难。1975年祖母白秋娃去世，冯积岐心灵再次经历沉重的伤痛。青少年时期亲历的一场场剧烈运动、家庭矛盾和来自周围人的歧视、侮辱，在冯积岐心灵世界里造成浓重的阴影和深刻的创痛。这些在他后来的诸多文学作品中不断被回忆和诉说，成为他持续书写人性与反思历史的重要来源。

1976年"文革"结束，当代中国迎来巨大历史转变，1978年十一届三中全会召开，"拨乱反正"工作从中央到地方持续开展，冯积岐一家得以平反，摆脱了"狗崽子"的身份，成了"人民"的一分子，长期笼罩在他和家人心头的重重荫翳逐渐散去。两年后，经在陵头村工作的远房叔父介绍，他前往生产队担任出纳、管理员和兽医，同时去工地拉土，挣到了人生第一笔钱，购买了第一辆自行车。在此前后，他通过邻村朋友、在陕西大型印刷厂工作的张广生读到了复刊后的《延河》和《人民文学》杂志，从此开始大量阅读新的文学作品。又通过在陕西师范大学读书的同学借到了《罪与罚》《复活》《莫泊桑短篇小说选》《契诃夫小说选》等西方小说名著。这些阅读使他受到极大启发，从此开始一边挣钱养家糊口，一边沉浸在阅读与写作尝试中。

1982年冯积岐30岁，他写了三个短篇小说：《拆房》《捞桶的人》《粮子》。在邻村朋友的介绍下，时任《延河》编辑徐岳老师来到冯积岐家里，阅读了他的几篇创作，并挑出了《捞桶的人》一篇仔细指导修改，这篇作品最终以《续绳》为名在《延河》1983年第5期上发表，小说通过描写苗杰和武三两人由早年以捞桶为生、患难与共的亲密关系，到多年以后变得陌生、疏远，再到最后的"弥合"这一情节变化为线索，揭示出改变生产管理体制的核心是要改变人与人的关系问题这一时代新主题。小说以小见大，角度新颖，富有深度。这是冯积岐创作史上第一篇公开发表的作品，标志着他创作生涯的正式开始，

第十一章 冯积岐：历史反思、人性探索与"现代现实主义"

他的人生命运在此发生了重要转折。

1984年4月，冯积岐到北郭乡政府任通讯员，负责九个生产队广播站的通讯报道。其间他买来了沈从文和孙犁的作品集研读、思考，继续创作、修改、投稿，但稿件总是被退回。冯积岐并没有灰心，1986年《延河》第1期上又刊载了他的第二篇小说《舅舅外甥》。这篇作品仍然是通过书写人与人之间关系的变化，来凸显新的生产关系下社会伦理和现实生活的新变化。小时候相处融洽关系甚笃的舅舅和外甥两人，后来却变成了"雇主"与"长工"的关系。作为"雇主"的舅舅不乏精明的商业头脑，但却好利忘义、锱铢必较、吝啬无比；作为"长工"的外甥栓狗勤劳朴实，但却软弱怕事。矛盾在最后时刻爆发，外甥栓狗在母亲的怂恿下，去偷舅舅的辣子作为补偿。被舅舅发现后关系破裂，栓狗遭到羞辱，最后他选择复仇，竟然搭上了人命，小说的悲剧性质不禁让人深思。作者所塑造的这二人形象，性格各有主要特点，但又不是扁平化的。舅舅的经济头脑在新的生产关系和商品经济形成之时有一定的进步性；而勤劳、质朴、善良的外甥在最后竟然爆发出人性至恶。悲剧的酿成，除了两人自身性格的问题，还与他们思维、见识的愚昧落后有密切关联。正如评论家彼时所说："作品对时代矛盾的揭示也就由伦理观念和经济利益的冲突的表层，深化到了小生产者落后狭隘的个人欲望和历史发展相矛盾的深层。冲突的焦点是他们的生活观念、文化心理和社会改革、农村现代化的关系，冲突的悲剧性则在于他们自身文化心理的局限。"[①] 不久后，作品被《作品与争鸣》《五角丛书》转载，产生了较大影响。

自第一篇作品发表，冯积岐先后三次来到省作协参加座谈会，与路遥、贾平凹、陈忠实、李小巴等一批中青年作家交流创作经验，老一辈作家胡采、王汶石、杜鹏程参与指导，评论家王愚、李星、李国平等纷纷对其作品进行评论。20世纪80年代整个中国社会和文学创作都呈现出生机勃勃和五彩斑斓的全新气象，这深刻激发了冯积岐的创作欲望。他广泛阅读中外经典文学作品，自觉尝试引入新的观念和

---

① 李国平：《悲剧性冲突和冲突的悲剧性——我读〈舅舅外甥〉》，《延河》1986年第1期。

技巧。至1988年，已在杂志上发表多个短篇小说，包括《豹子下山》《日子》《在那个夏天里》《地下水》等，在陕西文坛获得了更多关注。这些作品在题材和写法上更为丰富和新颖，他青少年时期曲折的人生经历和被压抑的欲望由艺术化的方式呈现出来，但多少仍显出一些稚拙。因这些创作实绩，1988年9月冯积岐被西北大学中文系举办的第二批作家班录取，开始系统学习和阅读中外文学经典，鲁迅、沈从文、张爱玲、孙犁、许地山、契诃夫、莫泊桑、梅里美、欧亨利、乔伊斯、海明威、福克纳等中外作家成为他钟爱和效仿的对象，西方"现代派"创作理念与精神使他神往，他将此运用到自己的创作实践中，以寻求新的突破，创造出不同于以往和当时陕西文学主流的另类艺术。1990年作家班学习毕业，两年间发表5篇小说，不算高产。主要是他一边要回岐山老家耕田劳作，一边要从事阅读与写作，另外还要在省作协办一份内刊《中外纪实文学》，正式的工作问题未得到解决，生活没有着落，又加上经常生病，已患上抑郁症的他症状更为严重了。冯积岐对文学有着执着的理想和深入的思索，但自身和现实的诸种因素使他早期的才华和思想并未完全展示出来，他多少显得不平、愤懑和自责。

1992年他回到岐山周公庙，开始构思第一部长篇小说《沉默的季节》（2000年出版），1993年散文集《将人生诉说给自己听》出版。1994年，冯积岐进入陕西省作家协会工作，成为正式干部，从此开始了专职文学创作道路，该年发表《没有屋顶的房子》《我的农民父亲和母亲》等中短篇小说15篇，进入创作爆发期。1995年1月起担任《延河》杂志编辑，领到了第一份正式工资，该年发表中短篇小说9篇。此后他以平均每年发表十多个中短篇小说的成绩，迅速成为陕西乃至当代文学界有重要影响力的作家。这可谓冯积岐真正走上文学自觉的一个重要阶段，他非常注重和偏爱对"现代派"艺术的吸收和运用，在小说的叙述视角、时间、空间、手法和结构上都多有新创，而且在内容上涉及人性、历史、情欲、性、潜意识等多个领域，评论家们都注意到了他作品的"现代主义"特质和鲜明个性。省内外许多著名评论家、作家纷纷撰文讨论其文学创作的重要美学

第十一章 冯积岐:历史反思、人性探索与"现代现实主义"

和思想价值。① 李建军认为:"悲苦与抑郁,压迫与解放,是冯积岐几乎所有小说的情感特征和中心问题……小说常常取一个被疏离、被放逐、被压抑者的角度来展开叙述。"② 而另有评论家也指出:"在'怎么写'上冯积岐显露出独特的个性,有一种小说本体意义上的追求。在'写什么'上,冯积岐也有更深的挖掘,使小说有一种内在的东西。"③ 此后,他即在"现代派"这条道路上不断摸索、耕耘,当然很多时候他也并非放弃"现实主义"。早年构思写就的长篇小说,在进入21世纪时才出版,此后他则将主要精力放在了长篇小说创作上。

1983 年迄今冯积岐已走过了 40 年的创作历程,共发表中短篇小说三百余篇,长篇小说十五部④。纵观他的文学创作历程,尤其是长篇小说艺术,历史反思与人性探索的主题十分突出。一方面,冯积岐从个体创伤经验出发,上升到对国族创伤经验的反思,以呈现 20 世纪特殊历史时段被遮蔽的另类历史本相;另一方面,冯积岐从两性"情欲"世界出发,探讨人生痛苦和悲剧的根源,使"情欲"与"历史"在文本中构成富有张力的对话,并由此塑造出一系列复杂独特的人物形象。其作品所呈现的广阔、深厚的思想特质及美学内涵,既是他曲折的人生经历、命运遭际的艺术化呈现,又是他对历史、民族和社会强烈责任感的深沉思索,这些与他所坚守的现代主义精神和创作理念相得益彰。但客观而言,冯积岐的创作实绩长期以来并未受到文学研究界的广泛关注,个中缘由当与他作品与时代潮流的"紧张感""疏离感"有关,也与现代主义创作方法、理念在 20 世纪 90 年代后中国文学界的整体命运密切相连。尽管如此,他仍然坚信"是作家就让作品说话"的人生信条,用新的作品不断叩问着历史、社会与人性的诸

---

① 以上有关冯积岐的家世、人生经历和早期创作材料,均来自冯积岐自述、李继凯主编《冯积岐评论集》(文化艺术出版社 2013 年版)、郑金侠《用苦难铸成文字——冯积岐评传(1—12)》(《传记文学》2014 年第 1—12 期)和周书养整理的《冯积岐创作年表》等。
② 李建军:《压迫与解放:冯积岐小说论》,《小说评论》1996 年第 5 期。
③ 夏子:《午后之死——冯积岐和他的小说》,《小说评论》1994 年第 5 期。
④ 冯积岐长篇小说有:《沉默的季节》(2000)、《逃离》(2010)、《敲门》(2005)、《大树底下》(2005)、《两个冬天,两个女人》(2011)、《村子》(2007)、《粉碎》(2012)、《遍地温柔》(2008)、《非常时期》(2013)、《旋涡》(2014)、《重生》(2015)、《关中》(2015)、《渭河史》(2019)、《西府关中》(2019)、《凤鸣岐山》(2021)。

种难题。回头来看，他的艺术实践在"新时期"以来的陕西乃至当代中国文坛都是独特而富有艺术生命力的，并且再度为读者思考"现代主义"在20世纪中国的兴衰沉浮及当下境遇提供了极富参考价值和反思意义的典型案例。

第二节　历史记忆、创伤书写与人性探索

冯积岐的第一部长篇小说《沉默的季节》在2000年出版，但这部作品的写作构想早在1992年就产生了，他前后写了三稿，历时四年多，定稿后却换了四家出版社，五年时间都没有出版成功，最后由长江文艺出版社全文接收，出版后和阎连科等人的小说同时获得了"九头鸟长篇小说奖"。这部作品同样是作者根据自己的人生经历创作的，小说故事发生的背景主要集中在1966—1976年这特殊的"十年"，但作品重心并未放在宏观的历史事件和显赫的人物上，冯积岐运用意识流、荒诞主义等现代派技法，深度刻画了一系列小人物复杂的性格、心理和行为，展示出荒诞时代如何对人的内心和灵魂造成扭曲与异化，以及这些扭曲、异化的人物又如何进一步推动着社会荒诞剧的持续上演。作品引发了文学界的热议，评论家认为其在"社会历史批判的深度和广度"上达到了"新高度、新水平"[1]，"具有浓厚的现代主义特色"[2]。

一　被遮蔽的个体与国族历史创伤

自《沉默的季节》以来，冯积岐的长篇小说几乎都涉及20世纪革命年代的特殊历史图景，小说中男主人公大都有一段相似的人生经历：父亲或祖父在民国时期是开明地主或绅士，但在新民主主义革命和后来的历次政治运动中被划分为地主、富农或历史反革命，从而遭

---

[1] 李星：《热血铸就的生命笔墨——论冯积岐和他的〈沉默的季节〉》，《文学报》2000年第28期。
[2] 张曦、葛红兵：《论〈沉默的季节〉》，《小说评论》2001年第5期。

第十一章 冯积岐：历史反思、人性探索与"现代现实主义"

受批斗、抄家甚至枪毙的命运，主人公也因阶级成分的划定而无法拥有与"贫农"相同的政治权利。如《沉默的季节》中的周雨言、《大树底下》中的罗大虎、《村子》中的祝永达、《遍地温柔》中的孙明根、《两个冬天，两个女人》中的达若、《逃离》中的牛天星、《粉碎》中的景解放、《渭河史》中的田方伯和罗天龙……特殊历史时代下个人命运遭际和精神创痛成为冯积岐小说中反复出现的"故事原型"。作者如此频繁地将那些历史过往投射到作品主人公身上，无疑是其生命经历的复活与重现。在一篇访谈中，冯积岐这样说："我有一种深厚的'文革'情结。因为'文革'伊始，我就被迫辍学……我个人由于家庭成分是地主，不让读书。这个打击对一个初中刚毕业的少年来说实在是太沉重了……更不用说在整个文革时期经常陪斗、被训话，人格受到凌辱，又连续两次目睹家产被抄，我的尊严遭到无情地践踏。"[1] 文学创作与作家本人的生命历程密不可分。冯积岐人生中那些惨痛的经历不仅在现实中给他的成长、生活蒙上了巨大阴影，并且在精神上成为他无法痊愈的心理创伤。在 20 世纪后半叶风云变幻的革命年代，系列政治运动在全国范围内相继开展，至今仍对中国社会产生着深刻的影响。若回归当时的历史语境，政策制定者的美好初衷和政策实施初期的积极效果自然不容否定，但"运动"后期出现的重大负面影响却需要人们不断正视、反思，吸取经验教训。"土改"运动中一些地方简单划分阶级成分及粗暴对待地主、富农的行为，"反右"运动扩大化后大量无辜党政干部和知识分子蒙冤受害，大跃进和人民公社化运动中的"五风"及接踵而至的"三年困难时期"……都是 20 世纪后半叶的历史"遗产"中需要深入研究和反思的。1976 年"文革"结束，这些历史问题成为新政制定者的历史镜鉴，"拨乱反正"开始，执政者迅速对历史遗留问题做出调整与纠正。三十年在人类历史长河中虽十分短暂，然而对生命个体而言则是大半生或一生的岁月，其中的温暖或冷酷，美好或残忍，正义或黑暗，人道或血腥都需要个体一

---

[1] 邰科祥、冯积岐：《好作家要能表达边缘的东西——冯积岐访谈录》，《宝鸡文理学院学报》（社会科学版）2011 年第 2 期。

点一滴地演绎、体验和承受。在政治气氛空前紧张的年代，个人遭际与时代变迁前所未有地联系在一起。由此读者看到了冯积岐对那段特定历史背景下家族和个人遭际的"耿耿于怀"，他成长历程中挥之不去的伤痛记忆和生命体验在长期的被压抑和遮蔽后终成他作品中持续发出的"呐喊"。

在《沉默的季节》和另一部长篇《大树底下》中，作者集中展现了那段历史的复杂本相。几代人辛勤劳作打下的基业，一夜之间几乎全化为灰烬。伴此而来的是被划成地主和富农分子，人之为人的正常权利受到剥夺、尊严遭受践踏。阶级斗争中无休止的批斗、凌辱、殴打、示众司空见惯，批斗者们丧失了基本的公正和良知，放弃了善与美的准则，使邪恶与暴力肆意蔓延，其中很多人死于非命。正如《沉默的季节》中村干部夏双太怒斥周雨言"你是人？你连狗都不如！"①那样，一旦成为"黑五类"和"狗崽子"，便失去了人之为人的基本权利。《大树底下》中的村领导卫明哲在"社教"期间，为了把罗家补定为地主分子，威逼、暴打老实、善良的世堂写交代材料，而罗世堂最终屈打成招。罗家被补定为地主分子后，被分了"浮财"，遭到激烈批斗，从此一蹶不振。同是小说中的小孩罗大虎，偷看干部卫明哲与贫农许芳莲偷情，被发现后遭到毒打，之后突然失明。类似荒谬的情节，并非作者全然虚构，其深刻揭示出特殊年代不受制约的"权力"对人性的扭曲与戕害，具有抵达人的灵魂和历史深处的强烈真实性与震撼效果，同时深刻昭示了法治、人权和公平于社会文明进步的极端重要性。

纵使历史已成为过去，那些承受了灾难性打击的几代人已逐渐逝去，但彼时的他们在肉体和精神上所遭受的煎熬和折磨是无法想象的，即便是遭受打击的一部分幸存者，也不得不与久治不愈的精神创伤艰难搏斗。不唯如此，在长达几千年的封建社会，贪官污吏为非作歹、地主恶霸欺压百姓的现象不绝如缕，这无疑是"革命"发生的根本原因。但在特殊的年代，其中被以"革命"之名行"公报私仇"之实而

---

① 冯积岐：《沉默的季节》，长江文艺出版社2000年版，第11页。

第十一章 冯积岐：历史反思、人性探索与"现代现实主义"

错划为"黑五类"的当不在少数，这类群体在暴风骤雨中被迅速边缘化，即便是基本的正义和权利都无法得到保证，历史也在有意无意中遮蔽了他们正当的诉求和声音。冯积岐的小说中，这类在常见的"革命历史"叙述中压迫"贫下中农"的"黑五类"，成为小说中被"贫下中农"专政和欺凌的对象，成为被历史文本和官方叙述所抛弃的边缘人物。作者试图在远去的历史背影中，为这些边缘群体发声，诉说那些被遮蔽了的伤痛体验和生命记忆，尽管这声音微弱、孤独且缺乏回响，但却足以刺痛和震撼当下人们的神经，这是作者的写作责任和好作家的写作伦理要求使然。正如冯积岐多次谈到："好作家要能表达边缘的东西，表达人的最复杂的心理和情感，那些不能用道德去廓清的东西。"[1]

冯积岐笔下的周雨言、罗大虎、祝永达、孙明根、达若、牛天星、景解放、田方伯、罗天龙等人的家庭遭遇和个体命运并非个别和零星的，作者的书写绝不仅仅局限于他个人的不幸经历中，而是有着自觉的社会、人生思考和艺术担当，有着担负人类肉体和精神苦难的道德使命感。换言之，他在书写个人命运沉浮的同时，也以真实的文学表达去思考国族的命运与未来。"我们这一代人集体失忆，是对民族的不负责……我觉得作为一个作家，首先不能遮蔽历史的真实，不能给读者提供伪历史。"[2] 因而读者在其小说中看到了他由个人创伤体验的书写，上升到了国族创伤经验的反思。除去不可抗力的天灾，那些因僭越理性、泯灭良知、违背常识、丧失人道而造成的"人祸"，及其产生的政治和人性根源，是作者力图表现与反思的重要问题。这同时警示人们，若只是一味地有意忘却和遮蔽历史，悲剧的再次上演并非没有可能。这不仅是冯积岐所深切忧虑的，也应该是每位有良知的写作者要去思索和追问的。

冯积岐最新长篇小说《渭河史》，再次将笔墨集中于历史叙述上，

---

[1] 邰科祥、冯积岐：《好作家要能表达边缘的东西——冯积岐访谈录》，《宝鸡文理学院学报》（社会科学版）2011年第2期。

[2] 李继凯、冯积岐：《复杂人性的探寻和文学生命的建构——关于冯积岐小说创作的对话》，《文艺研究》2012年第12期。

不同的是，这部作品的镜头拉长到了晚清民国，有关家族、故乡和村落的传说和历史记忆构成了小说的基本内容。作者继续以人道主义的温情叩问历史，揭示自然、人性与社会的美好和残酷。天灾频发、匪患四起、官兵作乱、军阀混战，原本安宁祥和的村落变得一片荒芜，而不论是生活于斯的乡绅富商，还是农夫小贩，在突如其来的"天灾人祸"前都脆弱不堪，命如草芥。冯积岐以他深沉而冷静的笔触，真实呈现出一个家族、村落的历史变迁和深重苦难，正如小说中所言："谁来眉邬县，咱还是种那些地，缴那么多粮，天下老鸹一般黑……怎么弄，都是种地的人苦。""大军阀、小军阀，这十几年来打打杀杀，即使风调雨顺，地里不少打粮食，老百姓还是过不上安然的日子，老百姓横竖是苦。"[①] 这何尝不是经历了几千年的封建时代，一个饱受天灾人祸侵扰的民族的真实写照和历史寓言？但在叙述这些深重的苦难外，作者的笔端仍投射出人性与爱情的光辉和温情，尤其是段志梅对田河鼓的矢志不渝的爱，类似这样的情节，读之令人动容与振奋，小说因此又增添了不少明亮的色调。冯积岐在对黑暗与苦难的深刻揭示中，深沉召唤着善与美等人类的永恒价值，四十年来他"背负着沉重的石头，只管向高处行走，用文字的块石去垒就他心里的精神长城"[②]，像"夸父逐日"那样持续不断地追逐着全人类的光明与未来。从具体的个体生命经验出发，发出边缘人物被压抑和遮蔽了的声音，挖掘历史的另一面真实，探寻历史悲剧的政治渊源和人性成因，冯积岐小说中所呈现的复杂历史本相的意义正在于此。因而，其深刻的思想内涵和尖锐的批判锋芒直刺历史与人性深处，同时也有力地楔入当代，使文学的历史承载和求真意志不断彰显。

二 权力与情欲表象下的人性内窥

如果说历史叙述是冯积岐长篇小说中不可回避的重要话题，那么

---

① 冯积岐：《渭河史》，江苏凤凰文艺出版社2019年版，第89、125页。
② 方宁：《冯积岐：一个背石头上山的人》，《小说评论》2013年第4期。

第十一章 冯积岐:历史反思、人性探索与"现代现实主义"

历史表象下的人性探索则构成了冯积岐长篇中的浓郁底色。人类历史与社会首先由一个个具体的、鲜活的"人"构成,因而历史问题首先是人的问题,是人性的问题。忽略"人"去谈论历史、社会、文学,无异于空中建楼阁。"小说的境界有很多层面,最深的层面是心理、文化和哲学层面"。① 即便冯积岐的"历史、社会"叙事占据他作品的很大分量,但他是通过挖掘人性而抵达历史、社会最深处的。他小说所展现的人性深处的善恶美丑和复杂幽微,有着十分真实而丰富的美学内涵。真、善、美是人类共同追求的理想人格,然而与之相对的假、恶、丑也是人性真实存在的部分。正如评论家所言:"如果一个作家心里只怀有对于人性的美好的认识,显然也是成不了什么事的。"② 而冯积岐也说:"我认为,文学作品就是要揭示人物内心最隐秘的部分乃至最龌龊的东西,要亮出伤疤叫人看,这样,才能便于治疗。"③ 冯积岐小说更多的是对特殊环境下残酷、阴暗的人性之丑的揭露,只有建立在对黑夜与龌龊清晰认知的基础之上,那些关于温暖、明亮的人性和社会的追求才显得更为真实,更加有力。

权力欲望导致的人性扭曲和异化是冯积岐在小说中经常探讨的话题。《大树底下》中的干部卫明哲,以仅有的微弱权力威胁他人、公报私仇,并把如花似玉的妹妹嫁给了县委书记天生残疾的小舅子以换取仕途的上升。权力使卫明哲的心灵变得残忍而扭曲。《村子》中的村支书田广荣嗜权如命,独霸松陵村几十年,并将权力渗透在村子的每个角落。他因个人利益而抵制"分田到户"政策的实施,被罢免后则暗地拉拢田姓党羽联名上书,以夺回自己的权力。因极小的权力而挖空心思、大打出手、不惜一切甚至付出生命代价,得到权力后又泯灭良知、打压异己、公报私仇,这类被权力异化和扭曲的人物形象在冯积岐小说中屡见不鲜。当然,读者也在《大树底下》中看到了赵兴

---

① 邰科祥、冯积岐:《好作家要能表达边缘的东西——冯积岐访谈录》,《宝鸡文理学院学报》(社会科学版) 2011 年第 2 期。
② 方宁:《冯积岐:一个背石头上山的人》,《东吴学术》2014 年第 2 期。
③ 李继凯、冯积岐:《复杂人性的探寻和文学生命的建构——关于冯积岐小说创作的对话》,《文艺研究》2012 年第 12 期。

· 391 ·

劳、许芳莲、王烈儿这样充满温暖和善意的人物群像，在《村子》中看到了坚守正义和良知、坚持实事求是的祝永达，他们身上所闪烁的人性之光，在政治环境异常残酷的年代显得难能可贵。如果说冯积岐小说中自觉的历史意识为当代中国文学如何发展提供了清晰的镜鉴，那么他对历史表象下更为复杂的人性的探讨，将会为丰富与拓展当代文学中的人性表达贡献丰富而有益的启示。

探讨人的问题，人性的问题，自然无法回避"性"的问题。因此，冯积岐长篇小说对人性的描摹与刻画，常常从"情欲"这一人类本能或潜意识领域切入。以描写两性之间的情欲世界见长（比例甚至超过了他书写历史的部分），冯积岐小说在人性挖掘上坦率而深入。人性的灰色地带通过冯积岐对"爱"与"性"的精细叙述揭示得淋漓尽致，这是冯积岐小说中最易引起争议的地方，但也因此，其小说中的人物形象才更为多元和丰富。如果从小说的男主人公角度进行勾勒，会得出这样一条"性际关系"线索：《沉默的季节》中周雨言与宁巧仙、吴小凤、秋月，《大树底下》罗大虎与许芳莲，《村子》中祝永达与黄菊芬、赵烈梅、马秀萍，《遍地温柔》中潘尚峰与李串香、白淡云、于秋芳，《两个冬天，两个女人》中达若与刘婷、王萍，《逃离》中的牛天星与南兰，《粉碎》中的景解放与乔桂芳、叶小娟。如果以女主人公为核心进行梳理，则会得到另一条线索：《沉默的年代》中的宁巧仙与六指队长、周雨言、安克仁，《大树底下》中的祖母与祖父、宋连长、孙锁娃，许芳莲与卫明哲、罗大虎，《村子》中的马秀萍与田广荣（继父）、祝永达等，《遍地温柔》中的白淡云与董志林、黄援朝、孙明根、潘尚峰，《两个冬天，两个女人》中的刘婷与达若、厂长、阿勇，《逃离》中的南兰与饭庄老板、画家、牛天星，《粉碎》中的叶小娟与景解放、景文祥等。以上列举不一而足，但冯积岐小说呈现出的复杂多角恋爱和"性际关系"可见一斑，他们之间的"爱与性"或恪守誓言，或超越伦理；或纯真热烈，或被迫无奈；或用以追寻愉悦，或借之消弭痛苦……人内在的性本能和性意识领域的丰富性与复杂性在冯积岐的小说中展露无遗。

而在其历史反思内容占比较大的长篇中，"情欲"往往与特定历

第十一章 冯积岐:历史反思、人性探索与"现代现实主义"

史时期的强权、暴力、压迫构成强烈对话,甚至成为被压迫者与历史洪流相抗衡,以确立个体生命价值的唯一力量,是个人生存本质中最富激情的原始生命力的高度迸发。正如论者指出,"祖母(《大树底下》人物,笔者注)从很年轻时就全心全意地爱人,她爱祖父,爱那个宋连长,也爱短命的孙锁娃……'我'一家得以存活下来,全因了祖母'爱'的拯救。'爱'已无形中被提升到了本体层面,被赋予了宗教色彩。在小说中它是唯一可以与道貌岸然的权力机制抗衡之物。"① 不唯如此,《大树底下》尚未成年的"地主分子"罗大虎在遭到干部卫明哲的捆绑、毒打、批斗之时,许芳莲多次给了他温暖与鼓励,并偷偷放走了他。在见到这位比他大十多岁的女性时,罗大虎幼小的心灵萌发了朦胧的男女之爱。在作者的叙述中,许芳莲更是对这个懵懂不幸的少年生出了许多爱意,并在离开村庄时特意与他告别:

> 两个人面对面地站着,站得很近。哥哥抬起双眼,再一次大胆地看着许芳莲那温柔的脸庞,他不知不觉地将头颅靠过去,靠在了她那丰满的双乳之间。燃烧的荞麦发出的响声热烈而放肆。是的,哥哥一辈子也不会忘记许芳莲的,这个女人就像冬夜里的一把火,悄无声息地温暖了哥哥,使哥哥在艰难的日子里对生活有了希望。②

在强权肆意而为的残酷处境下,生命与人格遭受肆意凌辱和践踏,正是靠着"爱",罗大虎才有了活下去的希望和勇气。"爱"在此与强权和压迫构成了对话,也成为主人公反抗压迫的唯一力量。"性"作为人类生存本能和原始生命力的体现,也在冯积岐多部小说中有大量描写。当外部环境存在巨大威胁而生存本身变得十分渺茫甚至极端痛苦时,"性"本能和人追求愉悦的天性自然昭显出无以替代的价值,并成为消弭精神痛苦、治愈心灵创伤的一剂良方。周雨言与宁巧仙之

---

① 葛红兵、任亚荣:《超越者的抗辩——读冯积岐小说〈大树底下〉、〈敲门〉》,《小说评论》2005年第5期。
② 冯积岐:《大树底下》,太白文艺出版社2005年版,第240页。

间的肉体交欢，不仅是他在成为"狗崽子"而失去人之为人的一切基本权利之后的强烈反叛，更使他作为"人"的这一本体价值得以确认变得可能。而周雨言与宁巧仙的养女秋月之间灵与肉的结合，不仅是他对既定秩序和生存现状的有力挑战，亦是他对多年前"狗崽子"身份所留下的严重精神创伤的有效自我治愈。《遍地温柔》中的潘尚峰与于秋芳也同样如此，小说中这样描述：

> 两个人紧紧搂抱在一块了。事毕，于秋芳说，人的一生中因为有这么一瞬间的销魂，人世间才值得留恋，人才不肯轻易死去，你说是不是？和于秋芳上床不是为了寻欢作乐，是为了解脱和忘却。他的精神负担太重了。压在他脊背上的有历史和现实两座山。①

在两性世界这一潜伏有无尽可能的性本能和潜意识领域，冯积岐的笔墨挥洒自如，也因此塑造了一批饱满而复杂的人物形象。宁巧仙、秋月、赵烈梅、马秀萍、白淡云、于秋芳、刘婷、南兰、叶小娟……这是冯积岐小说中着力塑造的一批女性人物，她们身上洋溢着当代女性特有的爱与美的气息，她们热烈、奔放、活泼、无所畏惧，勇于追求和表达爱情，也敢于正视自己的身体。但她们也孤独、痛苦，记忆深处的创伤经验使得她们不安而多变。与中国传统观念中温婉、勤劳、贤惠、谦逊的女性不同，她们或为了谋求生存，或为了寻觅爱情，或仅仅为了感官愉悦，游走在多个男性之间，竭力反抗着男权社会的既定规则，某种程度上呈现出当代女性主义者的思想和行为特征。如秋月、马秀萍、白淡云、刘婷、叶小娟，她们几乎都喊出了这样的声音：

> 我是自由的，我将我的爱给你并不是要你来霸占我，剥夺或管理我的自由。我的肉体是我自己的，我有权利充分地享受它的美好；作为一个女孩尤其要懂得享受自己肉体的美好，它是美好

---

① 冯积岐：《遍地温柔》，文化艺术出版社 2013 年版，第 343 页。

第十一章　冯积岐:历史反思、人性探索与"现代现实主义"

的生活的一部分。①

我缺乏理智,我是贪欢的,我对我的肉体没有办法。我要给你说清楚,我是我自己的,我有权利支配我自己。任何男人休想束缚我,休想管住我。爱一个人并不是把自己交给那个人去处理,我不会叫爱把我捆绑住的……②

然而,当她们冲破伦理与秩序,同渴慕的男性结合之后,很快又因无法与忠诚、信任、守护的婚姻原则相调和而走向了悲剧深渊。冯积岐说:"在和女性的交往中,我很受伤,心里很痛。由于这些'刺激',我的笔下才有了叶小娟、刘婷这些'恶之花',我才渴望人世间有赵烈梅那样的对爱情很'痴'的女性。"③ 即便如此,这类女性仍很难用既有的标准做出单向度的道德判断,她们的不可捉摸正反映了人性的复杂多变。其实,冯积岐笔下的这些女性,与英国女作家多丽丝·莱辛《金色笔记》中的自由女性安娜、爱拉等十分相似。在谈及《金色笔记》时冯积岐写道:"这几个女性……渴望得到爱,但她们又不能坚守爱,在爱的房间里,她们东张西望,不安分守己。她们没有道德坚守,几乎没有底线。当然,她们坚强,追求独立,追求自由,然而她们的灵魂已崩溃了,精神上没有任何依托可言……这就是当代女性面临的心理困境。"④ 冯积岐的这段论述,也成为他小说中大多数女性形象的深刻注解,由此也可看出他的文学创作与西方现代小说的密切渊源。

与女性群像相对的男性群像,诸如周雨言、祝永达、孙明根、达若、牛天星、景解放,他们一方面无法逃脱历史烙印在他们肉体和精神深处的伤疤;一方面又难以通过爱与性来抚平创痕。本能促使他们对散发活力的花季少女充满幻想与偏爱,却又承受着难以卸掉的伦理

---

① 冯积岐:《沉默的季节》,长江文艺出版社2000年版,第377页。
② 冯积岐:《两个冬天,两个女人》,文汇出版社2011年版,第152页。
③ 李继凯、冯积岐:《复杂人性的探寻和文学生命的建构——关于冯积岐小说创作的对话》,《文艺研究》2012年第12期。
④ 冯积岐:《品味经典》,陕西师范大学出版社2018年版,第61页。

枷锁。文化规约下的伦理束缚与本能驱使下的情欲实现呈现出二律背反的焦灼状态，导致他们变得被动、怯懦、延宕而又痛苦。谁都无法无视规约的存在及其强大的惯性力量，只受本能的驱策而肆意地寻欢作乐。这是人类肉体和精神悲剧的重要根源，也是冯积岐在小说中一直探讨的主题之一。

一方面，"性"所带来的愉悦在特定的历史时期与强权和压迫并肩而立，昭示出强烈的反讽与反抗力量；另一方面，"性"以其肉体与精神高度统一的愉悦形式展现了人类原始生命力的强大以及人类生存欲望的不可抹杀；同时，"情欲"作为人类世俗生活的重要一面，更是人类自然天性的突出表征。冯积岐既没有从宗教或伦理的角度作简单批判，也没有从享乐主义者的角度肆意渲染，小说中大量涉及情欲描写的文字并不能成为被指摘的理由，他从性本能和无意识的领域切入，思考人性及人类痛苦与悲剧的根源，因而呈现出"担荷人类精神苦难"的终极人文关怀。从80年代开始创作，并广泛汲取西方现代主义艺术精神和技巧的冯积岐，其笔端展现的人性世界广阔而复杂，现代人心灵与精神的空洞、迷惘、犹疑、失落、痛苦、分裂甚至扭曲成为小说的浓郁色调，与传统审美和主流文学相比，这类作品的异质色彩不言而喻。

第三节 《村子》的乡村书写与"现代现实主义"

《村子》出版于2007年，是冯积岐的第五部长篇小说，也是冯积岐创作史上十分重要的一部作品。作家站在今天的认识和审美高地，对他所熟悉的乡村世界进行了全新的审视和艺术表达，阅读《村子》，感动、伤痛、沉重等交织在一起的复杂情绪油然而生。中国现当代文学有着非常深厚的乡土小说创作传统。20世纪以来，鲁迅、茅盾、沈从文、赵树理、高晓声等，包括陕西籍作家柳青、王汶石、路遥、陈忠实、贾平凹、杨争光等，都从不同角度，对乡村社会、农民，乡村风俗、民情，进行了形形色色的叙述，这些作家都以他们的乡村书写，建造了独特的属于自己的小说想象世界。冯积岐的《村子》，则为当

第十一章 冯积岐：历史反思、人性探索与"现代现实主义"

代乡土小说增添了一道新的艺术景观。回望一个世纪以来的乡村叙事，最能与《村子》进行对应比较的，应该是柳青的《创业史》，《村子》在继承传统和开拓创新两方面的特点，或许会在这样的比较当中呈现出来。

首先是创作母题上。柳青的《创业史》描写了发生于20世纪50年代，对中国社会历史进程造成巨大影响的农业合作化运动；冯积岐的《村子》反映的则是70年代末土地联产承包责任制以来，农民生活命运的迁延变化以及思想情感、文化心态的内在变动，这两个阶段当然是有历史承续性的，而且同样都是触动农民灵魂的社会变革。从对农村社会历史变革的诗性记录这一点来讲，《村子》有等同于《创业史》的价值意义。如此全面、细致、逼真和深入地状写这一历史时期村庄和农民的命运变迁，表现由此而引起的农民心灵世界的剧烈震荡，填补了读者对于这一历史时期乡村叙事的阅读期待，为中国农村改革开放以来的壮举，留下鲜明的印痕。在这一意义上，《村子》这部小说无疑是成功的。与《创业史》一样，《村子》是一部乡村社会变革史，也是农民经过艰难的自省和批判，摆脱传统重负的痛苦，获得灵魂新生和解放的"心灵史"，小说提出的关于摆脱精神负重，期待农民心灵解放的课题，依然震撼人心，具有现实警醒意义。

当代不少优秀作家在表现农村社会变革时，都各有独到的切入角度，相比之下，《村子》是更正面更直接地表现村庄的故事，表现农民的生存和精神状态，命中了"农民和土地的关系"这一母题，这一点上，《村子》显然更接近《创业史》。在讨论这一问题时，可以引入另一部小说——路遥的《平凡的世界》——进行比较，因为《平凡的世界》在1975年至1985年这十年的时间跨度之内，全景式地展现中国社会政治经济改革与农民心理变迁的过程，路遥截取的历史时段和冯积岐的《村子》是重合的，但路遥小说的主题内核好像并不在乡土本身，作家的情感焦虑点集中于孙氏兄弟这样的底层青年的人生拼搏，他们的艰难挣扎和痛苦忧伤，以及由此迸发出来的理想主义激情，这是路遥小说的独特性和感染力所在。路遥刻意强化着高加林和孙少平挣脱乡土的内在力量，而《村子》不同，《村子》的着眼点则正在乡土，主人公祝永达从出走到回归，他的魂在乡土。当然，《村子》的写作中没有《创业史》时代那种意识形态力量的操控，《村子》是平实的朴素的，但是《村子》对农民与土地关系的理解，对乡村社会权力构成和宗亲关系的剖析，对乡村风土民情的描摹，却是与柳青笔下的乡村社会分析相呼应的。

《村子》的不同，除了它已经摆脱了政治力量对作家的牵制，还有作家秉持的全新写作姿态。柳青写作《创业史》，既有政治强势的姿态，也多少带有知识分子俯视训导农民的姿态，冯积岐则完全融入乡土，以乡土中人的身份来叙述乡村故事，不是旁观者的冷静观照或者知识分子的精神怀乡。《村子》中见不到柳青式的激情议论，冯积岐将情感和理性思考都潜藏在体验性的温情的叙事当中，而客观叙事当中呈现出的乡村社会问题却是触目惊心，读者能够强烈感受到作家对农民前途命运的痛楚关切和忧患思考。《创业史》和《村子》是两个不同时代的乡村书写，也是两个个性气质完全不同的作家的乡村书写，相比之下，《创业史》是理性的和激情的，《村子》却是更为感性的和忧伤的，这种文学格调是由作家不同的身份认同和不同的个性气质所决定的。读者在梁三老汉身上读出的疼痛和忧伤，在《村子》当中被放大了强化了，作家关于乡村故事的叙述和对农民命运变迁的诉说，始终弥漫着一种感伤的情绪之雾，这使得冯积岐的乡村书写既别具艺术格调，又格外地打动人心。论者说冯积岐"是走在一条正道上的作家"[①]，指的就是作家与传统文学精神的生命联系，以及作家书写乡村世界时所采用的"正面强攻"的艺术策略和格局。虽然创作姿态和表现方式有所不同，但作品中饱含的对家乡农民的感情，却是一样的真纯炽热，那种融热爱、疼痛、忧思于一体的复杂感情，浸透在字里行间，非常地感染人。这种情感的投入程度，又莫不是柳青等前辈作家文学精神的血脉流传。

其次是人物形象方面。《村子》中主要人物形象可以在现代乡土小说中找到原型。《创业史》和《村子》两部小说中可以找到一系列

[①] 冯积岐：《村子·后记》，太白文艺出版社2007年版，第331页。

第十一章 冯积岐：历史反思、人性探索与"现代现实主义"

相对应的人物，比如：老农形象——梁三老汉和祝义和；农村资深干部形象——郭振山田和田广荣；农村新人形象——梁生宝和祝永达；农村女青年形象——徐改霞和马秀萍；等等。小说中塑造得最为成功的人物形象是田广荣。这是一个性格复杂的人物，虽然有郭振山的影子、也让人感受到《白鹿原》中白嘉轩的某些气息，但仍然是一个全新的人物，一个有深度的形象。这个人物集中国农民的优劣品质于一身，又带有特定时代政治文化风气的熏染，这个人物提供给读者言说的话题是太多太多了，作者对田广荣这样的村官、这样的"强者"，既持有理性的批判态度，又不止于简单的否定批判，田广荣不仅是一个个性化的艺术形象，更是作为特定时代的文化构成而存在。大凡成功的艺术典型，都是在个性塑造和文化蕴含的互动中完成的。作家在塑造这一复杂性格的人物时，也有处理得不够理想的地方，比如田广荣和马秀萍的关系。田广荣是村里的强人、能人，又是一个恶人和坏人，有时还是一个好人和善人，这都很好，但是田广荣不是一个一般的坏人，他一定是一个有质量的坏人，他必须自信在道德领域能站得住脚，否则他修什么祠堂、当什么族长？他必须有自己的道德底线。作者现在的处理，破坏了这个人物的性格逻辑，其形象也显得有些混乱，假如将这些内容放在马秀萍的母亲薛翠芳身上完成，无论田广荣如何过分，都将是合理的，读者也是可以接受的，作家这种分解开来的写法，既削弱了田广荣性格的统一力度，也使他和薛翠芳的关系简单化了。

祝永达形象也很值得深入阐释。一方面，他是一个梁生宝式的农村新人形象在改革开放以来的继续，他和生宝很神似的地方是他与乡村与土地的亲缘关系，他是村子的未来和希望；另一方面，他也是一个道德纯良的青年，特别是在他和马秀萍的关系上，甚至可以看出祝永达是个道德保守主义者，"他要求女人绝对忠贞于他，他要求马秀萍做贤妻良母"，这和当年生宝对改霞的要求如出一辙，而且更甚。从这两方面看，祝永达很难说是一个精神上的新人，或者说他只是一个传统意义上的新人。当年路遥的《人生》问世后，曾经发生了一场关于农村新人形象的讨论，有评论家认为，高加林"是农民母体经历十年动乱后诞生的一个'应运而生'的新生儿,但总体来看,他在精神上是一个新的人物但不是通常所说的'新人'"。[①] 高加林形象的新异处在于,他要挣脱乡村土地这一母体,挣脱传统道德观念的束缚,去争取实现个人更大的人生价值,无论这种挣脱带来什么样的创痛,以多么惨烈的失败为代价,却是一种全新意义上的反叛,表现出农村土地上自身出现的文化裂变,因而形象具有深厚的社会文化内涵。21世纪出现的祝永达形象,则带给人们新的思考,这一形象寄寓着作家对当今农村社会人性建构的理想,而且作家试图在农耕文化传承的链条上塑造一个新式农民,虽然形象本身还不能说超越了同类典型,但形象提供给读者新的信息,作者对农村新人形象的重新考量和进一步的探索,也是意味深长的。

最后是两部作品在小说结构与叙事风格上的关联和变化。对现实生活变革进程的依赖性状写和对农村社会结构关系的直接性模拟,是《创业史》这类传统现实主义小说的基本创作思路,具体体现在"性格对立"这一叙事模式的建立上。《村子》在设置人物关系及其矛盾冲突时,与《创业史》有相似之处,这主要源于中国农村社会的稳定性结构,但关系形式犹在,矛盾内容却发生了深刻的变化。祝义和与祝永达的父子冲突,代表着变革时代的新旧思想矛盾,最终也是父亲服气了儿子。梁三老汉曾对梁生宝的"忙集体"非常不满,祝义和也"对儿子窝着一肚子气,自从祝永达当了书记后,整天忙得不在家",但令父亲不解的是,儿子口口声声说是"为自己"。祝永达要同时通过集体工作来为自己"正名",实现自我价值,这种对"自我"的尊重和张扬,显然与梁生宝时代的人生理想有着质的不同。又如梁生宝与徐改霞、祝永达与马秀萍两对恋人关系的发生和变化也是有同有异,由于思想志趣的差距,导致爱情矛盾并最终分道扬镳。从祝永达这里固然可以看出他传统保守的一面,但根本上来说,祝永达离开马秀萍回到松陵村,是他清醒自觉的个人选择,他意识到自己的舞台在松陵村,"在松陵村这块土地上,他才能施展自己"。对自我位置的艰难探

[①] 雷达:《简论高加林的悲剧》,《青年文学》1983年第2期。

寻，对个人价值的执着追求，恰恰真实地体现了新一代农民精神世界的深刻变化。

冯积岐的乡村书写是别具艺术格调的。他笔下的松陵村，不同于其他作家，如柳青笔下的蛤蟆滩，路遥笔下的双水村等，一部《村子》，呈现出陕西西府农村特有的故事人情、风俗面貌，包括文学语言的民俗追求，都给了读者真切而新鲜的审美感受。由此可知，作家只有走入自己最熟悉的生活，找到最适合自己的表现对象，才能形成真正属于自己的"艺术世界"。《村子》更多体现出传统的现实主义色彩，其写法的调整一定是与作家所要表现的乡村世界密切相关的。作家自己在后记中说，他是在经过前四部长篇小说的形式试验以后，回到写实的。① 即便如此，小说中现代主义技巧的运用仍十分明显，这或许即是冯积岐自己概括的"现代现实主义"的一次有效试验。文学作品思想内容的表现与形式技巧的探索之间必然有内在关联，恰当的形式创新必然关联着作品思想内蕴的丰富性与深刻性。在冯积岐看来，"现代派"不仅是一种外在形式和创作技巧，它同时意味着一种精神，一种反叛成规的姿态和弱化意识形态的价值追求。他说："小说就是小说。小说是美的符号。这种美，离不开形式的架构。因此，我以为，形式就是内容。一个有个性的写作者必定是在形式上有所创新的追求者。"② 从1983年开始创作起，冯积岐就十分注重探索小说的形式，他将意识流、心理分析、夸张变型、魔幻现实等现代派技巧自觉运用在创作实践中，逐渐打开了一条新路，并且硕果累累。他的作品既是历史、社会、生活的客观再现，又是个体与民族精神、情感和潜意识世界的艺术化兼真实性描摹。简言之，既是现实主义的，又是现代主义的，蕴含着多维的美学价值和精神向度。如果仔细探寻冯积岐创作所依靠的文艺、思想资源则会发现，他一方面经常阅读《山海经》《西游记》《聊斋志异》以及鲁迅、沈从文、张爱玲、许地山、孙犁、柳青、李准等现当代文学名家的小说作品，学习创作技巧与方法；另

---

① 冯积岐：《村子·后记》，太白文艺出版社2007年版。
② 冯积岐：《坚持个性化写作——自述》，《小说评论》2012年第4期。

一方面又广泛涉猎陀思妥耶夫斯基、福克纳、卡夫卡、博尔赫斯、卡尔维诺、加缪、贝克特、伍尔夫、纳博科夫、川端康成等东西方现代派大师的作品，汲取诸如意识流、心理分析、象征主义、荒诞派等现代主义文学技巧与思想。他说："我读了那么多书，得出的结论只有一个，艺术家只能按照艺术规律去办事，只能忠诚于艺术。"① 因而，在广泛吸收中国古代、现代文学和西方"现代派"这些丰富多样的文学艺术养分基础上，冯积岐形成了一套较为完整和独特的美学观："一个好的写作者，要善于揭示人物内心很隐秘的那一部分——包括人物自己也没有意识到的龌龊和丑陋。一个好的写作者要有能力窥视到生活背后的生活，有能力剥离'伪生活'，有能力表达边缘的东西。"② 四十年来，他踽踽独行，甚至充满悲壮色彩地坚持并践行着自己的艺术准则与观念，用大量的创作实践，富有艺术独特性和思想深刻性地在历史书写、现实再现和人性探索方面不断发掘、不断深化，在当代陕西和中国文学界创造出与众不同的文学景观。

在《沉默的季节》《两个冬天，两个女人》《粉碎》等小说中，冯积岐充分借鉴并内在地运用了意识流手法，多角度揭示了人物内心世界和潜意识活动。西方现代派小说《追忆似水年华》《尤利西斯》等作品，非常突出地表现出人物琐碎的、任意的、无序的、非逻辑的心理流动，大量的内心独白、自由联想、象征暗示等打破了传统小说中以情节冲突和外在事件为核心的写作成规，着力表现人的内心真实成为意识流小说的主要特征。"意识流"手法不仅能充分挖掘和展现人物灵魂深处丰富的心理活动，更能发掘展示人物精神世界巨大的潜意识部分，在深刻地剖析人性、揭示历史真实上比现实主义创作方法更胜一筹。在冯积岐笔下，周雨言成为"狗崽子"后的不幸遭遇不时从他的记忆深处流动出来，成为挥之不去的记忆和梦魇，他无论如何也摆脱不了精神的重压、心灵的创痛而轻松前行。时代和历史在个体精神深处留下的烙印被清晰地揭示出来，引起人们足够的重视，重新认

---

① 冯积岐：《谈读书》，《延河》2012年第8期。
② 冯积岐：《坚持个性化写作——自述》，《小说评论》2012年第4期。

第十一章 冯积岐：历史反思、人性探索与"现代现实主义"

识和反思那些被遮蔽的历史，还原其多样的、本来的面目。而周雨言等小说人物的性意识——对祖母、姑姑的"爱恋"，对宁巧仙的欲望、对秋月的爱情，以及伦理和情欲的矛盾给他带来的精神痛苦，也通过意识流手法得到了充分展示。这些因道德、秩序和权力的压抑而在现实中戴上面具的本能和潜意识世界在冯积岐笔下变得清晰起来，甚至令人大为震撼，小说中的人物也因此显得更为复杂和立体。

在《大树底下》《逃离》等长篇中，冯积岐综合运用了独特视角或多重视角的叙事方法，使得小说的可读性和趣味性大为增强。《大树底下》是通过夭折的婴儿（罗二龙）"我"这一"亡灵"视角进行叙述的，"我"犹如全知全能的上帝一般注视着松陵村的历史和现在所发生的一切。因而，"我"所记录的历史也更为独特、真实，那些别人看不见的人性"阴暗面"也逃不过"我"的眼睛。因而卫明哲的残忍和血腥，罗世堂的善恶交错，王烈儿、赵兴劳的仁慈善良等都得到了充分展现。《逃离》更是通过牛天星、南兰、牛彩芹等六七个人物的视角展开叙事，每个人物均以第一人称"我"的口吻讲述自身的遭遇和内心感受，"多声部"的个人独白和心理分析，使得每个人物的遭遇和内心活动都得到了真实而充分的表达，小说阅读充满了新奇感而陌生化。这些叙事形式的探索，均服务于冯积岐在历史反思和人性探索方面的努力，有效地扩充了其历史和人性探索的深度与广度。冯积岐的创作已经突破了传统现实主义的窠臼，创造出了他独特的"现代现实主义"的写作路径。

自1983年登上文坛，冯积岐用手中的笔在文学这片自由的天地中已辛勤耕耘了40个春秋。这40年间，他用大量散文、中短篇、长篇小说构建起了宏伟的生命和文学大厦。20世纪80年代是思想文化多元、文学气息浓郁，社会各方面都显出生机与活力的特殊年代，世界各地的文学思潮在"五四"运动落潮后再一次以空前活跃的姿态进入中国，西方现代派的先锋艺术观念和写作技巧为当时许多作家所钟爱和追逐，冯积岐也自觉加入到这个大队伍中，虽然他的起步稍晚一些。然而时隔40年，那些在20世纪80年代中期崭露头角的先锋派作家如马原、余华、苏童、叶兆言等，如今已纷纷回归"现实主义"，以陈忠实、路遥、贾平凹为代表的"新时期"陕西文学也同样以"现实主义"创作取胜,迷恋并坚持现代主义创作方法的冯积岐无疑显得另类,甚至不被认可和接纳。他虽新作不断,但评论界和研究界的反应却显得有些冷清。这与20世纪90年代思想界和文学界的急速转向有关,也与现代派在中国文坛总体命运互为缠绕。正如有论者在20世纪80年代末指出的,现代主义在"文革"结束后再次进入中国,但却是作为"现实主义"对立面出现的,因而面对"现实主义"传统的冲击,它迷惘、失望、愤世嫉俗的基调,以及与汉民族文化传统的冲撞,内在制约着它在中国的命运。[①] 所以,在单纯的形式创新,叙事的过于陌生和艰涩,读者阅读与审美趣味的单一,社会文化氛围的保守以及主流意识形态的限制等多方面原因的综合作用下,"现代主义"在20世纪80年代中期昙花一现后,便迅速整体退出了历史舞台,被新的"现实主义"创作所替代。

冯积岐并非不了解这些现实,只是他仍然固执甚至偏执地坚守着他的艺术观念,这多少显出一些悲壮、苍凉的意味。他说:"作家要取得成功首先要与本国的主流文学保持距离,主流所推崇的、赞赏的并不是优秀的、伟大的。主流按照他们的审美情趣和意识形态的需要选择作品、选择作家,并不是站在世界文学的高度去筛选作品和作家。"[②] 冯积岐对自己的作品和当今文坛有清醒的认识,即使他的作品有时仍存在囿于自身经验和个人审美趣味而难以脱离的单调感、重复感,以及某些现代派技巧运用时的生硬和刻意,但他持续不断地试验和自我突破,在当代中国文坛仍具有不可轻视的积极意义,笔者不希望他的作品只写给未来的中国读者,冯积岐也应该属于中国当下。

[①] 许子东:《现代主义与中国新时期文学》,《文学评论》1989年第4期。
[②] 邰科祥、冯积岐:《好作家要能表达边缘的东西——冯积岐访谈录》,《宝鸡文理学院学报》(社会科学版)2011年第2期。

第十二章　方英文：文人化写作的轻与重

第一节　文学原乡与个性的养成

从20世纪80年代到21世纪以来，陕西商洛籍作家创作的活跃程度、不断壮大的文学队伍和业已取得的文学成就形成了"商洛作家群"而引起文坛的广泛关注。与贾平凹、京夫、孙见喜、陈彦等作家一样，方英文作为走过40年文学创作之路的实力派作家，也是在大秦岭孕育出的商洛这片文化绿洲上生长起来的。从方英文创作的整体成就和艺术特色来看，他不仅在商洛作家群和陕西文学阵营中显得别具一格，放大到中国当代文坛，方英文也是极具风格辨识度的作家。

方英文祖籍在湖北省。1958年11月出生于陕西省镇安县西口镇程家川安岭村。父亲为乡村教师，母亲19岁嫁到方家。在方英文遥远的幼年记忆里，母亲说她怀孕时，"梦见月亮跌入襟怀，'碎裂了无数银片儿，飞溅得满身都是，闪闪发光呢'"。[①] 不知这样诗意的梦境给少时的方英文带来过什么样的浪漫遐思，可以确定的是，方英文走上文学创作的道路，与母亲植入他生命中的艺术细胞不无关系。因祖父是西口镇著名老中医，家里藏有很多古籍旧书，从小耳濡目染，加上母亲的影响，幼年的方英文心里就种下了爱书的种子，他的聪颖好学和敏感于文字，在这个时候也已经有所显露。

方英文小学还未读完就赶上"文革"，1974年高中毕业后回村务农三年，又在不同的乡镇中学当了两年民办教师，教中学语文课程。1979

---

① 方英文：《遗产》，方英文《霜天自在》，陕西人民出版社2020年版，第183—184页。

年7月，21岁的方英文考上了大学，他以镇安县文科状元的成绩被西北大学录取。上大学成为方英文人生的转折点，而且最幸运的是读了中文系，他如饥似渴地沉浸在古今中外文学名著的海洋中，天资聪颖的他在大学期间就显示出不一般的写作才气。此时对方英文发生过很大影响的作家是贾平凹，同为商洛乡党，还是西北大学中文系的学长，在方英文踏进大学校门不久，贾平凹就凭借短篇小说《满月儿》荣获首届全国优秀短篇小说奖，在文坛引起反响。方英文也暗下决心要努力学习，实现自己的文学梦想。他在上大学期间就开始尝试写作并崭露头角，1981年在《上海文学》第10期首发《文论小议》，紧接着小说处女作《解脱》发表于《长安》1983年第4期，作品的发表给他带来很大的写作自信，为其后的文学人生打下了坚实的基础。

1983年7月，方英文大学毕业，被分配到家乡商洛地区文化馆工作，从此正式开启了他的文学创作之路。在商洛的十年间，方英文主要致力于中短篇小说创作，陆续有《解脱》《米家兰》《公共厕所设计师》《古老的小虫子》《素描》《有意思的一天》《山地一夜》《搓背》《一分钟银幕生涯》《毛主席来到咱农庄》《美好生活》《献上一束玫瑰花》等作品问世。1990年《商洛报》发表了方英文1500字的随笔式小小说《太阳语》，后来不仅被《小说选刊》和《散文选刊》等刊物转载，还被收入多个微型小说选本，流传甚广。从这些作品可以看出，方英文与当时走马灯一样变幻的文学潮流并无多少交集呼应，他更善于捕捉生活给予他个人的心灵感受，于细微处传达出其艺术旨趣。并且，方英文在创作起步时就对语言艺术大有自觉，很专注于磨炼自己的笔力，这对作家文学个性的形成起到了至关重要的作用。

1993年，方英文由商洛再度来到古城西安，先被《收藏》杂志社聘为副主编，一年后《三秦都市报》创刊，方英文调入该报社任文艺部副主任。繁忙工作之余，他把精力多放到写散文上，很快他就迎来了散文创作的爆发期，期间曾有一年发表百篇文章的记录。其后陆续出版的散文集有《方英文散文精选》《种瓜得豆》《念奴娇》《燕雀云泥》等。在方英文的长篇小说问世之前，因其散文传播快、影响大，多以著名散文家的身份为文学圈和广大读者熟知。可以说，90年代的十年是方英文散文创作的丰产期,对此创作变化,作家有过如下自述:"1990年之前,我主要写小说,基本不写散文。后来读了一位散文家的文章,说写散文要有真学问真才情,不像写小说那样只要能胡编故事就成。这种说法强烈地刺激了我。事实上,这种说法本身就非常没学问。因为五四新文化运动以后,中国最好的散文无一例外,都是小说家写出来的,国内的例子也很多,在我看来,一个真正意义上的作家,是什么体裁都可以写的,只是存在着单项杰出的问题。"① 由此可以看出方英文对自己写作能力的自信。

方英文的散文创作不仅数量大,而且常有精品流传。他的文章受众面广,颇受大众读者的追捧,乃源于作家独特有趣的文风。方英文在《好文章》一文中明白说道:"窃以为,好文章之所以好,就好在它具备了三个字:情、理、趣。"② 而在这三者中,方英文是以"趣"为核心,表现在散文的说事、抒情和议理,都力避重大而在寻常小事中发现趣味,文思巧妙,语言机智风趣。即使有揭示批判的意义,也是暗含在皮里阳秋的审美韵味中。如他早年的散文精品《太阳语》《月谭》《美丽的蘑菇》《拜丈人》《憋着》等,莫不以"情趣、理趣、机趣"而赢人。正如评论家曾说:方英文的散文之所以好,"关键是他的散文写得轻松跳脱、诙谐有趣。这在当前的散文园地里是不多见的"。③ 散文因趣味而具有了美感,具有了灵性,这源自作家自己是有趣之人,同时有发现趣味的眼睛和发掘趣味的智慧。方英文的趣味散文给读者感动和启发,也给读者阅读的快乐。方英文散文的成就和影响,在读者心目中留下了非常具有辨识度的文体特征,他惯用的幽默、机智和入俗的艺术修辞,被冠以"方英文式的语言"、"方式修辞"和文坛"怪球手"等称号④。这

---

① 方英文:《〈方英文散文精选〉自序》,《商洛报》(《商洛日报》前身)1998年8月17日。
② 方英文:《好文章》,方英文《念奴娇》,陕西旅游出版社2001年版,第84页。
③ 王仲生:《我看方英文的散文》,王仲生《看到与没有看到的风景》,太白文艺出版社2005年版,第117页。
④ "方英文式的语言"出自陈忠实《烛照人类心灵的不灭神光——阅读〈落红〉致方英文》,《陈忠实文集》第7卷。"方式修辞"出自邢小利《"废品天才"的悲凉哀歌——读方英文长篇小说〈落红〉》,《小说评论》2002年第2期。文坛"怪球手"出自肖云儒《怪球手方英文》,《文艺报》1998年8月22日。

种艺术基调沉积为作家主体内部的审美意识，也影响乃至决定着方英文其后创作的风格走向。

2000年，方英文请求报社免去他总编助理的行政职务，以腾出更多时间和精力从事文学创作，于是被改派担任《陕西日报》旗下《报刊荟萃》杂志的主编。方英文积蓄新的力量，进入了长篇小说的创作征程。他在接受记者采访时曾说："在20世纪80年代末和90年代初，我写了近百万字的小说，不少的选刊转载过，也得了几次征文奖，但终究没有'成名'。写散文只是写小说之余的'友情客串'，结果'种瓜得豆'，反倒骗了一些俗名。其实在我的心底，一直潜伏着一个小说梦想，遇到契机而发作起来，是再自然不过的事情。"[1] 正好在1999年冬，人民文学出版社编辑邀请方英文写一部"非常好看"的长篇小说。于是，方英文第一部长篇《冬离骚》（后改名《落红》）在这样的契机下问世了。因出版遭遇曲折，2002年初《冬离骚》更名为《落红》由长江文艺出版社出版，台湾金安出版社以原名《冬离骚》同年出版。《落红》取材于当代生活，写城市普通知识分子的生活和精神状态，主人公唐子羽身上表现出的当代知识分子的"边缘"、"多余"和"底层"性与普遍的精神委顿，消解了传统意义上对知识分子的文学想象。这部小说虽然出版在21世纪初，但作家的酝酿构思在90年代末就开始了，与唐子羽精神气质类似的人物在他之前的中短篇中也有出现。联系当时的文化背景以及贾平凹轰动一时的《废都》，就能够解读出《落红》中所弥漫的"世纪末情绪"，确为作家的独有心性和艺术感触与外部社会遇合而生成的。

《落红》于2006年获得首届柳青文学奖。方英文此时也完成了第二部长篇小说《后花园》的初稿，出版再次遇阻，修改删节后，2008年由上海人民出版社出版，2011年曾入围第八届茅盾文学奖。其后方英文再次修订《后花园》，并由作家出版社2012年初再版。《后花园》的故事发生在陕南商洛的镇安县——方英文的故乡。小说的主人公宋隐乔是大学教授，他在火车上与女主人公罗云衣邂逅，又离奇地中途

---

[1] 邰科祥等：《当代商洛作家群论》，三秦出版社2005年版，第231—232页。

下车，走入美如江南的秦巴山地，这正是久居城市的主人公追寻已久的梦中"后花园"。小说以虚拟的世外桃源般的花园美境，象征着知识分子无所皈依的精神理想。总体上，《后花园》在思想气质和美学趣味上与《落红》以及前期的中短篇创作是一脉相承的。

2008年，方英文到安康市汉阴县挂职副县长，深入基层生活两年，游走于秦巴山汉江水之间，为后来的小说创作积累了新的素材。写作之余，方英文勤习书法，创作《后花园》的时候，他开始用毛笔写作，恢复古代文人"书文合一"的传统。其后的十年间，方英文又出版了散文集《情人夜宴》《云朵上的故乡》《短眠》，书法小品文集《风月少年》，中短篇小说集《米霞》，小小说集《梅唐》，等等。2009年创作的散文《紫阳腰》因文质兼美，语言规范，被选入陕西省中考语文试卷，并获得《西安晚报》"报人散文奖"。更有意思的是方英文在2012年10月获得了一个很特别的奖项，即"由深圳华侨城在全国发起的'新时代风雅名仕'的评选活动中，方英文以温润奇异，崇古尚今，儒雅博学，粉丝众多，被授予'中国新时代风雅名仕'称号"。"评委对他入选的理由是：一有平民意识，家国情怀；二是用毛笔写作，书文俱佳；三是惯于谈笑风生，有风流儒雅之气。他被排名在十大风雅名仕之首"。[①] 2013年方英文当选为陕西省作家协会副主席。

2014年方英文开始创作他的第三部长篇小说《群山绝响》。这部小说全部用毛笔字写出，花费两年多时间修改后，2018年2月由陕西师范大学出版社出版。这部作品写的是作家的少年时代，是沉淀了半个多世纪的小说素材。他说："少年总是美的，少年就像阳光，像河流清澈的上流，像鸟儿的欢叫。《群山绝响》的立意就是写出少年时光的纯净，最终定调为抒情。"[②] 而作家的少年时代恰逢20世纪60年代至70年代中国特殊的历史时期，如何处理历史动荡和个人成长的关系，是小说首要面对的难题。方英文选取了区别于以往同类题材的视

[①] 董惠安：《名仕方英文》，《西北文学》2021年第2期。
[②] 张静、胡旭静：《乡愁莫过少年时——方英文第三部长篇小说〈群山绝响〉昨首发》，《西安晚报》2018年2月4日。

角,搁置意识形态的宏大话语,代之以边缘和民间日常生活呈现和自我成长的生命体验的表达。将现实人生书写中惯用的"方式修辞"运用于反观历史的小说叙述中,在解构政治话语的同时也淡化了历史反思的意义。《群山绝响》出版后,引来文坛新的关注和评论界不同观点的讨论。方英文在创作谈中对自己的三部长篇有如下总结:

> 我写了三部长篇小说,间隔时间皆为八年。第一部《落红》,城市生活,主人公唐子羽,状写中年人的憋闷与追寻。第二部《后花园》,场景跨越城乡,写青年人之窘态。这第三部《群山绝响》,纯乡村生活,主角元尚婴,是个少年,写的是人民公社末期,故事终结于毛主席去世。我反复思考,最终定调以无哀无怨的中性修辞风格,人文思想力求客观中庸。一言以蔽之,佛眼回望少年事吧。我自觉有义务以文学的品质,眷顾往昔,为青年读者提供一个认识那个时代的文本——尽管我知道,这也只是一次有限的,个人化的努力。[①]

从1983年发表小说处女作算起,方英文的文学创作已经走过四十年的历史,囊括了诗歌、散文随笔、中短篇小说和长篇小说各种文体,也有作品被翻译成外文出版,有英文版小说集《太阳语》和阿拉伯文版小说集《梅唐》传播到海外。方英文多被视为陕西第三代作家的代表,其主要代际标识就是"个人化写作"的凸显。这种"个人化"不是一般所言的文本外在的个人特色,而是在文学观念驱动下的思想和美学上的另类追求,正如作家自己所表述的:"我对文学的理解是打开人性,分享自身。"[②] 也即无论"写什么"和"怎样写","我写"占据写作的首要,作者作为历史和现实活动中的真实主体,以自我表现的合法性取代"工具型"和"使命性"写作。方英文写作的个人化努力和创作的个性化色彩,既使他拥有了自己的读者群,也是评论家

[①] 方英文:《书文复婚成"绝响"》,《散文百家》2017年第11期。
[②] 罗媛媛:《方英文:〈群山绝响〉让我泪流满面》,《华商报》2018年2月4日。

和研究者研读和探讨其创作的重要入口。

第二节 后现代视野中的《落红》与《后花园》

进入21世纪,以中短篇小说和散文创作闻名的陕西作家方英文,先后推出了两部个性鲜明的长篇小说《落红》和《后花园》。方英文是在文坛笔耕二十年之后进入长篇小说创作领域的,对于这样一位笔力成熟和健旺的作家,人们有足够的理由相信其长篇创作的思想质量和艺术水准,正如陕西著名作家陈忠实等所评价的那样:"方英文形成了独特的文学风格","在陕西文坛,可以说他是另类的"[1],其作品足以"以其陌生新鲜的面孔立于当代文学画廊"[2]。方英文二十多年来苦心经营的文学世界,在《落红》和《后花园》中有了全面的展示,这为人们解读方英文的艺术个性提供了坚实的文本依据。

所谓作家和作品的独树一帜,通常是在历时性文学传统和共时性文学环境构成的参照系中,可能得到更为有效的阐释。方英文小说的人生忧患意识、社会问题批判价值、知识分子精神历程的复杂展示、悲喜交会的审美风范、婉约多讽的风格追求,呈现出一种对既往文学经验和当下文学精神的融合,并形成了独特美学个性的品质。方英文是在积淀厚重的陕西文学土壤中成长起来的,但他却又给地域文学生态注入了一股浪漫轻灵的新风。

以现代立场上的反传统抑或怀抱传统的反现代角度,似乎都不能准确地解释《落红》和《后花园》两部小说。方英文无意于确立自己的思想或文化立场,他的文学革命并非方向性的新旧颠覆,他所面对的是越出传统文化中心控制的现实层面,非启蒙的非革命的,也非时下流行的日常化书写。方英文给读者呈现的外部世界带有明显的后现代文化特征,在断裂了传统文化之根和丧失了崇高精神信念之后的现

---

[1] 陈忠实、高建群、李星等:《方英文〈后花园〉作品研讨纪要》,《陕西文学界》2008年第4期。
[2] 陈忠实:《烛照人类心灵的不死神光——阅读〈落红〉致方英文》,《中华读书报》2002年8月28日。

实生活基础上构筑文学故事和人物命运,是方氏小说特质形成的前提。《落红》中的主人公唐子羽就生活在价值失范、意义失重的现实空间里。他所任职的部门是百陵市政府一个最闲散的部门,他是"最末一位副局长",而且是无所作为之中"白白捡来的一个副局长",后来又因把开会学习当"儿戏"丢了官帽。他曾经的理想和信念只空留了一些才情智慧和良知善德,变得无所事事而又夸夸其谈。情人梅雨妃说唐子羽是"废品天才",他沉溺于凡俗生活之中,消遣和享受凡俗生活的快乐,他将自己当作这个荒唐可笑世界的一部分。唐子羽与传统知识分子最大的区别是他清醒于现实人生的荒诞不经,却不再去做无谓的坚守和抗争。唐子羽是当下知识分子精神状态的典型缩影,从旧日的精神高地退下阵来,沉沦世俗,心悦诚服地认同世俗、拥抱世俗。所以,唐子羽说自己是个"没用的好人",是"蜷缩的人"。所谓"没用",是指卸除知识分子的角色重任,成为"芸芸众生"中的一员;所谓"蜷缩",则指失却精神勇士的激扬个性,心灵世界逐渐枯萎而向内蜷缩的状态。唐子羽的性格是精英文化中心转向世俗文化中心的一种标识,让读者感受到一种强烈的解构主流文化的后现代气息。

　　唐子羽对待婚姻、爱情、性及其关系的复杂态度,最能够见出他的性格内涵。一方面,唐子羽想保全自己的家庭,确保"妻子是陪伴自己一生的女人";另一方面,他又渴望纯粹浪漫的爱情,渴望"生命中有一个美好的情人",但他又不完全排斥性交易。在唐子羽这里,"性"类似万能化的存在,于妻子是"家庭活动";于情人是爱情游戏;于妓女是生理发泄。唐子羽不同意中国人"将恩与爱煮成一锅粥",他将家庭、爱情和性分而处之,根据需要调整三者之间的关系。其实,在现代人的观念里,性的专一已然不是针对家庭,而是针对爱情的,以专一的性来证明爱情,并争取爱情与婚姻的合一,一直是现代知识分子追求的爱情理想,而现代知识分子又往往以对爱情的追求和坚守,标明他们对自由精神的诉求,这与传统的忠贞观念是两回事。而唐子羽似乎并不具备现代知识分子的这一精神性,他飘零无依,而他在爱情上的失落,又是他精神上失守的必然结果。当然,他也不时有负罪感,可他总会以人性的基本需求宽慰自己。最有讽刺意味的是,

第十二章 方英文:文人化写作的轻与重

他臆想出一个男性皇权的生活情境,和朋友朱大音是主仆关系,"嘉贤"和"雨妃"两个名字暗含着妻贤妾美的意思,潜意识中为自己的荒唐行为编织出古老的合法性。唐子羽貌似前卫的性爱观,颠覆了现代理性精神,却莫名其妙地与腐朽的封建思想遇合了。如果认为唐子羽的精神气质带有后现代文化色彩,那么,在肯定其解构主流文化价值的同时,现代人文精神全面陷落和复古情绪的沉渣泛起会不会导致更大的精神危机?文学作品所成功表现的爱情和性,从来不是孤立的,而是勘测人的精神世界及其变化的重要途径,《落红》也是如此。《落红》的思想内涵是丰富复杂的。作家通过唐子羽、朱大音等文学形象,有意颠覆死板僵化的政治文化秩序,作家创造性地运用幽默反讽的笔墨,使现实批判的力量达到犀利、透彻和痛快淋漓的境地。但是,作家笔下的唐子羽不是纯粹意义上的现代人,他带着过往历史文化的浓重印记,因而不可能是毫无顾忌的反叛者。唐子羽内心深处珍藏着少年时期那首甜美幸福的《让我们荡起双桨》,珍藏着音乐老师送他的红纱巾。在极度的精神沉迷和痛苦中,它们会唤醒他灵魂深处那些永恒与美的信念,但这无法阻止他滑落到空虚与破碎的深渊。除了堕落别无出路吗?这真是知识分子的宿命吗?《落红》思考的分量,就隐含在有关人生意义的诘问之中。

方英文的诸种思考,又不是清晰地、明确地组合在作品中。《落红》情节简单,叙述明快,各种思想观念却交织杂陈,在小说中彼此共生,相互缠绕,又彼此对抗着、矛盾着甚至相互消解着。唐子羽生活在一个凌乱的没有中心的现实世界中,他能游刃有余地应付各种局面和各种人际关系,而这种看似高超的生存智慧,却又无法解决他的精神困惑。每当他用敷衍和调侃的态度应付工作和日常生活时,总是得心应手、效果奇佳,即使犯了错误,也是"有缺点的,有错误的反倒招人喜欢"的人物;而当他想用心认真一回、庄严一回时,结果常常是弄巧成拙、适得其反。世界和人生是如此地混乱和不可解。《落红》所呈现的不只是后现代情境中中国知识分子的心灵陷落,并且越出特定社会文化范围,让读者领略到人类存在的荒谬性和无端挣扎的精神面孔。

· 413 ·

读《落红》时不免令人想到贾平凹的《废都》。知识分子落入世俗的泥潭不可自拔和急于自我救赎而挣扎无望的情状，寻求和建立新的精神花园的文化旨归，从《废都》到《落红》是一脉相承的，相对来讲，这两部作品更侧重社会文化及知识分子批判，作品积郁着浓厚的悲观和否定情绪。方英文其后的新作《后花园》，承续着他对知识分子精神危机的关注，立足点却有了明显的转移。正如作家自己所言，《落红》"主要讽刺人生与社会"，《后花园》"就想赞美人生与社会"，"要为这个城市，为孕养我的山间故地，为所有爱我和我所爱的人们，答谢一部美好的作品"。①《后花园》的主人公宋隐乔和《落红》里的唐子羽其实是一类性格。他们都是怀才不遇的"无用书生"，因而玩世不恭，对教条僵化的公务体制不无游戏态度。唐子羽因"学习体会"中夹带了"黄段子"而丢了官位，宋隐乔则在职称考试中"请人捉刀"，致使副教授职称泡了汤。他们对待爱情都有些"痴愚"，执着地追寻心中的完美女神，但这又不妨碍像解决"生计"般地"打个牙祭"，"他的该死的身体，却需要性爱，像他需要吃饭、饮水一样"。和颓废的唐子羽不同，宋隐乔的人生中出现了一次"美丽"的邂逅，而后开始的美好"寻梦"之旅，带领宋隐乔的精神向着生命的理想境界攀升。

宋隐乔偶然被城市"抛弃"，走进尚未被现代文明浸染的秦巴山地，大山里的自然景观和淳朴乡民，令他感受到了全然不同于都市的另一种风物人情。从"绿色女人"胡珍子开始，宋隐乔一路被指引着去寻找那个"出好女人的地方"，旧日的"娘娘窝"，今日的"后花园"。"娘娘窝"因被风水先生说"将来要出皇娘娘"而得名，在某种神秘力量的驱使下，"每隔十五年，这里就要出现一个绝色女子"。宋隐乔不期然踏入"后花园"，就撞到了两个让他刻骨铭心的绝美女子，一个是梦境中的楚春苔，一个是现实中偶遇的罗云衣。不同的历史境遇，导致两个美丽女性截然不同的人生命运，由此引发出作家对历史文化的反思和重建当下文化精神的热望。女性在这里成为美好社会理

---

① 黄小春：《方英文：要为所爱的人答谢一部美好的作品》，《三秦都市报》2008年4月6日。

想和崇高精神世界的象征。

在历史迁延变化的思路中,作家以美好女子楚春苔的悲剧命运,宣判了那个荒诞而非人性的时代里社会秩序的崩溃及思想价值的解体。回顾历史进行当下文化思考的时候,作者更钟情和留恋的是历史远处的"唐朝"。小说不止一次出现过那个盛唐时代的"后花园",作者说:"我们一想到那些美好的东西,事实上它已经永远消失了,它属于过去时。"带着过去不能重来的慨叹,作家对当下再造充满了热情,贯穿小说始终的与现代女子罗云衣的炽热恋情,寄托着作家真善美的人生理想。罗云衣被塑造成一个集现代、古典和自然美质于一身的完美女性,她有现代女性的独立人格和社会关怀意识,她被想象成"古诗里的那个罗敷",又比"罗敷"更加玉树临风,她和后花园有血缘关系,则使她成了大自然滋养出的美的精灵。宋隐乔在火车上与罗云衣一见钟情,后花园里彼此心领神会,直至灵与肉自然结合的爱情圆满实现,"宋隐乔与罗云衣,毫无疑问,两人此时共同体现了人类最文明、最美好的一部分"。

《后花园》除了纵向探照历史记忆中的美与丑、善与恶,还将现代都市社会和乡野自然社会对应起来,进行共时性比照。前半部分宋隐乔被抛入山间,过着相忘于都市、游荡于田园的自由生活,而穿插其间的乡民走入城市的生活故事,则充满了艰难和险恶,他们无辜地受辱或无常地死去,都揭示了都市社会秩序的弊害,启悟人们重新发现乡野之美。小说最后部分,宋隐乔携罗云衣回返都市,又将喧嚣迷离的都市景观呈现于人们眼前,静态的生活瞬间躁动起来,"渺小的人又似乎被粘在秒针上,就那么'嚓、嚓、嚓'地,一天赶一天地飞速消失掉。你好像很忙,你好像干了很多事情,可是夜里床上一躺,你又想不清干了什么事情,更别说干了什么有意义的事情了"。人与人的虚与委蛇,事与事的盘根错节,手段与目标的背离,爱情与婚姻的割裂,等等,现代文明病追逐而来,无论人物如何奋力挣扎,实现梦想的力量还是微乎其微,无比美好的"人类的后花园"由清晰而渐次模糊,再次隐没到人的心灵深处。"也许不回来了,也许还要回来",信念还在,心灵却依然悬空。《后花园》拒绝"丑陋与肮脏",

一意渲染"美好","美好"之下,沉痛、隐忧和无奈俱在。这倒为当下知识分子普遍存在的回归古典、民间和故乡的文化心理和精神取向,提供了更有力的文学例证。

《后花园》与《落红》的一个很大区别,是作家注意从正面抒发人的美好情感,竭诚守护人类精神的后花园,反讽的笔墨少于《落红》。但作家笔下的人类精神花园,却从来不排斥世俗的快乐,方英文不喜欢做出严肃正统状,他愿意带给读者更真实、平凡和亲切的阅读感受。他塑造的女性形象罗云衣,是后花园这一理想之境中的理想人物,她内外兼修,既高贵纯正又聪慧美丽,倾注着作者对女性的赞美与憧憬之情,但方英文又不像很多作家那样刻意为女性添加神性色彩,使之成为圣洁的偶像。宋隐乔对罗云衣的爱情中,带有很私人的成分,或者说从开始就伴随着性爱需求。他更喜欢罗云衣这样"真正熟美的女人",他以为:"惟有眼前这样的女人,才是恰到好处的女人,因为她有姑娘家的清纯,又散发出夫人、也只有夫人才能散发出的温暖宁馨的气息。这种气息无法以语言再现,似乎'憩园'二字说的正是这个意思——所有奔波疲倦的男人,梦想中的那个'她',其实就是家园。"罗云衣知性而又风情万种,她是一个充满了人间烟火气的女人,因此,她所象征的"家园",对于宋隐乔来说,既是精神上的引领和安妥之地,又是世俗的快乐之源,物质的家园和精神的家园在宋隐乔这里是不能分开的。这种既雅且俗的性格,从《落红》中唐子羽的身上也可以看到,区别只是性格构成中侧重点不同。方英文笔下人物雅俗互见的特点,是当下多元文化投射使然,也与作家身为知识分子而一贯秉持的民间姿态和世俗立场相关。

从作者的本意出发,《后花园》重在精神建立,小说的主人公一往情深地赞美爱情,赞美田园牧歌般的美好人生模式,显示出对《落红》中否定、虚无情绪的矫正和超越。但《后花园》中的浪漫诗意却是更虚幻的,是自造的乌托邦世界。因为实际情形是,诸如"后花园"这样的自然环境,也在现代经济活动的侵入下逐渐变异,而宋隐乔和罗云衣在"后花园"酿制的甜蜜爱情,一旦转移到城市,即面临着现实的威逼和磨损。将人物从情趣盎然的"后花园"再次投入都市

第十二章　方英文：文人化写作的轻与重

红尘，可能恰恰是作家的用心和智慧所在。宋隐乔和罗云衣携手归来，落入了与《落红》相同的现实情境中，他们变成了另一对唐子羽和梅雨妃，他们同样逃不脱都市和婚姻的双重围城。所不同的是宋隐乔是单身汉，他对爱情的追求可以义无反顾，但当罗云衣告诉他，"我是有夫之妇"时，他禁不住"双眼一黑，仿佛谁给了他眉心一拳"。宋隐乔的爱情不能突破现实的阻力，于是他只有逃离。小说结尾处，宋隐乔说："我能肯定的只有一点，我灵魂深处的后花园，是与我永远如影随形的。"这种自我安慰多少有点自欺欺人，或许知识分子对精神家园的追寻，依然是一条漫漫长途，或许追寻的意义就在追寻这一精神行动的历程之中。

从创作命意到人物气质，《落红》和《后花园》的精神联系是非常紧密的。《落红》的反叛和解构意识中，蕴含着作家重建精神家园的热望，《后花园》努力拨除世俗的迷雾，回返诗意浪漫的精神之旅。虽然生存的荒谬和人性的陷阱无处不在，但内心的抗拒没有终止，追寻的脚步不曾停息。"后花园"是理想的幻象，它令读者意识到，知识分子赖以建构文化新秩序的精神资源，还不能提供改变精神生活质地的能量，甚至不足以支撑起文学对未来世界的美好想象。作家意念中的"后花园"，只代表着改造现实的一种愿望，选择生活的一种态度和提升精神的一种方向。

如前所论，方英文是在越出传统文化中心控制的现实空间中构筑他的小说世界，这个世界里的主人公也是游离于政治权力和核心文化价值中心之外的异端人物。作家所呈现出的另类人物的另类生活图景，带来对笼罩在正常严肃面孔之下的现实存在的巨大质疑，同时另辟蹊径探索和追寻理想人生的可能性，于是，小说性就产生了。方英文是勇敢勘测人生真相的作家。他的艺术个性首先来自他对生活独到的发现，独到的感受和择取。他与"史诗"派作家庄严面对历史和现实、正面强攻重大历史题材或重大现实问题的旨趣不同，他在别人看不到的地方，可能是侧身也可能是倒立着观察出了社会、人生的异样。方英文向来最为人们赞赏的是他天才的语言表现力。如果说形式和内容是不可分割的整体，或者说语言本身就关联着思想和精神，那么，一种独到的叙述方式一定在深层制约和规定着作品的思想精神品格。《落红》和《后花园》中"后现代"或"后革命"的解构意味，正是由语言所碰撞和激发的。评论家所称道的"方氏修辞"[①]，与当下中国的社会文化语境水乳交融，正是因为这样的语境，读者才能在阅读的巨大愉悦中意会作家的思想，触摸作家的心灵。可见，语言个性对方英文小说的整体风格，几乎起着决定性的作用。在陕西作家群体中，方英文也是一个自觉追求语言趣味性的作家。作家并不刻意设计嘻嘻哈哈的闹剧，他的主要叙述策略是反讽，那些读者熟悉的人物和平常的故事，在作家机智幽默的叙述中变得趣味横生，越是正面的严肃的事件，叙述越是暗藏机锋、煞有介事、一本正经，甚至严肃和崇高本身在不知不觉中被嘲弄被消解了。作家以此建构出一个充满矛盾和悖论的真实世界，最大限度地实现了小说的感性特质，避免了小说成为概念化的高头讲章。但方英文的讽刺和批判却更多宽容温和的调侃，这种批判方式让笔者想到老舍，因为他用幽默的态度来处理生活中的严肃现象，而被忧患激愤、长歌当哭的新文学家所"轻看"，其实这是作家审美取向的不同，并不影响作品精神内核的表达。作者思考深入而表达俏皮，追求"情""理""趣"的结合，某种程度上抵达了如庄子所言的"思之无涯，言之滑稽，心灵无羁绊"这一理想境界。

　　方英文敏锐的心灵感应力不仅表现在对时代社会心理及其变化的准确体察，并且能在心灵的反应中汇聚成波澜壮阔的情感涌流，不断翻涌着激情的浪花。他的小说具有浓烈的主观色彩，一方面是作家视点和人物视点的不断交融，给人以作家主观统领小说的感觉；另一方面，小说不时地出现主观抒情或议论段落，让读者伴随着作家的精神活动走入故事当中，始终不离作家情绪的掌控。作家主观意识太强而形成一种自我气场，固然可以吸引读者，但也由此失去了客观叙事带给读者的创造性阅读自由。以多层次结构和开放式叙述推动小说世界走向宽广和深厚，这正是长篇叙事的优势，运用主观化视角却往往成

[①] 邢小利：《"废品天才"的悲凉哀歌——读方英文长篇小说〈落红〉》，《小说评论》2002年第2期。

了一种限制。在作家艺术个性的形成过程中，总是伴随着一些艺术因素的得与失，方英文的个性决定了他的写作不可能重复陕西文学的宏大叙事传统，这不是写历史还是写现实、写乡土还是写都市、写农民还是写知识分子这样简单的选择问题，而是与作家的人生体验、艺术积累、审美趣味等联系在一起的内在精神气质问题。方英文的小说承载历史记忆，也思考社会变迁，但他对历史和现实题材的处理和表现，永远以他自己的途径和方式，创造出的是别人意想不到的艺术景观，留下的也是别人无法重复的声音，这就是方英文创作的价值所在。

第三节　诗性、个人与文人化历史书写

21世纪进入第二个十年，方英文继长篇小说《落红》（2002）与《后花园》（2008）后，又推出一部长篇力作《群山绝响》（2018）。小说选取作家熟悉的秦巴山区一个名为楚子川的小乡村为故事发生地，以学校、生产队为主要场所，以中学生元尚婴的个人成长为主线，从微观视角切入，意在辐射20世纪70年代波澜壮阔的社会图景。全书时间跨度仅为九个月，但事件发生密度却极大，叙述节奏明快。主人公元尚婴在短短九个月内，经历了两落两起：初中毕业后回生产队务农、想上高中却因政治"血统论"被组织拒绝接收、沮丧之际意外得到上高中的机会、被简书记点名顶替邮递员成为合同工、又遭同学"大字报"检举丢了工作。

纵观当代小说的"文革"书写，虽然这些文本在意义的显在结构和深层结构上不尽相同，但大多采用正面突进的方式表现重大历史事件，聚焦于"文革"中特殊人群的现实处境。王小波《黄金时代》（1991）中的"文革"是"沉默的大多数"的世界，是油滑的、狂欢化的、身体化的、诉诸感官的；王朔《动物凶猛》（1991）中的"文革"是大院子弟的经验世界，是反讽的、痞子化的、蔑视权威的、嘲弄权力体制的；苏童《河岸》（2009）中的"文革"是边缘人的经验世界，是诡谲多变的、暧昧不明的、荒诞不经的、难以描摹的；而方英文的"文革"书写则并不采取正面强攻的处理方式，

并不着力描绘政治批判运动。他笔下的"文革"是日常生活化的小人物的经验世界，是温情脉脉的、波澜不惊的、清淡平和的。之所以形成不同的叙事形态，是因为不同作家享有迥异的私人经验。正如王杰泓所说，"一个人的记忆决定了他的写作方向，而不同的个人记忆决定了文革叙事复杂、多元的复数形态"。① 接下来有必要对《群山绝响》展开个案式文本细读，探察方英文如何处理"文革"叙事和个人记忆的关系。

一 诗意化的历史场景

方英文以孩童般的眼光打量着这个世界，将他目之所及、所感的一切，营构成一个桃花源般的物质空间和精神空间，使得笔下的一草一木、飞禽走兽都洋溢着灵动诗意的气息，来化解特殊年代的无奈与辛酸。《群山绝响》临近结尾处，元尚婴与伙伴们登上山顶，登顶后的景观不仅有色，"青天抚眉，白云亲颊，柔软起伏的草甸上，绽放着红、紫、蓝三色野花"；还有声，"游荡的风，无形无影的风，如一捧捧暗语"；并且还有味，"野蒜的清香味、花粉的淡香味、同游异性沉寂脱缰衣袖的体香味"。感知敏锐的作家能同时调动多种感官，建构起一个立体多维的感性世界，从而将这种个人体验转化为审美经验传递给读者。显然作者对自然景物并非单纯的展览式呈现，而是透过少年纯真的眼睛，来还原对人的自然属性的尊重和肯定。在大自然中，人的社会属性和政治属性被剥离，人被还原为自然的一部分，回归本来面目。大自然经过方英文的笔墨点染，被还原为秦巴山区的质朴无华与野性，写作基调诗意乐观、温情脉脉、灵动自如，以此来对抗和淡化"文革"的残酷性和悲剧性。这种去政治化的处理方式显然是方英文有意为之。基于这种自然中心主义、以大地为尺度的立场，小说对人与动物关系的处理、人伦关系的处理都进行了诗性化、温情化的

---

① 王杰泓：《狂欢传统与文革叙事"油滑的开端"——论王小波小说〈黄金时代〉中的文革书写》，《武汉大学学报》（人文科学版）2014 年第 5 期。

第十二章 方英文：文人化写作的轻与重

表达。

万物皆有灵。方英文笔下的"自然"是一个重要的精神维度和表现向度。他笔下的群山、树木、土地、星空、河流、如珍珠般的红谷子、爱挠痒痒的猪、通人性的狗、偷印章的老鼠，无不充满诗意的温情。风景在当代文学中执行着重要的叙事功能，往往与重大历史进程相互指涉，或被当作田园诗和农事诗的象征协调着城乡之间失衡的情感结构。作为自然界的"自然"首先是劳动的对象，改造"自然"始终贯穿于毛泽东提出的"三大革命运动"——阶级斗争、生产斗争、科学实验[1]。"三大革命运动""移风易俗"等运动指向的正是对原本被视为"自然""天然"的观念、制度和生活方式的转型和超越。《群山绝响》描述了寒冬腊月，楚子川公社的人们在杨家沟里"战天斗地，热火朝天地修大寨田"的劳动场景。按照二十四节气，冬天本为农民休养生息的节令，然而社会主义实践却要求劳动者"战天斗地"，重新定义劳动与休息之间的关系。社会主义改造运动违逆自然发展规律，乃是一种激进的试验性举措，将劳动时长、劳动习惯、生活方式等原本"自然"的演进交付给有目的、有计划的政治实践工程，"腊月这个季节，没庄稼可种，没粮食可收，却不能让自然冬眠，不能让人们偷懒汉"[2]，透露出作者对社会主义改造运动无视事物自然状态、张扬主体主观能动性的不满态度。

修大寨隶属生产斗争环节，"三大革命运动"为20世纪70年代社会主义实践的主潮。然而方英文的写作却不将"三大革命运动"作为表现之重心，并不着意描写作为劳动对象、改造对象的自然。方英文表现《群山绝响》的重心为突出"风景"的自然还原性，重构审美经验，将原本劳动的对象、改造的对象还原为自然之本相。例如，描写饥饿年代，小说没有将人和动物的关系简单描绘为吃与被吃、高等生物和低等生物的对立关系，而是还原为平等独立、和谐共生的状态："人们再饥饿，吃树皮、草根、观音土，也不会想到

---

[1] 关于"三大革命运动"的提出，见中共中央文献研究室编《毛泽东年谱：1949—1976》第5卷，中央文献出版社2013年版，第221—223页。

[2] 方英文：《群山绝响》，陕西师范大学出版社2018年版，第9页。

吃水田里的鲫鱼、田螺、青蛙。他们把田螺叫'瓜瓜牛',觉得它太笨拙,走得太慢吧。"① 人与动物之间背离"物竞天择、适者生存"的生物进化论逻辑,更像是朋友、亲人。靠山吃山,靠水吃水,生活在山水之间的乡民有着区别于城市居民的感知方式、交流方式和栖居方式。《群山绝响》中,方英文这样描述母亲的生态观:"她永远忙活着,她将自己那辽阔无涯的勤劳与仁爱,毫无保留地释放到周围的人物与动物身上。不,她眼里没有人和动物之分,一切走动的、会吃喝会叫唤的、会高兴的会愤怒的,都是非凡美丽的奇迹,都是老天派来的亲与友。"② 可以看出,方英文借由母亲的视角,赞美自然世界,肯定人与自然和谐相处、交融共生的生态观,反对人类中心主义的不良倾向。人类不应将自身视为自然界的主宰,而应当仅仅作为生存在地球上的生命之一,与自然界中的其他成员友好相处。

微末民生,必自饮食风物起,处于秦地和楚地接壤处的楚子川,南北碰撞交融,人物轨迹与饮食风物描写交错并进。大米粥煮饺子、八大件、垫碗饭、扁食、柿饼、黄酒、熏肉……一粥一饭,落笔虽在饮食,却意在黎民之朴素、地域之旖旎、人情之纯美。纵使时代跌宕起伏、风起云涌,作者描绘的乡间世界却充满人情味,其力量从何而来?来自美好人性与文人风度在民间人伦中的显现。据此,可以通过《群山绝响》的饮食书写透视其历史意识和文化认同。社会认同并不仅仅是血脉上的延续,文化上的传承同样不容小觑。正如张光直所说:"食物和吃法,是中国人生活方式的核心之一,也是中国人精神气质的组成部分。"③

除夕当日,大雪纷飞,宾客入席,外姓列上位,本姓次之。"八大件子:八个盘子八个大碗,共计十六样菜……'八大件子'脱胎于粤菜、湘菜,是根据汉水流域之特产食材,而增减调整、创新于当地

---

① 方英文:《群山绝响》,陕西师范大学出版社2018年版,第154页。
② 方英文:《群山绝响》,陕西师范大学出版社2018年版,第74页。
③ [美]张光直:《中国文化中的饮食——人类学与社会学的透视》,载[美]尤金·N.安德森《中国食物》,马孆、刘东译,江苏人民出版社2003年版,第257页。

第十二章　方英文：文人化写作的轻与重

的"。① 外姓宾客和同姓族人围坐一圈，杯盘碗盏之间，佐酒而微醺，其乐融融。精心烹调的清酒素食、是家庭空间内的情意象征，亦为革命年代里百姓安贫乐道的精神象征。大年三十的午饭大米粥煮饺子，唤醒下湖人的味蕾。米饭本不是北方人的主要粮食，大米粥煮饺子则是困难时期南方人扎根北方、顺应乡俗的产物。叙述者反复强调食用秘方的意义："这不是单纯的吃饭，而是追忆故郡旧土，有几分对逝去的往昔生活的祭祀意味。"② 通过这道南北交融的菜肴，方英文钩沉了楚子川诸多移民的源流，勾勒出其湘楚移民的面貌，他们的先辈在明清之际从江湖密布的南方迁徙而来，繁衍生息，开枝散叶。湘楚故地，不仅是地理空间，更是精神空间和文化原点。

出于对死去的万水贵的歉疚和感恩，元尚婴带着四两猪肉登门探访万家，万家人深受感动，遂将预备过节的竹笋混炒少年送来的猪肉，又温一壶秆秆酒慷慨招待客人。陌生的两家人，在一席饭间，建立起温暖亲昵的关系，彰显家常人伦中的伤怀与慰藉，饮食不自觉扮演起了社会语言角色，"饮食的社会语言角色，取决于互动各方地位和行为场合的相互影响"。③ 礼尚往来之间，施受双方获得血缘归属感的慰藉和代偿。

不仅饮食，风物亦有诗性化的表征。方英文善于从琐碎日常中营造趣味，苦中作乐，展示富有雅趣的美学化生活方式。爷爷诗意的等候、元家人的书法训练、楚子川乡民的除夕赏雪、理发师老黄的象棋爱好等，种种风物书写之中，既含雅趣，又见志趣。饮食风物超越一时一物层面，成为人们生命的延伸。《群山绝响》中，楚子川人民的日常生活包蕴20世纪50—70年代人们在正统革命意识形态统治下缺乏的生机盎然的世俗生活以及受到压抑的感性欲念。方英文从记忆的宫殿中拼缀、黏合着一个已然消逝的时代，它呈现出的不是大写的历史，而是细碎温馨的日常生活片段，它们由于各种扑朔迷离、语焉不

---

① 方英文：《群山绝响》，陕西师范大学出版社2018年版，第117页。
② 方英文：《群山绝响》，陕西师范大学出版社2018年版，第107页。
③ ［美］张光直：《中国文化中的饮食——人类学与社会学的透视》，载［美］尤金·N.安德森《中国食物》，马孆、刘东译，江苏人民出版社2003年版，第258页。

详的叙述而蒙上了历史的滚滚烟尘。方英文长篇小说的内核却是始终如一的，无论所处什么时代，都不强调对时代运动的批判和控诉，日常生活都成为压倒一切的中心。它绝非革命意识形态话语下的衬托物或辅助性存在，它的存在本身即目的。

《群山绝响》是一部展示"文革"后期商州农村的自然景观、奇闻逸事、生态环境、日常饮食等内容的地方志。"风景"的呈现必然牵扯观景之人的"内面"构造。那么，"社会主义风景"所塑造出的叙事立场、人物形象是怎样的呢？

二 个人化的历史记忆

20世纪90年代随着中国社会从计划经济向市场经济的转变，文化界亦受到冲击，知识分子从社会的中心向边缘退却、纷纷对自身社会角色进行重新体认。这一群体自身携带的社会理想和使命感与新的市场经济条件、社会状况格格不入，角色焦虑感和惶惑感应运而生。以往推崇的"宏大叙事"突然间被认定为意识形态色彩过于浓厚，为"政治的传声筒"，其合法性屡遭质疑甚至否定，某种程度上成为陈腐、过时、专制化、概念化的代名词。而此时，"个人化写作"作为对宏大叙事有力的对抗与反拨的叙事姿态迅速流行，成为众多作家追捧的对象，涌现出了诸如《私人生活》《一个人的战争》等作品。个人化叙事为新的时代转型提供了恰切的叙事资源，同时为干涸已久的中国文坛带来一种既熟悉又陌生的审美体验。而20世纪90年代登上文坛的陕西第三代作家群体自然受到这股"个人化写作"潮流的影响，方英文也是其中之一。

《群山绝响》基于作家的世事洞察和生活感触，世故之外又有几分超脱之气。

《群山绝响》描写农民的喜怒哀乐、衣食住行、成长升学的俗世生活。尽管表现年代正值"文革"，但方英文以凡俗人生的角度来透视历史和现实，举重若轻，特意选取少年形象为切入口，表现了特殊历史时期下民众的日常生活。以"阶级斗争"为核心的政治现实是

第十二章 方英文：文人化写作的轻与重

"元尚婴"们日常生活的背景性存在，几乎侵入了生活的每一个缝隙。然而，从作者清浅沉静的叙述语调中，读者仍能瞥见主流意识形态话语之外民间话语暗自生长的空间，作者试图在集体共鸣之外保留一些珍贵的个人记忆。如何缝合意识形态话语和民间话语的缝隙，影响着作品的艺术质地和审美品格。《群山绝响》中，诗性精神、审美追求作为联结革命话语和日常话语的纽带而存在。

不同于以往伤痕文学或改革文学中"革命话语常驱逐日常话语"的叙事惯例，尽管接二连三的社会主义运动打乱了日常生活的恒定节奏，但它并不能取代、覆盖日常生活本身；相反，日常生活细节却更浓缩地体现了日常生活的根性。跌宕起伏的人生经历成为灰色日常生活的奇花。《群山绝响》不少地方呈现了真实的历史口号、语录，但重点绝不在此，它们仅仅作为背景存在。不同于以往的"文革"书写，《群山绝响》鲜少"伤痕文学"痛心疾首式的揭露和控诉，也鲜有充溢着宗教般信仰的革命浪漫主义叙事，亦有别于苦尽甘来的苦难叙事，这与作家本人的代际身份有关。方英文出生于1958年，属于"红小兵"一代，在"文革"期间度过了他的童年和少年时代，这一代既置身"文革"的时代洪流之中，又并非亲历者和受难者，而更接近于旁观者或探究者。这就使得他们对"文革"有记忆、有体验，同时又不是"运动"的直接冲击对象。他们无须对"文革"中发生的种种事件担负必要的社会责任，无须直面残忍的历史拷问。这种身份的特殊性使得他们不再选用正面强攻的方式来处理"文革"题材，而是另辟蹊径、旁敲侧击，用戏谑调侃的笔调娓娓道来。

《群山绝响》借由元尚婴的个人视角来表现中国20世纪70年代的历史。主人公元尚婴身上最可贵的品质为"不以物喜，不以己悲"，面对一系列突如其来的变故，元尚婴始终是懵懵懂懂、后知后觉的姿态，似乎一切变故都无法真正冲击和摧毁这个不满十八岁的少年。《群山绝响》延续《落红》和《后花园》重建精神家园的热望、对乌托邦的文学想象。在《群山绝响》中，方英文试图从断裂了传统文化之根基、失却了原始伦理价值的当下语境中，回返个人记忆中的20世纪70年代，从少年经历和商州故土中寻找精神文化资源。主人公元尚婴的气质禀赋由元家的家风浸染而成。元家人始终安贫乐道，待人真诚，不急不躁，崇尚"耕读传家"。元尚婴的祖父元百了作为元家的灵魂人物，他不同于刻板化的乡绅地主形象，身上具备着诸多传统美德，具备强大的人格力量。他相貌堂堂，鹤发童颜，饱读诗书，写得一手欧体好字，为人谦和大度，几乎决定了全家人的处世态度，引领了谦和大气的家风。元百了的精神力量、道德名望如一涧清泉缓缓流淌于山间，默默滋养着乡民们。同时，他的思想主张与现代观念不谋而合。他不推行孔子倡导的"有教无类"，而是"得天下英才而教之"，儿子不喜欢练字便不强求，孙子喜欢书法便尽心培养。他有着佛祖般悲天悯人的情怀，过年时主动收留路过的两个小乞丐过夜，孙子夸赞他为"活菩萨"时，他反倒说"那兄妹俩才是活菩萨，他们让我们变得善良"①。他主动请刘表叔表娘来家里吃团圆饭，"他们遭难了，不把他们请来，我们心里会牵挂他们。他们要是来了，我们就安心了——他们让我们安心，就是帮我们忙啊"②。爷爷一次次用自己的言行来教育子孙像他那样理解人、爱人，人道主义的光辉在这位老者身上闪烁着。

元百了的思想却极具深刻性，甚至可以被称为乡土哲学家。这体现在他悠然自得的生活态度和哲理谈吐之上。爷爷在家门前等待孙子的空隙里，"总是有滋有味地观察云彩、落日以及山色，以此判断明儿的天气"③。虽然生活艰苦，一家人仍在温饱线上挣扎，但爷爷发挥着苦中作乐、安贫乐道的生活哲学，以言行昭示着贫者亦可以追求诗意，活得高雅。无论遭遇多么恶劣的事件，"爷爷都有一套让人坦然的说辞"，爷爷的生存智慧令人敬仰。元尚婴少年时懵懵懂懂照章办事，历经世事后才恍然大悟，悟出父辈祖辈为人处世的高明之处，元家三代无论遭遇何等险境、面对如何沉重的人生打击，皆可化险为夷，变通思考，深谙"塞翁失马，焉知非福"的道理。小说字里行间透露出作者平等通达的生命观：无论多么卑贱的肉身，无论多么微小的灵

---

① 方英文：《群山绝响》，陕西师范大学出版社2018年版，第107页。
② 方英文：《群山绝响》，陕西师范大学出版社2018年版，第111页。
③ 方英文：《群山绝响》，陕西师范大学出版社2018年版，第17页。

魂,都有权利追求精神自由和理想情感。诚如评论家所说:"众生不易,却皆能顺应与变通,展示出令人叹息的生存智慧。"①

千百年来,中国人崇尚"厚德载物""天人合一"为精魂的文化形态。"文革"时期的秦巴山区,尚未受到现代都市文明的熏染,仍处于精神蒙昧的懵懂阶段,山间的草木鱼虫与淳朴乡民和谐相处、互利共生。小说主人公元尚婴一家生于山林、长于山林、吃斋念佛,天然养成了超然淡泊的气质。《群山绝响》通过对元家人荣辱与共、艰难求索的生命历程展现了传统文化中柔中带刚、坚韧不拔的精神力量。继《落红》和《后花园》之后,《群山绝响》标志着方英文艺术技法的高度成熟,也彰显了方英文的思想深度。这是一部内蕴丰富深远的小说,总括了当下中国现代化发展的艰难历程和寒门出身的青年人筚路蓝缕、艰苦奋斗的探索心路。方英文对不同阶层的人物性格均有着精准的把握,写出了人性在面对多样选择与复杂挑战时流露出的犹疑与挣扎、怯懦与勇敢,也道出了个人命运在时代洪流中的偶然性和不确定性。

纵观《群山绝响》的人物形象,最上等的为吃商品粮的政府干部、公办教师、军人;中间层为合同工和学生;人民公社组织下的农民居于社会最底层。出身农家的方英文对底层投注着深切关怀,他道出了社会秩序的不公:农民挥洒最多的汗水,却要按规定上交大部分粮食,忍受着饥饿与贫穷的双重折磨。方英文将宏大叙事中销声匿迹的小人物、小事件打捞出历史地表,从而完成以日常生活对重大历史事件的置换。他笔下的小人物形象序列刻画最为生动,虽然人物众多,却各有各的性格,如马会计的礼尚往来、麻忠队长的贪财好色、全老师的有情有义、公社女干部陈荣的体恤女性。他们热爱生活,信奉着最为朴素的生存哲学,忙时辛勤劳作,闲时抽烟吹牛、看云谈鸟,生活过得有滋有味。正是这一个个鲜活的、不同的生命汇聚成了奔流不息的历史长河,也正是这些复杂、丰富的生命个体照亮了历史,构成了历史发展的隐秘性。

---

① 出自评论家仵埂为《群山绝响》写的封底推荐语。

三　文人化的历史书写

《群山绝响》的成就不仅仅在于"以喜剧方式来叙写悲悯的社会人生，以幽默的笔调叙写生命的尴尬与荒诞"[1]，而是如何将一个"文革"题材转化为理想化人格的成长历程。理想化人格是明清文人小说的一贯追求，文人小说抛弃宏大的历史叙事，从个人化、日常化的角度出发，形成以抒情言志为目的，以小说见才情的艺术风格。有评论家认为，方英文"写世俗生活，却有文人化的特点，有古典美的韵味"[2]。

研读方英文的小说，最突出的特质即个人性情的流露。方英文写作的内核是性情，其散文、小说皆可谓是书写性灵之作。《易·乾》云："利贞者，性情也。"孔颖达疏："性者，天生之质，正而不邪；情者，性之欲也。"方英文的性情观以儒家思想为基底，汲取道家和佛家思想精华，超越一时一地的限制，超越枯涩的经典教化，从而抵达健全人格的层面。在某种程度上，性情亦为方英文写作中的隐含意识形态，具体表征为"仁""义""礼""智""信"。仁者爱人，由亲亲而"泛爱众"。《群山绝响》中，即使元尚婴因家庭成分没有读高中的资格，母亲也慷慨赠予顺利读高中的同学田信康提饭的小漆桶，此举为"仁"。爷爷元百了除夕夜收留两个赶夜路的小乞丐，元尚婴称赞爷爷为"活菩萨"，而爷爷却反而感叹"那兄妹俩才是活菩萨，他们让我们变得善良"，此举亦为"仁"。爷爷的话探幽曲微，引人深思，将原本的施受关系倒置，施予方在这一过程中获得内心的慰藉与代偿。除夕夜吃年夜饭大费周章地排座次，是"礼"。因万水贵意外离世，元尚婴获得上学机会，母亲提出看望万水贵的家人并祭拜亡魂，亦为"礼"。可见，礼乐教化、诗书传家，仍是儒家文化血脉传承不变的内核。爷爷笃信"得天下英才而教之"的圣贤理想，元家人以耕读传家为志业，是

---

[1] 韩鲁华：《一代人的情感精神绝响——方英文〈群山绝响〉阅读札记》，《商洛学院学报》2018年第3期。
[2] 邰科祥等：《当代商洛作家群论》，三秦出版社2005年版，第223页。

第十二章 方英文：文人化写作的轻与重

"智"。年少的元尚婴独自走夜路时，经过的人家纷纷打开家门给他壮胆，是"信"。"仁""义""礼""智""信"作为隐含的意识形态渗透在作品的字里行间，并未沦为概念性的道德说教。

访谈中方英文提及："我是庄子《齐物论》知音。绝望产生于奢望。原本就不大有希望，世俗的希望，所以就谈不上失望与绝望。"[①]方英文对道家思想的推崇，时常情不自禁地流溢于笔端。例如，"祖父每每说到没法再往下说的事时，便搬出'命数'二字[②]"。方英文还特别强调事物之间隐含的联系。元家人为人处世敦厚善良，故元尚婴生命中两次重大转折都逢凶化吉、因祸得福。获得上高中的机会是因为顶了意外落水的万水贵的缺；获得吃商品粮的机会是因为顶了意外身亡的吴小根的缺。主动与被动、偶然与必然的双重变奏，是作者的人生感受，也是小说的潜在主题。这种意绪自方英文的处女作《解脱》就有所表达，在后来的创作中不断得到渲染和深化。与主流现实主义作品不同，他的小说中亦有非自然情节的表征，在万水贵去世后，元尚婴曾在厕所偶遇万水贵的灵魂。万水贵溺亡后，元尚婴的父母认识到："世间的每一个人，不管相互认识还是不认识，都存在着一个神秘的关联"[③]。

这些非自然化的情节使人不由联想到同为陕南作家贾平凹的小说。自《废都》之后，贾平凹便日渐神秘，他在《后记》中多次强调"感知世界的气度"。每当贾平凹的小说试图表现神秘的非历史的人格理想时，小说便会显得轻飘而诡异，如《白夜》《怀念狼》都展现修身养性的人格理想遭遇的危机和绝望。《白夜》"再生人"的设定使得全文笼罩在一片鬼气之下，一系列非正常化情节表征都偏离写实的主脉。方英文的《群山绝响》虽有鬼魂复生的情节却无森森鬼气，仍以写实为主。究其根本，是因为贾平凹小说的鬼气来源于他对日常生活偶然化、非自然现象的捕捉和触发。非自然化表达统摄写实思想，使得贾

---

① 方英文：《答著名青年作家胡竹峰》，方英文《霜天自在》，陕西人民出版社2020年版，第203页。
② 方英文：《群山绝响》，陕西师范大学出版社2018年版，第111页。
③ 方英文：《群山绝响》，陕西师范大学出版社2018年版，第170页。

平凹在《废都》之后,"在修身养性与反映现实问题之间,总是顾此失彼,而且越到后来分裂越大"。① 而方英文则处理得较为恰切,在修身养性和表现历史之间、在理想化人格追求和历史问题的表达之间构筑出一道衔接的桥梁。

中国文化传统素有两大精神源头:一为儒家,倡导入世救世,将齐家治国平天下作为人生目标,从而形成"虽千万人吾往矣"的士之人格和"善人教民"的启蒙立场;一为道家,强调遁世归隐,追求个人精神之自由独立,从而形成养性修真对抗世俗社会的关怀倾向。道家思想对文人传统的侵入,形成古代文学对自由独立个性解放的追求,加剧文人非道德、非规范化人格倾向的同时,也鼓励着它的非政治化。儒家之路还是道家之路正是知识分子们反复探讨的题旨,方英文的写作延续了先辈作家的思路。《落红》和《后花园》中主人公选择的,皆为道家所言遁迹隐居、摆脱尘网之路,而非儒家立志走治国平天下的济世之路,道家之路的核心是修身养性。方英文说:他的"前两部长篇小说并无刻意的修身追求"②。在修身养性和承担历史责任问题上,方英文在《落红》和《后花园》中语焉不详,值得欣喜的是,他的创作探索在《群山绝响》达到一种理想状态,其修身养性的人格理想在楚子川山民身上得到了集约化彰显。

英国著名文学评论家戴维·洛奇曾在《小说的艺术》中指出:"对小说家来说,拟定书名或许是他创作过程的一个重要组成部分,这样他会更关注小说应该写什么。"③ 不妨结合小说标题,来考察方英文的文学探索取得了怎样的实绩,其思想探测之征途走了多远。《群山绝响》之"绝响"有两重意蕴,第一,指地域文化的几乎绝迹,尤指陕南文化被关中文化(秦)、南方文化(楚)等强势文化挤压。这属于文化的空间困境。第二,指传统文化即原始性的、原生态的文化消失,以及未被现代文明改造、侵袭过的民间文化样态的消失。这属于文化的时间困境。小说旨在找寻、复归这两层意蕴。《群山绝响》

---

① 梅兰:《论〈极花〉与贾平凹的小说观》,《中国现代文学研究丛刊》2017年第5期。
② 2021年7月6日,刘璐访问方英文谈话记录。
③ [英]戴维·洛奇:《小说的艺术》,王峻岩等译,作家出版社1998年版,第214页。

第十二章 方英文：文人化写作的轻与重

充分展现了方英文的文化立场与文学雄心，他试图在日益功利化、世俗化的21世纪，为彷徨无措、精神空虚的当代人寻求一条自我救赎、精神解放的路径。

方英文认为："文学作品，有别于'灾情报告'。文学作品有着天然的美学义务。我侧重要写的是黎民之朴素、伦理之亲爱，地域之旖旎、乡风之别样，特别是生命之草芥且坚韧！……壮丽国史自有史家书写，微末民生理当作家填补。"[①] 纵观中国古代文人小说，写普通小人物居多，关注世俗伦常、凡人琐事，以建构民间化的世俗形象。方英文继承的就是中国文人小说的传统，善于从琐碎日常中营造趣味，苦中作乐，展示富有雅趣的美学化生活方式。他笔下的饮食风物经由文人化笔法的点染，超越一时一物层面，成为人们生命的延伸。作家铺写饮食风物，意味着对世俗主义人生态度的认同和眷顾。平民化游戏性的入俗之美、大篇幅的日常生活描写意味着写作者对感性欲望的肯定和尊崇。同时，方英文继承民间文化传统，形成与庙堂文化截然不同的审美路径，他以日常经验取代政治经验，以世俗趣味反抗庙堂趣味，平民视角取代文人视角。他在《群山绝响》中构筑的历史书写与任何已知的历史实存都不同，完成了对人类历史的一种提纯化、理想化的可能性想象。

以中国现代小说传统观照，方英文多倾向新文学中幽默讽刺这一路风格。钱钟书《围城》以反英雄、反崇高为特质，小说中没有一个英雄，所有人物都是"盲目的寻梦者""为命运所玩弄的失败者"[②]。小说反讽技巧高超，描写聪睿俏皮、流动自如，叙述风格旁逸斜出，警句新奇犀利、信手拈来。方英文的小说中少有崇高庄严的人物形象，作家热衷于描写芸芸众生，坦露平民情怀；方英文"寓庄于谐、庄谐并举"，甚至"能读出'后现代'或'后革命'的解构意味"[③]。他常

[①] 方英文：《〈群山绝响〉题外话》，方英文《霜天自在》，陕西人民出版社2020年版，第190页。

[②] 钱理群、温儒敏：《中国现代文学三十年》（修订本），北京大学出版社2013年版，第386—387页。

[③] 刘建中：《一枝红杏出墙来——漫评方英文和他的小说》，《小说评论》1991年第5期。

常以幽默的、诙谐的、调侃式的语言来处理宏大的、严肃的事件。《群山绝响》中的反讽灵感取材现实生活，又见知识分子之睿智巧思，可谓雅俗共赏，老少咸宜。方英文的小说语言达到了"意趣、优美、情理"的美好境界，冲淡了长篇小说沉滞、压抑的意味，某种程度上解构着现代小说崇尚的正大严肃艺术风范。

  在当代陕西文学的发展脉络中，方英文与第一代、第二代作家创作追求明显不同。相比于他们对现实主义正统原则的坚守，对"宏大叙事"的钟爱，对史诗精神的执着追求，方英文表现出"不担沉"的写作态度。他无意于用小说来表达某种历史意志或民族国家话语，也不直接承载文学的教化使命，其小说中人物不以社会、集体和公众性名之，而是以完全个人性的"声音"出现。方英文是20世纪90年代中国文坛"个人化写作"的践行者，从《落红》到《后花园》，在俗常的嬉笑怒骂、插科打诨中调侃庄严、消解崇高，以反讽笔法尽显人生境遇的荒诞不经。《群山绝响》在日常生活的叙事中，传达出深藏于人性深处的诗意与温情，凭借底层人乐观和韧性的力量抵御政治运动的风浪。方英文举重若轻地反拨了历史化的宏大叙事、英雄化的审美风格，显示出他在陕派文学中的另类艺术面向和独有的价值意义。

第十三章　陈彦：民族化路径上书写"中国故事"

第一节　戏剧舞台上走出的小说家

20世纪90年代以来，来自陕西省商洛市的剧作家陈彦以虚心、勤勉之笔耕，创作出诸多佳作，尤以秦腔现代戏"西京三部曲"——《迟开的玫瑰》《大树西迁》《西京故事》为代表，多次获得"全国'五个一工程'奖"、三次获得"中国戏剧·曹禺戏剧文学奖"、获得首届"文华编剧奖"、三次入选"国家舞台艺术精品工程·十大精品剧目"。以《西京故事》同名小说创作为开端，陈彦的创作重心逐渐由戏剧转向小说：《西京故事》小试牛刀，《装台》备受认可，《主角》惊艳登场摘得茅奖，《喜剧》续写台前幕后的百态人生。2023年初，陈彦长篇小说新作《星空与半棵树》问世，将一纸"舞台"延伸至博大星空下的微小人生。陈彦用对生活的独到理解和对"讲好故事"的执着追求，细腻地洞察和再现着"小人物"的人生百态，一面力刻现实世界的精微幽深，一面杂糅古典传统、历史记忆与民间情怀，在传统文化—文学资源的创造性转化中，走出了一条独特的创作之路，培植出"中国文化"书写经验序列里一枝活力涌动的新苗。

1963年，陈彦出生于秦岭南麓的商洛市镇安县。父亲是公社干部，幼年时，他的家庭一直随着父亲的工作调动而辗转于塔云山下方圆一二百里间。在人民公社时期的镇安山乡，演戏、看戏几乎就是最频繁和盛大的文艺活动，凭借父亲在公社工作的便利条件，陈彦有机会跟随剧团巡演，为了看戏，"一赶几十里地，觉得可满足，可幸福"。① 同时，陈彦的母亲年轻时热爱舞台表演，"每每学校或当时的公社、区上搞业余调演活动，她都曾是最活跃的演员之一"②。在父母工作和爱好的双重影响下，陈彦从小就和戏剧结下了不解之缘。几十年之后，陈彦仍记得幼时看过的第一部革命样板戏《沙家浜》的桥段和场面，并深切地感慨"它甚至对我有一种人生和戏剧的双重启蒙意义"③。这种启蒙，一方面指戏剧创作技巧对陈彦的深刻影响；另一方面体现在红色经典所蕴含的强大精神内核对陈彦人生信念的鼓舞与指引。

20世纪80年代伊始，随着文学文艺事业的复苏，以贾平凹、京夫为代表的陕西商洛籍作家崭露头角并多有作品获奖。1987年，贾平凹长篇小说《商州》面世，90年代"陕军东征"时，贾平凹和京夫在"五虎将"中占据两席；同时陕西戏剧界也多次召开戏剧创作座谈会、成立陕西省振兴秦腔指导委员会、陕西省秦腔艺术研究会等。受社会文化氛围的感召，陈彦也开始探索自己的文学人生。16岁时学习改编舞台剧《范进中举》，17岁时在《陕西工人文艺》发表小说《爆破》，正式走上文学创作道路。陈彦的前期创作尚未形成具体的文学观念，作品多为他感性经验的表达，如《丑家的头等大事》、《飞逝的流星》、《暴雨过蓝湖》、《沉重的生活进行曲》、《爱情金钱变奏曲》（又名《霜叶红于二月花》）、《我的故乡并不美》、《走红的歌星》、《九岩风》等。其中有对秦岭深处山乡百姓生活的发掘，有个体记忆的自审再现，如回忆性散文《关于感动的记忆》中曾提到，陈彦十岁时被邻居冤枉偷钱而遭受父亲的毒打，好在后来真相大白洗刷冤屈，他也感到了宽慰和释然。陈彦将这一事件改编进话剧《她在他们中间》，此剧获得省级二等创作奖，"也正是这个荣誉使我踏上了戏剧创作的不归之路"④。

1988年，陈彦调入陕西省戏曲研究院任编剧，后担任青年团团

---

① 舒晋瑜：《当他也被置身于聚光灯下——〈中华读书报〉舒晋瑜访谈》，陈彦《天才的背影》，河南文艺出版社2022年版，第212页。
② 陈彦：《让母亲站起来》，陈彦《必须抵达》，太白文艺出版社2004年版，第235页。
③ 陈彦：《红色熏陶》，陈彦《必须抵达》，太白文艺出版社2004年版，第130页。
④ 陈彦：《关于感动的记忆》，陈彦《必须抵达》，太白文艺出版社2004年版，第149页。

长、戏曲研究院院长。工作的专业化使他的戏剧创作呈体系化发展，其创作视野、格局亦日趋开阔，秦腔现代戏"西京三部曲"应运而生，并成为陈彦创作的重要里程碑。如果说陈彦此前的创作倾向于"内视"，注重自我经验的投射与移植，那么"西京三部曲"则更强烈地显示出陈彦创作的"外视"转向，开始将小人物的生存状态和世情悲欢绘于纸上，由此"穷掘一口盛满了生活浓汤的深井"①。陈彦笔下的小人物身份各异，共性体现在身居底层而精神向上。《迟开的玫瑰》中乔雪梅在考上大学之时家庭突遭变故，最终选择牺牲理想扛起家庭重担，帮助弟妹实现人生理想。"小人物"在命运重压之下依然选择积极面对生活，生命的价值及其实现方式在此被不断追问，正如贾平凹所评："从她身上，你可能感受到土地的奉献、民族的志气，感受到脊梁式的人物、支柱性精神对于一个家庭、一个社区、一个民族至关重要的作用。"②《大树西迁》故事原型为20世纪50年代上海交通大学西迁。陈彦用半年时间探访了上百位西迁亲历者，将这一历史事件以一位青年女教师的视角和心理反射出来，以个体经验填充家国叙事的框架，再现两代人对家国、民族的远大理想与自觉奔赴。《西京故事》则将目光聚焦在从农村走进城市的农民工群体，以其在西京城里打拼奋斗，最终获得成功、赢得尊重，阐扬"以诚实劳动安身立命"③和"凭劳动获取回报"④的朴素价值。剧中农民工们一再受到以房东西门锁一家为代表的城里人的嘲讽与白眼，却在大杂院失火时奋不顾身冲进火海抢救财产，有钱人的高高在上、咄咄逼人与农民工的沉默自强、勤勉善良形成鲜明对比，从而表达对整个社会流动交融发展过程中应持守的恒常价值的肯定。

陈彦搭建起来的"小人物"世界并非锁定一个牢固的阶层，而是关注包括城市平民、普通知识分子、农民工在内的非精英式人物，重

---

① 陈彦：《生命的深井》，陈彦《打开的河流》，陕西人民出版社2020年版，第180页。
② 陈彦等：《迟开的玫瑰》，人民文学出版社2008年版，第99页。
③ 陈彦：《西京故事》，《陈彦精品剧作选——西京三部曲》，太白文艺出版社2018年版，第259页。
④ 陈彦：《西京故事》，《陈彦精品剧作选——西京三部曲》，太白文艺出版社2018年版，第251页。

审这一难以被新历史现象所接洽的现实群体，还原保证世俗生活秩序正常运转的庞大"底座"。他曾谈到："人作为一种社会存在，他的意义和价值不仅仅体现在物质财富的创造上，还应该包括他的精神价值和社会价值。"① 陈彦继承了传统戏曲"高台教化"的传统，从浩瀚的生活素材中提炼、发酵出小人物的巨大精神力量，在有限的时间和空间中充分发挥戏剧的艺术特征，展示出在泥沙俱下的时代洪流中，应坚守和高扬怎样的传统文化精神，"努力让现实世界中最浓烈、最深厚、最旨远的情感、思想、精神琼浆，顺着戏曲艺术的古老磨道，生动、鲜活并常态地流淌出来"②，担负起戏剧文学对历史和时代的责任。但戏剧体裁和篇幅的限制，令陈彦产生将戏剧故事写成长篇小说的冲动，"小说三部曲"自此酝酿，在从编剧转型为小说家的过程中，陈彦依然保持着相对高产的稳定输出。

囿于城乡二元结构问题的诸多"未完成"，2013年长篇小说《西京故事》的出版拉开了陈彦"小说三部曲"的序幕，再续柳青、路遥传统在21世纪面临的新问题。"之所以要把这个故事写成长篇小说，是因为在这部戏的构思剪裁中，十分不舍地割去了很多有意味和有价值的东西"③，其中，"有意味"和"有价值"之处，正是柳青在20世纪50年代业已开启的具有历史性和高度概括性的"人"的命运变革，作为类型化的社会主义新人在新一轮社会改革中的成长困境与突围，以及现实主义文学传统在21世纪的赓续发展问题。有评论家谈道："《西京故事》以强烈的忧患意识、鲜明的时代气息和饱满的人文情怀直面中国当下的精神问题，呈现了独特的思想与艺术品格，极为引人瞩目。作家承接中国现、当代文学的优秀传统，以'尊严'作为小说的主题词，以具有思想和情感震撼力的笔触深刻探究着当下社会城里人与乡下人、父辈与子辈两类人、两代寻梦者的精神危机与精神尊严问

---

① 陈彦：《用平常心态叙述平常生活——眉户剧〈迟开的玫瑰〉创作杂谈》，《当代戏剧》2000年第5期。
② 陈彦：《努力对时代发出有价值的声音——戏曲现代戏创作感言》，《艺术评论》2015年第7期。
③ 陈彦：《西京故事·后记》，太白文艺出版社2016年版，第431页。

题。……'西京故事'就是中国故事"。①

如果说《西京故事》"标志着戏剧家陈彦向小说家陈彦成功转型的话,……《装台》,就不仅把陈彦提升到了当代实力派小说家的前锋行列,而且突出地显示了他在文学写作中长于为小人物描形造影的独特追求"。② 小说沿着对小人物生存现状与精神轨迹的刻画,一面对传递现实主义思想的社会主义文学传统纵深开掘,一面又不拘于作品的"思想"面向,"不因自己生命渺小,而放弃对其他生命的温暖、托举和责任"③,而同时注重故事"讲法"的考究。《装台》所囊括和呈示的"人间趣味",编织了多元立体、穷形尽相的眉目和声口,回绕着中国古典思想观念与美学资源。"《装台》或许是在广博和深入的当下经验中回应着那个中国古典小说传统中的至高主题:色与空——戏与人生、幻觉与实相、心与物、欲望和良知、美貌和白骨、强与弱、爱与为爱所役、成功和失败、责任和义务、万千牵绊与一意孤行……"④中国古典主义传统对生命的观察与感知,使陈彦在柳青传统、路遥传统之外寻找到一种遥远的创作能量。古典命运观的循环往复、有常无常与现代性以降的线性思维共融于陈彦的思考框架内,《主角》对这一创作的复杂性又进行了强化。"秦腔金皇后"忆秦娥的舞台沉浮、波澜跌宕的传奇人生,《主角》在《装台》的思想艺术基础上,更注重展示秦腔传统曲艺作为一种"生命艺术"的美:包大头(演员化妆中最核心也最受苦的装扮步骤)、舞水袖、耍花棍、吹火、卧鱼……精彩绝伦的秦腔技艺描写使艺人们的一招一式跃然纸上;叙述中以秦腔经典剧目的情节、唱词和说白,一步步将读者带入传统艺术的世界;陈彦更不惜笔墨,在叙述中思索随着时代变化而兴衰沉伏的秦腔命运——作为《主角》的第二线索,陈彦对秦腔艺术的当代境遇有独到的反思,加重

---

① 吴义勤:《如何在今天的时代确立尊严?——评陈彦的〈西京故事〉》,《当代作家评论》2015年第2期。
② 白烨:《在艰窘的人生中,活出萤火虫一样的光亮——评陈彦的长篇小说〈装台〉》,《文汇报》2016年4月7日。
③ 陈彦:《因无法忘却的那些记忆——〈装台〉后记》,陈彦《装台》,作家出版社2015年版,第432页。
④ 李敬泽:《在人间——关于陈彦长篇小说〈装台〉》,《人民日报》2015年11月8日。

了作品的思想容量和文化价值,"以专业的知识描写,让读者深切感受到了基于传统艺术形式之上的中国经验"①。2018 年,《主角》获第十届茅盾文学奖,颁奖词如是说:"在《主角》中,一个秦腔艺人近半个世纪的际遇映照着广阔的社会现实,众多鲜明生动的人物汇合为声音与命运的戏剧,尽显大时代的鸢飞鱼跃与中华民族自强不息的精神品格。陈彦赓续古典叙事传统和现实主义文学传统,立主干而擅铺陈,于大喜大悲、百转千回中显示了他对民间生活、精神和美学的精湛把握。"②

2021 年陈彦发表了小说《喜剧》,与《装台》和《主角》并称为"舞台三部曲"。在人生如戏、戏如人生的往来交织中,小说中的各路人马旗帜鲜明地坚持着自己对喜剧的理解和对人生的主张,陈彦用不同观念的冲突与融合、反衬与互补,描绘出理想的喜剧图景。《喜剧》延续了之前作品中一贯的题材与写法,通过同类人物的异质性因素比较,塑造出丰富的人物形象,勾勒出生活的多个面向。但纵观"舞台三部曲",《喜剧》在人物形象、故事内容、描写细节、叙事方法上都有重复之嫌,作品的艺术价值也似乎没有突破前作。近作《星空与半棵树》则有了新的探索。温如风和安北斗代表的至高至远的天地视野与至小至微的日常视角的交锋和交融,引发对"人在宇宙中的位置及其限度与可能这一困扰古今中西思想家,也事关人之生存境遇的重要问题"③的思考,在这个层面上,显示出陈彦走向思想艺术融通的创作思路。据陈彦自述,《星空与半棵树》从构思到初稿到完稿发表,经历了十余年。加上自身三十多年的戏剧生活浸泡和创作经验的积累与沉淀,帮助他开始"从儿时由偏僻乡村对星空的深邃记忆,到山乡摧枯拉朽般的河山、村落、宅院、人流的改头换面,再到铁路、高速路高铁对物理空间的陡然拉进,以至城乡便捷的显性模糊与隐形加深

---

① 叶立文:《讲述"中国"的故事——评第十届茅盾文学奖有感》,《长江文艺评论》2019 年第 6 期。
② 《写小说的剧作家:他如何拿下第十届茅盾文学奖?》,中国作家网,2019 年 10 月 12 日,http://www.chinawriter.com.cn/n1/2019/1012/c430444-31396457.html。
③ 杨辉:《俯仰之间,天地同在——关于〈星空与半棵树〉的一些关键词》,《收获》官方微信公众号 2023 年 2 月 24 日。

等,开始了一种混沌的过往盘点与重新整合记录"①。所谓厚积薄发,举重若轻,《星空与半棵树》展示出陈彦对小说创作更加深入的探索,也让读者和评论家们对其以后的创作充满新的期待。

对生活的细致捕捉和敏感发现是陈彦三十多年戏剧创作养成的经验优势,既"注重生命、身体、手工技艺等物质性经验,也注重民俗风习、文化传统等精神性经验"②,他的系列创作正契合了"新世纪以来文学向本土经验和民族历史的回归"③。对现实中"人"的关切和讲述"中国故事"的文学理想最终促成了陈彦从戏剧到长篇小说创作的自觉转向。陈彦执着地从传统中汲取养分,同时不失对现代小说叙述方法的尝试,使得他的创作一方面在更广泛的接受层面受到欢迎;另一方面在艺术审美价值的探索上具备了更广阔、深远的可能性。

第二节 陈彦小说的说书体叙事策略

小说是讲故事的艺术,但并非每一位听众的审美水平都能达到讲述者的心理预期,所以"讲故事的能力",即作家的叙事策略,是体现作家功力的一个非常重要的指征。陈彦曾言,作家首先应该讲好故事,要"老老实实讲好故事,让读者不要自责自己怎么这么不会阅读"④。其小说所打造的故事空间可以让普通读者毫不费力地进入,并拥有畅快淋漓的阅读快感。《装台》中,刁顺子正如地上的蚂蚁,扛着命运接连不断的重击,苟且而顽强地在主角和观众们看不见的逼仄幕间讨生计。《主角》中,主人公易招弟从秦岭深处的九岩沟出发,一路走到西京城变成忆秦娥,完成了一个放羊娃到烧火丫头再到绝世名伶的华丽转身。两部作品分别以装台工人和戏曲艺人的命运起伏为

---

① 陈彦:《星空与半棵树·后记》,人民文学出版社2023年版,第703页。
② 王金胜:《回归传统的经验性写作——陈彦〈喜剧〉与当代中国经验叙事》,《东吴学术》2022年第1期。
③ 王金胜:《回归传统的经验性写作——陈彦〈喜剧〉与当代中国经验叙事》,《东吴学术》2022年第1期。
④ 舒晋瑜:《陈彦:我希望写出文化传承和发展的根脉》,《中华读书报》2018年4月25日。

主线，围绕各自主人公的人生脚本，各路人物粉墨登场、攀扯缠斗，一切都在陈彦的精心编排下，丝丝入扣、一泻千里、引人入胜，让读者如看幕间场景的流转轮换般感受浩瀚人生的跌宕无常。显然，陈彦精心营造出类似民间"说书艺术"的故事氛围，使小说呈现出一种更易于大众接受的传统审美样态。陈彦以说书人的方式讲故事，以"说书体"叙事策略参与到小说文本中，营造出"连续的现场感"[①]，从而和读者形成一种积极的互动交流模式，这种自觉回归传统的叙事追求，使《装台》和《主角》呈现出包罗万象、质朴生动的小说样貌从而自成一格。

一　小说家何以成为"说书人"

说书作为一项传统技艺大约在唐宋时期独立成型，彼时在都市里大量建起的勾栏瓦肆里进行表演，成为市民娱乐生活的一个重要选项。说书技艺是说书人与现场观众之间的直接互动与交流，主要具备以下四个特点：第一，为吸引观众的注意力，说书人会主动选择自己最熟悉的、观众最感兴趣的历史传奇、民间故事、奇闻轶事等，大量重复的讲述经验令故事烂熟于心，因此在表演时更能口若悬河、滔滔不绝，且不失对故事细节和人物形象的全面而细致的描摹；第二，由于面对的观众文化水平普遍较低且具有一定地域性，说书人在语言风格上更注重朴实、生动、可交流性，会使用方言俚语；第三，说书是说书人和现场观众的即时交流，说书人在进行激情澎湃的表演时，有时会暂时跳出故事情节，融入自己生命体验的感慨、议论，以达到和现场观众共情的目的；第四，由于说书表演可能持续多日，说书人在讲述过程中还要注重故事结构的搭建、情节的侧重和悬念的设置，甚至频繁使用夸张的手法进行渲染，力求故事的脉络曲折起伏。

[①] 王德威：《"说话"与中国白话小说叙事模式的关系》，王德威《想象中国的方法：历史·小说·叙事》，生活·读书·新知三联书店2003年版，第89页。

第十三章 陈彦：民族化路径上书写"中国故事"

中国传统的戏剧形态一般被称为"戏曲"，往前可追溯至有文字记载的先秦时期诗、乐、舞三位一体的表演和歌舞化的祭祀仪式，其中都包含了具体的故事内容和戏剧性动作。经历汉代百戏、隋唐戏弄、唐代变文、宋金杂剧、宋代诸宫调等发展阶段，最终在南宋时期的两浙路一带形成成熟形态的戏剧。之后的元杂剧和明清传奇，创造了一座又一座艺术的高峰，形成各个地方戏种百花齐放之盛景。对传统戏曲而言，说书技艺在其发展过程中，在形式和内容方面都提供了参考与助力。首先，两种传统技艺虽然表演形态不同，但题材内容、故事框架、人物形象等，均取材于民间流传的传奇、演义故事；其次，和传统说书人的底本（记录故事梗概，由说书人在现场表演时进行发挥、渲染）类似，传统戏曲的一些剧本多是为演员以及剧团在舞台演出时所做的舞台提示，是整个剧情铺展和演员表演的提纲，底本和剧本的重点都在于演员现场绘声绘色的表演；再次，类似说书人在表演中对故事内容的整体介绍，在一些戏文中会有若干唱段相对完整地交代剧目演出的故事情节；最后，在一些剧目中借鉴说书人的角色，会设置专门角色进行"引戏"，即"跳出戏外向观众介绍剧情、发表评论、渲染情绪"①，增强同观众的交流共感。

古代传统长篇小说的发源同说书底本、戏曲文本的流传有着十分紧密的关系。"宋元以来，民间说话的底本——'话本'陆续被刊印……至明代由于都市商业和印刷术的进一步发展，书商为了牟利，便大量刊印当时说书艺人适用的底本作为读物贩卖，由原来的现场观赏说书艺人的表演，变成供人阅读的文字本，则形成了今日之所谓'小说'。"②可见，活跃在街头巷尾的传奇、杂剧、话本等"以简易风格讲述的历史故事"③ 为小说提供了事件、人物、结构、语言等创作元素的参考。说书和戏曲艺术的题材选取包罗万象，其选取的故事具备非常强大的

---

① 傅谨：《中国戏剧史》，北京大学出版社2014年版，第37页。
② 倪钟之：《说书：对古典小说的再认识——论民间说书对明清小说的改编》，《明清小说研究》2007年第1期。
③ ［美］孙康宜、宇文所安主编：《剑桥中国文学史·上卷》，刘倩等译，生活·读书·新知三联书店2013年版，第69页。

影响力和传播力，顺理成章地进入通俗小说的题材库，甚至连说书和戏曲表演本身都可作为小说素材进入小说作者的视野。更重要的是，传统小说的通俗化取向，从照顾读者阅读感受的角度出发，在语言风格上沿袭了说书人平实、生动、注重对话和细节描写的选择；在回目设置上力求环环相扣，同说书人在最曲折处戛然而止"且听下回分解"的安排有异曲同工之妙。

陈彦专注于现代秦腔剧本，积累了丰富的创作经验。戏剧创作帮助陈彦形成了对生活的敏感反应，对时代变革保持积极关注，观察生活细致入微，从而积累了大量烂熟于心的生活素材。戏剧创作本身也要求作者对人物塑造尽量做到典型、精确，对戏剧冲突的描写尽量全面、集中。同时陈彦在小说创作过程中，为了找到讲故事最恰当的方式、最合适的语言，写出"适合中国人阅读欣赏的文学"[①]，还阅读了大量古代长篇小说。在大量的戏剧创作经验和古典小说艺术经验的双重加持下，陈彦所追求继承的"现实主义传统、中国小说传统和中国戏曲传统"[②]最终凝结成小说的说书体叙事策略。

二 "说书体"叙事策略的全方位体现

陈彦多次谈到，作家应该写"熟悉的生活，写反复浸泡过的生活，写已然发酵了的生活"[③]。讲烂熟于心的人和事，在反复酝酿打磨中提炼最生活化、最典型化的表述，是说书体叙事的显著特征。陈彦自己经历过从乡村走向城市的过程，既做过编剧，又当过戏剧团体的领导，和台前幕后的各路人马都打过交道，积累了大量专业知识和观察生活、塑造人物的实践经验。在对秦腔艺术的描写中，多年的观察和浸染帮助陈彦轻而易举地用流畅的笔触勾描出这项传统技艺的博大

[①] 陈彦：《主角·后记》，作家出版社2018年版，第898页。
[②] 参见马李文博《陈彦：让每个人成为自己的主角》，《中国艺术报》2019年10月16日。陈彦在该篇访谈中提到："《主角》的写作努力想继承三个传统，第一个是现实主义传统，第二个是中国小说的传统，第三个是中国戏曲的传统。"
[③] 魏锋：《文学是戏剧不可撼动的灵魂——访第十届茅盾文学奖获得者、〈主角〉作者陈彦》，《文汇读书周报》2019年8月26日。

精深和每一位"戏中人"高尚纯粹的艺术追求:《装台》中刁顺子和手下的装台团队虽然都是农民工,但各个都是舞台调度中运景打光的行家,应承下的事情从不马虎;《主角》中忆秦娥的舅舅胡三元凭借一身敲鼓的绝活在舞台上演绎,给台上的演员最精准、最饱满的支持和应和;忆秦娥在德艺双馨、人戏合一的几位师傅教导下,凭借练功时的默默坚持和累累伤痕成就了"秦腔皇后"的绝代风姿;还有戏痴薛桂生、编剧秦八娃对秦腔艺术标准的坚持与探索……只有纯粹的人才能淬炼出纯粹的艺术。在人物形象塑造方面,陈彦从农村写到城市,从幕后写到台前,从人前的光鲜亮丽写到人后的纠缠算计,读者很容易就从作者流畅的表达中看出各个社会阶层的形形色色。尽管《装台》和《主角》中人物众多,却没有一个同类型的人物面貌是重复的,以忆秦娥经历的历任团长为例:第一任团长黄大正,一贯以亲疏关系作为选用人才的标准,对恃才傲物的胡三元平时处处刁难不说,在其闹下舞台事故面临牢狱之灾时也坚决不施以援手,但他之所以多年担任宁州剧团的团长,也是因为有着不畏流言不近女色的优良品质;第二任团长朱继儒,能排除强大阻力启用老艺人和新人苗子易青娥(忆秦娥),是有艺术追求、伯乐眼光和领导魄力的,然而面对泼皮无赖郝大锤,只能连忽悠带糊弄地实行"绥靖政策";来到省秦腔团的第一任团长单仰平可谓爱才惜才,十分看重对易青娥的培养和保护,可担子压得太沉也让易青娥病急乱投医催生了早些结婚生子的想法,客观上促成易青娥命运的巨大转折而因戏受伤的单跛子落下终身残疾却被团员认为丢人、跌份儿,最后在突发的舞台坍塌事故中为救台板下的孩子而死,悲壮地走完一生;接任的丁志柔本来也没两把刷子,加上上任时大气候的转变,没折腾出什么花样儿来;最后在团长竞聘中高票胜出淘汰丁志柔的是薛桂生,怀着重振秦腔辉煌的宏伟理想,难免在传承和创新中剑走偏锋,好不容易倚靠忆秦娥确立了正确的秦腔复古战略,又接连在引见石怀玉、支持"秦腔金皇后"演出季和培养新生力量宋雨这三件事上给了忆秦娥连续的打击。同样都是团长,在作者熟练、畅快的讲述中,每一个人物都有着鲜明的面孔和丰富的内核。

在此基础上，陈彦在《装台》《主角》中均采取了全知视角进行叙述，"利用第三人称叙事的自由，将作家自己的观念和情感贯穿到对象的生命体验中"①，凸显出作家在自己熟悉的经验领域中言无不尽的真诚，也避免了如果采取第一人称有可能对读者造成的文本真实性认知障碍。同时，陈彦将"说书人视角"的整体固定和"人物视点"的局部切换进行交叉，从小说中各个人物的内在视点出发进行叙述的叠加，通过选取不同的人物视角，引导读者从不同的面向进入故事，精密地拉近读者、人物和作者的距离，让三者在更进一步的交流和互动中获取彼此之间更多的认同感。尤其《主角》的叙述者在小说中有节奏地跳出，以明确自己的说书人立场，实现了对小说叙述的绝对控制。小说上部中，易青娥的舅舅胡三元因舞台事故锒铛入狱，易青娥在没了靠山的情况下勉强通过学年考试，却被树立为走后门的反面典型而面临被剧团清退的境地，最终组织上"仁至义尽"地把她安排到厨房帮灶。面对这令主人公进退维谷、令旁观者哭笑不得的尴尬处境，"说书人"不由地发出感慨："被设计、被捉弄、被安排的人，永远是最后一个才知道的。当你知道自己命运已被设计、被捉弄、被安排时，一切都已无法挽回了。"② 此时"说书人"的议论，是情不自禁对主人公命运无常与不公的控诉，加强了作者与读者的情感共鸣。小说中部里，作者一开篇就跳出来提醒读者"记住，主角名字换了"③。在传统说书技艺中，说书人通过身份、语调的突变吸引听书人的注意力；在这里，作者通过瞬间的跳出同样引发了读者的聚焦和自觉的阅读期待，用一种更加积极主动的叙事策略来实现对读者的引导和控制。到了小说下部，读者已经深深陷入说书人的滔滔不绝，震撼于人物命运浮沉所昭示出的社会、文化困境。在刘老板"再度"登场之时，陈彦写道："看官可曾记得，当年给忆秦娥排戏的老艺人古存孝身后那个小跟班？"④ "说

---

① 刘琼：《试论陈彦长篇小说的文体意识和文化意识——以〈主角〉和〈装台〉为例》，《扬子江评论》2018年第6期。
② 陈彦：《主角》，作家出版社2018年版，第99页。
③ 陈彦：《主角》，作家出版社2018年版，第303页。
④ 陈彦：《主角》，作家出版社2018年版，第690页。

书人"立场是陈彦在小说创作过程中说书体叙事策略的自觉选择,也是非常精到巧妙的设计,最主要的目的就是帮助各位看官以最佳的听众姿态徜徉在说书人恢宏浩荡的故事中目不转睛、啧啧称奇。

在小说的结构设置方面,陈彦利用说书人的全知视角,不断设置悬念进行情节关联并通过悬念的提前揭晓勾连编织起小说的人物关系和时空结构。忆秦娥被廖耀辉欺负这件事的阴影笼罩了忆秦娥的一生。在廖耀辉刚开始动歪心思还未实施时,作者就告诉读者"这事,甚至成了易青娥一辈子的伤痛"。[①] 在第二十九回,作者详细交代了事情经过,并在第三十回起首就将此事件在后来小说情节的发展中做了总括性的预告"这件事情,很多年后还在发酵"[②]。当胡三元出狱后听说外甥女受辱,把廖耀辉打了,作者再次在全知视角下强化此事件对主人公忆秦娥命运的影响:"致使她一生都饱受着这件事的腌臜、羞辱与煎熬。"[③] 随着忆秦娥的走红,楚嘉禾心态失衡,一次又一次利用此事大做文章,对忆秦娥实施精神上的打击和侮辱。在利用人物冲突矛盾推进故事情节时,"说书人立场"下的全知视角也发挥着明显的作用。例如与刘红兵离婚后,石怀玉走进忆秦娥的生活,他是时任团长薛桂生的同学。当时薛团长正倚靠忆秦娥坚守传统的路子调整省秦的发展战略,突然发现"自己犯了个很大的错误,不该把书画家石怀玉,引见给忆秦娥"[④]。可见石怀玉的出现,不仅影响到重振省秦的战略部署,更是对忆秦娥人生的又一次巨大冲击。

此外,在语言风格上,陈彦的"说书人"姿态同样鲜明。说书人技艺作为民间的口头文学,生来就具备非常鲜明的地域性,大多采用比较原生态的口语。而小说是一种通俗读物,出于塑造鲜明的人物形象、展现小说社会背景、行业背景的目的,方言俚语也经常被小说作者有意识地采用。和说书人在表演场内直接使用地域方言相比,小说作者面对的可能是来自各个地域、各个阶层的读者,需要在运用方言(包

---

① 陈彦:《主角》,作家出版社2018年版,第153页。
② 陈彦:《主角》,作家出版社2018年版,第158页。
③ 陈彦:《主角》,作家出版社2018年版,第193页。
④ 陈彦:《主角》,作家出版社2018年版,第736页。

括戏曲的"行话")时做出必要而适当的解释。比如:"凉皮"是身价不好,动作不规范,表演逮不住铜器节奏的意思;"一包烟"是嗓子不好,张口发不出声,这是唱戏这行最要命的事;"鸡骨头马撒"就是人长得头大身子小、比例失调、不成材料的意思;等等。同时,刻画人物形象时工笔白描跃然纸上,交代情节发展时节奏紧凑一目了然,这种简洁流畅的语言表达已成为陈彦小说的显著风格并在之后的作品中运用得更加熟练,通过人物塑造、情节设置、语言风格等各方技法的交叉呼应,最终形成陈彦小说的独特通俗化输出路径。

三 "说书体"叙事策略的全知视角陷阱

"说书体"叙事策略的核心是一个戏台,小说中的人物在台上表演,说书人站在台侧讲述,听故事的人坐在台下观赏。何时拉开大幕、人物如何上场、场景如何切换,全看这位台侧的说书人如何统筹调遣。整场戏到底精彩不精彩,全看这"说书人"的技法控制是否得当。

从《西京故事》到《装台》《主角》,陈彦都使用了"说书人"的全知视角展开叙事,"作者在已知所有人物性格和情节发展的前提下进行叙述,落实在具体过程中,则是从小说中各个人物的内在视点出发进行叙述的叠加,从而达到还原和表现故事和人物全貌的效果"。[①] 各章节虽然有不同的主人公作为叙事中心,但都采取了第三人称叙事的全知视角。《喜剧》在此基础上做了更加深入的探索,在作品的前半部分仍然是小说中各个人物内在视点的切换,于是读者了解到贺加贝对万大莲的情之何起;了解到潘银莲面对客人的骚扰为什么反抗得如此激烈;了解到贺火炬与哥哥从心生嫌隙到分道扬镳的心路历程……在小说的第四十六章,作者引入了柯基犬"张驴儿"(犬名)的第一人称视角,补充了小说中各个人物视点的盲区。第四十六章,张驴儿出场,自述如何被研究机构的人遗弃、如何不堪教授夫妇的折磨离家出走,并为情节的发展埋下伏笔——"注意,这家男主人后来

---

① 王晋华:《〈主角〉的说书体叙事及其魅力》,《新文学评论》2020年第2期。

也会进入梨园春来"①。紧接着王廉举就自恃能编又能演开始在台上台下耍威风,导致贺加贝痛下决心付出关闭一个剧场的代价将其开除,事业大受挫折。第五十一章,借张驴儿的视角道出撺掇王廉举叛变的幕后黑手原来是之前和贺加贝有大过节的武大富。陷入经营窘境的贺加贝联手史托芬团队对剧目编创及表演进行了大刀阔斧的"现代化"改革,发展目光已经瞭望到用大剧院、一条街的全方位产业反哺文化的阶段。此时张驴儿再次出场,道出史托芬团队背后对贺加贝和潘银莲的种种"日弄"内幕,感慨:"活着最具有喜剧与悲剧意味的,看来就是信息不对称造成的盲点、盲从、盲动和茫然了!"② 第六十九章和七十章,张驴儿顶替病倒的贺加贝出场表演,持续了仅半个月的演艺生涯催生出张驴儿对演戏、智慧和人生的更多感悟,也预示着贺加贝与史托芬构筑的空中楼阁已逐渐走向山穷水尽的境地。小说最后两章,作者借张驴儿之口道出各个人物的结局,并以狗界新闻发布会形式,对整部小说情节的设置、人物的争议、主题的提炼做出"智慧"的标准化总结,形式别开生面。

但是,全知视角也存在着硬伤。一是在研究者讨论这种叙事视角的切换共存所造成的复调形态时,无法解决阅读过程中的矛盾感。一方面,通过一个异在"人物"的发声,传达出不同思想观点和价值立场的合理性,例如,张驴儿也有自己对于喜剧的看法:"喜剧最好看的地方,恰恰是它的温情部分"③,"信息不对称,是酿成许多事物由喜剧陡转为悲剧的根本原因"④;另一方面,作者像是想极力摆脱全知视角给故事套上权威解读的嫌疑,但在实际处理张驴儿视角时,又难以控制自己"讲道理"的欲望,最终把张驴儿变成了传达作者意识想法的工具。二是无所不知的说书人在现场表演过程中对悬念氛围的着力营造一旦被小说家选取、沿用并落实在小说文本中,存在着过犹不及的风险,导致"消解或削弱了小说故事的复杂性和悬念感,有时令

---

① 陈彦:《喜剧》,作家出版社2021年版,第204页。
② 陈彦:《喜剧》,作家出版社2021年版,第282页。
③ 陈彦:《喜剧》,作家出版社2021年版,第326页。
④ 陈彦:《喜剧》,作家出版社2021年版,第349页。

读者不胜其烦，兴味索然"。① 在《主角》中有两处十分明显。一处是频繁使用"很多年后……"句式支撑作品的时间结构，造成阅读期待的提前落空。在小说开篇便有"很多年后，忆秦娥还记得，改变她命运的时刻，是在一个太阳特别暴裂的下午"②；紧接着"好多年后，易青娥才慢慢理解，当时那些让她感到十分羞耻的生活"③；"多年后，当她成了省城明星忆秦娥时"④。另一处是类似"没有想到""咋都没想到"的表达在作品中比比皆是。"忆秦娥连自己都没想到，自己回一趟宁州，竟然已是惊天动地的大事了"⑤，"连楚嘉禾也没想到，花花公子刘红兵，竟然当众演了这么一出"⑥，"忆秦娥咋都没想到会出这号事"⑦……同时，过于频繁的预告难免令读者一再察觉情节的走向而令悬念感大打折扣，例如，《西京故事》中，罗甲成在网上发帖攻击孟绪子，"这件事，很快就产生了石破天惊的效果"⑧ 预示了罗甲成命运的突转；在《装台》中，刁菊花看见素芬在医院照顾刁顺子的身影，在心里"暗暗发誓，在这个家里，有她没我，有我没她！必须的"⑨，预示着刁菊花对素芬变本加厉的攻击；《主角》中石怀玉对忆秦娥发起爱情攻势，忆秦娥一开始并没有将他列入考虑范围，"可时间再一长，发生了一件大事，就让她跟石怀玉走得越来越近了"⑩，预示着二人之间的关系再起波澜……在具体的说书表演当中，类似的表达湮没在精彩的故事内容中，可能会被听众有意略过。但面对文本时，如此高频率的反复和同质化的转折与预告很容易被捕捉到，成为作品的减分项。

---

① 刘勇强、潘建国、李鹏飞：《古代小说研究十大问题》，北京大学出版社2017年版，第223页。
② 陈彦：《主角》，作家出版社2018年版，第3页。
③ 陈彦：《主角》，作家出版社2018年版，第32页。
④ 陈彦：《主角》，作家出版社2018年版，第96页。
⑤ 陈彦：《主角》，作家出版社2018年版，第467页。
⑥ 陈彦：《主角》，作家出版社2018年版，第572页。
⑦ 陈彦：《主角》，作家出版社2018年版，第366页。
⑧ 陈彦：《西京故事》，太白文艺出版社2016年版，第342页。
⑨ 陈彦：《装台》，作家出版社2015年版，第78页。
⑩ 陈彦：《主角》，作家出版社2018年版，第740页。

第三节　坚守之途与突围之困

以代际为界,研究者对陕派作家有以下大致的划分:第一代是吴宓、郑伯奇、冯润璋等"学者"作家;第二代是柳青、杜鹏程、王汶石、李若冰等"革命队伍中的文化人作家";第三代为陈忠实、京夫、徐剑铭、邹志安、路遥、贾平凹、李天芳、晓雷、闻频、匡燮等"工农作家"和"知识分子作家";第四代是杨争光、红柯、马玉琛、方英文、冯积岐、朱鸿、黄建国等"知识分子作家"[①],陈彦亦属这一行列。在陕派作家坚守的现实主义传统路向上,陈彦自觉指认又有所突破,在21世纪文学回归现实关怀、致力底层书写的走向上,再次打开现代传统与古典传统古今融通的总体性视野,以中国小说与中国戏曲为资源活水,构筑出问道传统的三种路径;并为小说的教化功能与传播提供了新的经验范式。

一　塑造典型人物,透视典型环境——对现实主义传统的继承

现实主义作为中国当代文学中的主流传统,是陈彦创作的出发点。基于现实的生活经验,在作品中将生活既丰富又琐屑、既无常又冥冥之中自有天定的广阔和吊诡进行最大程度的还原,是陈彦在小说创作中一以贯之的准则。对生活真实性的追求,是作为创作方法与创作流派的现实主义在面临话语权争夺和遭到其他"主义"不断冲击与挑战时,始终在场的基本原则,在此之上的人物形象塑造亦首先具有贴近地面、深入生活的创作特征。陈彦笔下人物的鲜活而喜闻乐见,依赖于他对生活缝隙、角落处的细致捕捉和高度把握。如其创作系统中最具识别力的"舞台"前后,在剧团生活的近三十年时间,陈彦多次走访、采风而感受"这个特殊群落的人性温度与生命冷暖"[②],也正因剧

[①] 邢小利:《陈忠实的读书兴趣和文学接受》,邢小利《陕西作家与陕西文学》(上),陕西人民出版社2017年版,第114页。

[②] 陈彦:《西京故事·后记》,太白文艺出版社2016年版,第432页。

团工作的特殊性，得以接触经常被大多数人忽视和遗忘的群体——"用给别人装置表演舞台的方式讨生活"①的装台人，体会他们最真实的生活面相。"主角"的精妙在于他翻转了戏者光鲜亮丽的一面，在生活的"后台"处揭露其"非常态、无消停，难苟活，不安生"②的现实处境。

陈彦善于通过塑造典型人物形象，辐射至其代表的整体性人群，延展出生命体的巨大象征意义，以此透视"人"（尤其是小人物）在"政治的""国民的""历史的"③幕布前的种种表现，此谓他阐扬现实主义传统意涵中的真实性。在《西京故事》中，主人公罗天福、罗甲成是两代农民的典型代表，通过描写他们在西京生活的种种不适，展现在城市化的社会进程下，农民工在多重重压下的艰难挣扎。如果说《西京故事》人物命运的安排中尚有王国维所说的政治的、国民的、历史的思虑做背景，那么《装台》则向前行进了一大步，直接从"人"的意义上思考"人"的问题，继续"深描"人的历史深刻性：被取消终极"意义"和"向上"的力量的生存境况几乎道尽了底层中国人在现实世界里最为本真的生存实相——他"已经习惯了，什么他也改变不了"④。《主角》中，一代主角忆秦娥从一个懵懵懂懂的放羊女娃一步步走向秦腔舞台的中心，靠着用功苦练的憨痴与笨拙艰难地成为一代秦腔皇后，中间的隐忍、熬煎着实非常人之经历，把忆秦娥作为"主角"的范本细细体会，又有谁不是经历着"荣辱无常、好了瞎了、生死未卜的百味人生"⑤呢？她的养女宋雨以"小忆秦娥"的名号在秦腔界崛起，不仅迅速抢走了她《梨花雨》的主角之位，还以解除收养关系的决绝谈判予忆秦娥以致命一击。生命的庄严被生活戏谑而消解，至此，作为象喻体的"主角"披露了个体人生舞台的残

---

① 陈彦：《因无法忘却的那些记忆——长篇小说〈装台〉后记》，陈彦《装台》，作家出版社2015年版，第431页。
② 陈彦：《主角·后记》，作家出版社2018年版，第894页。
③ 王国维：《〈红楼梦〉评论》，见傅杰编校《王国维论学集》，中国社会科学出版社1997年版，第358页。
④ 陈彦：《装台》，作家出版社2015年版，第427页。
⑤ 陈彦：《主角·后记》，作家出版社2018年版，第894页。

酷，宣告了历史舞台蕴蓄的某种宿命感、无常感，同时回溯了秦腔这门传统戏曲艺术的历史生命，从压抑到解禁，复起之路受到现代经济文化的冲击而式微，再向传统的更深处挖掘、打捞，"重新擦洗、拨亮"①——"这一空间的横向拓展的过程，也是忆秦娥不断接受广泛的社会现实，走出狭窄的个人直观经验，超越个人所难以避免的随意性偶然性事实，获得感知和融入集体经验以及共同感知共同想象能力的过程"。② 通过对人物真实性、深刻性、历史性的塑造，陈彦构塑了一种传统文化培植下的历史形象，探寻其因何成为一代历史的"幽灵"，进而完成一种面向历史现实的质询与反思。从这个意义上说，陈彦对现实主义传统的继承，隐含巨大的历史隐喻、民族性探微与古典传统的回流，呈现出一种创作路径的新样态、新方法。

二 描绘缤纷世相，体会人生趣味——对中国小说传统的继承

中国小说自诞生起就以独特的审美样态记录着属于民族的共同文化经验。陈彦本人有着大量传统小说的阅读经验，自然而然地受此浸润，传统小说的审美样态潜移默化地表现在他的创作中。中国古典小说在漫长的历史发展过程中，多以"补充、演绎或消遣娱乐"的边缘位置自处。近代以来，小说"启民治"的政治功用被凸显，古典小说中的"载道传统"亦被追问和重理。陈彦的小说延续了"常于烟火缭绕的日常叙事中，一览国人绵延不绝的人生哲学与处世之道"③ 这一古典思想传统，并具化为以师之名的言传身教，旨在带领读者从传统文化中探寻"人"之困境的破局之路。为此，"师"之意象闪动在小说的关键情节处，成为"载道"传统的重要声口。如《西京故事》中的两位老师：一位是到甲秀和甲成学校来讲课的国学大师，认为"儒

---

① 陈彦：《主角》，作家出版社2018年版，第767页。
② 王金胜：《现实主义总体性重建与文化中国想象——论陈彦〈主角〉兼及〈白鹿原〉》，《中国当代文学研究》2019年第4期。
③ 叶立文：《讲述"中国"的故事——评第十届茅盾文学奖有感》，《长江文艺评论》2019年第6期。

家文化的'中庸''温良''谦让',包括道家文化的'守弱''处下''不争',恰恰是这个过度强调竞争,从而离心离德、恐怖盛行、战火四起的社会的不二润滑剂"[1];另一位是甲成的老师、童薇薇的父亲童方正教授,书架上镶嵌着一幅字"澡雪精神"(出自《庄子·知北游》),指"清除身上庸俗的东西,保持精神的洁净纯正"。[2]又如《装台》中刁顺子的小学老师朱老师和师娘,时常教育顺子"不管啥时候都得把腰杆挺直了"[3];《主角》中的编剧秦八娃,不仅专门为忆秦娥创作秦腔剧本,每当忆秦娥因排练、攻评受到打击时,他都会出山开导,帮助忆秦娥走出思想困境;《喜剧》中的编剧南大寿,认为丑角是一门艺术,不是杂耍和搞怪,坚决不把作品改成"下作戏";《星空与半棵树》中的老师草泽明,教育学生记住三句话"一是养正气,打好人的底子;二是蓄志气,活的有点骨头;三是固阳气,勤劳正直向上";[4]等等。"师"的显在与"道"的隐在互为表里,回指了中国古典小说的"以师为道",并在创造性的继承中,以此与"民间之道""主流之道"重合。

除却载道的思想,中国古典小说的叙述主题包含历史演义、才子佳人、神话志怪、侠义公案、世态风情等,其主题具有强大的包容性,且大多以长篇小说为主,人物众多、内容庞杂、线索多发,意涵繁复。陈彦习得后自觉运用双线主题,在跳跃的情节中呈示内蕴丰富的世相百态。《西京故事》的主线为农民在城市安身立命,围绕罗天福的打饼生涯和罗甲成的校园生活展开。此外,房东西门锁、郑阳娇一家冲突不断的生活亦为作者描写的重点,用以表现城市中小市民面对农民工的趾高气扬和日常生活的拉杂琐碎。《装台》中刁顺子的装台工作和家庭生活双线并行,尽管他和他的团队认真、专业、不辞辛苦,却仍需为了争取工作机会低三下四地求人,为讨工钱磨嘴皮子看人脸色,为给工人兄弟争取工伤赔偿而狼狈奔走,饱含他人的冷眼与漠视。回

---

[1] 陈彦:《西京故事》,太白文艺出版社2016年版,第60页。
[2] 陈彦:《西京故事》,太白文艺出版社2016年版,第203页。
[3] 陈彦:《装台》,作家出版社2015年版,第357页。
[4] 陈彦:《星空与半棵树》(上半部),《收获》2023年第1期。

到家中，也没有人心疼他四处奔波卖命挣血汗钱养家，几任妻子相继离他而去，女儿们也以他为耻毫无孝顺之心。随着刁顺子的几次下跪（给菩萨下跪、给剧务主任寇铁下跪、给女儿下跪），陈彦将"人"的卑微、难怅、孤立无援的生存困境推向极致。《主角》的故事情节同样以忆秦娥台前和幕后的人生经历为线索展开，历任剧团领导为了手中的权力显露出各异的生存智慧；忆秦娥的四位老师（苟存忠、古存孝、周存仁、邱存义）因不同的人生选择而导向截然不同的结局；楚嘉禾为了打击抹黑忆秦娥无所不用其极；忆秦娥最亲近的家人也在她的生活中不知不觉扮演了"吸血鬼"的角色。陈彦的小说有自世情小说传承而来的"盛大的'人间'趣味：场景的变换、社会空间的延展和交错、世情与礼俗……人头攒动、拥挤热闹"[①]，同人物精简、结构相对紧凑、叙述留白引人遐想的现代小说相比，他继承了传统小说"你方唱罢我登场"的细密罗织，人物众多且各有眉目、情节向各个方向铺开、故事不断向前推进鲜有思考间隙。在故事主人公之外，大量配角饱含笔墨地参与到小说结构中，汇聚成广阔的社会生活，西门锁、刁菊花、楚嘉禾等人物形象的塑造均生动鲜活，闪耀着不亚于主角的光彩。

三　符号化意象与大团圆结局——对中国戏曲传统的继承

传统戏曲与小说都发源于古代说书技艺，有"同源而异派"之学术共识。陈彦在创作小说之前有近二十年的现代秦腔戏创作经历，对中国戏曲的源流发展和创作模式了如指掌，传统戏曲因子在陈彦的小说作品中随处可见。在他的小说作品中，主要人物和传统戏曲都有千丝万缕的联系，罗天福是标准的秦腔戏迷；刁顺子是给戏曲舞台装台的工人；忆秦娥是戏曲舞台上的金字招牌；贺加贝是丑角艺术的继承人；传统戏曲——秦腔命运的起伏跌宕亦被写进了故事里。传统戏曲的经典剧目和名家传说也成为他的创作素材，尤其《主角》中苟存忠

---

① 李敬泽：《在人间——关于陈彦长篇小说〈装台〉》，《人民日报》2015年11月10日。

老师在演出经典剧目《李慧娘》时使出吹火绝技,在"天地澄净,红梅绽开"①的绚丽舞台上走向生命的完结,正是清代秦腔男旦魏长生传奇艺术生涯的再现。另有数次戏曲唱词的直接插入,不仅有增添古典意蕴之功用,亦在完善人物形象塑造、情节推进发展、彰显主题思想等方面不无裨益。

传统戏曲作为一种舞台表演艺术,囿于时间和空间的限制,在长期发展过程中逐渐形成了许多约定俗成的表演程式。演员的程式化动作和简单的布景摆场均抽象化地构成舞台艺术符号,参与剧情的诠释,以意象化的形式激发观众的审美共鸣。在陈彦的小说中,这种创作手法得到了继承和发扬,并辅助生成了文本阐释中的深层含义。《西京故事》中家乡的两棵紫薇树和大杂院里的千年唐槐作为传统文化中恒常价值的意象代表贯穿故事始终。大杂院里的唐槐不动声色地见证着文庙村的历史。人们对待树的态度——挖与不挖、护与不护,正对照传统文化、民族精神在当下社会面临的价值困境。《装台》中的蚂蚁亦有此功能。"蚁群"与刁顺子处在并置的结构关系中,刁顺子是活在底层的普通人代表,以他为代表的劳动阶层如像蚂蚁一般弱小、卑微,命运生死都无法掌握在自己手里。但蚂蚁自有其责任、担当,有其内在的生活秩序。刁顺子爱护这些蚂蚁,提醒别人不要踩到它们,认为"蚂蚁们,是托举着比自己身体还沉重几倍的东西,在有条不紊地行进的。……它们行进得很自尊、很庄严,尤其是很坚定"②,实则表达了对包括自己在内的底层人的尊重与肯定。而蚂蚁这一意象的背后,透递出陈彦对尊重"劳动"及"劳动者"的观念的价值期许。

戏曲是直接面对观众的表演形式,对观众"共情"能力的要求极高,因此,从故事题材的选取到表现形态均需照顾到普通民众的审美取向。小说创作过程亦是如此,作家通过运用、翻转不同的修辞手法,力求达到与读者的审美共鸣。陈彦曾多次提到广大读者是他的写作之

---

① 陈彦:《主角》,作家出版社2018年版,第275页。
② 陈彦:《装台》,作家出版社2015年版,第428页。

本，既受到传统戏曲影响，也秉持民间化叙述倾向，常用"大团圆"的结局模式。每一部小说的大团圆结局，都是陈彦循着传统的脚步，扎实迈向读者内心的慎重选择。《装台》伊始，刁顺子制止素芬踩蚂蚁的行为，感慨蚂蚁和人一样"都可怜，还不都是为一口吃的，在世上奔命哩"①。此后刁顺子也如同这蚂蚁一般，拖着患病的身体卖命工作养家糊口，却无力冲出生活周而复始的苦难人生。小说结尾，新一任妻子和养女再次成为他肩上的负重，顺子也不觉开始思考命运的有常与无常。再婚是现实层面的"团圆"，更深层次的"团圆"则是刁顺子个体精神的重塑。《主角》中的忆秦娥同样是在人生接连不断的困境中寻找和调整存在的方式，从最初无意识中进入秦腔世界，到后来终于将秦腔艺术内化为自己的生命支撑。

深植于古典传统文化的沃野，是陈彦创作绵延不绝的能量来源。用平视的目光进入生活，以传统经验链接当下中国，打通个体走向历史与现实的通路，是陈彦作品还原中国经验、讲述中国故事的追求所在。但同时，在对陈彦汲取传统之精华的做法称赞有加之时，作者和读者仍应以批判性的立场时刻自省和反思，在对传统经验进行"创造性转化"之时，作者的创作观念、技巧手法上是否还存在更大的提升空间。

四 小说的教化功能与传播经验

士大夫是中国古代社会随着中央集权制度的逐渐确立而崛起的知识分子群体，既是从江湖之远走向庙堂之高的封建王朝的权力阶层，同时也是古代社会主流思想道德文化的发起者、传承者和监督者，集"'道的承担者'（圣贤与君子）、'社会管理者'（官）、'社会教化者'（师）"② 等多重身份于一体。而"文人"则是士大夫阶层中一部分因文学爱好和文艺天分集结而成的新一重身份者，他们或者通过"学而

---

① 陈彦：《装台》，作家出版社2015年版，第4页。
② 李春青：《"文人"身份的历史生成及其对文论观念之影响》，《文学评论》2012年第3期。

优则仕"的道路完成个人社会阶层的跃升，或者靠政论的开阖纵横对统治者的施政纲领给予影响，再或者给自己开辟一隅偏安之所来抵御宦海浮沉……在他们心中，政治理想、道德理想、文化理想是合而为一的，体现在作品中，就是对道德教化的贯彻并以此维护和巩固封建统治，即为"高台教化"之要义。

传统戏剧出身草根，在经过古代知识分子也就是士大夫的改造后登上大雅之堂变成雅俗共赏的艺术形式，在封建王朝的统治之下，承担起高台教化的责任。深受传统戏剧文化浸染的演员、创作者，都潜移默化地继承着这一传统，陈彦也不例外，其"高台教化"的强烈企图心，伴随于从剧作家转型到小说家的创作过程中，在《喜剧》中表现得尤为直白和强烈：父亲去世后贺加贝请老编剧南大寿出山，南大寿教导其"记住，咱是高台教化，不能让台底下的笑声掌声牵着鼻子走"①；镇上柏树通过创作《老夜壶》一夜爆红之时，内心还是有些嘀咕，"怕观众提意见，说高台教化的地方，竟然不停地说夜壶"②；王廉举被挖角到剧场时先做了大致的背景调查，认为前任编剧已经"把套路，从高台教化扳向了'平面直播'"③。就连母亲草环在看了剧场改编的剧目后也忍不住提醒贺加贝"唱戏就是高台教化哩。你们不敢尽搞了耍戏子，没了正形"④。作者反复强调戏剧的"高台教化"作用，并在作品中一再讨论如何守住编戏演戏的道德底线，在反复设计命运的"吊诡与无常"之后，作者忍不住邀请读者一起大段大段地感悟文明、道德及人心，目的就是引导读者思考当今泛娱乐化时代的造成，"不是一群喜剧演员的责任，而是集体的精神失范和失控"⑤。作家的创作动机前置于作品的酝酿期，指导着作品的艺术标准和思想走向，并可能在持续的创作过程中进行强化或修正。同时，作家与读者的有效对话需要一个场域，作家做出有节制的表达，留下空间给读者

---

① 陈彦：《喜剧》，作家出版社2021年版，第63页。
② 陈彦：《喜剧》，作家出版社2021年版，第84页。
③ 陈彦：《喜剧》，作家出版社2021年版，第145页。
④ 陈彦：《喜剧》，作家出版社2021年版，第116页。
⑤ 陈彦：《喜剧是人性的热能实验室——〈喜剧〉后记》，陈彦《喜剧》，作家出版社2021年版，第413页。

进入、思索和回应,这是让交流良性循环的前提。一旦作家创作动机的表达太过直白和饱满,势必以作家主体意识的强势输出挤压阅读的再创造空间,影响读者主体能动性的充分发挥。

陈彦曾说:"无论是戏剧还是文学,第一是塑造人,第二还是要讲好故事。"① 吸收传统戏剧的创作经验,陈彦在小说中有对个体生命更丰富的呈现和对人性更幽微的探照,在人物形象塑造的多样性上表现亮眼,并以此丰富了当代文学史的人物形象库容,尤其是描绘出小人物在生活重压之下依然闪光的优秀品质。他以纯熟的写作技法书写当代中国的日常生活经验,"用别具一格的叙事把生命状态写的饱满"②,深受广大读者的喜爱。情节型小说因其环环相扣、引人入胜的讲法,往往易于激发小说的教化功能,展现陈彦"准庙堂"③ 写作的姿态和底色,也收获了一批相应的读者。

此外,从接受层面来看,陈彦小说文本借助多样化媒介进行再创造所产生的巨大影响力,在当今社会全媒体时代,在接受路径上为文学作品的经典化建构提供了有价值的参考。首先,利用传统广播媒介保持了陈彦作品的"原汁原味"。截至目前,《西京故事》《装台》《主角》《喜剧》的全文(有的还分为普通话版和方言版)在中央人民广播电台、喜马拉雅音频分享平台等各级各类线上平台播出和发布,收获大量听众。数以百万计的播放量足以说明陈彦小说所具有的超强可读性以及潜在的巨大听众群。其次,将作品改编搬上戏剧舞台,对陈彦作品的戏剧化美学特征进行了全面实践。《装台》被改编为锡剧已在南京、北京等多地上演,引发热烈反响。《主角》已被改编为话

---

① 杨辉:《戏剧与小说的交互影响——在陕西美术博物馆的对谈》,杨辉《陈彦论》,中国社会科学出版社 2020 年版,第 236 页。

② 贾平凹:《他用别具一格的叙事把生命状态写得饱满——在"陈彦文学创作全国学术研讨会"高端论坛上的讲话》,《商洛学院学报》2021 年第 5 期。

③ 莫言曾把"为老百姓写作"和"作为老百姓的写作"分别定义为"准庙堂"的写作和真正的"民间写作",他认为作者所秉持的真正的民间立场会令其在创作过程中"用一种平等的心态来对待小说中的人物。他不但不认为自己比读者高明,他也不认为自己比自己作品中的人物高明",并且不去想"要用小说来揭露什么、来鞭挞什么、来提倡什么、来教化什么"。参见莫言《莫言演讲集 2·我们都是被偷换的孩子》,浙江文艺出版社 2020 年版。以此对照陈彦的小说,"准庙堂"的意味是更显浓厚的。

剧、现代京剧等形式，其中话剧《主角》已获评第十七届"中国文化艺术政府奖·文华大奖"、入选文化和旅游部"庆祝中国共产党成立100周年舞台艺术精品创作工程"重点扶持作品名单。再次，作品的影视化改编契合受众文学审美需求的转变，并通过高质量平台推广，在市场的传播中与影视的良好互动，帮助作者作品实现了知名度和经济效益的双赢。改编自同名小说的电视剧《西京故事》已于2018年在各大卫视播出，并入选"2018—2022年百部重点电视剧"和"庆祝改革开放四十周年"推荐剧目；同名小说改编电视剧《装台》由张嘉益、闫妮、宋丹丹、秦海璐等主演，2020年年底在央视热播，上线芒果TV网络平台11天播放量突破2亿次，荣获中宣部第十六届精神文明建设"五个一工程"电视剧类优秀作品奖、2020年度中国十大影响力影视剧、第27届上海电视节白玉兰最佳编剧（改编）奖等重量级奖项。同样是由小说改编的同名电视剧《主角》由张艺谋执导（是张艺谋导演的首部电视剧），计划于2023年内在央视播出。一方面，视听艺术所依赖的影像叙事通过镜头语言完成表达，相较于传统的文字阅读更加具象化、通俗化、便捷化，更符合现代读者的接受习惯；另一方面，依托极具票房号召力的导演、演员执导或参演，极有可能在文学市场化推广的过程中培养出新的"流量IP"，大大提高文学作品的影响力和销量。当然，尽可能多地忠于原著，保持作家创作的核心话语权，防止"视像化消费"[1]消解作品中的文学精神，也是小说改编和全媒体传播中需要引起警觉的。

陈彦曾引用长安画派的创作理念"一手伸向传统，一手伸向生活"[2]来形容文学创作的营养之源。正如他的创作实践，以现实主义目光洞察生活，以戏剧化写作再现生活，开创了一条回归传统又超越传统的风格化叙事之路。"小说当然也要探索新的艺术技巧和表达方式，需要不断地求新变异，但最重要的仍然是对人，对由人牵连出的

---

[1] 雷鸣：《隐形之手与文学脉象——新世纪长篇小说与文学市场互动关系研究》，人民出版社2022年版，第18页。

[2] 何金铭：《一手伸向传统，一手伸向生活（代序）》，梁鑫喆编著《长安画派研究》，陕西人民出版社2002年版，第1页。

广阔时代、现实和历史的打理记录"。① 从《西京故事》混着泥土清新气息的山乡出发,走过《装台》《主角》《喜剧》的众生万象,走到了星空与大地的无垠处共感生命的情境。陈彦从小人物小事件着眼,写大时代中的人生命运、宇宙轮回,以及生命存在和文学聚焦的终极追求,为书写中国故事、民族情感乃至表现人性的多样形态,提供了一套富有建设意义和未来前景的经验范式。

---

① 陈彦:《星空与半棵树·后记》,人民文学出版社2023年版,第707页。

参考文献

一 作家作品

陈彦:《坚挺的表达》,上海文化出版社 2012 年版。
陈彦:《天才的背影》,河南文艺出版社 2022 年版。
陈彦:《西京故事》,太白文艺出版社 2013 年版。
陈彦:《喜剧》,作家出版社 2021 年版。
陈彦:《主角》,作家出版社 2018 年版。
陈彦:《装台》,作家出版社 2015 年版。
陈忠实:《白鹿原》,人民文学出版社 1993 年版。
陈忠实:《陈忠实创作申诉》,花城出版社 1996 年版。
陈忠实:《陈忠实集外集》,白鹿书院·陈忠实文学馆 2011 年印行。
陈忠实:《陈忠实文集》(1—10 卷),人民文学出版社 2015 年版。
陈忠实:《寻找属于自己的句子——〈白鹿原〉创作手记》,上海文艺出版社 2009 年版。
杜鹏程:《保卫延安》,人民文学出版社 1954 年版。
杜鹏程:《杜鹏程文集》(1—4 卷),陕西人民出版社 1993 年版。
杜鹏程:《在和平的日子里》,人民文学出版社 1959 年版。
方英文:《短眠》,清华大学出版社 2013 年版。
方英文:《后花园》,上海人民出版社 2008 年版。
方英文:《落红》,长江文艺出版社 2002 年版。
方英文:《群山绝响》,陕西师范大学出版社 2018 年版。

方英文：《种瓜得豆》，吉林人民出版社1997年版。
冯积岐：《沉默的季节》，长江文艺出版社2000年版。
冯积岐：《村子》，太白文艺出版社2007年版。
冯积岐：《大树底下》，太白文艺出版社2007年版。
冯积岐：《粉碎》，文汇出版社2012年版。
冯积岐：《凤鸣岐山》，湖南文艺出版社2021年版。
冯积岐：《品味经典》，陕西师范大学出版社2018年版。
冯积岐：《逃离》，太白文艺出版社2010年版。
冯积岐：《渭河史》，江苏文艺出版社2019年版。
冯积岐：《小说艺术课》，作家出版社2023年版。
高建群：《大平原》，北京十月文艺出版社2009年版。
高建群：《东方金蔷薇》，陕西人民教育出版社1991年版。
高建群：《生我之门》，未来出版社2016年版。
高建群：《统万城》，太白文艺出版社2013年版。
高建群：《我的菩提树》，北京十月文艺出版社2017年版。
高建群：《相忘于江湖》，北京时代华文书局2017年版。
高建群：《匈奴和匈奴以外》，陕西人民教育出版社1994年版。
高建群：《最后一个匈奴》，作家出版社1992年版。
红柯：《敬畏苍天》，上海人民出版社2002年版。
红柯：《喀拉布风暴》，重庆出版社2013年版。
红柯：《龙脉》，陕西师范大学出版社2017年版。
红柯：《少女萨吾尔登》，北京十月文艺出版社2014年版。
红柯：《生命树》，北京十月文艺出版社2010年版。
红柯：《太阳深处的火焰》，北京十月文艺出版社2018年版。
红柯：《乌尔禾》，北京十月文艺出版社2007年版。
红柯：《西去的骑手》，云南人民出版社2002年版。
贾平凹：《带灯》，人民文学出版社2013年版。
贾平凹：《废都》，北京出版社1993年版。
贾平凹：《浮躁》，作家出版社1987年版。
贾平凹：《高老庄》，太白文艺出版社1998年版。

贾平凹：《高兴》，作家出版社 2007 年版。

贾平凹：《古炉》，人民文学出版社 2011 年版。

贾平凹：《极花》，人民文学出版社 2016 年版。

贾平凹：《贾平凹文集》（1—20 卷），陕西人民出版社 2008 年版。

贾平凹：《老生》，人民文学出版社 2014 年版。

贾平凹：《秦岭记》，人民文学出版社 2022 年版。

贾平凹：《秦腔》，作家出版社 2005 年版。

贾平凹：《山本》，作家出版社 2018 年版。

贾平凹：《暂坐》，作家出版社 2020 年版。

柳青：《创业史》，中国青年出版社 1960 年版。

柳青：《柳青文集》（1—4 卷），人民文学出版社 2002 年版。

柳青：《铜墙铁壁》，人民文学出版社 1951 年版。

路遥：《路遥文集》（1—5 卷），陕西人民出版社 1993 年版。

路遥：《平凡的世界》，中国文联出版公司 1986 年版。

路遥：《早晨从中午开始》，西北大学出版社 1992 年版。

王汶石：《风雪之夜》，人民文学出版社 1958 年版。

王汶石：《黑凤》，中国青年出版社 1963 年版。

王汶石：《王汶石文集》（1—4 卷），陕西人民出版社 2004 年版。

杨争光：《从两个蛋开始》，人民文学出版社 2003 年版。

杨争光：《少年张冲六章》，作家出版社 2010 年版。

杨争光：《行走的灵魂》，花城出版社 2014 年版。

杨争光：《杨争光文集》（1—10 卷），海天出版社 2013 年版。

杨争光：《杨争光：文字岁月》，深圳报业集团出版社 2016 年版。

杨争光：《越活越明白》，春风文艺出版社 1999 年版。

叶广芩：《采桑子》，北京出版社 2009 年版。

叶广芩：《青木川》，太白文艺出版社 2007 年版。

叶广芩：《去年天气旧亭台》，北京十月文艺出版社 2016 年版。

叶广芩：《叶广芩文集》（1—10 卷），北京十月文艺出版社 2022 年版。

叶广芩：《颐和园的寂寞》，西安出版社 2010 年版。

叶广芩：《状元媒》，北京十月文艺出版社 2012 年版。

二 相关论著

［美］埃德加·斯诺：《西行漫记》，董乐山译，东方出版社2005年版。
［英］爱·摩·福斯特：《小说面面观》，苏炳文译，花城出版社1984年版。
［美］安敏成：《现实主义的限制：革命时代的中国小说》，姜涛译，江苏人民出版社2001年版。
白军芳：《陕西女作家小说创作论》，中国社会科学出版社2020年版。
白烨：《热读与时评——90年代以来的长篇小说》，中国社会科学出版社2005年版。
柏峰：《审美的选择——胡采、杜鹏程研究》，华岳文艺出版社1989年版。
［丹］勃兰兑斯：《十九世纪文学主流》，张道真等译，人民文学出版社1997年版。
畅广元：《陈忠实论——从文化角度考察》，人民文学出版社2003年版。
畅广元：《神秘黑箱的窥视》，陕西人民教育出版社1993年版。
陈美兰：《中国当代长篇小说创作论》，上海文艺出版社1991年版。
陈平原：《小说史：理论与实践》，北京大学出版社1993年版。
陈平原：《中国小说叙事模式的转变》，北京大学出版社2010年版。
陈平原等编：《二十世纪中国小说理论资料》（1—5卷），北京大学出版社1997年版。
陈纡、余水清编：《中国当代文学研究资料·杜鹏程专集》，福建人民出版社1983年版。
陈思和：《中国当代文学关键词十讲》，复旦大学出版社2002年版。
陈思和：《中国新文学整体观》，上海文艺出版社1989年版。
陈晓辉：《红柯小说的叙事维度》，人民出版社2015年版。
陈晓明：《众妙之门：重建文本细读的批评方法》，北京大学出版社2015年版。
陈晓明主编：《现代性与中国当代文学转型》，云南人民出版社2003

年版。

陈忠实、冯希哲、张琼编选：《陈忠实访谈录》，陕西人民出版社2016年版。

程光炜：《文学史研究的兴起》，福建教育出版社2008年版。

程光炜、杨庆祥：《重读路遥》，北京大学出版社2013年版。

程华：《细读贾平凹》，陕西师范大学出版社2021年版。

［英］戴维·洛奇：《小说的艺术》，王峻岩等译，作家出版社1998年版。

戴燕：《文学史的权力》，北京大学出版社2002年版。

丹萌：《贾平凹透视》，百花文艺出版社2004年版。

丁帆：《中国西部现代文学史》，人民文学出版社2004年版。

丁帆等：《中国乡土小说史》，北京大学出版社2007年版。

董之林：《旧梦新知："十七年"小说论稿》，广西师范大学出版社2004年版。

段建军：《〈白鹿原〉的文化透视》，中国社会科学出版社2021年版。

段建军主编：《陈忠实研究论集》，西北大学出版社2018年版。

段建军主编：《贾平凹研究论集》，西北大学出版社2020年版。

段建军主编：《柳青研究论集》，西北大学出版社2016年版。

段建军主编：《路遥研究论集》，西北大学出版社2016年版。

东风文艺出版社编辑部编：《〈风雪之夜〉评论集》，东风文艺出版社1960年版。

樊娟：《影响中的创造——贾平凹小说的独异生成》，中国社会科学出版社2016年版。

费秉勋：《贾平凹论》，西北大学出版社1990年版。

费孝通：《乡土中国》，人民出版社2008年版。

冯希哲、赵润民编：《说不尽的〈白鹿原〉——〈白鹿原〉评论选》，陕西人民出版社2006年版。

冯肖华：《文学气象与民族精神：20世纪陕西地缘文学审美形态》，中国社会科学出版社2010年版。

高彬、晓渭主编：《王汶石纪念文集》，陕西人民出版社2008年版。

郜元宝、张冉冉编：《贾平凹研究资料》，天津人民出版社2005年版。

公炎冰:《踏过泥泞五十秋——陈忠实论》,陕西人民出版社2002年版。
龚鹏程:《中国小说史论》,北京大学出版社2008年版。
郭琦主编:《陕西五千年》,陕西师范大学出版社1989年版。
[美]哈德罗·布鲁姆:《影响的焦虑》,徐文博译,江苏教育出版社2006年版。
海波:《人生路遥》,广东人民出版社2019年版。
韩春萍:《丝路骑手:红柯评传》,中央民族大学出版社2020年版。
韩鲁华:《精神的映象——贾平凹文学创作论》,中国社会科学出版社2003年版。
韩望愈:《汶石艺概》,陕西人民出版社1986年版。
贺智利等:《当代榆林作家群论》,西安交通大学出版社2016年版。
洪子诚:《问题与方法——中国当代文学史研究讲稿》,生活·读书·新知三联书店2002年版。
厚夫:《路遥传》,人民文学出版社2015年版。
胡采:《胡采文学评论选》,湖南人民出版社1983年版。
[美]华莱士·马丁:《当代叙事学》,伍晓明译,北京大学出版社1990年版。
黄平、陈思和:《贾平凹小说论稿》,云南人民出版社2013年版。
黄子平:《"灰阑"中的叙述》,上海文艺出版社2001年版。
惠西平主编:《突发的思想交锋:博士直谏陕西文坛及其他》,太白文艺出版社2001年版。
贾平凹、谢友顺:《贾平凹谢有顺对话录》,苏州大学出版社2003年版。
金汉编:《中国当代文学研究资料·王汶石研究专集》,陕西人民出版社1983年版。
赖大仁:《魂归何处——贾平凹论》,华夏出版社2000年版。
[美]雷·韦勒克、奥·沃伦:《文学理论》,刘象愚等译,生活·读书·新知三联书店1984年版。
雷达主编:《陈忠实研究资料》,山东文艺出版社2006年版。
[英]雷蒙·威廉斯:《乡村与城市》,韩子满等译,商务印书馆2013年版。

李春燕:《新时期以来的陕西文学批评研究:以小说批评为中心》,中国社会科学出版社2020年版。
李伯钧主编:《叶广芩研究》,陕西师范大学出版社2014年版。
李继凯:《秦地小说与"三秦文化"》,湖南教育出版社1997年版。
李继凯主编:《冯积岐评论集》,文化艺术出版社2013年版。
李建军:《宁静的丰收——陈忠实论》,华夏出版社2000年版。
李建军:《时代及其文学的敌人》,中国工人出版社2004年版。
李建军编:《路遥十五年祭》,新世纪出版社2007年版。
李娟主编:《高建群和他的时代他的文学:高建群文学创作资料研究》,陕西人民出版社2020年版。
李清霞:《陈忠实的人与文》,中国社会科学出版社2013年版。
李书磊:《1942:走向民间》,山东教育出版社1998年版。
李星:《李星文集》(全三册),太白文艺出版社2009年版。
李星、孙见喜:《贾平凹评传》,郑州大学出版社2005年版。
李扬:《抗争宿命之路:"社会主义现实主义"(1942—1976)研究》,时代文艺出版社1993年版。
李泽厚:《中国现代思想史论》,东方出版社1987年版。
梁漱溟:《中国文化要义》,上海世纪出版集团2005年版。
梁颖:《三个人的文学风景:多维视镜下的路遥、陈忠实、贾平凹比较论》,人民出版社2009年版。
林毓生:《中国传统的创造性转化》,生活·读书·新知三联书店1988年版。
刘建军等:《论柳青的艺术观》,上海文艺出版社1981年版。
刘可风:《柳青传》,人民文学出版社2016年版。
刘宁:《当代陕西作家与秦地传统文化研究:以柳青、陈忠实和贾平凹为中心》,中国社会科学出版社2014年版。
刘侠编:《红柯评论集》,陕西师范大学出版社2018年版。
刘再复:《性格组合论》,上海文艺出版社1986年版。
马宽厚:《陕西文学史稿》,中国文学出版社2002年版。
马一夫、厚夫主编:《路遥纪念集》,人民文学出版社2007年版。

马一夫、厚夫主编:《路遥研究资料汇编》,中国文史出版社2006年版。
蒙万夫等:《柳青传略》,陕西人民教育出版社1988年版。
蒙万夫等编:《柳青写作生涯》,百花文艺出版社1985年版。
[捷]米兰·昆德拉:《小说的艺术》,孟湄译,生活·读书·新知三联书店1992年版。
南书堂主编:《秦岭有峰——商洛作家访谈录》,陕西师范大学出版社2021年版。
牛运清编:《中国当代文学研究资料·长篇小说研究专集》,山东大学出版社1990年版。
潘旭澜:《诗情与哲理——杜鹏程小说新论》,人民文学出版社1987年版。
[美]浦安迪:《中国叙事学》,陈珏译,北京大学出版社1996年版。
钱理群:《返观与重构——文学史的研究与写作》,上海教育出版社2000年版。
钱穆:《中国文化精神》,九州出版社2011年版。
权海帆等编:《陕西文艺十年(1978—1988)》,陕西人民出版社1989年版。
人民文学出版社编辑部编:《〈白鹿原〉评论集》,人民文学出版社2000年版。
史鹏钊:《兀立荒原的树:红柯年谱(1962—2018)》,陕西师范大学出版社2022年版。
孙见喜:《鬼才贾平凹》,北岳文艺出版社1994年版。
邰科祥等:《当代商洛作家群论》,三秦出版社2005年版。
谭桂林:《长篇小说与文化母题》,湖南师范大学出版社2002年版。
唐小兵主编:《再解读:大众文艺与意识形态》(增订版),北京大学出版社2007年版。
田德芳主编:《穿越大地深处的文学回声:高建群地缘文学疆界研究》,陕西人民出版社2022年版。
王德威:《想像中国的方法:历史·小说·叙事》,生活·读书·新知三联书店2003年版。

王德威：《写实主义小说的虚构：茅盾·老舍·沈从文》，复旦大学出版社 2011 年版。

王刚：《我渴望投入沉重：路遥年谱》，天津人民出版社 2020 年版。

王西平、李星、李国平：《路遥评传》，太白文艺出版社 1997 年版。

王晓明编：《人文精神寻思录》，文汇出版社 1996 年版。

王愚：《王愚文学评论选》，湖南人民出版社 1985 年版。

王仲生：《看到和没有看到的风景》，太白文艺出版社 2005 年版。

王仲生、王向力：《陈忠实评传》，陕西师范大学出版社 2018 年版。

王祖基：《冯积岐创作论》，中国社会科学出版社 2020 年版。

韦建国等：《陕西当代作家与世界文学》，中国社会科学出版社 2004 年版。

魏华莹：《〈废都〉的寓言："双城"故事与文学考证》，中国社会科学出版社 2016 年版。

吴进：《柳青新论》，陕西师范大学出版社 2013 年版。

西北大学中文系现代文学教研室编：《〈创业史〉评论集》，陕西人民出版社 1980 年版。

［美］希利斯·米勒：《文学死了吗》，秦立彦译，广西师范大学出版社 2007 年版。

夏志清：《中国现代小说史》，刘绍铭编译，（台北）传记文学出版社 1979 年版。

晓雷：《路遥别传》，陕西人民出版社 2022 年版。

肖云儒：《中国西部文学论——多维文化中的西部美》，青海人民出版社 1989 年版。

邢小利：《陈忠实传》，陕西人民出版社 2015 年版。

邢小利：《陕西作家与陕西文学》（上下卷），陕西人民出版社 2017 年版。

邢小利、邢之美：《陈忠实年谱》，华文出版社 2021 年版。

邢小利、邢之美：《柳青年谱》，人民文学出版社 2016 年版。

邢小利、邢之美编撰：《陕西文学大事记（1936—2016）》，陕西人民出版社 2018 年版。

邢小利主编：《陕西文学研究》（1—2卷），陕西人民出版社2016年版。

徐文斗、孔范今：《柳青创作论》，陕西人民出版社1983年版。

阎纲：《〈创业史〉与小说艺术》，上海文艺出版社1981年版。

杨辉：《"大文学史"视域下的贾平凹研究》，人民出版社2017年版。

杨辉：《陈彦论》，中国社会科学出版社2020年版。

杨辉、马佳娜编：《贾平凹文论集》（关于小说·关于散文·访谈），生活·读书·新知三联书店2015年版。

杨晓帆：《路遥论》，作家出版社2018年版。

杨义：《中国叙事学》，人民出版社2009年版。

杨义：《重绘中国文学地图》，中国社会科学出版社2003年版。

[意]伊塔洛·卡尔维诺：《为什么读经典》，黄灿然、李桂蜜译，译林出版社2006年版。

孟广来、牛运清编：《中国当代文学研究资料·柳青专集》，福建人民出版社1982年版。

张克、路尧主编：《真意凝结——杨争光作品评论集》，广西师范大学出版社2021年版。

张文彬编：《本质上的诗人——回忆杜鹏程》，陕西人民出版社2001年版。

张艳茜：《平凡世界里的路遥》，陕西人民出版社2013年版。

赵俊贤：《论杜鹏程的审美理想》，文化艺术出版社1990年版。

赵俊贤：《中国当代小说史稿》，人民文学出版社1989年版。

赵学勇、孟绍勇：《革命·乡土·地域：中国当代西部小说史论》，中国人民大学出版社2009年版。

赵园：《北京：城与人》，北京大学出版社2002年版。

赵园：《地之子》，北京大学出版社2007年版。

郑金侠：《蜕变》，陕西人民出版社2021年版。

周天：《论〈创业史〉的艺术构思》，上海文艺出版1985年版。

后　记

　　本书是在我的国家社科基金资助项目"当代陕西长篇小说的代际演变与艺术贡献研究"成果基础上修订而成的。从 2015 年项目被批准到 2020 年收到免检结项证书一路顺利，但到最终完成书稿交付出版，竟过了八年的时光，期间的繁难艰辛都化为今天的一声感叹，不禁又想起路遥《平凡的世界》中引用的德国作家托马斯的名言："它终于完成了。它可能不好，但是完成了。只要能完成，它也就是好的。"

　　作为一名陕西籍的中国现当代文学研究者，从自己学术生涯开始之时，就身处文学大省鲜活热闹的创作现场中，必然会有关注和追踪，笔者做过两项相关内容的陕西省社科基金项目，也有零散的文学批评和阶段性研究成果面世，但真正进入对陕西文学的集中和系统研究，是在获批这项国家社科课题之后。基于长篇小说在各类文学体裁中举足轻重的地位和陕西在当代成为文学重镇的共识，本书选择了最能代表陕西文学辉煌成就的长篇小说创作为研究对象，在重新观照陕西文学群落、把握其长篇小说的思想艺术精神的同时，也试图以地域性的陕西文学为切入口，以具有典型意义的局部案例来解读中国当代文学，寄希望有创意和有成效的学术成果在"陕西地域文学"与"当代长篇小说创作"两个命题的遇合中生成，以拓新和深化陕西文学研究，进而观照中国当代文学的历史和现状。在整理书稿的过程中，除了凸显课题中的文学史问题意识和整体性把握特征，也照顾了作家作品研究的全面系统，并致力于旧作重读与经典淘洗，于是有了目前的作家论与史性阐述相结合的框架面貌。

后记

项目和书稿的最终完成，也是课题组成员通力合作的结果。诸位博士和博士研究生学子参与了书稿的撰写，他们在共同的学术实践中相互砥砺、迅速成长，本书的出版也成为我们教学相长和师生情谊的美好见证。书稿写作具体分工如下：导论：周燕芬；第一章：周燕芬；第二章：魏文鑫、周燕芬；第三章：窦鹏、周燕芬；第四章：杨晨洁、魏文鑫、周燕芬；第五章：李斌、周燕芬；第六章：朱文久、周燕芬；第七章：郅惠、李冠华；第八章：冯晟、周燕芬；第九章：马佳娜、朱文久；第十章：侯夏雯、赵艺阳；第十一章：李斌、周燕芬；第十二章：周燕芬、刘璐；第十三章：王晋华、赵艺阳；周燕芬负责课题的总体设计、协调和统稿。我的硕士研究生刘超、巴玉倩、李心琰、曹宇星几位同学对书稿进行了认真校对，特表感谢。

在成果的出版过程中，获得了西北大学优秀学术著作出版基金的资助，在课题申报、论证和研究中，也得到西北大学社科处和文学院领导、同行师友和教研室同人的指导帮助，在此由衷地感谢。中国社会科学出版社责任编辑郭晓鸿女士为书稿的编辑修改和具体出版事务辛苦付出，想起20年前出版博士论文的时候就曾心许该出版社，因缘际会，心愿得偿，除了感谢，还有一份学缘之情系念在心。

由于篇幅所限和学力不足，使本书所呈现的研究成果还在未完成状态，是某种程度上的半部史论。当代文学是一个无限开放的体系和正在进行的过程，面对陕西这块生长长篇小说的沃土和不断涌现的优秀作品，后续的研究任务依然很重，除了弥补和改善目前的遗憾与缺漏，还要努力争取新的项目支持，并寄希望于成长起来的新一代学人，在不久的将来拿出更完整和更高质量的研究成果。

周燕芬

2023年6月28日

西北大学长安校区